Narratori Feltrinelli

Sin Blaché
Helen Macdonald

Profeta

Traduzione di
Silvia Rota Sperti

Titolo dell'opera originale
PROPHET

First published by Grove Atlantic Translation.
Translation arranged by The Clegg Agency, Inc., USA.

Traduzione dall'inglese di
SILVIA ROTA SPERTI

Prima edizione ne "I Narratori" marzo 2024

Stampa Grafica Veneta S.p.A. di Trebaseleghe - PD

ISBN 978-88-07-03585-2

Profeta

"La verità ultima e nascosta del mondo è che è qualcosa che noi creiamo e che potremmo facilmente creare in modo diverso."

David Graeber

Prima parte

Capitolo 1

La stanza in cui lo porta sa di fumo di sigaretta e deodorante per ambienti. L'arredamento ricorda un Holiday Inn anni ottanta in stile militare. Moquette verde scuro, poltrone a righe, un tavolo in vetro fumé, una cornice dorata sulla parete con la stampa di due F-15 che lasciano scie di vapore. Qui dentro il sibilo dei loro motori è smorzato in un rombo cupo e a bassa frequenza.

Miller si toglie la giacca, l'appoggia allo schienale, fa una smorfia alla tazza semivuota di caffè sul tavolo e guarda Rao con aria di scusa. I suoi occhi hanno lo stesso colore della carta usata per la posta aerea, le rughe agli angoli attestano anni di sole sulla pelle. Ha i capelli ossigenati, arruffati sopra e cortissimi ai lati e sulla nuca, e un completo palesemente costoso che riveste alla perfezione la sua figura esile. Ha un Cartier Tank Solo al polso sinistro, orecchini d'oro ai lobi e si sta sforzando così tanto di mostrarsi amichevole che Rao prova un dolore alla mandibola.

Si siedono.

"Possiamo offrirle qualcosa?"

"Qualcosa da bere."

"Signor Rao," lo rimprovera. "Posso darle caffè, tè o acqua gassata."

"Acqua," dice lui a fior di labbra. "Senza ghiaccio." Lei è divertita dalla risposta, e per un buon motivo. Sa cogliere un insulto anche quando le viene rivolto gentilmente. Nell'esperienza di Rao, non sono molti gli americani che possiedono quella dote.

"C'è un distributore d'acqua nell'angolo."

Non si aspetta che si alzi, né lui lo fa.

"Immagino che non sappia perché è qui."

"Perché sono stato scortato fuori dal carcere da due agenti armati del ministero della Difesa e portato in una base aerea americana nel culo dell'Inghilterra? No. Non lo so. Non me l'hanno voluto dire."

"Non lo sapevano. Vuole indovinare?"

Ugh. Rao osserva il riflesso di Miller in effetto notte sul vetro fumé del tavolo, la curva della sua mandibola, l'inclinazione interrogativa della testa. "Con tutto il rispetto, vada affanculo. Mi dica cosa vuole e che non sia qualche buffonata, o me ne torno nella mia comoda cella di custodia cautelare e vado avanti con la mia vita."

"Così?"

"Sì, così."

"Okay," dice lei gentilmente. Infila una mano nella borsa ai suoi piedi, tira fuori un dossier, lo apre. "Sunil Rao, trentasei anni, nato nel 1974 a Kingston upon Thames, Regno Unito. Cittadino britannico, in possesso di carta Overseas Citizen of India. Genitori, Himani e Bhupinder. Madre impiegata da Christie's. Il padre ha un'azienda familiare, alta gioielleria." Continua a leggere, inarca un sopracciglio. "*Molto* alta. Studi al St Elgin, una laurea in storia dell'arte presso il St John's College di Oxford. Sei anni da Sotheby's, settore frodi e attribuzioni, poi l'MI6." Alza lo sguardo, sorride. "Molto patriottico."

È evidente che sta cercando di provocarlo. Questo potrebbe significare che non ha abbastanza informazioni per fare pressione su di lui in altro modo. Più verosimilmente significa che vuole mettere alla prova la sua pazienza. In entrambi i casi è improbabile che lo imbarchino su un aereo e lo rispediscano a Kabul nei prossimi venti minuti, ma questo non rende la strategia di quella donna meno estenuante.

"Operazione congiunta di otto settimane in Asia centrale, l'autunno scorso." La sua voce si addolcisce. "Il suo collega della Dia ha parlato molto bene di lei."

"Davvero? Ho lasciato."

"Ne siamo al corrente." Guarda il dossier, corrucciata. "Poi l'Afghanistan. Dove le cose sono andate meno bene, vedo. Qui dice che è diventato inaffidabile."

"Estremamente."

"Si parla di un'overdose in una camera d'albergo."

"Già. Non era un grido d'aiuto."

Lei risponde restando zitta, ma è un silenzio diverso da quello che Rao voleva provocare. È un silenzio pensieroso. "Può parlarmi dell'incidente alla clinica di disintossicazione?" azzarda lei gentilmente, dopo un po'. "Non è nel dossier."

"No?" La guarda negli occhi. "Ho tirato un pugno a un pezzo di merda durante la terapia di gruppo. Stava raccontando un sacco di balle."

"Ho sentito che era molto più di un pugno."

Rao apre i palmi sul tavolo, inspira una volta dal naso, espira.

"Perché sono qui?"

"È nelle condizioni di lavorare?"

"Ne dubito."

Lei appoggia il dossier sul tavolo in mezzo a loro, lo raddrizza da un angolo. Passa un dito sulla copertina – un movimento lento, ponderato. "Mi sa che abbiamo bisogno di lei, signor Rao." Non sembra contenta mentre lo dice. "Non abbiamo nessuno con le sue capacità."

"Già." Rao manda un suono nasale. "Immaginavo."

Lei alza un sopracciglio. "Immaginava?"

"Sì."

Lo accompagna per un corridoio e in una sala riunioni vuota, dove una bandiera a stelle e strisce pende floscia accanto a uno schermo di proiezione. Sul lungo tavolo centrale sono disposti in fila una serie di bicchieri, tazze, piatti e scodelle. Miller li guarda distrattamente, poi si mette a studiare lui, e attende. Rao sa di che si tratta. Si massaggia la nuca per la familiarità della situazione. Ricorda la luce che entrava sbieca dalle finestre, il fumo di sigaretta nell'aria, la domanda di suo padre mentre indicava i vassoi con i gioielli sulla scrivania. *Secondo te qual è il più interessante, Sunil?*

"Un gioco di memoria, giusto?"

"No, signor Rao," dice lei.

Un termosifone sibila e ticchetta. Rao infila le mani nelle tasche dei jeans e aspetta che gli venga chiesto di fare quel che sa già.

"Le sarei grata se potesse esaminare questi oggetti e dirmi se qualcuno le sembra diverso dagli altri."

"Il terzo da sinistra," dice lui. "La tazza bianca."

"Così in fretta, a occhio? Saprebbe dirmi cos'ha di diverso?"

"È sbagliata."

"Sbagliata?"

"Il modo più semplice per dirlo, date le circostanze."

Miller si porta il polpastrello del pollice sulla bocca chiusa, lo lascia lì alcuni secondi, lo toglie.

"Signor Rao, vorremmo mostrarle qualcosa. Credo che lo troverà interessante. Se vuole seguirmi, c'è un'auto che ci aspetta fuori."

L'urgenza della cosa, di qualunque cosa si tratti, è così evidente che Rao si ferma in corridoio a leggere una bacheca a caso. *Allenamenti di baseball, tour dello spaccio militare, cane smarrito, gita in teleferica, mercatino dell'usato, pizzata di gruppo, gara motociclistica.* Lancia un'occhiata a Miller, nota i suoi pugni stretti, l'agitazione muta, e tanto per darle noia legge tutto di nuovo.

I loro passi riecheggiano sull'asfalto bagnato. Il Suffolk è sprofondato nella nebbia: aria densa e incostante che luccica e si muove attorno alle luci della base nella penombra. Miller prende un parka dal retro di una Land Cruiser priva di targa e lo porge a Rao senza dire nulla. All'interno, il loro autista è nervoso. Prova ad avviare l'accensione col motore già al minimo, mette la freccia molto prima di arrivare all'incrocio. Non è la presenza di Miller. È spaventato. Rao allarga le mani sulle cosce, si guarda le dita e sa di esserlo anche lui. C'è una falsità in tutto questo che non è la solita dissimulazione del cazzo, e il suo sapore comincia a premergli sulla mente. Guarda fuori dai finestrini per scacciarla. Luci nella foschia. Grosse sagome di passaggio che sono stalle e allevamenti di polli, siepi chiazzate dai fari a lato della strada. Dopo mezzo miglio svoltano in uno sterrato agricolo pieno di buche. Alcune centinaia di metri più in là, si fermano davanti a una recinzione di massima sicurezza piantata nel cemento armato. Una guardia si fa avanti con una torcia. Dopo un breve scambio apre il cancello; lo sterrato prosegue svoltando e tornando verso la base.

L'autista rallenta, spegne il motore. Miller scende e apre la portiera per Rao, informandolo che dovranno camminare per tre minuti. Lui arranca fuori nell'aria umida e ferma, e la segue, trascinandosi su file di foglie carnose che scricchiolano sotto i piedi. L'argilla bagnata gli si appiccica alle Converse rendendo ogni passo più lento e faticoso del precedente. Non capisce di che si tratta. Si chiede cosa vogliano fargli vedere. Il luogo di un disastro aereo, un cadavere, un deposito segreto di armi, un'auto carbonizzata? No. Nulla di tutto questo. Forse un pub? Sì. Miller lo sta portando in un pub. Un pub con una selezione sorprendentemente raffinata di whiskey e un fuoco che crepita nel camino. Sa che non è così, ma si sta immaginando quell'idillio lieto e proibito quando arrivano in cima alla salita.

Si ferma.

"Che *cazzo*," sussurra.

Sotto di loro, sprofondato nella nebbia, al centro esatto del campo, c'è un piccolo edificio a un piano con una facciata di lamiera luccicante. Un cerchio di riflettori lo avvolge in un alone di luce tenue, incandescente. È piuttosto difficile capire che dimensioni abbia. Per un istante, Rao pensa che non sia più grande di una scatola di fiammiferi, come se potesse allungare una mano e raccoglierlo. Non ha dubbi su quello che sta vedendo. È una tavola calda americana. Non solo sembra la tavola calda più ordinaria del mondo, ma c'è pure un'insegna rossa al neon sopra l'ingresso con la scritta TAVOLA CALDA AMERICANA. Le luci all'interno sono accese. Ma non c'è nessuna strada che vi arriva, nessun parcheggio accanto, nessun segno di anomalia nei campi coltivati tutt'attorno, a parte il tracciato stretto e fangoso che corre dai loro piedi fino alle doppie porte dell'edificio.

"Strano, vero?" dice la voce accanto a lui.

"Già, strano," dice Rao. Si alza sugli avampiedi nel fango, leccandosi le labbra alla vista di sotto. "Decisamente fuori luogo."

"Come la tazza?"

"Sì. Ma..." Rao sbatte le palpebre, non riesce a finire la frase. Guardare la tavola calda è come osservare dell'acqua che turbina dentro un buco di scarico, e si rifiuta di seguire oltre quell'intuizione. Con la coda dell'occhio intravede quello che potrebbe essere un sorriso.

"La tazza che ha individuato veniva dall'interno. Ma credo che questo lo sappia già. Vuole dare un'occhiata più da vicino?"

"Andiamo."

"Ha tra le settanta e le ottanta ore," spiega Miller mentre proseguono in discesa. Ha una voce più disinvolta, ora. Come se questo fosse un briefing il cui scopo è trasformare una cosa nel problema di qualcun altro. "Per la precisione: è il tempo in cui si trova in questo posto. È così vecchio e segnato dalle intemperie che sembrerebbe un edificio di metà secolo. Ma non sappiamo che età abbia la struttura."

"Ha tra le settanta e le ottanta ore."

"Ne è sicuro?" dice lei.

"Diciamo che è una sensazione. Le luci?"

"Non è collegato alle utenze. E c'è un'area tutt'attorno che sembra interessante."

"Per chi?"

"Per tutti noi."

"È un noi, quindi?"

"Lo spero, signor Rao."

"E chi sarebbe questo 'noi', esattamente?"

"Non posso mentirle, giusto?"

"Può mentire quanto vuole. Solo che me ne accorgerò. Vuole che vada dentro?"

"Prego."

Rao si avvicina alla porta. C'è odore di cipolle fritte nell'aria, oltre a un vago sentore di diesel. Tende una mano, passa delicatamente due polpastrelli sulla cromatura. Il metallo è freddo, splendente, imperlato d'acqua. Come spinge, la porta si apre senza difficoltà. Fa un passo in avanti. Abbassa gli occhi sulle sue scarpe infangate sulle piastrelle bianche e nere, sente Miller dietro di sé.

Ha cercato di descriverlo, in seguito. Ha detto che era come entrare in un bagno caldo. Non per il cambio di temperatura ma per il mutamento fulmineo, la sua forza, la gradevolezza. Non è mai stato dentro un falso prima d'ora. Non l'ha mai sperimentato in questo modo. Gli prude la pelle per la stranezza. Ma accanto alla stranezza c'è un'ondata di euforia che gli sale lungo la spina dorsale, un calore improvviso nel petto. Dopo pochi secondi, è sorpreso di ritrovarsi sul punto di piangere.

All'interno non c'è nessuno. Il posto è deserto.

La sensazione è che sia pieno di gente.

"È bello qui, eh?" dice.

Miller non sa cosa rispondere. Ha le braccia conserte, l'espressione confusa. "Si guardi attorno, signor Rao. Si prenda il tempo che le serve. La piastra è calda. Le sconsiglio di toccarla."

Rao vede un bancone turchese rivestito di piastrelle a scacchi. Un jukebox illuminato in un angolo. Panchette rosse, sedie di metallo con sedute e schienali imbottiti. Fotografie incorniciate sulle pareti color ciliegia. Elvis, Sinatra, Marilyn, Bill Haley, gli Everly Brothers, Rita Hayworth nelle vesti di Gilda. Dopo che hanno catturato il suo sguardo più di una volta, si rende conto che queste foto sono strane in un modo molto singolare. Più le guarda, meno riconosce i loro soggetti, e questo è *molto* interessante. Si avvicina alla prima. Sbatte le palpebre. Le luci della tavola calda riflettono un volto che non è esattamente quello di Sinatra. Potrebbe essere tutto nella sua testa. Sa che ha qualcosa di strano. Ma non lo pensa; non pensa che sia quello. Lancia un'occhiata a Miller dietro una spalla. A giudicare dal modo in cui è in piedi accanto alla porta, non gli lascerà passare tutta la serata lì. Decide con riluttanza che questo particolare mistero dovrà aspettare.

Più Rao si guarda attorno, più nota delle cose strane. Dietro al bancone, le piastre sono effettivamente accese al massimo – mette un palmo sopra una di esse per controllare – e luccicano d'olio. Ci sono una serie di foglietti con degli ordini attaccati a una sottile barra d'acciaio sulla parete – su ognuno di essi c'è scribacchiato *uova al tegamino* – ma, a parte questo, nient'altro. Nessun lavandino, nessuna griglia, nessun piatto, nessun utensile da cucina. Molte tazze e caraffe, ma nulla per fare il caffè.

"E nessun bagno," dice Miller guardandolo. "Che ne pensa?"

"Sembra un modellino. Una scenografia di dimensioni reali. Cosa diceva dell'area esterna?"

"Non ci sono fondamenta. Poggia su quindici centimetri esatti di sabbia. E ci sono quindici centimetri esatti di sabbia su ogni lato, prima che incontri il terreno del campo."

"Che genere di sabbia?"

"Non abbiamo avuto tempo di analizzarla. È qui solo dalle settanta alle..."

"Ottanta ore." Rao sta guardando il bagliore rosso rubino dell'insegna al neon sopra il bancone. SERVIZIO, dice in corsivo. Non ci sono fili elettrici. Da nessuna parte.

"Quindi mi ha mostrato questa cosa e prima di dirmi altro dovrà farmi firmare una dichiarazione di riservatezza, giusto?"

Miller annuisce.

"Col sangue."

"Fa freddo stasera, signor Rao. Mangiamo. Possono portarci qualcosa dal Circolo ufficiali e farò del mio meglio per esserle d'aiuto."

Miller pilucca una Caesar salad mentre Rao divora un piatto di fajitas di pollo. Quando ha finito, lei prende il suo caffè, si appoggia allo schienale e lo guarda con aria interrogativa.

Ci siamo, pensa Rao.

"Allora, signor Rao, il termine che hanno usato per lei i suoi ex datori di lavoro, mettendo in chiaro che era in via assolutamente confidenziale, è 'devastato'."

"Va bene anche solo Rao."

Miller fissa un attimo la tazza, muove leggermente il caffè, lo guarda girare.

"Dev'essere stato difficile."

"Cosa?"

"Quello che ha passato."

Rao chiude gli occhi. "Lasciamo stare, okay? Ne ho avute abbastanza di 'ste robe ultimamente. Se vuole giocare a 'facciamo amicizia', mi lasci fare alcune domande."

"Prego, Rao."

"Qual è il suo dipartimento?"

"Difesa."

"Lavoro?"

"Investigatrice."
"Ah," dice. "Colombo."
"Ma senza cane e senza moglie, e odio i sigari."
"Da dove viene?"
"Wyoming."
"Dove ha preso il suo orologio?"
"Non sono affari suoi."
Rao sorride. "No, è vero. Questa cosa la spaventa?"
Lei sbatte le palpebre, due volte. "La tavola calda? Sì."
"Bene." Miller lo sta osservando con grande serietà. Chissà cosa vede, si domanda lui. Ora lo sta trattando meno come una bomba a orologeria e più come un terribile inconveniente, e ci sta. Si chiede se Miller abbia un figlio da qualche parte. Un figlio difficile. Qualcosa nella sua espressione gli dice che potrebbe darsi. Già. Tira un filo che gli esce da un buco sul polsino del maglione e lo strofina pigramente tra pollice e indice. "Prenda pure il suo modulo di riservatezza. Lo firmerò. Ha una penna o devo aprirmi una vena?"
"Ho una penna."
Rao firma. Non si preoccupa di leggere. Ne ha già firmati altri e queste robe non contano un cazzo.
"Allora, qual è l'accordo?"
"Non c'è nessun *accordo*, Rao," dice lei. "Non è una transazione."
"Non intendevo letteralmente. Era un modo di dire. Di che si tratta?"
Miller si morde il labbro, parla con attenzione. "C'è stato un morto alla base. In circostanze singolari e sospette. Sono qui per coordinare le indagini inglesi e americane."
"Ma in realtà è qui per la tavola calda."
"Il mio ruolo di coordinamento non è una copertura, Rao. Ma non ci interessa solo la tavola calda. Sono stata incaricata di mettere insieme una piccola squadra per indagare su altri eventi recenti avvenuti in questo posto. Potrebbero avere dei legami con la tavola calda, forse con il morto. Mi è stata fortemente raccomandata la sua presenza."
"Da chi?"
"Lavorerà insieme al tenente colonnello Adam Rubenstein."
"Cazzo, non è ancora morto?"
Un sorriso sarcastico. "No."
"Qual è lo scopo di questa squadra, se si può chiedere?"

"Indagare. C'è un cadavere e un sacco di gente ha bisogno di risposte."

"E qual è il suo vero compito?"

"Indagare. Solo, indagini un po' più complesse. Sono comparsi una serie di oggetti in quest'area. Perlopiù dentro la recinzione. Nessuno sa da dove arrivino. La base operativa ha pensato che fossero uno scherzo. Poi è spuntata la tavola calda."

"Che genere di oggetti?"

"Vari oggetti. Un numero sorprendente di giocattoli per bambini. La prima è stata una bambola Cabbage Patch trovata sulla pista principale durante un'operazione di routine per la ricerca di corpi estranei. L'ultimo, la matrice di un biglietto per *Scandalo a Filadelfia* all'Arlington Theatre."

"Pessima commedia."

"La divagazione non è una strategia utile," dice Miller, "ma sono d'accordo con lei. Devo aggiungere che in questo caso si tratta di una produzione del 1982."

Rao sbadiglia. È una risposta allo stress. Lei lo fraintende, guarda l'orologio e si acciglia. "È tardi. Le è stata negata la libertà su cauzione perché è stato giudicato a rischio di fuga, Rao, quindi temo che ci sarà una guardia fuori dal suo alloggio. Ma non la metteremo nella struttura di reclusione e starà meglio qui che a Pentonville. Le serve altro?"

Rao scrolla il capo. Non gli serve niente. Vorrebbe diverse cose al momento, ma nessuna gli farebbe bene e nessuna gli verrà data. Guarda Miller fare un cenno all'agente seduto tre tavoli più in là, lo guarda alzarsi, aspetta di essere portato via.

Capitolo 2

Ecco, il principale problema della piega che ha preso la vita di Sasha è che lei in realtà non aveva pianificato che succedesse. A dire il vero, per parlare col cuore e tutte quelle stronzate lì, non aveva pianificato un sacco di cose, ma questa era davvero troppo. Probabilmente avrebbe saputo gestire meglio la perdita di un arto del fatto che il suo rigido fratello maggiore avesse messo incinta una poveraccia. E sparire per cinque anni e perdere il numero di suo fratello dopo aver ricevuto la lieta notizia non era stato esattamente un buon modo di gestire le cose.

Cos'avrebbe dovuto fare? Prendere per le spalle sua moglie, scrollarla per bene, gridarle di levarsi di torno prima che uscisse il bambino? Ormai era troppo tardi. Se Sasha avesse voluto fare qualcosa per lei, avrebbe dovuto farlo prima che restasse incinta. Avrebbe dovuto farlo prima di quel cavolo di matrimonio.

La loro non era esattamente una famiglia dotata di buone strategie di adattamento. Per com'erano stati educati, avevano imparato fin da piccoli che se c'era un problema la cosa migliore da fare era tenerlo per sé. Reprimerlo e soffocarlo.

Poi, negli anni, in qualche modo Sasha si era dimenticata di tutta quella storia della gravidanza. Aveva avuto i suoi guai, li aveva repressi e soffocati al punto da dimenticarsi che doveva restare a galla. Così cinque anni dopo, con una sfilza impressionante di debiti di gioco e qualche cicatrice che non confidava a nessuno, Sasha si ritrovò sulla soglia di suo fratello. È buffo, ma è così che succede nelle famiglie, no? Non importa cos'era successo, nessuno dei due era riuscito a tagliare del tutto i ponti. Qualcosa era rimasto in piedi.

Non le disse nemmeno "ciao" quando aprì la porta. La guardò

e basta, guardò la valigia appoggiata dietro le gambe, vide il taxi allontanarsi. "Quanto ti vuoi fermare?" chiese.

"Quanto tempo hai?" rispose Sasha.

"Ti preparo la stanza per gli ospiti." Suo fratello si fece da parte. Non si offrì di portarle i bagagli, ma in ogni caso lei non gliel'avrebbe permesso. "È quasi pronto in tavola, credo. Vai a conoscere la famiglia."

Fu più o meno allora che Sasha si ricordò della gravidanza e di come aveva trovato crudele tutta quella storia. Rinchiudere sua moglie in una prigione che lui chiamava amore. "Sì, volentieri per il pranzo," disse.

"Questa è tua zia Sasha."

Bisogna stringere la mano a un bambino di cinque anni quando si fa la sua conoscenza? Probabilmente no, ma c'era qualcosa negli occhi del piccolo che la invogliava a farlo. Si frenò.

"Ehi, ciao. Wow, ormai sei un ometto, eh? L'ultima volta che ti ho visto mi sa che non eri ancora cotto a puntino." Fece un gran sorriso al bambino seduto a tavola davanti a un sandwich perfettamente quadrato al burro d'arachidi e marmellata. Lui non rispose. Nessuno in cucina lo fece. Suo fratello, sua moglie e il bambino la guardarono e basta, come se Sasha avesse appena parlato in un'altra lingua e fatto un balletto.

"L'ultima volta che tua zia è venuta in città eri nella mia pancia," spiegò la moglie di suo fratello.

Il bambino annuì. "Oh."

Non disse altro. Mangiò il suo sandwich in silenzio mentre Sasha evitava di rispondere alle domande su cos'aveva fatto negli ultimi anni. Rimase zitto, guardando con grandi occhi marroni gli adulti girare attorno alla questione di quanto tempo si sarebbe fermata. Da quel che a Sasha sembrava di capire, erano per "un tempo indeterminato", con la minaccia implicita di annullare tutto al minimo accenno di cattivo comportamento.

I cattivi comportamenti, con suo fratello, erano una specie di zona grigia. Fumare in casa, parlare dei suoi amici artisti, ascoltare musica che lui considerava sovversiva: tutti questi erano Cattivi Comportamenti. Ma se si sedeva a fumare di fuori sul portico sotto gli occhi di tutti i vicini, cosa che probabilmente l'avrebbe mandato fuori di testa, non c'era problema. Se riusciva a procurarsi dei biglietti omaggio e a portare lui e sua moglie a una galleria d'arte in città, quella era cultura. Non era affatto un cattivo comportamento. Ma se alla radio trasmettevano alcune delle canzoni preferite di Sasha, be', come si sarebbe comportato?

Per molti aspetti era come vivere ancora con il loro padre. Ognuno reagisce a modo suo. Sasha era impazzita e si era trasferita in città pur essendo troppo giovane. Suo fratello era impazzito e si era trasformato in una versione leggermente più soft del loro padre. Cose che capitano. Lei comunque non gliene aveva mai fatto una colpa. Non era colpa di nessuno. A volte le capitava di chiedersi se suo fratello sapesse di non avere colpa. Non l'avrebbe mai scoperto, però. Più facile tenersi tutto dentro. Soffocare ogni cosa.

Capitolo 3

"Ha fatto colazione?"

Rao annuisce mentre camminano. Non è vero. Probabilmente avrebbe dovuto. È sicuro che morirà se non beve un caffè entro dieci minuti.

"Ho una riunione, quindi la lascerò solo. Qui dentro," dice Miller fermandosi in corridoio e indicando una porta non contrassegnata alla loro sinistra. Rao ha un attimo di esitazione. Ha imparato alcune lezioni nel corso degli anni sul fatto di entrare alla cieca in stanze come questa. "Prego, Rao, prenda qualcosa da mangiare," aggiunge lei con un sorriso stanco, indicando nuovamente la porta.

Rao la apre. Entra in un ufficio open space. Pannelli divisori di tessuto, logora moquette grigia, sedie da scrivania retate. Persone che guardano schermi. Alcune indossano abiti, altre divise mimetiche. Quattro di queste ultime stanno esaminando qualcosa con aria accigliata a un tavolo comune lì accanto. Porno, forse. *No.* Rao si guarda attorno. Gli hanno assegnato una scrivania? Miller l'ha chiuso qui dentro perché possano tenerlo d'occhio?

No. Sta cercando una scrivania libera con uno schermo dietro cui nascondersi quando sente un piccolo fastidio strisciante nelle cavità nasali e nel petto. C'è qualcosa che non va qui dentro. Dev'essere qualcosa su cui ha posato gli occhi senza vederlo veramente. Un oggetto dalla tavola calda, forse.

No. È Adam.

Il tenente colonnello Adam Rubenstein, curvo su un dossier sul lato opposto della stanza. È solo un altro uomo dai capelli neri con un vestito da due soldi. Ce ne sono almeno cinque così, qui dentro. Tutti simili a lui, nessuno uguale a lui.

Sembra sempre lo stesso, pensa Rao, ma ha un qualcosa di poco familiare. Forse non dovrebbe sorprendersi. C'era stato un Rao pre-Afghanistan, ma Rao non sa quanto sia rimasto di lui, e questo rende l'Adam che sta guardando ora simile a un souvenir di un passato lontanissimo. Le spalle della sua giacca sono ancora cadenti. I capelli sempre corti e tagliati platealmente male. Il colletto della camicia è stretto, il nodo alla cravatta troppo alto. Adam si è sempre vestito come se cercasse di non rivelare nulla di sé. La barba incolta che ha sulle guance è un segno preoccupante. La situazione dev'essere grave se non ha trovato il tempo di radersi.

Rao ricorda le ultime parole che gli ha detto Adam. Un tardo pomeriggio a Tashkent, poco meno di un anno fa. La luce chiara dell'entroterra che batteva attraverso la finestra della sala partenze, raschiando come carta vetrata sull'orribile post-sbronza di Rao. Tè nero slavato dentro a bicchierini di carta. Un discreto imbarazzo. "Stammi bene," aveva detto Rao alzandosi per andare al gate. Gli era parsa la cosa più sicura da dire, ma non appena aveva pronunciato quelle parole si era reso conto che sembrava dubitasse della capacità di Adam di badare a se stesso. Adam aveva fatto un cenno con la testa, poi aveva abbassato gli occhi sui cartoni di sigarette sotto il braccio di Rao e aveva alzato un sopracciglio. "Lo sai che sono taroccate," aveva detto. Senza l'ombra di un sorriso, ma Rao si era sentito rincuorato. Le offerte di pace di Adam, le rare volte che venivano concesse, hanno sempre avuto qualcosa di ambivalente, come lame di coltello.

Rao si avvicina senza dire nulla. Ma Adam non sarebbe così in gamba se non si fosse già accorto di Rao molto tempo prima che arrivi alla sua scrivania. Non alza la testa.

"Hai un aspetto orribile," dice senza complimenti.

"Sì, grazie," risponde Rao. "Tu invece insignificante."

Questo spinge Adam ad alzare gli occhi dal dossier. Occhi neri, addestrati alla solita vaga ostilità che usa per scoraggiare la conversazione. Rao ripensa alle pochissime volte che l'ha visto sorridere per qualcosa che ha detto. C'è del senso dell'umorismo dietro a quegli occhi: questo è indiscutibile. Adam ha fatto ridere Rao in passato. La sua abituale impassibilità, la sua indifferenza a battute e frecciatine – una questione di controllo, ha sempre pensato Rao. Quest'uomo è più teso della corda di uno Stradivari e Rao ha motivo di credere che sia tutta farina del suo sacco. I funzionari dell'intelligence come lui hanno i loro segreti. Sono fatti per questo.

Adam gli lancia una rapida occhiata. Avrà già capito tutto quel che gli serve, ma ha deciso gentilmente di rendere partecipe Rao della sua valutazione. Conoscendo Adam, è un atto di riguardo che rasenta la generosità. “Sono contento di vederti qui in piedi,” dice. Probabilmente è sincero, decide Rao, guardando il dossier tra le mani di Adam, i margini segnati da leggere ditate di inchiostro nero. Gli strumenti di scrittura si ribellano tra le mani di Adam. Rao ha il sospetto che quest’uomo influisca sul loro inchiostro così come sulla pressione sanguigna della maggior parte delle persone. “Non intendevo letteralmente,” aggiunge Adam. “Puoi prendere una sedia.”

Rao si siede. “Parleremo solo della mia condizione o vuoi dirmi qualcosa di quel dossier che stai rovinando?”

“È una copia,” mormora Adam spingendo i fogli verso Rao. “Non importa se si rovina, purché non esca da questa stanza.”

Ci risiamo, pensa Rao, sentendo il vago mal di testa che lo accompagna da giorni erompere in pulsazioni profonde e feroci dietro ai suoi occhi. Si conficca le unghie nei palmi. Sarebbe bello chiedere a Adam cosa sa della condizione di Rao, del suo ruolo in tutto questo e moltissime altre cose, ma è impossibile farlo senza un carico immondo di vulnerabilità. Più tardi, decide Rao. Forse. Quando il mal di testa sarà un po’ passato e i suoi occhi riusciranno a mettere a fuoco come si deve. Prende il dossier, lo apre, lo sfoglia disperatamente. “Adam, avrò un aspetto orribile, ma mi sento molto peggio. Dimmi cosa c’è scritto e basta.”

“Tre giorni fa un civile responsabile della manutenzione del suolo ha trovato il cadavere di un sottufficiale vicino a un rogo non autorizzato nel settore sudest della base. Il sergente capo maggiore Adrian Straat.”

“Morto prima del rogo?”

“No.”

“Causa della morte?”

“Fuoco.”

“C’è sul dossier o mi stai prendendo in giro?”

“Entrambe le cose, forse. È su un dossier a parte. Miller ti ha parlato degli oggetti. Sono comparsi più o meno nello stesso momento del cadavere in un raggio di quattrocento metri. Nessuno dice di averli messi là o di aver visto qualcuno che lo faceva. Sono stati presi e inventariati. Miller vuole che prima tu gli dia un’occhiata. Sono tutti nel deposito prove, tranne una jeep degli anni cinquanta comparsa dietro un magazzino delle munizioni e un Browning Citori calibro 28 nel deposito armi.”

“È un fucile.”

“Già. Per la precisione un Citori White Lightning a canne sovrapposte, fabbricato a mano in Giappone attorno al 1983. Sto tralasciando un sacco di cose, Rao. Certi dettagli possono aspettare quando sarai più in grado di comprenderli."

"Mi stai manipolando."

"E mi sta riuscendo bene."

"Vaffanculo. C'è del caffè qui?"

"Vuoi un *caffè*."

"Non cominciare."

Adam si alza, fa ritorno alla scrivania con due tazze, le mette di fronte a Rao. Tira fuori dal dossier due fogli graffettati e glieli porge. Sul primo c'è una mappa del perimetro della base. È disseminata di crocette numerate, più concentrate in alcune zone e meno in altre.

"Queste crocette sono dove hanno trovato gli oggetti?" dice Rao trangugiando un liquido così disgustoso che è come uno schiaffo sul volto.

"Sì. Il cerchio è il rogo."

"Dovrei vedere qualcosa nella disposizione?"

"Lo vedi?"

"No. Tu?"

"No."

"Sei stato alla tavola calda?"

"Non ancora."

"Mi stupisci, Adam."

"Rao, sono arrivato alle tre di notte con un volo da Dulles. Non ho avuto tempo."

"Sì, certo."

"Sto dicendo la verità."

"Sì, *certo*."

Rao sente un sorriso sul suo volto e se ne meraviglia. Gira la pagina, scorre alcune righe. È come se alla base fosse saltato in aria un mercatino e qualcuno avesse fatto un inventario della ricaduta.

29 Giubbino da motociclista (pelle nera)
30 Dinosauro peluche (giallo, rovinato, senza un occhio)
31 Poltrona reclinabile (bordeaux, pelle)
32 Cassetta degli attrezzi (pino laccato)
33 Mazzo di rose (rosse)
34 Gioco Forza 4 (struttura montata, completa di gettoni)
35 Pupazzetto (orso, nero, rovinato)

"Babbo Natale?" propone Rao. "Forse i dipendenti si sono comportati da bravi bambini."

"Babbo Natale non è un sistema di consegna plausibile," mormora Adam. "Le telecamere di sicurezza non hanno rilevato nulla a parte diversi disturbi elettrostatici tra le sei e quarantotto e le sei e cinquantuno di mattina. Prima, niente. Dopo..." fa un cenno con la testa verso la mappa, "questo." Esita un attimo. "Non vorrei citare *Ai confini della realtà*, ma non so spiegarmelo."

"Ho sempre pensato che Rod Serling ti avesse insegnato a farti il nodo alla cravatta, Adam, ma no, vediamo di..." Rao si ferma. Ci ripensa. "Okay. Allora, sono stato in quella tavola calda ed era molto *Ai confini della realtà*. Un tizio è morto in un rogo misterioso e sono apparsi oggetti strani dappertutto. Perché non dovremmo entrare nella tana del lupo? Hai un orario della morte?"

"Più o meno." Adam avvicina a sé un altro dossier, lo apre. "Hanno scattato alcune foto, se vuoi..."

"Non ora, grazie."

"Sei e quaranta di mattina."

"Quand'è stato raccolto il primo di questi oggetti?"

"Sei e cinquantuno."

"La bambola Cabbage Patch?"

"Già. Sulla pista di volo."

Rao vede il dubbio negli occhi di Adam. Vuota la tazza, prende la seconda, beve un sorso e sussulta. Questo caffè è anche peggio. Prova un patetico senso di gratitudine.

"La tavola calda è una follia, tesoro. Ci sono entrato. E quando guarderemo queste robe di Babbo Natale, saranno una follia pure quelle. Ci sarà anche una logica in tutto questo, ma sono sicuro che è una logica tipo *Ai confini della realtà* e dovremo prenderne atto quando salterà fuori. Tenere la mente aperta."

"Niente prediche, Rao. Non m'importa se sono stati i folletti. Ho solo bisogno di sapere come e perché l'hanno fatto."

*

Il deposito prove è a tre minuti da lì, gli dice Adam. Mentre schiva le pozzanghere sul sentiero, con le mani sprofondate nelle tasche e le spalle curve contro la pioggia sempre più forte, Rao decide che ha abbastanza caffeina in corpo per chiedere a Adam come sta.

"Allora, Adam."

"Rao."

"Come stai?"
"Come sto."
"Sì."
"Indaffarato."
"Indaffarato bene o indaffarato male?"
"Indaffarato."
Ecco com'è parlare con Adam, Rao se lo ricorda bene. "Indaffarato su *cose segrete*?"
Adam gli lancia un'occhiataccia. "Più lavoro d'ufficio rispetto a prima," dice dopo un po'.
"Hai un ufficio, Adam?"
"Tecnicamente ce l'hanno tutti."
"Tecnicamente?"
"È più un concetto."
"Che cazzo significa?"
"Se vivi abbastanza a lungo, finisci in un ufficio."
"Ah, come quella storia che c'è un proiettile là fuori con su scritto il tuo nome, giusto? Un proiettile, un ufficio, una tomba?"
"Ti aspettano sempre."
"Quanto sei drammatico."
"Sì, Rao."
"Un *ufficio*," sussurra Rao. "Hai combinato qualche stronzata?"
"No, nessuna stronzata."
"No escándalo? Ti hanno beccato in una posizione compromettente in un ripostiglio dell'ambasciata?" Rao soffoca una risatina: quel che ne esce è uno squittio quasi impercettibile. L'idea stessa di Adam che palpeggia qualcuno da qualche parte. Impossibile.
"No."
"Non dirmi che ti sei stufato di sparare alla gente. Porca puttana, Adam. Hai trovato Dio o qualcosa del genere?"
"Rao, mi hai chiesto come sto. Sto indaffarato."
"Certo. Cristo. Parlare con te è come cercare di fare irruzione a Fort Meade. Non so perché cazzo te l'ho chiesto." Rao fa un gran sorriso. Due F-15 passano bassi sopra le loro teste, carichi di armamenti. "Allora?" dice quando il fragore glielo permette.
"Allora cosa?"
"Non vuoi chiedermi come sto?"
Adam scrolla il capo. "Dimmelo tu."

Il deposito prove è in un basso edificio di mattoni rossi ai confini della base. Due tristi cespugli di alloro fiancheggiano la porta d'ingresso; sopra, la grondaia verniciata di nero gorgoglia d'acqua piovana. Un residuato bellico, pensa Rao. La vecchia base operativa della Raf? *Sì.*

Adam lo accompagna nel seminterrato e va dritto in fondo al corridoio, verso una porta ancora decorata di verde e bianco crema dai tempi della guerra. Mostra velocemente la carta d'identità a una guardia, che si raddrizza, esclama un "signore", apre la porta e si fa da parte. Le luci al neon si accendono sfarfallando.

Rao storce il naso. L'aria qui dentro è strana. Rilascio di idrocarburi aromatici dalla plastica, pensa. *No.* Qualunque cosa sia, odora di fango e gelsomino. Acqua piovana, legno di sandalo. Rabbrividisce. La stanza è stretta e lunga. Le pareti sono rivestite di scaffali metallici fino al soffitto, pieni di buste di plastica trasparente, e in fondo alla stanza, per terra, ci sono alcuni sacchi contenenti gli oggetti più voluminosi. Rao vede un'imbottitura in pelle che preme sgradevolmente contro la plastica tesa, una Yamaha 50cc.

Adam è professionale. "Le perizie dell'Ufficio investigazioni speciali non hanno trovato impronte digitali su nessuno degli oggetti esaminati, se non delle persone che li hanno raccolti. Miller vuole sapere cosa ne pensi."

Rao prende un paio di guanti in nitrile da una scatola sopra un tavolo d'acciaio e se li infila. "Finora tutto quello che so è che c'è qualcosa di incredibilmente sbagliato in questi oggetti. Passamene uno."

"Quale?"

"Uno qualsiasi. Non importa."

Rao prende la busta che gli porge Adam, si sforza di guardare attraverso. "Credo che sia un orsacchiotto," decide. "È un orsacchiotto."

"Un orsacchiotto Funshine."

"Adam, come fai a sapere cos'è un orsacchiotto Funshine?"

"Televisione." L'attenzione di Adam si concentra su un altro oggetto che ha preso dagli scaffali.

"Balle. Di sicuro avevi un orsacchiotto Funshine," dice Rao, poi si ferma di colpo, sorpreso. "Merda, Adam, non ci avevo mai pensato. Devi aver avuto dei giocattoli da bambino. Cos'erano? Soldatini di plastica? Pugnali retrattili? Fucili AR-15?"

Rao si aspetta il solito silenzio riservato da parte di Adam. Ma, inaspettatamente, l'altro risponde. "Modellini," dice in tono piatto. "Modellini in scala. Da assemblare. Soprattutto aeroplani."

"Adoro i modellini," dice Rao. "Ce li hai ancora da qualche parte? Posso vederli?"

"No. Dovresti guardare queste," dice Adam tendendo le braccia.

Un mazzo di rose rosse.

"Apprezzo il gesto, tesoro, ma ho sempre preferito le mimose."

"Rao."

Rao prende la busta. Le rose sono rosso vivo e molto profumate: come apre la chiusura lampo, la fragranza gli pizzica la gola. Le rovescia sul tavolo. Sono leggermente appassite. Guarda attentamente il cartellino attaccato a un nastro rosso, legato attorno agli steli. Un messaggio in corsivo, inchiostro blu. ***Alla mia Millie. Per sempre, come ci siamo detti.***

"C'è una data. Ah. I fiori stanno cercando di dirmi che sono del 1973, Adam."

"Ah sì? Potresti solo dargli un'occhiata, Rao?"

Sembrano un mazzo di rose. Ma c'è qualcosa nello spazio tra i fiori che non è molto... Rao si acciglia, infila dentro le dita con fare attento, esplorativo.

Cazzo.

Esternamente sono rose. Ma dentro il mazzo c'è una mostruosità, un ammasso di tessuto vegetale arricciato, molliccio, rosso vellutato, con chiazze verdi lucide e venate, come se foglie e fiori si fossero fusi insieme. Guardandolo, Rao ripensa alla fotografia su un manuale scolastico di una pianta che era stata esposta alle radiazioni gamma e si era trasformata in un groviglio orribile, esuberante e disordinato. Appena toglie le dita, il bouquet si richiude di scatto in modo strano.

Sembra un mazzo di rose.

"Sono rose?" chiede Adam lentamente, come se la domanda non fosse solo sorprendente, ma sgradevole.

"Be'. Cos'è una rosa? Sai, tempo fa ho letto un bel po' di robe sulla metafisica dell'identità. Non è il genere di questione per cui ha senso dire vero o falso. Ma posso verificare altro. Tipo, se questi fiori sono stati tagliati da una pianta."

"È così?"

"No. Nessuna pianta. *Merda.* Dammi qualcos'altro. Qualcosa," dice riflettendo attentamente, "dentro una scatola. C'era una cassetta degli attrezzi, giusto? No, lo Scarabeo. Trova la scatola dello Scarabeo."

"Ce ne sono due," dice Adam guardando l'inventario.

"Dammele tutt'e due."

Il primo è una versione vecchio stile. Il tabellone non è nulla di particolare: grigio-verde, punteggiato di caselle rosa e azzurro pastello. Poggiatessere di legno, tessere di legno. L'altra scatola non si apre. Quando Adam prende un coltello e prova a tagliare un angolo, scopre che l'interno è solido: una materia grigia e fibrosa, in cui la lama entra con difficoltà. Poi passa più tempo di quanto Rao reputi necessario a pulire la lama contro i pantaloni, con un'espressione di disgusto sul volto. Si strofina quel punto sulla coscia più volte con le dita e guarda Rao.

"Saranno tutti così, vero?"

"Sì, tesoro. È probabile. Già."

Capitolo 4

"Dove?"

"In Inghilterra. Raf Polheath. È una base di caccia americana, il nome è, ehm, fuorviante."

"Conosco Polheath."

"Pronto? Sei ancora in linea?"

"Forte e chiaro. Stavo pensando. Non è proprio ottimale."

"Già, non è l'ideale. Ma hai presente il proverbio? Non tutte le nuvole..."

"Nuvole?"

"Stavo pensando a Dennett. Conosci Dennett? Daniel Dennett."

"Sì, il filosofo della mente. Perché?"

"Dice che commettere errori è il segreto per fare progressi. Credo che questo imprevisto potrebbe rivelarsi molto, molto fortunato."

Capitolo 5

"Ci penso io ai piatti," aveva detto Sasha a suo fratello, e l'intera famiglia era sloggiata dalla cucina come per magia, senza nemmeno cercare di dissuaderla in segno di gentilezza. Ora è sola. E va benissimo così, dato che l'ha proposto lei e non le pesa lavare i piatti. È un modo per sdebitarsi ed è quello che aveva in mente quando si è offerta di farlo, pur sapendo che si sarebbe accollata quel compito per il resto della sua permanenza. Poteva toccarle di peggio e di sicuro col tempo si addosserà qualche altra faccenda domestica. Non paga l'affitto, in fondo. Né suo fratello sarà così stronzo da chiederle un assegno mensile, probabilmente.

Tutt'a un tratto capisce che è entrato qualcuno in cucina. È come se ci fosse uno spostamento d'aria, e Sasha crede di sapere chi sia. "Senti. Puoi fidarti per le stoviglie, okay? Non ho le mani di pasta frolla come qualcuno di mia conoscenza..." Ed è a un passo dal rivangare un vecchio litigio d'infanzia solo per il gusto di farlo, quando si volta verso suo fratello e si ferma.

Non è lui. È suo figlio. È in piedi sulla soglia e la sta guardando con quegli occhi grandi. "Ehi. Sei proprio silenzioso, piccolo," dice. "Come un fantasma."

Lui scuote la testa con serietà. Sasha alza un sopracciglio.

"No? Non un fantasma."

Lui scuote di nuovo la testa. Sasha si appoggia al bordo del lavello, senza far caso all'acqua che le penetra nella camicetta e le bagna la schiena. Va bene. È tiepida e la fa sentire stranamente a casa. Tutta la sporcizia e il disagio che comporta una casa di famiglia. Le piccole cose di cui si era dimenticata dormendo sui divani altrui insieme ai suoi amici scrocconi. "Vuoi dirmi perché non sei come un fantasma? Perché a me sembra proprio così."

Non crede che risponderà. Resta in piedi in silenzio così a lungo che Sasha dà un'alzata di spalle e si gira di nuovo dall'altra parte. Infila le mani nell'acqua schiumosa. Cerca la tazza che, lo sa, è là dentro insieme a piatti e posate. Non ha mai capito perché le tazze siano più divertenti da lavare, forse è solo una storiella che si racconta per facilitare il lavoro, ma cerca lo stesso.

Il bambino parla, pianissimo, mentre le mani di Sasha trovano il manico.

"Non esistono," dice. È accanto a lei ora. Si è avvicinato al bancone ed è proprio al suo fianco. Allunga il collo e sembra tremendamente minuscolo mentre la guarda dal punto in cui si trova. "I fantasmi non esistono."

Forse è il risultato di un serio discorso familiare, pensa Sasha. Forse il bambino si è spaventato una notte e i suoi genitori hanno dovuto rannicchiarsi con lui e spiegargli che i fantasmi non esistono. Sasha sorride al visino che sta guardando in alto verso di lei e pensa a quella scena immaginaria, a tutta la sua improbabile intimità. Sembra inverosimile per suo fratello o sua moglie, per questa casa. Come se fosse troppo piccola per abbracciarli tutti e troppo grande per stare in questa casa. Sa che quel discorso sui fantasmi non è mai avvenuto, ma è bello pensarci. Soprattutto mentre quegli occhi grandi la guardano.

"Okay. Allora i fantasmi non esistono. Mi hai beccato, piccolo," ammette. Lui aggrotta un po' la fronte, confuso. "Però non è una vera bugia se fa parte di una storia. Sei d'accordo? Tipo che a volte la gente racconta cos'è successo nella sua giornata e non è tutto vero, ma non sono nemmeno tutte bugie. Hai mai sentito qualcuno che dice 'piove a catinelle'?"

Lui annuisce.

"E vuol dire solo che piove tanto, hmm?"

Annuisce di nuovo.

"Quindi, dire che sei come un fantasma non vuol dire che sei finto. Finto come un fantasma," continua lei, evitando con cura l'argomento della morte. Forse non dovrebbe parlare di queste cose con un bambino il primo giorno che l'ha conosciuto. "Ma sei silenzioso e ti muovi come se fosse un segreto. Come i fantasmi. Capito?"

Lui ci pensa. Ci pensa a fondo. Sasha si chiede se non sia troppo. Quanti anni hanno detto che ha? Forse ha esagerato. Ma poi il piccolo mugugna qualcosa. Una versione in miniatura di suo fratello, serio e inquadrato, e troppo piccolo per aver perso ogni capacità di ridere. Merda. Sasha ha bisogno di fumare.

"Ho capito," dice lui.

"Bene. Vuoi un bicchiere d'acqua o altro?"

"Sì."

Sasha prende un bicchiere dal liquido schiumoso e lo lava velocemente. "Un giorno ti faremo dire più di tre parole in croce, piccolo. Te lo prometto," mormora.

Capitolo 6

Miller ascolta con attenzione il rapporto di Rao. "Ho preso nota," dice. "Qualcosa da aggiungere, Rubenstein?"

"No, signora."

Annuisce. Ha dei modi spicci e un'imperturbabilità snervante. "Vorrei che parlaste con Ed Gibbons," annuncia. "L'uomo che è arrivato per primo sulla scena del rogo."

"Dov'è? In una cella da qualche parte?"

"No, Rao. È a casa sua a Brandon, insieme a sua moglie e ai suoi due cani. È in malattia da tre giorni a causa di un'emicrania. Ma sta sufficientemente bene per" – storce le labbra – "scambiare due chiacchiere."

"Vuole che facciamo una chiacchieratina col giardiniere?" chiede Rao.

"Esatto."

Adam guarda Rao, che gli lancia un'occhiataccia di sbieco, come per dire: *Sì, Adam, so che c'è un modo più veloce per farlo.*

Rao ricorda una sera di undici mesi prima, mentre erano in viaggio tra Khujand e Tashkent. Nervosi per l'attraversamento della frontiera, sballottati su una strada deserta disseminata di pezzi di calcestruzzo e cunette di sabbia compatta, stavano litigando per l'incontro che li aspettava.

"Non verrà."

"Sarà là."

"No, cazzo. Da quando sei così *fiducioso*, Adam? Non ti hanno fatto passare la voglia a Langley?"

"Non sono mai stato a Langley. E poi non c'è bisogno che lo incontriamo. Anzi, sono sicuro che sia proprio inutile stare qui. Perché ho capito tutto, Rao. So che non sei una macchina della verità. Credono che tu lo sia, ma non è così. Sai solo capire in qualche modo cos'è vero e cosa no. Potrei scrivere una lista di possibilità su un pezzo di carta, e non faresti altro che indicarne una. È inutile che stiamo qui. Potremmo essere nell'Ohio."

Il silenzio si era dilatato come vetro fuso in un filamento sottilissimo, fragilissimo, sul punto di rompersi.

"Dobbiamo stare qui," disse Rao alla fine.

"In realtà no."

Strinse il braccio di Adam. "Adam. Ascoltami. *Io devo stare qui.*"

Sconcertato, Adam abbassò gli occhi sulle dita di Rao finché lui lasciò la presa. Poi tornò a guardare la strada davanti a sé. Ci mise cinque secondi a capire. Rao li contò uno a uno.

"Non ti lascerebbero mai andare."

"Ecco come stanno le cose, già. Mi sbatterebbero dentro, butterebbero la chiave e mi darebbero della carta. Preferirei davvero che non sapessero."

Poi, un silenzio lungo e pericoloso. Dopo un po' Rao abbassò il finestrino e l'aria fragrante della sera entrò nell'abitacolo. Mise fuori la testa e piegò il collo per guardare i pipistrelli che si avventavano sulla Uaz cercando di catturare le falene attirate dai fari. "L'informatore verrà all'appuntamento," disse alla fine, sistemandosi di nuovo sul sedile.

"Proprio così."

Un altro miglio.

"Ci sono dei limiti a quello che posso fare," cominciò Rao, sicuro che parlarne era una pessima mossa, ma stava succedendo, e stava succedendo come se fossero delle scuse, e a Rao non erano mai piaciute le scuse. "Delle eccezioni. Come gli stati d'animo: sono cose molto vaghe. Impossibile tenerne traccia. Quello che *posso* fare è valutare l'attendibilità degli enunciati propositivi sul mondo. Parlati o scritti, anche sottintesi. E no, non so come funziona."

"Che effetto fa?"

Rao scuote la testa. "Sapere cos'è vero e cosa non lo è? Cazzo, Adam, è come provare a descrivere che effetto fa respirare. Sai quando l'aria che respiri è fredda o calda. Sai come prendere fiato e buttarlo fuori. È automatico, fa parte di te. Ecco com'è. Una sensazione. Non è una cosa che posso descrivere, c'è e basta."

"Hai imparato a farlo?"

"No, c'è sempre stato."

"Quanto puoi tornare indietro?"

"In che senso?"

"Nel tempo. In termini storici."

Rao si grattò una guancia. "Con una certa specificità, finché vuoi."

Adam rifletté un attimo. "Abramo e Isacco? Quello è successo?"

Ah, questa è bellissima, pensò Rao. "Impossibile saperlo. Nessuno dei due è abbastanza reale per tenerne traccia, sai?" Gli aveva lanciato un'occhiata. Adam sembrava sinceramente deluso e Rao si era sentito in colpa per la menzogna. Abramo era esistito, e anche Isacco. Se poi Dio avesse chiesto davvero ad Abramo di uccidere suo figlio... be', Rao non voleva impelagarsi a spiegare perché il "quello" della domanda di Adam era un problema. Se le affermazioni su Dio fossero verificabili, Rao sarebbe in un settore lavorativo totalmente diverso dalla *spia*.

"Quindi è bene che tu lo sappia. C'è un'altra eccezione."

"Cioè?"

"Tu. Non capisco mai quando stai mentendo."

Rao guardò il volto di Adam indurirsi. Una reazione del tutto sensata, in fondo. "Non ti prendo in giro, Adam. È stato così fin dall'inizio e non so perché."

"Le *domande*. Allora è per questo che eri così quando ci siamo conosciuti."

"Così come?"

"Come sotto anfetamine."

Rao si grattò l'angolo di un occhio. "Ehm, a dire il vero lo ero, tesoro. Ma sì."

Adam annuì lentamente. "E non sai perché? Davvero?"

"Mi sono fatto una valanga di teorie. Ma non so se ce n'è una giusta. C'è una cosa, Adam. Una cosa davvero bizzarra e c'è un motivo per cui te ne sto parlando ora."

"Cioè?"

Rao si appoggiò allo schienale, col cuore che gli martellava nel petto.

"Sai tenere un segreto?"

"Certamente."

"Mi fa molto piacere sentirtelo dire. Non si sa mai, capisci? E, per dirla tutta, è molto più strano di così, perché non sei solo tu. È tutto quello che ti riguarda. La prima volta che hanno parlato di te a una riunione mi si è accapponata la pelle. Quando hanno elencato le tue esperienze sul campo, è stato come rumore bianco." Rao si accigliò. "No. Non rumore bianco. Quello a cui penso quando parlano di te è più come la ruota di una roulette."

"La ruota di una roulette."

"Già, ma non quando la pallina saltella dentro le caselle. Il rumore che fa girando sull'orlo. Prima di cadere." Una risatina nasale. "Sono andato nel panico quando mi hai detto che sei cresciuto a Las Vegas."

"Fuori Las Vegas. E magari mentivo."

Rao alzò gli occhi al cielo. "Lo so. Ma ti ho visto giocare a carte, Adam. E ho visto il tuo dossier."

"No, non l'hai visto. Quindi lavori con me perché ti ho fatto accapponare la pelle la prima volta che hai sentito il mio nome e perché sono uno strambo?"

"Sì. E perché mi hanno detto che dovevo farlo."

In realtà Rao non aveva nemmeno sentito il nome di Adam, solo la parte finale della frase in cui compariva il suo nome. Stava fissando il proprio riflesso sulla superficie lucida del tavolo, sovrappensiero. *Smalto. Gommalacca*, stava riflettendo. *Gommalacca e alcol denaturato. A strati sovrapposti. Gatteggiamento, è così che si chiama questa rifrazione della luce. Come il crisoberillo, come l'occhio di tigre* – e stava pensando ai fenomeni ottici di alcune pietre preziose se tagliate in certi modi, quando aveva sentito la frase "curriculum encomiabile, sei anni nella Dia" e la sua testa si era svuotata per una spaventosa vampata di calore. Come carta magica, una conflagrazione che si era dissolta all'istante in un vuoto assoluto. Aveva chiuso gli occhi e gli altri avevano continuato a dire delle cose su questo tenente colonnello Rubenstein, ed erano tutte assurdità, e nella sua testa era sbocciata e cresciuta una sensazione così diversa da qualsiasi altra cosa avesse mai provato che per diverso tempo aveva dovuto stringere il bordo del tavolo, terrorizzato, convinto di essere in preda a un attacco neurologico. La sensazione era mutata e aveva sfarfallato col passare dei secondi, trasformandosi lentamente in qualcosa che era una via di mezzo tra un suono e un'immagine. Il girare della ruota di una roulette in quell'attimo incerto prima che la pallina cada nelle caselle sottostanti. Quell'attimo che non è altro che possibilità, il cui significato sta nella sua conclusione inevitabile. Ma si rifiutava di finire, per tutto il tempo in cui parlavano di Rubenstein. E Rao era là che cercava di seguire il discorso, di capire cosa succedeva quando parlavano di lui, di comprendere cos'avesse quest'uomo di così diverso, e finalmente afferrava il punto dell'intera discussione. Volevano che Rao *lavorasse* con lui? *Cazzo.*

Su un taxi nero diretto al loro primo incontro, Rao si era chiesto se avrebbe dovuto impegnarsi di più col vestiario. Era nervoso, e quand'è nervoso Rao diventa terribilmente impaziente. Aveva optato per la sua giacca più vecchia e brutta, logora, con un buco di sigaretta su una manica. Scarpe da ginnastica vagamente puzzolenti e un paio di pantaloni di velluto a coste color castagna troppo corti sulla caviglia, come gli aveva fatto notare in passato sua madre. Una borsa a tracolla con: computer portatile, penne, taccuino, due pacchetti di Marlboro Lights e un romanzo di spionaggio Mills and Boon degli anni ottanta pieno di orecchie, intitolato *Cloak of Darkness*, che aveva rubato in un bed and breakfast di Brighton ed era diventato una specie di talismano portafortuna.

Forse ci era andato un po' pesante con il Terre d'Hermès quella mattina, ma è questo che distingue un uomo da un ragazzo. E forse la riga di coca prima di uscire di casa non era stata una grande idea: stava facendo una certa fatica a non mettersi a parlare di *qualsiasi cosa* con il tassista. Ma non era un dramma. L'avevano visto in condizioni peggiori.

L'incontro e i saluti si erano svolti nel genere di stanza che ama usare Six quando vuole dare un assaggio di *britishness* agli americani. Pareti color magnolia, moquette Axminster, poltrone in pelle, uno scialbo dipinto a olio di un cervo in stile pseudo-Landseer sopra il caminetto, elaborate cornici in gesso con strati di vernice lucida per coprire anni e anni di fumo di sigaretta.

Non appena varcata la soglia, Rao si fermò di scatto e il suo solito sorriso disarmante gli svanì dal volto.

Rubenstein.

Uh, pensò una parte di Rao. *Carino.* Ma il resto della sua persona inorridì come se avesse davanti qualcosa che andava contro le leggi della natura. Rubenstein indossava un completo grigio scuro, cravatta nera e camicia bianca, ed era in piedi nella posizione militare di riposo. I suoi occhi erano neri e inespressivi, ma Rao capì che l'avevano già valutato sommariamente dal modo in cui Rubenstein inclinò un po' la testa prima di salutare.

Voce baritonale. Accento americano incollocabile, del tutto privo di enfasi. Sentirlo era come cercare di arrampicarsi su una lastra di vetro. Rao non aveva appigli.

"Salve," rispose, guardando con una certa disperazione il suo supervisore alla sinistra di Rubenstein. Morten Edwards storse il naso e sorrise. Alla destra di Rubenstein, un uomo dai capelli bianchi e in quella che è la divisa non ufficiale dei membri non ufficiali del governo americano, camicia azzurra ben stirata e cravatta rossa, gli fece un cenno col capo.

Edwards si schiarì la gola. "Bene, eccoci qua," disse allegramente. "Benissimo. Ricapitoliamo il tutto?"

Si sedettero e per quasi due ore Rao ascoltò l'uomo con la cravatta rossa – che rimase senza nome – parlare della loro prossima operazione. Otto settimane in Asia centrale, principalmente in Uzbekistan, per valutare l'affidabilità delle fonti di intelligence e delle risorse sul posto. Un gran parlare di alleanza Five Eyes e di cooperazione tra agenzie. Le labbra di Rao avevano un piccolo fremito ogni volta che sentiva queste cose. Sapeva che lo stavano prestando agli americani per un favore, per uno scambio di qualche tipo. Chissà. Il tizio con la cravatta rossa lo informò di alcuni dei momenti clou della carriera di Rubenstein – *Sì, è quello che ho letto*, pensò Rao tristemente, *ma non so ancora un cazzo* – e sottolineò che avrebbe rivestito un ruolo di protezione personale oltre a quello di partner operativo di Rao.

Durante quegli ottanta minuti, Rubenstein parlò per meno di tre minuti in totale. Ogni sua domanda andava dritta al punto e Rao, sforzandosi di capire usando metodi a lui non congeniali, alla fine decise che forse era l'uomo più intelligente presente nella stanza. In più, pensò, vista l'inespressività del suo volto e il suo tono di voce, dev'essere anche l'uomo più noioso del mondo con cui passare del tempo. Otto settimane. Otto settimane di condivisione obbligata di stanze d'albergo. Quest'uomo lo manderà fuori di testa. Lo farà impazzire, cazzo.

Capitolo 7

Impara un sacco di cose senza che gliele insegnino. Impara guardando, senza fare domande, senza doversi sedere e ascoltare. Se fa delle domande, vuol dire che è stupido. Se devono spiegargli le cose, vuol dire che è nei guai. Impara guardando dove sua mamma tiene il vino per il venerdì, e che è diverso dal vino che beve durante la settimana. Impara che nessuno deve toccare l'accendino nell'armadietto a meno che la mamma voglia accendere le candele. Impara le parole di suo papà quando prega. Conosce tutte le parole per quello che stanno facendo, ma non ricorda quando gliele hanno dette.

Non ricorda quando ha capito che è meglio guardare che chiedere. È così e basta.

Ora sta guardando e non ci fa caso nessuno, e i suoi genitori stanno parlando di sua zia e di quanto si fermerà da loro. Suo papà pensa che sia una scocciatura, ma in fondo è una di famiglia. Sua mamma pensa che la zia sia arrivata con un tempismo perfetto, dato che hanno una cena importante e così non dovranno più chiamare una babysitter.

Quella sera, dopo che i suoi genitori sono andati a cena, sua zia gli sorride. Dice che hanno la casa tutta per loro, che possono fare quello che vogliono. Non gli viene in mente nulla, ma sua zia non si arrabbia. Trova un mazzo di carte e comincia a insegnargli dei giochi. Lui non parla molto e non fa domande, ma va bene così. Gli sta insegnando le regole di un gioco e non è un problema se lui non le conosce già.

Sua zia gli chiede cosa fanno di solito il venerdì sera. Glielo dice. Usa le parole giuste. Le dice dov'è il vino. Anche se lei non glielo chiede, le dice che non gli piace l'odore.

"Come aceto troppo dolce, eh?" dice sua zia, e gli dà ragione, sorridono entrambi e va tutto bene.

Poi lei accende le candele, ma non come sua mamma. Gli fa segno di avvicinarsi. Gli mette le mani sulle spalle. Lui piega il collo per guardarla, ma la zia ha gli occhi chiusi. E quando prega, non usa le parole a cui è abituato.

Ascolta. Guarda. Cerca di memorizzare le parole che dice.

"Che c'è?" gli chiede quando ha finito. Ha ancora le mani sulle sue spalle. "Ho sbagliato?"

Lui scuote la testa, ma non sa se ha sbagliato o no. Resta zitto. Non fa domande. Ne avrebbe un sacco, però non vuole passare per stupido. Ma lei capisce.

"Tua mamma e tuo papà non usano questa preghiera," dice. Sembra una domanda. Scuote di nuovo la testa. "Non fa niente, piccolo. Sarà la mia preghiera, se vuoi."

Non capisce perché la sua opinione dovrebbe contare qualcosa, ma non lo dice a sua zia. Meglio non discutere. "Sì," risponde. Poi resta immobile. Respira appena. Lei ha ancora le mani sulle sue spalle, ma non lo sta trattenendo. Potrebbe allontanarsi se volesse.

Non lo fa.

È l'unico bambino di casa, gli spiega la zia, quindi la preghiera è solo per lui. "Che le mie parole," dice, "arrivino a Dio, se sta ascoltando." Dice che in questo modo Dio lo proteggerà. Getterà una luce su di lui.

Amen, dice poi, e toglie una mano dalla spalla. Gliela posa sul capo. La preghiera che reciterà di venerdì gli donerà un po' di pace. Lui non è triste, ma ha voglia di piangere.

Capitolo 8

Ed vive in una casetta anni cinquanta in fondo a una strada di campagna senza uscita. Ci sono delle viole in fiore dentro un vaso a forma di stivali da cowboy accanto alla porta d'ingresso gialla, una motocicletta coperta da un telone, un fazzoletto di prato ben tenuto. L'uomo che apre la porta è sulla cinquantina, dal viso aperto e l'aria vissuta, radi capelli biondi, una camicia di flanella a quadri con le maniche arrotolate sui gomiti e alcuni tatuaggi sbiaditi di carte da gioco lungo un braccio. Indossa un paio di Levi's 501 blu scuro e una cintura con una fibbia da rodeo color argento.

Rao si scusa per la visita senza preavviso. Dice, come fa sempre in situazioni simili, che il suo nome è Ray. Spiega che lui e Adam sono giornalisti e stanno scrivendo un articolo su certi avvenimenti inquietanti avvenuti nel Suffolk. Il volto di Ed si fa diffidente alla parola "giornalisti", ma non appena Rao dice di aver sentito che sa qualcosa di questa *tavola calda* comparsa in un campo, si rianima. "Forse," risponde.

"Possiamo parlarne un attimo?"

"Sì, perché no? Siete fortunati a trovarmi a casa. Non sono stato un granché bene negli ultimi giorni. Vi va una tazza di tè? Roz ha appena messo su il bollitore."

Rao capisce di essere nel posto giusto.

Lo capisce non appena Ed li fa entrare in casa e vede la foto di Roy Rogers, la Polaroid incorniciata di un giovane Ed appoggiato a un'Oldsmobile bianca e rosa e una targa di metallo sottostante con la scritta CASA VUOL DIRE NEVADA. In sala, un poster del film *Western Jamboree* sopra la tv è quasi spietato nell'attirare la sua attenzione. Fissa il volto indecifrabile di Gene Autry così a lungo che Ed gli chiede se ha mai visto quel film.

"No," dice Rao. "Forse dovrei."

"È pazzesco. Davvero pazzesco. Parla di una banda di fuorilegge che cerca di rubare l'elio sotto il ranch di Autry."

"L'elio?"

"Il gas. C'è un dirigibile e tutto quanto."

Rao è un attimo in difficoltà. "E le canzoni?" dice, ricomponendosi.

"Certo!" dice Ed.

Sinatra sta cantando dallo stereo nell'angolo e un televisore muto trasmette immagini di motocross. C'è un divano di pelle con un telo in pile a motivi Navajo, un cane da caccia stravaccato sopra e un terrier ispido, dello stesso colore del tè in infusione, che salta in grembo a Rao non appena si siede sulla poltrona che gli viene offerta. Il cane gira in cerchio un paio di volte, poggia il muso sul suo ginocchio e sospira. Fuori, Rao vede alcune gabbie per furetti, altre viole, i gambi legnosi di un rampicante cresciuto su dei fili metallici lungo una staccionata.

Adam rifiuta di sedersi e resta in piedi accanto alla porta. Non è a suo agio negli ambienti domestici. Rao gli ha rotto le palle più volte per questa cosa, chiedendogli se è cresciuto in una base di comando avanzata piuttosto che in una famiglia.

Arriva Roz.

"Questi sono Rao e..."

"Adam," dice Rao.

"Sono giornalisti, vogliono parlare con me di *quella cosa.*"

"Cosa?" dice lei. Comincia a raccogliere le tazze dai tavolini.

"La tavola calda."

Roz scuote la testa, guarda Rao di traverso. "Non sa un tubo. Volete una tazza di tè? Latte? Zucchero?"

Ed è raggiante. Tira fuori il suo Nokia. Preme alcuni tasti, lo mostra a Rao. Sullo schermo, argentea e velata, c'è una foto della tavola calda scattata da una certa distanza, l'estremità a sinistra oscurata dall'ombra di un pollice.

"È questa?"

Ed annuisce e sorride. *Ed*, pensa Rao. *Oh, Ed. Quanto vuoi accontentare.*

"Come l'hai avuta?"

"Conosco il tizio che l'ha trovata," dice lui, abbassando la voce con aria complice. "Tomasz. È polacco, per questo è Tomasz con la zeta, ma vive a Thetford. Un tempo lavoravamo insieme sulle Jcb. Stava irrorando il campo, quando ha oltrepassato la collina ed eccola là. Mi ha mandato questa perché sa che mi piacciono le robe americane. Pazzesco, vero? Non riesco a smettere di guardare questa foto."

Rao fissa il telefono, scrolla il capo, dice con un certo stupore: "Nessuno di quelli con cui abbiamo parlato sa come sia finita là".

Ed ride. "Be', non è stato il contadino. Garnham è già incazzato per il terreno che ha perso per le sue barbabietole da zucchero e non ha la fantasia per inventarsi una cosa del genere. Non guarda nemmeno la tv, ci credete? John, al The Bells, dice che è un'istallazione artistica, ma perché uno dovrebbe venire da Londra e farla qui? Che perdita di tempo. Poi sono arrivati gli yankee e ci hanno messo attorno un muro, quindi mi sa che c'entrano loro. Lo pensa anche Roz. Vero, Roz?"

"Già. Non sappiamo bene cosa succeda là dentro. Non è male vivere così vicino, a parte il rumore. Pensi che prima o poi ti abituerai, ma niente."

Ed annuisce. "Vero. Siamo qui da quindici anni," aggiunge. Adora quella donna. Rao avverte un formicolio per il peso del sentimento che c'è tra loro; non va bene. Sa già perché.

"È gente a posto," dice Roz. "Alcuni americani sono un po' pieni di sé, ma in generale sono gentili. Ne abbiamo avuto uno nella casa accanto per un po'. Se n'è andato in un'altra base nell'Idaho, un posto chiamato Mountains Home."

"*Mountain Home*," la corregge Adam.

Ed alza le sopracciglia. "Lo sei anche tu, vero?"

Uno dei sorrisi più tesi di Adam. "Non per scelta."

Ed annuisce con fare pensoso.

Porca puttana, pensa Rao. "Bella canzone, Ed," dice. "Chi è?"

"Non sai chi è?"

"Te lo chiederei se lo sapessi?"

"Il meglio del Rat Pack!"

"È un'opinione."

"Okay, d'accordo, se vuoi metterla così." Ed sogghigna. "È Dean Martin."

"No. Davvero? Mi sa che questa non l'ho mai sentita."

"Una delle più belle."

"Del Rat Pack?"

"No, delle *sue* canzoni."

Questo accende una conversazione animata sul Rat Pack, che si evolve rapidamente in tutte le cose che sa Ed a proposito di Sinatra e la mafia.

"Quindi, questa passione per le cose americane," dice Rao. "Come t'è venuta?"

"Ce l'ha sempre avuta," spiega Roz. "Anche suo padre. Credo sia contagiosa. Pochi anni con Ed e mi sono data perfino ai balli country."

"È *davvero brava*," dice Ed con serietà, prima di lanciarsi in una disquisizione sulla grandezza dell'America. L'America di un tempo. Le auto, la musica, i vestiti, i film. Il viaggio di Ed a Graceland. Tutte le cose preferite di Ed. Gli sloppy joe, i jukebox anni cinquanta, il caffè americano. Le tavole calde.

Poi Rao dice a bassa voce: "Amo le tavole calde, Ed, ma non ci sono mai entrato. Come sono fatte all'interno?".

"Be'," dice Ed. "Sono tutte uguali, in pratica."

"Avanti. Descrivine una."

Gli occhi di Ed si spostano a sinistra, poi in alto mentre se ne immagina una. "Be," dice, tratteggiandola. Ora Rao sa che Ed sta pensando a lui come a una specie di ipnotista, è entusiasta di essere sotto i riflettori e Rao avverte il gran peso di tutta la sua fiducia gratuita.

E poi succede. Lui e Adam sono là seduti con la stufa a gas che sibila e il televisore muto, con il terrier e il cane da caccia addormentato, e sentono Ed descrivere gli interni della tavola calda nel campo fangoso. Lo sentono descriverli *alla perfezione*.

In macchina, non dicono una parola.

"Com'è possibile?" C'è tensione nella voce di Adam.

"Non saprei nemmeno da che parte cominciare a risponderti." Rao fa una smorfia. "In più, sua moglie ha una tresca. E lui sa qualcosa."

"È importante?"

"Cazzo ne so."

S'imbattono in un temporale, l'acqua picchia sul parabrezza, offusca la strada dopo ogni colpo di spazzole. "Miller lo tirerà dentro," dice Rao. Una consapevolezza acre e sgradevole come latte cagliato.

"Sarebbe stupido non farlo," dice Adam, lanciando un'occhiata verso il sedile del passeggero. "Ma non saranno duri con lui. Non funziona così da queste parti."

Balle. Rao guarda i pini ritorti a lato della strada e pensa a tutte le definizioni di "durezza" applicabili in questi casi, tutte quelle che conosce, tutte quelle che ha visto, finché Adam, accortosi del silenzio, comincia a lamentarsi di quanto detesti guidare con la pioggia. Sono quasi arrivati alla base quando Rao ruota verso di lui. "Mi stai facendo ancora da babysitter," osserva. "Ma stavolta credono che io sia una causa persa. Allora, cos'hai intenzione di dire a Miller faccia a faccia?"

Adam mette la freccia, gira nel viottolo della guardiola. "Che sei meglio di quel che pensavo."

"Lo porteremo qui," annuncia Miller dopo che le hanno parlato della loro visita. Rao deglutisce, ha un nodo in gola. Non è solo il pensiero di Ed in una di quelle stanze. È il tradimento sul volto di Ed.

Ray, hai detto che eri un giornalista.

"Ed?" dice con leggerezza. "Nah. Lo lasci a noi."

"Capisco la sua posizione, Rao. Ma deve venire qui. Voglio parlargli e non mi è permesso lasciare la base per questo. È complicato."

"Ok, ma prima... Senta, credo che io e Adam dovremmo portarlo alla tavola calda."

"Il motivo?"

"Ed ha un certo caratterino. Non si fa mettere i piedi in testa. Ha un po' l'indole del furfante. Crede che siamo giornalisti. Possiamo sfruttare questa cosa. Farcelo complice e portarlo sul sito di nascosto, vedere come reagisce. Parlare con lui. Ne caveremo di più così che gridandogli addosso davanti a una scrivania."

"Gridare non è nel mio stile," dice lei. "Ma d'accordo, avete il mio permesso. Rubenstein, vuole che mandi qualcun altro insieme a Rao? Ha da finire qualcosa a Washington?"

Adam scuote la testa. "No, signora. Me ne occuperò io, se per lei va bene."

"Okay, bene. Chiami Gibbons. Sia convincente."

Alle otto, ben rasato, Adam si presenta all'alloggio di Rao con del cibo d'asporto dal McDonald's della base e gli dice che andranno a prendere Ed alle dieci di mattina. Restano seduti per un po' in silenzio a piluccare patatine fritte dal sacchetto aperto sulla minuscola scrivania. L'odore di unto e sale è travolgente. Rao sa che probabilmente avrà mal di stomaco più tardi, quando proverà a dormire, ma ora come ora la pesante coltre olfattiva è gradevole. Confortante. Non altrettanto il silenzio. Il fruscio della carta, il masticare muto. È come una piccola morte a ogni boccone. Non ce la fa. Non lo regge. Sa che lo renderà crudele, presto, e non gli piacerà la persona che uscirà da questa irritazione, dalla frustrazione cocente. Deve riempire il silenzio.

"Adam?" comincia, tuffando una crocchetta di pollo nella salsa barbecue, la sgranocchia.

"Rao."

"Spiegami un po'..."

"I greci," lo interrompe Adam. Non alza lo sguardo. Prende un'altra patatina dal mucchio.

Rao sbatte le palpebre. "Cosa?"

"Niente. Cosa volevi sapere?"

"Allora. Mi chiedevo, e lo faccio spesso, anche se non ho mai avuto modo di domandartelo, cosa combini quando non lavori."

"Io lavoro sempre."

È la risposta che Rao si aspettava. Totalmente automatica. È tutto un lavoro, tutto un incarico, Rao. Io lavoro sempre. Rao vuol credere che sia un modo per non rispondere; quello che lo spinge a insistere è in parte curiosità, ma soprattutto un bisogno disperato di smettere di sentirsi masticare.

"Legalmente, dovresti essere fuori servizio."

"Ufficialmente sì, certo che sono fuori servizio. Operativamente però no, non lo sono."

Rao manda una risatina nasale. "Porca troia. Mi sa che è la cosa più deprimente che hai mai detto."

Adam si incupisce e allunga una mano verso i tovagliolini. Mentre si pulisce le dita, la sua fronte si aggrotta ancora di più. "Davvero?"

"No, probabilmente no," ammette Rao. Un sacco delle cose che dice Adam sarebbero strazianti se venissero da qualcun altro. Ma Adam vive in una strana, piccola realtà nascosta. E non è "qualcun altro". Spesso non si comporta come gli altri esseri umani. Ogni tanto Rao si dimentica di essere con lui finché lo vede muoversi o parlare. È quasi disumano, gli ha detto più di una volta. "Comunque. Rispondi alla domanda. Cosa combini?"

"Quando sono fuori servizio, cioè mai?"

"Quando sei fuori servizio, cioè mai." Rao sorride. "Cosa combini?"

Adam toglie il coperchio da un bicchiere di carta cerata, esamina il liquido all'interno, glielo passa. "Temo che resterai deluso dalla risposta."

"Sentiamo," dice Rao, infilando una cannuccia nella sua Sprite.

Adam lo guarda con calma. Mastica. Rao non lo sente masticare, quindi va bene. Va tutto bene. Adam sta solo cercando la via più semplice per dire qualcosa. Non è uno spirito loquace.

"Guardo la tv, leggo libri. Vado a camminare."

"Già, hai ragione." Rao è divertito da quant'è deluso per quella risposta prevedibilmente insulsa. "Che merda."
"Te l'avevo detto."
"Non puoi essere così noioso, tesoro. Non puoi. Impossibile."
"Forse io posso."
Rao gli lancia l'estremità dura di una patatina. Adam la prende al volo, senza nemmeno guardare. Se l'avesse fatto qualcun altro sarebbe stata una mossa eccezionale. Ci sarebbero state delle risate sorprese. Sbalordite. Ma non è stato qualcun altro. In assoluto silenzio, Rao guarda Adam rimettere il frammento sul sacchetto aperto.
"Ma non lo sei," azzarda Rao. "Giusto? Sei uno degli uomini più temuti al soldo dell'America. Mi sbaglio?"
"Può darsi. Potrebbe essere una balla. Chi te l'ha detto?"
"Non me l'ha detto nessuno. Ma l'hanno lasciato intendere un sacco di persone."
"Hmm." Lo stronzo non dice altro, ma alza un sopracciglio e passa a Rao il suo Filet-O-Fish. Rao si rende conto che sta ridendo. Il bastardo sta ridendo di lui.
"È divertente, eh?"
Adam toglie un hamburger dall'incarto rimasto e lo esamina. "Un po'," ammette e dà un morso.
Pezzo di merda. Che *gran* pezzo di merda. Rao manda un altro suono nasale. Non può farne a meno. "Ok. Ho un'altra domanda."
"Spara."
"Quante armi ti porti addosso di solito?" Rao non si aspetta che Adam risponda. Ma potrebbe farlo. Trascorrevano spesso delle serate così quand'erano in missione: una cena di merda e alcune birre, Rao che faceva domande a raffica, Adam che rispondeva, o più spesso non rispondeva, e in qualche modo non lo faceva mai innervosire, nemmeno una volta. Rubenstein è un personaggio troppo strambo perché Rao prenda i suoi silenzi sul personale.
"Dipende."
"Dipende da cosa?"
"Da un sacco di variabili."
"Dimmene una."
"Le leggi sul porto d'armi dello stato o del paese in cui mi trovo," risponde Adam in tono piatto. Sembra sensato, ma Rao sa che non è così.
"In questo momento?"

"In questo momento..." Adam si appoggia allo schienale della sedia, guarda di lato.

"Porca troia. Stai contando?"

Un fremito divertito. "In questo momento ho la mia arma di servizio."

"Ah sì, la tua adorata M9. Nient'altro?"

Adam piega di nuovo la testa. "Coltelli."

"Quanti?"

"Perché me lo chiedi?"

"Dimmelo e basta," risponde Rao. Ma davvero, perché glielo sta chiedendo? Vuole sapere. E non si può mai essere sicuri, con Adam. E poi è divertente parlare col suo vecchio collega come se niente fosse – anche se stanno parlando di quante lame si porta addosso uno dei due.

"Polpaccio, stivale, cintura."

"Tre? Porca miseria. Non lo sapevo."

"Bene. È questo lo scopo delle armi nascoste."

"No, ma... Adam, non ti muovi nemmeno come se fossi armato."

"Già, Rao. Perché, se lo facessi, la gente capirebbe che lo sono."

"Vedi, sei uno da temere."

Adam mormora prima di prendere un morso del suo hamburger. Pensa mentre mastica. "Tu non mi temi," osserva alla fine.

"No, tesoro," dice Rao, strofinandosi la guancia col palmo di una mano. "Ma a dire il vero non sono proprio sano di mente di questi tempi."

Capitolo 9

Continua a sentire delle cose che non vorrebbe. Ieri era in giardino, la finestra era aperta e sua mamma stava parlando dentro casa. Prima l'ha sentita dire che era solo una fase. Poi ha detto che l'anno scorso la figlia di Judy era andata in fissa su un libro, ma poi si era stufata dopo un paio di mesi. Che era normale che i bambini avessero le loro manie. Poi ha sentito suo padre dire che era un'abitudine che bisognava sradicare presto, che suo figlio si portava appresso quel libro come se fosse un orsacchiotto del cazzo ed era troppo grande per queste cose.

Sarebbe stato meglio non ascoltare. Sentire suo padre imprecare è come mettere la mano nell'acqua bollente. Aveva guardato il libro tra le mani. Era vero che se lo portava appresso, ma non sapeva che non bisognasse farlo.

La mattina dopo, sua mamma vuole sapere. "Dov'è il libro che ti ha dato zia Sasha?"

Lui mette giù il cucchiaio dentro la scodella di Cheerios, guarda le O che galleggiano, dice che è in camera sua. "Lo leggi un sacco," osserva sua mamma. Lui annuisce di nuovo. Poi gli chiede perché gli piace. Non sa bene cosa rispondere, così le dice che è istruttivo. All'inizio sembra la risposta giusta, ma dopo un po' non ne è più così sicuro.

"C'è una storia che preferisci?" gli chiede.

Lui spiega che non sono storie: è tutto un'unica storia. Perché il libro parla di un eroe greco chiamato Ercole che deve compiere una serie di fatiche. Però sono tutte diverse. Pensa a quello che ha appena detto, poi aggiunge che forse si potrebbero chiamare storie.

Ora sua mamma sta facendo quella cosa in cui lo guarda ma in qualche modo è come se stesse pensando a qualcos'altro. Poi gli fa un'altra domanda. "Qual è la tua preferita?"

Pensa veloce. Non gli dirà che quella che legge in continuazione non è una delle fatiche di Ercole. È il finale. Quando Ercole indossa una veste intrisa del sangue dell'Idra che gli corrode le carni, ma non vuole togliersela anche se sa che morirà per questo. E quando sta per morire, Ercole vuole essere arso su un fuoco – perché è così che facevano un tempo, le persone non venivano seppellite – ma non c'è nessuno che lo accende. Così gli dei – i greci pensavano che ci fossero molti dei – si impietosiscono e, dato che era stato molto coraggioso, lo bruciano con dei fulmini e trasformano anche lui in un dio, e lo portano lassù dove vivono loro, in un luogo chiamato Monte Olimpo.

Ha letto questo pezzo così tante volte che a volte vede la pagina davanti ai suoi occhi quando sogna. Non sogna Ercole; non gli è mai successo. Sogna la pagina su cui sono scritte le parole.

"Il leone," decide. "C'è un leone chiamato il Leone di Nemea." Non sa se ha pronunciato bene la parola. "Ed è... resistente alle armi, ma Ercole lo strangola a mani nude e poi lo scuoia usando uno degli artigli del leone per tagliare la pelliccia, e poi indossa la pelle del leone come armatura. Per proteggersi."

Lei lo guarda. Lo sta guardando davvero. Ha detto la cosa giusta.

Capitolo 10

"Ti piace, Adam?"

"Miller? È una brava persona. Una a posto. Non si mette in mezzo, non ti vuole controllare. Mi riferisco a te in particolare, Rao."

"Già. A proposito..."

"Per esperienza, è una di cui ci si può fidare."

"Porca troia. Ora mi hai fatto venire dei dubbi."

"Perché dovrei mentire?" Adam accosta fuori dalla casa di Ed, lascia acceso il motore. Stringe con forza la parte superiore del volante, la picchietta coi pollici. È agitato per qualcosa. Rao non crede che sia per la tavola calda.

"Che c'è?" chiede con calma.

"Siamo su un veicolo diverso."

"È esattamente la stessa marca, colore e modello. Credi che abbia preso il numero di targa l'ultima volta?" Rao ridacchia. "Siamo a Brandon, mica nella Zona Rossa. Suona il clacson. Fagli capire che siamo qui."

"Che c'è di divertente?"

"Nulla. Solo... Non so come tu faccia a dare al clacson la voce di un sergente istruttore irritato."

Quando Ed compare sorridendo e saluta con la mano, è vestito in mimetica dalla testa ai piedi. Adam emette un sospiro breve, acuto. "Porca troia," sussurra Rao. "Questo si crede Terminator."

Stanno guidando da un po' e Ed sta ancora balzando sul sedile di dietro come un bimbo di nove anni in gita scolastica. *Calmati, cazzo*, pensa Rao duramente. "Ed, non sapevamo che avessi trovato un cadavere l'altro giorno," dice. "Brutta cosa. Stai bene?"

"Anni fa lavoravo nelle stalle di un mattatoio. Ho visto un sacco di morti. Non mi dà fastidio. Come l'avete saputo?"

"Adam conosce qualcuno che conosce un tizio alla base. Cos'è successo?"

"È per il giornale?"

"No," gli assicura Adam.

"Bene, non credo che sarebbero contenti se ne parlo, ecco."

"Resta tra noi," dice Rao.

"Resta tra noi," dice Ed, sorridendo. "Non me l'ha mai detto nessuno. Be', ecco qua. Quella mattina ero arrivato alla base e stavo andando all'officina, ho girato l'angolo presso i bunker delle munizioni e mi è arrivato in faccia del fumo. Sapeva di barbecue, che è orribile a pensarci adesso. Poi ho visto questo falò. Le fiamme erano alte quasi due metri e non è l'ideale avere un fuoco proprio davanti a un deposito di munizioni, così ho preso un estintore da una parete di fuori e ho cominciato a spegnerlo, e poi ho visto uno stivale e una gamba che spuntavano."

"Porca miseria," dice Rao.

"Già. L'ho trascinato via." Ed fa una smorfia. "Poi ho informato chi di dovere. Mi hanno fatto un sacco di domande, mi hanno portato all'ospedale della base, hanno detto che era intossicazione da fumo, ma insomma, un sacco di storie per niente. Gli ho detto che mi era successo di peggio alla notte di Guy Fawkes. Non conoscevo quell'uomo. Forse l'avevo visto in giro, ma sembrano tutti uguali in divisa." Sospira. "Spero che la sua famiglia stia bene."

"Si prenderanno cura di loro," gli assicura Adam.

Ed sembra pensieroso. "Volete sapere se per me è un omicidio?"

"È così?"

"Sì," dice Ed. "Per forza. Nessuno si fa fuori a quel modo. Ma non so cos'avesse in mente chi l'ha ucciso. Non credo ci sia un posto peggiore per sbarazzarsi di un cadavere e quel fuoco ci avrà messo una vita a partire e crescere. Quello che avrei fatto io è caricarlo in macchina, portarlo nei boschi e dargli fuoco." Abbassa la voce. "Ma sapete qual è il modo migliore per sbarazzarsi di un cadavere? I maiali."

"I maiali?"

"Già. Mangiano tutto."

"Ha ragione, Ray," dice Adam, gli occhi fissi sulla strada. "Sono perfetti. E poi da queste parti ci sono un sacco di allevamenti. Sono sicuro che nessuno andrebbe a cercare più di tanto da un allevatore di maiali."

"Denti, ossa. Triturano tutto."
"Non possono digerire i denti," dice Adam. "Bisogna toglierli prima."
Rao manda un suono angosciato. "Adam. Ed. Per piacere."
Parcheggiano dall'altra parte della collina e cominciano a salire per un sentiero fangoso che passa accanto a un'area di giovani pini. Ci sono ragnatele ovunque, tese fra rami e steli, e il cielo si è fatto di un bianco dorato. Rao guarda gli orli dei pantaloni di Adam scurirsi mentre si trascinano tra l'erba e la vegetazione ancora umide per la pioggia del giorno prima. Cazzo, è proprio ridicolo in questo ambiente, pensa Rao divertito, prima di abbassare lo sguardo sui propri orli e le Converse gialle inzuppate e decidere che forse non è nella posizione di giudicare.
Muove le dita dei piedi. Sono fredde. Bagnate. Si chiede se gli verranno i geloni. Sono anni che non ne ha. Poi si ferma di colpo. Sente il gelo spandersi nelle sue vene, salirgli lungo la spina dorsale. Il pensiero dei geloni è così banale. E nient'altro, nient'altro lo è. Nulla di ciò che è successo qui, di ciò che sta ancora succedendo, ha alcun senso. Gli è appena venuta in mente una teoria, ed è una teoria dannatamente convincente. Tutto questo potrebbe essere l'ultimo, florido guizzo del suo cervello morente in overdrive creativo. Se questa è un'ultima fantasia, significa che nulla sarà reale e verificabile. Probabilmente Rao è ancora là nella sua camera d'albergo a Kabul; il suo piano di fuga ha funzionato, dopotutto. Si chiede quanto dovrà durare ancora.
Sta fissando stancamente le punte dei suoi piedi quando Adam compare al suo fianco.
"Rao? Stai bene? Dobbiamo fermarci un attimo?"
"Ho avuto un piccolo capogiro," dice lentamente. "Passerà. Dov'è Ed?"
"Laggiù. Siamo sicuri?"
"Un po' di fiducia, cazzo," dice. Fa un respiro profondo. *Un po' di fiducia, Rao.*

*

Ed spalanca gli occhi quando arrivano in cima alla collina. Il suo volto s'illumina e si contrae in un'espressione di teso, sofferto desiderio. Poi comincia a correre. Corre giù verso la tavola calda come se stesse correndo tra le braccia di qualcuno che credeva perduto. Inciampa due volte, quasi cade. Scompare oltre le porte. Il sole lampeggia sul vetro mentre si richiudono.

Adam si ferma, guarda. “Questo non me l’aspettavo,” osserva. “*Merda.*”

Scendono velocemente alla tavola calda e trovano Ed seduto su uno sgabello davanti al bancone, gli avambracci distesi sulla melammina turchese, le dita aperte.

“Tutto okay, Ed?” prova a dire Rao.

Nessuna risposta.

“Cosa succede?” dice Adam come se avesse un saporaccio in bocca.

“Non ne ho idea. Non è una di quelle cose del tipo: ‘Fa così perché è inglese’.”

Ed sta fissando dritto davanti a sé, gli occhi persi nel vuoto, un’espressione di beatitudine così palpabile sul volto che Rao si sente a disagio come un guardone. Qualunque cosa sia, pensa, è molto personale. Si sta interrogando sulla natura del rapporto di Ed con questo posto, quando c’è un forte *clunk.* Profondo, metallico, proveniente dall’altra parte della sala. Sussulta, allarmato, vede Adam mettersi d’istinto in posizione da combattimento, poi sposta lentamente gli occhi dal carrello della pistola di Adam alla sorgente del rumore.

È il jukebox. È acceso. E *si muove.* Senza dire nulla, Rao guarda il selettore dei dischi spostarsi meccanicamente dietro il vetro, lo guarda fermarsi con un secondo, forte *clunk* e prendere un disco dalla rastrelliera. Un fremito di qualcosa di metallico, un tonfo smorzato, un sibilo, poi un’acuta melodia di oboe e un arpeggio svolazzante. La musica è alta. Sembra che stia suonando dentro la testa di Rao. Scuote il capo, cerca di scacciarla.

E Adam? Adam sta ancora mirando al jukebox. Sta mirando alla voce di Frank Sinatra.

Quando avevo diciassette anni
Fu davvero un buon anno

“La senti anche tu?” mormora.

Adam infila la Beretta nella fondina, cupo in volto. “Sì,” dice. “Odio questa canzone.” Guarda Rao con aspettativa.

“Cosa?”

“Questo è compito tuo.”

“Sinatra?”

“La catatonia.”

Probabile che lo sia, pensa Rao.

“Ed?” prova di nuovo.

Niente. Dovrebbe fare qualcosa. Adam gli lancia uno sguardo vagamente impaziente, poi fa scivolare due dita sotto uno dei polsi sul bancone. Dopo un po' il suo volto si incupisce. Si china in avanti e mette una mano davanti agli occhi di Ed, aspetta alcuni secondi e l'allontana. "Nessuna reazione alla luce," conclude.

Rao sussulta quando Adam picchia con forza il fondo di una bottiglia di ketchup sul pollice sinistro di Ed. Inebetito, guarda l'unghia passare da bianco pallido a rosa vivo.

Ancora niente.

"Okay, portiamolo fuori," dice Rao.

E poi andò tutto a rotoli
Quando avevo ventun anni

Alzano Ed dallo sgabello. Rao gli afferra le caviglie negli spessi calzini di lana e Adam gli infila i gomiti sotto le ascelle, poi indietreggiano verso le porte a battenti e lo portano fuori. Quando sono a quasi cinque metri dalla tavola calda, Ed si sveglia. Si dimena, grida. Scalcia Rao negli stinchi, si libera, cade, si rialza concitato e corre dentro. Lo trovano ancora al bancone, con le mani sporche di fango, imbambolato come prima.

Scorreva dolce e chiaro
Fu davvero un buon anno

"Non fartelo scivolare, stavolta," dice Adam.

"*Fanculo*. Prendi tu le gambe."

Ed si sveglia di nuovo mentre lo portano sui solchi profondi che ha lasciato nel fango la prima volta che si è liberato. Ora il suo risveglio è più violento. Geme senza parlare, gli occhi sbarrati e lucidi, nel panico, la schiena inarcata, le dita che cercano di afferrare l'aria, le braccia tese verso la tavola calda. Rao impreca sottovoce, una litania di insulti sommessi che va a tempo con la musica nella sua testa, più forte che mai, piantata sempre più a fondo, come un chiodo che si conficca lentamente. Sta sudando per lo sforzo di tener alzato da terra il peso non indifferente, frenetico di Ed e per il terrore contagioso dei rumori che manda. Ora anche la schiena di Rao s'inarca, le ginocchia cedono. È un'impresa continuare a muoversi. Inciampa, si raddrizza, prosegue.

Trentacinque metri dalla tavola calda.

Quarantacinque.

Cinquantacinque.

Silenzio.

All'improvviso Ed si è zittito. Ha smesso di opporre resistenza, le braccia penzoloni, le dita infangate e curve. *Meno male, cazzo*, pensa Rao, sollevato. Ma quando abbassa lo sguardo il volto di Ed è cinereo, gli occhi rivoltati disgustosamente all'indietro, e Adam sta già poggiando a terra i suoi piedi. Lo sdraiano sul fango e sulle barbabietole da zucchero. Rao si allenta il colletto, Adam la cintura. Ascoltano i suoi respiri affannosi, li sentono trasformarsi in rantoli disperati. Li sentono crepitare e tartagliare, poi interrompersi.

Rao sente la propria voce chiamare il nome di Ed. Inutilmente, infruttuosamente, stupidamente. Guarda Adam eseguire un massaggio cardiaco, senza convinzione, pensa, *Ma non è compito suo.* E nel frattempo Sinatra si fa più smorzato, fin troppo lento, come se la voce stesse scivolando, lo stesse inghiottendo, e Rao sa esattamente cosa significa, lo sa nell'istante stesso in cui succede, prima ancora di Adam.

Dopo un po' Adam si siede sui talloni. Ha un'espressione glaciale. Guarda l'orologio sul polso. Tira fuori il telefono, chiama la base. La musica è distante ora, come se fosse tornata nella tavola calda, e Rao si siede per terra abbracciandosi le ginocchia. Fa fatica a respirare. L'aria puzza di fogna e foglie schiacciate di barbabietola. Non vuole guardare la tavola calda. Non vuole guardare Ed. Non vuole guardare Adam e di sicuro non vuole guardare se stesso. Alza gli occhi. Uno stormo di uccelli passa nel cielo, mandando dei rumori fin troppo simili agli ultimi respiri affannosi di Ed. Osserva le loro costellazioni lente, mutevoli, e strizza forte gli occhi, sapendo che il buio non aiuterà, non farà scomparire nulla di tutto questo.

A metà corridoio verso l'ufficio di Miller, Adam rallenta e si ferma. "Non è richiesta la tua presenza."

"Ordini di Miller?"

"Miei. Le ho detto che non saresti venuto."

"Grazie, Adam. Mi ero dimenticato le gioie di lasciarti decidere cos'è meglio per me," risponde Rao, perché il sarcasmo è più facile della gratitudine. Ma quando Adam annuisce e fa per allontanarsi, cade nel panico. "Aspetta, cosa dovrei fare mentre spieghi a Miller che è tutta colpa mia?"

"Non è quello che farò." Adam accenna con la testa a un paio di sedie imbottite e un tavolino. "Siediti."

"Oh, fantastico. Numeri arretrati di 'Stars and Stripes'. Vai pure. Ti aspetto qui."

Si siede. Prende un giornale, lo apre, fissa cupamente una foto di alcuni idioti sorridenti in piedi accanto a un drone color canna di fucile. Un nuovo contratto del dipartimento della Difesa Usa con la Lunastus-Dainsleif, i trombamici del Pentagono con sede a Sunnyvale, California. Soldi da guadagnare, gente da uccidere. La solita vecchia storia.

Gli sale la rabbia. Butta il giornale di nuovo sulla pila. Schiocca compulsivamente le dita per riempire il silenzio. Fissa i battiscopa e gli stipiti delle porte, guarda i piedi passare, li conta, conta le scheggiature nella pittura accanto alla sedia, i fili tirati sul tessuto arancione della sedia su cui è seduto e anche di quella accanto. La morte di Ed è là che lo aspetta se fa un passo falso col pensiero. A nastro continuo. Il volto di Ed nella tavola calda, le macchie di fango sulle sue mani dopo il primo tentativo di portarlo fuori. I rumori che faceva mentre lo sollevavano. Il colore dell'interno della sua bocca mentre boccheggiava. Quella stupida, stupida giubba mimetica. Rao sa che le sue difese stanno crollando rapidamente. Pensa a un numero. Quattro. Dice *quattro* mentalmente. Lo ripete. S'immagina la parola, la forma delle lettere. È come alzare un crocifisso davanti a un vampiro. Lo tiene alla larga, ma solo un po'. Il sudore gli pizzica sotto le ascelle, sulle reni. Vorrebbe vomitare ma non ha mal di testa e anche questo lo spaventa perché non capisce come sia possibile. Non dovrebbe essere lucido.

La morte di Ed non è stata colpa sua, lo sa. Eppure è stata colpa sua.

Come quella volta con *l'influenza*, quand'era piccolo. Erano andati nel West End un gelido pomeriggio d'inverno. C'erano delle luci, lucine natalizie, probabilmente l'avevano portato là proprio per guardarle. Sua madre le stava indicando e sì, erano carine, ma a lui facevano male le mani dal freddo e ancora di più i piedi, avrebbe voluto piangere, e aveva osservato tutte quelle persone passare coi loro cappotti pesanti, persone di ogni tipo, alcune guardavano le lucine in alto, la maggior parte no, e all'improvviso gli era venuto in mente un pensiero. *Un giorno morirò.* E l'aveva sussurrato perché aveva bisogno di appurare se era vero. E la verità, una volta espressa, l'aveva afferrato come un gatto afferra un passero tra le fauci, e poi tutto quello che aveva nella testa si era dilatato verso l'esterno e verso l'alto finché era come se riempisse tutta Londra, e quel che rimaneva di lui si era schiacciato e compresso in un puntino così minuscolo e freddo che tremolava in procinto di scomparire. È ancora là. Può ancora sentirlo, o sentire quel che ha lasciato tutt'attorno, la voragine bruciante che ha creato.

Rao sa che la storia non è nulla di speciale. C'è un momento nell'infanzia in cui quel segreto grande e terribile si svela a tutti. Ma forse, pensa, per lui è stato diverso per via del suo rapporto particolare con la verità. Perché alla fine era svenuto sul marciapiede e si era risvegliato nella casa di Londra col dottore di famiglia e i suoi genitori al suo capezzale, e la luce della lampada Transformers faceva sembrare metalliche le sue mani strette alle coperte, e si stava guardando le mani quando gli avevano chiesto cos'era successo e lui aveva pensato ancora a come, una volta che sarà morto e la sua anima rinascerà in un altro corpo, non si ricorderà chi era. Non sarà *lui.* E in quel momento aveva guardato sua madre e aveva capito che non poteva mentire. Aveva detto, per semplicità: *Ho solo preso freddo dentro.* E un po' era vero.

Il volto di Adam è più spento che mai quando riappare in corridoio. Come si avvicina, Rao capisce che non è solo la conseguenza di una riunione difficile. Adam è esausto. Il pallore, gli occhi cerchiati di nero, la frequenza con cui sbatte le palpebre, il lieve tremore alle mani. Vedendolo, Rao prova un inaspettato moto di compassione. Uno strano impulso di dirgli di riportare il culo a casa e lasciare che qualcun altro si occupi di questa storia. Qualunque cosa sia questa storia e dovunque sia la casa di Adam. Washington D.C., probabilmente. O un condominio fuori Las Vegas. Con una palestra domestica in garage. Coltelli in ogni cassetto.

"Miller ti toglierà la sorveglianza alla porta."

"Perché?"

"Vuole che mi trasferisca da te."

Ovvio. Così Adam gli impedirà di uscire e cacciarsi nei guai. No. Non è quello. È per evitare che si *suicidi*, cazzo. Rao si lascia scivolare addosso il miscuglio complicato e pesante di gratitudine e offesa, e riemerge dall'altra parte.

"Compagno di stanza?"

"Coinquilino."

"Dormiremo insieme. Bello. Dovrò farti i capelli?"

"Certo," dice Adam. "Voglio le trecce alla francese."

"Okay, e io voglio una manciata di ossicodone e un pompino, Adam. La vita è crudele."

Capitolo 11

È sfinito. Gli unici rumori che sente sono i suoi respiri, il battito del suo cuore. L'eco nitida, nelle sue orecchie, del suo polso che si spezzava. Il tempo non scorre sempre allo stesso modo, pensa debolmente. Quand'è caduto dall'albero, è come se ci avesse messo una vita a toccare terra. Sembrano passati pochi secondi da quando si è seduto sui gradini del portico, ma anche alcuni giorni. Gli ci sono voluti dodici minuti per riprendersi, smettere di piangere e incamminarsi verso casa. Ha guardato l'ora sull'orologio. L'orologio è nella tasca dei suoi jeans. L'orologio col quadrante crepato. Se l'è dovuto togliere dal polso. Anche per fare quello, sembra che ci abbia messo una vita.

Sa che si è rotto il braccio. Sa che è tutta colpa sua.

Lo schianto quando ha colpito il cemento è stato spaventoso e il dolore anche di più, ma l'unica cosa che ha pensato mentre tornava a casa era cos'avrebbero detto i suoi genitori. Che avrebbe dovuto stare più attento. Che non dovrebbe piangere. Che si è strappato la maglia. Ha rotto l'orologio. Che questa proprio non ci voleva. Aveva rovinato la loro bella serata. Quand'è arrivato al portico sentiva freddo dappertutto. Si è seduto senza quasi rendersene conto.

Il tempo non è sempre uguale, pensa. Non sa da quant'è seduto qui ad aspettare che gli passino i brividi, ad aspettare di scaldarsi, di trovare il coraggio di bussare alla porta e dire ai suoi genitori cos'è successo. Quando pensa a sua zia, a come non si arrabbiava mai con lui, sembra il pensiero di qualcun altro. Sbatte le palpebre per scacciarlo, ma anche quella sembra una manovra per ricordare. Non è là con lei e non servirebbe nemmeno se lo fosse.

Non vuole dormire. Non sa se lo fa. L'unica cosa che sa è che quando torna in sé è perché sua madre lo sta chiamando per nome e suo papà gli sta premendo tra le mani un sacchetto di piselli congelati, proprio là dove sta tenendo il polso contro il corpo. Comincia a piangere, comincia a chiedere scusa. Suo padre gli dice di tapparsi la bocca, di tenerlo per sé, così lui smette di parlare. Ma non riesce a fermare le lacrime. Il dolore è brutto, ma piangere è ancora peggio. Lo detesta.

Detesta le lacrime più di ogni altra cosa.

Capitolo 12

"Ah, il solito alloggio a cinque stelle," brontola Rao. "Allora Adam, quale stanza preferisci di questo delizioso appartamento? Quella con la stampa dell'aquila calva o quella col vecchio aeroplano?"

"È un P-51 Mustang."

"Certo. Riformulo la domanda. Che stanza vuoi, Adam?"

"Credo che questa sia la tua," dice Adam, fissando un letto. "Questi qui di sicuro."

Rao si avvicina piano. Sulle coperte ci sono due sacchetti dello spaccio della base, con la scritta SUNIL ROY in un Magic Marker nero. Sospira, rovescia il loro contenuto, esamina i vestiti. "Cazzo è 'sta roba?" chiede alzandone uno verso Adam.

"È una maglietta con la bandiera inglese, Rao."

"Ugh."

Si fa una doccia, mette una camicia di flanella a quadri, un maglione blu scuro e un paio di pantaloni chino color beige. Si studia con diffidenza allo stretto specchio fissato alla parete. Si gira per vedere tutte le angolazioni.

"Sembro uno in crisi di mezza età. Ma non quella che sto vivendo davvero," mormora. Poi si siede sul lato del letto e abbassa lo sguardo sulla moquette color vino; dai motivi orribili. È macchiata e ci sono delle specie di linee di marea che partono dalla parete. Rao spera che sia acqua. Per la maggior parte lo è.

Adam è seduto in poltrona, lo sguardo perso nel vuoto. Restano in silenzio per un po'.

"L'alcol è vietato?" chiede Adam.

"Già."

"Vuoi che accenda la tv?"

Rao scuote la testa. "No. Sei mai stato in India, Adam?"

"Sì."
"Jaipur?"
"No."
"È un bel posto, dovresti andarci. Allora, senti. Fanno questa cosa laggiù. Di sera il cielo si riempie di aquiloni. Tutti salgono sui tetti per farli volare. È una gara. Ti metti in mostra e intanto cerchi di abbattere gli altri aquiloni col tuo. E, per riuscirci meglio, molte delle cordicelle sono rivestite di polvere di vetro."

Rao pensa al mosaico danzante degli aquiloni nel cielo del crepuscolo, si accorge che sta respirando. È sempre strano quando ti ricordi che è quello che stai facendo, quello che fai *in ogni momento.* "Una volta ne stavo facendo volare uno, avevo undici anni. Non sono grandi, questi aquiloni, questo qui aveva il *manjha* di vetro. E un uccello ci è finito contro. Un cheel, o kite, che vuol dire aquilone ma è anche un rapace. Sono ovunque in questa città, hanno colpi d'ala lentissimi, sembrano piccole aquile. Eleganti. Questo rapace stava planando velocemente da qualche parte ed è finito contro la mia cordicella. Gli ha mozzato un'ala. S'è accartocciato in volo, è caduto giù." Le parole sgorgano e basta. Rao non le detesta ancora. "Sono corso di sotto a cercarlo."

"L'hai trovato?"

"Sì. Era rannicchiato contro un muro, coperto di sangue. L'ho preso in mano e mi ha affondato dentro gli artigli. Li ha proprio conficcati dentro. Mi ha strappato la carne. Non gliene faccio una colpa. Voglio dire, l'avrei fatto anch'io. Ho ancora la cicatrice." Rao gira il braccio e indica la linea debole, pallida sulla parte inferiore del polso destro.

"L'hai salvato?"

Rao scuote la testa. "È morto."

Adam annuisce, pensieroso. "Quindi in questa storia tu saresti l'uccello."

"No, Adam. No che non sono l'uccello, cazzo. Ero il bambino con l'aquilone."

La morte di Ed. Non è stata colpa sua, come non lo è stato tutto quello che è successo in Afghanistan. Ha in bocca il sapore di Kabul anche adesso: aceto, ruggine e acqua di radiatore. Si sente improvvisamente aggressivo. "Quanto sai?" chiede.

"Di cosa?"

"Di Kabul."

"Alcune cose."

"Avrai trovato informazioni come un furetto che fiuta sangue. *Alcune cose* non è abbastanza."

"Okay. Ti facevano verificare gli interrogatori. Solo cittadini britannici, all'inizio. Poi ti hanno prestato ad altri. La Cia ha tirato troppo la corda ed è andato tutto a puttane."

"Esatto. Hai visto questi posti?"

Adam scuote la testa. "Meglio per te." Rao è sorpreso di aver detto quelle parole, ma Adam non sembra sorpreso di sentirle. Ha un'aria triste. Si asciuga la bocca col dorso di una mano. Si alza, va verso l'angolo cottura, fa ritorno con un pacchetto di Marlboro e una tazza. Appoggia la tazza sul comodino a mo' di posacenere e porge il pacchetto a Rao, che tira fuori una sigaretta e l'accende. Quasi non si dà il tempo di fumarla. "Non ti starò a raccontare cosa facevano là dentro," dice lentamente. "Era osceno. Lo è ancora. Sta accadendo in questo stesso momento. C'è una combriccola di sadici convinti di salvare il mondo spadroneggiando in quel posto di merda e nella sua cazzo di città segreta."

Un lungo tiro di sigaretta, uno sbuffo ancora più lungo. Guardano entrambi il fumo alzarsi a volute nell'aria chiusa della stanza.

"Si può fumare qui dentro?" chiede Rao.

"Probabilmente no," dice Adam. "Ma se fai partire l'allarme, mi assumerò io la colpa."

"Colonnello Rubenstein. Sempre premuroso nei miei confronti," dice Rao con una punta di amarezza. "Sai cosa ti succede se ti torturano giorno dopo giorno, per mesi? Cominci a fare dei regali alle persone che ti stanno facendo del male. Gli dici le cose che credi vogliano sentire. Un piano, una mappa, una bomba, qualche bersaglio importante. Un cugino di Islamabad che conosce qualcuno che sa dov'è Bin Laden, del materiale fissile in arrivo dall'Iran, qualcosa di *sexy*. Gli interrogatori mi guardavano per capire se era vero e io scuotevo la testa. Mi odiavano per questo. E quelli che s'inventavano le storie? Mi odiavano ancora di più."

"Eri un problema per tutti."

"Già."

Un altro lungo silenzio. Nel frattempo, Rao capisce che vuoterà il sacco. "Mi hanno messo in un albergo di Kabul per tutto il tempo. Una sera c'era un ragazzo al bancone. C'erano un sacco di ragazzi, Adam. Questo qui era americano. Un ex marine. Io ero... a questo punto non aveva importanza chi ero. Ricordo che era più alto di me."

"È rilevante?"

"No, ma non siamo tutti dei nanetti, tesoro. Uno stangone non capita spesso. Soprattutto allora." L'aggressività di Rao si è placata; avverte un piccolo, violento fremito di leggerezza. Fa una risatina aspirata. “Sicuro che ce la fai? A sentire le mie tresche con gli uomini?”

“Non capisco la domanda.”

“La maggior parte degli etero non le regge.”

Adam aggrotta la fronte. “Oh. No, io… nessun problema.”

“Allora. Questo marine. Aveva un sorriso bellissimo. Non ricordo bene come siamo finiti a letto,” mente Rao, “ma poi ha tirato fuori una bustina e della carta stagnola e abbiamo fumato. Non avevo mai provato la roba. Lui era sorpreso. Davvero sorpreso. Comunque. È successo, poi mi sono sdraiato sul letto e mi sono sentito bene come non mai.”

Adam ora lo guarda con attenzione. Con cautela. Probabilmente sta memorizzando tutto questo per la sua prossima riunione, ma a Rao non importa. “La sera dopo era di nuovo là. E quella dopo ancora, quando ha detto che era in partenza. Ma a quel punto ero riuscito a trovare una soluzione, nessun problema, perché se c’è una cosa in cui eccelle l’Afghanistan, Adam, è l’eroina. È famoso per l’eroina, sai?”

“È come… era come con le tue risse?”

Rao sorride. “Ah, bella domanda, tesoro. No, non è uguale. Fatti male quanto basta e il mondo scompare. Nessuna verità, nessuna falsità. Non puoi sapere di che colore è una stanza quand’è spenta la luce, giusto? Con gli oppiacei è diverso. Non m’impediscono di leggere il mondo. Mettono solo il mondo *laggiù*. Col risultato che per un paio di mesi sono rimasto seduto nell’angolo della stanza ad ascoltare il dolore come se guardassi dentro la teca di vetro di un museo. Non me ne fregava un cazzo.”

“Ma è successo qualcosa.”

“Adam, queste domande mi fanno pensare che tu tenga un analista dentro l’armadio di casa.”

La risata di Adam è improvvisa, sofferta, apparentemente sincera. “No. Non sono il tipo da analisti.”

“Non mi sorprende. Sì. Be’. È successo qualcosa.”

Rao si toglie la sigaretta di bocca, la picchietta contro il bordo della tazza, la tiene orizzontale davanti a sé. Soffia con attenzione sulla punta, che avvampa. Guarda piccoli petali di cenere crescere attorno al nucleo incandescente. Smette di respirare; riccioli di fumo gli entrano negli occhi. Li spalanca, sbatte le palpebre per sopportare il fumo più a lungo che può, poi li strizza e fa una smorfia. Si asciuga l’acqua dalle guance, fa un altro tiro.

“Annientavano la gente là dentro, Adam. Ci ho messo troppo a capire che la tortura non c’entra un cazzo con l’innocenza o la colpevolezza. Una volta li ho visti portare fuori un cadavere. *Oh, quello lì s'è bagnato durante la notte, era nudo in quella cella? Oh be', una notte fredda, son cose che capitano. Saranno state le guardie, è gente del posto, non sono affari nostri. Pazienza, uno meno di cui preoccuparsi.* Hanno sbattuto dentro questo tipo nuovo, ed era così giovane, Adam. L'avevano preso a Birmingham. Non Birmingham in Alabama. Birmingham in Inghilterra. Non sapeva nulla. Era andato nella moschea sbagliata. Era un apprendista ingegnere termico. Ho detto, *Questo qui non sa un cazzo.* Meno di un cazzo. Continuavo a dirglielo. Hanno deciso che stavo mentendo. Hanno deciso che ero diventato inaffidabile. Però non mi hanno fatto uscire dalla stanza. Tutto quello che ha detto questo qui è vero, insistevo, ma loro non si sono fermati. Ci sono andati giù pesante, in mia presenza. Prima l'hanno preso a schiaffi, poi l'hanno sbattuto contro la parete una dozzina di volte, e credo che quello fosse soprattutto per punire me. Poi l'hanno rimesso sulla sedia e lui mi ha guardato, non mi aveva ancora guardato, e ha detto, *Fratello, non ci esco vivo da qui.*"

"Ed era vero," dice Adam lentamente.

"Alla fine sì, già. Ed è stato questo il *qualcosa.* Non ne potevo più. Mi sono preparato una strategia di fuga. Mi sembrava buona, allora. Non ha funzionato, come vedi. Ed eccoci di nuovo qui, più felici che mai. Con te che mi sorvegli a vista."

"È quello che mi hanno chiesto di fare."

"Non ho intenzione di suicidarmi."

"Lo so, Rao."

"E come cazzo fai a *saperlo*?"

"Non fare lo stronzo con me perché sto dalla tua parte. Lo *so* perché credo che oggi richiederebbe molti più sforzi."

Rao ci pensa un attimo. "Non così tanti."

"Fatti una dormita."

Ci prova. Alle tre di notte si ritrova a fissare il soffitto e a chiedersi se Adam stia eseguendo i suoi ordini alla lettera. Dieci minuti di congetture a vuoto si trasformano in un bisogno impellente di sapere, così scosta le coperte, mette le gambe giù dal letto e si avvicina di soppiatto alla porta comunicante. La luce che filtra attraverso le tende basta a confermare che Adam sta effettivamente dormendo, il che è sempre una sorpresa, perché quando dorme Adam somiglia *moltissimo* a un undicenne sul punto di chiedere una tazza di latte caldo. O quasi: l'analogia stona con la lunga cicatrice sulla sua clavicola destra che, a detta sua, si è fatto in Iran ma potrebbe essersi fatto anche altrove. È disteso a pancia in giù, la faccia premuta sulle lenzuola, una mano piegata sopra il bordo del letto, i cuscini impilati con cura sul pavimento accanto. Vedendolo, Rao prova una tale stanchezza che deve sostenersi contro la parete. Una parte di lui, pensa, sa che se Adam sta dormendo può sentirsi al sicuro. Indietreggia barcollando, si lascia cadere sulle coperte, si addormenta quasi all'istante. Quando riapre gli occhi, Adam è in piedi accanto al letto con un'aria inespressiva e impaziente al tempo stesso.

"Alzati. Ti porto a fare colazione," dice.

"Oh, no. Non potrei reggere la mensa in questo momento."

"Bene, perché andiamo all'International House of Pancakes. Come stiamo a salute mentale?"

Rao alza gli occhi al cielo. "Da Dio, Adam."

Si siedono sugli sgabelli in finta pelle davanti a una vetrata rigata di pioggia. Quando alza gli occhi dal menu plastificato, Rao vede un badge con la scritta MADDY su una camicetta rossa. La cameriera è minuscola, con capelli biondi raschiati dalla fronte e un'espressione così palesemente annoiata che Rao capisce che è inglese prima ancora che apra bocca.

"Mezza porzione al latticello," dice Adam. "Rao?"

"Dammi un secondo..."

Adam gliene dà cinque. "Per lui la Colazione dell'indeciso."

"Non si chiama *così*," protesta Rao.

Maddy lo guarda in modo compassionevole. "Sì, si chiama così."

Quando Adam versa una quantità indecente di sciroppo sui pancake, Rao lo osserva, affascinato. "Sei un'ape, Adam?"

"Cosa? Ah. No. Questa roba è pessima. Non è sciroppo d'acero. Solo sciroppo di mais con coloranti e aromi. Fa abbastanza schifo, ma alcuni la preferiscono. Mi sa che gli ricorda la loro infanzia."

"Come l'Angel Delight," osserva Rao.

"Certo."

"Non sai di cosa sto parlando."

"No."

"Bene. Non avrei dovuto dirlo. Segreto di stato." Rao parla a ruota libera mentre guarda Adam suddividere i suoi pancake. I tagli che fa sono netti e precisi, ma il risultato è quasi impossibile da mettere in bocca per via di tutto quello sciroppo.

"Dovresti mangiare."

Rao abbassa lo sguardo sul cibo che ha davanti, fa una smorfia. "Non ho fame."

"Non importa. Abbiamo un incontro alle dieci con Miller."

"Ora ne ho ancora meno."

"Mangia la tua colazione, Rao."

Miller non chiede a Rao come si sente e questo aumenta di molto la considerazione che ha di lei. Così come i suoi orecchini del giorno: Cartier Diamants Légers in oro rosa, taglio brillante.

"Abbiamo un sacco di cose di cui parlare, ma sarò breve," dice prendendo un foglio da un dossier. "L'autopsia di Straat indica come causa di morte le ustioni causate dal fuoco. A parte un'ulcera allo stomaco, era in buona salute. Nessuna ecchimosi ante mortem. Questo mi fa pensare, alla luce dei riscontri preliminari sul signor Gibbons..."

"S'è buttato nel fuoco," dice Rao, e capisce che è vero.

"Lei crede? Il signor Gibbons è morto per quella che viene chiamata cardiomiopatia Takotsubo. Ho sentito proprio ora il medico legale per sapere di più. Pare che abbia avuto un'improvvisa e massiccia impennata di ormoni dello stress, che prima ha causato uno shock al cuore, poi ha lacerato la parete ventricolare sinistra. Dice che è un'occorrenza molto rara, che riguarda perlopiù le donne in menopausa. Dice anche che è conosciuta come 'sindrome del cuore infranto'."

"Ah," dice Rao.

"Ha una teoria al riguardo?"

"No, penso solo quello che starà pensando lei. Questi oggetti esercitano una specie di forte attrazione su alcuni individui. Per Ed era la tavola calda. Per Straat il falò. Non so cos'abbiano in comune."

"Erano entrambi due uomini bianchi, di cinquantadue anni. Ma non sembra granché come spiegazione. Ce ne sono tanti come loro."

"Sostanze psicotrope?" propone Adam. Rao sbuffa. Miller scuote la testa. "Il tossicologo non ha riscontrato nulla. O almeno, nulla di identificabile."

Si appoggia allo schienale, osserva per un po' Adam e Rao, poi guarda l'orologio al suo polso. Si lecca un pollice, strofina il quadrante di cristallo. "Tutti," dice lentamente, "vorrebbero che fosse un suicidio. Purtroppo non ci sono prove che Straat volesse uccidersi. Quindi è probabile che andremo verso un verdetto aperto, che non è l'ideale. Ci sono alcune irregolarità finanziarie, un'ex moglie, il mantenimento dei figli. Potrebbe saltare fuori qualcosa. Dipende dal coroner. Ma sentite qui. L'ultima licenza di Straat è molto interessante. Ha trascorso i primi dodici giorni alla base. A giocare a golf. Due viaggi a Londra. Poi è saltato su un mezzo dalla base di Mildenhall a quella di Nellis ed è sparito nel nulla."

Adam raddrizza la schiena, ascolta con attenzione. *No*, pensa Rao. Lo stava facendo anche prima. Sta solo facendo credere di ascoltare con *più* attenzione.

"Telefono?" chiede Adam.

"Inaccessibile. Credo ci fosse di mezzo un cellulare prepagato. Quando Straat è riapparso, ha detto a tutti che era stato via una settimana con gli amici a fare campeggio e a pescare nella Jarbidge Wilderness, e dal suo ritorno non ha fatto che parlare di trote. In continuazione. In un modo molto spirituale."

"Alla fine tutte le cose si fondono in una sola," osserva Rao solennemente. "E un fiume le attraversa."

"*In mezzo scorre il fiume?* Bella interpretazione, Redford," dice lei.

"Grazie."

Adam si acciglia. "Non c'è stata nessuna battuta di pesca."

Miller scuote la testa, sembra delusa. "Una pessima copertura. Come lo sono in genere le battute di pesca. Ma forse abbiamo una pista. È contenuta nel suo portatile."

Rao si raddrizza. "Vuole che guardiamo i suoi porno? Ci penso io."

"Lascia stare i porno, Rao. Era un ufficiale comandante," dice Adam velocemente.

"Ah. Solo missionario, eh?"

"Eterosessuale convinto," conferma Miller di sfuggita. "Ma non intendevo quello, Rao. Straat era in contatto con una docente dell'Università di Cambridge. Una certa dottoressa Katherine Caldwell. Ho chiesto agli informatici forensi alcune copie della loro corrispondenza. Ormai dovrebbero essere arrivate, potete andare a prenderle nella" – controlla i suoi appunti – "stanza 26, edificio 832. Non c'è molto, in realtà. Mi dicono che riguarda più che altro l'organizzazione di una serie di telefonate. Quindi, ho parlato con la Caldwell, le ho detto che stiamo indagando sulla morte di Straat, battendo tutte le piste, e ho fissato un incontro per questo pomeriggio. Alle tre. Andate a parlare con lei."

Capitolo 13

Sapeva che l'avrebbero portato al parco giochi una volta tolto il gesso dal polso. *Gli farà bene*, aveva sentito suo papà dire alla mamma. *I soldati vanno riaddestrati dopo un infortunio.* Sua mamma aveva risposto che non era un soldato, ma non per discutere. Non stava litigando. Non litigavano mai.

Due giorni dopo aver tolto il gesso, suo papà lo portò in un parchetto tranquillo e lo mise sulle barre sospese. Non se la cavava bene prima della frattura e adesso era anche peggio.

"Perché ci stai mettendo così tanto?" chiese suo papà, in piedi dalla parte opposta.

Lui rimase appeso là, con un dolore crescente al braccio. Sapeva che non doveva darlo a vedere. "Fa male."

Suo papà lo guardò.

"Fa male, signore," lo corresse.

Suo padre scosse il capo e prese un pacchetto morbido dal taschino della camicia. Diede alcuni colpetti e fece uscire una sigaretta. L'accese con un fiammifero mentre parlava. "Il dolore è una di quelle cose," disse, come se sapessero tutti cos'erano *quelle cose.* "È tutto nella tua testa. Se è nella tua testa, allora puoi superarlo."

L'intero ricordo è azzurrognolo, come se potesse vederlo solo attraverso una sottile pellicola di grasso. Come se lo vedesse da lontano oppure sott'acqua. Sembra annebbiato anche se riesce a sentire ogni parola di suo padre, nitida come una campana nella sua testa. Sentirà sempre queste parole.

Era arrivato solo alla terza barra quando capì che non poteva andare oltre. Rimase là appeso in silenzio, osservando suo padre finire la sigaretta. Sperando che lo guardasse. Che si accorgesse. Non voleva dire nulla. Non voleva parlare per primo, ma dovette farlo. Suo padre non solo non si stava accorgendo di lui. Stava guardando altrove. Non voleva vedere.

"Ho bisogno di aiuto," disse piano. Il dolore stava diventando insopportabile e presto sarebbe caduto. Non c'era una grande distanza tra barre sospese e la polvere e l'erba secca di sotto, ma il pensiero di cadere di nuovo così presto gli faceva gelare lo stomaco.

Suo papà non lo guardava. Ritentò.

"Ho bisogno di aiuto, ti prego." Nessuna risposta. Provò di nuovo, con insistenza. "Signore."

Finalmente suo padre guardò verso di lui. Scosse la testa così impercettibilmente che... Se l'era immaginato? È difficile ricordare. Ma ricorda lo sguardo sul suo volto, nonostante l'annebbiamento. Quell'espressione è ancora con lui, come le parole.

Suo papà non era solo deluso. Era molto peggio. Sembrava triste che gli avesse chiesto aiuto. Suo papà in quel momento sembrava disperato quanto lui sulle sbarre.

"Arrangiati," disse. Buttò via la sigaretta. "Ti aspetto in macchina."

Fu dopo che suo papà l'ebbe lasciato solo che gli cedettero le braccia. Cadde, ma non fu così brutto come quand'era caduto dall'albero. Non si fece male. Il polso gli doleva ancora, dall'interno, ma lui non si era fatto male.

Capitolo 14

Ha smesso di piovere e il cielo è incolore. Rao annusa l'aria mentre camminano. Non sente più odore di cherosene. Gli sembra quasi un suo fallimento personale.

"Dovremmo fare un test della verità," dice Adam.

"*Dovremmo?*"

"Dovresti. Tu. Perché non l'hai fatto?"

Rao dà un'alzata di spalle.

"Rispondi alla domanda, Rao."

"Sei incazzato con me?"

"Non sono incazzato." Adam sembra ancora stanco, anche se Rao sa che ha dormito. "Miller mi sta addosso. Qualcuno sta addosso a lei, e qualcun altro sta addosso a loro."

"Ah, quindi sarebbe un favore personale, giusto?" Rao non aspetta una risposta. "Ho bisogno di fumare. Vai pure se vuoi. Troverò il posto." Si ferma all'angolo dell'edificio degli alloggi e si accende una sigaretta. Adam sta in posizione di riposo e guarda un golf cart farsi strada sul green del campo della base a poche centinaia di metri di distanza. Un F-15 strilla basso nel cielo in fase di avvicinamento. Rao gli lancia uno sguardo feroce, appoggia la schiena al muro, aspetta che il rumore si affievolisca.

"Senti, sai che credono che io abbia bisogno di una persona in carne e ossa su cui lavorare," sospira. Adam non lo guarda. Ha la testa rivolta in alto e sta osservando un secondo caccia in arrivo. "Non posso semplicemente dare a Miller le risposte che vuole."

"Ma puoi trovarle."

Rao annuisce. "Alcune, forse." Prende un tiro di sigaretta controvoglia. "Forzando le cose. Ma dovremmo tenere per noi quel che trovo e, per come sto messo ora, non so se ci riuscirò. Così ho preferito seguire la corrente e basta, sai? Fare il minimo sindacale."

Con gli occhi ancora fissi sul cielo ormai vuoto, l'espressione di Adam si fa amareggiata. "Ma se l'avessi fatto prima che portassimo Ed alla..."

"Non *provarci, cazzo,*" borbotta Rao. "Vuoi sapere perché non ho fatto un test? Ecco perché, Adam. Non mi va di farlo perché non muoio dalla voglia di vedere cosa troverò. Questa storia non mi torna. Non mi torna affatto e mi sta mandando fuori di testa."

La rabbia è una debolezza, si ricorda quando è ormai troppo tardi. Una vulnerabilità. Dev'essere per questo, si rende conto con un moto di collera, che Adam ha detto quello che ha detto, e *ha funzionato, cazzo.* "Mi sento come sulla soglia di una casa infestata dai fantasmi," sbotta. "E scusami se non sono entusiasta all'idea di entrare nel vialetto e bussare alla porta."

"Non ci entrerai da solo," dice Adam.

"È una *metafora*, non una costruzione vera e propria," sibila Rao. "Non che tu ne sappia molto di case, abitazioni o del genere di persone che ci vivono, tenente colonnello Rubenstein, cresciuto in vitro in una struttura governativa."

"Era un alloggio dell'aeronautica militare a Las Vegas."

Rao spalanca gli occhi. "Cosa?"

"Un alloggio per i dipendenti della base per un mandato o due. Sistemazione temporanea. Poi ci siamo fermati. Mio padre non c'era sempre, ovviamente."

"Ovviamente?"

"Odiava tutto quello che non era lavoro," dice in tono piatto.

Sembra più una registrazione che un discorso umano, ma in fondo sono informazioni personali. Da parte di Adam. Rao è sorpreso. Vorrebbe sapere di più, ma non glielo chiederà. Zero. Detesta, *odia* letteralmente quanto vorrebbe farlo. "Uno stacanovista, eh?" ridacchia invece. "Ora capisco da chi hai preso. Tale padre, tale figlio."

"Rao, potresti..." Adam si strofina prima un occhio e poi l'altro con la base di un palmo. "Potresti *evitare*? Non è il momento."

Rao butta la sigaretta per terra e la schiaccia sotto un tallone, appiattendola, sfilacciandola sull'asfalto. *La paura uccide la mente*, pensa. Ha sempre odiato quella citazione. Ha sempre odiato quel libro del cazzo. "Okay," mormora dopo un po'. "Farò un test per te. Quando torniamo da questa roba."

Convincere il custode di un college di Cambridge ad aprire i cancelli del parcheggio di un college di Cambridge è almeno ottanta volte più difficile che entrare al Gchq, decide Rao: ci vogliono due minuti di trattative gracchianti al citofono e una chiamata alla dottoressa Caldwell perché il custode si arrenda e li lasci passare. Proseguono per il vialetto che fiancheggia un campo da rugby e parcheggiano sotto un castagno dall'aria malandata. "Tutto quello che devi sapere di Cambridge," mormora Rao, stringendosi nella giacca mentre vanno in portineria, "è che è orribile. Purtroppo è il mio mondo, Adam, quindi lascia fare a me."

L'ufficio della Caldwell è dalla parte opposta di un cortile a tre lati di glicine ingiallito e pietra color miele. La porta esterna è aperta. Rao bussa, e la porta interna si spalanca.

"Dottoressa Caldwell?"

"Kitty, per piacere. Venite."

Rao la studia. Si sarebbe aspettato un'inglese altezzosa di mezza età vestita in tweed, qualcuno per cui provare un'istantanea e mutua antipatia. Ma Kitty non è quel genere di persona. È nera, ha un accento di New York, una morbida camicia a quadri e una giacca arancione bruciato, e di primo acchito è così gradevole che Rao si scopre vagamente dispiaciuto di non essere già suo amico. Il suo ufficio è accogliente e spazioso, con finestre ad arco gotico, librerie in quercia e – Rao spalanca gli occhi – una marea di *cose* sparse qua e là su scaffali, tavoli e davanzali. Pile di giochi in scatola, un kit per formicaio, una lava lamp, statuine e personaggi di *Guerre stellari*, *Spy vs. Spy*, *Mars Attacks!*, un dinosauro Sinclair, un'oca canadese di plastica a grandezza naturale. C'è una lepre cornuta montata su una placca accanto a uno specchio Caesars Palace, una pila di "National Geographic" sul pavimento accanto ai piedi di Rao e, nell'angolo opposto, un manichino del cazzo vestito come Elvis nelle ultime fasi.

"Mi è spiaciuto sapere di Adrian," dice Kitty. "Mi hanno detto che era nell'aeronautica militare, vero?"

"Era un sergente capo," dice Adam.

"Uh. Alti gradi," risponde Kitty studiando Adam con attenzione. "Si faceva chiamare sempre signor Straat."

"Non vi siete mai incontrati?"

"Non di persona. Non credo potrò esservi di grande aiuto. E non ho molto tempo. Fra trenta minuti ho una supervisione. Ma fino ad allora sono tutta vostra. Prego, sedetevi. Caffè? Te?"

"No grazie, signora." Adam scuote la testa. La bocca di Kitty ha un lieve fremito prima di riassumere la sua espressione di riguardosa solennità.

"Quindi." Indica di nuovo la poltrona rivestita di broccato. Rao si siede. "Cosa posso dirvi di lui? Mi ha contattato poco più di un mese fa. Un'email, un paio di altri messaggi, poi una serie di telefonate. Di solito non lavoro coi ricercatori indipendenti, ma lui era un'eccezione."

"Perché?"

Sembra imbarazzata. "*Pagava.* L'avrei affidato a un dottorando, ma pagava *bene* e ho bisogno di cambiare la cucina."

Oh Kitty, pensa Rao. *Non è per questo che volevi i soldi.*

"Di cosa parlavate?" chiede Adam, mentre Rao stabilisce silenziosamente che Kitty è nei guai per certi debiti sulla sua carta di credito.

"Aveva letto uno dei miei libri e voleva discuterne con me."

"Discutere di cosa?"

"Della nostalgia."

"Ah," dice Rao. "Può dirci di più?"

Kitty si stringe nelle spalle e gira un palmo all'insù, chiudendo gli occhi per un breve istante. "Potreste leggere il libro."

"Un sunto sarebbe molto utile, dottoressa Caldwell," dice Adam.

"Scherzavo. Posso prestarvi una copia, però." Guarda l'orologio sulla parete e il suo volto prende un'espressione così familiare che Rao ha un fremito di rabbia e senso di colpa per non aver proseguito in qualche modo la carriera universitaria. *Oddio*, pensa, trattenendo una risata inorridita. Prepariamoci a una lezione.

"Conoscete la storia di questo concetto?"

"Della nostalgia? No, signora," dice Adam.

"Era una malattia degli eserciti. Nel Diciottesimo secolo i mercenari svizzeri in Francia e Italia cominciarono ad ammalarsi. Perdevano interesse per la vita, si struggevano per le montagne, avevano allucinazioni, vedevano fantasmi."

"Fantasmi," ripete Adam così piano che quasi non è nemmeno una parola.

"Uno studente di medicina chiamato Johannes Hofer coniò un termine: 'nostalgia'. Era una specie di malinconia di casa. Dal greco *nostos*, cioè ritorno a casa, e *algos*, che vuol dire..."

"Dolore," dice Rao.

"Già. O desiderio. Ha fatto studi classici?"

"Storia dell'arte."

"Dove?"

"Alla St John's."

Lei annuisce, sembra incuriosita. "Conosce Tom McAlister?"

Kitty, pensa Rao. *Sei furba come una volpe.* "Non ricordo," risponde con una smorfia.

Lei sorride, continua. "Trovarono un paio di rimedi. Dolore e paura, quelli funzionavano. Oppure l'oppio." Rao lancia un'occhiata a Adam. La sua faccia è impassibile come sempre, ma è evidente che ci sta pensando, lo stronzo.

"Molto tempo dopo si è evoluta in un concetto più romantico, è stata accostata al nazionalismo." Fa una pausa. "Il problema dell'immaginare una casa a cui tornare, ovviamente, è che tendi a escludere la gente che non vuoi avere attorno." Lascia aleggiare quel pensiero nell'aria prima di continuare. "Comunque. Secondo un modello di nostalgia, essa sarebbe una reazione psicologica al trauma e alla discontinuità. Un meccanismo di difesa. Può essere scatenata da grandi cambiamenti sociali. Guerre, rivoluzioni, l'undici settembre. La gente si sente scombussolata, così evoca un passato immaginario a cui vorrebbe fare ritorno. Un luogo fantastico e sicuro. Quindi la nostalgia è un fatto emotivo e psicologico, ma anche politico. È altamente manipolabile, sia dalla politica che dal mercato. Ed è di questo che parla il mio libro. Nello specifico, di come storia materiale, nostalgia e politica coincidano." Fa un ampio gesto con le mani. "Tutte queste cose, capite?"

Rao annuisce, si acciglia. "Quindi se la nostalgia è un meccanismo di difesa, per qualcuno un pupazzo di Mr Potato potrebbe essere un riparo sicuro dal male?"

"È complicato e si potrebbe parlare di oggetti transizionali, ma sì. Ci sono studi molto convincenti di Starobinski e Roth su come nel Ventesimo secolo la nostalgia sia stata privatizzata e interiorizzata, su come la nostalgia di casa si sia ridotta a una nostalgia della propria infanzia. Quindi sì, giocattoli o oggetti associati a ricordi d'infanzia tendono a essere ai primi posti della lista."

"Kitty, posso mostrarle qualcosa?" dice Rao tirando fuori un dossier dalla borsa e porgendoglielo. "Torneremo su Straat, ma vorrei proprio sapere cosa ne pensa di questo gruppo di oggetti."

Lei lo prende e sfoglia le fotografie degli oggetti trovati alla base. Rao la vede soffermarsi su un fucile giocattolo, una sciarpa di velluto rosso, un coniglio peluche, una sedia a dondolo.

"Be'," dice. "Bellissima selezione. Mi fa pensare alla Valle delle cose perdute. C'è un capitolo intitolato così nel mio libro. È un espediente letterario, un luogo che i personaggi visitano nei romanzi e dove trovano tutte le cose perdute dalla gente. Queste però" – la sua voce si fa riflessiva – "non mi sembrano tanto cose perdute, quanto cose *fatte* di perdita. Da dove arrivano?"

Adam s'intromette prima che Rao possa rispondere. "Dottoressa Caldwell," dice con cautela come se stesse attraversando un campo minato, "ci spiega in che senso un oggetto può essere fatto di perdita?"

"Ci provo. Ha mai letto Philip K. Dick?"

Adam annuisce. Rao è sorpreso, suo malgrado.

"*La svastica sul sole*?"

Adam accenna un sorriso senza sorridere. "Certo."

"Ricorda la scena in cui il collezionista di cimeli parla di storicità?"

"Me la ricordo," dice Adam. "L'accendino di Roosevelt."

Kitty sembra compiaciuta. Poi sbatte velocemente le palpebre. "Mi scusi," dice a Rao – ma non è dispiaciuta. "È una scena bellissima. Il romanzo è ambientato in un universo parallelo in cui i nazisti hanno vinto la guerra. Un commerciante di cimeli mostra a qualcuno due accendini. Uno era nella tasca di Roosevelt al momento del suo assassinio, quindi vale una fortuna. L'altro no, quindi non vale nulla. Il collezionista fa notare che sono identici. Non c'è nessun alone mistico, non si può capire quale sia uno e quale l'altro. È impossibile. La battuta-chiave arriva più avanti in questa scena, quando il collezionista parla di una pistola impiegata in una famosa battaglia. Dice che non ci sarebbe differenza, a meno che si sappia che è stata impiegata in battaglia." Si dà dei colpetti sulla testa. "È nella mente, non nella pistola."

"Non del tutto," dice Rao.

L'espressione di Adam si trasforma in una severa rimostranza contro Rao.

"Be', è un punto di vista," dice Caldwell.

"Già," ammette Rao grattandosi la barba. "Lasci perdere. A volte mi faccio un po' prendere la mano. L'avvocato del diavolo, pessima abitudine. E detesto interrompere," mente, "ma il tempo corre. Sarò lieto di dare ad Adam il resto della sua Semiotica 101 più tardi. Possiamo tornare a Straat? Cosa voleva sapere di preciso?"

"All'inizio continuava a chiedermi della base neurologica dell'esperienza nostalgica," risponde Kitty. "Gli ho detto che non ero la persona giusta per questo. Abbiamo parlato ancora un po' e poi ha voluto sapere come il senso di perdita e la nostalgia siano collegati alla malinconia di casa. Ci sono state molte discussioni generiche, telefonate anche di due ore, ma sembrava che per lui si riducesse tutto alla questione se le persone geograficamente lontane da casa vivano la nostalgia in maniera diversa."

"È così?"

Lei alza di nuovo le spalle con grazia, gira un palmo. "Dipende. Gli immigrati di prima generazione spesso rifiutano completamente la nostalgia. La seconda generazione a volte ci si perde. Case immaginarie, luoghi immaginari possono essere molto più potenti di quelli reali."

"Come una tavola calda immaginaria?"

Kitty guarda Rao con attenzione. "È un esempio molto specifico."

"Già."

Adam interviene. "Sa perché le faceva queste domande?"

"No. Diceva solo che gli interessava l'argomento."

"Ha mai detto nulla che le ha fatto pensare a un motivo?"

"Nulla che mi ricordi. Vi farò sapere, in caso. C'è un modo per contattarvi se mi viene in mente qualcosa?"

Adam le dà il suo numero di telefono. Kitty si alza, si avvicina a una libreria, prende un libro. "Ecco qua. Tenetelo quanto vi serve. È stata una conversazione diversa da quel che mi aspettavo e ho la sensazione che ci rivedremo."

*

Adam è pensieroso mentre tornano alla macchina. "Cos'era quella storia di Tom McAlister?" chiede, guardando le pietre consumate sotto i suoi piedi.

"Già, roba da non crederci. Questa Kitty è sveglia, cazzo."

"Di chi si tratta?"

"Oh. Un professore di storia. Uno scopritore di talenti. Non è il mio caso, ovviamente. Con me si teneva alla larga. Hanno mandato qualcun altro quando stavo da Sotheby's. Pare che a uno dei miei cugini acquisiti si fosse sciolta la lingua dopo tre bottiglie di Lynch-Bages a uno di quegli orribili ricevimenti a Chipping Norton, e avesse detto a tutti che possedevo questa capacità miracolosa di scoprire falsi e frodi. Si è sparsa la voce e dopo un po' è comparso Morten Edwards. Biondo, con un forte accento gallese e un completo spettacolare. È venuto a chiedermi di autenticare un San Sebastiano. Lo conosci, cazzo. Era a quell'incontro, la prima volta."

"Non sapevo fosse gallese."

Capitolo 15

Prima

Si può capire parecchio di una persona dal modo in cui si presenta. Sunil Rao aveva lo stesso aspetto terribile di molti altri crittoanalisti che Adam aveva avuto occasione di incontrare. Si ha la tendenza a chiudere un occhio con questi individui per via di quello che sanno fare. Intimidiscono. Ci tengono a farlo. Il dossier che gli avevano dato lasciava intendere che Sunil Rao non sarebbe stato facile. L'incontro lo confermò. Rao parlava senza sosta, raccontava aneddoti e faceva battute che non c'entravano nulla. Le battute erano abbastanza divertenti, tutto sommato, ma decisamente fuori luogo. Adam pensò che dovesse aver preso qualche stimolante. Aveva le pupille dilatate e non riusciva a stare seduto fermo, continuava a strofinare i palmi sul bracciolo della sedia, a tamburellare le dita sulla scrivania. Dopo mezz'ora tirò fuori una gomma e la masticò così a lungo e così vigorosamente che a Adam cominciò a far male la mandibola.

Dopo l'incontro, Rao si avvicinò e gli disse con fare complice che non doveva credere a tutto quello che c'era scritto sul suo dossier.

"Devo prenderlo sulla fiducia," rispose Adam.

Una risata. "La fiducia, già. Un concetto molto, molto importante, Adam."

"Esatto, signor Rao."

"Quindi, sai, è molto importante che non mi racconti balle."

Adam sbatté le palpebre. "Non ho intenzione di farlo."

"Bene. Bene. Quanti anni hai?"

"Trentacinque."

Rao scosse la testa, sorpreso. “Porca troia. Sei mai stato a Londra?”

“Sì.”

“Sei a Londra adesso?”

Adam si accigliò. “Sì.”

“Sì?”

Non aveva risposto. Aveva solo fissato Rao e Rao si era messo a ridere, una risata acuta e isterica. Fu allora che Adam riconsiderò il suo giudizio precedente. Inserì questa operazione nella categoria *potenzialmente molto difficile.*

Fu così, e non fu così.

Diverse settimane sul campo dimostrarono che Rao era caotico e impulsivo come aveva previsto Adam. Gesticolava un sacco, si grattava la testa in modo compulsivo. Rideva per le sue stesse battute. Sembrava sempre che indossasse i vestiti di qualcun altro. I silenzi lo mettevano a disagio. Doveva riempirli con parole, motivetti canticchiati, schiocchi di dita. E c’era un certo grado di comportamento oppositivo. Non era diretto contro Adam, ma a volte peggiorava le cose.

Dal punto di vista operativo, però, Rao era magnifico. Innanzitutto aveva un talento innato per gli interrogatori “gentili”. Era buffo vedere con quanta velocità le persone si fidassero di lui. Adam conosceva il meccanismo, ma il tono, la scelta delle parole, il linguaggio del corpo non erano sufficienti. Serviva qualcosa di intangibile, una forma di *Fingerspitzengefühl* che non potevi imparare se non ce l’avevi già. Adam non l’aveva mai avuto. In secondo luogo, Rao aveva una padronanza perfetta del russo e, a giudicare dalla velocità con cui lo parlava, il suo uzbeko non era affatto pessimo come sosteneva. In terzo luogo, indipendentemente da quanta vodka avesse bevuto, i rapporti di Rao erano splendidamente chiari e concisi. Una sera Rao gli aveva confidato il trucco, dandosi dei colpetti compiaciuti su una tempia. “Ho la sventura,” aveva detto, “di ricordarmi tutto e di avere una memoria fotografica. È *orribile*.”

Più di ogni altra cosa, Adam era rimasto colpito dalla specialità di Rao.

L’avevano informato che Rao fungeva da macchina della verità, ma non solo, diceva di essere quasi infallibile. Il che sembrava una stronzata. Una stronzata prevedibile: era da tempo che Adam osservava divertito l’attrazione che avevano certi settori per l’intelligence soprannaturale. Sarebbe stato un bel risparmio, se fossero riusciti a metterla in pratica. Ma non ci erano mai riusciti. Come quei ciarlatani che si stringevano le tempie a Fort Meade negli anni sessanta cercando di imprimere su pellicola i silos dei missili sovietici.

Ma le prove si accumulavano giorno dopo giorno e alla fine Adam non poté negarlo. Rao riusciva a capire quando le spie stavano mentendo, quando quelli del dipartimento della Difesa Usa e dell'ambasciata stavano mentendo. Camerieri, tassisti, receptionist: tutti quanti. Ma forse aveva bisogno di concentrarsi per farlo, perché non era infallibile, e non succedeva sempre. Adam aveva mentito a Rao un mucchio di volte e non sembrava che lui se ne fosse accorto.

In un vicolo di Bukhara, mentre ascoltava Rao lamentarsi di come un crudele scherzo del destino l'avesse privato delle eccellenti doti di guida possedute da tutti i suoi familiari, Adam lo mise alla prova di nuovo. Lo informò, con fare impassibile, che il loro veicolo era scomparso.

"Scomparso? Cioè, rubato? Merda. Merda. Non va bene. Che facciamo adesso? Dobbiamo partire tra..." Rao si fermò, poi gli lanciò uno sguardo feroce. "Mi stai prendendo per il culo."

"Già."

Adam conosceva bene quel genere di persone, capaci di criticare gli altri ma non di incassare il colpo. Non credeva che Rao fosse tra queste, ma doveva essersi sbagliato, perché Rao era improvvisamente infuriato.

"Sei solo un accessorio, eh?" sbottò.

"Cosa?"

"Solo non capisco come tu faccia, tutto qua. Ho bisogno di saperlo."

"Anni di addestramento in precisione di tiro, combattimenti ravvicinati e corpo a corpo?"

"No, non quelle robe da sporchi sicari."

"Non sono..."

"Come fai?"

"Rao, temo che dovrò chiederti di parlare per frasi intere e complete. Per favore, aggiungi a queste frasi quante più informazioni possibile."

"Vai a farti fottere," disse Rao. "Sul serio."

Capitolo 16

“Che delizie ci offre stasera l’aeronautica militare americana, Adam?”

“Serata speciale porridge.”

“Cosa? È uno... Oh, fanculo.” Rao dà un’occhiata al menu della mensa sulla parete. “Cosa cazzo sono gli spaghetti al tacchino?”

“Quello che c’è scritto,” dice Adam prendendo un vassoio e mettendosi in fila.

“Bocconcini di manzo al barbecue?!” gli grida dietro Rao. Opta per un fish and chips, che gli viene scodellato sul piatto da un cameriere con un sorriso imperturbabile e occhi ambigui. Rao ricambia il sorriso. *Buonasera anche a te*, pensa. Gli piace la sua barba da terrorista. Non ha intenzione di radersela. Guarda Adam. Ha preso un piatto di maccheroni al formaggio. Se non conoscesse Adam, penserebbe che sia comfort food. Si siedono. Rao inforca alcune patatine.

“Questo posto è come la tavola calda,” osserva. Adam alza lo sguardo, allarmato. “Non in quel senso,” dice Rao, indicando le travi in finto stile Tudor, il manichino in cotta d’arme, gli scudi araldici sulle pareti. “Molto Inghilterra d’altri tempi. Come quei film americani degli anni cinquanta, hai presente? *Robin Hood. La leggenda dell’arciere di fuoco.* Una versione Vecchia America della Vecchia Inghilterra. Il fatto è che sembra finta, ma in realtà...”

Adam non sta ancora mangiando, sta aspettando che finisca, e Rao è già stanco di quello che dice. È un sollievo quando Adam ricomincia a ingozzarsi: evidentemente ha deciso che nulla di ciò di cui parla Rao è rilevante dal punto di vista operativo. È il suo solito metro di misura, e significa che in genere la maggior parte di ciò che dice Rao può essere ignorato senza problemi.

"Hmm," mugugna Rao. "Che c'è in programma per il resto del giorno?"

"Niente più incontri o riunioni."

"Per fortuna, cazzo."

Venti secondi dopo arriva Miller, li vede, si avvicina. Rao guarda Adam e mima "riunione" col labiale. Nota un fremito di irritazione che conta come una vittoria.

Miller chiede educatamente di sloggiare ai piloti seduti con loro, e si siede. "Com'è andata?" domanda.

"La Caldwell non sa niente," dice Adam. "Le loro conversazioni ruotavano attorno al tema della nostalgia e della lontananza da casa. Dice che ci contatterà se le viene in mente qualcosa che possa far luce sul motivo dietro all'interesse di Straat. E ci ha prestato un libro che ha scritto sulla nostalgia. Rao ha intenzione di leggerlo."

"Bene. Rao, mi faccia sapere se lo trova utile. Mi spiace disturbarvi mentre state mangiando, ma c'è una novità." Miller fa scivolare una fotografia sul tavolo. "L'hanno trovata nel falò. Era sfuggita durante le ricerche iniziali." Lancia un'occhiata a Adam. Lui sbatte le palpebre, annuisce impercettibilmente.

Rao mette giù le posate, si strofina le mani sui pantaloni, avvicina a sé la fotografia. Una piccola fiala di vetro graduata, rotta e annerita, con l'etichetta arricciata e bruciata.

"Cosa c'era dentro?" chiede, passandola a Adam.

"Non lo sappiamo. È stata mandata al laboratorio."

"C'è niente sull'etichetta?" chiede Rao.

"Alcune lettere. Una *e*, una *o*. Forse una *p*. Controlleremo anche l'inchiostro, ma non c'è motivo di credere che sia altro che una normale etichetta."

"A parte che è stata trovata sul luogo dell'autoimmolazione di un sergente capo."

"Questo non significa che l'inchiostro sull'etichetta debba avere qualcosa di strano," dice Adam.

Rao lo guarda con aria stanca. "No, non significa questo."

Dopo pranzo fanno una deviazione verso lo Starbucks dell'area ristoro della base, dove Rao cosparge un bicchierone di Pumpkin Spice Latte con una valanga di noce moscata e cannella. Una volta in camera, appoggia il bicchiere sul tavolo. Ci mette accanto la fotografia. Prende un bloc-notes e una penna, li passa a Adam e si siede.

"Bene, procediamo, Adamski. Prova della verità. Puoi tenere traccia?"

Adam annuisce, avvicina una sedia.

Rao prende fiato. "Straat è stato ucciso." Scuote la testa. "La morte di Straat è stata accidentale," dice. "Okay, questo è vero. Straat ha portato la fiala alla base. *Vero.* La sostanza nella fiala ha a che fare con la comparsa degli oggetti alla base," dice. "*Vero.* Nella comparsa di questi oggetti sono coinvolti degli esseri umani. *Vero.*"

"Non alieni?"

"Zitto, Adam. La sostanza nella fiala ha creato questi oggetti. *Poco chiaro.* E... delle persone hanno creato questi oggetti. *Poco chiaro.*" Ci riprova, scegliendo più accuratamente le parole. "L'esposizione di certe persone alla sostanza nella fiala ha fatto comparire gli oggetti. *Vero.*"

Resta seduto un attimo. "Cazzo è 'sta roba?"

Gli occhi neri di Adam sono fissi sui suoi, aspettano la verità su cosa sia questa cosa, sempre che Rao riesca a trovarla. A beneficio del governo americano. Forse Adam lo vede solo come una specie di nastro telegrafico che sbobina informazioni? In momenti come questo, Rao non ne è sicuro.

"Non lo so," risponde Adam.

"Era una domanda retorica," dice Rao, seccato. "Ma grazie per il contributo." Scuote la testa, continua. "La sostanza era nel fumo del falò. *Vero.* Gli oggetti comparsi alla base sono una conseguenza dell'inalazione della sostanza attraverso il fumo. *Vero.*"

Resta in silenzio per un po'.

"Come..."

Rao lo azzittisce con una mano. "Sto pensando."

"È coinvolta una sola persona nella creazione di ciascun oggetto. *Vero.* Questi oggetti contengono la sostanza. *Falso.*"

Inspira, espira. "Okay. Gli oggetti sono... ricordi. Uhm. Non proprio. *Forse.* Gli oggetti hanno un significato psicologico per gli individui che li hanno creati. *Vero.* Il significato degli oggetti ha a che fare con la sicurezza. *Vero.* Il significato degli oggetti ha a che fare con un senso di riparo. *Vero.*"

"Posso chiederti una cosa, Rao?"

"Cosa?"

"La Caldwell ha detto che la nostalgia è una specie di reazione impulsiva al trauma psichico."

"Non ha detto impulsiva, Adam, né trauma psichico, ma è una buona osservazione. Proviamo così: la sostanza provoca un trauma psichico a chi viene in contatto con essa. *Vero.* Questo è decisamente un sì. L'effetto del trauma psichico è rendere nostalgiche le persone." Inclina la testa, ascolta. È una quasi-verità che non ha esattamente la forma giusta, esercita una pressione simile a quella che Rao prova nelle cavità nasali durante i decolli aerei e non sa ancora bene perché il suo cervello creda che ascoltare lo aiuterà quando ciò accade. Non funziona mai. Pensa che la parola "nostalgia" non sia quella giusta. Ma ci arriva sufficientemente vicino. Decide di prenderla per vera.

Vaghezza e indeterminatezza sono sensazioni su cui Rao può arrovellarsi fino allo sfinimento, anche quando sa che una sua affermazione non può essere ridotta a vera o falsa. In un test come questo, cade continuamente nella trappola di convincersi che sia sempre possibile trovare la verità se solo pone la domanda nella maniera giusta. Più un test si protrae, più sente che le sue domande non sono abbastanza precise, che le parole che sta scegliendo sono sbagliate. A volte passerà al russo, all'hindi o al dhundari, allo spagnolo o al francese. Non perché le parole in queste lingue siano più accurate, ma perché le frasi hanno un'angolatura diversa, approcciano la realtà in modi nuovi.

I test della verità sono sempre estenuanti. Rao sa che qualcuno più brillante di lui – qualcuno con una mente più lucida – potrebbe farli meglio. Gli ricordano sempre la sua inadeguatezza. Lo stancano, lo frustrano. Lo portano a detestarsi. Ora come ora sa di essere troppo incasinato per spingersi oltre. Sa bene dove finirà se non si ferma, e a quel punto non sarà d'aiuto a nessuno.

Si stira, si passa disordinatamente le mani tra i capelli. "Questa è difficile. È un campo minato concettuale e al momento sono troppo scosso per pensare lucidamente. Ci torneremo tra un po'. Piuttosto, darò un'occhiata alla fiala." Prende tre grandi sorsi di caffè tiepido, si china a studiare l'etichetta bruciata sulla fotografia, mormora sottovoce. "Due parole," dice. "Ci vorrà un po'. Puoi andarti a sdraiare o farti una sega o quel che ti pare. Mi passi quel foglio e la penna?" Adam glieli porge, si risiede, comincia a prendere quei modi da cecchino inespressivo, a comportarsi come se non fosse davvero presente. È una delle specialità di Adam, rendersi anonimo fino all'invisibilità anche quando qualcuno lo sta guardando in faccia. Dovrebbe essere esasperante, invece è facilissimo da ignorare. Rao immagina che sia quello il punto.

Non ci vuole molto. Sei minuti dopo, Rao prende un altro foglio, ci scribacchia sopra qualcosa, lo spinge sul tavolo verso Adam.

PROFETA EOS

"Merda," sussurra Adam. Rao guarda incantato il suo volto sbiancarsi.

"Che cazzo, Adam. Sembra che tu abbia appena letto la tua sentenza di morte. Che c'è?"

Adam deglutisce un paio di volte. "*Eos*," dice alla fine. "Come 'us'. Noi."

"In che senso 'noi'?"

"Sembra il soprannome di un progetto."

"Il soprannome?"

"È così che li chiamano."

"Li chiamano, chi?"

"La Difesa."

"Quindi è un progetto militare. Non puoi informarti, capire di che si tratta?"

Adam lo guarda negli occhi.

"Okay, quindi è un progetto segreto."

"Già, probabilmente un Pas."

"Vale a dire, tesoro?"

"Un Programma ad accesso speciale. Ci sono," continua, parlando piano e con un'insolita esitazione, "molte categorie diverse di operazioni riservate."

"Bene, vogliamo scoprire di che genere è questa?"

Adam resta zitto a lungo. Poi annuisce. "Nel peggiore dei casi potrebbe essere un Programma ad accesso speciale non riconosciuto."

Rao testa la supposizione, annuisce.

"Già, è questo."

"Cazzo."

Un altro lungo silenzio.

"Miller è al corrente?"

Rao mormora sottovoce, scuote la testa. "Non ne sa nulla. Be'. Non è entusiasmante? Fatti un caffè. Io vado avanti."

"No, non vai avanti. Ti fermi qui."

"Ma che cazzo...?"

"Un Pas non riconosciuto è un casino di merda. Le conseguenze non sono belle. Mi serve tempo per pensare."

"Capirci di più non ti farà smettere di pensare, Adam."

"Magari sì, Rao."

È tardi. Rao dorme, sta sognando. È il solito sogno e comincia nel solito posto, appena fuori dalla porta dello studio del suo prozio nella grande casa di Jaipur. Il sogno è un ricordo. In esso, Rao è un bambino piccolo e appesantito dalla cena. È quasi ora di andare a letto e la chiamata arriva inaspettata. Non l'hanno mai lasciato entrare in questa stanza, anche se si è intrufolato alcune volte solo per il brivido tremendo di essere scoperto. È una stanza buia, con le persiane sempre semichiuse, e odora di brillantina e gelsomino. Durante una delle sue visite segrete ha sentito un profumo forte. Doveva essere il profumo di un ospite perché è qui che la gente viene a comprare. Non la stessa gente che va al salone espositivo, ma persone molto famose o molto ricche. Così aveva detto suo padre. Ed era vero. Una volta addirittura era uscito un uomo che aveva già visto due volte, non nella realtà ma sul grande schermo del Raj Mandir.

Bussa alla porta e una voce gli dice di entrare. Il fondo della porta sfrega appena sul tappeto mentre si apre. Si avvicina alla scrivania dov'è seduto il suo prozio. Ha un'aria severa come al solito, il colletto abbottonato stretto. Fortunatamente c'è anche suo padre, seduto da questa parte della scrivania, ma l'atmosfera è pesante come succede sempre quando c'è suo prozio. Suo padre sta fumando una sigaretta e Rao resta là in piedi a guardare il fumo salire tra i raggi di luce serale che filtrano da sotto le persiane. Sente alcuni piccioni tubare appena fuori dalla finestra, il rumore del traffico. È preoccupato. Ha fatto qualcosa? Deve aver fatto qualcosa per essere chiamato qui dentro. Non ricorda di aver fatto nulla di particolare ultimamente che giustifichi una grande punizione, e non è uno che si dimentica le cose. A volte non sa che quello che sta facendo è sbagliato, questo è vero. Ma non gli viene in mente cosa potrebbe essere.

Poi suo padre gli sorride, e capisce che non è nei guai. Ma è un sorriso strano, come se suo padre fosse preoccupato. Rao va di nuovo in ansia. Forse non si sta comportando nel modo giusto. Congiunge le mani dietro la schiena e si raddrizza.

Suo padre fa un cenno al suo prozio, poi si volta e mette tre vassoi imbottiti sulla scrivania di mogano. Sono vassoi espositivi, come quelli al salone in città. Sono colmi di gioielli assortiti, ed è strano perché di solito Rao li ha sempre visti contenere una sola cosa. Solo anelli o solo braccialetti, o qualcos'altro.

Poi suo padre si volta verso Rao, serissimo in volto. La voce è bassa. Quasi un sussurro.

"Secondo te qual è il più interessante, Sunil?" dice.

Rao non capisce bene la domanda. Forse dovrebbe, ma non la capisce. "Intendi il gioiello più bello, *papaji*?" mormora.

"Sono tutti belli a modo loro. Intendo dire, qual è il più interessante perché è diverso?"

Sunil annuisce. Indica. È facile. Eccolo là, sul secondo vassoio, un ciondolo di zaffiro la cui pietra scintillante non è affatto uno zaffiro.

"Questo?"

Annuisce. E poi vede suo padre e suo prozio scambiarsi uno sguardo eloquente. All'epoca non sapeva cosa significasse, ma nei sogni lo sa perché era stato quella volta che avevano scoperto che Rao era capace di scoprire i falsi a occhio nudo, e da allora in poi le cose non erano più state come prima. È per questo, pensa, che è un sogno così ricorrente. A volte si rende conto di starlo facendo, è lucido e consapevole mentre lo vive. Quando ciò accade cerca sempre di indicare un gioiello diverso, ma il sogno non glielo permette. È una sensazione orribile, questa incapacità di cambiare la narrazione. Il sogno è sempre uguale a se stesso.

Ma stavolta no. Stavolta il sogno prende un'altra direzione. Anziché annuire solennemente, suo zio ride. Sentirlo, vederlo fare così è uno shock. Tanto che Rao si sveglia, tutti i sensi all'erta. Il sogno sembrava molto più reale del solito. Ha la sensazione di aver appena fatto un viaggio indietro nel tempo di trent'anni. Poi sente un mormorio sommesso dalla stanza accanto. Adam. Adam sta parlando. Dev'essere al telefono. E poi, sbattendo le palpebre al buio, Rao lo sente di nuovo. Non è suo zio. È Adam. Adam sta *ridendo*.

Capitolo 17

"Cos'è questo?"

Suo papà scalcia la scatola sul pavimento mentre entra in camera sua. Lui sussulta perché l'impatto potrebbe disallineare l'ottica, addirittura spaccare le lenti. È questo il suo primo pensiero: il telescopio, l'urto del piede di suo padre. Poi affronta il resto.

Ci sono modi peggiori di scoprire che suo papà gli perquisisce la stanza.

"È un telescopio," risponde.

Il telescopio era suo. Era suo prima ancora che lo comprasse. Era suo nell'istante in cui l'aveva visto nella stampa sbiadita del catalogo per corrispondenza. Era suo da quando aveva cominciato a mettere da parte i soldi per prenderlo. Tagliava prati. Sbrigava faccende domestiche extra per sua mamma. Stava diligentemente accanto a suo padre mentre sistemava il camper, pronto a passargli gli attrezzi che gli servivano. Trascorreva così tanto tempo all'aperto a fare cose, trafficare, trovare lavoretti e piccole mansioni che sua mamma diceva che si stava abbronzando come i bambini normali.

I suoi genitori non gli chiedevano mai perché ci teneva tanto a guadagnare dei soldi. Lui pensava che fossero assorbiti dall'etica del lavoro. Era la cosa più importante per loro. Vedevano che s'impegnava in qualcosa, ci dedicava del tempo e non si lamentava per quello che gli dicevano di fare. Tutto questo indicava qualcosa. Carattere, probabilmente.

Aveva ordinato il telescopio quando suo padre era fuori città. Non era pianificato, ma era meglio così. Non aveva voglia di rispondere a domande come, *Perché un telescopio?*

Perché *non* un telescopio?

Quand'era arrivato, la scatola era molto più grossa di quel che si aspettava. Sua madre rimase sul portico a fissarla insieme a lui.

"Hai detto a tuo padre che volevi spendere i soldi per qualcosa di grosso?"

Ovviamente no. Avrebbe dovuto farlo. Sua zia diceva sempre che era meglio domandare perdono che chiedere il permesso, ma lei non faceva mai nessuna delle due cose con suo padre. Era infinitamente peggio chiedere il primo che il secondo.

"Ci starà sotto il letto," disse sua madre. Lo guardò con calma mentre si accendeva una sigaretta con un fiammifero. "Ma non so quando riuscirai a usarlo."

"Troverò il modo," disse lui. Sembrava convinto.

"Bene."

E lo trovò. Usò il telescopio due volte mentre suo padre era via. La prima volta gli vennero le lacrime agli occhi e questo gli diede dei problemi a mettere a fuoco. Stava piangendo, ma per qualche motivo non era poi così male. Sopra di lui c'era molto di più di quel che si sarebbe aspettato. Non erano tanto le stelle, quanto l'oscurità tra di esse. Guardare lassù, vedere cosa c'era, fece scomparire il senso di oppressione che provava al petto. Si sentiva perso, ma in un luogo dove voleva essere.

"È un telescopio," dice.

"Non rispondere male."

Rispondere male significa rispondere quando non dovrebbe farlo, o capire le cose troppo presto, prima che suo papà abbia modo di insegnargliele, o non voler fare qualcosa che suo papà vuole fare, o voler fare qualcosa che suo papà non vuole. Rispondere male significa dire delle cose che non vanno bene. Di solito è più sveglio di così, di solito sa stare zitto di fronte a una domanda, soprattutto quando suo papà è così arrabbiato. Perché è così arrabbiato?

"Chi te l'ha dato?"

Rimane in attesa. Non risponde subito. Non sarà più così stupido. Apre la bocca solo dopo che suo papà gli ha fatto un cenno, un segnale di via. "L'ho comprato."

"Con che soldi?"

"Quelli che ho guadagnato, signore."

Si guardano. Vede suo padre ricordare. Aveva messo le banconote in mano a suo figlio. Allora non ci aveva pensato.

"Perché lo tieni nascosto?" chiede suo papà.

Bella domanda. Perché gliel'ha detto la mamma. Perché aveva

paura di chiedere il permesso e il terrore di domandare perdono. Perché voleva evitare questa rabbia assurda, scaturita dal nulla.

Non ha una risposta da dargli. È sufficiente così.

"Spero non sia costato molto," dice suo papà, prendendo la scatola come se non pesasse niente. "Nessuno mi nasconde nulla in casa mia. Chiaro?"

"Sissignore."

Si guardano di nuovo. Un attimo di silenzio. Una domanda taciuta.

"Le perquisizioni sono a sorpresa," gli dice suo papà mentre esce dalla camera col telescopio sottobraccio. "Nessun segreto per me in casa mia. Lo scoprirò sempre."

Una minaccia, un dato di fatto. Puro e semplice. Lo scoprirà sempre.

Capitolo 18

Sono di nuovo all'International House of Pancakes per fare colazione. Adam sta versando il caffè ed è stranamente loquace. "Sai perché mettono una caraffa di caffè su ogni tavolo?"

"Mi sa che sei in vena di parlare, Adam."

"Quindi non lo sai."

"Avanti, sentiamo."

Adam apre una capsula di panna alla vaniglia, la rovescia in una tazza, esamina il risultato, ne versa un'altra. "Negli anni cinquanta c'era un tipo che faceva filmati per la protezione civile su come sopravvivere agli attacchi atomici. Logistica, distribuzione di viveri d'emergenza. Il caffè era un bene di prima necessità. Ci ha pensato un po' e ha finito con l'aprire questo posto." Spinge la tazza verso Rao.

"Uh," dice lui prendendo una bustina di zucchero. "Non può essere vero." *Lo è.* "Stai lavorando in questo momento, Adam?"

Adam lo guarda con perplessità. "Sto parlando con te, quindi sì."

Rao dà dei colpetti sulla bustina e inclina la testa per vedere cadere lo zucchero. "No, a parte questo. Sei in missione? Avanti, dimmi. Posso aiutarti."

"Se lo fossi potresti aiutarmi. Questo è vero. Ma non lo sono."

"Allora di che si trattava ieri sera?" dice Rao mescolando.

"Spiegati meglio," dice Adam.

"Quelle risate alle due di notte. Ti ho sentito, Adam, quindi puoi smettere di mentire."

"E perché le risate indicherebbero che sto lavorando?"

"Perché tu non hai amici."

Adam scuote la testa. "Ce li ho, Rao."

"Amici con un senso dell'umorismo?"

"Alcuni sì. Tipo questo."
"Allora, che fa questo amico divertente?"
"Combat controller."
"Che roba è?" Rao sa cos'è un combat controller, ma non c'è soddisfazione ad ammetterlo. C'è molta soddisfazione, però, nella risposta precisa e irritata di Adam. "I combat controller delle Operazioni speciali dell'Air Force sono il top in quasi ogni situazione. Il loro addestramento è il più rigido al mondo. Gli istruttori passano quindici settimane praticamente cercando di uccidere le reclute. Usano gas CS per il rinforzo negativo. Il tasso di insuccesso supera l'ottanta percento. Se sopravvivi, sei il migliore. Punto."
"Meglio del Sas?"
Adam mescola il suo caffè. "Sì, Rao."
Rao socchiude gli occhi, pensa a tutte le volte che ha sentito criticare l'Air Force come il braccio più debole dell'esercito statunitense. Decide di non sollevare la questione con Adam. Non va mai a finire bene. "Quindi chi è questo tizio?" chiede.
Adam alza gli occhi al cielo. "Non è un lui."
"Be', *scusami*, cazzo, se non ho capito che quest'amico è una donna. Non dirmi che è un tassello che si incastra nel gran puzzle del fottutissimo tenente colonnello Rubenstein."
"Spiegati meglio."
"Le donne non ti odiano?"
Adam storce le labbra. "No, le donne non mi odiano. Mi detestano tutti. C'è una sottile differenza."
"Allora, chi è questo tizio che non è un tizio?"
Adam beve il suo caffè, riflette un attimo. "Ci conosciamo da molto tempo. È appena tornata negli Stati Uniti."
"Da dove?"
"Afghanistan."
"E che ci faceva laggiù?"
"Rao. Non te lo direi nemmeno se conoscessi i dettagli."
Rao fa un vago cenno con la mano. "Non i dettagli. *In generale.*"
"I combat controller affiancano i corpi speciali," spiega Adam. "Delta, Sas, tutto quanto. Fanno tutto quello che fanno i corpi speciali e allo stesso tempo offrono assistenza terminale e controllo per il fuoco di supporto."
"Quindi il tuo non-tizio lancia attacchi aerei."
"Dirige il traffico aereo per quello e altri scopi." La tenerezza sul suo volto si trasforma in qualcosa di più simile a sgomento. "È

un ruolo complesso da morire, Rao. Come giocare a scacchi, solo che…"

"Sì, sì," lo interrompe Rao. "Quindi è un controllore di traffico aereo."

"È abilitata, sì."

"Come si chiama?"

"Hunter."

"Solo Hunter?"

"Hunter Wood."

"Come la serie *Mrs Quinn, dottoressa.*"

"Rao."

"Hunter Wood, controllore di volo."

"Meglio se non la chiami così."

"Se mai la conoscerò, la chiamerò senz'altro così."

Adam alza le sopracciglia. "Peggio per te. È un sergente capo. Mi ha chiamato perché uno che ha fatto l'addestramento con lei è sparito."

"È quello che fanno le forze speciali, Adam. Spariscono. Come se avessimo bisogno di altri problemi. La scomparsa del compagno della tua amica non c'entra nulla con quello su cui stiamo lavorando." Sente la mandibola abbassarsi lentamente. "Come si chiama quest'uomo?"

Adam strizza gli occhi. "Perché vuoi…"

"Avanti."

"Flores. Danny Flores."

"La scomparsa di Danny Flores è collegata alla sostanza nella fiala. *Merda.* Adam."

Fuori dall'ufficio di Miller, Adam lancia a Rao uno sguardo d'avvertimento che fa pensare a un rasoio da barbiere trasformato in espressione facciale. Rao sospira, alza gli occhi al soffitto.

"Sono stato informato sulla questione della negabilità, tesoro. Ampiamente, da te. Non parlerò della cosa."

"Perché è fondamentale che tu non lo faccia."

"Sei stato fin troppo chiaro. Smettila di rompere."

Miller ha le braccia conserte. Mantiene quel suo atteggiamento perfettamente temprato, ma ha i capelli un po' arruffati e uno sguardo così intenso e confuso che sembra sul punto di implodere.

"Come sta?" chiede Rao con sincero interesse.

"Sto bene."

"No, sul serio," insiste.

"È gentile a chiedermelo," dice lei sorpresa. "Sono un po'

stanca, Rao. Ma le cose cominciano a muoversi. Avete aggiornamenti?"

"No. Abbiamo una teoria. E sembrerà assurda."

Miller guarda Adam, che ricambia il suo sguardo. Quello che passa tra loro non è chiaro. Poi lei sposta gli occhi su Rao. Blu pervinca, un'ombra appena accennata sopra le ciglia superiori. *Che colore straordinario*, pensa Rao. Il cielo della sera. Sono occhi meravigliosi. Li guarda socchiudersi.

"Sentiamo," dice Miller.

"Bene. Okay. Allora, credo che la sostanza contenuta in quella fiala sia entrata nelle persone permettendo loro di creare gli oggetti."

"Creare?"

"Sì, lo so. Dal punto di vista fisico non ha senso. Ma ci sta. Senta, mettiamo che Straat avesse con sé la fiala, l'avesse portata dalla sua vacanza segreta, e poi si sia rotta per sbaglio. Straat viene contaminato e crea il falò. Proprio di fronte a sé. Ci si butta dentro."

"Ma..."

"Come ho detto, non ha alcun senso. Mi segua. La sostanza nella fiala evapora, viene trasportata dal fumo. Ed ne respira una grande boccata, crea la tavola calda. A una certa distanza, per qualche motivo. Poi il fumo si è spostato col vento..."

Con sua sorpresa, Miller annuisce, finisce la frase. "Il personale della base lo ha respirato e..." – flette le dita davanti a sé – "ha *creato* tutte le altre cose che abbiamo trovato. Le bambole, quel biglietto del teatro, i giochi in scatola."

"Esatto."

"Ed è per questo che gli oggetti le sembrano sbagliati."

Rao fa una smorfia. "È la parola migliore per descriverli. 'Falsi' non andrebbe bene. Semplicemente, non hanno un passato." Si gratta la barba, strofina le nocche sulla bocca, decide di provarci. "Credo siano fatti di sentimenti. Non di ricordi, anche se il ricordo fa parte di essi. Sono dei costrutti. Una mescolanza di cose. Come la tavola calda, giusto? Ed l'ha creata con ciò che crede debba esserci in una tavola calda, l'aspetto che dovrebbe avere, l'atmosfera, l'odore. Non è il ricordo di una particolare tavola calda in cui è stato o che ha visto. Ma ha un'assoluta fedeltà fenomenologica a come sono le tavole calde nel suo immaginario. Quindi non ci si può fare il caffè perché quello per lui non era rilevante. Però era rilevante che ci fosse del caffè. E dato che non pensava ai gabinetti quando ha creato la sua tavola calda, non ce ne sono."

Adam annuisce. "Idem per la scatola di Scarabeo e le rose."

"Esatto." Rao fa un lungo sospiro e si pente di aver usato la parola "fenomenologica". "E terrei lontana la gente da quel magazzino."

Miller fissa la scrivania per un po'. "Be', ragazzi," dice alla fine con un sorriso debole. "Non è l'ipotesi di lavoro che avrei sperato." Si pulisce di nuovo il quadrante dell'orologio con un pollice. È uno dei gesti automatici più deliziosi che Rao abbia mai visto. "Sapete che c'è un dipartimento che si occupa di queste cose?"

Rao spalanca gli occhi. "C'è un vero *X-Files*?"

"L'agente Mulder non durerebbe una settimana là dentro. L'Ufficio casi soprannaturali utilizza professionisti veri, Rao. Ma sì. Temo sarà necessario rivolgersi a loro. Anche se..."

"Sono dei coglioni?"

"Hanno questa fama. Mi chiedo se potremmo..."

"Abbiamo una pista," l'interrompe Adam.

"Sarebbe?"

"Informazioni confidenziali. Al momento non sono nella posizione di..."

"Rubenstein," dice Miller severamente.

"Mi permetta," dice Rao. "Se riusciremo a chiudere la faccenda, potrà presentarlo come un fatto compiuto a Mulder e Scully."

"All'Ufficio casi soprannaturali. Sta approfittando delle mie ambizioni professionali, Rao?"

"Non lo sta facendo," dice Adam.

"Assolutamente sì, Adam."

"Quindi, cosa *potete* dirmi?" chiede Miller.

"Dobbiamo andare in Colorado il prima possibile. C'è un mezzo in partenza per Peterson, domani. Può autorizzarci?"

Miller li fissa a lungo. "Dovrò parlare con le autorità britanniche per togliere la segnalazione dal passaporto di Rao. Provvederò subito."

"Avete il mio passaporto?"

"Abbiamo il suo passaporto. Quanto tempo dovrete fermarvi?"

"Chi cazzo lo sa," dice Rao. "Ma Adam le darà tutti gli aggiornamenti di cui ha bisogno."

Miller chiude un attimo gli occhi. "Non me ne faccia pentire, Rubenstein."

"Nossignora."

“Rao, vada a fare i bagagli. Ho bisogno di scambiare due parole col suo collega.”

Rao aspetta fuori. Quando Adam esce, qualche minuto dopo, Rao è sorpreso di vederlo quasi allegro. “Adam, *l'ha detto*,” sibila.

“Detto cosa?”

“‘Non me ne faccia pentire.’ Credevo si usasse solo nei film.”

“Non si usa solo nei film.”

“Allora? Cos'ha detto?”

Negli occhi di Adam c'è uno sguardo decisamente divertito.

“Delle cose. È stata molto chiara su un punto. Dice che devo proteggerti.”

“Be', ascoltala, Adam.”

“Ci sto pensando, Rao.”

Rao batte i piedi accanto al borsone che gli hanno prestato e impreca in varie lingue mentre il respiro si condensa nell'aria. Il mattino ha un odore metallico, come di neve o sangue e, nonostante le dita di mani e piedi intirizzite, Rao prova un brivido riluttante di gioia. La nebbia gelida della sera prima ha trasformato la base in un paese fatato. Recinzioni, asfalto, ragnatele, le foglie dei cespugli nel parcheggio: tutto è rivestito da delicati e geometrici fili di brina. Passa le dita sulla colonnina che ha accanto, guarda i cristalli sciogliersi davanti ai suoi occhi.

Quando arriva la loro auto, lui e Adam sistemano dentro i bagagli e vengono portati a Mildenhall in silenzio. Venti minuti dopo, mentre si scongela, Rao sta cercando di capire che tipo di atmosfera c'è nel terminal passeggeri. Decide che è come un Walmart a tarda sera, forse un parcheggio malfamato. Il pavimento è talmente lucido che Rao sussulta quando abbassa gli occhi al check-in e incontra lo sguardo della propria immagine riflessa. Lasciato Adam al desk, si allontana a cercare un posto dove sedersi e si ferma a fissare un'aiuola nascosta sotto una scala: carnose piante d'appartamento delimitate dalle pietre più finte che abbia mai visto. Sembrano arredi scenici amatoriali di una rappresentazione di *Dracula* dell'oratorio. Trova una fila di cinque sedie parzialmente occupata da una coppia anziana e si siede.

“Salve,” dice. Lei ha un caschetto biondo cenere, un gilet color crema e un paio di occhiali multifocali con montatura a giorno e astine tempestate di perle. Lui è grosso, dal collo taurino e con un giubbino marrone in pelle di vacchetta, un Omega Seamaster e una copia di “Newsweek” ripiegata in una mano. Americano al cento percento. “In partenza per le vacanze?” chiede Rao.

"Più o meno," risponde lei, esitante. "Andiamo a trovare nostro figlio." Il loro figlio si chiama Gary, spiega la donna, ed è un cadetto di prim'ordine dell'Air Force Academy specializzato in operazioni spaziali. In famiglia hanno l'aeronautica nel sangue, dice lui, e Gary li rende molto orgogliosi. Rao ne sa qualcosa di tradizioni familiari, dice alcune cose sull'importanza di tramandare dei lasciti. La donna lo guarda raggiante.

"Rao," dice lui porgendo una mano.

"Heather," risponde lei stringendola. "Questo è mio marito Bill."

Una foto viene estratta da un portafogli, fatta passare.

"Sembra nato per questo," dice Rao.

Bill annuisce. "Adora star là. È proprio la sua cosa. Allora, cosa la porta negli Stati Uniti?"

"Lavoro," dice Rao con una strizzatina d'occhio eloquente.

"Ah," dice lui soddisfatto. "Buon per lei."

Adam ricompare, li guarda di traverso. "In più," annuncia Rao, "conoscerò per la prima volta la fidanzata di questo mio amico, e sarà piacevole."

Adam gli passa un piumino voluminoso. "È ora," dice, ignorando Heather e Bill. "Ti servirà questo. Fa freddo su un C-17 a novemila metri di quota."

Capitolo 19

Prima

Adam imprecò sottovoce mentre tornava verso il loro albergo di Tashkent. L'ultima cosa che voleva era essere fermato dalla polizia uzbeka alle due di notte con un uomo pesto e sanguinante sul retro dell'auto. Guidando per delle vie secondarie, ripensò a quello che era successo alla fine di quel primo incontro a Londra, poco dopo che Rao era uscito dalla stanza.

"Allora," gli aveva detto Morten Edwards senza guardarlo negli occhi, "quello è Rao. C'è una cosa che deve sapere di lui e ho ritenuto opportuno aspettare che fosse uscito prima di parlargliene."

"Il bere?"

"Be', sì, c'è quello." Un sorriso impacciato. "Ma non influisce sulle sue particolari capacità, quindi non ce ne preoccupiamo più di tanto. Diciamo che Rao è un po'..." – Edwards esitò un istante – "Credo si possa dire che gli piace menare le mani. La lotta è lotta, come saprà di certo, ma davvero non vogliamo avere grane. Quindi se può dargli un occhio, vedere che la cosa non vada fuori controllo, le saremmo molto grati."

Adam annuì. Sunil Rao era un genio con problemi comportamentali. Doveva tenerlo fuori dai guai senza perderlo. Sembrava sensato.

"Capito," rispose.

Rao si azzuffò tre giorni dopo il loro arrivo in Uzbekistan. Adam non sentì cosa disse Rao al tipo che lo prese a pugni, ma se l'era sicuramente meritato, visto che aveva già lanciato degli insulti mentre oscillava ubriaco sulla sua sedia. Adam pensò di intervenire subito, ma aveva voluto capire meglio di che si trattava. Che motivo c'era di litigare?

*

Rao rimase dritto. Impressionante. A volte era in piedi, a volte ricadeva sulla sedia, ma incassava ogni colpo come se non sentisse nulla. Alla fine scoppiò a ridere in faccia all'omone a cui aveva deciso di rompere le palle, senza fiato e frustrato dalla passività di Rao.

Adam non capiva. Non dovette nemmeno porre fine alla cosiddetta zuffa; in sostanza, oltrepassò semplicemente il tipo che stava pestando Rao e spiegò. "Qualunque cosa ti ha detto, gli dispiace," disse. Rao rise a quelle parole, una risata forte e schiumante, e continuò a ridere mentre Adam lo trascinava via dal bar.

Adam non vide la zuffa successiva. Rao era uscito di nascosto una sera tardi. Di nuovo impressionante. Non molti sarebbero riusciti a sgattaiolare via così sotto il naso di Adam. Ricevette una telefonata da una bettola a una ventina di minuti dal loro albergo. Fu un casino trovare quel posto. Parcheggiò a due isolati di distanza, seguì l'odore di shashlik alla griglia e il chiassoso vocio in russo. Trovò Rao che rideva, sanguinando copiosamente, seduto per terra di fuori. "Eccolo qui!" gridò Rao, indicandolo mentre si avvicinava. Adam prese fiato e guardò il suo collega. Avrebbe potuto fare di meglio. Gli avevano detto che Rao amava cacciarsi nei guai e sapeva cosa significava. Ma negli anni aveva imparato a non preoccuparsi di queste cose. Se qualcuno voleva farsi prendere a calci, e se non era Adam a tirare quei calci, non erano affari suoi. Solo raramente, però, gli avevano detto chiaro e tondo di impedire che avvenisse. Avrebbe potuto fare decisamente di meglio.

Si sedette sul bordo del marciapiede accanto a Rao. "Ti annoi, eh?"

Rao si picchiettò il labbro spaccato ed esaminò il sangue sulle sue dita. "Voglio chiederti una cosa, Adam," disse passandosi la lingua sulla ferita, sembrava sul punto di ridere dopo ogni parola. Adam sospettò che fosse strafatto oltre che ubriaco, ma in quella luce debole – due fili di lampadine tesi fra l'ingresso del bar e un albero – non riusciva a vedergli chiaramente le pupille. "Tu in realtà non parli con la gente."

"Non è una domanda," rispose Adam.

Rao mandò una risata un po' isterica. "Ma è *vero*, eh?"

"È vero che non mi hai fatto una domanda," osservò Adam.

"Ed è vero che non parlo con molta gente. Stiamo lavorando, come sai, e considerato il ruolo che ho, i contatti sono limitati."

"È la frase più lunga che hai detto da quando ci conosciamo."

Adam non sapeva mai come rispondere quando la gente faceva quel genere di osservazioni. *Non è tutto quello che volevi?* Troppo sarcastico. *Effettivamente è così.* Troppo freddo. "Hmm," disse.

Rao studiò Adam con l'unico occhio che riusciva ad aprire. "Non dici mai un cazzo a nessuno ed è così che tieni tutti lontani," continuò. Adam era colpito che Rao riuscisse a parlare in modo così chiaro e incisivo. Non farfugliava minimamente. Chissà se era un talento appreso oppure innato, considerò, sempre che potesse chiamarsi un talento. "Ognuno ha i suoi problemi, eh? Il tuo è che sei una testa di cazzo."

"È quello il mio problema, eh?" sospirò Adam, mettendosi il braccio di Rao attorno alle spalle.

"Già. La tua corazza," insisté Rao, facendo del suo meglio per reggersi in piedi mentre Adam lo tirava su. "La tua. Questa è la mia."

Adam non seguiva il ragionamento. Rifletté sull'utilità di continuare quella conversazione. Se avesse capito come Rao giustificava il suo continuo attaccar briga, forse sarebbe riuscito a prevedere i suoi stati d'animo. Era sufficiente.

"Prendere cazzotti una sera sì e una no non è la corazza migliore, Rao."

"Dipende, no? Se la corazza serve a proteggere o se serve ad allontanare," rispose Rao con una risatina bassa e grassa come se avesse una bolla in gola, ma se non altro l'isteria era scomparsa. Adam prese nota mentalmente di controllare se Rao avesse dei lividi attorno al collo una volta tornati in albergo.

"Sai scegliere con precisione le parole quando vuoi," osservò Adam. Aveva capito ormai da un pezzo che Rao preferiva le affermazioni alle domande. Non importava se stesse parlando di loro oppure no. Gli piacevano le affermazioni. I fatti. Gli piaceva averli nell'aria. Adam pensava che fosse una cosa che li accomunava.

Rao alzò una mano. "La precisione, tesoro, confonde sempre la gente. L'avrai notato anche tu, di sicuro. Mi sa che noti un sacco di cose." Provò a muovere le dita. Probabilmente voleva essere un gesto scherzoso, ma il tentativo fallì. Fece una smorfia e si fermò. *Buffo*, pensò Adam senza ridere. L'intera serata era quasi buffa a modo suo, nel modo di Rao, che era qualcosa a cui doveva ancora abituarsi. Era quando nulla aveva senso, quando le parole erano precise ed evasive allo stesso tempo. Frustranti, più che altro. Ma anche molto buffe.

"Di sicuro non capisco cosa intendi," rispose con calma.

Rao lo guardò di traverso. "Porca troia," mormorò, scrollando la testa tanto da dover chiudere l'occhio sano. *Controllare commozione cerebrale*, aggiunse Adam alla sua lista. La lista si allungò mentre si dirigevano verso il furgone. La solita andatura irregolare di Rao si era fatta zoppicante. Anche le sue mani avevano bisogno di una controllata. Probabile che fossero più contuse che rotte, ma Adam doveva accertarsene.

Le strade erano silenziose. File di tronchi d'alberi imbiancati nel buio. Una Moskvich 2140 bianca si avvicinò rallentando; Adam si mise tra Rao e l'automobile. Un taxi privato, decise, mentre il guidatore cambiava idea e ripartiva velocemente.

Adam guardò le luci posteriori svanire lungo la strada. Rao sembrò accorgersi che non aveva tutta la sua attenzione e attaccò con una tremenda canzone da osteria, totalmente fuori luogo. La cantò proprio nell'orecchio di Adam cercando di suscitare una reazione. Non sapeva con quanta facilità Adam si isolava da tutto mentre compilava una lista. Con quanta facilità si concentrava su altro. Si disconnetteva.

"Non sei divertente," brontolò Rao mentre Adam lo buttava sul sedile posteriore.

"È vero?"

"Fanculo. Certo che è vero," disse Rao con una smorfia. "Cazzo."

Seconda parte

Capitolo 20

La stiva di carico è cavernosa: vernice grigia, scritte a stencil, tubi, rientranze zeppe di attrezzature d'acciaio. Scatoloni, casse e pallet legati, sedili dei passeggeri lungo entrambi i lati della fusoliera. Di fuori c'è chiaro, ma non appena il portellone della stiva si chiude sembra che dentro l'aereo sia la fine di una lunga notte, tutto è annebbiato, logoro e vecchio, la luce è strana, come se fosse inclinata di lato.

Rao si allaccia la cintura, chiede a Adam quali film trasmetteranno durante il volo.

"Non lo so, Rao," dice Adam pazientemente. "Chiedi alle assistenti di volo quando passano con lo champagne."

Rao fa un sorrisetto. Sa che si annoia facilmente. È uno dei suoi difetti peggiori. Be', non esattamente il peggiore. Ma volare non l'ha mai annoiato. Adora il senso di dissociazione, la lieve ipossia, il modo in cui vieni sollevato e nascosto dal mondo. E, per anni, per lui volare ha significato famiglia. Spostarsi da una casa all'altra durante le vacanze scolastiche. Da Londra Heathrow a Delhi, e poi da lì a Jaipur sul ponte superiore del 747 dai rivestimenti color albicocca e crema, e il piccolo Sunil era felice come una Pasqua, passava le dita sui murali lungo le pareti, studiava attentamente la mappa del percorso, incantato dalle assistenti di volo. Le ragazze dell'Air India. Quand'era bambino, erano *tutto*. Una volta aveva detto a sua madre che voleva diventare come loro. Lei aveva annuito con serietà e gli aveva detto che capiva benissimo. Le ridevano gli occhi, ma Rao aveva sentito la verità dietro le sue parole e si era crogiolato nella gioia di essere accettato.

Il suo ultimo viaggio aereo era stato su un velivolo come questo, ma Rao non si ricorda granché. Era a malapena cosciente. Gli ritorna in immagini sconnesse, come umide fotografie di giornale, sudicie mezzetinte che gli restano attaccate alla pelle. E quello prima? Un vecchissimo TriStar dalla base di Brize Norton. Le occhiatacce dei Royal Marines, gli attacchi di nausea per quelle che il pilota aveva chiamato lievi turbolenze. Ma il ricordo peggiore di quel viaggio era l'eccitazione continua al pensiero che sarebbe andato laggiù per dare un aiuto, un pensiero a cui si aggrappava con la stessa forza con cui aveva stretto la mano di sua madre da piccolo, mentre saliva lentamente e con determinazione gli scalini ripidi verso la cabina.

Heather e Bill sono sui sedili di fronte, dall'altra parte della stiva. Rao fa loro un cenno e apre il libro di Kitty mentre i motori accelerano. Si sente sempre in colpa a leggere libri come questo. Avere una memoria perfetta e la capacità di riconoscere la verità nelle cose hanno reso la sua carriera universitaria un clamoroso caso di frode accademica. "Sei un tipo sveglio, Rao," aveva detto Adam una volta e Rao aveva fatto una smorfia. "Ho studiato, Adam. La gente confonde sempre le due cose."

Dopo due ore di volo sta mangiucchiando brezel ricoperti di cioccolato ed è sprofondato nella lettura di un capitolo intitolato "La Valle delle cose perdute". Scopre che un sacco di scrittori hanno evocato posti simili, riempiendoli di cose dimenticate da tempo e cose ancora desiderate. Legge che L. Frank Baum ha creato una valle piena di libriccini, scarpe, giocattoli e vestiti al di là del deserto che circonda il Regno di Oz, e che P.L. Travers ha messo le cose perdute sulla luna, dove Mary Poppins accompagnava i bambini attraverso le nuvole. E quattrocento anni prima di Mary Poppins, la luna ospitava le cose perdute anche nell'*Orlando Furioso* di Ariosto. Cose perse per errore, cose perse nel tempo o per caso. Castelli in rovina, città perdute, reputazioni perdute, amori perduti, fama perduta, intelligenze tappate a chiusura ermetica dentro ai barattoli. *Lucidità in fiala*, pensa Rao con inquietudine, e continua a leggere.

Sono posti, gli dice Kitty, che si possono visitare solo se accompagnati da una guida. *Come l'inferno*, pensa Rao soddisfatto del paragone. Pensa alle acqueforti dell'*Inferno* di Doré e queste gli fanno venire in mente le *Carceri d'invenzione* di Piranesi. Chiude gli occhi e vaga per gli spazi impossibili di Piranesi tra catene, mura, ruote e pietra. Ci sono cose perdute anche in queste prigioni, riflette, e, con un sussulto simile a quando ti aspetti sotto i piedi un gradino che non c'è, capisce con orrore che quel che ha fatto è tornare mentalmente a Kabul. Apre gli occhi, stringe forte il libro. Cerca di continuare a leggere ma non riesce ad afferrare le parole. Ha perso concentrazione. Ha perso tutto a parte un viscerale, disperato bisogno di farsi. *Cazzo.* C'è qualcuno su questo aereo che potrebbe aiutarlo? Guarda Billy e Heather con scetticismo. Ma i piloti? Certo. Quegli stronzi hanno sotto mano chili di droga. Rao sta pensando di alzarsi dal sedile e andare a vedere quando sente un colpetto sulla spalla. Tutto il suo corpo s'irrigidisce in attesa di un pugno. *Come fa Adam a saperlo?* pensa, sdegnato. Ma il colpetto non cessa. Diventa un peso. E Rao si rende conto che non è un rimprovero. Ha la testa di Adam poggiata sulla spalla.

Adam si è addormentato.

Rao è sorpreso. Poi gli viene da ridere. Lo prenderà in giro *così* tanto per questa cosa. Sorride al pensiero. Sta ancora sorridendo quando l'aereo ha un momento di turbolenza. I sedili sussultano, Rao ha un tuffo allo stomaco, la testa appoggiata sulla sua spalla si sposta leggermente, come lui, e all'improvviso sente l'orribile taglio a spazzola di Adam che gli punge la guancia e l'angolo della bocca. E di colpo è sopraffatto da un desiderio terribile. Un desiderio così totale che Rao chiude gli occhi e ci si abbandona un istante, perso nella sensazione, nel profumo di bagnoschiuma da due soldi. Non dovrebbe provarlo. Ma lo prova. Non è eccitazione – be', un po' lo è, porca puttana, certo che lo è, e questa turbolenza non aiuta, ma... *Adam?* Cazzo.

Forse non dovrebbe essere così severo con se stesso. È passata una cifra di tempo, porca miseria. In più Adam si prende cura di lui. Anzi, probabilmente ora come ora è l'unica persona che lo fa. Riflette un attimo su questa patetica verità e decide che anche lui si prenderebbe cura di Adam se necessario, il che ovviamente non avverrà mai, e in ogni caso ad Adam non importerebbe un tubo perché Adam non ha bisogno di niente. Rubenstein è il bastardo più autosufficiente e insensibile che ci sia al mondo. Rao avverte una strana vampata di autocommiserazione al pensiero. Inclina la testa all'indietro e fa del suo meglio per ignorare il continuo peso sulla sua spalla. *Sai che c'è*, pensa guardando cupamente il libro aperto sul suo grembo, *ho proprio bisogno di scopare*.

Quando Adam torna sul suo sedile, apparentemente ignaro della sua trasgressione, Rao si ricompone quanto basta per leggere. Legge. Adam dorme. Poi Rao si addormenta. Quando si sveglia, Adam sta ancora dormendo. Due ore prima di atterrare, sbatte le palpebre e apre gli occhi. Si massaggia il collo, si stiracchia, guarda l'orologio al polso, sembra sorpreso. "Mi sono perso il volo," dice.

"Mi hai lasciato solo coi miei pensieri, bastardo che non sei altro."

"Non succederà più, Rao."

Capitolo 21

Prima

La mattina dopo la zuffa al bar, Adam guardò Rao piegare la testa davanti allo specchio, toccarsi l'occhio gonfio, massaggiarsi cautamente la mandibola. "Ti è andata bene con la polizia," osservò.

"La polizia uzbeka si può sempre corrompere."

"Ti è andata bene," ripeté Adam, brusco e seccato. "Abbiamo un certo margine d'azione, ma non molto. E non basterà quando incontreremo quelli che contano. I lividi saranno un problema."

Rao frugò nel suo astuccio da bagno. Tirò fuori una boccetta e una spugna. Bagnò la spugna e la strizzò nel lavandino. Agitò la boccetta.

"Tranquillo, Adamski," disse togliendo il tappo. "Smettila di preoccuparti. Ce la caveremo."

"*Noi.*"

"Io. E anche tu." Capovolse la boccetta su un polpastrello, si passò delicatamente il dito sul livido dello zigomo, poi lo picchiettò con la spugna. "Il correttore nasconde un sacco di peccati."

Adam non rispose. I peccati non erano un argomento che aveva voglia di affrontare con Rao. Si avvicinò, guardò la boccetta, poi il volto di Rao nello specchio.

"Ti porti appresso 'sta cosa."

"Non si sa mai."

Adam cominciò a calcolare esattamente quanto ciò fosse fuori di testa rispetto alla generale tendenza di Rao a essere fuori di testa già di suo, ma si fermò, affascinato da quel che aveva davanti. Rao sembrava un attore che si preparasse per la parte. Adam non aveva mai pensato ai trucchi. Sua madre si truccava in passato.

Certe volte più di altre. Questo era diverso. E allo stesso tempo non lo era, perché Rao si stava truccando lanciandosi delle rapide occhiate come faceva sua madre quella volta che da bambino l'aveva spiata dalla soglia della camera da letto, per poi sgattaiolare via credendo di aver assistito a qualcosa di proibito.

Si sforzò di continuare a guardare, vide il trucco coprire lentamente i lividi di Rao e nascondere i danni, facendoli scomparire.

"Il trucco è una menzogna?" disse soprappensiero.

Rao si fermò, la spugna a pochi centimetri dal viso.

"Perché me lo chiedi, Adam?"

Lì per lì Adam provò un vago senso di vergogna, e dovette trasparirgli dal volto perché Rao continuò a parlare, cercando di sdrammatizzare la cosa con disinvoltura. "Dipende dal trucco, dipende dalla persona. Questo? Sì. Direi che è una menzogna tanto quanto lo è dire a tutti che sei un coordinatore merci internazionale. È una copertura."

Ma non lo era. Non era una menzogna. Adam in qualche modo lo sapeva ma non trovava le parole per spiegare come o perché. Guardò altrove, turbato.

"Tu non hai mai perso tempo coi trucchi, vero?" disse Rao.

"No."

Rao si accigliò, notando una piccola imperfezione sotto un occhio. La picchiettò con un mignolo. "Nemmeno per una recita scolastica?"

"La recitazione non è il mio forte."

"A me saresti piaciuto, tesoro. Comunque, staresti da Dio con un filo di matita sugli occhi. Vuoi provare? Puoi sempre toglierla."

"No."

"Andiamo."

"No, Rao."

"Un giorno ti convincerò."

Adam non rispose. A infastidirlo, mentre guardava Rao allo specchio, non era la libertà con cui si dedicava al suo particolare masochismo. Non era nemmeno la sua stupida routine di trucco. Era il fatto che Rao diceva le cose. Le *diceva* e basta. Sulle prime Adam aveva pensato che fosse tutto calcolato. Conosceva bene le tecniche di distrazione, sapeva quanto poteva essere efficace una presa in giro strategica. Ma ultimamente aveva capito che di solito Rao non aveva idea di cos'avrebbe detto se non dopo che l'aveva detto. Di fatto sembrava non rendersi nemmeno conto di quel che diceva perché era troppo occupato a fare altro, a pensare ad altro. Come doveva essere vivere così? si chiese Adam mentre guardava

Rao tappare il correttore, rimetterlo nella borsa, sistemarsi i capelli. Come doveva essere fregarsene delle parole che ti uscivano di bocca? Non chiedersi se fossero quelle giuste o se forse sarebbe stato meglio tacere? Come doveva essere *dirle* e basta, come Rao?

Portò il palmo di una mano su un occhio e lo sfregò così forte da vedere le lucine nel buio. “Cinque minuti,” gridò, prendendo le chiavi dal tavolo e andando verso la porta.

“Un giorno,” gli gridò dietro Rao. “Ti piacerà un sacco.”

Capitolo 22

Un altro albergo del cazzo. Questo qui ha una lobby di pino laccato, pietra rustica, brutte poltrone in pelle e fotografie incorniciate di alci che bramiscono nella neve. Rao lo detesta e allo stesso tempo ne è pateticamente grato. Ha bisogno di dormire. È abituato a riempire con l'alcol il silenzio che segue un volo e sta sperando di crollare prima che il desiderio diventi troppo forte per ignorarlo.

Adam prende una stanza al secondo piano. Due letti singoli con trapunte marrone scuro, moquette standard da pub di un Air Force Inn. Rao si slaccia le scarpe e le toglie, si lascia cadere su un letto, congiunge le mani dietro la testa e fissa il ventilatore sul soffitto. Dopo un po' si gira. Adam ha già tolto la spina al televisore sulla parete e messo sul davanzale la piccola radio che ha portato. Ora sta tirando fuori dei vestiti piegati dalla sua borsa, li sistema con cura nell'armadio. Rao non capirà mai perché Adam non riesca a lasciare le sue cose in valigia come un normale essere umano. Non si fermeranno molto qui. Ci sarà un altro albergo. C'è sempre un altro albergo.

"Meglio se ti tieni idratato," lo informa Adam, infilando un'altra camicia bianca su una gruccia. "Siamo a oltre mille e seicento metri. Sentirai l'altitudine per un paio di giorni."

"Grazie, dottor Rubenstein." Si schiarisce la gola. "Adam?"

"Hmm?"

"Heather e Bill, i nostri simpatici compagni di viaggio. Sono entrati in hotel dopo di noi."

"Sì, ho visto."

"Mi hanno detto che andavano a trovare il figlio. Non è vero. E non so chi cazzo siano, ma non si chiamano Heather e Bill. Ci stanno seguendo."

"Già. Per questo ho rifiutato le prime due camere che ci hanno offerto."

"Davvero? Credevo volessi solo rompere i coglioni. Siamo in pericolo?"

"Volendo sì," mormora Adam. "Oppure potremmo dormire un po'."

Ancora in jet lag e irrequieto sotto le lenzuola, Rao dorme a sprazzi, entrando e uscendo da sogni in cui qualcosa di vago e massiccio si agita dentro di lui, fosco e palesemente disperato. Si sveglia poco prima delle sette per un improvviso attacco di tosse. La luce dell'alba è una sorpresa. Il fatto che il letto di Adam sia rassettato alla perfezione non lo è, né che Adam sia completamente vestito. In piedi accanto alla finestra, sta guardando di sotto attraverso la tenda retata e ha una postura altamente professionale. È successo qualcosa.

"Che c'è?"

"Vieni a vedere," risponde lui con evidente irritazione.

Rao si tira su dal materasso, si avvicina e sbircia oltre il bordo della tenda a quadri. C'è un furgone Dodge fermo sul ciglio della stradina d'accesso dietro la loro camera. Blu scuro, un po' malconcio.

"Ah. Un furgone. Buongiorno anche a te."

"Guarda."

"Che roba è?"

"Prevedibilità. Alzeranno il cofano come se avessero problemi al motore."

È proprio ciò che fanno. Tre tipi ben rasati con vestiti casual sportivi saltano giù dal furgone, due di loro scuotono vistosamente la testa per ciò che sta dicendo quello che ha infilato la testa sotto il cofano.

"Ah. Heather e Bill hanno degli amici."

"Già. Il furgone starà là per tutto il tempo. Metterò la radio contro il vetro e tirerò le tende." Sospira. "Sono delle merde, Rao. Non ho parole."

"Su Adam, non prenderla sul personale."

"Come cazzo dovrei prenderla?"

"È bello sentirsi importanti a volte, tesoro."

"Già," dice Adam in tono piatto. "Proprio come ai vecchi tempi. Quasi mi mancava."

Rao fischietta sulle note di *Bad Moon Rising*, trasmessa alla radio contro la finestra, e armeggia con la macchina del caffè. Adam è alla scrivania e sta cercando di far partire un videoincontro criptato con Miller sul suo portatile. "Perdonami il logo dell'hotel," annuncia Rao, passandogli una tazza.

"Grazie. Uh. Okay, ci siamo."

Rao accosta una sedia e guarda con aria dubbiosa lo schermo. Il video ha le stesse tinte di una sitcom anni ottanta. Continua a sfarfallare e a bloccarsi. È il wi-fi dell'albergo, ma Rao si diverte a pensare che la tecnologia non regga i modi bruschi e dirigenziali di Miller. Quest'ultima ha la mano destra appoggiata su alcuni fogli davanti a lei, la sinistra stretta attorno a una tazza termica. Una manicure perfetta sull'acciaio satinato. "Rubenstein?"

"Ci stanno seguendo. Una piccola squadra."

Lei annuisce. "Utile."

"Sissignora."

"Qui ci sono novità. È sparita la fiala. Scomparsa prima di arrivare al laboratorio. Immagino che l'abbia presa qualcuno. Passeremo in rassegna tutti quelli coinvolti."

"Capito," dice Adam.

Rao sbatte le palpebre. Dall'audio del portatile si sente prima qualcosa che scivola e poi un tonfo. Miller sussulta. "Solo dei raccoglitori caduti dalla scrivania," spiega. Sposta leggermente indietro la sedia e si china a raccoglierli.

Rao ha un vago presentimento.

"Miller…" comincia.

Lei ricompare con un revolver a canna corta in una mano. La perplessità sul suo volto si trasforma in sbalordita consapevolezza. "Oh! Ne avevo una proprio…"

"Miller! Merda. *Merda.* Adam, chiama i medici della base. Chiamali *subito.*"

Adam ha tirato fuori il telefono e sta già facendo il numero. Ora Miller sta cullando la pistola come se fosse una bambola, stringendosela al petto con entrambe le mani, il volto rapito, estasiato, bagnato di lacrime. Rao sente Adam richiedere una squadra paramedica d'emergenza all'ufficio di Miller con una voce così calma che vorrebbe mettersi a gridare. Aspetta finché non riesce più a trattenersi e gli strappa il telefono di mano.

"Sentite, è importante," dice a denti stretti. "Ditelo ai paramedici. Sarà in trance. E avrà in mano una pistola. Sì. Una pistola. Non so cosa… No. È un revolver, perché *cazzo* avete bisogno di saperlo? Non toglietegliela. Non pensateci nemmeno… Se gliela toglierete è probabile che morirà. Cosa?" Riesce a malapena a sentire la domanda all'altro capo della linea per il pulsare del sangue nelle orecchie. "Rao," sbotta. "R-A-O. Sunil. Sì. No. Non sono… Volete *ascoltarmi, cazzo?*"

Sospira profondamente. Guarda Adam. "Continuano a dirmi di calmarmi…"

Adam riprende il telefono. "Con chi parlo? Ashley, salve. Sono ancora Rubenstein. Abbiamo già visto casi simili. La squadra medica non deve toglierle il revolver di mano per nessun motivo. Né provarci. Non può usarla e non lo farà, e se gliela togliete ci saranno gravi conseguenze, tra cui la sua morte improvvisa. Chiaro?"

Ascolta per un po', aggrotta la fronte.

"Sì. Ci stiamo lavorando, ma è complicato. I risultati non saranno immediati. Quello che mi serve ora è una sua conferma verbale che questi ordini saranno eseguiti."

Rao sente un "sissignore" dall'altro capo della linea.

"Mi tenga aggiornato. E, Ashley, questa cosa è top secret. Contatterò la Dia su come procedere. Voi tenetela in vita."

Un'altra pausa.

"Grazie." Adam interrompe la chiamata.

Rao non riesce a togliere gli occhi dallo schermo. Ora Miller è china in avanti sulla scrivania, il volto nascosto. Rao fissa i riccioli biondi sulla sua testa, la cucitura spiegazzata lungo la spalla della giacca, l'orologio sulla parete di dietro. Il caffelatte dalla tazza rovesciata che impregna lentamente la carta, bagnandole il lato della manica. Gli fa male il cuore, gli prudono le mani. "*Fanculo*," esclama.

Lui e Adam restano seduti in silenzio finché i paramedici entrano nella stanza, somministrano qualcosa a Miller, approntano una barella – evitando con cura l'arma nella sua mano – e la portano via. Quando la stanza è vuota, Adam interrompe la videochiamata, premendo sullo schermo e chiudendo di scatto il portatile.

È allora che Rao alza gli occhi. Vede la faccia di Adam, accesa di rabbia. Quando Adam incontra il suo sguardo, qualcosa di simile al panico gli attraversa momentaneamente il volto prima che torni alla solita impassibilità. Rao vede lo sforzo che richiede, la perfezione del risultato. Eccolo qui, come sempre. O com'era sempre. Adam Rubenstein: il nulla reso manifesto.

Capitolo 23

Era una bellissima giornata. Sua zia era venuta a prenderlo a casa di mattina, dicendo ai suoi genitori che sarebbero andati in città per "pranzo e cose varie". Avevano mangiato, come promesso, poi l'aveva portato in una delle ultime gelaterie artigianali rimaste in città. Lui aveva preso una coppa di gelato al pistacchio con scaglie di nocciola e aveva ascoltato sua zia parlare di lavoro e della gente con cui lavorava. *Artisti*, gli aveva detto alzando gli occhi al cielo. *Pittori.* Non sa quello che sa sua zia, ma sa che c'entrano le gallerie d'arte. La zia non è un'artista ma a volte sembra che gli artisti siano le uniche persone con cui lei parla, perché sono le uniche persone di cui parla. Lui non crede di aver mai conosciuto un artista.

Dopo il gelato lo porta nel suo piccolo appartamento. Non è una sistemazione definitiva, gli dice mentre apre la porta. Non starà qui per sempre. Ma è vicina alla famiglia ed è vicina al suo nipote preferito. Quando lui le fa notare che è l'unico nipote che ha, la zia sorride e dice che ha un vantaggio immeritato.

È una bellissima giornata. Lui la rovina.

Sta parlando di macchine. Non ne sa granché, ma non sapere granché delle cose non ha importanza quand'è da solo con sua zia nel suo appartamento. Qui con lei non deve per forza sapere tutto su un argomento per parlarne. A volte può solo piacergli una macchina e dirlo.

"Che macchina prenderai quando potrai averne una?" gli chiede. Ora stanno fingendo entrambi, lo sa. È tutta una messinscena, una finzione, il fatto che quando potrà prendere una macchina avrà modo di sceglierla.

"Voglio sistemarne una," risponde. Non ci aveva mai pensato prima che lei glielo chiedesse, ma le parole gli escono di bocca e sembra che stia dicendo la verità. "Voglio prendere un vecchio rottame e sistemarlo."

"Vuoi un progetto."

"Ho visto delle macchine che per la gente sono da buttare," continua lui. "Non è vero. È solo una faticaccia e non hanno voglia di faticare."

Sua zia rovescia la testa all'indietro e ride. "Parli come tuo papà," dice. Non è un insulto. Ride anche lui, non perché sia buffo ma perché è vero. Parla come suo papà, ma lo sanno entrambi che non gli somiglia affatto. Sua zia si alza e va a prendere qualcos'altro da bere dal frigorifero, passandogli accanto.

Lui si volta, continua a parlare. "Ehi, secondo te..."

C'è un forte colpo, e si dimentica cosa stava per chiedere perché il suo cervello va in tilt per il rumore. Ci mette solo un istante a capire cos'ha fatto: non stava prestando attenzione, era troppo sbadato, troppo distratto, e ha urtato col gomito una delle tazze sul tavolo di sua zia facendola cadere sul pavimento. Non se n'è nemmeno accorto e non è riuscito ad afferrarla in tempo. La tazza è andata in pezzi sulle piastrelle della cucina.

"Merda," dice sua zia sottovoce.

Il cuore gli scalcia violentemente nel petto. "Mi dispiace," dice subito, inginocchiandosi e cominciando a raccogliere in fretta i frammenti più grossi attento a non tagliarsi. Sarà ancora peggio se si mette a sanguinare dappertutto, oltre ad aver combinato quel disastro in cucina.

"Siediti, piccolo," dice sua zia, ma lui non ascolta. Continua a pulire. C'è una scopa nell'angolo, pensa. I frammenti più grossi si ammucchiano in una piramide di ceramica di fronte a lui mentre continua a ripetersi che c'è una scopa nell'angolo. Può pulire tutto in un lampo. Come se non fosse successo nulla. Più si affretta, più crede di poter evitare che sua zia si arrabbi. Non l'ha mai vista arrabbiata. Il solo pensiero, in qualche modo, rende il mondo più grigio. Sua zia non sorride sempre, non ride sempre e non la definirebbe una Persona Felice come sembrano essere quelli al di fuori della sua famiglia, in televisione o sulle riviste. Ma questo non significa che sia arrabbiata. Non è affatto arrabbiata.

Ha visto cosa significa essere arrabbiati. Sua zia non è una persona così. E non vuole certo rischiare che lo diventi.

Gli sta dicendo qualcos'altro, ma la ignora. Non può sentirla. Ripete che gli dispiace e finisce di pulire il disastro che ha combinato. Almeno non c'era niente da bere nella tazza. Si risiede a tavola e chiude gli occhi. Almeno non c'era niente da bere nella tazza.

"Okay," dice sua zia lentamente. Ha in mano un bicchiere nuovo di succo d'arancia. Lo appoggia sul tavolo con molta calma. "Stai bene, piccoletto?"

"Non l'ho fatto apposta. Non stavo pensando. Non ero attento. È stato stupido, ma non è una scusa e mi dispiace."

La zia alza le sopracciglia, ma annuisce. Per un attimo sembra suo papà: seria, pensierosa e indecifrabile. Poi, senza dir nulla, prende la tazza rimasta sul tavolo. Lo guarda negli occhi. Lascia passare un secondo. Poi, con un sorriso che le cancella dal volto ogni somiglianza con suo padre, lascia cadere la tazza sulle piastrelle.

Quella si spacca ancora peggio dell'altra.

Lui non ha più un filo d'aria nei polmoni.

"Tanto quelle tazze mi facevano schifo," dice la zia sorseggiando il succo d'arancia. "Mi hai fatto un favore, grazie. Non me ne sarei mai liberata altrimenti."

Ci sono polvere e frammenti di tazza dappertutto. Sarà pericoloso camminare qui dentro senza una pulizia profonda. Lui ha la bocca secca, ma il suo cervello non è più in tilt e non si sente fuori posto nel mondo.

"Ne hai ancora, di quelle tazze?"

"Ora sì che ci capiamo."

Capitolo 24

Prima

"Uhh," disse Rao, paralizzandosi.

Si era sempre vantato di essere aperto agli imprevisti, di saper affrontare con disinvoltura tutte le montagne russe della vita, ma tornare dal Chorsu Bazaar e trovare il suo collega che premeva una pistola contro la rotula di un uomo terrorizzato, legato a una sedia al centro del loro appartamento di Tashkent… Be', c'è un limite a tutto, cazzo.

L'uomo era di mezza età e sembrava russo. Maglione fantasia, Levi's taroccati. Aveva il volto madido di sudore e stava guardando Adam negli occhi. Adam, accovacciato, lo guardava a sua volta.

Sto interrompendo un momento di intimità, pensò Rao, scioccato e inebetito, stringendosi al petto il sacchetto coi pasticcini caldi appena presi al mercato. In quel momento Adam si voltò verso di lui e… la sua espressione. *Cristo.* Qualunque battutina puerile avesse messo insieme Rao sperando disperatamente di alleggerire la scena gli morì in gola all'istante.

"Che succede?" riuscì a dire.

"Chiudi la porta."

Alcuni secondi di silenzio mentre Rao lottava con l'ambiguità.

"Vuoi che stia dentro," chiese con attenzione, "o fuori?"

Poi l'uomo con la pistola puntata al ginocchio cominciò a parlare. Un lungo sfogo in russo. Suppliche d'aiuto, attestazioni che l'uomo con la pistola era un pazzo, uno psicopatico totale – *probabilmente hai ragione*, pensò Rao, *visto quello che sta facendo* – inframmezzate da copiose ammissioni di ignoranza e innocenza e…

Ah.

Rao non si mosse per chiudere la porta.

"L'hai legato alla sedia con delle fascette."
"Già."
"Così non scapperà se scambiamo due parole in privato, giusto?"
Quel fatto innegabile sembrava richiedere una riflessione. E Adam non stava riflettendo con la sua solita impassibilità: dal modo in cui stringeva la mandibola pareva che stesse valutando i pro e i contro in un combattimento corpo a corpo.
"Giusto," disse alla fine, alzandosi in piedi. Come si avvicinò, Rao si strinse ancora di più i pasticcini al petto. Un istinto viscerale di sopravvivenza gli gridava di andarsene e gli ci volle una buona dose di coraggio per soffocarlo.
"Non dovresti essere qui," gli fa notare Adam in corridoio, con tono basso e profondamente accusatorio.
"Ma ci sono. Chi è lui?"
"Ci segue da due giorni. Sono arrivato alla conclusione che o sono dei dilettanti, a corto di personale, o mi sbagliavo."
"Non ti sbagliavi, vero?"
Un brevissimo sorriso. "No."
"Okay," dice Rao. "Non sai chi l'ha mandato."
Adam scuote la testa.
"E vorresti saperlo."
"Ovviamente."
"Quindi, prima che cominci a fargli male sul serio, posso proporti di lasciarmi partecipare?"
Adam non è stupido.
"Siediti dietro di lui. Batti gli occhi due volte se sta mentendo."
Rao fa un cenno con la testa alla Beretta nella mano di Adam. "Lo farò. Puoi mettere via quella?"
Adam apre la bocca per protestare ma si ferma. Annuisce lentamente. "È un problema?"
"No," mente Rao. "Penso solo che sei già stato abbastanza chiaro."

Rao non voleva assistere all'interrogatorio solo per motivi umanitari. Sembrava così, all'inizio, ma no. Era un modo per mostrarsi moralmente superiore. Vantarsi un po'. Avere un'occasione di fare del vero spionaggio. E col passare dei minuti fu gratificante notare quant'era terrorizzato quell'uomo nel vedere che Adam capiva quando stava mentendo. Forse un po' troppo gratificante. Una gratificazione, se doveva essere sincero, che rasentava la follia.

Dopo quindici minuti e un attimo di stallo, Rao divenne impaziente e si mise a fare dei test della verità di nascosto: si alzò dalla sedia e cominciò a suggerire alcune domande all'orecchio di Adam. Domande che aveva cercato di camuffare da supposizioni. Ma si fece prendere la mano. Tirò troppo la corda dicendo a Adam che forse avrebbe dovuto chiedere della sorella malata di quell'uomo. Provò una stretta allo stomaco quando Adam si accigliò. Un'altra dopo che l'uomo ebbe ascoltato la domanda e si mise a fissare Adam con aria incredula.

Ma la sorella si rivelò cruciale. Non appena fu nominata, l'uomo cominciò a parlare, impappinandosi come se stesse correndo giù troppo velocemente da un pendio scosceso. Rimase là seduto a sudare, spiegando che la sorveglianza non era il suo forte, lui si occupava d'altro, era solo un autista – un buon autista, portava in giro gente importante – ma la loro squadra stava lavorando a Termez perché ora c'erano certe celebrità. Disse che gli avevano detto di seguirli perché qualcuno aveva fatto una soffiata, non sapeva chi. Chiese scusa per questo. Chiese scusa per un sacco di cose, per non sapere nulla, ma aveva sentito diverse conversazioni e conosceva i nomi, spiegò il collegamento con la Turchia, disse loro da dove passavano esattamente le merci dall'Afghanistan e poi, alzando ancora di più la voce, di quant'erano preoccupati ultimamente perché il governo stava facendo fuori un sacco di importatori minori perché l'eroina era redditizia, e il governo voleva mettere le mani sul commercio. Lo stavano nazionalizzando di nascosto, ecco cosa stavano facendo. Perché, continuò, il governo è molto contento di avere qui gli americani che li aiutano nella guerra al terrorismo e sono anche contenti di comprare dagli afghani, quelli che stanno uccidendo gli americani, perché ciò che non capiscono gli americani di questo posto è che la realtà non è come nei film.

Rao rimase seduto ad ascoltare. Ma quello che continuava a pensare dopo che l'uomo ebbe finito, quello che continuava a pensare dopo che Adam l'ebbe liberato e lasciato andare era: *Quali film?*

Capitolo 25

Quando Hunter entra con decisione nella lobby dell'Air Force Inn, la prima cosa che nota Rao sono le sue sopracciglia. Sono impeccabili. Prova un immediato moto d'invidia. Gli occhi sottostanti sono di quelli che oscillano tra l'ironico e il provocatorio. Una maglietta color cachi, pantaloni mimetici. Treccine africane, unghie mangiucchiate, un sacco di braccialetti intrecciati e di cuoio, *tantissimi* tatuaggi. *Non è come me l'aspettavo*, decide Rao prima di rendersi conto che in realtà non si aspettava nulla di preciso. È fighissima. Merda. È *davvero* fighissima e lo rende terribilmente nervoso. È una combinazione a lui cara; in qualsiasi altra circostanza ci si butterebbe a pesce.

Quando vede Adam, Hunter alza leggermente il mento e fa quella cosa tipica di Adam, l'espressione accigliata che nasconde un sorriso. Indica Rao con la testa. "È lui? La tua macchina della verità?"

Adam sorride. Ma non c'è nulla di nascosto. "Sì. Ma anche no."

"Non è tuo o non è una macchina della verità?"

"Presente," dice Rao.

"Allora, volete sapere di che si tratta?" dice Hunter. "Ho una stanza. Ma se preferite possiamo fare due passi e parlare..."

"Una stanza sicura?" chiede Adam.

"Sicura."

"Allora va bene là. Rao vuole prendere un caffè da Starbucks, prima."

"Certamente." Hunter sta guardando Rao come se fosse la sua dannata madre. Il modo in cui lo fa. "Okay," dice. "Ciao."

"Ciao," risponde lui.

"Piacere di conoscerti." Si gira di nuovo verso Adam. "È proprio come me l'aspettavo, Rubenstein. Prendiamogli un Frappuccino o quel cazzo che vuole."

Li accompagna verso un complesso di uffici designato come Area Ospiti Illustri e apre la porta di una stanza che è poco più grande di due letti matrimoniali: pareti di tessuto, zero finestre, un tavolo di legno scuro circondato da sedie dallo schienale alto, rivestite di pelle color crema. Si siede. Adam si lascia cadere sulla sedia accanto. Rao scosta una sedia all'estremità opposta del tavolo e studia entrambi da sopra un Americano che in realtà non voleva. Adam gli lancia un'occhiata interrogativa e si picchietta delicatamente il lobo dell'orecchio. Rao scuote il capo. Nessuno sta origliando.

"Dunque," dice Hunter. "Flores."

Danny Flores, scopre Rao, era stato congedato per invalidità l'anno prima dopo essersi beccato un proiettile in una caviglia mentre stava facendo qualcosa di imprecisato in una località imprecisata dell'Afghanistan. Hunter dice che Flores "sa quel che fa", qualunque cosa significhi, e che è affidabile. "Affidabile come Rubenstein," dice guardando Rao negli occhi. Lui alza la tazza, capisce che lo sta facendo solo per schermarsi, la rimette sul tavolo.

"Dove viveva?" azzarda.

"Boulder. Arrivo proprio da lì," dice lei. "Ma è sparito nel nulla quindici giorni fa."

Uh, pensa Rao. Lui ha fatto perdere le tracce per periodi più lunghi senza che nessuno si preoccupasse minimamente. Il suo scetticismo dev'essere evidente, perché Hunter gli racconta dei cani di Flores. Li aveva messi in una pensione per tre notti ma non era mai tornato a riprenderli. Questo, secondo lei, indica che probabilmente Flores è morto.

"Hunter..." comincia Adam.

Lei lo interrompe con foga. "Non capisco. Non è da lui avere un crollo così. E sua madre è ancora viva. Soffre di demenza. È in una struttura assistenziale a pochi isolati da casa sua. Per questo è tornato a ovest. L'ho sentito parlare di lei. Non si ucciderebbe mai finché lei è ancora viva, anche se non lo riconosce nemmeno."

"È vivo," dice Rao sottovoce.

Hunter lo fissa. "Non puoi saperlo."

Adam lo sta guardando, cauto e sorpreso. *Sì, bastardo*, pensa. *Mi fiderò di lei perché lo decidi tu.* Che è assurdo. Annuisce.

"In realtà può," dice Adam. "Rao capisce quando una cosa è vera. Non solo se una persona sta mentendo. È un talento che ha."

Lei alza gli occhi al cielo. "È un cazzo di detective sensitivo?

Cristo, che roba è questa? Sei entrato a far parte dell'Ufficio casi soprannaturali?"

"Gli piacerebbe."

"Non prendermi per il culo, Rubenstein."

Dieci minuti dopo, Hunter prende la sua bottiglia di tè alla pesca dal tavolo, colpisce il tappo col palmo della mano, lo svita e beve. Mentre lo fa, i suoi occhi studiano Rao con molta attenzione. L'ha messo alla prova, gli ha sottoposto una serie di affermazioni da verificare. Alcune erano personali, altre quasi riservate. In questo campo particolare non l'ha trovato impreparato.

"È pazzesco. Quindi lui..." Si ferma, si rivolge direttamente a Rao. "Tu capisci cosa è vero e cosa non lo è. Sempre e ovunque. Tranne quando si tratta di *lui*."

"Sì," risponde Rao. Si sta rendendo conto che meno cose dice a Hunter, meglio è. Usare parole in sua presenza è come esporre bersagli in uno scontro a fuoco simulato.

"Pazzesco," ripete lei a nessuno in particolare.

"Non è pazzesco," dice Adam. "È solo Rao."

Hunter gli lancia un'occhiataccia da manuale, scola le ultime gocce di tè, spinge la bottiglia sul tavolo e si appoggia allo schienale della sedia.

"Okay. Quindi, dicevi che avevi qualcosa da dirmi. Do ut des. Ti ascolto."

"Riguarda Flores e non sappiamo come," spiega Adam. "Non ancora. Ma stiamo entrando in un territorio totalmente inesplorato. Hunter, questa cosa deve restare tra noi. E ti sembrerà assurda. Devi credermi sulla parola."

Lei s'irrigidisce. "Ti credo," dice a bassa voce. "Lo sai. Non c'è bisogno che me lo chiedi."

"Okay," dice Adam. E glielo dice. Le dice della tavola calda e del rogo. Le dice di Straat e delle rose, del proliferare di oggetti, dei disturbi elettrostatici nei filmati di sorveglianza. Le dice cosa è successo a Ed. Cosa è successo a Miller. Hunter sussulta. Le dice della fiala e della sparizione della fiala – un altro sussulto – e delle conclusioni di Rao sugli effetti della sostanza. Di come Rao ha scoperto che la scomparsa di Flores è collegata a queste cose. Lei ascolta con vivo interesse, fa un mucchio di domande perspicaci e crede a tutto quanto.

"Uh," dice. Fissa la parete per un po', strofinandosi l'angolo della bocca. "Miller. Merda. Mi dispiace, Rubenstein. Qualcuno l'ha drogata, vero?"

Ugh, pensa Rao. Non aveva considerato questa eventualità. Sta perdendo il tocco. L'ha perso. Testa le possibilità, sospira. "No, la contaminazione è stata accidentale."

"Cazzo." Hunter prende fiato. Fissa Rao. "Che casino. Non finirmi ammazzato, Rubenstein."

Adam storce la bocca. "Non posso promettertelo."

Quando Adam va in bagno, Rao rivolge a Hunter il suo sorriso più dolce. Gli sembra la cosa più coraggiosa che ha fatto da un po' di tempo a questa parte. Lei risponde con uno sguardo impassibile. "Come stanno le cose tra te e Rubenstein?" chiede.

"Come sai lavoriamo insieme."

"Non fare il furbo. Sai cosa intendo. Come lo consideri? Faresti tutto per lui?"

Rao annuisce lentamente. "Ah, stiamo parlando di legami professionali. Siamo compagni d'armi."

"Certo," dice lei, come per scherzare. Ma Rao sa che non sta scherzando. Ora Hunter *sa.* Merita la cortesia di una risposta adeguata. Resta sorpreso dalle parole che gli escono di bocca.

"Io, uhm, stavo per morire. Sembra una vita fa, ma non è passato molto tempo. E mentre stava succedendo ho pensato ad Adam." Si incupisce. "In realtà era l'ultima cosa a cui pensavo, che è strano. Ci ho riflettuto. Sul motivo, intendo dire. È perché Adam è inconoscibile per me. Il che significa che è proprio come la morte. Come ciò che c'è dopo, sempre che ci sia qualcosa dopo. E..." Fa un sorriso, rendendosi conto che dovrebbe alleggerire i toni. "Credo che Adam sia anche un po' inevitabile. Sai com'è fatto."

Hunter mormora un "Gesù" e scuote la testa. Rao è contento di averla messa in difficoltà, ma ora è in difficoltà pure lui e tra loro c'è un silenzio nervoso.

Adam fa tre passi nella stanza, si ferma e li guarda con diffidenza. "Rao. Hunter," dice.

"Rubenstein," risponde Hunter.

"Che formalità," osserva Rao. "Stavo solo dicendo alla nostra Hunter che probabilmente sarai l'ultima cosa che vedrò prima di morire, in un modo o nell'altro."

"Non succederà, Rao."

"Be'," Rao fa un gran sorriso. "Mi spiace, tesoro, ma temo sia inevitabile."

Si danno appuntamento per cena a una bistecceria nelle vicinanze.

"Com'è che si *chiama*?"

"Steaks and Stripes," ripete Hunter.

"Okay," dice Rao alla fine. Li guarda sparire dietro l'angolo dell'edificio e fissa imbambolato lo spazio davanti a sé. Decide che è ora di fare un attimo il punto della situazione. Miller gli piaceva e probabilmente l'ha appena uccisa. Ed gli piaceva, più o meno, e di sicuro l'ha ucciso. Hunter lo sta facendo uscire di testa. Accusa il jet lag, è indolenzito, comincia ad avere seriamente paura di questa storia del PROFETA EOS e sta lottando contro un sacco di desideri silenziosi e sempre più insistenti.

Non è il massimo. S'incammina senza meta, fissando per la maggior parte del tempo i pochi centimetri di asfalto o di erba attorno ai suoi piedi. Poi si dirige immusonito verso un Denny's locale e divora un sandwich al pollo e formaggio, una porzione doppia di patatine e un tortino al cioccolato con gelato, che hanno il duplice vantaggio di aumentare il suo disgusto di sé e attenuare il grosso dei suoi desideri a un livello che crede riuscirà a reggere per un po'.

Si trascina di nuovo verso l'Air Force Inn e si butta per il lungo sul letto. Si farebbe una sega, ma il furgone di sorveglianza fuori dalla loro finestra è un po' scoraggiante; l'esibizionismo non è proprio la sua cosa. Non ha voglia di pensare al motivo per cui sono venuti qui. Così fissa il soffitto e si chiede cosa stiano combinando Adam e Hunter. Decide, considerato il perenne disinteresse di Adam per ogni forma di divertimento, che probabilmente non stanno facendo il sesso estremo che non riesce a smettere d'immaginarsi. Saranno seduti in una stanza da qualche parte a confrontare le rispettive collezioni di coltelli e armi da fuoco, il che, si rende conto con tristezza, non è meno conturbante. *Porca puttana, Sunil*, si dice. *Tirati insieme.* Si alza, si lava energicamente sotto la doccia, apre il borsone. Fissa con aria cupa l'orribile completo, camicia e cravatta con cui il dipartimento della Difesa ha deciso di omaggiarlo. Si sdraia di nuovo sul letto, chiude gli occhi.

Quello che vorrebbe e di cui ha bisogno è dormire. Ma non ci riesce. Sta ripensando a quell'ultima notte a Tashkent, esattamente undici mesi fa. Per forza di cose ricorda ogni secondo con precisione straziante. Non vorrebbe, ma non ha scelta. Il ricordo lo ha sorpreso e travolto completamente.

Sono in un albergo sovietico d'altri tempi, un gigante brutalista di cemento geometrico e colorato che gli ricorda vagamente una monumentale galletta. All'interno, legno scuro e lucido, corridoi scrostati, piante d'appartamento affamate di luce che avvizziscono lentamente accanto alle porte dell'ascensore. La città di fuori sa di lignite, sale e legna bruciata, ma nella lobby tutto è candeggina e trementina, e Rao aveva avvertito un senso di grandiosità mentre andavano alla reception e insistevano per avere un'intera suite. Adam, con sua sorpresa, aveva accettato. La suite è trasandata e magnifica. Metri quadrati di tappezzeria di broccato, vecchie sedie decorate, lampadari con schiere di minuscole lampadine semi-fulminate.

Rao non ha mai visto Adam bere così. Non ha mai visto Adam comportarsi così. Si è arrotolato le maniche della camicia, allentato la cravatta. Sta mangiando voracemente pane nero, formaggio, sottaceti e insalata russa macchiata di barbabietola su un tavolino accostato al divano. Ha trovato un mazzo di carte in un cassetto e ci sta giocherellando tra bocconi di cibo e bicchierini di vodka. Rao si avvicina, affascinato. Adam alza lo sguardo senza smettere di masticare.

"Ecco cosa intendevo, Adam."

Lui deglutisce. "Cosa?"

Rao fa un vago cenno con la mano.

Adam sorride. "È la vodka a rispondere. Prova a parole."

"Le carte."

"Sì."

"Che stai facendo?"

"Cazzeggio e basta."

"Sì ma..." Rao lo guarda. È una scena ipnotica.

"Ci sono centinaia di tagli diversi," dice Adam dopo un po'. "Migliaia. Fanno tutti la stessa cosa. Dividono il mazzo. Vari modi di mescolare, sempre per avere un ordine casuale. Il concetto stesso alla base delle carte è che ci sia un ordine casuale. È la menzogna accettata da tutti."

"Tutti," conviene Rao, ma non sta ascoltando davvero. Le carte, le dita svelte di Adam, la strana combinazione di fluidità e determinazione con cui si muovono. Si sta un po' perdendo.

"Tutti. Quindi sono ammessi mille tagli, mille mescolate. Per ogni taglio vero ce n'è uno falso. *Questo* è un taglio falso. Ma sembra... *questo*, che è un taglio vero."

Rao annuisce. "Dove hai imparato queste cose, Adam?"

"In giro."

"Solo in giro?"

"Solo in giro."

"Informazioni riservate?"

"Tutto quello che mi riguarda è riservato, Rao," dice Adam impassibile.

"Me compreso?"

Adam gli lancia una rapida occhiata. I suoi occhi incontrano quelli di Rao per una frazione di secondo, poi si allontanano come se si fossero scottati. *Che roba è?* si chiede Rao. Si siede all'estremità opposta del divano, gli occhi fissi sulle carte in movimento. Alla fine capisce il significato di quello sguardo.

"Okay. Giusto. So che lo sai."

"Cosa so?"

"Che non sono un vero agente. Anzi, grazie che non me lo ricordi in continuazione. Apprezzo molto."

Adam ferma le carte nelle sue mani.

"Di che stai parlando?"

"Sai di cosa sto parlando. L'hai detto tu, praticamente. Di sicuro l'hai sottinteso. Non sono un vero agente. È una balla. Sono qui solo perché so fare dei trucchetti. Non sono altro che un'attrezzatura da schierare, tipo" – agita una mano – "Sunil Rao, la balena addestrata dalla marina come contatore Geiger."

Adam scuote la testa con forza. "No," dice. "Non sei questo."

"Adam, fammi un favore. Ormai avrai capito che sono la peggior canaglia che c'è al mondo. Non sono un vero agente dei servizi segreti. Mai fatto il reclutamento. Non ero un vero storico dell'arte. Ho imbrogliato tutti da Sotheby's. Non sono mai stato niente di niente." È colpa della vodka e sa che dovrebbe star zitto. Dovrebbe tapparsi la bocca. "E così via e così via. Non mi sono mai sentito veramente indiano e di sicuro non sono inglese. Non sono esattamente un uomo, ma nemmeno una donna. Sono solo..." sospira. "Lascia perdere. Non farci caso. Sono ubriaco." Ma un'altra frase orribile gli sfugge di bocca. "Non è che non vado bene o quel genere di stronzate. È che non sono... non sono vero. Cioè, non sono *niente*."

Adam si limita a dare un'alzata di spalle come se Rao gli avesse chiesto che tempo fa fuori. "Non è vero che non sei *niente*. Sono un esperto di *niente*, Rao. Tu sei *tutto*."

"Okay. Vuoi illuminarmi o è uno dei tuoi cazzo di koan?"

Adam lo guarda come se avesse un bisogno disperato di corsi di recupero. "Sei come questo mazzo di carte. Puoi tirar fuori qualunque combinazione. È tutto lì. Le contieni tutte contemporaneamente, ma non c'è bisogno che mostri niente a nessuno a meno che tu non lo voglia. Puoi scegliere. Sei fortunato."

Rao si sente un po' preso alla sprovvista. È stato un bel discorso da parte di Adam.

È stato un bel discorso in sé. Pensa a quel "fortunato" e a cosa potrebbe significare, detto da Adam. Ma non è abbastanza lucido, così scuote la testa e dice quasi rabbiosamente: "E tu che cazzo ne sai?".

Adam ride a quella domanda. Ride davvero. Un'altra cosa che Rao non ha mai visto prima. Ci sono delle *fossette*. "Vero," dice prendendo la bottiglia sul tavolino. "Questo è vero."

Alcune ore dopo, Rao entra in bagno con cautela e riesce a pisciare senza spruzzare sulle piastrelle. *Trionfo totale*, pensa, premiandosi con una medaglia e uno scroscio di applausi immaginari. Mentre si tira su la zip, nota il suo astuccio da bagno sulla mensola sotto lo specchio e ricorda. Ridacchia ad alta voce. Torna in sala. Va a grandi passi verso il divano su cui Adam è spaparanzato in un modo che, per letteralmente qualsiasi altra persona, Rao considererebbe deliziosamente dissoluto.

"È ora," dice.

Adam apre un occhio. "Cosa?"

Rao sfodera la sua matita per gli occhi. "Ti ho detto che un giorno ti avrei convinto. Quel giorno è arrivato. È oggi."

"Non è giorno. Sono le tre di notte."

"Non divagare, Rubenstein. Comportati da uomo."

Adam si tira su a sedere. Assume un'espressione di profonda rassegnazione, poi afferra il suo bicchiere dal tavolo, lo scola, lo rimette giù con forza. "Okay. Va bene," dice. "Okay, fallo. *Fallo.*"

Rao è spiazzato. "Mica devo tirarti un cazzotto, porca puttana. Smettila di agitarti, pazzo che non sei altro."

Adam, sospetta Rao, deve aver capito che questo scherzo non è interamente a sue spese perché qualcosa di simile a stupore gli attraversa un attimo il volto, prima di lasciarlo visibilmente preoccupato.

"Non temere, è ipoallergenico," lo rassicura Rao agitando la matita nell'aria, ed è sufficiente questo a far ridere Adam. Ride così tanto che Rao combatte una battaglia persa cercando di prendergli il viso e tenerlo fermo quanto basta per applicare la matita. "Sta' fermo, cazzo," mormora. "Smettila, è una cosa *seria*." Ora stanno ridendo entrambi a crepapelle e Rao strizza gli occhi nella debole luce della stanza, concentrandosi su dove tracciare quelle maledette linee. Adam sbatte le palpebre. *Ha delle ciglia follemente lunghe*, pensa Rao. *Follemente*. Come i suoi occhi. Già. Ed è allora che Rao scarta l'ipotesi che qualunque sessualità possieda

Adam sia stata sublimata in violenza filogovernativa. Si dimentica dell'eyeliner nella sua mano. Si dimentica di se stesso. Perché ormai è chiaro che sanno entrambi cos'è. Rao abbassa lo sguardo sulla bocca leggermente aperta di Adam e pensa, *Cazzo. Già. Perché no.* Cambia minuziosamente e significativamente la presa sul mento di Adam, si piega in avanti ed è così incoraggiato dal desiderio che riconosce anche in Adam da aspettarsi che sia lui a farsi avanti per primo.

Ma non lo fa.

Adam sussulta.

Guarda altrove. Si ritrae. Rao nota l'orribile, triplice gesto. Adam alza addirittura una mano verso il suo petto. Non lo tocca, la tiene soltanto là in mezzo. Rao la guarda. Sta tremando violentemente. Guarda Adam. I suoi occhi sono un caos di panico e negazione.

"Cazzo," comincia. Era così *sicuro.*

"Non importa," dice Adam.

"Adam..."

"Non *importa.*"

Capitolo 26

Non sono stati gli incubi a svegliarlo. Ormai è grande per quelle cose e comunque non ricorda di averne mai fatti, nemmeno quando gli dicevano che erano incubi. E poi non è lontano da casa. Ci sono dei bambini nella sua classe che hanno ancora problemi con questo, che tutto sommato è una roba assurda. Si è svegliato perché fa caldo. Nel camper si soffoca perché il generatore è rimasto spento per tutta la notte. Respira nel buio, sa che deve uscire. Deve farlo senza svegliare i suoi genitori, ma non sarà un problema perché stanno dormendo nel letto dall'altra parte del veicolo e lui è molto, molto bravo a non fare rumore. Si veste sdraiato sul materasso, prende i suoi scarponi e va verso la porta con passo felpato. Sblocca il meccanismo di fermo, scivola fuori, chiude piano la porta dietro di sé e rilascia la maniglia così lentamente che per alcuni istanti sembra di cadere nel vuoto, come se quel momento dovesse durare per sempre. Una volta fuori s'infila gli scarponi, li allaccia stretti e s'incammina verso la riva.

È stato un lungo viaggio per venire qui. Suo papà era stato di un umore preoccupante fin dall'inizio. Continuava a parlare di quant'era bello questo posto, quanto sarebbero stati contenti, quant'era "riviera americana". Non c'era bisogno che ascoltasse troppo quel che stava dicendo suo papà perché non conteneva istruzioni e in più sua mamma stava ascoltando e cominciava a fare quella faccia spenta che fa sempre quando si prepara al peggio. Sa cosa significa quella faccia perché la fa anche lui ogni tanto. Non se n'era mai accorto finché una volta si è visto riflesso in una finestra, ed eccola là.

La mamma aveva fatto finta di dormire per maggior parte del viaggio. Fa sempre così. Non dorme mai veramente. Lui era rimasto seduto in mezzo a loro sul sedile davanti e dopo un paio d'ore aveva sentito la mano di sua mamma sulla sua. Era stato contento, segretamente, perché suo papà stava diventando sempre più nervoso col passare dei chilometri e lui aveva cercato di mostrarsi più interessato e per un po' aveva funzionato, ma poi era partita una canzone alla radio che non aveva mai sentito ed era stato un po' come addormentarsi, come essere ipnotizzati. Una canzone in inglese, forse si chiamava *golden brown* ma forse era il ritornello, e suo padre si accorse che la stava ascoltando, lo guardò di sbieco e disse, *Ti piace questa canzone? Lo sai che parla di donne straniere?* Questo gli fece pensare che non dovesse piacergli e sapeva che il silenzio sarebbe stato la reazione sbagliata, ma anche parlare, così annuì e disse *hmmm* ed era stato allora che sua mamma gli aveva preso la mano. Non troppo a lungo, e lui non aveva abbassato gli occhi sulle sue dita ma aveva guardato a lato dell'autostrada, dove c'erano grosse palme polverose e scarpe da ginnastica legate insieme, buttate sopra i cavi della corrente.

Quando arrivarono, il posto non era come se l'aspettava. Non era come se l'aspettava suo papà. Era in rovina. Erano anni che la gente se ne andava via, disse l'unico altro tizio nell'area di sosta per camper. Era lì a girare un documentario e aveva raccontato loro la storia, tutto quello che era successo. Trovava buffo che fossero venuti lì per il fine settimana e lui sta ancora cercando di dimenticare la faccia di suo padre quando il tizio si era messo a ridere. Ma ricorda benissimo che avrebbe voluto buttare a terra quell'uomo e dargliele di santa ragione, pur sapendo che non ci avrebbe nemmeno provato. Non successe niente. Non sarebbe successo niente. Quel fine settimana era come molti altri fine settimana. Qualcosa da sopportare e basta.

Il tragitto a piedi è lungo. Il cielo sta già schiarendo. Può vedere gli uccelli che volteggiano e svolazzano sopra di lui, li sente strillare. C'è un odoraccio come di uova marce nell'aria. Un tanfo sulfureo. Sa che si abituerà. Fa dei respiri profondi sperando che succeda in fretta. Quando arriva nei pressi del lago, i suoi piedi sprofondano in qualcosa che non né è sabbia né terra. È una via di mezzo. Una sostanza melmosa e friabile come l'impasto zuccheroso di un biscotto. Non diventa più profonda a mano a mano che si avvicina al livello dell'acqua, ma quando si gira e vede la debole traccia lasciata dalle sue impronte avverte una piccola scarica di adrenalina nello stomaco. Volta le spalle a quella testimonianza dei suoi movimenti. Continua a camminare. Poco dopo sta calpestando quelli che sembrano cumuli sparsi e granulosi di ghiaia bianca. Ma non sono sassi. Si accovaccia e ne raccoglie una mezza manciata. Sono secchi e leggeri, e fissa perplesso il mucchietto sul suo palmo prima di rendersi conto che sono lische di pesce.

Guarda l'orologio. È in giro da un po'. Sa che dovrebbe tornare al camper.

Non lo fa. Resta qui.

Spazza via quello che sembra sale da un'asse di legno della banchina distrutta e ci si siede, di fronte al lago. Dopo un po' tira fuori un pacchetto delle sigarette proibite di suo papà e una scatola di fiammiferi antivento dalla tasca dei pantaloni. Si accende una Lucky Strike e guarda l'acqua.

Il sole sta sorgendo dietro le colline sulla riva opposta. Il cielo è blu, poi azzurro, poi giallo limone, poi dorato. Ci sono gabbiani che volano ovunque e, come la luce aumenta, vede che le sagome sulle palizzate nelle secche in lontananza potrebbero essere pellicani.

Resta seduto a guardare l'acqua risplendere sotto il basso sole della California e pensa a questo lago. A com'è nato per sbaglio. A come certi ingegneri avevano fatto casino con la deviazione di un fiume e, prima di riuscire a fermare il flusso, tutta l'acqua si era raccolta in questo posto. E ora non sa dove andare. A com'è pieno di sale e veleni che diventano sempre più concentrati sotto il sole. Prima moriranno tutti i pesci, poi gli uccelli, la linea costiera si restringerà con l'asciugarsi del lago e un giorno tutto quello che ha davanti agli occhi sarà di nuovo deserto, polvere. Guarda l'acqua. La superficie è completamente immobile, come una pozza di mercurio tinta d'azzurro e oro dal cielo sovrastante, e mentre la guarda succede qualcosa. Un'altra scarica di adrenalina nello stomaco, ma stavolta accompagnata da uno strano brivido lungo la spina dorsale.

La guarda e si rende conto di amarla.

L'ama. Gli sta mostrando che tutto finirà. Tutto ciò che conosce, tutto quanto scomparirà un giorno. Ed è stranissimo pensarlo, perché lo fa sentire calmo. È forse il pensiero più rassicurante che abbia mai fatto e sa di non aver visto granché al mondo, non ancora, ma sa anche questo: questo è il posto migliore, più perfetto che ci sia.

Capitolo 27

Adam guarda il cielo notturno dopo che Rao li ha fatti fermare per pisciare sul lato di un negozio chiuso. Hunter sospira e si appoggia al muro insieme a lui, piegandosi in avanti per vedere dov'è Rao. "È un ostacolo tattico," mormora. Adam accenna un sorriso. Sa cosa intende.

"Ti ci abituerai."

Hunter sbuffa. Gli offre una sigaretta. Scuote la testa vedendolo rifiutare. "Non so se mi va. Sembra solo fatica sprecata."

"Fatica sprecata."

"Certo. Non ho la tua stessa pazienza per questi lavoretti da babysitter, Rubenstein. Non ne vado matta come te."

"Non è così." *Non è del tutto vero*, gli sembra di sentire la voce di Rao. Guardare Rao che torna dai bagni dei bar asciugandosi le labbra, che gioca male a biliardo per attirare l'attenzione, dover sopportare gli insulti ogni volta che Rao è di cattivo umore: tutto questo non è piacevole. Non lo desidera come crede Hunter. Sa che non è semplice. È pienamente consapevole che il suo ruolo in questa collaborazione non lascia spazio alla gratificazione. Ma non gl'importa. Non gli è mai importato. Non è un idiota. Conosce la posta in gioco. Sa che la dedizione non dev'essere per forza reciproca per significare qualcosa.

"Sta dormendo," osserva Hunter piegandosi di nuovo in avanti. Il fumo si alza dalla sua mano e va in faccia a Adam. Non gli dà fastidio. Dovrebbe smettere. Sta smettendo. Ora non sta fumando. Ma il fumo è un bell'extra. "Si è addormentato pisciando contro il muro."

Adam chiude un attimo gli occhi. "Gli succede a volte."

"Come cazzo fa."

"Appoggia la fronte al muro e chiude gli occhi. Poi cade o si sveglia. Molti danno la colpa al funzionamento dell'orecchio interno. Ma non dura più di una trentina di secondi," spiega. Hunter lo fissa, incredula.

"Com'è che gli pari sempre il culo?" chiede. Deve conoscere la risposta, ma vuole sapere se ne è consapevole anche Adam. Se lo dirà a voce alta.

"Non ho nulla da dire in merito," risponde lui. Non funziona.

"Quanto hai intenzione di continuare? Ci hai pensato? Perché arriverà una sera in cui non ci sarai tu a impedirgli di annegare nel suo stesso vomito."

Adam si acciglia. La gente si fa un'idea sbagliata di Rao. "Non succederà."

"Rubenstein." Hunter sembra sinceramente delusa. Adam le fa il dito medio. Lei ride, ma solo un istante. "Sul serio. Di solito non sei tu quello che si fa fregare dall'ottimismo."

"Qui non si tratta di ottimismo. Si tratta di essere in possesso di tutti i fatti. Non conosci i particolari complessi relativi al soggetto," dice Adam con semplicità, decisione, sincerità. "Hai delle informazioni superficiali che ti danno solo un'idea di una minima parte della questione."

"Non parlare difficile solo perché sei messo all'angolo."

"Non decidere che sono messo all'angolo solo perché non ti piace la mia risposta."

Hunter guarda Rao appoggiato al muro. "Secondo i tuoi calcoli si sveglierà presto."

"O cadrà," le ricorda Adam.

"So che ti piace andare fino in fondo," sospira Hunter. "So che 'o la va o la spacca' è il credo di Rubenstein. Ma non ti ho mai visto così all'infuori del lavoro."

Non è un'osservazione sbagliata, ma Hunter è un po' fuori strada. Crede che sia devoto alla causa, qualunque essa sia, una volta che ha un obiettivo. Un pilota fino al midollo. Adam sa che non è del tutto falso, ma essere un bravo pilota, essere affidabile, cercare di restare sempre in piedi fino all'ultimo, questa non è dedizione. È inevitabilità.

Era destino che si arruolasse. Era deciso fin dal giorno della sua nascita.

"Credevo che Rao fosse lavoro," dice Adam, sviando la questione. "Babysitteraggio."

"Non è così, Rubenstein."

Rao rovescia la testa all'indietro di pochi centimetri e si sveglia di soprassalto con un ronfo. "Cazzo," mormora.

La conversazione finisce là. Adam non sa se sentirsi sollevato. Hunter lo conosce meglio di chiunque altro da quando hanno fatto il corso di addestramento insieme, eppure ancora non capisce. Forse non capirà mai. Adam non saprebbe nemmeno da che parte cominciare.

A Rao piace dire che è un accessorio, come un dispositivo di James Bond sotto il controllo delle agenzie d'intelligence internazionali, e più di una volta ha accusato Adam di essere lo stesso. Ma si è sempre sbagliato. Adam è solo una pistola da puntare contro i problemi. Anche quand'è nella fondina, deve trasmettere un senso di pericolo ed è sempre stato abituato così, dai servizi segreti all'eliminazione di obiettivi al babysitteraggio. È un'arma. Una semplice arma.

Nessuno ha mai usato una pistola per far fronte a una situazione complessa.

"Non so cosa dirti, Hunter," dice. Si avvicina a Rao prima che cada all'indietro. "Rao sa dove indirizzarmi."

"Non mi sembra uno con le idee chiare. Mi stai dicendo che ti guida lui?"

"Non è quello che ho detto."

"È quello che ho sentito."

"Non è un problema mio," risponde Adam e riceve di nuovo il dito medio. Non c'è astio sul volto di Hunter, solo una grande stanchezza. È stata una lunga serata per tutti e, con un po' di fortuna, forse si è stufata di cercare di farlo ragionare, qualunque cosa significhi per lei.

Adam mette un braccio attorno alla vita di Rao, lo sorregge, lo allontana dal muro. "Andiamo, Rao. Metti via l'uccello."

"Cosa? Ah. Eccoti qua, Adam."

*

Rao si sveglia e si pente all'istante di averlo fatto.

Si sveglia perché Adam ha acceso la sua radio antisorveglianza e in questo momento è in onda la Kmfc: The Bullshit – o come si chiama la stazione locale – sta trasmettendo Rick Astley. Rao si sente così atrocemente male che vorrebbe morire. No. No, prima vorrebbe veder morire Rick Astley.

Poi vorrebbe morire.

"Sei vivo," dice Adam.

"Dipende," mormora. Cerca di girarsi per nascondere la faccia nel cuscino – c'è una luce spaventosa lì dentro –, ma è un'impresa così ardua che si sente pericolosamente sul punto di vomitare. "Per l'amor del cielo, tira le tende," sussurra. "Oppure sparami."

Rao non riesce a vedere Adam attraverso i motivi nauseanti dietro le sue palpebre, ma sente sfregare una tenda singola mentre viene tirata, poi il rumore di una serie di oggetti che atterra sul comodino, simile ad artiglieria pesante a distanza ravvicinata. Geme.

"Tylenol, acqua, caffè. La colazione è tra quaranta minuti. Hunter è in partenza."

"Cazzo. Quaranta minuti."

"Ho tenuto conto dei postumi della sbronza."

"Non puoi lasciarmi qui a morire e basta?"

"Non posso, Rao."

Attraverso le pareti semiopache del post-sbronza, Rao si rende conto pian piano che c'è una certa *atmosfera* a colazione. Tiene la testa ferma più che può, mastica lentamente il pane tostato e ascolta Hunter e Adam che parlano. Nelle fragili condizioni in cui si trova, Adam è il più sopportabile. Parla a bassa voce e non continua a lanciargli delle occhiatacce. Hunter non lo sopporta, vero? A ben vedere, non è giusto.

Rao ci pensa un po' e decide che, a ben vedere, potrebbe essere giusto.

"Quindi," le dice. "Ieri sera."

Lei gli lancia uno sguardo che ricorda in maniera straordinaria gli spilli usati dagli entomologi per fissare gli insetti sul compensato.

"Ti ricordi cos'è successo?"

Adam aggrotta la fronte. "Hunter..."

"No, non mi ricordo," mente Rao. "E resto nella mia beata ignoranza, grazie."

Hunter si gira verso Adam. "Io glielo dico."

"Perché?"

"Perché no, Rubenstein?"

"Porca puttana," sospira Rao. "Sentite. Posso finire il mio caffè prima?"

"Puoi finirlo mentre parlo. A me non importa."

"Già, è evidente."

Hunter si appoggia allo schienale, incrocia le braccia. "Mi sa che ti abbiamo perso durante la partita a biliardo. Non te la ricordi quella? Comunque, è allora che hai cominciato a far casino. Hai detto che volevi agganciare qualche povero stronzo. Hai finito col buttarti sul primo tipo che ci è stato. Gli hai chiesto a gran voce se voleva venire in bagno con te."

"Lì per lì l'hai chiamato cesso," interviene Adam, quel voltagabbana di merda.

"Il diavolo è nei dettagli, Adam. *Grazie.*"

"Tra l'altro, ignori subito questo tipo non appena esci dal bagno, massaggiandoti la mandibola e leccandoti le labbra," continua Hunter. "Disgustoso."

"Sembrerebbe che il tipo se la sia spassata, francamente."

"Poi hai trascorso un'ora a parlare, cito testualmente, delle cose *incredibili* che hai fatto mentre eri in aria. Qualcosa sul fatto di essere in acido e scoprire i soldi?"

"Inventare il concetto di denaro dai principi base," precisa Rao. C'è qualcosa che non va nella sua voce mentre parla. No. È Adam. Adam ha appena detto esattamente la stessa frase nello stesso istante in cui l'ha detta lui.

La stanchezza di Hunter aumenta a dismisura.

"Cristo," dice.

"Sono arrivato fin là, eh? Potevate fermarmi," osserva Rao in tono ragionevole.

Lei inclina la testa verso Adam. "Questo stronzo non molla."

"Meglio lasciarlo fare," dice Adam molto seriamente.

"Non mi son messo a dire che sono un dio, vero?" Rao non può dimenticarsi nulla, ma a volte smarrisce i ricordi di proposito.

"Devo mentirti?"

"Cazzo," geme Rao.

"Ogni tanto è saltato fuori anche *quello.* Ti dirò cosa ti ho detto..."

"Adam," bisbiglia lui.

"Mi dispiace, Rao."

"Non sei il mio tipo," finisce Hunter.

"Qual è il tuo tipo? Mi troverai molto accomodante con degli incentivi decenti."

"Sta' zitto. Okay, ci hai detto che eri un dio in terra. Per qualche motivo è stato *questo* a farti crollare. Che cazzo di roba era?"

"Ho parlato di mia mamma?" sospira Rao voltandosi verso Adam.

"Mi hai chiesto di non dirle che ti definivi un dio."

"Te l'ho già chiesto altre volte, vero?"

"Non gliel'ho ancora detto."

"Apprezzo molto, tesoro."

Ora lo sguardo di Hunter si è fatto minaccioso, sempre più simile a quello di una vera Medusa. Non ha finito.

"Abbiamo dovuto farti alzare il culo dal bar e riportarti all'alloggiamento."

"*Alloggiamento?*" Rao si indispettisce.

"L'albergo."

"Ah."

"E ci abbiamo messo una vita, cazzo. A un certo punto ti sei addormentato mentre pisciavi. Non è divertente, teste di cazzo che non siete altro."

"Hunter," dice Adam con l'ombra di un sorriso. "Direi che possiamo fermarci qui."

"Ti dirò io quando possiamo fermarci," sbotta lei.

"Sissignora."

"Fanculo, Rubenstein."

Si lanciano uno sguardo furioso. Per un istante, Rao pensa che stiano per litigare. Ma poi Adam butta fuori una risata nasale e Hunter scoppia a ridere. "Mi avete preso in giro?" chiede Rao con tono irritato.

"Assolutamente no," dice Hunter. "Sei stato una rottura di coglioni. Se solo avessi..."

"Hunter, ti ricordi Tampa?" l'interrompe Adam.

Cos'è successo a Tampa?

Hunter alza gli occhi al cielo. "È acqua passata."

"Come ieri sera."

"È sembrato più lungo di una sera. Cazzo." Hunter scuote la testa, si gira verso di lui. "Rao?"

Mi ha chiamato per nome, pensa allarmato. "Hunter?"

"Quando ti sarai dato una calmata, ti occuperai del caso di Flores, okay? Scoprirai dove si trova grazie ai tuoi poteri magici. Ora ho preso un permesso per andare a trovare i miei genitori, quindi tenetemi aggiornata."

"Dove stanno?"

"In Alaska."

"Non è vero."

"Non è vero. Il tuo compagno d'armi ha una foto di Flores. Chiamami. No. Non chiamarmi. Può chiamarmi lui."

Sulla porta del posto dove si sono incontrati per colazione, Hunter dà ad Adam un abbraccio altamente militare che, secondo Rao, dura almeno quattro secondi in più di quanto dovrebbe durare un abbraccio militare. Adam sorride. *Fossette.*

Poi Hunter si gira verso Rao. È una donna difficile da leggere ma, a giudicare dalla pelle d'oca che gli provoca mentre lo fissa, sotto tutta quell'ostilità e umorismo c'è qualcuno di realmente eccezionale. Non gli darà un abbraccio. Forse un pugno in bocca. Ma dopo averlo guardato con attenzione e con una smorfia sul viso, alla fine gli porge una mano. Rao la stringe con forza e sta per dire qualcosa di convenientemente allegro, quando le parole gli muoiono in gola. Ha incontrato il suo sguardo. C'è dentro una grande, grandissima rassegnazione. *Ah*, pensa, lentamente. *Non crede che sopravvivrò a questa cosa.*

Capitolo 28

Prima

Adam aveva fermato il veicolo per lasciar attraversare un piccolo gruppo di tacchini, degli esseri scarni e dalle zampe lunghe guidati da una bimbetta con un vestito che strisciava per terra. Rao non se n'era accorto, sprofondato sul sedile del passeggero con entrambi i piedi sul cruscotto. Non faceva che lamentarsi da una ventina di minuti. "Solo perché non mangi, Adamski, non vuol dire che gli altri non debbano farlo. Andiamo, non hai fame?"

Adam gli ripeté che non ne aveva. Ma non era servito. Aveva fatto una deviazione per la cittadina più vicina non appena Rao aveva cominciato a punzecchiarlo sul pranzo. Parcheggiò la Uaz in una via frondosa e ombreggiata. Spiegò che aveva bisogno di sgranchirsi le gambe e che quindi sarebbe venuto anche lui al mercato.

"Come vuoi," mormorò Rao. "Ma so comprare da mangiare senza farmi ammazzare, sai. Lo faccio in continuazione."

"È sufficiente una volta," osservò Adam.

"È così? Sembri la zia più apprensiva del mondo. Tra un po' mi dirai di mettermi delle mutande pulite, in caso."

"In caso di che?"

"Lascia perdere. La Terza guerra mondiale. Vieni o no? È un'esperienza pazzesca, vedermi comprare il pranzo. Imperdibile."

Meloni maturi, mazzi di ortaggi, pile di mele, ciotole di noci, uva passa, semi di albicocca rivestiti di cenere. Uccelli che gli saltellavano ai piedi, cinguettando tra musica persiana, odore di legna bruciata e un sole giallo pallido. Adam si teneva a distanza ma, una volta stabilito che non li pedinava nessuno, si avvicinò a Rao e lo sentì dire alla donna dietro al chiosco del pane che era così bella da fargli scordare cos'era venuto a prendere. La donna rovesciò indietro la testa, ridendo, e Rao fece un gran sorriso. Gli disse che gli conveniva cercare del pane perché era tutto quello che aveva, essendo quello un chiosco del pane, ma che gli sarebbe costato più caro se faceva quel genere di complimenti a una donna sulla sessantina – e per di più sposata – e Rao sbarrò gli occhi, fingendosi inorridito. Un'altra battuta, stavolta in uzbeko e non in russo, in tono basso e complice. La donna rise di nuovo, dandogli dell'idiota.

Rao è scemo, pensò Adam. È stupido. Basta guardarlo. L'angolo della mandibola, la curvatura delle sue spalle, la spruzzata d'argento sulle tempie, il gesticolare, la forma della sua bocca mentre parla. Tutto familiare. Ma per qualche motivo no. Adam si chiese per assurdo se avesse mai visto Rao prima di allora. Poi restò là, totalmente sconcertato. Per un istante si era scordato dov'erano. Non solo questo mercato, tutto quanto. I coltelli tattici, la nove millimetri dietro la cintura. Le cose più rassicuranti che ha. Il peso e la presenza concreta di quello che sta facendo. Ma ora i coltelli e la pistola sembravano inconsistenti, come se fossero fatti d'acqua. Inafferrabili. Provò una stretta al cuore mentre guardava Rao nel fumo, nella luce giallo limone del mattino, mentre fissava la bocca di Rao che parlava. E all'improvviso capì.

Oh, pensò, sorpreso. *Sono innamorato di lui.*

"Sei muto come un pesce, pure più del solito," osservò Rao una volta che furono di nuovo in viaggio. "Non te la sarai presa per quella storia della zia apprensiva, vero? Fattela passare, Adam. Ho detto molto di peggio."

"Non me la sono presa, Rao. Sto guidando."

Sono compromesso.

"Hm-hmm."

Adam lanciò un'occhiata alle borse pigiate tra le gambe di Rao, ai due dischi di pane lepeshka, grandi come piatti, sul suo grembo. Decorazioni e motivi impressi come punture d'ago, minuscoli semi neri sparsi su croste lucide.

"Mi dai un pezzo di pane?"

"*Avevi* fame. Lo sapevo."

"Tu non sai un cazzo, Rao."

"Sta' zitto, coglione," disse Rao amichevolmente, staccandone un pezzo e passandoglielo. “Ho preso formaggio, pollo arrosto, samsa, gumma, sottaceti e frutta. Dimmi solo cosa vuoi e quando.”

“Sono a posto così,” disse Adam addentando il pane, strappandone una striscia e masticando. Non aveva fame.

Il pane era buono. Non lo sopportava. Tenne lo sguardo fisso davanti a sé mentre inghiottiva, fissando la strada fin dove glielo permetteva la foschia, là dove la Via della Seta svaniva in una confusione di polvere e luce.

Capitolo 29

Tornati nella loro camera d'albergo, Rao fischietta mentre apre la mappa.

"Sono anni che non lo faccio. Ce l'hai?"

"Cosa?"

"La foto che ti ha dato Hunter. Ci è già successo, tesoro. Ci sono altri Danny Flores; il nome non è un indicatore preciso. Vedere una foto rende tutto più facile."

Rao prende la foto, la guarda. L'allontana un po' dal volto, sperando che Adam non attacchi con la solita tiritera dell'"hai bisogno di occhiali". È una stampa opaca 10x15 di una stanza rivestita in legno di pino, ed è una stanza in Afghanistan perché l'uomo in primo piano e al centro indossa un pakol e un gilè di lana sopra una camicia bianca. No. È pakistano. Ha una barba fulva, nel taglio che va di moda tra le forze speciali, e sorride senza troppa convinzione verso la macchina fotografica.

Flores. Okay. Rao mette giù la foto e mormora qualcosa alla mappa aperta sul tavolo prima di prenderla e piegarla una volta lungo l'asse verticale. "Non è sulle Montagne Rocciose. Peccato. Ho sempre voluto visitarle." Passa un indice sul foglio, toccando i vari riquadri spiegazzati e chiedendo a ognuno se al momento Flores si trovi in quell'area. "Ah," dice alla fine. "È a Denver. *Dintorni* di Denver," guarda meglio. "Aurora?"

"Aurora."

"Sì. Ah! Ecco perché si chiama EOS."

"Cosa?"

"Aurora è la dea romana dell'alba, Adam. Eos è la dea greca dell'alba."

"Lo so, Rao. Non è per quello. I soprannomi dei progetti vengono generati automaticamente."

Rao lascia perdere dopo aver mormorato tra sé e aver vinto la solita, strana resistenza che prova quando controlla un'affermazione di Adam e scopre che è vera. Muove velocemente le dita, fermandosi su un luogo.

"Ti sei mai perso?" chiede Adam di punto in bianco.

"Emotivamente?"

"Rao."

"Non se so dove devo andare o ho qualcuno o qualcosa da trovare. Quanto ci metteremo ad arrivare ad Aurora?"

"Chi guida?"

"Fanculo." Rao è di una lentezza atroce al volante.

"Poco più di un'ora. Un'ora e un quarto. Ma dovremo cambiare base. Cercherò un motel."

"Sì, ottimo piano. Facciamo una roba alla *Psycho*. Trova un motel con uno di quei letti vibranti."

"Dita Magiche."

"Sì, Adam. Come le mie, o così mi hanno detto. Molte, moltissime volte. Bene. Accendi il portatile che diamo un'occhiata su Google Earth."

"Allora, Flores si trova in questi edifici di fronte alla base aeronautica di Buckley," conclude Rao poco dopo, fissando lo schermo e le immagini aeree delle lunghe ombre dei tetti che oscurano un parcheggio prima di perdersi tra il fogliame estivo.

"Quello è il Comando spaziale," dice Adam.

"Credi che si stia riqualificando come astronauta?"

"Poco probabile."

"Scherzavo, Adam. Cerchiamo di capire di chi è 'sto posto." Digita l'indirizzo su Google e sbatte le palpebre. "Porca troia. Lunastus-Dainsleif BioScience."

"Uh," dice Adam. Non sembra sorpreso.

Lunastus-Dainsleif, pensa Rao. La Raytheon del nuovo millennio, la Rand Corporation in versione hipster. Big data e contratti con la Difesa, mani in pasta ovunque.

"Quindi che si fa?" chiede.

"Entriamo là dentro."

"Pessima idea."

"Non abbiamo tempo per reclutare spie e non siamo nella posizione per mandare una squadra dei corpi speciali."

"Adam," dice Rao pazientemente. "Non ci lasceranno entrare."

"Puoi scovare informazioni sufficienti per farci entrare."

"Bene. Poi ci spareranno. Oppure ci drogheranno e ci metteranno a far comparire pupazzetti Furby."

Il silenzio di Adam non è rassicurante. "Tu cosa faresti?" chiede Rao. "Se ti... *hai presente*."

"Cosa?"

"Se ti somministrassero questa roba."

"Non ne ho idea."

Rao socchiude gli occhi. "Un coltello."

Adam alza i suoi al cielo. "Non ho nostalgia dei coltelli, Rao. Sono in dotazione."

"Balle. Ho visto i tuoi coltelli. Sono un po' appariscenti per essere in dotazione."

"Non sono appariscenti."

"Eccome. Okay, allora non un coltello. Uno dei tuoi aeroplanini modello."

"Resta sull'obiettivo, Rao."

"Ci sono quasi."

Adam chiude un attimo gli occhi. "Dammi il portatile. Prenoto una macchina e un albergo."

Rao si butta sul letto, si copre con fare plateale gli occhi col dorso di una mano e manda un gemito sofferto. Ha passato gli ultimi quaranta minuti a produrre affermazioni a voce alta e accertare la veridicità di ciascuna di esse. Ha scoperto che Flores è vivo ma incapacitato dalla sostanza, come altre quattordici persone in quell'edificio, tutti ex agenti delle forze speciali tranne tre. Tutti volontari.

Poi Adam gli ha dato carta e penna e gli ha chiesto di scorrere l'alfabeto per scoprire come si chiama l'uomo al vertice della gerarchia del posto, e pare sia un certo Montgomery. Adam ha intenzione di dire a questo Montgomery che sono venuti a fare un controllo a campione sull'avanzamento del progetto. Eviterà di parlare di "PROFETA EOS".

Rao non è soddisfatto di questo piano. "Con un po' di tempo e un sacco di carta, possiamo scoprire i nomi e i ruoli di tutti quelli coinvolti nel progetto," aveva fatto notare giustamente, perché è chiaro come il sole che è quello che dovrebbero fare. "Sai, ora che hai deciso che posso farlo."

"I nomi non tireranno fuori Flores," aveva detto Adam a denti stretti. "Dobbiamo entrare."

Rao si era sentito in difficoltà. Adam si era sempre preparato alle missioni in maniera minuziosa ed era allarmante che ora volesse entrare là dentro con così poche informazioni. *Sarà per via di Miller*, aveva pensato Rao, ricordando la rabbia sul volto di Adam. O forse aveva chiamato il capo di Miller e ricevuto ordini espliciti mentre Rao era fuori a fumare? Forse. Più probabile.

Sbadiglia. Sta bene. È stanco, ma sta bene. Agitato come gli succede sempre dopo una corsa, ma sta bene. I postumi della sbronza si sono attenuati col tempo, l'acqua e il Tylenol, ma così facendo hanno portato alla luce tutte le sue autorecriminazioni, che sono molto più difficili da gestire. Ha passato l'intera giornata a ripetersi che la ricaduta della sera prima è stata un caso, ma Rao è un maestro nel mentire a se stesso. S'impegnerà di più. Lo stava facendo. Deve farlo.

Adam torna dal bagno. Rao non si era accorto della sua assenza e ha un piccolo sussulto. "Come stai?" chiede Adam.

"Il mal di testa è passato, ma il mio cervello è un vespaio." Sbatte le palpebre. "Potrei tornare a quel bar e fare una rissa."

Adam sbuffa. "Non se ne parla."

"Tirami un pugno in faccia, allora."

"Rao. Ti prego."

"Adam, *ti prego*."

"Propongo di assaltare il minibar, ma mi sa che l'hai già fatto."

"Lascia stare. Ho capito. Me la sono presa con uno. Non ho intenzione di chiedere scusa."

"Non te lo stavo chiedendo," dice Adam scostando la sedia dalla scrivania e sedendosi. Si appoggia allo schienale e incrocia le braccia; c'è la vaga ombra di un sorriso sul suo volto. Rao chiude gli occhi per non vederlo.

"Però sono stato pessimo, eh?"

"No. È solo che Hunter non ti conosce. Per me è stata una bella serata, tutto sommato."

"Tutto sommato cosa?"

"Niente, lascia perdere."

Rao *non vuole* lasciar perdere. Si appoggia su un gomito e lancia a Adam uno sguardo inquisitore.

"Okay," si arrende Adam. "Se non mi hai rotto le palle ieri sera, ci ha pensato Hunter. Non sono abituato ai pestaggi con manovra a tenaglia."

Rao ridacchia. "Non potrei mai pestarti e credo sia giusto che ce lo diciamo."

"Hmm. Un conto è pestare qualcuno, un altro è tartassare un amico."

"Ah," dice Rao saggiamente. "Ora è tutto più chiaro,

Adamski. Allora, che problema aveva Hunter? Non la guardi mentre scopate?"

"Non c'è niente tra noi, Rao."

"Ma c'è stato. Giusto?"

La bocca di Adam ha un fremito. "Wow. No. Proprio no. È un'amica e basta. Non sono il suo tipo e lei non è decisamente il mio tipo."

"È troppo per te?"

"Hunter è troppo per tutti."

"Okay, okay. Quindi qual era il problema?"

"Non credo che tu voglia saperlo."

"Fanculo, Adam. Basta stronzate."

Adam alza impercettibilmente le spalle. "Pensa che ti approfitti della mia pazienza."

Rao ride. "Ma vai a farti fottere. Sei serio?"

Il sorriso nascosto di Adam sta per uscire allo scoperto. "Me l'hai chiesto tu," dice.

"La tua *pazienza*?"

"Non ha usato esattamente queste parole, ma sì."

"Ti *conosce*?"

"Sì, mi conosce. A parte te, meglio di chiunque altro."

Rao non è sicuro di aver sentito bene. Non vuole lasciarsi sfuggire il momento. "Sono commosso," dice alla fine.

Adam si irrita. "Piantala."

"No, dico sul serio. Sai che ho sempre questo tono sarcastico, tesoro. È più forte di me. Serviva a mimetizzarsi fra gli altri a scuola. Sai, tutti quei figli di papà."

"Sì. Lo so."

Bugiardo, pensa Rao, divertito. Sente Crosby, Stills and Nash alla radio. Qualcuno che fa le pulizie in corridoio. Il rombo in effetto Doppler degli aerei cargo di fuori. Adam resta in silenzio, studia il pavimento.

"Ci credi se ti dico che mi sento un po' così?" azzarda Rao.

"Non ce n'è bisogno."

"Non c'è bisogno che faccia *un cazzo*, Adam. Eppure son qui a dirti la verità anche se non ce n'è bisogno. E sono pure sobrio."

"Devo ritenermi fortunato?"

"Sì, cazzo. Mi fido di te, idiota che non sei altro. Mi sono sempre fidato." *No*, pensa. *Non è vero.* "Be', non dall'inizio ovviamente, ma quasi. Dovevo farlo, in realtà. Fidarmi di te. Se non l'avessi fatto sarei impazzito per i dubbi e le incertezze. E questo mi ha ripagato subito, professionalmente parlando. Ma poi, sai, ho cominciato a fidarmi di te anche come amico."

"Rao..."

"Lo so, lo so. Forse sono ancora un po' sbronzo. Tutte queste confidenze."

"Non sei sbronzo. Ti lamenteresti di più."

"Vero."

Adam alza la testa, gli occhi cupi e seri. "Anch'io mi fido di te, Rao."

"Lo spero bene."

"Ma dovresti stare più attento a dove riponi la tua fiducia."

"Non dire cazzate. So che pensi che non noto le cose, ma le noto."

"Davvero?"

"Già. So che sei sempre tu a tenerci in riga quando lavoriamo. Io mi perdo alla prima occasione e prendo a calci qualunque bastardo provi a fermarmi. Tu invece no. Non conosco nessun altro in grado di fare così. Lo vedo, sai. Non sono scemo."

"Lo so."

"Probabilmente mi hai salvato la vita molte più volte di quanto sappia, eh? Solo una sensazione."

"Ci sono alcune cose che non sai..."

Rao alza una mano. "Non dirmi niente, tesoro. Non voglio sapere quanta gente mi avrebbe ammazzato se non ci fossi stato tu. Spero solo tu sappia che, se avessi una qualche utilità in quel campo, avrei già ricambiato il favore."

"Non è un problema."

"Allora, cos'è questa rivelazione?"

"Non sono stato incaricato solo di proteggerti quando lavoriamo insieme, Rao."

"Lo so che non sei un semplice buttafuori con la pistola, perché c'ero anch'io, se ricordi. Sei un agente della Defense Intelligence Agency. Ci siamo incontrati coi tuoi collaboratori."

"Sì. Ma ho rivestito anche altri ruoli." Rao muove le sopracciglia. Adam alza impercettibilmente gli occhi al cielo. "Ruoli, Rao. Non *persone*."

"È uno scherzo?"

"Sai che non so scherzare."

"Già. Lo dico sempre, vero?"

"Non me n'ero accorto."

"Piantala di mentire, Adam."

Adam fissa di nuovo il pavimento. Riflette. “Che c’è?” chiede Rao alla fine.

“Siamo ancora in confidenza?”

“Fa male che tu senta il bisogno di chiederlo. E sì che mi conosci bene.”

“Direi di sì. Volevo solo dire...” comincia Adam, poi ha un attimo di esitazione.

“Sputa il rospo, tesoro.”

“Faccio del mio meglio per non mentirti.”

“Buono a sapersi. In fondo parti ingiustamente avvantaggiato.”

“Le menzogne rovinerebbero tutto.”

“Senza dubbio.”

“Omettere però è ancora peggio che inventarsi le cose. Non trovi?”

Rao ha un vago presentimento. “Dove vuoi arrivare?”

Adam ci mette un po’ a parlare. “Mi hanno contattato certe persone,” dice, “alcune volte, per chiedermi come farti concentrare su un lavoro.”

“E quand’è successo?”

“Eri in Afghanistan.”

L’aria è improvvisamente fredda. “È così allora,” dice Rao. Dizione perfetta. Ogni parola studiata con cura.

“Sì.”

“Continua.”

“Ho risposto che sei più contento quando ti sballi e che era nel loro interesse lasciarti fare. Che hai una tolleranza più alta della media.”

“Quando *mi sballo.* Okay. Capisco. Reggo meglio le droghe rispetto alla media, è questo che hai detto?”

“Non proprio queste parole.”

Il freddo ora è così pungente che Rao si aspetta quasi di veder condensare il respiro quando apre la bocca e parla. “Già. Non sai scherzare. Io so scherzare. Tu sai tenere quella cazzo di bocca chiusa.”

Adam alza un attimo gli occhi su Rao, li riabbassa.

“Allora? Avanti. Dimmi quello che non stai dicendo.”

“Hanno fatto cattivo uso di quell’informazione.”

Il ghiaccio dentro Rao si espande e si dirama. Ripensa ai dettagli con riluttanza. Li rivede esattamente per quel che erano. Per quel che era. Quella messinscena. E ora il freddo dentro di lui non è più freddo. È metallo fuso, magma incandescente, e Adam sta ancora parlando. “Hai detto qualcosa su un tizio incontrato in un bar...”

"Sì, grazie. Sono capace di seguire la tua scia di merda. Cazzo. Anche quello stronzo alto come un armadio. Hai detto di usare pure lui? Tieni un fascicolo sui miei gusti sessuali, Adam?"

"No. Nessun fascicolo."

"La Cia, immagino. Bella chiacchierata. Sarai contento di confidarti con loro. È tutto un lavoro, giusto?"

"Avevano già i rapporti che avevo scritto su di te dopo il nostro periodo in Asia centrale."

"I rapporti. Cazzo, sei un *mago*, Adam! Che altro? Chiami mia mamma ogni volta che piscio sulla tavoletta del cesso?"

"Io..."

"Non rispondere, cazzo," sibila Rao. Fa una fatica pazzesca a respirare. Fa male. È come se stesse inalando vapore rovente. È incredibile che non stia già massacrando di botte Adam. Capisce dalla sua espressione che non lo fermerebbe. E lo farebbe eccome se non fosse difficilissimo muoversi.

"Non solo hai consigliato a quegli stronzi di farmi diventare eroinomane, eh?" dice piano. "È per i tuoi rapporti che mi volevano."

Adam non risponde. Rao si siede. Aspetta.

"Allora?" dice alla fine.

"Allora cosa? È tutto."

"Mi stai prendendo per il culo."

"È tutto, giuro."

"No, stronzo che non sei altro. Non ti viene nemmeno in mente di chiedere scusa, eh?"

Niente. Silenzio.

"Mi hai rovinato la vita, Adam. E non sai nemmeno chiedere scusa, cazzo."

Rao guarda Adam inspirare ed espirare lentamente prima di parlare. "Quel che è fatto è fatto."

"Ecco qua. L'*arroganza* con cui decidi cos'è importante nel passato di una persona, e questo solo perché non paghi mai col sangue o la salute mentale come noialtri. E nessuno lo vede perché è una noia terribile starti accanto. Ma ora... vuoi sapere cosa penso ora?"

"Me lo dirai lo stesso."

"Sì, è vero. Te lo dirò. Ora sono lucido. Ho gli occhi aperti. So cosa sei. Sei marcio dentro ed è per questo che non riesco a capire quando dici il vero o il falso. Non c'è nulla di nemmeno vagamente umano in te. Sono solo tutti i pezzi mancanti di ogni altro soldato arruolato messi insieme alla rinfusa in quella gabbia che chiami corpo. Sotto i tuoi merdosi, *merdosi* vestiti." Fa un respiro profondo, tremando di rabbia. "Di' qualcosa," dice. "No, no. Aspetta. Non dire niente. Non parlare. Non guardarmi. La *fiducia*, cazzo. È finita. Ecco cosa penso."

Restano seduti in silenzio.

"Rao," dice Adam alla fine. "Dovresti andare a casa."

"A casa."

Adam annuisce.

"E tu che cazzo ne sai? Casa? Ecco, uno sguardo sfuggente, che sorpresa. 'Casa' non significa nulla per un militare di merda come te. In più," sbotta, "casa per me non vuol dire una bella villetta in campagna, se ricordi. Quello che mi aspetta a Blighty è il carcere. Scusa. La *galera*."

"Parlerò con qualcuno. Scriverò un rapporto su..."

"Fanculo te e i tuoi rapporti, Adam."

"Rao, per piacere, vai a casa."

"Potresti dirmi come? Non ho un portafoglio. Stiamo usando i *tuoi* soldi. Il mio passaporto è chiuso nella *tua* borsa. Che vuoi che faccia? Che lo succhi a un camionista per farmi portare in aeroporto, vada al check-in e li supplichi?"

"Posso farti arrivare alla base di Andrews, poi..."

"Non sono uno sconosciuto come tanti. Non posso attaccarmi alla stazione di ricarica di un qualsiasi avamposto militare del cazzo, stronzo che non sei altro."

Rao ha ucciso Ed. Probabilmente ha ucciso Miller. Tutti quei poveracci a Kabul. Senso di colpa, acre, pesante, simile a carta bagnata nel suo petto. "Domani vengo con te," continua, la voce come stretta in una morsa. "Che ti piaccia o meno."

Lo farà. Soprattutto perché è in preda a un vago desiderio di trovare i responsabili di tutto questo e pestarli a sangue. Sarebbe una soddisfazione. Finché dura. Vista la portata del progetto e ciò che è già stato fatto, non si fa illusioni su come potrebbe finire un incontro del genere. Forse Adam lo guarderà morire. Già. È possibile.

"Rao..."

"La conversazione finisce qui."

Capitolo 30

I suoi genitori staranno via fino a sera. È da quando ha dieci anni che lo lasciano solo in casa. Ora che ne ha quasi quattordici non c'è nemmeno bisogno di avvertire i vicini né niente. Non passerà nessuno a dare un'occhiata. Va bene così. Quel giorno però viene a trovarlo sua zia.

"Hai la casa tutta per te, piccolo?" gli dice sorridendo quando entra. Ha la voce roca per la sigaretta che ha appena spento sul portico. Lui sorride ma non risponde. Non c'è bisogno di rispondere. Alla zia non importa se è un po' taciturno o se ci mette un po' a rompere il ghiaccio. "Facciamo una festa o cosa?"

"Tornano a mezzanotte," le spiega. Non farà nessuna festa, ma non era quello il punto della domanda.

"Così hai un po' di tempo per tirare il fiato, eh?" La zia annuisce.

Zia Sasha capisce anche senza spiegazioni. Capisce e basta. Sa che a volte a casa dei suoi genitori si sente come se lo tenessero sott'acqua e, anche se vorrebbe scalciare e opporsi, finisce sempre per annegare. Le dice che suo papà aveva bisogno di uscire. Che ultimamente ha detto che fa fatica a guardare suo figlio. Che ha bisogno di uscire e stare tranquillo insieme a sua moglie. Per parlare di certe cose.

Poi dice a sua zia del campeggio. Che alcuni amici di suo papà ci avevano mandato i loro figli. I loro figli erano più grandi di lui, adesso erano già nell'esercito. Quando tornavano, le dice, i loro padri non facevano che parlare di quant'erano disciplinati.

Non sa bene perché, ma è a questo punto che le parla di Mark.

Sa che non sarà un problema parlarle di Mark. Sua zia è affidabile. Sa che sarà sempre affidabile. Ogni volta che si è ritrovato nei guai non gli ha mai detto niente. E questo? Questo era roba grossa. Molto più di un guaio. Mark, ed essere beccato con Mark, non era un casino. Era un disastro.

La zia lo ascolta come sempre. Gli chiede se Mark è la prima persona o solo il primo ragazzo che ha baciato. Il primo tutto, risponde. Sua zia sorride come se fosse orgogliosa di lui. Non importa quanti guai ha combinato: lei sorride sempre così alla fine.

"Come si chiama il campeggio?" gli chiede.

Non lo sa. Le dice che non ha mai ascoltato i dettagli perché è inutile opporsi a suo papà. Sa anche lei com'è fatto.

Sua zia annuisce e parla lentamente. Con attenzione. "Perché anziché andare al campeggio non stai da me quest'estate?" Si guardano in silenzio. Lei dà un'alzata di spalle. "O per sempre. Lontano da tuo papà. Lontano da quel campeggio."

Lui ci pensa. Non è un'opzione fattibile. Non glielo permetteranno mai. Non fa in tempo a dirlo, che sua zia ricomincia a parlare.

"Dobbiamo tirarti fuori di qui, piccolo," dice a bassa voce. Sono soli in casa, ma parla piano come se potesse esserci qualcuno che li ascolta. "Dammi solo qualche giorno per prendere i biglietti e ce ne andiamo da qualche parte, da qualsiasi altra parte, e tua mamma e tuo papà non ci troveranno."

"Lui mi ucciderà," risponde. Non è un no.

"Ti ucciderà se resti qui. In un modo o nell'altro, piccolo, ucciderà quello che sei. Sai cos'è quel campeggio, vero?"

Capitolo 31

L'edificio è un imponente complesso in vetro fumé nascosto dietro a degli alberi nei pressi della strada perimetrale della base aerea. Rao scende dall'auto, si pulisce i baveri della sua stupida giacca, stringe il nodo della cravatta. Il parcheggio è semivuoto. Un movimento attira la sua attenzione. Un avvoltoio sta volando davanti alle vetrate a specchio dei piani più alti, il riflesso lo segue inclinandosi e tremolando di quadro in quadro. Rao fissa il duplicato del volatile finché sparisce, poi sposta gli occhi sull'avvoltoio in carne e ossa, che flette le ali e vola più in alto.

"Rao."

"Cosa."

"Sei pronto?"

Rao si stringe nelle spalle e s'incammina verso le porte.

Alla reception c'è un tizio robusto con una camicia nera e muscoli sternocleidomastoidei così grossi che, quando apre bocca, Rao si aspetta quasi di sentirsi chiedere quanti manubri riesce a sollevare.

"Buongiorno," dice. "Come posso aiutarvi?"

"Siamo qui per Montgomery," risponde Adam.

"I signori Rubenstein e Rao?"

Lo stronzo sa il fatto suo, ma Adam non batte ciglio. Annuisce. Quando il tizio della reception abbassa gli occhi sul bancone, lancia a Rao uno sguardo nervoso. È una domanda. Rao non si degna di rispondere. Forse si beccheranno entrambi un proiettile in testa una volta oltrepassate quelle luccicanti porte di noce. Non gliene frega un cazzo.

Il tizio della reception spinge sul bancone un registro dei visitatori e Rao guarda Adam compilare in stampatello il riquadro nero che dice: SCRIVETE QUI IL VOSTRO NOME. Quando Adam gli porge la penna, lo ignora. Aspetta che l'abbia appoggiata sulla pagina prima di prenderla e riempire il modulo. I pass vengono fatti scivolare sul bancone, Adam li prende.

"Accomodatevi," dice il tizio robusto. "Ve lo chiamo subito."

Si siedono.

Adam sta per dire qualcosa. Rao aspetta, prova una stanchezza abissale. Quando lo sente parlare, è ancora più assurdo di quel che pensava. Ancora più esasperante.

"Ti sembra normale?"

"Adesso è importante, eh? Tutt'a un tratto ti frega di cosa penso."

"Dico sul serio. Sanno i nostri nomi. Siamo appena entrati."

"Davvero."

"È strano, Rao. Dovresti..."

"Finisci la frase e giuro che ti spacco il naso, cazzo. Lascia perdere. Sta' zitto."

Restano seduti in silenzio per altri sei minuti finché vedono arrivare un uomo bianco sulla cinquantina dall'aria stressata, semicalvo e con un paio di occhiali dalla montatura metallica. Ha un sorriso inquisitorio e speranzoso, uno di quei sorrisi che per Rao invitano sempre un cazzotto in faccia.

"Salve. Benvenuti," dice aprendo le mani. "Sentite, mi hanno dato i vostri nomi ma non mi è stato detto molto della visita, quindi non ho un ordine del giorno..."

"Be', siamo appena stati coinvolti," dice Rao e rabbrividisce. L'inaspettata verità di quelle parole scatena un incontrollato panico fisiologico. Si ricompone a fatica. "Siamo qui per una visita al complesso, un resoconto sull'andamento del progetto e una relazione sui progressi fatti, se ha tempo."

"Certo. C'è tempo." Montgomery sorride. "La dottoressa Rhodes segue le operazioni su base giornaliera. È la nostra responsabile della ricerca clinica." Guarda l'orologio al polso. "Andiamo in sala riunioni, vi darò gli ultimi aggiornamenti e poi potremo scendere al settore clinico."

È la peggior sala riunioni che Rao abbia mai visto. Art déco futuristico illuminato di un blu Cherenkov e rosa zucchero filato, come se un team dell'Industrial Light and Magic si fosse fatto di ketamina e avesse progettato una grotta per una nave da crociera.

"Magnifica, vero?" dice Montgomery con entusiasmo.

"Impressionante," conviene Rao.

L'enorme tavolo di vetro poggia su cubi di automobili compresse. È orribile. Il caffè però, servito da un giovane sollecito dai capelli impomatati, è sensazionale. Rao s'infila in bocca un cioccolatino Godiva, poi un altro. Lancia un'occhiata a Adam. Si sta comportando come un totale buono a nulla. Tanto valeva che Rao portasse un orsacchiotto e lo piazzasse sul tavolo davanti a sé. Sarebbe stato più divertente da guardare.

Gli occhi di Montgomery si spostano velocemente da Adam a Rao e viceversa. Abbassa lo sguardo sullo spazio davanti a sé come se si aspettasse di veder comparire magicamente un'agenda dell'incontro. "Bene," dice. "Allora. Non so quanto voi..."

"Faccia come se non sapessimo niente. Parta dall'inizio."

"Ok. Sì. Ventidue mesi fa un laboratorio della Duke University ha sintetizzato un nuovo superconduttore ad alte temperature. Poco dopo c'è stato un incidente. Un'epidemia di disturbi psicologici. È cominciata quando un ricercatore si è convinto di aver perso qualcosa d'importante sotto il frigorifero della sala ristoro. Non smetteva di spostarlo per guardare sotto."

"Ha trovato quel che cercava?"

"Non c'era niente. Non voleva staccarsi da quel frigorifero. È stata chiamata un'ambulanza e hanno dovuto sedarlo per portarlo a casa. La mattina dopo la responsabile scientifica non si è presentata perché aveva passato la notte a buttare i mobili della sua stanza fuori dalla finestra e in cortile. Ha detto che aveva bisogno di ricreare la sua cameretta d'infanzia. Hanno dovuto sedare anche lei. Poi uno dei tecnici di laboratorio è sparito. Alcuni poliziotti dello stato del Wyoming l'hanno trovato nove giorni dopo in un ranch dalle parti di Sheridan, disidratato e delirante, che farneticava di essere un cowboy. Sono ancora tutti impossibilitati a lavorare."

"In che senso impossibilitati?" chiede Rao.

Montgomery deglutisce. La sua espressione professionale si trasforma in qualcosa di più tormentato. "Il tecnico si crede ancora un cowboy e il matrimonio della coordinatrice è andato a rotoli. Dal punto di vista psicologico è regredita all'età di sette anni. Ma sono in buone condizioni, tutto sommato."

"Davvero," dice Rao. "E il ricercatore?"

"Lui non sta molto bene. Ha smesso di parlare. Non mangia. Dev'essere alimentato con un sondino. E sta ancora cercando quello che crede di aver perso. Ha..."

"Il dipartimento della Difesa ha segnalato il laboratorio," interviene Adam.

"Be', sì." Montgomery guarda Adam. "Si è scoperto che c'era una sottile pellicola di una sostanza sconosciuta sul campione analizzato. Per la Difesa si trattava di un potenziale agente neutralizzante usato sul campo di battaglia. Lei è con loro? Immaginavo. Si vede. E lei" – si gira verso Rao – "voglio dire, lei è un creativo. Lunastus, giusto?"

Rao sorride debolmente, prende un altro cioccolatino. "Appena assunto."

"E la Difesa ci ha contattato." Montgomery rivolge a Rao un sorriso timido, complice. "Lei sa che la Lunastus-Dainsleif era una startup della Cia. L'ambiente ideale per un progetto del genere. Abbiamo coinvolto scienziati dei materiali e neuroscienziati perché osservassero la composizione della sostanza e i suoi meccanismi d'azione. Abbiamo avuto alcuni risultati. Poi..."

"Poi?"

Montgomery si acciglia. "Ha cominciato a crescere."

"A crescere?"

"Già. È aumentata in volume. E in complessità. Lo sta ancora facendo, in realtà. Ma come, e cosa abbia usato – cosa usi – per polimerizzarsi, non siamo ancora riusciti a stabilirlo. Ed è cambiato anche l'effetto che ha su chi vi entra in contatto. Nei primi casi i soggetti erano ossessionati da cose che avevano perso o credevano di aver perso. Poi hanno smesso di essere turbati da cose che avevano perso..."

"E hanno cominciato a crearle," dice Adam.

Montgomery annuisce.

"Come?" chiede Rao.

Un'altra espressione accigliata. "In che senso come? Ci sono..."

"Il processo fisico. La conservazione dell'energia, tanto per cominciare. Da dove viene la materia?"

"Sì. Be'. I nostri fisici sono piuttosto sconvolti. Non sanno che pesci pigliare."

Non sta mentendo.

"E ora?" chiede Rao.

Montgomery sembra un po' dubbioso. "Siete qui per il programma manifestazioni?"

"Già. Come sta andando?"

"Risultati contrastanti," dice Montgomery. "Sentite, è un'idea eccellente. Vogliamo che funzioni tanto quanto voi. Abbiamo reclutato i volontari giusti e li abbiamo messi in ambienti virtuali ostili. Ma finora nessuno ha fatto apparire armi da difesa. Se li esponiamo a uno scontro a fuoco virtuale, loro..."

"Creano orsacchiotti e ne escono incapacitati," continua Rao.
"Non tutti," dice Montgomery.
"Credo sia il caso di dare un'occhiata," dice Adam.

Le porte dell'ascensore sono di un bianco lucido in stile Kubrick e si aprono su un vano spazioso dalle pareti gialle scrostate. Al piano inferiore, Montgomery li accompagna lungo un corridoio, oltre una camera di equilibrio e in un laboratorio clinico. Una donna minuta con un camice bianco si volta verso di loro quando entrano.

Ciao, pensa Rao. È quasi identica alla dominatrice di un fetish club di Berlino che bazzicava in passato: lo stesso atteggiamento sia accogliente che non-accogliente, la stessa frangia dritta e castano ramato, il mento stretto, i grandi occhi grigi. Ha quel genere di volto che non lascia trasparire nulla e una bocca – il rossetto è Rouge Dior 999, Rao ne è certo – che sembra sempre e sorprendentemente sul punto di sorridere.

"Dottoressa Veronica Rhodes, responsabile ricerca clinica," dice. Impeccabile accento britannico. Porge una mano affusolata.

"Salve. Io sono Rao."

Un'occhiata interrogativa a Montgomery.

"Sono qui per il programma manifestazioni," dice lui.

La donna storce leggermente la bocca mentre li osserva. Sembra che Adam non le interessi affatto. Gli scivola addosso con gli occhi, torna a concentrarsi su Rao. È una che sa valutare le persone, decide lui. Lo guarda con curiosità. Quando alla fine Rao le prende la mano, lei sorride cordialmente. È come se fosse uscito il sole. Un sole invernale, certo, ma Rao può sentirlo sulla pelle.

"Piacere di conoscerla," dice lei. "Posso sapere quali sono le sue competenze?"

Rao ammicca, le lascia la mano. "Glielo dirò se mi dice quali sono le sue."

Adam si schiarisce la gola. "È un esperto nel riconoscere falsi e contraffazioni."

L'umore di Rao ripiomba istantaneamente nella fossa in cui si trovava. Fanculo Adam e le sue immancabili rotture di cazzo. *Te l'ha chiesto qualcuno?* Pensa con rabbia.

Veronica non ha smesso di fissarlo. "Molto interessante," dice. Il sorriso c'è ancora, ma è un po' forzato. Le è comparsa una piccola ruga sulla fronte altrimenti perfetta. L'interesse di Rao aumenta. Questa donna è finta. Ma non capisce ancora bene in che senso. "E dove s'impara a farlo?"

"È una lunga storia. Ho lavorato per qualche anno alle frodi e attribuzioni da Sotheby's."

Lei annuisce, si volta verso Adam. "E lei, signor…"

"Non può parlare," dice Rao con fermezza.

"Non può o non vuole?"

"È costituzionalmente impossibilitato."

"Difesa," spiega Montgomery.

"Ah. In tal caso non chiederò altro. Sto per andare in reparto," dice facendo un cenno verso la porta, quel sorriso pallido sul volto. "Cominciamo da là?"

Il cuore di Rao ha una fitta, un sussulto e un'accelerazione improvvisa quando entrano in un vasto spazio clinico. Luce giallastra, un odore di limone nell'aria accompagnato da un retrogusto di merda e candeggina. Suoni serrati di cardiofrequenzimetri, luce rifratta attraverso sacche di soluzione salina. Ricordi sommersi che affiorano nitidamente: Rao avverte una stretta allo stomaco e il sudore gli pizzica sotto le ascelle. Fa una serie di respiri profondi, conta i letti. Trenta. Quindici sono occupati.

Due infermiere in camice bianco si precipitano verso di loro. Veronica si fa avanti e le prende in disparte. Rao non riesce a sentire cosa dice – parole affrettate, sottovoce – ma dall'espressione sui loro volti quando lasciano la sala è evidente che ha appena detto loro di levarsi dai piedi. Si gira di nuovo verso Rao e Adam, sistemandosi una ciocca della frangia dietro un orecchio sebbene non abbia un solo capello fuori posto. È un gesto istintivo e Rao ne è affascinato. "Abbiamo avuto qualche problema con le piaghe," dice Veronica. "Mettere anche una barriera fisica parziale tra la pelle e l'oggetto dà scarsi risultati. Ma sono felice di poter dire che grazie alle attuali terapie stanno tutti molto bene."

Con la coda dell'occhio, Rao vede che Adam sta esaminando le file di corpi privi di sensi. Si avvicina a un letto, studia per un po' il suo occupante prima di voltarsi verso Rao. Rao, che sta ignorando Adam così scrupolosamente da sapere benissimo in che punto della stanza si trova quello stronzo e cosa sta facendo. Cerca di ascoltare Veronica ma non riesce a elaborare quel che dice perché Adam lo sta guardando e Rao conosce quello sguardo. È uno degli sguardi *eloquenti* di Adam. Si sforza ancora di più di ascoltare, sente la frase "coattivazione per gratificazione mnemonica", poi si arrende e va da Adam e dai suoi cazzo di sguardi eloquenti.

"*Che c'è?*" sibila avvicinandosi. Adam sta guardando in basso verso il letto. È Flores. Rasato a zero, con un tubicino in una narice e un livido sulla fronte, ma pur sempre Flores. Sta stringendo qualcosa di piccolo tra le mani, se lo preme contro una guancia e sul suo volto c'è un'espressione di una tale beatitudine che Rao prova un moto inaspettato d'invidia.

"Allora, ci dica di questo," chiede Rao a Veronica.

"È una musicassetta. Un singolo, per la precisione. *On Our Own* di Bobby Brown, dalla colonna sonora di *Ghostbuster.* È uno degli oggetti più semplici in termini di gestione del paziente."

"Non l'oggetto. Il soggetto."

"Ah, sì. Uno dei primi. Ex corpi speciali, invalido, come la maggior parte dei nostri volontari. Questo qui" – si acciglia – "è Flores. Avevamo grandi speranze per lui."

Grandi speranze. A Rao si accappona la pelle. Flores è intrappolato in un momento di assoluta verità emotiva: guardandolo, Rao prova un senso di oppressione al petto come se avesse i polmoni pieni di zucchero. La paura gli pulsa sottopelle. Vorrebbe ancora prendere a pugni qualcosa e, anche se quell'impulso non andrà da nessuna parte fintanto che Adam Pezzo di Merda Rubenstein è nella stessa stanza, sa che deve concentrarsi. Per Miller. Per questo povero Flores. Per Ed. Allontana gli occhi dall'angolo della musicassetta premuto contro la guancia arrossata di Flores e guarda il letto a sinistra.

Questo paziente si stringe al volto una scatola di legno. Una radio d'altri tempi. Altoparlante rivestito di tessuto giallastro, una manopola rosa e oro. È la fonte, capisce Rao, dei deboli suoni sibilanti che sente da un po' sotto il ronzio del climatizzatore. Strilla e fischi sussurrati, frammenti di voci appena percettibili, come se qualcuno stesse cercando una stazione. Ascolta. I mormorii, gli alti e bassi elettrostatici tornano tutti al loro punto di partenza ogni quattro respiri. Non sa se la radio sia sincronizzata col respiro, il respiro con la radio, o se si possa fare una distinzione significativa, causale, tra radio e respiro.

"Questa è notevole," dice Veronica. "È una radio a valvole Raytheon del 1952. Abbiamo accertato che non faceva parte dell'infanzia del soggetto, quindi non possiede il solito valore affettivo-autobiografico. La nostra ipotesi è che questo OGP, questo Oggetto Generato dal Profeta Eos, sia la manifestazione di una nostalgia culturale più generica." Rao annuisce. La radio è una versione in miniatura della tavola calda di Ed. "E inoltre, è il primo oggetto che ha emesso dei suoni."

Adam alza gli occhi dalla cartella clinica di Flores. "Ne avete avuti altri?"

Rao è sul punto di sbottare, *Certo che no, cazzo.* Si trattiene. Conosce lo sguardo velato e interrogativo che gli viene rivolto e non ha intenzione di adeguarsi. Adam sta lavorando. Adam è in missione per l'esercito, come sempre. Da sempre.

Fanculo lui e fanculo l'esercito.

Fissa vagamente le file di letti, le scaffalature dei macchinari di monitoraggio. Pensa a questa cosa del cazzo. Cos'è, come funziona. Come ha sempre funzionato. Pensa, *complicità.* Pensa, *Kabul.* Pensa, *ingenuità.* Pensa al tradimento di Adam. Prova una nuova, crescente ondata di rabbia.

Ha bisogno di chiedere. Si volta verso Montgomery e, nonostante la collera nella sua gola, tiene la voce bassa, sommessa. Riesce perfino a sembrare colpito. "Come siete riuscita ad avere l'okay di un comitato etico?"

Montgomery sorride tra sé, scuote la testa. Sembra John Denver, decide Rao. Un John Denver scellerato, semicalvo e stronzo.

"Non c'è nessun comitato etico. In senso strettamente tecnico, il programma manifestazioni non è classificato come ricerca medica, quindi non si applica la Dichiarazione di Helsinki. Ogni effetto avverso sui soggetti testati rientra nella categoria di perdite non operative."

Rao si chiede dove abbia imparato quell'agile discorsetto. Non l'ha seguito bene. Adam sì, a quanto pare. "È un programma di addestramento militare," dice lentamente.

"Esatto," precisa Veronica. "Non ci sono limiti all'addestramento se i fini giustificano le esigenze."

"Decessi?" chiede Adam.

"Due," dice Veronica. "Prima che elaborassimo i nostri attuali protocolli post-infusione. Peccato, ma sono cose che succedono."

Adam fa per rispondere, ma Rao s'intromette, rivolgendosi direttamente a lui. "Be', sai come vanno queste cose, Adam," dice con voce suadente. "Quel che è fatto è fatto, dopotutto."

Guarda cadere la bomba. La guarda esplodere. Il volto di Adam è inespressivo, ma c'è agonia nei suoi occhi. *Bene.* Rao ha bisogno di vederne ancora. Adam deve soffrire. Perché, come gli hanno sempre ripetuto, è giusto che uno paghi per le proprie azioni.

Adam si sforza di tornare nella conversazione. "State cercando di risolvere questa cosa?" Guarda di nuovo Rao. Incredibile. Sta ancora lavorando. Sta ancora formulando affermazioni perché Rao le legga. Lo sta ancora usando, cazzo.

"Risolvere?"

"Svegliare i soggetti. Farli uscire dal coma."
"Sono stati di trance."
"Farli uscire dai loro stati di trance," si corregge Adam.
Tutto quello che ha detto Veronica finora è vero. Tutto tranne quando ha detto che i pazienti stanno bene. Quella è una palese menzogna. E, visti i corpi supini che li circondano, una menzogna decisamente audace.
"Ah sì. È una priorità," dice lei. "Stiamo facendo progressi."
E con queste fanno altre due.
Adam lo sta guardando di nuovo. Uno sguardo ancora più speranzoso.
"Fottiti, Adam," dice Rao chiaro e tondo. Non gliene frega un cazzo degli sguardi interrogativi. Non gliene frega un cazzo di niente. Fanculo questo spettacolo degli orrori. Ha capito come funziona.
È Adam che porta a tutto questo.
E tutto questo porta a Adam.
Adam, che è là in piedi a guardare il pavimento.
Non è cattivo, pensa Rao. È una musicassetta vuota, una tavoletta di argilla umida. Il tenente colonnello Tabula Rasa. Qualcosa su cui hanno potuto scrivere. Che hanno potuto addestrare. Plasmare. Usare. O forse non è così. Forse è un infame bastardo. Uno psicopatico dalla testa ai piedi. Zero sentimenti, zero sangue nelle vene, non gli è mai fregato un cazzo di niente. Già. *Per cosa mi ha tradito?* Per *lavoro*. Perché è il suo lavoro. Perché gliel'ha chiesto la CIA e Adam è un esperto di Rao. Sa gestirlo meglio di quanto sappia fare lui stesso. Tutte le volte che Adam ha fatto qualcosa per lui. Acqua e Tylenol sul comodino. Tutte le volte che gli ha comprato le sigarette. Che gli ha controllato la vista con una torcia a stilo dopo che Rao aveva dato fuori di matto. La volta che ha steso a terra quello stronzo che stava insultando Rao. Anche quella. Era solo lavoro. Adam che fa da babysitter. Rao non si capacita della propria ingenuità. Anche dopo Kabul. Si sente come cresciuto, scaraventato nel mondo. Il velo strappato. La cazzo di caverna di Platone. Ora è dietro il...
"Signor Rao?"
È Veronica. Sta cercando di attirare la sua attenzione da un po'.
"Dicevo, forse potrebbe interessarle vedere i filmati dei test?" chiede.
Rao dà un'alzata di spalle. "Certo, va bene."

Capitolo 32

Suo papà gli ha insegnato a fare lo zaino. Gli ha detto che il segreto è l'esperienza. La ripetizione. Come smontare e riassemblare un'arma. Fallo un numero sufficiente di volte e non dovrai più compiere nessuno sforzo mentale. Più passa il tempo, più funziona. Inoltre, se fai, disfi e rifai uno zaino un sacco di volte, impari dove stanno tutte le cose al suo interno e quindi sarà più facile trovarle quando ne hai bisogno. Innanzitutto ti serve una zona di allestimento dove disporre il contenuto e organizzarlo. Poi devi riempire lo zaino in ordine inverso, mettendo dentro prima le cose che ti servono per ultime. Devi suddividere il tutto in tre parti. La parte in fondo è mediamente pesante, quella in mezzo pesante e la parte sopra leggera. E le cose più pesanti vanno sempre vicino alla schiena.

Sa che è un bello zaino, ma sa anche che se farà casino e si scorderà di metter dentro qualcosa d'importante non avrà più l'opportunità per farlo.

Bisogna prendere solo l'indispensabile, diceva sempre suo papà, quando si fa lo zaino. Abbassa gli occhi sulle cose disposte con cura sulla moquette di camera sua. Alcune non sono indispensabili. Il coltellino svizzero sì. Il coltello da caccia in realtà no. Ma lo prenderà lo stesso. Pensava di portare alcuni libri da leggere ma ha deciso che non sono necessari. Sua zia ha già un sacco di libri. Ma porterà il libro che gli ha regalato da piccolo. Non lo legge da anni, tuttavia non vuole lasciarlo a casa.

Due camicie, tre magliette, due paia di calzini, tre paia di mutande, due paia di pantaloni.

Scarpe da ginnastica. Gli scarponi li terrà indosso.

Giubbino.

Astuccio da bagno.

Il suo passaporto. La tessera di previdenza sociale. Mentre i suoi genitori non c'erano è andato nello studio di papà, ha preso la chiave dello schedario – facile, l'ha già fatto altre volte – e ha tirato fuori il cassetto coi passaporti e le tessere di famiglia. Ha aperto il passaporto di suo papà. *Joseph.* Si chiama Joe. Nessuno lo chiama Joseph a parte la zia. Ma nessuno chiama la zia Alexandra a parte suo papà, quindi immagina che sia giusto così. Poi ha aperto il suo passaporto e ha guardato la foto. Ha battuto le palpebre. È una foto vecchia e ora è cambiato, ma tanto non si riconosce mai in fotografia. Anche allo specchio non capisce mai bene chi sia quello che ha davanti. Questa foto però... qui sembra un idiota. Non importa.

Finisce di preparare lo zaino. Infila il passaporto con dentro la tessera di previdenza sociale nella tasca segreta sul retro. Poi apre la parte superiore e guarda dentro. Il pigiama arrotolato e sistemato con cura sopra il resto. Richiude. Sente la tensione, la cinghia attorno al petto, e sa che forse sarebbe meglio tirare fuori tutto e infilarlo dentro di nuovo. Ma non lo fa. L'ha già fatto due volte. Così si siede sulla moquette e si stringe le ginocchia al petto. Ha voglia di fare quella cosa, ma forse stavolta non sarà necessario. Ogni tanto passa da sola.

Non sempre.

Dev'esserci qualcosa che non va in lui. Qualcosa che non va nel suo cuore, probabilmente, perché in momenti come questo se lo sente battere in gola e quella sensazione di oppressione è ciò di cui parla la gente quando parla di infarti. Non l'ha mai detto a nessuno. Né lo farà mai. Specialmente a suo papà. Se c'è qualcosa che non va in lui non gli permetteranno di arruolarsi. E anche se non gli piace pensarci, ora ci sta pensando e questo gli fa male al cuore, sta battendo all'impazzata, sente i colpi nelle orecchie ed è grave, lo sa, perché ha quella sensazione di brividi, di formicolio, e sta sudando, e quando alza la mano dal ginocchio vede che sta tremando.

Farà quella cosa perché deve farla.

Si alza e va in bagno, battendo le palpebre perché è tutto buio. Non accende la luce. Chiude la porta, gira la chiave. Entra nella vasca, si siede dentro, si abbraccia le ginocchia, chiude gli occhi, fa dei respiri profondi e aspetta.

Capitolo 33

Veronica li porta in una stanza buia e rivestita di moquette che odora di hotel costoso. Montgomery aspetta sulla soglia mentre lei si siede davanti a una parete di monitor, avvicina una tastiera e fa apparire su due degli schermi dei filmati con indicate la data e l'ora. Quando preme Play, partono simultaneamente.

Il primo è un paesaggio in movimento. Potrebbe sembrare vero, ma non lo è. Tutto digitale. Un pendio collinare, spuntoni rocciosi. Alberi spogli, distese d'erba secca piegata dal vento. Chiarore di mezzogiorno, canali ombreggiati e nero scuro. Massi. Non c'è nulla di reale negli stormi di uccelli nel cielo a parte l'algoritmo che li fa volteggiare e deviare.

L'altro filmato mostra un uomo in una stanza dalle pareti bianche. Indossa una canottiera bianca, pantaloni della tuta e scarponi stringati. Flores.

Veronica compare nell'inquadratura accanto a lui. Storce il naso affettuosamente, muove la bocca – non c'è sonoro – e lui ride, rilassa le spalle mentre l'ascolta. Rao capisce che Veronica sta flirtando, e pure bene. La vede porgere a Flores un visore per la realtà virtuale. Il modo in cui Flores se lo mette, la disinvoltura con cui si sposta qua e là per testare l'orientamento: la routine gli è familiare e, quando si volta e cammina, il paesaggio sull'altro schermo si sposta secondo i suoi movimenti.

Flores annuisce. Veronica lo guida per mano, lo riaccompagna al centro della stanza. Prende una siringa, una fiala e un pacchettino da un vassoio chirurgico sulla mensola sotto la finestra di osservazione, poi torna, apre il pacchetto e gli strofina la parte alta del braccio. Aspira il Profeta dalla fiala, infila l'ago nel muscolo appena sotto la sua spalla. Quando lo toglie, parla di nuovo.

Flores annuisce. Lei esce dalla stanza.

“Vi servirà il sonoro per il segnale,” dice Veronica premendo un tasto. Vento, fruscii d’erba e cinguettii riempiono la stanza. Manda avanti il video; quando torna a velocità normale sono passati tre minuti.

Poi c’è quello che sembra uno schiocco di frusta, forte e inconfondibile. Rao sente Adam inspirare, vede il soggetto girare la testa e si rende conto che è il suono di un proiettile che passa vicinissimo. Flores si butta a terra – forse meno agilmente di quanto avrebbe fatto in passato, deve avere la caviglia destra fuori uso – ma è disteso sui gomiti, e poi c’è un altro schiocco, che si propaga in una raffica intermittente.

“Come ho detto, avevamo delle speranze su di lui. Vedete come si porta una mano dove crede di avere il fucile.”

Rao sbatte le palpebre. Non vorrebbe. Non vuole perdersi la scena. Ma sbatte le palpebre suo malgrado mentre guarda Flores cercare il fucile che non c’è. Al suo posto c’è la musicassetta col singolo. Flores la prende e la preme sotto il mento, il volto raggiante di gioia.

Veronica interrompe il video. Ne fa partire un altro. “Quello era il soggetto numero tre. Questo è il sei.”

Lo stesso scenario ma con un uomo diverso. Più basso di Flores, più asciutto. Stessi vestiti. Riceve le stesse attenzioni di Flores, lo stesso flirt, anche se questa volta non sembra che funzionino. Gli vengono dati gli stessi occhiali, che mostrano la stessa scena arida, virtuale. Veronica gli somministra la dose. Passa un po’ di tempo. Lo stesso colpo d’artiglieria, la stessa reazione. Ma nessun oggetto. Non appare nulla. Poco dopo lo scenario virtuale stacca su un testo rosso che lampeggia lentamente: SI PREGA DI RIMUOVERE IL VISORE. E l’uomo si toglie gli occhiali, si alza e sorride.

“Che differenza c’è?” chiede Adam.

“Pare che il Profeta generi ricordi improvvisi di oggetti di grande rilevanza psicologica per i soggetti testati,” spiega Montgomery. Rao non sussulta, ma quasi. Si era completamente dimenticato di Montgomery, anche se quell’uomo dev’esserci abituato. “Alcune persone non ne hanno.” Lancia un’occhiata a Veronica.

“Non hanno cosa?” chiede Rao.

“Ricordi emozionali,” dice lei. “La combinazione di appiattimento affettivo e sbiaditi ricordi autobiografici si riscontra nell’un percento circa della popolazione generale, ma individui di questo tipo sono sovrarappresentati nel nostro bacino d’analisi.”

Rao ha l’impressione che quella donna voglia confonderlo con i suoi tecnicismi, ma resiste con gioia. “Veronica,” mormora fingendosi inorridito. “Mi sta dicendo che le Forze speciali assumono degli *psicopatici*?”

Lei gli rivolge un sorriso pericoloso. “Non è un termine riconosciuto dal *Manuale diagnostico e statistico dei disturbi mentali.*”

“Be’, comunque li si voglia chiamare, è una bella notizia per te, Adam.”

“Non sono uno psicopatico, Rao.”

“Lo è?” chiede Veronica.

“Già,” dice Rao. “Un vero Uomo di latta. Senza cuore. Quel bastardo sarà immune.”

Aspetta che Adam reagisca. Si aspetta qualcosa di opportunamente crudele. Che gli dia ragione, che gli dia torto, che faccia qualsiasi cazzo di cosa. Ma niente. Solo una maschera muta e occhi bassi. È *esasperante*.

Montgomery tossisce un *ehm* da fumetto. “Signor Rao, gli individui con poca empatia sono essenziali per questo progetto. La sostanza è altamente volatile. Le infusioni possono essere eseguite solo da persone che sono immuni.”

Veronica sta guardando Rao con un sorriso raggiante. Ah, pensa lui. *Ecco come finge*. Certo. Tutto quel flirtare. Lo vede per quel che è. Non importa. È una tipa in gamba.

“Non credo di aver mai conosciuto uno psicopatico che non fosse maschio,” mente.

“Sono sicura di sì,” dice lei dolcemente. “Siamo solo molto più brave a nasconderlo.”

La prossima tappa della visita, li informa Montgomery, è il settore analisi. Strada facendo, Rao tiene gli occhi fissi sui quadri lungo le pareti del corridoio. Sono tremendi, tipica arte aziendale. Ma preferisce guardare quegli orrendi pseudo-Rothko anziché Adam, che sta cercando di stare al passo a pochi centimetri da lui. Gli prude la pelle per quella vicinanza indesiderata. Chiude la mano destra in pugno. S’immagina la rotazione del braccio, la forza che ci metterebbe, la soddisfazione del colpo.

“Rao…” comincia Adam a bassa voce.

“Qualunque cosa pensi di dover dire,” sibila Rao, “tienitela per te. Posso farcela da solo. Non ho bisogno di te. Non servi a un cazzo.”

Passano in fila indiana attraverso una camera di equilibrio ed entrano silenziosamente in una stanza talmente ventilata che una brezza arruffa i capelli di Rao. Il guardaroba d’acciaio vicino all’ingresso manda un debole ronzio. Dev’essere un frigorifero o un freezer, pensa Rao. *Frigorifero.* Tre sedie, due postazioni di lavoro, tre schermi. Un pulito impeccabile. Rao si strofina un polso, si sente sporco. Fuori luogo. Patogeno.

"Sala di osservazione. Di là c'è la sala analisi," spiega Montgomery facendo un cenno verso l'ampia finestra accanto a una porta sulla parete opposta. Rao si avvicina al vetro e sbircia dall'altra parte. Condutture intricate sul soffitto, pavimento plastificato, videocamere sulle pareti, tutto bianco, pulito, una roba alla Michael Crichton. La sala è poco illuminata, molto più piccola di quel che sembrava nel filmato. *Saranno cazzi*, riflette, *quando qualche povero bastardo ci ricreerà dentro la sua casa d'infanzia.* La nuova casa ridurrà tutto in macerie o si paleserà lì dentro? S'immagina intrappolato in quell'architettura impossibile. Stanze affettate in angoli morti da muri strutturali, bisecate da lastre di vetro.

No. Tutto nel reparto al piano di sopra era piccolo. La cosa più grande era quella radio voluminosa. Ripensa alla tavola calda, alle nuvole sopra i campi di barbabietole, al sole sull'argilla umida. "Forse è..."

"Allora, dove tenete la sostanza?" la voce di quel bastardo di Adam lo deconcentra.

"Nel frigorifero," dice Veronica. "Diamo un'occhiata?"

"Siamo..."

"È assolutamente sicura."

Veronica apre la porta. Rao si avvicina e guarda. Bagnate dalla luce bianca e disposte sulle griglie metalliche ci sono una ventina di siringhe dentro a contenitori separati di simil-vetro.

"È quella?"

"Sì, signor Rao. È il Profeta."

Rao fa un altro passo verso il frigo, esita.

C'è impazienza nella voce di Veronica. "È sicura, come ho detto. Non usiamo più le fiale. Le siringhe sono preaspirate in fase di produzione e spedite qui in recipienti isolati a vuoto."

"Profeta," dice Rao, sentendo la parola accarezzargli la lingua.

"La chiamiamo così."

Vista da vicino, la sostanza nelle siringhe luccica.

"È un metallo?"

"No. È una sostanza molto particolare. I nostri fisici hanno cominciato a chiamarla supersolido. L'infusione è una sospensione colloidale. Zero virgola sei percento in volume. Ha questo aspetto perché possiede proprietà ottiche molto specifiche. Anche a questa concentrazione, diffonde luce in maniera straordinaria."

Rao sbatte le palpebre. Le siringhe sono là davanti ai suoi occhi. Eppure ha il presentimento sgradevole, insistente, che siano anche *altrove.* Peggio ancora, il presentimento sembra fondato. La discordanza stride in maniera orribile. Come carta vetrata nelle sue cavità nasali, un senso profondo di mal d'auto. È sollevato quando Veronica chiude la porta del frigorifero. Ma anche il debole riflesso del proprio volto sull'acciaio satinato sembra così: in qualche modo sia qui che altrove. Una repulsione improvvisa, e Rao si sposta velocemente dall'altra parte della stanza, vagamente consapevole che preferirebbe mettere un muro tra sé e la roba che c'è nel frigorifero. Si gira e guarda di nuovo nella sala d'osservazione. Ma non riesce a concentrarsi sugli interni, vede solo la superficie della finestra e, quando i suoi occhi incontrano la sua immagine riflessa, non può smettere di fissarla.

Altrove.

L'ultima volta che aveva fissato il suo viso in quel modo era nel bagno del suo albergo di Kabul. Ricorda che aveva camminato a lungo su e giù per la stanza, poi aveva rallentato. Aveva rallentato per guardare tutto quello che c'era là dentro, i posacenere pieni, i vestiti sul pavimento, il vetro della finestra, il fumo nel cielo di fuori, gli spazi tra tutte queste cose, in qualche modo più reali delle cose stesse, prima di entrare in bagno e fermarsi davanti allo specchio per imprimere il suo viso nella memoria, sapendo che di lì a poco non ci sarebbe più stata nessuna memoria. Quel senso di sollievo. Quei lunghi attimi di silenzio prima di tornare nella stanza e fare quello che doveva fare. Quella quiete. Non si aspettava di rivedere tutta la sua vita in un lampo davanti agli occhi. Ma quella calma l'aveva colto di sorpresa, come se i suoi occhi nello specchio lo stessero guardando da un altro luogo.

Un secondo volto si unisce al suo riflesso. Pallido, rasato. Gli ci vogliono alcuni secondi per capire che non è un'allucinazione. È Adam, fin troppo vicino, e sta guardando nella sala analisi come se cercasse di capire cosa ci veda esattamente Rao.

La mia morte, pensa Rao. *Che è stata colpa tua. Tutta colpa tua.*

Chiude gli occhi, sente Adam chiedere a che punto è il programma di analisi.

"Ultimamente è rallentato," ammette Montgomery. "Come può immaginare, il bacino dei volontari adatti non è molto ampio."

È allora che Rao parla. Tiene gli occhi chiusi e parla. Ogni sillaba è ardente, feroce. "Essere un pezzo di merda non interferisce con le analisi, vero? Perché in quel caso proporrei Adam. È un *grandissimo* fan dei programmi segreti di tossicologia dell'esercito."

Montgomery esita. "Non credo che possa candidare il suo collega di sua iniziativa."

"Non si preoccupi. Nessuno sentirà la sua mancanza."

Adam dice qualcosa in tono troppo basso per udirlo.

"No," dice Rao con calma, aprendo gli occhi. Si volta verso Adam, lo fissa. "Se hai qualcosa da dire, fammi la cortesia di dirlo ad alta voce."

Appena un sussurro. "Ti odio, Rao."

Che bambino di merda.

Rao guarda Veronica, alza gli occhi al cielo. "È una menzogna, ovviamente. È ossessionato da me."

Adam lo guarda con aria assente. Non dice una parola. Si volta e va verso la porta.

Bene. Tornatene alla macchina.

"Okay," dice Rao. "Veronica. Dov'eravamo rimasti? È il momento delle domande e risposte."

"Domande e risposte," ripete Veronica, fissando Rao con i suoi occhi grigi. Poi il suo sguardo scivola oltre. Sbarra gli occhi. C'è un suono sommesso, un respiro trattenuto, una lampadina che cade. Veronica tende le braccia, lo spinge. Rao guarda le mani sul suo petto. Lo spinge di nuovo, più forte. Oscillando all'indietro su un piede, lui fa per protestare quando nota il pavimento accanto alla porta. Scintillio di vetri rotti. Una giacca.

La giacca di Adam. La giacca di Adam è sul pavimento. E sopra di essa, Adam.

Adam con la testa china sull'avambraccio.

Adam con la manica arrotolata, un ago infilato nel braccio, e tutto si muove schifosamente piano ma la sua mano sta premendo lo stantuffo a una velocità spaventosa.

Sta dicendo qualcosa. Sta dicendo: "Troverò una risposta".

Non mi sta guardando, pensa Rao stupidamente.

Ancora prima che Adam tolga l'ago, Veronica gli ha messo le mani addosso, lo sta trascinando da dietro verso la sala analisi. Adam si arrende alla sua insistenza. Non una protesta, non una parola. Continua a non guardare Rao ed è questo, più di ogni altra cosa, a spronarlo. Prima che Veronica abbia portato Adam oltre la porta, Rao si è già intrufolato dentro.

"Non lei," dice Veronica severamente. "Esca." Rao la supera, sbatte la porta. "Idiota," sibila lei, scuotendo velocemente la testa come per sbarazzarsi della sua presenza.

Adam ha il braccio destro rovesciato sul fianco, la siringa ancora stretta nella mano. Le dita sono bianche. C'è del sangue sopra, una scia che gli gocciola lungo il polso destro. Ora sta guardando Rao, ha gli occhi sbarrati. Rao ha già visto degli occhi del genere nello specchio di una stanza d'albergo di Kabul, al tramonto, e per un secondo impossibile ha la certezza che sta guardando se stesso.

Tutto il peso del gesto di Adam gli cade addosso. *No. Oh, no.* In silenzio, vede Veronica strappare la siringa dalle dita di Adam. La vede alzare un polso, guardare l'orologio e andare velocemente dall'altra parte della stanza.

"Quanto tempo?" riesce a dire Rao, la voce strozzata.

"Arteria radiale? Secondi."

Adam sembra già in difficoltà. I suoi occhi hanno perso quelli di Rao. La pelle è umidiccia, pallida. Respira a fatica. Rao si avvicina, gli prende il viso tra le mani. Capelli che grattano contro le dita, cranio sotto la pelle.

"Adam, ti prego," sente dire la sua voce. "Forza. Riprenditi. Tutto quello che vuoi. Farò tutto quello che vuoi."

La bocca di Adam si muove, una sola volta. Appena un sussurro.

"Non..."

Capitolo 34

All'inizio Rao pensa che sia paura. È un odore denso, umido, pieno come quello del sangue, ma non è metallico e non è così pungente. Non è sangue. È inebriante come l'odore del sesso, ma non è nemmeno quello.

No. Sa cos'è. Sa esattamente cos'è, ma non dovrebbe essere qui. L'ha sentita in Rajasthan, in Uzbekistan, in ogni deserto in cui è stato dopo la pioggia, la fragranza che si alza dal suolo dopo che l'acqua cade sul terreno asciutto. Sta tenendo tra le mani il viso di Adam in una stanza che sa di petricore. E di fumo di legna, ora, che s'insinua, aumenta finché non c'è nient'altro che fumo dolce e caliginoso. All'improvviso, un cambiamento atmosferico: la stanza sbianca, illuminata come dal sole del mattino. Poi dei rumori in rapida successione. Un tintinnio simile al contaminuti di un forno lo fa sobbalzare dallo spavento. Un raschiare come di un grido, un *ronzio* distante che potrebbe essere il rumore di un jet, poi il tamburellare della pioggia battente, pane abbrustolito, poi di nuovo quella luce giallo limone e altro fumo di legna, e poi l'odore di una pistola che ha appena sparato e Rao sente un sapore di vodka nella bocca. Trementina, lubrificante per armi, qualcosa di aspro come succo di pompelmo, un frammento di quella che forse è una canzone dei Seekers trasmessa da una radio a transistor. È troppo veloce. Le sensazioni lo investono come strisce luminose in un tunnel autostradale a tutta velocità e sopra di esse, o sotto, c'è il ticchettio sempre più forte di un metronomo. Ancora pane bruciato. Pesantemente acre, quasi soffocante. Rao si fa forza contro la raffica crescente di informazioni sensoriali, gira la testa per seguire lo sguardo di Adam e vede che è fisso sulla parete in fondo alla stanza. C'è una chiazza luminosa che si muove languidamente come sole sull'acqua e i suoni adesso stanno rallentando e insieme a essi i mutamenti di luce, come uno zootropio che sta per fermarsi, la ruota sferragliante della roulette che finalmente si arresta, e la parete bianca non è più luminosa e scintillante, non è più nemmeno bianca perché è rivestita di pannelli di pino color miele, dorati nella luce della sera, e appeso là sopra, proprio ad altezza occhi, c'è un orologio che segna le

5.45 di pomeriggio.

Doveva uscire di casa alle sei. Ci vogliono quindici minuti per arrivare al semaforo all'incrocio, sua zia aveva deciso che si sarebbero incontrati in quel punto. Aveva detto che l'avrebbe aspettato là. Col motore acceso. Pronta. Non doveva far altro che uscire di casa senza destare sospetti. Quello, in teoria, era facile. Ma non era stato così facile. Ai suoi genitori non era mai importato dove andasse. Gli davano un orario di rientro e gli dicevano di non cacciarsi nei guai. Non facevano mai domande. Tutto questo era cambiato alcune settimane prima. Il motivo era ovvio.

Doveva uscire e basta. Schivare le domande. Controllare lo zaino. Aprire la porta. Andarsene. Sua mamma sarebbe stata di sopra, suo papà a lavorare. Sarebbero stati occupati. Facili da ignorare, facili da evitare.

Questa doveva essere la parte facile.

Non doveva stare seduto al tavolo della cucina a guardare suo papà davanti al bancone che imprecava per il tostapane rotto. Non doveva guardare l'orologio sulla parete aspettando un'occasione per uscire. Non doveva essere qui. Alle 5.45 di pomeriggio doveva ricontrollare lo zaino, aprire la porta. Andarsene.

Sua zia l'aspettava al semaforo.

"Credi di saper aggiustare 'sto coso?" chiede d'un tratto suo papà, scuotendo leggermente il tostapane. C'è del pane dentro. Odore di pane bruciato. Il fumo esce dalle fessure.

È sorpreso. Perché suo papà gli ha chiesto se sa aggiustare un tostapane?

"Non saprei come fare adesso, ma potrei trovare il modo," risponde più sinceramente che può cercando di non sembrare insolente. È come camminare sul filo del rasoio. "Se mi dai un po' di tempo."

In questo momento, in teoria, dovrebbe ricontrollare lo zaino.

In questo momento dovrebbe prepararsi a uscire.

"Sei un ragazzo intelligente," mormora suo papà.

Il pane non salta su. Scivola fuori dopo un debole *ding*. Croste nere, carbonizzate. Odore di bruciato nell'aria. Forte. Sono le 5.50 di pomeriggio.

Non sa se suo papà gli ha mai detto che è intelligente. Forse non ha importanza. Sa di essere intelligente. Solo, non crede che suo padre l'abbia mai detto a voce alta. Di sicuro lo ha fatto ora, alle 5.50 di pomeriggio. Non risponde perché non crede che sia una conversazione. Ma poi suo papà parla di nuovo, quindi forse lo è.

"Presto ti farai un sacco di domande sulla vita, sai," dice guardando in basso verso il tostapane. Tira fuori una fetta nera. Se la rigira in una mano. Non fa nulla. Non prende un coltello da passare sulla superficie. Non si mette a grattar via il bruciato. "Ti darai delle spiegazioni sulla vita, sul fatto di crescere. Su di me. Su tua mamma. Mentre sarai lontano da questa casa, ti diranno un sacco di cose. E ne scoprirai ancora di più per conto tuo. Sei intelligente."

Sta parlando di nuovo di quel campeggio. Ne parla sempre.

"È complicato, Adam," continua, sedendosi a tavola. Mette giù il pane bruciato. Non c'è il piatto. Lo appoggia sulla tovaglia in mezzo a loro. Nessuno dei due guarda l'altro. Guardano il pane. "E sarà più complicato col passare del tempo. È la vita. Questo non te lo dice nessuno, ma te lo sto dicendo io ora. Sarà sempre più complicato. L'unico modo per non soccombere nella vita è trovare un tuo modo di prenderla."

"E io non la prendo nel modo giusto," dice Adam.

Non è una domanda. Sa cosa intende suo papà. Lo capisce sempre.

È il tramonto. Una luce dorata investe la cucina in chiazze che gli scaldano la gamba nei punti dove la toccano. I suoi occhi si fermano sulla punta del tatuaggio dell'air force di suo papà, appena visibile sotto la manica della camicia marrone chiaro. Un tempo doveva essere nero. Ora l'inchiostro è azzurrognolo. Non ha mai capito bene cosa sia. Non l'ha mai visto tutto intero. Probabilmente è un uccello.

Non lo sa.

Alza gli occhi. C'è del pulviscolo nell'aria. Puntini luminosi che si muovono piano, come stelle.

L'orologio segna le 6.00.

Dovrebbe essere fuori casa. Non dovrebbe essere qui.

"Non la prendi ancora nel modo giusto. Tutto qua."

L'orologio scatta sulle 6.01.

*

Non deve, Adam *non* deve, *non può* toccare quello che c'è sulla parete. Rao non glielo permetterà. Lo prende con forza tra le braccia, punta i piedi sul pavimento. Fa un respiro profondo, stringe di più, si prepara a lottare. Sa che sarebbe inutile. Ha visto combattere Adam, sa che potrebbe ucciderlo senza il minimo sforzo, si aspetta di essere scaraventato a terra in meno di un secondo. Ma non c'è nessuna reazione. Nessun movimento. Sotto la camicia, i muscoli di Adam sono bloccati. È come stringere una statua. Senza vita. Inerte. Le uniche pulsazioni sono quelle di Rao, agitate, le sente in gola. I secondi scivolano, si trascinano, s'ispessiscono finché Rao avverte un fremito di folle, incerta speranza. Si rende conto che, a differenza di Ed, a differenza di Miller e dei poveri bastardi nella stanza accanto, Adam non viene attratto dall'oggetto che ha creato.

Allenta un po' la stretta. Niente. L'allenta ancora un po'. A Adam cedono le gambe. Sorreggendolo, Rao l'aiuta a scendere sul pavimento, dove si siede, paralizzato. S'inginocchia davanti a lui per bloccargli la visuale. Gli prende le mani. Gli parla. La voce bassa e insistente, quasi isterica. Parole senza senso. Parole che sono a malapena parole. Ma non importa. Sa che Adam non può sentirlo. Non può vederlo.

Le sue dita si contraggono, hanno uno strano spasmo, un crampo indolore. La pelle di Adam è improvvisamente *calda*. No. *Fredda*. Gelida. Qualcos'altro. *Qualcosa*...

Gira la mano sinistra di Adam. Vede qualcosa simile a sudore imperlargli il palmo. Sembrano goccioline di mercurio. Metalliche. Argentate. Grigio palladio. È difficile metterle a fuoco, come se non volessero farsi guardare, ma non riesce a staccare gli occhi. Sono come l'avvoltoio. Come la tavola calda. Come quella notte piccola, fredda. E mentre le fissa, la stanza, l'edificio, il mondo intero scivolano fluidamente, inesorabilmente dentro se stessi, contraendosi nella mano aperta di Adam, portando Rao con sé.

Senza riuscire a fermarsi, Rao mette delicatamente un dito sul palmo di Adam e fissa rapito le goccioline venirgli incontro, le minuscole perline unirsi in rivoletti che scorrono lungo le linee della pelle di Adam e sulla sua pelle. Guarda la sostanza impregnarlo come inchiostro in uno stoppino. Come un'azione capillare, come se la stesse attirando a sé. La sente entrare nel sangue. Rabbrividisce. Una sensazione strana, stranissima. Sì. *Sì*.

Prende le mani di Adam. Intreccia le dita. Preme insieme i palmi. Chiude forte gli occhi come Dorothy nel *Mago di Oz – nessun posto è bello come casa mia* – e assorbe ogni singolo atomo della sostanza dentro di sé.

Cazzo, pensa. *Cazzo.* Mai vista una roba simile. *Porca puttana.* È come essere ribaltati all'indietro sul pavimento. Non si muove. Spruzzi di fosfeni ribollono davanti ai suoi occhi oscurandogli la vista e sbatte le palpebre per farli sparire. Sta precipitando attraverso tutte le cose che siano mai esistite o esisteranno e ora si stanno increspando con cura dentro di lui in qualcosa di così bello e perfetto che non sa se avrà mai più bisogno di respirare. È...

Sente uno strattone. Attraverso gli occhi vede l'uomo a cui sta tenendo le mani piegarsi in due. Accasciarsi su se stesso. Sente tossire, un rantolo disperato in cerca d'aria. Per un istante la stanza è la sua cella di Pentonville, la sua camera d'albergo a Kabul, il suo appartamento di Clapham, la sua aula al college, la sua cameretta d'infanzia, quell'appartamento a Tashkent, tutto contemporaneamente, e sbatte le palpebre per scacciare quei fantasmi, guarda l'uomo che ora è accovacciato sui talloni davanti a lui, oscilla un po', trema violentemente. Quest'uomo è così...

È così...

Non gli viene in mente la parola. È una parola importante, cruciale. La cerca invano, scrutandogli il volto. È totalmente inespressivo. Gli occhi sono chiusi. Sta piangendo. Nessun singhiozzo, nessun rumore, solo acqua che gli scende lungo le guance.

Rao comincia a ricordare. Gira la testa verso la parete. L'orologio è ancora là, la luce sta ancora indorando le assi di legno di pino, splende sulla curva della scatola metallica.

"Ah," sente dire una donna affannosamente. "*Molto* interessante."

"Adam?" dice Rao, ma gli ci vogliono alcuni tentativi per ricordare il nome.

La bocca di Adam si apre, si muove, si richiude. Aggrotta la fronte, apre gli occhi, ci riprova. "Rao," sussurra. "Possiamo andare via?"

Rao si alza vacillando. In quell'istante la stanza si trasforma all'improvviso nel negativo di se stessa e s'inclina precipitosamente su un lato, ma riesce a riportarla a una simil-normalità mentre tira delicatamente Adam per le mani per farlo alzare dal pavimento. Ci vuole un po'. Rao si mette un braccio di Adam sulle spalle, afferra con forza il polso e va verso la porta. C'è una donna davanti. *Veronica*, ricorda. Il suo volto splende mentre parla.

"Dovete restare in osservazione. È un risultato altamente anomalo."

Rao scuote la testa, si sforza di mettere insieme una frase.

"Ce ne andiamo. Adam, tesoro, riesci a camminare?"

Un'altra stanza. Rao se la ricorda. Uno specchio. La giacca di Adam. Si china a raccoglierla mentre passano. Vetri rotti scricchiolano sotto i piedi. Suoni armonici, acuti, simili a voci. Un uomo si avvicina di corsa. Rao non se lo ricorda affatto. È agitato, ha i pugni stretti, gli occhi sbarrati. "State bene? Lui sta bene? Era un test?"

Rao lo ignora, si concentra su Adam, lo porta in corridoio.

Ci mettono un'infinità di tempo ad arrivare alla macchina. Rao lo appoggia alla portiera del passeggero, tira fuori le chiavi dalla tasca interna della giacca. Adagia Adam sul sedile, gli lega la cintura di sicurezza. È freddo, trema, ha la camicia madida di sudore.

Prende il Gps dal vano portaoggetti, infila il cavo nell'accendisigari. "Dov'è il motel, tesoro?" chiede. Ha paura di non ricordarsi il nome, di non ricordarsi dove si trova.

Adam lo guarda imbambolato.

"Il nostro albergo. Ci abbiamo lasciato i bagagli. Ti ricordi come si chiama?"

Un lungo silenzio, poi Adam accenna alcune parole. Sono quasi impercettibili ma una, pensa Rao, potrebbe essere "King". Sì. Picchia un dito sullo schermo del Gps, sussultando a ogni suono dei tasti. King's Inn. Si lascia cadere il Gps sul grembo e accende il motore. Esce sobbalzando dal parcheggio, s'infila nel traffico. Al primo incrocio lancia un'occhiata verso il sedile del passeggero. Il viso di Adam è rosso per il riflesso delle luci di stop. Un brutto grigio di sotto. Rao sussulta quando la faccia diventa verde, ha un altro moto di smarrimento. Stavolta più vasto. Più profondo, più feroce. L'auto dietro di loro suona il clacson con impazienza. *Per fortuna*, pensa mentre riparte, che ha una certa esperienza di guida in stato alterato. *Sei fortunato.*

"Porca puttana, tesoro," sospira. "Gli psicopatici la reggono bene 'sta roba. Perché tu no?"

Adam parla così piano che Rao riesce a malapena a sentire. "Passerà."

Capitolo 35

Brividi, sudore freddo, l'odore della cucina della sua infanzia, pane bruciato acre nelle sue narici, il caramello carbonizzato dei proiettili sparati, il fango denso del terrore e del disgusto di sé fresco e nuovo nel suo stomaco, e tutto gli si rimescola dentro. Non gl'importa. Non gl'interessa. Gli interessa troppo.

Stanno andando al motel. Rao sta parlando. Sta guidando. A Adam non interessa. È pericoloso interessarsi. Rao sta guidando, sta parlando e sembra sconvolto. *Compagno*, sta dicendo. Adam sa che c'è un significato dietro ciascuno dei nomignoli di Rao, dietro le sue parole affettuose. Sono pungenti come aghi, ognuna di esse è un'arma o una corazza. Ha sentito Rao dare del "compagno" a qualcuno solo quando è preoccupato per lui. Una corazza, allora. Molto più facile da sopportare del proiettile quotidiano, vellutato, di quando lo chiama "tesoro".

Rao gli fa una domanda. Sente lo scatto della propria bocca che si apre, quanta aria usa per rispondere. Dice che passerà. È assalito da una serie di brividi violenti e si chiede se stia per morire. Pensa di chiedere a Rao se sta morendo – ma a che scopo? Rao non saprebbe dirglielo. L'unica cosa che sanno entrambi per certo è che lui è un buco nero. Una bruciatura di sigaretta nell'arazzo di verità di Rao. Adam è la promessa di un'emicrania immotivata. Non ha senso chiedere. Non avrà mai una risposta.

L'auto si ferma. "Torno subito," dice Rao. "Resta qui." Dopo un po' il veicolo riprende a muoversi, Rao si morde il labbro e stringe il volante. Il posto dove parcheggiano ha delle finestre sul davanti. Una porta. Rao l'aiuta a scendere e cammina con lui. Non è difficile camminare. Adam potrebbe farlo anche senza sostegno. Non lo dice a Rao.

Ha imparato fin da piccolo i vantaggi del tenere la bocca chiusa, ma da come sua zia Sasha parlava di lui ha intuito che era sempre un po' silenzioso. "A crescere in mezzo a quel frastuono, piccolo, perdi la tua voce," gli aveva detto una volta. Solo una volta. Ricorda l'odore di fumo della sua sigaretta mentre lo diceva. Il modo in cui la luce del tramonto la investiva attraverso le tende, facendo sembrare tutto più vivido e spento allo stesso tempo. Ricorda le parole di sua zia e come l'avevano fatto sentire simile a una tazza scheggiata di un servizio da tè.

"Senti, lo so che non sei un chiacchierone, tesoro, ma questo è troppo," si lamenta Rao dall'angolo cottura. Adam lo guarda dal fondo del letto più vicino. Due letti a una piazza e mezzo, un grosso televisore, buona metratura, una scrivania. Esclusivo. Postazioni di sorveglianza. Un luogo di convalescenza. "Di solito mandi almeno un grugnito per farmi capire se mi stai ignorando o assecondando."

Non ha idea di cosa stia parlando.

"Il problema è che, se non dici niente, andrò avanti a parlare," continua. "Devo riempire il silenzio." Una pausa. Si acciglia. "Fanculo, Adam. È vero. Devo riempire il silenzio? Per forza? Cazzo. Non ero pronto a questa piccola perla di autoriflessione estemporanea."

Normalmente il monologo di Rao sarebbe divertente. Ma in questo motel è diverso. Qui non ha nulla di spassoso. Qui i modi di Rao gli squarciano il petto. Gli penetrano nel midollo. Adam riesce a respirare ma è come se non ci riuscisse. Gli fanno male le braccia per uno sforzo che non capisce.

"Per piacere," dice con voce stridula, portandosi lentamente una mano sul viso. Non si copre gli occhi. Non ci riesce. Deve smetterla di interessarsi. Non ce la fa.

Rao alza lo sguardo dal frigorifero, gli occhi spalancati. "Non pensavo che avrebbe funzionato," ammette. Lascia l'angolo cottura, prende una sedia dalla scrivania e la trascina sulla moquette vicino al letto di Adam. Si siede. Passa lo sguardo sui suoi lineamenti, lo studia. La cassa toracica di Adam sembra fragile, sul punto di spezzarsi da un momento all'altro. Non può chiedere a Rao se sta morendo. Non saprebbe rispondere. "Di cosa hai bisogno?" chiede Rao.

Adam muove la gola. Sa cosa vuole. Sa cosa può chiedere. "Ho bisogno che stai zitto," dice con calma. La sua voce. È come se l'avessero strangolato. Il gonfiore livido. L'irritazione e la secchezza di una gola in via di guarigione. Il dolore costante di piccoli sanguinamenti interni, minuscoli frammenti di vetro dentro le sue parole. Passerà. Ci vorrà un giorno. Forse due. "Per piacere, Rao, sta' zitto."

Rao ride. Ride e la risata copre il ticchettio di un orologio da qualche parte nella stanza. Adam non l'aveva notato prima. Di nuovo gli sembra di non riuscire a respirare. Ha bisogno che Rao rida ancora.

"Vaffanculo," dice Rao sorridendo, afferrandogli un ginocchio come se fossero amici. Forse lo sono ancora. Certe persone hanno solo bisogno di versare un po' di sangue insieme. Ma con quel vaffanculo sembra che Rao gli stia dicendo qualcos'altro. Adam non sa quali siano queste altre parole. Solo, non sono le parole che ora gli escono di bocca. "Allora stai bene?" aggiunge Rao.

"Sì," mente Adam. Si guarda attorno cercando l'orologio che non aveva notato. Lo trova sulla parete di fronte al letto su cui è seduto, a sinistra della testa di Rao. Si concentra sul quadrante. Non sa se sia una buona idea o una cattiva idea. Non gl'importa. Forse dovrebbe.

"Non mentire, Adam. È uno sporco trucco."

Adam fa una risatina triste. Fa male. Come se avesse il raffreddore. Sinusite, mal di gola: cugini, non fratelli. "Mi sa che sono ridotto proprio una merda, eh," gracchia.

Rao lo studia con attenzione. Parla cautamente. È forse la prima volta in tutti gli anni di lavoro insieme che Adam lo vede così gentile. "Diciamo solo che hai un aspetto orribile e morta lì."

Adam sbatte le palpebre.

"Cosa? Non voglio scendere nei dettagli. Sai dove sono stato e cosa ho visto. Immagina quanti confronti potrei fare, con tutti gli esseri umani devastati che ho incontrato. E non prendertela se ho deciso di essere cortese."

"Cortese," ripete Adam. Difficile da pronunciare. Gli taglia la gola. Una volta Rao gli ha raccontato di quelle cordicelle di aquilone fatte per tagliare le altre. Polvere di vetro. Adam sente un'affinità improvvisa con qualcosa che non ha mai visto.

"Eccezionalmente cortese. E fidati se ti dico che ora hai bisogno di bere qualcosa e mettere del cibo solido sotto i denti."

Adam sospira. Potrebbe opporsi. L'orologio ticchetta accanto alla testa di Rao. Potrebbe opporsi a tutto questo. Ma non riesce a capire se dovrebbe opporsi, se vuole opporsi o se tutto questo alla lunga avrà importanza. “Quindi sei tu il capo?”

“Non è un lavoro, Adam.”

“Tutto è un lavoro, Rao.”

“Ora sei debole, tesoro, quindi metterò da parte questa piccola insinuazione per godermela dopo.” Rao gli dà dei colpetti sul ginocchio e si alza, torna verso l’angolo cottura. Adam toglie gli occhi dall’orologio sulla parete e lo guarda. Rao è in piedi vicino al frigorifero e sta facendo una smorfia. “C’è un Safeway a un isolato di distanza. Potrei fare la spesa. Ma non sono un cuoco.”

“Ma davvero.”

“Prenderemo qualcosa da asporto.”

A tredici anni sapeva già cucinare bene. Gliel’aveva insegnato sua mamma. Gli aveva detto che non ha senso stare al mondo se non sai badare a te stesso. Gli aveva detto che non sarebbe diventato “uno di quei ragazzi”, un appellativo che Adam non avrebbe capito finché non si fosse ritrovato in caserma insieme a un sacco di “quei ragazzi”. Sua mamma sapeva cucinare, ma era anche una donna pratica. La maggior parte dei loro pasti in famiglia veniva da lattine o barattoli. Lo sapevano tutti che un sugo fatto in casa era più buono, ma chi ce l’aveva il tempo per dedicarsi a quel genere di cose? Sua mamma aggiungeva sempre diverse spezie ai sughi. Li personalizzava. Andava bene così. Adam pensa ancora che nessuno sappia cucinare una scatola di maccheroni pronti meglio di sua mamma. Non prendevano mai cibi d’asporto. “È da pigri,” diceva suo papà. E la pigrizia era la cosa peggiore del mondo. “E poi non sai chi prepara il cibo. Potrebbero metterci dentro di tutto.” Adam pensava che quello poteva succedere ovunque. Poteva farlo chiunque. Chiunque. Non l’aveva mai detto a sua mamma. Immaginava che lo sapesse già.

Guarda Rao mangiare la sua quarta fetta di pizza. Sembra impassibile. Bene. È Rao quello che ha esperienza di situazioni del genere, quindi Adam dà per scontato che, se Rao è calmo, le orribili sensazioni catastrofiche che prova siano solo nella sua testa. Forse la psicoterapia l’avrebbe aiutato a capire cosa fare con queste sensazioni. Ora non ha idea di come gestirle. Non aveva mai immaginato che le avrebbe provate. La psicoterapia non è una parolaccia per Adam, né un segno di debolezza. Ha conosciuto un sacco di gente nell'esercito che ne aveva bisogno, l'ha fatta e ne è uscita migliore. Ha conosciuto un sacco di gente che ne aveva altrettanto bisogno ma che non ha fatto nulla. Una volta che incontri questo genere di persone, le riconosci ovunque: quelle che pensano che farsi aiutare sia una debolezza.

Lui non si è mai fatto aiutare. Se l'è sfangata sempre da solo. Si è arrangiato. Ha tirato avanti. I superiori a volte venivano a controllare. Gli chiedevano se aveva bisogno di parlare con qualcuno. Non accettava mai le loro offerte. Non voleva buttare quel genere di dolore sulle spalle di nessun altro, specialmente se era così benintenzionato da offrirgli aiuto. E poi perché, sul serio, da che parte avrebbe cominciato?

Ecco, il Profeta sapeva esattamente da che parte avrebbe cominciato.

"È da un minuto buono che guardi male me e questo salamino piccante," osserva Rao. "Non hai più fame?"

Adam non ha per niente fame. "Ero soprappensiero," dice. "In realtà non guardavo te."

"Porca troia, Adam, sai sempre come far sentire importante una persona."

Rao sembra allegro. Ottimista. Quello che provi è normale, gli aveva detto prima. Voler morire, voler gridare, avere la sensazione di muoverti anche se sei fermo, pensare che non riuscirai mai più a respirare bene. È tutto normale.

Adam non si sente normale. Adam non si è mai sentito normale.

Guada Rao mettere giù la sua fetta mangiucchiata di pizza su un tovagliolo. L'olio cola e inzuppa la carta. Sbatte le palpebre per scacciare il ricordo del sangue che sgorgava su una mimetica sporca di sabbia.

"Eri soprappensiero su qualcosa di particolare?" dice Rao con attenzione.

Psicoterapia, pensa Adam senza dirlo a voce alta, e come avrebbe potuto aiutarlo adesso. Non in passato. È ancora convinto che allora sarebbe stato solo una seccatura per i tizi coi bloc-notes, ma adesso, dopo quel che è successo, pensa che gli piacerebbe almeno avere gli strumenti per sostenere una conversazione. "Meglio se dormo un po'," dice invece.

Non è una risposta, ma riceve un cenno di assenso. "Che letto vuoi? Per me è uguale," gli assicura Adam. "Voglio solo dormire."

"Allora dormi. Terrò la tv al minimo."

"Hai bisogno di tenerla accesa?"

"Lo sai."

Adam annuisce. Radio, televisione, voci di sconosciuti. Non importa in che lingua, non importa dove, Rao ha bisogno di rumore bianco per rilassarsi e dormire. A Adam non ha mai dato fastidio. È normale controsorveglianza. Ha trovato un mucchio di programmi radio per Rao durante le loro missioni. Gli è sempre piaciuto vedere come i suoi lineamenti si distendono dopo pochi minuti di chiacchiere di sottofondo. Come c'è sempre questa frazione di secondo, prima che guardi fuori dalla finestra o prenda un libro, in cui sembra davvero in pace.

Capitolo 36

Chiamare senza preavviso significa violare tacite regole, ma Steven deve sapere. Quando lo vede comparire sullo schermo, Veronica è sollevata di trovarlo nella sua casa del Maine. L'abitazione somiglia a una baita dell'Ottocento ma, come succede spesso con Steven, è solo apparenza: c'è una linea T1 sulla proprietà e un servizio di sicurezza sufficiente a respingere interi eserciti. Steven sarà nel Maine a studiare certe varietà di mele selvatiche locali, il che è un bene perché significa che sarà – per quanto può esserlo uno come lui – bendisposto alla conversazione. Si sposta sulla sedia, giocherella con lo stoppino della lampada a olio; la luce si affievolisce nella stanza rivestita di pannelli in legno. Non gli piace farsi vedere, nemmeno qui.

"Ci sono, uhm, progressi?" dice nel suo solito tono appena sussurrato.

"Oggi abbiamo avuto due ospiti, Steven. Non sapevo sarebbero venuti. Pare che Lane li abbia lasciati entrare: ha passato i loro nomi a Montgomery."

Una pausa, un sospiro. Fa scivolare sulla scrivania una matita da falegname non affilata, la sposta leggermente di lato. Una pausa più lunga.

"Lo sentirò," dice alla fine. Non sembra contento di parlarne. Non significa nulla. In tutti gli anni che Veronica lo conosce, non è mai sembrato che gli piacesse parlare d'altro che delle sue mele.

"Te ne sarei grata, Steven. Ne eri al corrente?"

Lui storce il naso. Un altro lungo silenzio. "Ho parlato con Zachary due giorni fa. Mi ha, uhm, informato. Rubenstein e Rao. Ha detto che forse sarebbero venuti alla sede di Aurora. Li ha reclutati Miller."

Veronica si acciglia. "Non mi è piaciuto."

"Cosa?"

"Come l'ha usata Lane."

Sembra perplesso. "Dal punto di vista morale?"

"No, Steven. Non vado matta per gli agenti inconsapevoli. Ma ripensandoci..." Strofina il pollice sulle unghie di una mano semichiusa, alza le spalle impercettibilmente. "A che punto sono in Inghilterra?"

"Il coroner ha dato un verdetto favorevole. Gli, uhm, gli oggetti sono stati rimossi dalla base e messi in un deposito di quarto livello, e Miller è altrove e al sicuro."

"E siamo sicuri che la sua esposizione sia stata accidentale?"

"Da quel che... be', sì. Lo è stata. Siamo anche in possesso della fiala. Quindi il progetto è concluso."

Lei annuisce, esasperata. Quel progetto secondario del PROFETA EOS *non è mai decollato. Era un piccolo regalo di Lane per Steven e, come la maggior parte dei piccoli regali di Lane, imbarazzante. Veronica trova molto fastidioso che la morte di Straat abbia avuto conseguenze così appassionanti.*

"Cosa sappiamo di Rubenstein e Rao?"

"Uno lavora per la Dia. Rubenstein. L'altro è, uhm, merce avariata. Ex MI6. Miller l'ha tirato fuori dal carcere. Pare abbia una specie di capacità paranormale di scoprire le menzogne. La Cia l'ha spremuto fino all'osso e lui ha cercato di ammazzarsi. È indiano, credo? Mi sa di sì. Quel nome."

"Rubenstein ha detto che sapeva riconoscere falsi e frodi."

Una risatina nasale. Veronica non ha mai sentito nessun'altra persona ridere come Steven. Un grugnito acuto, nessuna espressione di leggerezza sul viso. "Forse anche quelli, sì. Forse. Lane ci teneva molto a coinvolgerlo. Credeva che sarebbe stato utile alla fine, ma per me era poco probabile. Pare che sia un tipo, uhm, piuttosto instabile."

Veronica si gode l'ambiguità, non dice nulla.

"Che rapporto c'è tra Rao e l'agente della Dia?"

"Rubenstein è... una guardia del corpo? Non sappiamo molto sul suo conto. Lane ha detto che non era interessante."

Veronica si mette comoda sulla sedia e sorride. "Lo è."

Capitolo 37

Adam è appoggiato alla testata del letto e sta fissando la parete di fronte, l'improbabile carta da parati blu su blu con la stampa di oche e fiori. Sbatte piano le palpebre, fa dei respiri profondi, sembra non buttare mai fuori l'aria. Rao lo sta guardando da diverso tempo. Sa che Adam quasi non si accorge di lui, è poco più di un'ombra ai margini della sua visuale. Sembra effettivamente in uno stato dissociativo, come se la sua mente fosse entrata in modalità protettiva per allontanarlo da se stesso e dal mondo. Già. Be'. Rao sa bene cos'è la dissociazione. Conosce la sicurezza di quel distacco. Gli è capitato un'infinità di volte di guardarsi e avere la sensazione che il suo corpo non gli appartenesse. Ma sa che non è quello che sta succedendo qui. C'è qualcosa nello sguardo di Adam, nel modo in cui stringe il copriletto con la mano destra. Nel modo in cui la paura pervade la stanza come un odore di pioggia nell'aria.

No, Adam non è dissociato. Al contrario. Sta pensando e sentendo troppo. Nella sua testa c'è un crescendo di rumore bianco che corre in un loop terribile, urlante, silenzioso. Rao lo conosce. Non sa come, ma lo conosce.

Deve tirare fuori Adam da questa cosa.

"Adam."

Un altro battito di ciglia. Adam non lo guarda. "Sì, Rao."

"Possiamo parlare?" Rao si pente all'istante delle parole che ha usato. *Troppo forti, Sunil. Di solito sai fare molto meglio.*

Ad ogni modo, ora Adam lo guarda. I suoi occhi sono neri. "È una roba seria?"

"No, non troppo."

"Okay. Di cosa vuoi parlare?"

"Di qualsiasi cosa. Dimmi qualcosa di te che non sa nessuno."

"Sai già un sacco di cose di me che non sa nessuno," sospira Adam, riappoggiandosi contro la testata. È vero. Rao sa che è vero, ma non sembra. Sembra solo che Adam sia fatto così.

"Sì, be'. Allora diciamo che sono un avido bastardo. Dimmi qualcosa di nuovo."

"Non mi viene in mente niente."

"Non ci hai nemmeno provato."

"Rao, non è divertente come gioco."

"Non mi sto divertendo affatto! Non mi stai dicendo niente."

Adam chiude gli occhi, ma sta sorridendo. Un sorriso appena accennato, un sorriso che è a malapena un sorriso, ma non è un broncio. È già qualcosa. "Fammi una domanda e ti risponderò."

"D'accordo. Dammi un secondo," dice Rao, deciso a non sprecare quell'occasione. Come se fosse l'unica. Sì, ha delle domande da fargli. Delle domande sull'orologio alla parete, cosa significava. Sulla famiglia di Adam. Sul perché ha scelto questa carriera. Su cosa ci sia realmente tra lui e Hunter. Sul perché il Profeta non ha avuto l'effetto che pensavano. Vorrebbe *davvero* sapere perché Adam ha deciso di parlargli del suo legame con quegli stronzi della Cia. Ma vuole liberare Adam dal rumore bianco nella sua testa. E nessuna di queste domande lo farà.

Qualcosa di facile. Di leggero.

"Com'è stato il tuo primo bacio?" chiede con un mezzo sorriso. Facile. Leggero. Ma reale, e sa che è qualcosa di cui Adam non parlerebbe mai altrimenti. "Fammi indovinare. Era la tua fidanzatina delle superiori? Sì, ti ci vedo. Una roba molto americana. Le avrai baciato la guancia mentre dietro di voi sventolava una bandiera americana."

Adam aggrotta le sopracciglia. "Sbagliato. Prova ancora."

"Fanculo," ride Rao.

Adam apre gli occhi.

"Avanti, dimmelo," dice Rao.

C'è una pausa. Un respiro. Abbastanza lungo perché Rao si renda conto di quanto si sta divertendo. Comincia a temere che Adam abbia ragione, che questo gioco sia solo per lui.

"Tanto per cominciare mi sa che ero ancora alle scuole medie," dice Adam lentamente. Gentile, cauto. *Adam è così*, pensa Rao con improvvisa tenerezza. Gli ci vuole sempre un po' di tempo quando deve dire qualcosa che non sia una semplice constatazione o un rimprovero. "C'era un campo da baseball vicino a casa mia. Mio papà ci ha scoperto vicino alla recinzione."

"Com'era lei?"

Adam manda una risatina triste. "*Mark*. Io ero il più basso dei due. In realtà non ricordo bene. So che aveva gli occhi verdi. Ricordo che io tenevo gli occhi aperti. Sono stato il primo a veder arrivare mio papà. Cacchio, sai..." Una risata, sincera. Una improvvisa variazione di energia. "Mark se l'è fatta addosso. Eravamo terrorizzati."

"Aspetta."

"Sì, Rao."

"Non è, tipo, una ragazza col nome da ragazzo, vero?"

"No."

"Adam. Direi che dopo tutto quello che è successo dovresti essere sincero con me. Qui si tratta di ricostruire la fiducia."

Adam fa un sospiro profondo, butta fuori l'aria. Si riappoggia contro la testata. Rao non si era accorto che era venuto in avanti. Non se n'era accorto proprio. La risata si è spenta. Forse non c'è mai stata. "Non sto mentendo."

Questo richiede una certa riflessione. Adam poco più che adolescente, con un ragazzo poco più alto di lui. Occhi aperti durante il bacio, perché ovviamente Adam non può che baciare così. Sole basso, polvere nell'aria, asfalto ed erba secca. Rao se l'immagina in maniera così nitida che è come se fosse un ricordo suo. Sente una mano fantasma afferrargli il davanti della camicia. Scuote la testa. Non sembra affatto una menzogna. Non sembra niente di niente. Sembra solo Adam.

"Ma tu sei etero," insiste.

"Non l'ho mai detto."

Il trucco. La matita per gli occhi. Erano così vicini e Rao era stato *così sicuro.* "Quella volta non ci siamo baciati, ma ci è mancato poco, cazzo..."

"Stai insinuando," l'interrompe Adam, esasperato, "che devo essere etero perché non ti ho baciato?"

"Sì."

"Rao."

"Be'! Okay, magari non proprio quello." Solo *quello.* Esattamente quello. "Sei bisex?"

Adam ruota il collo, lo guarda inarcando un sopracciglio.

"Ovviamente va benissimo se lo sei," si affretta ad aggiungere Rao. "Direi che lo sono anch'io, ora che ci penso. Credo che in realtà mi vada bene tutto, se vogliamo..."

Adam lo interrompe di nuovo. "Perché sei ossessionato che io faccia sesso con le donne?"

"Cosa?"

"Perché sei fissato su questa cosa?"

"Non sono fissato su nessun aspetto della tua sessualità, Adam."

"Balle."

Non l'ho mai visto così, pensa Rao con un certo stupore prima di correggersi. L'ha già visto così e non gli è piaciuto affatto. Adam è così con Hunter: ride e impreca. Non solo incassa insulti verbali, ne dispensa anche. No, un attimo. Non è vero nemmeno questo. Perché ha visto così Adam prima ancora di sapere dell'esistenza di Hunter. Adam con le maniche arrotolate che stappava una bottiglia di vodka Tashkentvino. Adam stravaccato su un divano, che giocherellava con le carte.

"Se non mi sbaciucchio davanti a una bandiera, dormo con ogni soldatessa della base o mi sbatto anche solo le mie amiche, allora per te sono asessuato." Adam non sembra arrabbiato. Sembra stanco. "È uno dei tuoi argomenti preferiti."

"Ne parlo così tanto?" chiede Rao. È come se le sue parole fossero stranamente inutili. Come se tutto questo fosse in qualche modo inevitabile.

"Una volta mi hai detto che, se avessi un minimo di magnetismo animale, sarei anche un bell'uomo," dice Adam, poi ride come quando racconta di suo padre che lo aveva sorpreso vicino alla recinzione. Rao è di nuovo stupito. "E credo sia la cosa più carina che tu mi abbia mai detto."

"Porca puttana, Adam. Scusami."

Adam contorce il viso. "Non ce n'è bisogno. Avevi ragione. Hai sempre ragione."

"Sai quanto vorrei essere d'accordo con te su questo punto, tesoro." Rao alza il mento, si gratta il collo, vede la smorfia di Adam farsi più marcata. "Ma ho appena scoperto che il mio migliore amico super-eterosessuale in realtà non ha nessun interesse per le donne."

"Non sono il tuo migliore amico, Rao."

"Questo sta a me deciderlo, Adam."

Adam si acciglia. "Prendi una decisione migliore."

Rao fa schioccare le dita mentre pensa. Valuta le opzioni. Conclude che non gl'importa nulla della sicurezza o della stabilità. Probabilmente sono già andati oltre. "E se questo discorso fosse una roba seria?"

"Leggero non è."

"Già," ammette Rao. "Questo significa che ho tutto il diritto di sollevare l'intera… be', lo sai."

"Di rovinarti la vita," aggiunge Adam in tono piatto.

"Di rovinarmi la vita, già."

Rao guarda Adam ricomporsi, molto più lentamente del solito, per mostrare la sua maschera di fredda indifferenza. Eccolo là seduto come sempre: una bruciatura di sigaretta dimenticata nell'arazzo dell'universo. Nulla di tangibile a cui Rao possa aggrapparsi, nulla di nemmeno vero o falso. Una ruota che gira.

L'unica prova che Adam potrebbe sentire ancora quel rumore bianco nella sua testa, che potrebbe essere ancora scombussolato, è il tremore delle sue dita mentre gli prende il polso sinistro.

Non è solo quella storia dell'eterosessualità, si rende conto Rao con un sussulto improvviso come una risata. Ha sempre frainteso tutto di Adam.

"Okay. Parliamone," dice con calma. *Che professionista.*

*

Il lavoro in ufficio dopo il tempo passato sul campo gli dà l'orticaria. Soffitti bassi, luci al neon, cieli grigi di Washington D.C. all'esterno. Adam è bravo in queste cose. Ma gli sembra sempre di avere i ceppi ai piedi. E pensieri come questi non gli avevano dato tregua per tutto il giorno, mentre ridacchiava di nascosto e pensava a Rao che l'avrebbe chiamato primadonna. *Una noiosissima primadonna, ma uno mica si sceglie i colleghi con cui lavora.* Perché aveva in mente Rao. Sarebbe stato facile diventare patetici, dare la colpa a tutto il tempo a disposizione per lasciar vagare i pensieri adesso che non era sul campo, ma la verità era che di recente gli avevano chiesto di fornire un rapporto più dettagliato sulle loro operazioni in Asia centrale. Aveva rivangato tutti i suoi ricordi, li aveva spogliati di ogni sentimentalismo e cameratismo, confezionati per un altro paio d'occhi e poi consegnati.

Quindi ci stava che stesse pensando a Rao. C'era da aspettarselo, dopo che aveva rivissuto tutti quei momenti che non compaiono sui rapporti ufficiali. Gli scherzi e le serate tranquille. Le storie condivise. I chioschi dei mercati. Polvere, profumo da uomo e fumo di sigaretta. E Rao che si lamentava sempre di lenzuola ruvide, cuscini bitorzoluti e divani ammuffiti dai braccioli troppo duri.

Non fu sorpreso di ricevere la telefonata.

"Un approfondimento sul suo rapporto." Una voce maschile, la linea disturbata. Adam si chiese da dove chiamasse esattamente.

"Dovreste avere tutti i dettagli che vi servono," sospirò Adam come se avesse di meglio da fare. Cosa c'era in programma? Riunioni. Un incontro alle 17.00 con un capo militare, un generale a quattro stelle, un politico col vizio della coca e un diplomatico che si scopava la sua ragazza alla pari.

"Ci servono informazioni su Sunil Rao."

Adam si tirò su a sedere. "Cosa vi serve?"

"Al momento stiamo lavorando con lui e il suo comportamento ci sembra." Una pausa, durante la quale Adam sorrise cupamente a nulla in particolare. "Impegnativo."

"Sta facendo l'idiota."

"Già."

Adam annuì. "Risse?"

"Quasi ogni sera. Le punizioni non funzionano. Si è sfilato le manette. Beve, si fa pestare, crea scompiglio," continuò l'agente. Era già fuori copione, ma è questo il punto del saper scegliere le parole giuste da dire. "Mi sbarazzerei di lui, ma..."

Non ebbe bisogno di finire la frase. Adam capiva, e anche quell'agente nervoso. Rao è qualcos'altro, anche quando è una gran rottura di palle.

"Dategli quello che vuole," disse Adam. "Qualcosa con cui prendersela. L'avete ammanettato?"

"Per disperazione."

"Ovvio."

"Mi servono soluzioni, colonnello Rubenstein, non un rimprovero."

Fu difficile non mettersi a ridere. "Non ho istruzioni speciali da darle."

"Lei è l'unico che è riuscito a lavorare con lui senza prenderlo a pugni."

Un sorriso. "L'ho preso a pugni."

"Questo non c'è sul rapporto."

"No, non c'è," ammise Adam, chiedendosi quanti avessero incluso nei loro rapporti tutte le volte che Rao li aveva spinti a ricambiare. Avrebbe pensato di essere immune, come gli aveva detto Rao, ma non era vero. Non era immune fino a quel punto. "Credo di averle già dato il miglior consiglio che potessi darle."

"Non ammanettarlo."

"Non trattarlo come un carcerato," lo corresse Adam. "È una risorsa. Trattatelo come tale. Qualunque sia la situazione..."

"Top secret."

"Certamente. Ma qualunque sia la situazione, avete bisogno di lui. Le risse sono il suo modo di sfogarsi," spiegò. Non era difficile parlare di Rao. Non lo è mai stato. Difficile è far sì che la gente capisca. "Dategli un altro sfogo. Lasciatelo bere. Lasciatelo fumare. Lasciategli fare anche altro, se necessario. Incoraggiatelo. Ha una tolleranza più alta di quel che pensate e si riprenderà sempre, purché sia fatto con moderazione."

"Sta consigliando l'uso di stupefacenti."

Adam fece una pausa. Era così? Sì. Ma si tratta di Rao. "Se ci sono sostanze in giro, le troverà comunque. È nel vostro interesse avere in pugno la situazione se volete lavorare con lui senza grattacapi, agente."

"Littlewood."

"Mi scusi?"

"Agente Littlewood."

Povero bastardo. Non c'era da sorprendersi che avesse problemi con Rao. "Spero di esserle stato utile, agente Littlewood."

"Utilissimo."

La telefonata terminò con un clic e Adam rimase seduto un attimo, tamburellando le dita sulla scrivania e ripensando a quella volta che aveva tirato un pugno a Rao, troppo agli inizi della loro amicizia per rendersi conto che stava facendo esattamente ciò che Rao voleva da lui. Per sapere che Rao era una risorsa.

La risorsa.

Si alzò dalla scrivania, convinto per la prima volta da tempo di aver fatto qualcosa di buono.

Capitolo 38

Rao resta seduto in silenzio dopo che Adam racconta della telefonata. Poi, storcendo le labbra, gli chiede se vuole ordinare dell'altra pizza.

"Non ho fame."

"Neanch'io," ammette Rao. "Tanto facevano cagare."

"Hai mangiato cinque fette."

Rao fa un leggero sorriso.

"Perché non mi hai detto che erano degli stronzi e basta?" chiede con serietà. "Per come l'avevi messa prima, sembrava gli avessi detto solo di tenermi fermo e ficcarmi dentro un ago per controllarmi."

"In sostanza è quello che ho fatto," dice Adam. "Se avessi saputo di più sulla situazione, sarei stato più cauto." Sta scuotendo la testa. Non è convinto di quello che sta dicendo.

"Non ti si addice proprio."

"Cosa?"

"Il senso di colpa," Rao tira su col naso. Lo detesta. "Non ti ho mai visto così e non ti dona, tesoro."

Adam gli rivolge uno dei suoi sorrisi non-accigliati. "Come se fosse un cappello che mi sto provando."

"Già. Toglitelo, cazzo."

"Non è così facile, Rao."

"Dovrebbe."

Adam lo fissa con perplessità.

"Sono la parte lesa e ti sto espressamente perdonando," dice Rao. "Tanto basterebbe per spazzare via quel cappello di merda."

Adam mormora in tono inespressivo. "E se lo stessi indossando anche tu, quel merdoso cappello pieno di senso di colpa?"

Fanculo. Adam sa essere un gran rompicazzo anche quand'è

convalescente da assurde sostanze sperimentali. "Lascia stare il mio cappello."

Adam annuisce, piano e silenziosamente. Sta pensando. In fin dei conti stanno parlando di cose serie. Stanno vuotando il sacco. Quantomeno Adam. Rao sbatte le palpebre, rendendosi conto all'improvviso dello squilibrio di potere. Rendendosene conto e odiandolo.

"Non hai nulla di cui sentirti in colpa," dice Adam alla fine.

"Balle. Gli strizzacervelli non facevano che ripetermelo quando sono tornato. Non capivano che tutto in quelle stanze di Kabul era un'arma, Adam. Tutto. E io ero là," insiste. "Sono colpevole eccome."

"Sì, tutto questo è vero." Adam parla lentamente. Si guarda di nuovo le mani.

Rao segue lo sguardo di Adam. Ricorda quelle mani che puntavano una pistola contro la rotula di un uomo a Tashkent, una vita fa. L'uomo che aveva finito col dire a entrambi, la voce tesa dalla paura, che le cose in Afghanistan non sono come nei film.

Invece lo sono, pensa Rao. Lo sono *davvero.* Solo che il film è *Quei bravi ragazzi*, non *Salvate il soldato Ryan*.

Adam alza gli occhi. "Ma... per quanto mi riguarda, non credo tu abbia nulla di cui sentirti in colpa."

"Non è così facile." Rao rabbrividisce anche se ha caldo. Ora come ora non gli dispiace. Quel viaggio infernale. "Questo è colpa mia."

"Cosa?"

"Questo. Tu. Adesso, tu e ora."

"Non mi hai fatto fare nulla."

"Sì, ma..."

"Sta' zitto, Rao. Tu non mi hai fatto fare nulla."

Una dichiarazione enunciativa illeggibile. Ma Rao sa che è falso. Perché ha spinto Adam a entrare nella struttura, l'ha spinto con tutto se stesso. Voleva...

Non sa cosa voleva. Sa benissimo cosa voleva. Ma ha avuto qualcos'altro e l'ha avuto a spese di Adam. Rao si guarda una mano. La gira, studia le linee sul palmo. Ripensa alle perline di Profeta che uscivano dalla pelle di Adam e che scivolavano sulla sua. Il peso innaturale dietro i suoi occhi è sgradevole, è gradevolissimo. Brividi. Luci che compaiono quando batte le palpebre. Ha avuto qualcos'altro e ora non si può tornare indietro. Ma è Adam. Adam che si sta riprendendo. Adam che ora studia Rao piegandosi in avanti per attirare la sua attenzione, come se non ce l'avesse già, come se Rao non fosse più vigile e consapevole di quanto sia mai stato in vita sua. Tutto infuria nello stesso momento. Si sente come gli succedeva da piccolo, quando voleva fare mille cose al giorno e la stanchezza era una perdita di tempo. Come quando ha provato la coca per la prima volta. Solo quella prima volta. Come se avesse capito all'istante come fare tutto. Un'intuizione fugace e disorientante dopo un'ora, ma persistente. Rao si sente persistente. Tutto in lui sembra persistente.

"Che c'è, Adam?"

"Sembra che tu abbia altre domande da farmi."

Rao soffoca una risata. "Be', vista la grande novità sui tuoi anni dell'adolescenza, per non parlare della nuova versione della tua storia, in effetti avrei qualche altra domanda."

Adam lo guarda sbattendo le palpebre. Appoggia la schiena. Sembra deluso.

"Vuoi chiedermi della mia vita sentimentale?"

"Ora che mi hai messo la pulce nell'orecchio, sì."

"Non c'era nessuna pulce quando pensavi che fossi etero?"

"Né io né te vogliamo che risponda, Adam."

Uno degli occhi di Adam trema convulsamente. È proprio a pezzi. Esausto. Rao dovrebbe lasciarlo dormire. Ma non può finirla qua. Non ancora.

Adam ride, una risata bassa e stanca. "Ti odio davvero, Rao."

"Questo l'hai già detto."

Gliel'aveva sussurrato prima. Rao gliel'aveva tirato fuori di bocca. Umiliandolo.

"Già." Adam ha di nuovo gli occhi chiusi. La schiena contro la testata.

Fatti avanti, Sunil. "Dicevi sul serio?"

Adam apre gli occhi e incontra quelli di Rao. Ancora quel senso di pesantezza dietro il nervo oculare di Rao, come un'emicrania senza dolore. Pressione.

Adam scuote la testa. "No," dice senza voce, col solo movimento delle labbra.

Ha rovesciato il whiskey sul tavolo. Eccolo là, uno schizzo grande come la sua unghia del mignolo. Se non lo toglie corroderà la vernice e rovinerà il legno. Se non lo toglie evaporerà, si alzerà nell'aria e le molecole d'alcol sbatteranno qua e là contro il soffitto basso, sospese nel fumo di sigaretta. Rao si china a osservare il liquido più da vicino, sta per toccarlo con un dito quando scompare. Non per causa sua, si rende conto dopo un secondo o due di smarrimento. Il bancone è sprofondato nel buio. Un altro blackout. Grida e fischi dai tavoli attorno. Aspetta di vedere se questa volta partirà il generatore dell'albergo.

Parte. Rao sospira. Si accende un'altra sigaretta. Gli trema la mano. È il whiskey. Ma se non fosse il whiskey, sarebbe il bisogno di whiskey. Se in questo momento fosse sobrio gli toccherebbe ascoltare le voci qui dentro. Coglioni delle agenzie internazionali che si vantano delle zone di guerra in cui sono stati. Giornalisti che si scambiano fotografi e veicoli. Espatriati nervosi che si straniscono per qualsiasi cosa. Tutti sono i migliori amici di tutti. Tutti detestano tutti. Tutti mentono. Una carrellata di bugie e bugiardi. Facce che conosce, facce che vanno e vengono, vanno e tornano di nuovo. Facce che fissano telefonini, che organizzano passaggi in auto. Facce che il più delle volte, quando entra, lo accolgono con diffidenza, irritazione o con quel sorriso di circostanza che significa vai a farti fottere. Solito. *Quand'è diventato il solito?* pensa. *Quand'è che non era così?* Alza una mano per strofinarsi la fronte aggrottata, alleggerire la pressione tra gli occhi. Non passa. Sposta le dita in basso e si massaggia lo zigomo. Fa un po' male. Quella sensazione non nuova, come se la sua pelle non fosse più la sua. Poi si ricorda che domani succederà ed è una svolta sgradevole, come slittare sul ghiaccio, sentire il volante sfuggirgli dalle mani.

La cenere cade dappertutto quando spegne la sigaretta. La osserva sulle sue dita. Da quanto tempo è qui? Bella domanda. Alza gli occhi verso la fila di orologi con i diversi fusi orari sulla parete sopra il bancone ed è sorpreso di non trovarli. Li avrà fregati qualcuno, già. Perché qui spariscono cose in continuazione. Orologi, cervelli, portafogli, voglia di vivere. Gira il polso per guardare il suo orologio. Lo fissa per un po'. Il quadrante bastardo non vuole star fermo, così Rao legge i numeri a voce alta. Con sua sorpresa, scopre che non è nemmeno mezzanotte, anche se sembrano le quattro.

Poi lo afferra un senso di vuoto, pesante, umido e opprimente, che non se ne va, finché si fa strada una domanda, emerge faticosamente.

Cosa vuoi, Sunil?

Be'.

Vorrebbe crollare, perdere i sensi.

Ma c'è un problema. L'esperienza gli ha insegnato che il personale dell'albergo non ama molto i clienti svenuti sul pavimento. Non ama nemmeno le risse. Non è il loro ospite preferito. Quindi.

Dove stava… sì. Di sopra in camera sua, ma prima immagina di doverci arrivare. Non ha ben chiaro come farà.

Adam, pensa. O lo dice a voce alta. Una delle due cose, ad ogni modo. Perché all'improvviso avverte la presenza fisica di Adam. È strano, riflette dopo un po', che Adam non puzzi mai. Forse è per come vengono plasmati dal governo americano. Forse ci mettono dentro qualcosa come i conservanti delle merendine. Perché a volte Adam odora di caldo e pulito, come di bucato, e altre volte sa di vermut e coltelli. Soprattutto quando è arrabbiato o quand'è stanco. Anche radice di iris. Un sentore di olio per motori, ma forse non è olio per motori. Forse è C4.

Sta pensando ancora ad Adam.

Sarà perché è strafatto, eh? In occasioni simili gli è capitato di svenire e la mattina dopo riaprire gli occhi in un letto vero, con delle bottiglie d'acqua a portata di mano, e tutto per merito di Adam. Rubenstein semplifica le cose. Ma non è quello il punto. *Cazzo*, si rende conto Rao lentamente. *Mi sa che mi manca.* È una follia? Può sentire il sospiro stanco di Adam. *Sì, Rao*, dice. È una cazzutissima follia.

Con molta cautela si gira sulla sedia, si guarda attorno. No. Adam non c'è. È molto strano. Dovrebbe esserci. Non era qui un attimo fa?

Nella stanza si è fatto più buio. Forse il generatore sta perdendo colpi. No, è solo il fumo di sigaretta. Più scuro del solito, quasi nero. Lancia un'occhiata allo spazio vuoto sulla parete dove dovrebbero esserci gli orologi. C'è qualcosa di strano. La parete non è rosso vermiglio. È rivestita di pannelli di legno imbellettati da una chiazza di sole. E quando Rao torna a guardare la stanza, si è svuotata ed è completamente solo. Non c'è mai stato nessuno qui dentro. E allora capisce cos'è. È la morte, lo sa, e gli si apre dentro come una bocca, e Rao apre la sua per gridare…

Si sveglia. Sudato, bloccato, attorcigliato tra le lenzuola, un braccio incastrato dietro la schiena. Ma il sollievo di sapere che era solo un sogno crolla all'istante quando si rende conto che il grido che sente non viene dalla sua bocca. Viene da qualche altra parte. È ancora un sogno, pensa disperatamente, e gli si chiude la gola perché sa che non è così. Non riesce a muoversi. Non riesce a respirare. Ora non riuscirebbe a gridare nemmeno se lo volesse. Perché è Adam. È il grido di Adam. Adam sta gridando.

*

"Adam?"

A svegliarlo non è la lacerazione in gola, il suono delle sue stesse grida che gli muore nel petto. È Rao che lo scuote. Rao che lo chiama per nome. Adam alza gli occhi verso di lui, sbatte le palpebre.

Fa caldissimo qui dentro. Sta tremando. Anche Rao.

"Stai bene, tesoro?" Che domanda stupida. Adam chiude forte gli occhi. Deve metterci un sacco di tempo a rispondere perché sente un rubinetto aperto. Poi i piedi di Rao sulla moquette. "Ovvio che non stai bene. Ma voglio dire… tutto bene?" precisa malamente.

Adam apre un occhio e lo guarda. Rao gli sta porgendo un bicchiere d'acqua. Sembra scosso. Preoccupato. Di solito non lo dà a vedere così. Nel panico e con gli occhi sbarrati, appoggia il bicchiere sul comodino.

"Sto bene," mente Adam.

Rao gli si siede accanto sul letto. "È uno di quei 'sto bene' in cui non stai bene affatto?"

Un tempo non riuscire a leggere la verità nelle parole di Adam avrebbe mandato fuori di testa Rao. Ultimamente sta imparando a capirlo meglio. Adam rinuncia a mentire.

"Sì."

"Posso fare qualcosa?"

Sì. Potrebbe fare molto per aiutarlo. Potrebbe andarsene, ma Adam non crede che in realtà questo sarebbe d'aiuto. È l'istinto che glielo fa volere, una ferita profonda nelle sue viscere che reclama quiete e sicurezza. Rao non ha mai significato sicurezza per nessuno, nemmeno per se stesso. Ma se andasse via, Adam si sentirebbe peggio. E se rimane, allora Adam si sentirà…

Non importa.

"Non lo so," risponde. Evasivo. Un'altra menzogna.

"Spostati un po', allora."

Adam obbedisce, facendogli spazio sul letto. Rao si sdraia, si mette comodo. Si volta verso Adam. I lampioni di fuori. Tutto è blu e arancione. Rao non può vedere che faccia abbia nella semioscurità. Rao è rimasto, e sembra meglio così, ma a Adam fa male la pelle come per una contusione.

"Che incubo hai fatto?"

"Prima non dovresti chiedere se puoi chiedere?"

"Che razza di regola è?"

Adam tira su col naso. "Una regola per metterti i bastoni tra le ruote."

"Molto divertente. Non devi dirmi..."
"No, sto scherzando," sospira Adam. Sta cercando di distrarre Rao. Di reclamare quiete e sicurezza. Forse solo una delle due. "Mi crederesti se dicessi che non mi ricordo?"
"Non avrei altra scelta, tesoro. Dovrei crederti."
"Non è la prima volta che lo dici."
"Non è la prima volta che è così."
La voce di Rao è più profonda quando è serio. È diversa dal suo solito sarcasmo cadenzato, una parente alla lontana del tono pungente che accompagna i suoi insulti. Il sudore dell'incubo si sta raffreddando sulle reni di Adam e gli sta rendendo difficile capire se gli piaccia o meno la voce seria di Rao. Forse non la sopporta. Di sicuro l'ha colpito. Lo sa perché continua a ripetersi quello che ha detto Rao, a girarlo e rigirarlo nella sua mente.
Forse vuole solo fuggire da quella voce in loop nella sua testa. Forse non si ricorda i dettagli dell'incubo, ma sa di cosa si trattava.
Ci pensa un po'. Forse vuole solo che Rao lo sappia. Già. Tra tutti, Rao. Solo Rao.
"Credo che ti sarebbe piaciuta mia zia Sasha. O che le saresti piaciuto," comincia piano. È strano dire il suo nome a voce alta. Sembra che non lo faccia da anni. Forse è così. "È morta quand'ero ragazzino ma ho sempre pensato..."
Silenzio. Si ferma, sorpreso. È così, non è vero? Ha sempre pensato, saputo in qualche modo che Rao e Sasha si sarebbero piaciuti un sacco.
"Pensato cosa?" lo incalza Rao, picchiandogli dentro con una spalla. Si appoggia a lui, non si sposta. È una tattica. Rao usa la seduzione, mai l'intimidazione per avere quello che vuole. Ma è una tattica che a Adam non dispiace, ora come ora. L'accetterà.
"Dovevo andare a vivere con lei," dice. La domanda di Rao aleggia ancora nell'aria, ma non importa. Cosa importa, alla fine? "Avevamo questo grande piano di allontanarmi dalla casa di mio papà. Non dovevo far altro che uscire prima delle sei."
Adam tiene gli occhi aperti. Ogni volta che sbatte le palpebre, rivede l'orologio che il Profeta ha tirato fuori da lui. Tiene gli occhi aperti nella luce semi-blu e arancione.
"Mi aspettava a un incrocio vicino a casa, dovevo raggiungerla là. Saremmo stati fuori dallo stato prima ancora che mio papà si accorgesse che me n'ero andato. Non ho mai scoperto qual era la destinazione. La zia avrebbe guidato, oppure aveva dei biglietti aerei o qualcosa del genere. Io non dovevo pensare a nulla. Aveva programmato ogni cosa."

Ha gli occhi secchi, gli bruciano. Deve sbattere le palpebre. Non vorrebbe.

"Cos'è successo?" chiede Rao con calma. Eccolo di nuovo: il tono serio, quell'illusione di profondità nella sua voce.

"Puoi immaginare."

"Sì. Ma non credo sia quello il punto, giusto?"

"No." Adam sospira. "Mi ha aspettato a lungo. Non ha visto arrivare il camion. Il camionista non s'aspettava che fosse parcheggiata là. Il medico legale ha stabilito che erano da poco passate le sei."

Rao resta zitto per diverso tempo. Forse non così tanto. Il tempo non passa sempre allo stesso modo. Forse è un solo secondo dilatato all'infinito. Ampliato nei desideri silenziosi che Rao avrebbe potuto conoscere Sasha, nelle domande che Adam sente fremere sotto la pelle di Rao e in quell'altra cosa che non si può dire. "Ecco cosa ho visto. Quello che ho creato era il mio fallimento di uscire e andare a vivere con mia zia. Non un modellino aereo. Come probabilmente avrebbe dovuto essere. Non uno dei miei coltelli, come pensavi."

Rao deglutisce. Sbatte le palpebre nella penombra. Adam l'ha ridestato e si sente esausto, ma deve tener duro ancora un po'. Ha sempre voluto che Adam gli raccontasse di più.

"Be'," dice a bassa voce, inaspettatamente gentile. "Lo sai che sono un bastardo perverso. Mi sono sempre piaciuti i coltelli. Mi è sempre piaciuto quello che fanno, sai? Le persone sono molto sincere quando hanno in mano un coltello. Sono molto sincere quando hanno una lama davanti."

Adam si innervosisce. Non sta seguendo il ragionamento di Rao. "Stai parlando ancora di menzogne," conclude.

"Sto parlando di verità," replica Rao scuotendo la testa. "Hai creato un momento che è come un coltello."

"Oh." Sa cosa sta cercando di dirgli su di lui. "Avrà confermato certe teorie."

Rao sospira. È quasi un grugnito. Si sente stanco e frustrato. Si appoggia ancora di più a Adam, preme ancora di più. "Di *che* stai parlando?"

"Psicopatia."

"Ah. Quello era… Tu non lo sei, però."

"Non è detto."

Rao ride sommessamente. "No, tesoro. Quello sono io."

"Cosa?"

*

Fa caldo qui dentro. Si soffoca. Adam ha ricominciato a tremare. Lacrime ostinate gli luccicano sugli zigomi nella semioscurità cinematica e le ombre sotto i suoi occhi sono così scure che sembra truccato. Guarda Rao sbattendo le palpebre come se aspettasse una risposta. Il suo viso non è inespressivo. È disorientato, confuso. Rao non sopporta che lo sia. Gli fanno male gli occhi. Gli fanno male le cavità nasali. È come se fosse in jet lag. Come se fosse sfinito dai test della verità. Dalla compassione. Vorrebbe solo che Adam stesse bene. Quindi non risponde alla sua domanda. Non tiene conto della palese idiozia di quel che sta per fare. Lo fa e basta. Mette un braccio attorno a Adam e lo sposta delicatamente fino a fargli appoggiare la testa sul suo petto e, con sua sorpresa, Adam lo lascia fare. Inerzia assoluta, docile remissività. Rao sta tenendo fra le braccia il tenente colonnello Adam Rubenstein e il cuore gli martella nel petto. Sarà adrenalina. Può essere.

È solo che... non lo è. Non è affatto adrenalina. Adam è incredibilmente pesante, muscoloso. Rao sente dei bicipiti sodi sotto il palmo, lo sfregare debole della barba incolta di Adam contro la sua stupida maglietta con la bandiera inglese. È sconcertante. Merda. *Merda.* Doveva pensarci meglio. È passato un sacco di tempo dall'ultima volta che Rao ha sentito il peso di un corpo sul proprio, questa pelle compatta e madida di sudore. Fa un respiro profondo e soffoca un bisogno disperato, travolgente, un desiderio così forte che riesce a sentirne il sapore. Si ripete un po' istericamente che questo è *Adam in crisi alle 3 di notte* e non *sveltina in un motel parte seconda*, fa un altro respiro profondo, butta fuori l'aria tremando, si scosta con un certo imbarazzo e, dopo alcuni minuti di qualcosa di simile a terrore malcelato, il peggio è passato.

Più o meno. Rao è travolto da un'ondata di stanchezza così improvvisa e totale da accorgersi appena che Adam si è fatto più vicino, gli ha messo un braccio sul petto per stringersi ancora di più a lui. Se ne accorge appena perché Adam si sta addormentando, sta già dormendo, e se Adam sta dormendo allora può dormire anche lui.

Capitolo 39

"Non ne hai idea, eh?" si lascia sfuggire non appena Adam si sveglia. Rao è seduto da un po' sulla sedia accanto al letto, tamburella con impazienza le dita. Ha delle cose da dire. Delle cose che Adam deve sentire.

"Rao?"

"Senti, quello che è successo là dentro è incredibile. Veniva da un senso di perdita, ovviamente. Voglio dire, è quello che fa il Profeta. Ma non hai fatto apparire sicurezza. Hai fatto apparire qualcos'altro."

"Fallimento," propone Adam dopo un po', in tono piatto.

"No. Be', sì. Abbi pazienza."

Dovrebbe stare zitto. Adam è un rottame e si è appena svegliato. Ma non ci riesce. Perché Rao ha avuto una nottataccia. Non è solo la rivelazione che Adam sa essere affettuoso. La morte di sua zia e cosa ha significato, l'improvvisa inquietudine al pensiero che anche Adam è stato bambino, la sua sessualità, tutto il suo... Rao si fa cupo. Adam ha un cuore. Ha un *cazzo di cuore.* Che deve farsene di quest'informazione? Dovrà metterla da parte. Ecco cosa dovrà fare, perché la nottataccia di Rao è cominciata dopo che s'è addormentato. I sogni erano... non erano sogni. Non sa cos'erano. Ma sa cosa li ha causati. Può darsi che il Profeta dentro di lui non abbia voluto far comparire bamboline dudhia di legno o adorate camerette d'infanzia, ma è tutt'altro che inerte.

Quello che c'è dentro di lui è indaffarato. Sta facendo cose che Rao non sa descrivere o concettualizzare perché non sono state inventate parole adeguate. Il massimo a cui riesce a pensare sono i brividi elettrizzanti lungo la spina dorsale che l'hanno scosso ripetutamente durante la notte, svegliandolo ogni volta. Ciascuno portava con sé un'intuizione agghiacciante, come un segnale armonico, e ognuna era diversa dall'altra. La prima sembrava la rottura di una pila di lastre di vetro, un'altra era come se tutta la musica che fosse mai esistita si fosse ripiegata su se stessa in un unico suono. In un'altra ancora, il Profeta lo manovrava come un libro origami con cui aveva giocato una volta da Sotheby's, uno sbiadito Zhen Xian Bao. Ogni pagina era piena di caselle che si aprivano in minuscole scatole. Se le chiudevi tutte, potevi alzare contemporaneamente due caselle vicine e trasformarle in scatole diverse, più grandi. Oppure volendo potevi chiuderle tutte e trasformare un'intera pagina in una scatola. E poi? Chiudere quelle scatole, appiattire il libro, girarlo su un fianco e prendere gli angoli trasformando il libro in un'unica scatola vuota. Ecco com'era. Così, ma al contrario. Come se ogni centimetro esistente fosse ripiegato dentro se stesso innumerevoli volte, e le scatole dentro ciascun centimetro si moltiplicassero all'infinito.

Rabbrividisce di nuovo. Ha bisogno di parlare di quello che ha visto nella sala analisi. Ha bisogno che Adam sappia. Ne ha bisogno tanto quanto ha bisogno di respirare. Sa che quello che ha visto è vero. Non lo sa nel solito modo, il che è sconcertante. Sa che forse sarà impossibile spiegarlo a Adam. Le parole. Tutta la fiducia che la gente ha nelle parole, i mondi che le separano. La loro assurdità. Ma dovrà fare del suo meglio.

"Hai fatto apparire una scelta. Hai creato una scelta, Adam. È molto meglio delle cose che creano le altre persone."

Adam si tira su a sedere. Si massaggia una spalla. "Non era una scelta. Era un fallimento. Bello che fatto."

"No. Non lo è. Non è così che funziona. Le scelte non sono delle trappole, come le cose che creano le persone normali. Sono dei cardini. Il mondo ruota su di essi, sai?"

"Ruotava, forse."

Rao non ce la fa. Non riesce a spiegarsi. La frustrazione è così immensa che vorrebbe prendere a pugni qualcosa. Fa un respiro profondo. "Quello che hai fatto là dentro è importante."

"Se lo dici tu."

Ci riprova. "Ti senti di merda perché quello che è successo non ti ha chiuso in un finto loop, come gli altri, ma ti ha aperto. Ti ha aperto a..."

Adam alza una mano. "Ti credo sulla parola."

Adam ha bisogno che smetta. E va bene. Tanto non può andare molto oltre. "Faccio fatica a trovare le parole stamattina," ammette Rao e accenna un sorriso debole, come impastato. Sa che è da idioti. Far fatica a trovare le parole non è nello stesso ordine di difficoltà del crollo totale di Adam. Ma sta faticando davvero. Non è come appena dopo l'accaduto, quando aveva dimenticato così tante parole da chiedersi se il Profeta avesse attaccato i suoi centri cerebrali del linguaggio. In quel caso doveva essere una cosa temporanea, perché le parole sono tornate, sono tutte là a sua disposizione. Solo, sembra che nessuna di esse funzioni a dovere. Nessuna riesce a descrivere *quella cosa.*

Ora guarda Adam appoggiare i piedi sul pavimento. Scostare le lenzuola. Si sta alzando. Rao guarda i suoi avampiedi sulla moquette, la curva di ciascun dito, le ossa delle caviglie, la muscolatura di polpacci, ginocchia e cosce, ed è consapevole del funzionamento di tendini, sangue, linfa e di tutte le reti vascolari che riesce in qualche modo a vedere pur non essendo visibili. Conosce la temperatura sotto la pelle di Adam, sente l'aria nella stanza scostarsi per farlo passare. Per un istante è sorpreso che Adam sia vivo. Sembrerebbe impossibile.

Ma mentre lo guarda infilare un filtro nella macchina per il caffè, mettere del caffè sulla carta, riempire il serbatoio al rubinetto, succede qualcosa dentro di lui. Qualcosa di profondo e definitivo. Qualcosa che è simile a un cenno, a un *ah*, a un sospiro, simile alla sensazione di sedersi. Qualcosa che è qui, ed è lui, ma è anche altrove e non è affatto lui, e porta aggrovigliato dentro un ricordo. Un vecchissimo baniano a Ranthambore, un boschetto di alberi che erano tutti un unico albero, fasci di luce serale attraverso fitte colonne di radici. Radici che non erano affatto radici perché erano cresciute verso il basso dai rami sovrastanti, conficcandosi nel terreno e ispessendosi in tronchi. Rao è seduto nella camera d'albergo e si lascia attraversare dal ricordo.

Una volta fatto, c'è un grande senso di sollievo. Può ancora sentire uno di quegli uccelli della foresta lanciare il suo lento metronomo nell'aria immobile. Ma qualunque cosa fosse, è finita. Ogni sibilo e borbottio della caffettiera gli gorgoglia nel petto come una risata. Andrà tutto bene. Va tutto bene. La sedia ora è solo una sedia. La stanza è solo una stanza. Qualunque cosa gli abbia fatto il Profeta, è passato. È tutto a posto. E anche Adam sta bene. Sta preparando il caffè. Non parla, ma questo non è fottutamente normale per il tenente colonnello Rubenstein?

Tutto è tranquillo ora, fluido. Il caffè ha un profumo delizioso. Rao si alza, scosta le tende e guarda fuori dalla finestra. I suoi occhi si fermano su un logoro sacchetto di cibo d'asporto che sventola dai rami di un acero nel parcheggio. È incantato dal modo in cui il vento lo riempie e lo lascia cadere in continuazione. Sirene in lontananza. Il sole appena sorto dipinge strisce color rosa e oro nel cielo nuvoloso di Aurora. È splendido, cazzo.

"Rao."

In qualche modo, Adam si è vestito. È scalzo, senza cravatta, ma vestito. Gli sta porgendo una tazza di caffè. Rao la prende. Avrebbe dovuto pensarci lui, al caffè. Non sa perché non l'abbia fatto. È proprio un amico di merda. "Grazie, tesoro," dice. "Di fuori c'è una giornata bellissima."

Adam sembra vagamente divertito. "Buono a sapersi," dice e si risiede sul suo letto disfatto, prendendo dei sorsi stranamente delicati dalla tazza.

"Come te la passi?" chiede.

"Non farlo. Sto... molto meglio. Grazie, Rao."

"Nessun problema."

"No, voglio dire... la notte scorsa. Grazie che sei stato con me. E anche per dopo. Non so se avrei dormito molto se te ne fossi andato."

È così *serio*. "Hai mai avuto un gatto, Adam?"

"Eh?"

"Un gatto. Hai presente, no? Pelliccia, coda, buco del culo, artigli retrattili. Non ne hai mai avuto uno?"

"No."

"Nemmeno io, ma certa gente che conosco sì, e non riesco mai a spostarli quando mi si addormentano addosso."

"Non sono un gatto, Rao."

"Decisamente no. Ma non ti avrei spostato lo stesso dopo che ti sei addormentato. Senti, sto morendo di fame. Andiamo a far colazione? Te la senti?"

Adam ci pensa per due secondi buoni, poi annuisce.

Rao si alza, appoggia il caffè sul davanzale, raccoglie i suoi pantaloni chino dal pavimento, se li infila e tira su la cerniera, si mette le scarpe da ginnastica, prende la tazza e dà un'altra sorsata di caffè. "Vado fuori a fumare, torno subito."

Tazza alla mano, tira fuori un pacchetto morbido di sigarette dalla tasca, ne pesca una con le labbra, rinfila il pacchetto in tasca, toglie la catenella alla porta, mette una mano sulla maniglia e quello che succede dopo... è come la corsa dei tori di Pamplona, cazzo. La porta si spalanca, sbattendo contro Rao e rovesciandogli il caffè caldo sull'inguine e sulle cosce – un guaito di dolore – dopodiché nella stanza ci sono due uomini. È l'omone della reception che hanno visto l'altro giorno e un tipo ancora più grosso, coi capelli a spazzola e una mandibola simile a una di quelle incudini dei cartoni animati. Un'aria da testa di cuoio. Un vero super-duro. Il loro sguardo si ferma su Adam, ancora seduto sul letto col suo caffè, l'espressione assente come Rao non l'ha mai vista. Poi i due tipi guardano Rao come se fossero dei cacciatori di taglie e lui un evaso in fuga. A Rao scappa quasi da ridere nonostante lo shock, perché è quello che è. "Posso aiutarvi, signori?" chiede.

"Siamo qui per portarvi dalla dottoressa Rhodes," dice il tipo della reception.

"Non Montgomery?"

"Rhodes vuole parlare con voi," spiega l'uomo incudine.

"Ho capito," dice Rao. "Ma non è molto educato, ragazzi. Sono ancora seminudo e non abbiamo fatto colazione. Perché non ve ne andate un po' affanculo da Veronica e noi pensiamo se fare un salto più tardi?"

"Vuole vedervi ora."

"Sai che c'è? No."

"Venite con noi," dice l'uomo incudine. Rao avverte la tensione nella sua voce.

"No che non veniamo, cazzo," risponde Rao, sentendo l'allegria nella propria, di voce. È leggero come l'aria, svolazzante, l'adrenalina gli corre lungo la spina dorsale. Tanto che ridacchia quando l'uomo incudine si fa avanti, lo prende per un braccio e lo trascina verso la porta. E poi. Poi...

Rao ha visto Adam lottare. O *credeva* di averlo visto. C'era un tipo a Tashkent con cui Adam aveva fatto l'addestramento in passato – *no, non a Langley*, aveva sussurrato stancamente quando Rao gliel'aveva chiesto – e durante alcuni giorni di inattività questo tipo e Adam avevano deciso di andare ad allenarsi in un seminterrato sul retro dell'ambasciata statunitense, provvisto di materassini, imbottiture e sacchi da boxe. Rao si era divertito da matti. I retro delle ambasciate britanniche somigliavano più a biblioteche di club per gentiluomini, con copie vecchie di una settimana del "Daily Telegraph" e tappeti afghani rosicchiati dalle tarme. Rao li raggiunse là perché non aveva un cazzo d'altro da fare, pensando di disturbarli dalle linee laterali solo per rompere i coglioni a Adam, ma non andò così. Non andò così perché veder combattere Adam fu una rivelazione. La sua solita impassibilità aveva lasciato il posto a un essere di un'aggressiva fluidità e di una grazia spaventosa. Rao guardò l'intera sessione in un silenzio attonito, riuscendo a malapena a respirare, e una volta finito, quando Adam roteò il collo, tirò su col naso e avanzò lentamente verso di lui, Rao ridacchiò vedendo l'espressione sul suo volto. Sembrava *annoiato* a morte. Quindi sì, Rao credeva di aver visto combattere Adam. Ma in questo momento, in una camera d'albergo del Colorado, capisce di non averlo visto affatto.

Non è elegante. È brutale e succede incredibilmente in fretta. Adam butta del caffè bollente in faccia all'uomo incudine. Gli sferra una gomitata – Rao crede che sia un gomito – sulla nuca. Una volta atterrato, gli affonda un ginocchio dritto sull'inguine con tutto il peso che ha. Quello manda dei rumori terribili, fatica a respirare e *merda*, il tipo della reception ha appena messo una mano sulla spalla di Adam per tirarlo via ma è una mossa stupida, stupidissima, perché Adam si divincola, colpisce il tipo della reception alla gola, lo spinge contro la parete vicina, gli sbatte contro la testa due volte e poi all'improvviso tutto è immobile.

Relativamente immobile. Perché il tipo sul pavimento si sta contorcendo e il cuore di Rao gli sta martellando un ridicolo tatuaggio sul petto. Bene. Bene. Ha ancora in mano il suo caffè. Abbassa gli occhi sulla tazza. Le nocche stringono così forte il manico che forse non riuscirà mai più a lasciarlo. Bene. Okay. Chiude gli occhi. Che guaio. Il guaio è… Che guaio è? Fa un respiro profondo, apre gli occhi e guarda.

Okay, potrebbe richiudere gli occhi. Il tipo della reception è in punta di piedi, si sforza di respirare, la testa piegata all'indietro contro la parete. E c'è un motivo, perché Adam ha tirato fuori un coltello da chissà dove e l'ha conficcato pochi centimetri a sinistra del suo mento. La punta deve sfregargli contro la mandibola. Il sangue cola lungo la lama. Rao non riesce a vedere la faccia di Adam ma l'uomo ha gli occhi sbarrati, le narici dilatate come un cavallo terrorizzato.

Merda. Merda. Rao stava facendo il coglione solo perché gli andava di fare il coglione, perché fa sempre il coglione. È quello che fa. Ovvio che dovrebbero andare alla struttura. Ovvio che dovrebbero vedere quella psicopatica di Veronica Rhodes. Tutte le risposte di cui hanno bisogno sono là.

Fanculo.

L'uomo sul pavimento interrompe i suoi pensieri con una serie di suoni rauchi che somigliano a piccole parole. Rao guarda in basso. Ha il naso spaccato. Quand'è successo? Lo vede sputare sangue e riprovarci.

"*Fallo smettere*," gracchia.

"Cosa?"

"*Fallo smettere, fallo smettere.*"

È forse la cosa più ridicola che abbia mai sentito. Rao farfuglia. "Credi che sia io quello che comanda? Adam, tesoro," dice. "Glielo spieghi tu?"

Nessuna risposta. Rao fa un paio di passi per vedere la faccia di Adam. Raggela. *Cristo.* Tutte quelle volte che Rao gli ha detto che non sembrava umano. Tutte quelle battute stupide. Ma eccolo qui. Ecco. Quello non è un volto umano.

"Adam?" dice con cautela.

Adam gira leggermente la lama. Inspira. Espira. Sbatte le palpebre. Sposta la presa sul coltello. La sua espressione non cambia ma forse, pensa Rao, si sta sciogliendo, atomo dopo atomo, in qualcosa di un po' meno distante.

"Non comanda lui," dice Adam, come se avesse appena imparato a parlare.

"Visto?"

La mano di Adam sul coltello è bagnata di sangue. Gli ha inzuppato il polsino della camicia, si sta espandendo in chiazze orribili sul cotone della manica. Rao vede delle gocce formarsi all'altezza del gomito. Una cade sul pavimento. *Merda.* Deve provarci. "Se ti allontanassi un po', Adam?" propone.

Adam si acciglia, si volta verso Rao. Lo sguardo nei suoi occhi è quasi insopportabile. È come se implorasse qualcosa e Rao non ha idea di cosa sia. Annuisce.

"Se ti lascia vivere," dice Rao al tipo contro la parete, "ti levi dal cazzo, okay?"

Un suono strozzato di assenso. Adam indietreggia. Guardano entrambi il tipo scivolare sul pavimento, premersi le mani sulla mandibola. Tossisce in modo incontrollabile.

"Adam, tutto okay?"

"Sto bene."

"L'hai ferito da qualche altra parte?"

Uno sguardo assente in risposta. Rao si morde il labbro. "Allora senti, so che... sembra assurdo. Ma credo che dovremmo farlo."

"Cosa?"

"Andare alla struttura. So che non è l'ideale. Ma dobbiamo sentire cos'ha da dire Veronica." Sorride. Uno sforzo terribile. Lancia un'occhiata alla tazza che ha ancora in mano. "In più fanno un caffè buonissimo e potrebbero darci la colazione." Fa un cenno con la testa verso l'uomo sul pavimento e continua. "E i dottori, giusto? Non credo che dovremmo lasciare qui questi poveri stronzi e, non so te, ma non ho troppa voglia di chiamare un'ambulanza."

Ora tutti gli occhi nella stanza sono puntati su Adam. Vedono il suo cenno di assenso.

Rao appoggia la tazza di caffè sul tavolo, si massaggia le dita. "Ragazzi," dice quasi con tristezza. "Sarebbe stato più semplice se non foste entrati ad armi spiegate. Potevate chiedere con gentilezza e basta. Saremmo stati felici di andare da Veronica, invece avete voluto fare i cazzoni."

Capitolo 40

Il sorriso che gli rivolge Veronica quando Montgomery li accompagna nel suo laboratorio non è più un sole invernale. È affamato. Avido. La sua faccia è un po' arrossata, la frangia storta. Oggi ha un rossetto diverso. Più scuro. Gli occhi un po' sbarrati. È pazza, cazzo, pensa Rao senza scomporsi.

Veronica storce le labbra. "Cos'è successo nella sala analisi?" chiede.

Rao fa alcuni passi avanti, si gratta la barba, si passa le mani tra i capelli, fa una smorfia per quel suo aspetto da Elvis strafatto.

"Conosce mica un buon barbiere in città, Veronica?"

Lei lo fissa. "No."

"Avrà sicuramente le risorse per scoprirlo. Le spiace mandare degli altri gorilla per schiaffarne uno sul retro di un furgone e portarlo qui?"

Ora è tutto chiaro. "È perché vi ho mandato a chiamare? Sembrava una precauzione sensata, ora che so chi siete voi due."

"Davvero? Ben fatto. Complimenti. Veronica, i suoi uomini erano dei coglioni. Poteva chiamare al telefono dell'albergo e chiedere gentilmente."

"Ero impegnata."

"Già. Be', anch'io."

Silenzio. Il volto di Veronica è quello di una persona che non ha mai imparato a sorridere. *Eccola qua*, pensa Rao. *La vera Veronica Rhodes.* "Mi hanno detto che il suo collega ha avuto una reazione spropositata."

"Ma davvero."

"Dobbiamo preoccuparci per la sua propensione alla violenza?"

Sì, eccome. "Che cazzo me lo chiede a fare? Adam è qui." Veronica si porta una mano sulla frangia, se la liscia. Rao si avvicina. "Due parole in privato?" mormora. "Andrà tutto bene," aggiunge nello stesso momento, in risposta allo sguardo dubbioso di Adam.

Veronica accetta. Non aveva dubbi.

"Bene," continua quando sono entrambi in corridoio. "Parliamo. Che ci guadagno io da 'sta roba?"

"Abbiamo bisogno di capire cos'è successo esattamente nella sala analisi, signor Rao. Potrebbe aiutarci a trovare una cura."

"Già, potrebbe. Ma non è quello che ho chiesto. Sono diventato un bastardo cinico, Veronica. Il bene dell'umanità non è più la mia priorità."

"Possiamo concordare un compenso."

"Certo che possiamo concordare un compenso. Anzi, dovremmo proprio. Ma prima dobbiamo parlare di Adam."

"Cioè?"

"Se volete il mio aiuto, non rompetegli il cazzo, non fategli analisi, non toccatelo nemmeno con un dito. Non tiratelo dentro in questa cosa."

Veronica si è accigliata. "Ma lui..."

"Queste sono le condizioni. Prendere o lasciare."

Si acciglia ancora di più. "Non ha questo grande potere contrattuale, signor Rao."

Lui ridacchia. Non vorrebbe, ma *che diamine.* "Eccome se ce l'ho. So cos'è successo là dentro e avrete bisogno di me se volete saperne di più. Non è stato..." Cerca la parola giusta. Dopo un po' la trova. La raccoglie come carta bagnata dall'asfalto. "Passivo. Non è stata una cosa passiva."

Questo suscita il suo interesse. "In che senso passiva?"

Rao alza le sopracciglia e aspetta.

"Okay," dice lei alla fine. "Se lavorerà con noi, signor Rao, lo lasceremo in pace."

Sta mentendo, ovviamente. A Rao non importa. Per il momento gli basta ed è sicuro che, per quanto Adam possa sembrare assente, capirà se lo stanno lobotomizzando. Forse.

Quando tornano nel laboratorio, Montgomery e Adam se ne sono andati. Rao si gira verso Veronica, pronto a sbottare. Lei alza una mano curatissima per calmarlo. "È stato portato a fare un prelievo del sangue, signor Rao. Tutto qua. Non c'è motivo di preoccuparsi. Ci piacerebbe farlo anche a lei. Sembra che stiate bene, ma con la salute non si scherza, giusto?"

Se non fosse così stranamente in pensiero per Adam, Rao riderebbe di queste balle assurde, queste vuote rassicurazioni da maestrina di scuola elementare. "Dove si trova?"

"Il signor Rubenstein è in un ambulatorio lungo il corridoio principale. Mi occuperò io stessa del suo prelievo. Il dottor Montgomery, nella stanza accanto, si occuperà di lei."

*

Adam guarda la dottoressa Rhodes trovargli una vena e cominciare a estrarre il sangue con fare esperto. I dottori fanno sempre fatica a trovargli le vene, ma lei no. È la prima a parlare. Allegra e gradevole. Falsa. "La sua reazione al Profeta indica che non è uno psicopatico, signor Rubenstein." Sorride, alza gli occhi dal suo braccio. "Ma è tutt'altro che normale."

"Non mi dica," dice lui sottovoce.

"Non è sorpreso?"

"Di sapere che non sono uno psicopatico?"

"Signor Rubenstein." Nelle mani della dottoressa Rhodes, un complicato cambio di fiala sembra una cosa semplice e routinaria come sostituire un rotolo di carta igienica. Adam vorrebbe che quella donna gli piacesse come sembra piacere a Rao. "Le ho appena detto che lei non è normale. Non le dà fastidio? Non le interessa?"

"Colonnello."

"Scusi?"

"Tenente colonnello Rubenstein." È troppo stanco dopo gli eventi degli ultimi giorni per lasciar correre i piccoli giochi di potere di Rhodes. È troppo stanco dopo il motel, dopo il Profeta, dopo le ore piccole e tutte quelle verità con Rao.

"Come preferisce."

"Grazie. Dov'è Rao?"

"Sta facendo un prelievo anche lui."

Un altro cambio di fiala.

"Hmm," mormora evasivo. "Che altre analisi intende fare?"

"Cosa le fa pensare che voglia fare delle altre analisi?"

"Dottoressa Rhodes, mi sta togliendo un sacco di sangue."

"Non mi sembra una quantità esagerata, no?"

Si stanno scornando. Non è una questione di rango, né di autorità. Rhodes non sta cercando di intimidirlo. Vogliono entrambi la stessa cosa. A parte sapere dov'è Rao, a Adam interessa solo trovare il modo di avere più informazioni possibili. Il botta e risposta è una strada facile da seguire, ma è difficile arrivare in fondo con più informazioni rispetto all'altra persona. È comunque la strada che sceglie.

"Bene. Starò al gioco, per ora."

"Apprezzo il gesto."

Adam sospira, le dà quello che vuole. "In che senso non sono normale?"

"Ah, è *questo* il punto." La dottoressa Rhodes sorride di nuovo. Un sorriso sincero, ma che non cambia l'opinione che Adam ha di lei. "Sa cos'ha fatto dopo la sua esposizione al Profeta?"

"No, non lo so. Cosa?"

Lei scuote la testa. "Ha frainteso la domanda, colonnello. Cos'ha fatto? Cos'ha fatto apparire? Non ha reagito come le altre cavie."

Adam decide di chiudere momentaneamente un occhio sull'appellativo "cavia". Vuole tenerla buona – per quanto possa esserlo questa donna.

"Era... un episodio della mia vita."

"Un ricordo felice?" Ha tolto l'ago e gli sta applicando un batuffolo sulla ferita della puntura. Lui lo preme con l'indice, gli occhi fissi sull'arteria sopra il polso. Si sente sfinito e ha ancora i nervi a fior di pelle dopo lo scontro al motel. È agitato per il fatto di non sapere dove sia esattamente Rao o cosa gli stanno facendo. Una perdita di sangue, al momento, in queste condizioni, non lo aiuterà di certo. Rhodes si è fermata un attimo prima di metterlo k.o., ma Adam non ha nessuna intenzione di farglielo capire.

"No, dottoressa Rhodes," risponde. "Non era un ricordo felice."

"Questo la rende il primo soggetto che ha fatto apparire un oggetto legato a un'esperienza passata sgradevole."

"Lieto di essere utile."

"E non si sentiva attratto dal suo... episodio."

"No."

"Crede che potrebbe ripeterlo? Se venisse esposto di nuovo?"

"No."

"Non crede di poterlo ripetere?"

"No, non credo che succederà."

"Sta negando il consenso."

"Al momento."

"Molto bene. Ho altre domande..."

"Non credo di avere le risposte che vuole."

"Ma eviterò di fargliele ora."

Lei inclina la testa. Si aspetta dell'altro. Non l'avrà.

"La ringrazio per la pazienza, tenente colonnello Rubenstein," dice alla fine.

"La pazienza."

"Già."

*

Rao si massaggia l'interno del gomito con un pollice, fissa le provette contenenti il suo sangue sulla scrivania. *Scuro*, pensa stupidamente. *Così scuro. Il sangue è così scuro.*

"Dunque, queste le analizzeremo," dice Montgomery, prendendo una penna per compilare le etichette sulle fiale.

"Ma non mi dica," esclama Rao. È sorpreso dal sussulto che provocano le sue parole. "Mi scusi. Mi scusi, Monty. È stata una mattinata difficile. Perché mi ha dissanguato il braccio, esattamente?"

"Dobbiamo determinare se è stato contaminato nella sala analisi."

Eccome, pensa Rao. *Non sa quanto.*

Montgomery si ferma, la penna a mezz'aria. Rao lascia protrarre il silenzio. È un silenzio promettente.

"Sa, signor Rao, c'è stata una riunione dopo..." si schiarisce la gola, "dopo. Abbiamo esaminato il filmato più volte. Non è chiaro cosa sia successo là dentro."

"Veronica non ha fatto i salti di gioia, eh?"

Rao riceve in cambio un'occhiata nervosa, complice. *Tombola*, pensa. Ecco il punto. Monty ha una paura fottuta di lei.

"Ha... mostrato una certa frustrazione, sì."

"Porca troia, Monty," dice lui con serietà. "Non la invidio proprio. Veronica è terribile, eh?"

"È Kent."

"Cosa?"

"Kent Montgomery."

"Ah, okay. Kent. Allora, Kent. Aveva una teoria per quello che è successo, vero?"

"Sì. Le ho fatto notare che il suo profilo psicologico poteva aver influito negativamente sulla progettazione dell'esperimento. Non teneva conto del fatto che i legami emotivi, i vincoli relazionali potessero inibire l'azione del Profeta. Mi ha dato ragione." Sorride. Poi il sorriso si spegne. "Ha portato dei volontari. Non erano militari. Una coppia." La sua espressione si fa ancora più cupa. La voce si riduce quasi a un sussurro. "Detto tra noi, non credo ci sia stato un vero consenso informato. Li ha messi nella sala analisi insieme, ha somministrato la sostanza all'uomo. Quello ha fatto apparire una coperta arancione."

"È nel reparto?"

Montgomery annuisce. "Con la sua coperta."

"Dov'è la fidanzata?"

"È là anche lei."

"Al suo capezzale?"

"È sedata."

"In che senso sedata?"

Montgomery scuote tristemente la testa. "Non credo che la dottoressa Rhodes si fermerà a questi due. Le ho chiesto di darvi del tempo per riprendervi e si è detta favorevole. Ma sono contento che ora siate qui. Spero ci potrete aiutare."

"Aiutare come?"

"In questa fase prenderemo tutto il possibile," spiega Monty lentamente. "Ma non le dica che ne abbiamo parlato."

Capitolo 41

Rao guarda la porta della stanza dove l'ha portato Montgomery. Senza finestre. Soffocante. Sembra una cella. Forse è solo una sua sensazione. Forse è terribilmente ingiusto nei confronti di questa stanza. Un distributore automatico scatta e comincia a ronzare accanto a lui. Indispettito, Rao si ricorda che in teoria l'aspettava una terribile colazione da fast-food. Qualcosa di troppo grasso, unto e assolutamente perfetto per non lamentarsene a lungo con Adam. Perché sembrava che Adam stesse meglio quella mattina e il piano di Rao era stato di lagnarsi per qualcosa di banale finché il suo amico avesse riacquistato la sua solita impassibilità. Dopo tutto quel tempo nel motel insieme a un Adam genuinamente, irremovibilmente, orribilmente assente, Rao ha nostalgia di quella che aveva sempre preso per un'innata mancanza di sentimenti. Guarda la porta e pensa a delle minacce. Se non gli riporteranno Adam in fretta, allora... Cosa farà, esattamente? *Cerca di capirlo, Sunil*, si dice, mentre dei pensieri brucianti si affollano nel silenzio ronzante. Avrebbero preso degli schifosi pancake da McDonald's. McMuffin con uova. Non doveva andare così. Sembra tutto sbagliato. Aspetta, fissa la porta e si sforza in ogni modo di mangiare ogni singola merendina contenuta in quel distributore del cazzo.

*

Rhodes accompagna Adam in una stanzetta dove Rao è appollaiato su un tavolo e sta ciondolando le gambe con aria annoiata. Dice loro che tornerà presto. Adam si aspetta quasi di sentir chiudere a chiave la porta quando esce. Non succede. Non serve. Ci sono otto porte tra loro e il parcheggio, e probabilmente sono tutte videosorvegliate da una sala che non vedranno mai. Se Rao deciderà di tentare la fuga dovrà trovare un piano migliore che *darsela a gambe*.

Dopo che la porta si è chiusa, Rao smette di scalciare l'aria e comincia a schioccare le dita. "Di cos'hai parlato con Veronica?"

Un attimo di esitazione.

"Non ci ascolta nessuno," gli assicura Rao.

"La dottoressa Rhodes voleva parlare di quello che è successo l'ultima volta che siamo stati qui," dice accostando una sedia al tavolo. Si siede, guarda Rao, lo vede aggrottare la fronte, pensieroso.

"Non le hai detto nulla?"

"Non molto. Le ho raccontato che quello che è successo, quello che è comparso..."

"Quello che hai fatto apparire..."

"Era un episodio."

"Un episodio. Già. Be', mi sa che è la verità." C'è qualcosa nel modo in cui Rao lo dice, qualcosa di un po' *strano*. Adam apre la bocca, ma Rao non gli dà modo di chiedere nulla perché sta già rispondendo. "No, non riesco ancora a leggerti, stronzo paranoico che non sei altro."

Non è quello il punto. Non è mai stato un problema. Anzi, a volte Adam è contento che Rao non riesca a leggerlo. "Contento" è l'unica parola che gli viene in mente. Contento che Rao non possa semplicemente fargli un test della verità e metterlo a nudo come chiunque altro. Rao non si fa scrupoli a testare la gente, e a dire il vero neanche Adam. Non ne hanno mai parlato, ma è chiaro che la capacità di Rao di individuare le vulnerabilità di una persona, unita al suo talento straordinario, alla sua conoscenza della verità, fa di lui una delle risorse di intelligence più preziose al mondo. Lo spionaggio è una questione di fiducia, di tempo, di influenza e di tradimento, e l'esistenza di Rao spezza l'intero sistema. Sembra che non lo capisca nessuno. È una cosa che manda fuori di testa Adam. Dovrebbe essere evidente non appena capiscono cosa fa Rao.

"Rhodes sa di te?"

Rao non si scompone, non si ferma a testare la domanda. Significa che l'ha già fatto. "Sì. Ha avuto accesso a qualche documento o rapporto ufficiale. Di recente. Probabilmente uno dei tuoi."

Adam sbatte le palpebre. "Probabilmente," concorda, la voce tesa. Rao tira su col naso, evita di sferrare un altro colpo. Oggi si sente clemente. "Non mi fido di lei, Rao."

"E ci credo," ride Rao. "Veronica è fuori di testa. Ma è una tipa a posto."

"Hai appena detto che è fuori di testa."

"Chissà quanti direbbero lo stesso di me, tesoro. E, dopo questa mattina, credo lo direbbero anche di te."

Adam si mette comodo sulla sedia. Pensa alla dottoressa Rhodes, ai suoi sorrisi finti e alle sue menzogne di carta velina. "Ti piace," chiede. Non sembra una domanda, ma lo è.

"Un sacco."

Adam sa quanto adora i bugiardi. Una volta, mentre era ubriaco, Rao gli aveva detto di considerarsi un esperto di falsità. Aveva spiegato che non capisce sempre quando le persone mentono. Può solo dire se un'affermazione contiene delle verità oppure no. Ma con le domande giuste, di solito riesce a capire. Ed è lì, aveva detto con gusto, che sta la vera arte. Le uniche volte che i bugiardi lo irritano è quando decide che le loro menzogne sono stupide o confusionarie o formulate male.

Adam ha visto quanto Rhodes apprezza "l'arte". Ed è... be'. Rao sa apprezzare la bellezza e la dottoressa Rhodes è oggettivamente bella. In senso classico. Una bellezza da grande schermo che, lontano dai riflettori, in una realtà più soffusa e sbiadita, la fa sembrare un po' crudele. Mora. Occhi grigi. Tonalità di rossetto scelte con cura. Lei e Rao flirtano quando parlano e Adam si chiede se siano consapevoli dei termini delle loro interazioni. Probabile che semplicemente si divertano a stare al gioco.

"È perché è inglese?" chiede deviando il discorso.

"Mi prendi per il culo?"

"Ti prendo per il culo."

"Mi fa piacere il tuo buonumore dopo una mattinata così movimentata, Adam," osserva Rao aprendosi in un sorriso.

Adam abbassa lo sguardo, si gratta la chiazza marrone sul polsino sinistro. È difficile togliere il sangue dal cotone leggero. "Hmm," dice.

"Adam?"

"Sì, Rao."

"Da dove arrivava quel coltello?"

"Cintura."

"Sembrava comparso dal nulla."

"Mi sa che l'ha pensato anche il tipo che ti aveva afferrato," dice Adam. Le parole gli escono di bocca. La verità esce spontaneamente perché è stanco, soffre di anemia temporanea dopo il prelievo del sangue, o perché ora deve a Rao ogni verità che ha tenuto nascosta.

Rao lo guarda. Adam ricambia lo sguardo. Non pensa che Rao

sia spaventato o impaurito, anche se l'espressione sul suo volto indica entrambe le cose. *Ormai avrà capito*, pensa Adam. Se non l'ha già fatto, l'avrà senz'altro intuito dopo la scorsa notte, dopo le loro chiacchiere al buio, dopo che si è addormentato così velocemente quando Rao ha fatto quello che ha fatto. E se non è stato abbastanza, l'avrà capito adesso. *Per forza.*

Si guardano negli occhi. Nessuno dei due sussulta o allontana lo sguardo, ma per Adam è troppo. Prende fiato, si tira su, va al distributore automatico. Ha degli spiccioli in tasca e ha effettivamente mandato a monte ogni possibilità di colazione decente. "Cosa vuoi?"

Rao riflette a fondo sulla risposta. "Butterfinger."

Adam gli lancia la barretta di cioccolato e Rao la scarta, comincia a mangiarla con aria pensierosa. "Veronica e Monty," dice, prendendo un altro morso, "non sanno dei tipi che ci pedinano. Non li hanno mandati loro."

"Chi allora?"

"Qualcuno di interno. Già. È il Profeta. Questo progetto ha ramificazioni di cui non tutti sono al corrente."

"Conciso," commenta Adam in tono sommesso.

Rao lo ignora, s'infila in bocca quel che resta del Butterfinger, mastica e manda giù. "In più, Veronica non ha nessun legame con Elise."

"Elise?"

Rao fa un sorrisetto. "Una che conoscevo a Berlino. Due gocce d'acqua. Incredibile."

"Questo non è rilevante, Rao."

"Speravo di sì."

Adam sospira. "Miller?"

"È viva. Ancora in trance. Veronica sa cos'è successo a Polheath ma c'entra nulla. Monty non ne sa niente. Monty non sa quasi un cazzo di niente, se vuoi il mio parere."

"Miller..." comincia Adam, ma chiude la bocca quando la porta si apre ed entra Veronica.

"Colonnello," dice lei, guardando Rao. "Vorrei fare due parole con il suo collega. Può scusarci un attimo?"

Rao appallottola l'incarto del Butterfinger, lo butta sul tavolo. "C'è un posto dove Adam può fare colazione?"

"C'è una mensa. Al terzo piano. Sono sicura che Montgomery sarà felice di accompagnarlo. Lo chiamo subito."

"Rao, io..."

"Vai pure, Adam. Te lo devo."

Capitolo 42

Una volta che Adam e Montgomery sono usciti, Veronica si china sul tavolo, prende l'incarto di Rao e lo porta in fondo alla stanza. Lo butta in un cestino, guarda Rao, fa un gran sorriso. *Errore*, pensa Rao. Non reagisce bene quando lo trattano come un bambino a cui tirare le orecchie. Ma poi nota l'interesse professionale negli occhi di Veronica. Ha fatto quella mossa apposta per provocarlo. *Già*, pensa. È una in gamba.

Veronica si sposta dietro di lui dall'altra parte del tavolo. Un rumore stridulo come scosta una sedia. Rao resta immobile. Ripensandoci, decide di saltar giù dal suo trespolo e sedersi di fronte a lei.

"Mettiamo le carte in tavola, signor Rao," dice Veronica. "Montgomery ha paura che lei e il colonnello Rubenstein siate degli infiltrati."

"Infiltrati."

"Delle talpe. Al servizio di agenti esterni. È preoccupato."

"Mi sa che Monty si preoccupa per un sacco di cose," sospira Rao. "A chi starei passando informazioni?"

"Montgomery crede sia spionaggio aziendale."

"E lei?"

Veronica storce le labbra. "Direi che il destinatario più probabile sarebbero i servizi segreti britannici."

"Non lavoro per quei coglioni."

"E dovrei crederle sulla fiducia?"

"Io lo farei," dice Rao. Che cosa fastidiosa. Si appoggia allo schienale della sedia. "Senta. Siamo arrivati qui solo seguendo una pista. Stavamo cercando Flores. È l'amico di un'amica. Ma ora sono incline a rimanere."

"Davvero? Non capisco bene il perché."

Lui sbuffa. "Perché il Profeta mi affascina da paura, Veronica. Non riesco a smettere di pensarci."

"Quindi la sua è… curiosità intellettuale?"

"Se vogliamo metterla così."

"Meglio del carcere?"

"Anche così."

Lo osserva. "Ha un carattere piuttosto difficile, signor Rao."

"Con lei sono dolce come uno zuccherino, Veronica."

"Le sue perizie psichiatriche parlano di disturbo oppositivo provocatorio."

Stronzate, pensa Rao. I dottori hanno inventato il Dop per poterlo diagnosticare ai pazienti che li odiano. In più, non è abituato a incolpare gli altri dei suoi problemi. Quando le cose vanno storte, è sempre colpa di Rao. È solo un coglione specializzato nel mandare tutto in vacca quando vorrebbe solo *aiutare*.

"Ha quelle perizie, vero?" dice.

"Sì. Ho anche un verbale della polizia su un incidente al centro di recupero di Laburnum."

Rao chiude un attimo gli occhi. "Verbali di merda," sospira. Non che non si aspettasse che la Lunastus avesse le mani in pasta ovunque, ma è sgradevole vedere con quanta velocità si sono buttati sulla cosa.

"Mi dicono," continua lei, "che è un uomo capace di comportamenti violenti ingiustificati."

"Non era ingiustificato."

"Perché non mi racconta un po'?"

"Parla come uno di loro," dice Rao risentito.

Il Laburnum. La seduta di gruppo. Le pareti color pesca, il divano di velluto e il caminetto di marmo. Le sedie attorno al tappeto in mezzo alla stanza. Quel tappeto nero. Rotondo. Simile a un buco nel pavimento. Rao si sta fissando le scarpe da ginnastica ed è tutt'altro che sereno perché gli hanno tolto la sua trapunta di oppiacei e i ricordi di Kabul lo tengono insonne da giorni. Ricordi taglienti, continui, frammentati come strisce di pellicola che si susseguono in cicli assurdi e nauseanti. Non è la mancanza di eroina che lo sta uccidendo lentamente; sono i ricordi. È la mancanza di sonno. È il deodorante floreale per ambienti che gli chiude la gola. L'aria al finto profumo di orchidea.

Si concentra sull'uomo che ha seduto di fronte. Il colonnello Foster. Tocca a lui parlare. Camicia a quadretti dal collo aperto, bocca patrizia. Un paio di pantaloni di velluto rosso. Scarpe scozzesi. Capelli brizzolati con una frangia su un lato come se portasse ancora il basco. È qui per guida in stato di ebbrezza. Tiene le mani sulle ginocchia e guarda tutti negli occhi, uno dopo l'altro, mentre racconta di come ha cominciato a bere pesantemente dopo la prima morte alle caserme di addestramento che comandava.

Balle, stabilisce Rao. *Non ha cominciato allora.* È interessato, adesso. Ascolta con più attenzione. Foster è stranamente a suo agio in questo spazio terapeutico. È perché è cresciuto in una famiglia romano-cattolica timorata di Dio. È abituato alla confessione. Sa come si fa. Come darle l'effetto giusto: tutto quello che dice trasmette convinzione. Un lieve fremito nella voce qua e là. Un sussulto. Sta raccontando a tutti quant'era terribile per un comandante in capo che succedessero delle cose del genere sotto la sua supervisione. I pestaggi di gruppo, le torture alle nuove reclute. Ha le lacrime agli occhi e gli tremano le mani. La sua voce è un sussurro mentre dice al gruppo che non aveva idea di quel che stava succedendo. Che era all'oscuro dei soprusi. Che avrebbe dovuto sapere. Che quei suicidi erano inaccettabili e non si perdonerà mai...

No, pensa Rao con fermezza. Non erano tutti suicidi. *No.* Foster sapeva ogni cosa. Foster sta mentendo spudoratamente, cazzo. E all'improvviso Foster è tutti loro. Tutti i bastardi che impiccavano uomini nudi a Kabul e li lasciavano fradici nelle notti gelide, che li aggredivano, li umiliavano, gli pisciavano addosso, li sbattevano contro i muri, sbrindellavano e incenerivano le loro anime, e Rao non è più seduto, si è alzato e sta reagendo, ha tirato un cazzotto a Foster rovesciandogli la sedia all'indietro sul pavimento e gli ha sferrato due calci in faccia, il secondo più forte, sulle dita con cui Foster cercava di proteggersi, e lo sta facendo perché *deve.* Non solo per azzittire quello stronzo, ma per cancellare ogni menzogna che sia mai stata detta al mondo, per cancellare l'idea che possano succedere cose simili, e sente il dolore lancinante nelle dita dei piedi a ogni calcio e normalmente questo gli schiarirebbe le idee ma ora lo fa solo insistere di più, ci sono delle persone che stanno cercando di fermarlo e le spinge via e poi è addosso a Foster, lo prende a pugni ancora e ancora e c'è del sangue sulla camicia a quadretti e del sangue sulle sue nocche, e parte una sirena e Rao non sa bene se sia nella sua testa o nella stanza, e poi lo trascinano via e c'è un ago, e Rao ride quando lo sente e continua a ripetere grazie perché non ha mai perso i sensi con tanta semplice, disperata gratitudine.

Se ci ripensa gli fanno ancora male le nocche. Non perderà il controllo. *No.* Si strofina gli occhi, fa un respiro profondo e butta fuori l'aria più lentamente che può. "Non era ingiustificato," ripete. "Era un bugiardo di merda."

"L'ha quasi ammazzato," dice Veronica, sembra allegra. È confortante, pensa Rao, che le importi così poco. Come se stesse bilanciando il peso delle sue azioni su una specie di registro cosmico. Veronica storce le labbra, si china in avanti. "Deve sapere che sto pensando di includervi entrambi nel progetto."

"Come cavie?"

"Subcontraenti. Colleghi."

"Perché preferisce averci dalla sua parte che contro?"

"No. Non per quello," risponde lei, impassibile. "Signor Rao, mi è stato segnalato come potenziale risorsa per il nostro progetto prima ancora che mettesse piede qui dentro. Mi dicono che sa riconoscere i falsi. Sa identificare un Oggetto Generato dal Profeta, un Ogp, a prima vista?"

"Sì, ma immagino che questo lo sappia già. Continui. Carte in tavola, dottoressa Rhodes."

"Le mie fonti dicono anche che funziona come una macchina della verità umana, che ha un talento unico che potrebbe servire anche a noi." Apre le mani. "Quindi, signor Rao. Mi dica. Usando i suoi poteri speciali. Sono stata sincera con lei?"

Sì. È sincera. E non lo è. "Sì, Veronica. Ma sta omettendo un sacco di cose, vero? Il vostro interesse per noi è innanzitutto medico."

"Riuscirò a convincerla a lavorare con noi?"

"Dovrò parlarne con Adam."

Lei annuisce. "Se lo farà, si comporterà bene?"

Una risatina. "Davvero, Veronica? *Austin Powers*?"

"Rao, potremmo parlare seriamente?"

"D'accordo, d'accordo. Sentirò Adam. Sia gentile con noi e farò del mio meglio."

"È una promessa?"

"È il massimo che posso concederle."

La mattina dopo, mentre fissa la scritta TOP SECRET sulle pagine sparse sul tavolo della sala riunioni, Rao ha una piccola crisi silenziosa. Si aspettava che Adam leggesse minuziosamente quei caratteri piccoli, valutando ogni possibile conseguenza della loro partecipazione al progetto. Invece aveva semplicemente preso una penna e firmato tutto ciò che Montgomery gli aveva messo davanti. Rao non aveva mai pensato che Adam potesse essere sconsiderato. Ma poi c'era stato l'orologio. Quel tipo che aveva inchiodato al muro con un coltello. E adesso questo.

È ciò che voleva Adam, però. Che vuole. Rao gliel'aveva chiesto la sera prima fuori dal motel, tra cani che abbaiavano nervosamente e lampioni che si accendevano sfarfallando. Mentre lui era seduto a fumare sul muretto del parcheggio, Adam gli aveva detto che potevano partecipare al progetto.

"Possiamo in che senso?" aveva chiesto Rao con prudenza.

"Il capo di Miller vuole includerci nel programma."

Rao aveva sospirato. "Dovrebbero coinvolgere quegli stronzi di cui ha parlato Miller. Quelli paranormali."

"Gliene ho parlato. Mi hanno detto che non c'era nessuna garanzia che l'Ufficio casi soprannaturali non fosse già coinvolto e potesse metterci i bastoni tra le ruote. Dobbiamo restare nell'ombra il più a lungo possibile."

"Non sembri entusiasta di tutto questo, tesoro."

"Sono ordini, Rao."

Ecco qui. Ecco Adam. Eccoli qui entrambi. Sconsiderati da far paura. Eppure il caffè continua a essere fantastico. Se ne versa un'altra tazza. "Niente cioccolatini, ora che siamo stati ingaggiati come cavie?"

Montgomery lancia un'occhiata a Veronica. "Possiamo farvi arrivare i cioccolatini," dice. "E non siete delle cavie. Siete subcontraenti. I moduli parlano chiaro."

"Già. Dicono che non dovrei affatto avere accesso al progetto," continua Rao allegramente, contando sulle dita. "Ho preso droghe, bevuto troppo, sono stato arrestato e non sono un cittadino americano."

"Tecnicamente nessuno dei due dovrebbe aver accesso al progetto," replica Veronica. "Ma vi volevo con noi, quindi l'ho fatto. Andiamo avanti. Credo che Montgomery voglia esaminare alcuni dei nostri risultati e poi potremo discutere delle strade da percorrere in linea con le nostre esigenze."

"Quali esigenze?" dice Adam.

"Le nostre. Immagino vogliate sapere cos'è il Profeta e perché fa quello che fa. Lo vogliamo anche noi."

"Strade da percorrere?" chiede Rao.

"Procedure d'indagine."

"La vivisezione è fuori questione."

"Non ho mai vivisezionato nessuno," si affretta a rispondere Montgomery.

"Mi fa piacere sentirglielo dire."

"Okay. Quindi, vi darò qualche informazione in più sul mio background," comincia Montgomery in tono ufficiale. "Prima di questo ho lavorato con la dottoressa Rhodes a un altro progetto biomedico della Lunastus con sede a... ehm, con sede altrove. Prima ancora ero al Darpa come responsabile dei programmi."

Vero, pensa Rao, *ma noioso da morire*. "Kent, possiamo saltare il curriculum? Ci dica solo del Profeta."

"Okay, okay, certo. Cosa volete sapere?"

"Cosa succede dopo che è entrato in una persona e l'ha mandata a puttane?"

"Simil-torpore," dice Veronica. "Ridotta frequenza cardiaca, respiro periodico, soppressione del tasso metabolico. Una condizione simile all'ibernazione. Fisiologicamente affascinante."

"Si decompone col tempo?"

"Bella domanda, Rao," dice Montgomery. "No, non si decompone. Dopo l'esposizione i livelli nel flusso sanguigno restano costanti. Non si rilevano tracce di Profeta o altri potenziali metaboliti in sudore, urina, feci o respiro. Una volta somministrato, supera la barriera emato-encefalica, concentrandosi in aree del cervello associate al recupero dei ricordi e alla regolazione emotiva."

"Fate ecografie? Risonanze magnetiche?" chiede Adam.

"Sì," dice lui. "Ma possiamo esaminare solo soggetti con gli Ogp più piccoli. Non metallici."

Veronica interviene. "Le risonanze magnetiche funzionali non mostrano direttamente la presenza del Profeta; evidenziano l'attività neurologica che provoca. Per analisi strutturali più precise abbiamo fatto ricorso ai campioni istologici." Sorride a Adam. "In parole povere, abbiamo analizzato campioni di tessuto per capire dove si concentra il Profeta nel cervello."

"Quali tessuti?" chiede Adam.

"Il precedente responsabile scientifico ha dato un importante contributo personale alla nostra comprensione della sostanza. Autopsia. Gli siamo molto grati."

"Porca troia," sussurra Rao.

Veronica alza una mano. "Non succederà più. Non ora che abbiamo solidi protocolli post-infusione."

"E avete Kent."

Montgomery fa un timido, minuscolo cenno a Adam e Rao. Si schiarisce la gola dopo alcuni attimi di silenzio. "Passiamo ai risultati delle analisi. Rao, temo di doverla informare che ha il Profeta nel sangue."

Rao si sporge in avanti. Chiede la domanda che gli brucia dentro da un po'. La domanda che è rimasta incredibilmente senza risposta ogni volta che ha provato a testarla. "Perché allora non ho creato un oggetto a cui restare attaccato?"

Montgomery si sposta sulla sedia. "Be'..." comincia.

"Non sono uno psicopatico, Kent."

Un debole sorriso. "Gli individui con psicopatie mostrano uno schema particolare di attività neurologica dopo l'esposizione al Profeta. Potremmo farle una risonanza funzionale e..."

"E Adam?" l'interrompe Rao.

"Be'. Il signor... il tenente colonnello Rubenstein è un mistero. Si è autosomministrato una dose intera. Ma non c'è traccia del Profeta nel suo sangue."

"Uno scambio di provette?" chiede Adam.

"No," dice Veronica. "È stato tutto etichettato all'origine. Ma visti i risultati saranno necessarie altre analisi del sangue."

Rao geme. "Siete un mucchio di vampiri."

"Sono un dottore," protesta Montgomery.

"Anche Renfield lo era," ribatte Rao. Adam abbassa gli occhi sul tavolo e sorride. È da un po' che Rao non vede quel sorriso. Vuole vederlo ancora. "Non si metterà a mangiare mosche, vero?" mormora.

"Ottima fonte proteica."

"Porca troia, Adam. Okay, Kent, faccia la sua risonanza. Credo che debba darmi un'occhiata."

Capitolo 43

La voce di Rao parla dall'interfono. "Che strano."

"Come va, signor Rao?" chiede Rhodes. Adam la vede premere un tasto e cambiare l'immagine sullo schermo. Ancora il cervello di Rao. La scansione non è del tutto completa, ma Adam capisce cosa sta guardando. Il cranio di Rao. I suoi occhi. I punti in cui il cervello sfavilla. "Qui sembra tutto a posto."

"No, credo di star bene," conferma Rao. È nervoso dentro il macchinario, la sua voce trema come se fosse sul punto di ridere. "Volevo solo dire che è strano, cazzo."

"Per piacere non si muova," lo avvisa lei. Rao risponde con uno sbuffo al microfono e la linea torna silenziosa.

Adam decide che odia l'apparecchio per la risonanza. È sorprendente. In genere non ha problemi con i macchinari pesanti. Conosce i motori. Aerei. Automobili. Non capisce la gente che è intimidita dalla tecnologia, dalle cose costruite per svolgere un lavoro specifico e alla perfezione. È cresciuto in una base militare circondato dal rombare dei jet, dal rumore di clacson e sirene. Ma il macchinario in cui si trova non manda il genere di suoni a cui è abituato. Sono ronzii e tonalità alieni, che gli ricordano gli allarmi. In un angolo della sua mente, una voce tuona dagli altoparlanti della base. *Decollo immediato. Decollo immediato.*

"Vorrei portarla a vedere l'orologio, colonnello Rubenstein," mormora la dottoressa Rhodes, gli occhi fissi sullo schermo. "Il suo oggetto manifesto."

"So di che orologio parla, dottoressa Rhodes," dice. "Il motivo?"

Rhodes sorride tra sé. "Per vedere cosa succede."

Ci sono un milione di motivi per cui Adam non dovrebbe sfidare la sorte in quel modo. Uno di questi è l'espressione sul volto della dottoressa Rhodes. Adam guarda Rao dentro il tubo, sente i rumori alieni. Pensa a come Rao voleva semplicemente dire quant'è *strano* là dentro.

"D'accordo," risponde.

La dottoressa Rhodes gira la testa e lo guarda con attenzione. Si aspettava una certa resistenza. "Crede che ce la farà?"

"Lo scopriremo."

"Le avevo detto che ci sarebbero stati effetti collaterali," si lamenta Rao mentre la lastra scorre fuori dal tubo come una lingua da una bocca. "Mi sento uno schifo, cazzo."

"L'esame è totalmente sicuro," dice Rhodes. Ma una volta che Rao si è tirato su a sedere, gli prova il polso comunque. Alla vecchia maniera. Gli occhi fissi sul suo orologio mentre conta i battiti. "Sta bene."

"Uno schifo," ripete lui con ostilità. "Voglio sdraiarmi."

"Faccia pure, signor Rao. C'è un letto nella stanza accanto. Prenda tutto il tempo che le serve. Io e il colonnello Rubenstein scendiamo un attimo ai laboratori a ridare un'occhiata al suo Ogp."

"L'orologio?"

"Esatto."

Rao scuote la testa, fa una smorfia. Parla con gli occhi chiusi. "Adam."

"Rao."

"È una follia."

Adam è incline a dargli ragione, ma Rhodes parla prima che possa rispondere. "Anche quando l'oggetto si è manifestato, il colonnello Rubenstein non ha dato segno di voler interagire con esso. Sono sicura che rivederlo sarà un'esperienza priva di rischi."

Rao apre gli occhi e la guarda. Adam conosce quello sguardo. Rao è seccato di non riuscire a capire se quell'affermazione sia vera, dato che riguarda lui. Rhodes evidentemente non sa nulla di quell'ostacolo particolare.

"Vengo con voi," dice Rao alla fine.

"Credevo volessi sdraiarti," dice Adam.

"Sì, ma prima di scoprire che oggi avevi intenzione di far cazzate."

Adam mugugna. "Non per tutto il giorno."

Rao sorride, suo malgrado. "Fanculo, Adam."

*

Rhodes li accompagna nella sala analisi. Nonostante le impietose luci al neon sul soffitto, l'orologio splende come se fosse investito dal sole ardente di un tramonto nel Nevada. Le lancette sono ferme.

Lo guardano in silenzio. Adam non prova nulla. Si chiede perché. Il nulla che prova ora è complicato. La perdita di sua zia, il fallimento totale di quel giorno, il grande abisso del dolore – tutto è esattamente nello stesso posto dentro di lui. Forse ancora più intenso. La ferita si è riaperta. Forse. Ora ricorda l'accaduto con più lucidità. Dev'esserci qualcosa nel Profeta che cerca quella parte di te che desidera sicurezza e mette insieme tutti i pezzi. La tira fuori come un'esca plasmata da muscoli che non sapevi di possedere. Ecco cosa sono gli Ogp, in fin dei conti. Una specie di esca. Una luce che attira, una fuga. Una fuga che è una trappola.

Ma sta guardando l'orologio nella sala analisi, a filo di una sezione di muro decorata come la cucina di sua mamma, e non prova assolutamente niente.

Si gira verso Rao e Rhodes.

"Non ha desiderio di avvicinarsi?" chiede Rhodes. Adam scuote la testa. "Sente ripugnanza guardandolo?"

"Sono indifferente," le dice.

"Straordinario," mormora lei, facendosi avanti per controllargli le pupille. Adam detesta averla così vicino, ma un attimo dopo la dottoressa Rhodes lo oltrepassa e va a esaminare l'orologio per quella che sarà la cinquantesima volta. La guarda avvicinare la punta di una matita alla ticchettante, tremante lancetta dei secondi ormai bloccata. "Potrebbe toccarlo?"

Adam va alla parete. Quando alza il braccio destro, la mano è pallida sotto la luce al neon, anche se l'orologio e il muro rivestito di legno risplendono nel sole della sera. Adam non getta ombre.

Allunga una mano. Sente Rao tenere il fiato.

Il vetro è caldo, come lo erano le serate. Non prova niente. Abbassa la mano.

"Tutto bene?" chiede Rao.

"Sto bene."

"Eccezionale." Rao si preme un pollice sul naso. "Vado a sdraiarmi. Mi trovi di là."

"D'accordo."

Rao borbotta e poi esce. Non si volta. Adam guarda la porta chiudersi dietro di lui.

"Chissà se un'altra dose chiarirebbe la faccenda," riflette Veronica a voce alta.

Adam ci pensa. Si aspettavano tutti che sarebbe successo *qualcosa* quando è venuto qua sotto. Il fatto che non senta nulla è un risultato in sé, ma non è proprio avvincente. Buffo, considerato che l'orologio è un artefatto di ciò che è più avvincente in lui. Adam non è normale. L'orologio. Non sentire nulla. Essere una tempesta di neve nella cacofonia delle verità di Rao: tutto indica che Adam è anormale. *Anomalo*, direbbe la dottoressa Rhodes.

"Proviamoci," dice. "L'approccio scientifico sarebbe di ripetere l'esperimento, giusto?"

Le labbra di Rhodes hanno un fremito. "Forse più un approccio militare, ma non ho nulla in contrario. Endovenoso, come l'ultima volta. Procediamo?"

Adam si sta già arrotolando la manica della camicia, sollevato che Rao non sia là a cercare di dissuaderlo. Ma non è come l'ultima volta. Adam vuole vedere cosa c'è oltre.

Rhodes non intende perdere tempo. È una delle poche cose che Adam apprezza di lei. Aspetta che torni con la dose di Profeta, dando la schiena all'orologio e al tramonto del Nevada. Lei non dice più nulla, resta zitta mentre gli strofina la pelle e inietta la dose. Nemmeno il consueto *sentirà un pizzicotto*. Adam sa che non è per rispetto reciproco, è solo la disperazione con cui Rhodes spera di scoprire di più su una sostanza di cui sa poco o nulla, ma l'apprezza.

Una volta che la sostanza è nelle sue vene, lei estrae l'ago. Fa un passo indietro. Aspettano. Adam abbassa gli occhi sul punto dell'iniezione per vedere dov'è entrato l'ago. Gli ha fatto un male cane. Dovrebbe aver lasciato un segno. E *c'è* un segno, ma non è rosso. E non è un puntino. È nero. Sembra un neo. Pensa che sia frutto della sua fantasia, quando il neo comincia a crescere. Adam resta immobile, respira appena. Non è un neo. E non è nero. È grigio scuro, poi argento. È il Profeta e sta fuoriuscendo come se Adam fosse un bicchiere d'acqua troppo pieno. A ogni ticchettio del non-orologio alle sue spalle, la goccia raddoppia di dimensioni finché c'è una piccola pozza di Profeta nell'incavo del suo gomito. Alza lo sguardo verso Rhodes.

"È... insolito," dice lei con gli occhi sbarrati. È come se avesse appena visto qualcosa di bellissimo. Di singolare. È il tono che usano le persone quando parlano della prima volta che hanno visto una meraviglia della natura. Il Machu Picchu. Le cascate del Niagara. Adam Rubenstein con una pozza color argento sul braccio.

"Che roba è? Che sta succedendo?"

"Il Profeta non la vuole," sussurra lei.

Difficile non prenderla sul personale. "Che significa?"

"Non saprei." La voce di Rhodes è sbalordita. Adam non la sopporta. "Non si muova," aggiunge.

Rhodes si precipita fuori e fa ritorno con una capsula di Petri e un'altra siringa di Profeta. Argento, come se fosse solidificato. Adam sa che non lo è.

"Pieghi il braccio, per cortesia. Piano," dice Rhodes. Si concentrano entrambi sul compito di far gocciolare il Profeta dalla sua pelle sulla capsula. Non scivola come dovrebbe fare un liquido. Non s'impiglia ai peletti del braccio. Segue le linee impercettibili della sua pelle. Gocciola sulla capsula di Rhodes come se scorresse su del metallo liscio. Adam pensa a tutte le volte che Rao l'ha chiamato robot.

"Che intenzioni ha, dottoressa Rhodes?" chiede facendo un cenno verso la seconda dose di Profeta.

"Vorrei riprovarci," dice lei. Non cerca di nascondere il suo entusiasmo.

Adam ci pensa. Pensa a Rao col suo mal di testa, sdraiato in un'altra stanza. Pensa a com'era stato pronto, al loro arrivo, a dare a Rao le risposte che voleva, anche a costo di morire. A quanto aveva sperato che succedesse. Era stata una cosa stupida, ma solo perché aveva agito senza rete di protezione.

Rhodes sembra affamata. Non sa cosa sia la fame, pensa Adam.

"Parliamo delle analisi," dice.

Rhodes alza un sopracciglio. "Certamente."

"Fin dove volete spingervi?"

"Ovviamente dobbiamo restare entro parametri di sicurezza." Adam non ci casca. È una frase fatta. Non gl'importa quale sia il copione.

"E se non lo facessimo?"

Gli occhi grigi di Rhodes si fanno più scuri. "Posso chiederle il perché di questo interesse improvviso?"

"Mi chiedevo cosa dovrei chiedere in cambio per la collaborazione."

Un sorriso. "Cos'è che vuole?"

Anche Adam sorride. "Stavamo parlando di lei, dottoressa Rhodes."

"Per prima cosa voglio sapere perché il Profeta ha questo effetto su di lei. Poi, non c'è limite a quello che voglio sapere. Voglio sapere tutto. E ora, come d'abitudine in una trattativa, vorrei sentire cosa chiede in cambio."

"Quanto peso ha la Lunastus-Dainsleif?"

"Lei parla di influenza?" Adam annuisce. "Più di quanto lei possa immaginare, credo."

"Questa mi sembra una sbruffonata, dottoressa Rhodes."

"Già, vero?" È compiaciuta. "Non lo è."

Adam mugugna. "Se così fosse, allora sa già della fedina penale di Rao."

"Esatto."

"Voglio che venga ripulita."

"Tutto qua?"

Adam scuote la testa. C'è molto altro. "Lo assumerete. Come dipendente, non come collaboratore. Non m'importa se avrà davvero una mansione o no, Rhodes," le dice. "Non me ne frega un cazzo. Gli darete uno stipendio e sarà perfettamente in regola. Voglio che sia intoccabile."

"A che pro?"

"Stabilità."

"Per uno solo di voi?"

"Ha detto che non c'è limite a quello che vuole sapere. Non significa quindi che non c'è limite alle analisi che vuole eseguire? Al di là dei parametri di sicurezza."

"È disposto a impegnarsi in questa linea d'azione per..."

"Sì," la interrompe Adam, consapevole tutt'a un tratto che Rao potrebbe venirli a cercare da un momento all'altro. "Se avrò conferma, oltre ogni dubbio, che si provvederà a tutto questo. Voglio essere sicuro che la cosa andrà avanti."

"Certamente."

Adam inclina la testa. "Allora abbiamo il principio di un accordo."

"Pare di sì," conviene Rhodes. "Sarebbe disposto a ricevere un'altra dose?"

"Lo rifarò," annuisce Adam.

"Ora?"

"No. Dopo che avrà messo per iscritto ciò di cui abbiamo appena parlato."

"Perché funzioni, può darsi che dovremo riclassificarla come nuovo assunto. Nel settore ricerca."

"Non m'importa cosa dovrà fare," dice lui con sincerità.

"Apprezzo la sua franchezza, colonnello."

"Bene. Dottoressa Rhodes?"

"Altre richieste?"

"Non c'è bisogno che Rao ne sia informato subito."

“Non vuole che lo sappia?”

“Lo scoprirà, prima o poi,” dice lui. Non c’è motivo di mentire. Non le dice la verità, ovvero che vuole controllare come e quando Rao lo verrà a sapere. Che dovrà essere lui a comunicargli i termini dell’accordo. Non Rhodes. Non Montgomery. Non uno dei loro leccapiedi della Lunastus. Solo lui. “Non è necessario che gli vengano comunicati direttamente questi dettagli prima che tutto sia completato.”

“Ah. Credo di capire.”

“Io non credo, dottoressa Rhodes, ma credo che farà come le ho chiesto.”

“Non le manca certo la fiducia.”

Non c’è un motivo particolare per cui quest’affermazione gli fa perdere la pazienza. Forse è solo che questa donna non gli piace. Ogni suo commento compiaciuto è come carta vetrata sulla sua pelle. Ma di nuovo, Adam si sente più vicino che mai a sbottare dopo quella prima dose e dopo l’orologio, dopo tutto ciò che è stato detto e non detto al motel.

Comunque. Adam le dice di nuovo la verità. Non importa se non le piace.

“Sono un soggetto nel pieno delle mie facoltà e con libero accesso a un’arma. Potrei farmi saltare le cervella e mandare all’aria le sue possibilità di ottenere quel che vuole. Ogni situazione in cui c’è di mezzo un ostaggio comincia e finisce con la fiducia.”

Rhodes resta zitta un secondo. Due secondi. Alla fine apre bocca. “Spero proprio che andremo d’accordo, colonnello Rubenstein.”

“Se la caverà, dottoressa Rhodes.”

Capitolo 44

Rao si lamenta così tanto per il mal di testa e la nausea che Rhodes li lascia tornare al motel per il resto della giornata. "Uno schifo, cazzo," ripete Rao in macchina. Adam sorride a denti stretti guardando la strada ma non risponde. Non è facile. Prova una strana stretta allo stomaco e ogni volta che guarda Rao, anche di sfuggita, la stretta si fa più forte. È come quando ha visto Rao per la prima volta a Polheath, come quando ha scoperto dell'eroina, di Kabul. È come se avesse appena unito i puntini tra ciò che ha detto di Rao quella volta e ciò che gli è successo. Senso di colpa.

Sulla soglia della loro stanza, Adam non sta tanto armeggiando con le chiavi quanto esitando. Non ha voglia di stare in uno spazio chiuso con Rao. Sembra una trappola. Difficile dire chi sia la vittima.

"Rao."

"Adam." Rao appare esausto. S'è appoggiato al muro accanto alla porta e ha gli occhi chiusi, la testa girata verso la voce di Adam. "Cos'è quel tono?"

"Che tono?"

"Il modo in cui hai appena detto il mio nome. Significa che c'è un problema," sospira Rao, stringendo ancora di più gli occhi. "È un problema esterno o interno?"

Adam mormora. "Potresti spiegarmi che vuol dire 'esterno' piuttosto che 'interno' in questo contesto?"

Rao apre gli occhi, indispettito. "'Esterno' come se fossimo presi di mira dai cecchini."

È buffo, ma Adam non ride. "Non c'è nessun cecchino, Rao."

"Splendida notizia," dice Rao in tono piatto. "In tal caso, il problema interno potrebbe aspettare un attimo? Questo mal di testa è un mostro che avrebbe bisogno di droghe per lasciarmi un po' in pace, e ho la sensazione che non ce ne siano qui attorno..." Fa una pausa, sembra stranamente fiducioso. Adam scuote la testa. "Bene. Allora mi sdraierò un attimo. Puoi aspettare?"

Adam ci pensa. Può aspettare, ma non ne ha voglia. Vuota il sacco. "Io e Rhodes abbiamo deciso di somministrarmi un'altra dose." Rao si stacca dalla parete. Guarda Adam con attenzione. "Quando avete intenzione di farlo?"

"Già fatto."

"Porca troia, Adam." Rao digrigna i denti.

"Parliamone dentro."

"Sì, cazzo."

Nella stanza, Rao si lascia cadere sul suo letto. "Cos'è successo?" chiede.

"Niente."

"In che senso niente?"

"Nel senso che non è successo niente," ripete Adam. "Non ho fatto apparire nulla. Rhodes mi ha iniettato una sola dose." Si leva la giacca e si arrotola la manica. Mostra a Rao l'incavo del gomito. Il punto dell'iniezione brucia e c'è un dolore sordo, come un livido sottopelle, ma Adam gli sta solo mostrando il braccio. Non c'è nulla là sopra. "Mi sa che è successo di nuovo."

"Di che stai parlando?"

"Dalle mie analisi del sangue non risulta traccia del Profeta. Non sono normale, Rao. Su di me non ha lo stesso effetto che sugli altri. È successo come l'altra volta, poi dev'essere uscito e basta. Come oggi."

Rao sbatte le palpebre. "*Fanculo.*"

"Cosa?"

"Sei *serio*?"

"Non capisco la domanda."

"Allora vai a fare in culo. Non è uscito e basta l'altra volta," dice Rao. Sembra incredulo. Risentito. Adam aggrotta la fronte, confuso. "L'ho fatto uscire io. Ho... Cazzo, Adam, *te l'ho tolto io.* Sono stato io."

"Non ha senso," dice Adam. Si sente stupido. Distante. Ripensa a quel giorno. Credeva di ricordarsi ogni cosa. L'iniezione, la manifestazione. Ma più ci pensa, più si rende conto che ci sono delle falle nella sua memoria. C'era l'orologio. L'orologio, tutto quello che era e tutto quello che significava. E il dolore che aveva provato quella volta, tutto il dolore che si portava dentro da allora, fuoriuscito nella stanza sotto gli occhi di tutti. Quasi non riusciva a respirare. Quasi non riusciva a pensare. E poi... poi ci era riuscito. Sapeva che Rao era là con lui. Aveva chiesto di andare via. Se n'erano andati. C'erano delle luci di stop da qualche parte. Nel veicolo. In macchina. Ecco cosa ricorda Adam.

"E se invece ce l'avesse?" replica Rao. Adam acconsente in silenzio. "Cos'ha detto Veronica?"

Adam attraversa la stanza, si siede sull'altro letto. "Ha detto..." Fa una pausa. Si detesta per questo. Che stupido. "Rhodes ha detto che il Profeta non mi voleva."

Rao scoppia in una risata rauca, improvvisa. "La storia della tua vita," farfuglia.

È strano che Adam si sia dimenticato così in fretta come gestire le battute di Rao. Gli insulti che non sono veri insulti. È la familiarità di Rao nella sua forma più pura: trova la giuntura debole e tira finché la struttura cigola sul punto di crollare. Adam non è pronto per questo pugno nello stomaco.

Problema interno.

Glielo si legge in faccia. Rao fa una smorfia.

"Scusami, Adam."

"Va bene," dice. È quasi vero.

Adam è sollevato quando Rao va a farsi una doccia. Seduto sul letto, fissa la confusione attorno a quello di Rao. Vestiti sulla moquette, tazze sporche e carte di snack sul comodino. Col tempo ha imparato a ignorare il disordine di Rao, ma in questo momento non ci riesce. Raccoglie le tazze da terra, le porta all'angolo cottura e le lava. Butta la spazzatura dove va buttata. Prende i vestiti dal pavimento, li piega, li mette sul letto e sta raddrizzando i libri sul comodino quando Rao fa ritorno con un accappatoio a quadri e un paio di pantofole dell'albergo. Ogni volta che Adam ha rassettato così, Rao gli ha rotto le scatole. Ma ora lo guarda affettuosamente. "Grazie," dice. "Sono disordinato da far schifo. Ti va se faccio arrivare delle pizze?"

*

La pizza sta diventando il loro cibo dei Grandi Discorsi al motel, pensa Adam mentre mastica lentamente una fetta. Sta sviluppando una reazione pavloviana al salamino piccante. Un giorno ordinerà una pizza alla carne e comincerà a confidarsi col cameriere sul rapporto che ha con sua madre.

"Okay. Mi sa che ho aspettato abbastanza," dice Rao con la bocca piena.

Adam lo guarda, sbatte le palpebre. "Aspettato cosa?"

"Un grazie. Ti ho salvato la vita, Adam."

Si riferisce al Profeta. A come l'ha tirato fuori da lui. Davvero?

"Davvero?"

"Sì, coglione."

Ma non sa. Non può capirlo. "Oggi, con Rhodes," dice Adam. "Tu non c'eri. Mi è uscito dalla pelle senza che ci fossi tu..."

Rao alza una mano per interromperlo, guarda altrove, muove la bocca silenziosamente. Sta facendo uno dei suoi test. "Be'. Ovviamente non posso sapere che cazzo ti succede. Ma posso estrarlo dalle persone. Dalle altre persone."

"Questo... cambia un po' le cose."

Rao sospira, gonfia le guance. "Sul serio. Credo di poter curare la gente," dice, poi sorride. "Posso curare la gente."

"Come?"

"Cazzo ne so."

"Rao."

"No, davvero, Adam. Non so come faccio. Non so cosa posso controllare. Non ho idea di come agisca 'sta roba e non so perché posso estrarla," dice velocemente. "Però fa star bene. Quando l'ho fatto per te, mi sono sentito..." Si ferma. Scuote la testa.

"Ho un mal di testa bastardo, Adam."

"Lo so, Rao. Ne parliamo con Rhodes?"

"Dovremo farlo. Devo farlo," dice Rao. Si strofina il volto. "La vedrò domattina presto per dare un'occhiata alle mie scansioni. Glielo dirò domani."

*

L'ufficio di Veronica è magnifico. Sembra più un palco pieno di arredi scenici che un luogo di lavoro. Quando lo invita a sedersi con lei alla scrivania, Rao prende posto e guarda il suo monitor. C'è una foto di un paesino nelle Cotswolds. Casette di pietra color miele, prati rigogliosi, una strada che sale per una collina. *Bibury*, pensa. Quand'era studente ci era andato in vacanza insieme ai suoi genitori. Stavano in una casa di campagna dalle parti di Cirencester. Belle chiacchierate di politica con suo padre a colazione sulla terrazza, pavoni malconci che trascinavano la coda sulla rugiada. Rao buttava giù cocktail mimosa sotto un cielo rischiarato dalla foschia e dalla promessa di una calda giornata estiva. Sua madre storceva il naso per le condizioni dei pavoni locali, e lei e Rao condividevano uno di quei momenti di gioia che punteggiano i suoi ricordi come oro.

"Come si sente?" chiede Veronica.

"Bene," risponde lui. *Mi manca mia madre*, pensa.

"Nessun sintomo?"

Rao scuote la testa. Sarebbe noioso cercare di spiegare le sue occasionali esperienze allucinatorie. In più sono cose personali. "Diamo un'occhiata al mio cervello, Veronica."

Lei preme dei tasti sulla tastiera e Bilbury lascia il posto ai risultati della sua risonanza. L'immagine muta e sfarfalla mentre vengono inquadrate le varie sezioni del suo cranio. *Nubi temporalesche*, pensa Rao. Il modo in cui si muovono e si addensano in un pomeriggio d'estate. Veronica alza una matita, dà dei colpetti sullo schermo con la punta. Il leggero clic della grafite sul vetro mentre la sposta da un punto all'altro. "Regione frontale, limbica, paralimbica, del mesencefalo," dice. "Aumento dell'attività conforme a ricerche precedenti sulla neurobiologia della nostalgia. Ma i suoi centri del piacere – ippocampo, substantia nigra, area tegmentale ventrale e striato ventrale – sono tutti in un intenso stato di eccitazione."

Rao sbatte le palpebre.

"Non quel genere di eccitazione," dice lei. "Molti indicatori richiedono ulteriori analisi, Rao. Per ora diciamo solo che il Profeta influisce diversamente sul suo cervello rispetto ad altre persone."

Forse, pensa lui, *perché il mio cervello è diverso da quello delle altre persone.* Veronica, nota, ha smesso di chiamarlo "signor" Rao. Peccato. Non gli dispiaceva la formalità.

"Potrebbe essere un buon momento per discutere della passività a cui ha accennato prima, in relazione agli eventi nella sala analisi," mormora lei.

"Assolutamente. Quello che è successo nella sala analisi è stato tutta opera mia."

"Ha spinto Rubenstein a iniettarsi la dose?"

Rao si blocca un istante. "No... non quello. Quello che è successo dopo. Gli ho estratto fisicamente la sostanza dal corpo. Gli è uscita dalla pelle, dai palmi delle mani dove lo stavo toccando, ed è entrata nella mia. Come per osmosi."

Lei ha di nuovo quello sguardo famelico. Si china in avanti. "Non è osmosi. Non c'entra niente l'osmosi."

"Non sono un biologo del cazzo, Veronica. Azione capillare,

osmosi, come la vuole chiamare. È uscita da Adam, è entrata dentro di me."

"Ci sono stati effetti?"

Rao fa una smorfia. "Un po'. Qualche capogiro."

È di gran lunga il più grande eufemismo della sua vita, pensa. Meriterebbe un premio.

"Lei e il tenente colonnello Rubenstein avete un legame sentimentale?"

Rao ride, sorpreso. Ma si aspettava quella domanda. "No."

"Siete amici intimi?"

"'Intimo' è una parola che non esiste per lui, Veronica."

Questo è accolto da un sorriso diverso. Veronica ne ha una serie pronta per ogni occasione, e sono quasi tutti azzeccati. "Mi chiedo se potremmo ripetere questo fenomeno," dice.

"Vuole che provi a farlo con qualcun altro? Con molto piacere."

Flores sembra peggiorato. È ingrigito, ha un sorriso più strano sul volto, le guance visibilmente più incavate, la pelle più irritata nel punto in cui tiene premuta la musicassetta. Rao si avvicina, nota che la chiazza di capelli bianchi sulla tempia gli arriva fino al centro di un sopracciglio, che le unghie mangiucchiate sono cresciute durante la sua trance. Il segno sul volto è sbiadito ma ancora visibile. "Come s'è fatto quel livido?" chiede con delicatezza. Lo sta guardando anche Adam.

"Oh, un incidente," dice Veronica. Balle. "Sicuro che vuole provare a estrarre il Profeta da questo soggetto particolare?"

"Flores o nessun altro."

"E crede che potrà guarirlo?"

"Ci proverò."

"Chiamo un custode. Lo portiamo di sotto nella sala analisi e procediamo. Ci vorranno una ventina di..."

"Lo facciamo qui. Qui e ora, o niente."

Veronica non è contenta. "Rao..." comincia. Lui scuote la testa con decisione, poi abbassa gli occhi su Flores, sentendosi un po' a disagio. È una messinscena? Forse. Non mette in dubbio la sua capacità di estrarre il Profeta. Può farlo. È un dato di fatto. Ma non è altrettanto sicuro di come reagirà Flores. È complicato. Troppe variabili in gioco – fisiologiche, psicologiche. Troppa posta in gioco.

Qual è la posta in gioco?

Hunter, pensa. Non sa bene quand'è diventato importante che restasse nelle sue grazie, ma la vita è piena di sorprese.

"Rao?" la voce di Adam, dietro di lui. Sembra preoccupato.

"Credo che andrà tutto bene, Adam. Davvero."

Adam aggrotta la fronte.

Rao torna a guardare Flores, lo studia con attenzione. Non importa dove lo toccherà. Basta che sia pelle nuda. Ma le braccia e i polsi sono seminascosti, e collo e viso non sembrano andar bene per qualche motivo. "Veronica, può essere così gentile da scoprirgli il petto?"

Lei fa un passo avanti, tira il fiocco dietro al collo di Flores, abbassa la veste di cotone azzurro e scopre un tratto di pelle. Vedendola, Rao stringe i pollici per tenere ferme le mani. Stanno tremando. Un ricordo improvviso. La mattina, sei giorni dopo il suo settimo compleanno, in cui aveva visto quello che sembrava un grosso bruco peloso su un muro vicino a un cespuglio di oleandro dietro alla casa di suo zio. Ali tozze, zampe minuscole simili a rampini su grani sbiaditi di arenaria. Era tornato a guardare alcuni minuti dopo ed era rimasto a bocca aperta: le ali tozze si erano piegate all'indietro, ora erano dei piani dai motivi geometrici verdi, viola e rosa. Non era un bruco alla fine. Era piuttosto un gioiello, vivo e così bello che quasi toglieva il respiro a osservarlo. Scoprì, facendo delle domande, che era una falena. Voleva toccarla e sapeva che non doveva farlo, ma più di ogni altra cosa voleva mostrarla a sua madre, così andò a cercarla. Quando tornò insieme a lei, la falena non era più appesa alla parete come una spilla. Vibrava, le ali tremavano con un ronzio che faceva pensare ai cavi elettrici durante un temporale. Sua madre si accorse che questo lo innervosiva e gli disse che il tremore significava che la falena si stava preparando a volare, stava scaldando i muscoli prima della partenza, ed era vero. Squame nella sua bocca, polvere leggera. Passato. Puntini scintillanti davanti agli occhi, solo per un istante. Rao sbatte le palpebre, si avvicina e mette entrambe le mani sul petto di Flores, le dita ben aperte.

Un respiro improvviso. È sorpreso che Flores sia caldo, tutto qui. Anche se il suo petto va su e giù regolarmente, non se l'aspettava.

Passano alcuni secondi e la sensazione comincia, quella confusione caldo-fredda nei palmi e nelle dita. *Cazzo*, pensa intontito. Conosce questa sensazione, ha trascorso del tempo cercando in ogni modo di soffocarla. *Troppo tardi, Sunil*, pensa. *Ma stai salvando Flores.* E poi i pensieri si fermano. Il Profeta gli è penetrato nella pelle e tutti i pensieri sono solo un punto, un punto più piccolo del puntino sulla lettera *i* alla deriva in mare aperto e il mare potrebbe essere acqua, è possibile, pensa, ma non ha fondali, correnti o onde e non è blu o nero come le acque profonde, non ha nemmeno rive, non è acqua, di sicuro non è acqua e Rao sente la morsa del panico afferrarlo e strattonarlo così forte che capisce, per un secondo abissale e urlante, che il suo cervello è andato, che questa è *pazzia*...

E poi è finita.

Rao è tornato in sé, qualunque valore si voglia dare alla cosa, sa di esserlo e si sta guardando le mani. Sembrano poco familiari, ma sono le sue. E la pelle sotto di esse è Flores. E il suono che sente in questo momento è un tossire, e anche quello è Flores. E gli occhi che lo stanno guardando dal volto di Flores, tra colpi di tosse che gli sconquassano la cassa toracica, sono gli occhi più stanchi che abbia mai visto. Stanno cercando di concentrarsi sul suo volto. Rao abbassa i suoi di occhi, non vuole che Flores incontri il suo sguardo. Perché si vergogna di quel che ha fatto. Flores non ha chiesto questo. Non ha chiesto nulla. E Rao deglutisce, gira le mani, si fissa i palmi. Niente. Sembrano normali. Ma è dentro di lui.

"Rao?"

Rao si alza. Gli sembra di avere mille anni. E poi, un attimo dopo, la sensazione passa. Si sente pieno di energia. "Adam," esclama raggiante. L'espressione sul volto di Adam è forse la più complicata che abbia mai visto. Non ha idea di cosa significhi. Ovviamente.

Scoppia a ridere.

"Tutto bene?" chiede Adam.

"Sì, sto bene. E non come intendi tu, Adam. Sto proprio da dio. Hunter sarà felicissima. Guarda che roba da Lazzaro!"

C'è un rumore. È la musicassetta che aveva in mano Flores; è caduta per terra. Flores non ci fa caso, sta cercando di tirarsi su a sedere, con Veronica accanto. No, non sta cercando di tirarsi su. Sta cercando di allontanarsi da lei.

"Veronica, credo che dovrebbe dargli un attimo, sa? A cinque o sei metri? Grazie."

Rao si gira di nuovo verso Flores e stavolta lo guarda dritto negli occhi. "Di nuovo tra noi?"

Flores sbatte le palpebre. Prova a parlare.

Adam lo precede. "Cosa ricordi," dice.

Ordini, pensa Rao. Adam è bravo a dare ordini. Gli occhi smunti di Flores si spostano su Adam e si fermano là. Quando

Adam gli chiede di nuovo se si ricorda qualcosa, Flores annuisce. Nei suoi occhi c'è un orrore puro, insopportabile. Peggio di ogni altra cosa Rao abbia visto a Kabul. Rao gli prende una mano, la stringe delicatamente. La tiene finché Flores riacquista un'espressione di vago sconcerto. Poi Flores si risveglia, tira la mano di Rao, lo guarda di nuovo. Apre la bocca e ne esce qualcosa di simile a un sussurro. Le parole non sono distinguibili, ma Rao capisce. Sa cos'è la gratitudine.

Capitolo 45

Rhodes dice tre volte a Rao di lasciare Flores al loro personale infermieristico. Rao la ignora. Lei stringe i pugni. Sembra sul punto di provare le maniere forti. Adam si concede un breve, terapeutico ripasso di come potrebbe stenderla, poi allontana il pensiero dalla mente. "Rao," dice a bassa voce, tenendo gli occhi su Rhodes. "Lascia fare a loro." Rao risponde con uno sguardo stanco, ma obbedisce.

Quando Rao si lascia cadere sul lettino dell'ambulatorio dove l'ha portato Rhodes, Adam decide che sta bene. È scocciato, più che altro, mentre Rhodes gli prende un polso ed esamina la mano, dicendo di aver notato dei filamenti di Profeta fuoriuscire dalla pelle di Flores ed entrare nella sua. Sta parlando animatamente dei possibili meccanismi di questo trasferimento quando un'infermiera fa capolino dalla porta e richiede la sua presenza.

Non appena Rhodes è uscita, Adam si avvicina.

"Credo tu abbia bisogno di un po' di aria fresca."

"Cosa?"

"Se te la senti, dovremmo fare due passi," dice. "Di fuori."

"Credi che mi lasceranno uscire, dopo questa cosa?"

Dopo quello che Rao ha appena fatto là dentro, Rhodes gli darà qualsiasi cosa chieda. Su un piatto d'argento. Adam tiene quell'osservazione per sé.

"Sì," dice.

*

Adam l'ha portato qui fuori, pensa Rao, perché vuole dirgli qualcosa lontano da orecchie indiscrete. Ma non parla, non dà segno di volerlo fare, e sono passati più di cinque minuti e sta camminando veloce, e Rao si è già stufato del paesaggio, terreni edificabili contrassegnati e file di case a schiera non ancora ultimate, ed è stanco dopo aver guarito Flores...

"Okay," dice. "Di che si tratta?"

Adam rallenta e si volta. La sua voce è profonda e preoccupata. "Sei sicuro di questa roba, Rao?"

"Smettila di agitarti. Sto bene."

Adam annuisce, una sola volta, dopo una brevissima pausa. "Potresti guarire Miller."

"Sì, posso farlo."

Annuisce di nuovo. Proseguono per qualche decina di metri in silenzio. Alla fine Rao si ferma, esasperato.

"Adam. Perché siamo qui fuori?"

"Hai verificato se Miller sapeva del progetto."

"Già. Non lo sapeva."

"E Richard Clemson?"

"Chi è?"

"Un civile. Difesa. Il superiore di Miller. È da lui che ricevo ordini per questa cosa."

"Ah," Rao alza gli occhi al cielo. Argento, opacizzato da nubi alte. Mormora tra sé. "*Merda.* Già. È coinvolto nel progetto. Ne fa parte. Miller non lo sapeva. Avremmo dovuto capirlo. Avrei dovuto capirlo."

"È colpa mia," dice Adam.

"Fanculo 'sta storia. E fanculo loro." Rao si gratta la barba. "Quindi cosa siamo adesso io e te? Cani sciolti?"

Adam sorride debolmente. "Se preferisci."

Rao lo guarda con attenzione. "Che vuoi fare?"

"*Tu* che vuoi fare?"

"Guarire altra gente. Capire cosa cazzo è il Profeta. Trovare una soluzione a questo bizzarro incubo."

"Già," dice Adam, rassegnato in volto. Rao conosce bene quell'espressione. Un tempo l'amava, faceva apposta il coglione con Adam pur di vederla. Ora non gli piace più. "So che vuoi sistemare le cose, Rao. Ma forse tutto questo è troppo. Sei uno solo. E per esperienza, una persona sola non può..."

"Non sono una persona, Adam. Sono *io.*"

Adam sembra ancora più rassegnato. Rao fa una smorfia, sapendo che dalla sua bocca uscirà la più patetica delle rassicurazioni. "E poi non sono da solo, giusto? Ci sei anche tu. E sei importante in questa storia, tesoro. In tutto questo. In qualche modo."

"Non lo sai." Adam scuote la testa. "Non puoi dire un cazzo di me, Rao."

"D'accordo. Ma so questo, e non chiedermi come. Sei *importante*."

Adam dà un'alzata di spalle. "Sono un tiratore esperto."

"No..."

"E non mi dà fastidio la vista del sangue."

"E ci mancherebbe, tesoro. Ma no, sta' zitto..."

"Tu guarisci la gente, Rao. Io sparo alla gente. Okay?"

"Sei più di questo."

"Solo quando ti sto accanto."

"Cazzo, *smettila*, Adam," dice Rao. "Piantala. Sei importante in questa storia. Non lo dico per farti star meglio né per farti *fare* niente. È così e basta, ed è vero, e non so come faccio a sapere che è vero, ma so questo: se dobbiamo essere due cani sciolti, cavalieri erranti, agenti ribelli o quel cazzo che è, allora la prima regola è non litigare per delle stronzate. Ho visto un sacco di film ed è sempre questo che manda tutto a puttane."

Adam lo sta guardando, chiaramente divertito. "I film," dice.

"Sta' zitto."

Capitolo 46

"Puoi ripetere?"

Veronica alza un sopracciglio. De Witte non le chiede quasi mai di ripetere quello che ha detto. Le sta parlando dall'ufficio privato pieno di piante della sua enorme casa sul lago Tahoe. La testa inclinata all'indietro, la guarda con gli occhi socchiusi come se lei gli stesse causando dolore.

"Sunil Rao ha la capacità di estrarre il Profeta dai nostri soggetti," ripete lei. "Gliel'ho visto fare. Contatto cutaneo, meccanismo ancora sconosciuto. E c'è dell'altro, Steven. Metabolizza il Profeta. Non importa quanto ne assorbe, i suoi livelli restano minimi."

"Il tuo prediletto continua a dimostrare la sua unicità," mormora De Witte. "È ancora asintomatico?"

"Sì."

"Ed è d'accordo con quel che stiamo facendo?"

"Non gli ho detto quasi nulla. Ma sì, sembra contento."

"Digli qualsiasi cosa lo renda felice."

"Capito. Sto cercando di elaborare un modello per il meccanismo di estrazione e dei possibili metodi di metabolizzazione. Nel frattempo continueremo a monitorarlo."

De Witte resta in silenzio per un po'. Alla fine si schiarisce la gola.

"Potresti fare di più che monitorarlo, Veronica."

"Lo so. Ma propongo di aspettare ad avviare indagini più approfondite."

Lui storce il naso. "Non avevi così tante, uhm, remore a Guantánamo."

"Questo è un progetto diverso. Ed è una questione di necessità, più che di preoccupazione per il suo benessere," aggiunge con leggerezza. "Quest'uomo è come la gallina dalle uova d'oro, non sei d'accordo?"

"Mi citi le favole, Veronica?"

"Esatto, Steven."

Capitolo 47

La sede di Aurora della Lunastus-Dainsleif non ha niente a che vedere con gli uffici in cui ha lavorato Adam. Gli uffici governativi non hanno tutti questi soldi, nemmeno la Difesa. Sapeva che la Lunastus era roba di alto livello, ma è un'altra cosa girare per i suoi corridoi e toccare con mano questo genere di lusso aziendale. Lui e Rao hanno passato la maggior parte del tempo ai piani inferiori, senza finestre. Ma in questo momento sta camminando per un luminosissimo corridoio al quarto piano, diretto all'ufficio della dottoressa Rhodes. Eccolo. Una porta di vetro smerigliato con sopra il suo nome. Bussa.

"Avanti," dice lei.

È seduta alla scrivania. La stanza è essenziale. Un casellario verde scuro. Una monstera rigogliosa. Una matita automatica di metallo, una penna stilografica, un monitor e una tastiera sulla sua scrivania. Rhodes ha in mano un telefono. È la fine della giornata: Adam deve aver mandato a monte i suoi piani di fare o ricevere una chiamata privata. Non gl'importa.

"Voglio un lasciapassare," dice.

Rhodes alza un sopracciglio, mette giù il telefono, gli fa segno di sedersi. Adam scuote la testa, ma lei non insiste. Gli rivolge un sorrisetto veloce, niente a che vedere con quelli che riceve Rao; su di lui funzionano. "E per chi dovrebbe essere questo lasciapassare?"

"Hunter Wood. Sergente capo dell'Air Force."

"No," risponde lei. Chiaro e semplice.

Anche Adam sa essere molto chiaro. "Non era una domanda."

"Mi sta minacciando, colonnello Rubenstein?"

"No," dice lui lentamente, con serietà. "Paleso le mie intenzioni."

Questa le piace. Il sorriso che gli rivolge stavolta non è né piccolo né affrettato come prima. Adam non gradisce il cambiamento. "Chi è questa persona?"

"Colei che ha incaricato me e Rao di trovare Flores," dice Adam. Si rende conto che tiene le mani dietro la schiena come se stesse facendo rapporto. Memoria muscolare. A Rhodes piace anche quello. "L'abbiamo trovato. Rao... ha fatto quello che ha fatto. Il mio obiettivo è restituire Flores a qualcuno che si possa occupare di lui al di fuori della struttura."

"E quel qualcuno è il sergente Wood."

"Esatto."

"In che rapporti è con lei?"

"Non sono affari suoi, dottoressa Rhodes."

Lei lo osserva in silenzio per dieci secondi buoni. Sta cercando di farlo sentire a disagio. Lo guarda e lui la guarda a sua volta.

"Dobbiamo fare ulteriori analisi su Flores," dice lei alla fine.

"Fatele su qualcun altro. Avete un sacco di pazienti, dottoressa Rhodes. Chieda a Rao di svegliarne un altro."

"Ah, ma sia io sia lei sappiamo che non è quello che ci interessa," dice Rhodes con un sorriso più tagliente.

Quindi ecco com'è. Bene. Non fa una piega.

"Avete già il mio sangue."

Rhodes annuisce. "Vorrei di più."

"Cos'altro?"

"Una biopsia."

Adam si acciglia. "Di cosa?"

Quel sorriso iper-tagliente si spegne. "Le ha mai detto nessuno che è fin troppo intelligente?"

"No." È la verità, anche se nessuno può dirlo.

"Passa spesso inosservato, vero?" dice Rhodes con aria pensierosa. No, non è pensierosa. È valutativa. C'è una lievissima differenza, e sono informazioni importanti quando si ha a che fare con la dottoressa Rhodes. Questa donna sa come manipolare chi non presta attenzione ai segnali sottili. Adam ammette a malincuore che la capisce perché lo fa anche lui. È solo più bravo.

"Deformazione professionale," le dice.

"Può darsi." Rhodes lo studia per un po', poi prende la penna e apre un cassetto. Tira fuori un blocchetto di post-it color giallo sbiadito, annota qualcosa su uno di essi, l'attacca sul monitor fuori dalla visuale di Adam. "Farò preparare un lasciapassare per il sergente Wood e discuteremo delle possibili procedure più avanti."

Se Adam se ne andasse ora, significherebbe darle carta bianca per fare quel che vuole con lui. Non sarebbe un permesso esplicito ma a questo punto, pensa, un permesso implicito potrebbe avere un peso anche maggiore tra loro. Questa storia non gli piace affatto, ma ha bisogno di tirare fuori Flores da qui e portarci Hunter perché possa vedere un po' della merda che ha dovuto vedere lui. E se non uscirà vivo dalle analisi di Rhodes, ha bisogno che Hunter abbia un'idea di quel che gli è successo.

E ha bisogno che Hunter tenga d'occhio Rao.

Dovrà dirlo a Rao. Ma questo può aspettare finché Flores non sarà al sicuro fuori di qui.

"Sempre un piacere, dottoressa Rhodes."

Lei mormora e prende il telefono.

"Ne sono sicura."

Tornato in corridoio, Adam sta per aprire la porta delle scale quando si ferma. Si blocca. C'è qualcosa che non va. Toglie la mano dalla placca d'acciaio. Indietreggia contro la parete e trattiene il fiato. Segue il suo istinto di combattimento, si guarda attorno e resta in ascolto. Nessuna minaccia evidente. Nessun rumore a parte il basso brontolio del traffico aereo sopra Buckley. Fa un respiro, espira. La luce qui dentro è cambiata. Alza gli occhi e vede che la fila di lampade alogene che prima correva lungo il soffitto non c'è più. Al loro posto ce ne sono altre che ha già visto centinaia di volte. Cupole rovesciate con fiori cruciformi d'ottone sulla sommità. Vetro polveroso e ingiallito, arricciato come la punta di un gelato. La luce al loro interno è tenue e tutte le lampade sfarfallano delicatamente all'unisono. Attorno a loro, l'intonaco ha la stessa trama a effetto popcorn del soffitto della sua cameretta d'infanzia.

Cazzo. Forse è colpa sua, ma Adam non può esserne certo. Non crede che sia colpa sua. Non prova nulla in presenza di queste lampade, ma non prova nulla nemmeno con l'orologio. Non ora. L'unica cosa che sa è che dieci minuti prima le luci erano moderne e ora sembrano uscite direttamente da un appartamento di trent'anni fa. Guarda l'orologio sul polso, prende nota dell'orario. Rao gli aveva parlato delle sue paure quand'erano in Inghilterra. Gli aveva detto che quest'operazione era come entrare in una casa infestata dai fantasmi. Ma non è esattamente una casa infestata, per il modo in cui stanno andando le cose. C'è una certa velocità in quello che sta succedendo. Sembra più un treno fantasma.

Adam fa un passo avanti, spinge la porta, la apre. Non si volta a guardare dietro di sé.

Capitolo 48

È un mattino luminoso, spazzato da una brezza tesa. Turbina lungo il profilo dei tetti e nel giardino interno della Lunastus-Dainsleif, facendo tremare i getti d'acqua e creando a intermittenza una serie di fugaci arcobaleni. Rao china la testa, scherma l'accendino con le mani a coppa e riprova ad accendersi una sigaretta. Stavolta ci riesce. Tira una boccata e alza lo sguardo verso la distesa azzurra sopra di lui. È bello essere qui fuori, pensa, facendo uscire lentamente dalla bocca il fumo. Dopo giorni di stanze climatizzate e luci al neon, la pressione del vento sul suo viso è una benedizione. Fa sembrare quasi reale questo quadrilatero curato di laghetti, fontane, cespugli e prati.

La sigaretta si consuma velocemente. Sta per accendersene un'altra quando vede Veronica venire verso di lui. Che cazzo ci fa qui fuori?

"Veronica, c'è un incendio da qualche parte?"

"Che io sappia no," dice lei come si avvicina.

"Qual è il problema, allora?"

"Non c'è nessun problema. L'ho vista e sono venuta a darle la bella notizia che Flores si sta riprendendo benissimo. Ha ricominciato a camminare, con l'aiuto di un'infermiera. Presto lo trasferiremo in una stanza privata."

Inclina la testa, prende tempo. Era solo un prologo. Presto attaccherà con un'altra raffica di domande su come Rao ha fatto quello che ha fatto. Come si è sentito. Non è riuscita nemmeno ad aspettare che tornasse in quel cazzo di edificio. Rao è demoralizzato. Non è proprio dell'umore giusto. Potrebbe andarsene. Oppure… no. Fa un cenno verso la sedia di fronte. Veronica si siede, appoggia le mani sul tavolo in mezzo a loro, lo studia un attimo.

"È felice, Rao?"

"Sempre. Mi conosce. La vita è una gioia assoluta."

"Si sente stanco?"

"Continuamente."

Il vento le muove i capelli, glieli scompiglia sul volto. Se li risistema.

"Il suo sangue contiene quantità irrisorie di Profeta. Ce n'è meno ora che nelle prime analisi che abbiamo fatto," dice. "Quindi..."

"Prima che parli di altre analisi, Veronica, dobbiamo discutere di Miller. Conosce Elizabeth Miller. Dipartimento della Difesa. Le è stato somministrato il Profeta a Polheath," dice Rao. Veronica sbarra gli occhi con finta innocenza. Vuole che Rao cambi argomento. Non esiste. "Perché non mi racconta un po' come sono andate le cose?" aggiunge. Si guardano negli occhi. Rao aspetta.

"Quel sottoprogetto," risponde lei nervosamente, "non era di mia competenza. Ma un certo grado di compartimentazione è inevitabile in un programma di questa natura."

"Era competenza di chi?"

"Non ha importanza." Il vento le scompiglia di nuovo i capelli. Di nuovo, se li sistema dietro un orecchio.

Rao aspetta dieci secondi in silenzio mentre Rhodes osserva il giardino. È deserto. Come sempre. Nonostante i tavoli e le sedie, Rao non ha mai visto nessuno qui a parte un uomo in tuta da lavoro e cappellino della John Deere che spazzava svogliatamente le foglie.

"Straat è morto," dice Rhodes, "mentre reclutava soggetti volontari in una base oltreoceano. C'era questa teoria secondo cui i soggetti lontani da casa proverebbero una forma diversa di nostalgia e fornirebbero nuovi dati."

"Ma è andato tutto a puttane."

Annuisce. "Ha rotto una fiala."

"Ha rotto una fiala ed è morto."

"La sua morte è stata accidentale ed estremamente spiacevole."

"Ma utile. Senza l'incidente, non mi avrebbe incontrato." Lei lo guarda sbattendo le palpebre. "Porca troia, Veronica, credevo dovesse essere brava a fingere. Non potrebbe impegnarsi di più?"

"Urrà," dice lei in tono piatto.

"Straat è stato uno stupido a portarsi appresso quella fiala in tasca," dice Rao. "Una bomba a orologeria."

"Be'," dice Veronica, "è morto perché la sua fiala era stata fabbricata più di cinque mesi prima."

"Difetto di fabbricazione? Vetro fragile?"

"Tutt'altro. Allora i soggetti esposti al Profeta non creavano Ogp. La fiala di Straat era in perfette condizioni. È stato stupido tenerla in tasca, certo. Ma con quella composizione particolare, avrà pensato che un'esposizione involontaria l'avrebbe solo fatto sentire triste o come se avesse perso qualcosa. O magari gli avrebbe fatto provare nostalgia per il suo luogo d'origine. Che era il Michigan, se non sbaglio."

Rao ripensa alla tavola calda illuminata nella nebbia, a quelle rose orribili.

"Sa che il Profeta cambia, Rao," continua lei. "E sa che non è un'evoluzione graduale; è intermittente, saltuaria. Ma quello che non sa, quello che le sto dicendo ora, è che le alterazioni sono state di natura globale. Con questo intendo che tutta la sostanza, ovunque si trova, subisce un cambiamento simultaneamente."

"Ovunque?"

"Ovunque. Ma c'è un'eccezione affascinante. Pare che il Profeta non cambi se si trova già dentro un soggetto. Se è stato somministrato prima che avvenga una di queste variazioni."

Rao ci pensa. "Sta dicendo che la sostanza cambia simultaneamente quand'è su una mensola, ma non una volta che si è insediata in un cervello. Questo significa," aggiunge lentamente, "che ci sono in giro persone piene di Profeta allo stadio iniziale che non si sono mai appiccicate a degli orsacchiotti?"

"Già."

"Potrei conoscerne una?"

"Perché?"

"Così potrò estrarre il Profeta, fare la mia cosa e vedere quello che succede. Queste persone vanno in giro piene di Profeta, come me. Forse non succederà nulla. Ma sembra interessante, non trova? Ne ricaverà dei dati. Non dovrebbe essere troppo costoso da organizzare, se è questo che preoccupa la Lunastus."

"Non lo è. Molto bene, Rao. Cercherò di fissare un incontro con uno dei nostri primi soggetti testati."

"E mi porti da Miller. Ho bisogno di guarire anche lei."

"È in Inghilterra."

"Lo *so.* Ma se mi vuole dalla sua parte, Veronica..."

"Per quello ci vorrà un po' di tempo, può immaginarlo."

"Non lo metto in dubbio. Ma mi fa piacere sentirlo. E già che ci sono le dirò una mia teoria personale. È una buona teoria. Le piacerà un sacco."

"Cosa?"

"La prima volta che ho visto la vostra sala analisi, ero sorpreso che fosse così piccola."

Lei capisce subito. "Perché aveva visto la tavola calda a Polheath."

"Esattamente."

Veronica abbassa la testa. "Quando abbiamo concepito il programma, non sapevamo che i soggetti potessero creare Ogp di quelle dimensioni."

"Non pensavate che qualcuno potesse creare un elicottero da evacuazione."

"Già."

"Errore di valutazione, Veronica."

"Ricevuto, Rao."

"Ma credo di sapere perché." Rao si mette comodo, incrocia le braccia. "Allora, mi pare di capire che la dimensione degli oggetti creati corrisponda alla dimensione dell'ambiente in cui si trova il soggetto. Se è in una stanza, creerà qualcosa che sta in quella stanza. Se è all'aria aperta, in teoria potrebbe creare qualcosa di qualsiasi dimensione. Il limite lo decide il soggetto. Non il Profeta. Si tratta della nostra percezione dello spazio disponibile. Se mettiamo qualcuno dentro una scatola, creerà qualcosa di minuscolo. Se lo mettiamo sulla cima di una montagna, chissà. Potrebbe essere qualcosa che ostruisce una valle."

"Che prove ha al riguardo?"

"Diciamo che è un'intuizione."

Non è un'intuizione. Rao sa che è la verità. Ha fatto un test ieri pomeriggio davanti a una tazza di tè Assam. Ne è uscito che Ed aveva potuto creare la tavola calda perché gli era stata somministrata la sostanza all'aria aperta. Che gli oggetti più piccoli a Polheath erano stati creati da persone addormentate nei loro alloggi o al lavoro, al chiuso. Ma perché fossero sparsi per la base anziché comparire tra le braccia dei loro soggetti è ancora un mistero. Rao ha testato affermazioni al riguardo per una ventina di minuti, ma tutto ciò che ne ha ricavato è stato un vago accenno ai fiori, per qualche motivo. Totalmente assurdo.

Veronica si dà dei colpetti sul labbro inferiore, poi annuisce. "Potremmo indagare su questa teoria."

"Risulterò coautore dell'articolo scientifico?" dice Rao.

"Non ci sarà nessuno articolo, Rao."

"*Quelle surprise.*" Il vento è calato. Si accende un'altra sigaretta. "Dunque, Veronica, ha scoperto qualcosa in merito al grande dilemma?"

"Il grande dilemma?"

"Perché non faccio apparire oggetti come le altre persone."

"A questo non abbiamo trovato risposta. Ma col tempo..." È distratta dalla notifica di un messaggio sul suo telefono. "Può dire al colonnello Rubenstein," dice leggendo, "che la sua richiesta di un lasciapassare è stata approvata."

"Che lasciapassare? Per chi?"

Gli occhi di lei sembrano divertiti. "Siamo fuori dal giro, Rao?"

"A quanto pare. Quindi, se non vuole fare la stronza, dovrebbe dirmi di che si tratta."

"Il lasciapassare è per un certo sergente capo Wood."

Rao si appoggia allo schienale, muove la sigaretta nell'aria. "Ah, lei. Già. Non mi sorprende. Quella donna mi odia, sa. Ma che resti tra noi, non riesco a togliermela dalla testa."

Il sole della sera che entra dalle finestre del motel descrive dei rettangoli vividi e bruniti sulla moquette della loro camera. Rao si sente pigro, contemplativo; è sdraiato sul letto e li sta guardando allungarsi e scivolare da un po' di tempo. Ora il sole è così basso che i rettangoli stanno salendo sulla parete di fronte. "Che luce magnifica, eh?" osserva Rao con un enorme sbadiglio mentre Adam avvicina una sedia e si siede. "Veneziana, quasi."

Adam lo guarda, ma aspetta un po' a rispondere. Ha il volto provato, quasi triste, mite come Rao non l'ha mai visto. Forse Adam è stato a Venezia. Forse sta ricordando un tempo in cui era là. Crepuscolo sulla basilica di San Giorgio Maggiore. Più probabilmente, sangue sui pavimenti di marmo.

"Venezia," precisa.

"Sì. Ho capito. Siamo ancora puliti qui dentro?"

Rao sospira un sì. "Lo facciamo adesso?"

"Vuoi aspettare?"

"No." Rao si tira su a sedere, rotea il collo, studia la luce del tramonto sulla parete. "Allora, il personale ha la bocca cucita," comincia, "e non posso testare il silenzio. Nella struttura non tira una buona aria, eh?"

Adam scuote la testa. "Rhodes li ha avvisati di non parlare con noi?"

"Già. Ordini espliciti. Altro che siamo tutti una grande famiglia. Ho sentito allusioni su certe morti da un paio di infermiere e ho la netta sensazione che Veronica possa essere una gran figlia di puttana, ma questa non è una novità. Non si è fatta problemi a raccontarci di come trasforma la gente in vetrini da microscopio."

"Cos'hai scoperto su di lei?"

"È una psicopatica fatta e finita. Ha vivisezionato il gatto di famiglia quando aveva dieci anni."

"Sul serio?"

"Adam, mi stai chiedendo informazioni. Su queste non mento mai."

"Vita privata?"

"Nessuna. Vive in affitto a Tallyn's Reach. È intoccabile. Non ho trovato nulla su di lei che potremmo utilizzare, nemmeno se questo non fosse il più segreto dei progetti segreti. È un'assassina, ma un'assassina iperattenta. Senza contare le morti qui, erano tutti decessi legati al lavoro tranne uno. Un tipo ad Harvard che l'aveva fatta incazzare. Ha pagato qualcuno, ha usato un tramite."

"Quanti in totale?"

"Cinque. Quella donna mi piace ancora, però."

"Bello sapere che gli omicidi non ti fanno scadere una persona."

"Siamo migliori amici, dopotutto."

Adam emette una risatina nasale. "I miei sono tutti autorizzati dallo stato. Montgomery?"

"Già, è l'uomo chiave, eh? O poteva esserlo," dice Rao con una smorfia. "Non ci avremmo messo molto a farlo cantare, ma abbiamo perso l'attimo. Veronica gli è piombata addosso il giorno in cui abbiamo firmato. Montgomery ha accennato a una visita di un certo Lane, cinque settimane fa. Pare sia stato stressante per tutti. Ho scoperto il suo nome di battesimo. Zachary. Ho fatto qualche ricerca. È nel consiglio di amministrazione della Lunastus. Un pezzo di merda, chiaramente."

"Puoi testarlo?"

"Non c'è bisogno di testare nulla con un nome così."

Dall'espressione sul volto di Adam è evidente che non è d'accordo con Rao. "Montgomery è una potenziale risorsa."

"Se tira fuori le palle."

"In caso contrario, possiamo ricattarlo? Qualcosa di personale?"

"Nah. È noiosissimo, tesoro. Divorziato. Separazione consensuale. La figlia sta con la madre in Ohio. Tredici anni. Nessun debito, nessuno scheletro nell'armadio. I suoi genitori sono morti. Non ha fratelli o sorelle. E nessuna scheda su di lui, niente di niente. Nemmeno una multa per divieto di sosta."

"Interessi?"
"Cristo, Adam, non farmi testare i suoi hobby."
Adam sorride. "Metodo artigianale."
"Ugh, cazzo, certo."
"Nient'altro?"
"Su Monty?"
"Sul progetto."
Rao sospira. La luce dorata si sta affievolendo velocemente. Le sagome perdono nitidezza. Il sole è sceso sotto l'orizzonte. "È stato un incubo. Mi sono spaccato la testa per trovare le affermazioni giuste da testare, ma quello che ho capito è che non sappiamo un sacco di cose su questo progetto e sul Profeta. Ecco tutto."
Adam si tira su a sedere. "Non riesci a capire?"
Rao fa una smorfia. "È strano. Non è come con te. È un po' come quelle immagini dell'Occhio magico. Autostereogrammi. Di dinosauri, isole deserte, cose così. E a volte quasi ci arrivi, riesci a capire cos'è, ma poi svanisce non appena l'afferri." Non gli piace l'analogia. Fa schifo, ma non ha di meglio. "Ecco com'è più o meno cercare di testare il Profeta. Non so se sia perché ce l'ho dentro o se il Profeta e la verità siano due cose che non... coincidono. È un vero grattacapo."
"È scoraggiante," dice Adam.
"Già, cazzo."
"Ma interessante. La mancanza di dati è comunque un dato. Non pensarci troppo, Rao."

Poco più tardi, mentre Adam è fuori per una corsetta serale, Rao chiama Kitty Caldwell a Cambridge. Si è già seduto altre volte sul letto col telefono che gli ha dato Adam, ma senza decidersi a fare il numero. Kitty non è mai stata reperibile fino a ora. In questo momento, però, Rao sa che è nel suo ufficio e non sta facendo lezione. Trova il numero. Pensa al glicine, al vetro vecchio delle finestre gotiche, all'aria immobile e paludosa nei cortili del college. Mentre aspetta una risposta, è sorpreso al pensiero che tutte quelle cose siano ancora là. Una sensazione simile a quando inserisci per sbaglio una marcia troppo alta.
"Kitty Caldwell."
"Salve, dottoressa Caldwell. Sono Sunil Rao. Non so se si ricorda di me."
"Difficile dimenticarla, Rao. Mi chiami Kitty, per favore."
"Grazie. La disturbo?"
"No, niente affatto. Mi dica."

"È complicato," risponde lui fissando la moquette. "Mi sa che mi serve aiuto."

"Mi piacciono le cose complicate. Non sono sicura di poterla aiutare."

"Il fatto è che non so quanto posso dirle. Cioè, lo so eccome. Ho firmato delle cose che mi vietano di farlo. Ma..."

"Vuole sapere se so tenere un segreto?"

"Già. Lo farà?"

C'è una pausa così lunga che Rao si chiede se sia caduta la linea. Non è caduta.

"Sì."

Okay, è sufficiente questo. Sa tenere un segreto.

"Dunque, sono riuscito a introdurmi in un progetto su una sostanza che causa nostalgia."

Una pausa. "Causa?"

Gli piace che sia così pignola con le parole. Gli piace un sacco.

"La provoca. Volevo capire con lei perché questa sostanza non ha su di me lo stesso effetto che ha sulle altre persone."

"Non le conviene contattare un neuroscienziato?"

"Ce ne sono già troppi di quegli stronzi, qui attorno."

Lei ride. "Okay, in che senso non ha lo stesso effetto?"

"Non mi rende nostalgico," dice Rao. "E credo che potrebbe essere perché ho una memoria un po' particolare."

Ha provato a testarlo. Come molte altre cose riguardanti il Profeta, non ha avuto risposte precise e sta cominciando a pensare che la sostanza dentro di lui non voglia mostrargli cosa sta facendo. Non gli permette di testare nemmeno quello.

"In che senso particolare?"

"Ricordo tutto."

"È una memoria sensoriale? Emozionale?"

"Tutto. Tutto quanto."

"Allora è un genio."

"Di solito mi chiamano testa di cazzo, Kitty, ma sì, ho sentito quella parola."

Una risata. "Quindi, oltre che per manifestare la sua antipatia per le neuroscienze, Rao, perché ha pensato di chiamarmi?"

"Perché il suo concetto di nostalgia non si basa su immagini cerebrali. Non è solo segnali chimici ed elettrici. È qualcosa di più. Un fenomeno culturale. Storico. Psicologico."

"E sociale, non se lo dimentichi."

"Non l'ho dimenticato. È proprio quello il punto. Voglio chiederle della memoria. Non come attiva il cervello, ma come la usiamo. Ha detto che la nostalgia può essere una risposta a un senso di dislocazione. E il suo libro dice che è un atto creativo, giusto? Porta in vita cose perdute, cose del proprio passato, cose che ricordiamo. E l'atto della nostalgia crea un collegamento tra il sé attuale e un sé passato che è sempre in parte immaginario. È confortante. Dà un senso di continuità. Ti fa sentire la stessa persona col passare del tempo."

"Non è esattamente quello che dice il mio libro, Rao."

"So esattamente cosa dice il suo libro. Stavo parafrasando. Ma Kitty, il punto è questo. Nel mio caso non c'è nessuna creazione. Non creo nulla quando ricordo le cose. Non uso affatto l'immaginazione. Recupero il ricordo e basta. Non lo carico di significato, capisce? Voglio dire, okay, posso leggere un contenuto emotivo *dai* ricordi. Tipo, posso pensare che l'immagine della mia lampada sul comodino contenga associazioni di serenità e familiarità. Ma solo a posteriori. Mentre me la ricordo, è solo una lampada. È quella lampada, precisamente. Non è un atto creativo. È puro ricordo."

"Hmm." Kitty sembra dubbiosa. "In che senso 'puro'?"

"Puro. Quando ricordo una lampada, non è diverso da come potrei guardarla in questo stesso istante. È solo un oggetto."

"Non è vero," dice lei. "Se guarda una lampada in questo istante, penserà certe cose sulle lampade e sulla vita che non sono ciò di cui è fatta la lampada. Gli oggetti sono sempre più che cose materiali."

Rao sa che ha ragione. Sposta lo sguardo sulla lampada sul comodino. La luce calda e rassicurante che getta sulla parete, la pila di libri tascabili di sotto. "Se ce l'hai davanti agli occhi, puoi capire la differenza tra cosa è reale e cosa è nella tua testa," dice un po' seccato. "Ed è... be', mi chiedo se sia questa la differenza, nel mio caso. Perché non divento nostalgico. Perché non sento la mancanza delle cose."

"Non sente la mancanza delle cose?"

"No. Non è necessario, no? Perché sono sempre nella mia testa, identiche a prima. Non si è perso nessun dettaglio. Sono perfette. La nostalgia ricrea le cose, giusto? In maniera imperfetta. Riempie i vuoti nella memoria con i sentimenti. Ma la mia memoria non ha vuoti. Per questo credo che la sostanza non abbia effetto su di me. Le sembra plausibile?"

"Non abbiamo..." Resta un attimo in silenzio. "Cosa sono per lei i ricordi?"

Kitty crede che Rao non abbia afferrato il punto. Ma non lo

affronta di petto: sta cercando di farlo arrivare gradualmente a una risposta. È una brava insegnante.

"Come stare dentro un film della mia stessa vita," dice lui. "E può essere davvero orribile, cazzo. Ma sa, ci sono stati dei bei momenti."

"Che mi dice delle cose che non ricorda?"

"Il dolore," risponde subito. "Dormire. Perdere i sensi."

"Sogna?"

"Sì. Vividamente. Ma in sostanza sono ricordi. Non sogno cose che non sono successe." Percepisce la menzogna. Acutamente. Perché gli è successo nell'ultimo periodo, vero? Ha sognato un sacco di cose.

"Questo è proprio insolito. E i contenuti emozionali?"

"Nei sogni?"

"Nei ricordi."

"Quelli li ricordo. Li sento di nuovo. A volte ho paura di non avere sentimenti come le altre persone."

"Lo pensano tutti," dice lei. È una frase buttata là. Resta in silenzio per un po'. "Rao, ho una domanda da farle. Credo che sia importante e voglio che ci pensi."

"Sentiamo."

"Le mancano le persone amate che non ci sono più, anche se le ricorda perfettamente?"

Lui si morde il labbro.

"Sì."

"Bene."

Capitolo 49

Hunter non ci mette molto ad arrivare dopo che Adam ha lanciato il proverbiale segnale luminoso. Le ha scritto non appena ha avuto conferma che il lasciapassare era pronto. La mattina dopo, la sta aspettando fuori dalla struttura. Sorride quando la vede entrare nel parcheggio. Jeans, giubbino di pelle, maglietta nera, cappellino da baseball. La sua solita andatura spavalda. È bello vederla. È sempre bello vedere Hunter. Esterna tutte le cose che Adam si tiene dentro. Ai tempi in cui l'esercito li stava modellando in ciò che credeva potessero diventare, l'esternare di Hunter era fastidioso. In questa fase della loro amicizia è rassicurante. Il mondo potrebbe essere sottosopra, col cielo arancione, gli uccelli che volano all'indietro e cantano l'*Ersther Vals*, e Hunter sarebbe la prima a dire che è una roba allucinante invece di fare quello che farebbe lui. Adam cerca sempre di far buon viso a cattivo gioco, non importa quale sia la causa. Per Hunter, invece, un cattivo gioco è un cattivo gioco. Hanno mentalità e reazioni diverse. Complementari. A Rao piace dire che Adam è una specie di arma operativa segreta e forse in alcuni casi lo è, ma non come Hunter. Hunter è a un livello superiore, e lo sa.

"Questa roba è allucinante, Rubenstein," gli dice, ed è meglio di un ciao.

Adam segue il suo sguardo sull'edificio come se lo vedesse anche lui per la prima volta. "Già."

"Posso sapere qualcosa?"

"Ti dirò quello che posso una volta dentro."

"E poi?"

"Poi quando lo rilasciano, tu e Flores potrete andarvene, se volete." Dà un'alzata di spalle. Se Hunter non vuole entrare, sa che potrà piantare altre grane oltre a quelle che ha già piantato per far uscire Flores dalla porta principale. Non sembra che abbia voglia di entrare. Tira fuori un pacchetto morbido di American Spirit gialle, ne fa uscire una con dei colpetti. Non ne offre a Adam. Per una volta gli andrebbe di fumare, ma non chiede.

"Dove dormi?" dice.

"Foresteria di Buckley. Dall'altra parte della strada," risponde lei, accendendo. "Stai cercando aiuto per questa cosa?"

"Non credo."

"Che cazzo significa?"

"Significa..." comincia lui, poi sospira. È difficile spiegarsi a volte. Sarebbe tutto molto più semplice se gli altri lo ascoltassero, se facessero quello che dice e quando lo dice, ma non è così che funziona la vita. Non è così che funzionano gli amici. Adam non ha molta esperienza in quel campo, ma ne ha abbastanza. "Significa solo che ce la caviamo, per il momento."

"Che succederà se non ve la cavate?"

"Ho il tuo numero."

"Vedi di non perderlo."

"Nessuna intenzione di perderlo."

"Buono a sapersi. Ma mi stai tirando dentro comunque. Non ho trascinato il culo fin qui per starmene seduta in disparte, Rubenstein." Hunter manda uno sbuffo impressionante di fumo e butta la sigaretta, schiacciando la metà non fumata sotto un piede. Fa un cenno con la testa verso le porte d'ingresso della struttura. Si dirigono dentro in silenzio. Hunter mostra la sua carta d'identità, le vengono fatti compilare tutti i moduli necessari per avere il lasciapassare e, quando hanno oltrepassato le doppie porte che conducono nel ventre della balena, gli picchia dentro con un gomito. "Vuoi dirmi perché il receptionist se l'è fatta sotto quando ti ha visto?"

"È uno nuovo. Storia lunga."

"Ah sì?"

"No," ammette Adam con un sorriso. "Solo che non ho voglia di raccontartela. E poi Rao sa renderla molto più interessante. Chiedi a lui."

"Rao, eh?"

"Yes." Adam fa vibrare la *s*.

"Fammi strada, Rubenstein. Cristo santo, non vedo l'ora di vedere quel bastardo."

*

Mentre è in piedi davanti al letto di Flores e lo guarda dormire, Hunter dà un calcetto a Adam.

"Raccontami di nuovo, Rubenstein."

Lui lo fa. Entra il più possibile nei dettagli. Le dice tutto quello che sa del Profeta, del progetto. Cos'è successo quando si è somministrato la dose. Come Rao è stato la prima cosa che ha visto quando si è ripreso dall'incubo di rivivere quel giorno. Le dice di Flores. Di come Rao gli ha estratto il Profeta col solo contatto della pelle. Del rantolo di Flores. L'espressione sul volto di Rao.

"Come ti sei contagiato?" gli chiede quando ha finito. Adam aveva omesso quella parte di proposito, ma Hunter è così. Sente parlare i silenzi.

"L'ho fatto io stesso."

"Perché?"

"Ci servivano delle risposte."

"Le stavate avendo."

"Mi serviva... qualcos'altro."

"Cosa?"

"Un po' di quiete."

"Potevi uscire se Rao ti stava scocciando."

"Non era lui il problema." Adam scuote la testa. "Avevo bisogno di un tipo diverso di quiete."

Stanno aspettando che qualcuno del personale medico dia loro indicazioni sulle dimissioni di Flores. Adam deve pensare solo a questo. Al compito successivo. Il compito successivo è più facile che ignorare lo sguardo tagliente di Hunter.

"L'hai trovata, questa quiete?" gli chiede.

Lui annuisce, una volta sola. Non è così semplice, ma per il momento può far finta che lo sia. Non c'è bisogno che Hunter sappia tutti i dettagli.

"Meglio se non te ne tiri fuori come uno stupido, Rubenstein."

"Nah. Mi faresti il culo," sospira. "Come stanno i tuoi?"

Lei alza gli occhi al cielo. "Stanno bene."

"Hanno ancora la nostra foto di volo appesa al muro?"

"Sì. Io in piedi accanto a te, e tu che sembri un feto travestito da albero."

"Sono stati giorni felici a Lackland."

"È tutto in discesa dopo l'addestramento reclute."

La porta si apre. È un dottore, con in mano una cartellina. Ha l'aria nervosa e stressata, come tutti i dipendenti di Rhodes. La voce è bassa. Un accento del Sud. Li informa delle questioni burocratiche necessarie per far sì che Flores venga affidato alle cure di Hunter. Si dice dispiaciuto se la procedura richiederà un po' di tempo. Se ne va con la sua cartellina dopo aver promesso di accelerare la trafila. Tutte balle, pensa Adam. È solo un modo per trattenere Flores ancora un po', o per trattenere Hunter il tempo necessario ad avere più informazioni su di lei – o qualsiasi altro sotterfugio di merda abbia escogitato la Lunastus. Il risultato è sempre lo stesso.

"Caffè?" propone Hunter.

"C'è una mensa."

"Rubenstein, ti rammollirai a forza di vivere così," osserva Hunter. Lampade marocchine su ogni tavolo. Arazzi beluci intrecciati, una serie di specchi curvi e dorati sulle pareti. Nell'oscurità illuminata, una finta palma di dimensioni reali. Adam segue il suo sguardo sul motivo a stella delle travi sul soffitto concavo, ciascuna decorata con un gran numero di lucine scintillanti.

"Dovrebbe rappresentare una tenda beduina," dice in tono secco.

"La mensa? Che c'entra il Colorado con le tende? Prima l'aeroporto di Denver, ora questo. È assurdo." Hunter alza la sua tazza e scuote la testa. Il caffè qui è di una bontà immonda. Adam è diffidente. Per lui sa di soldi sporchi e sciroppo di nocciola. Rao ne va matto. Di sera, non appena tornano nella loro stanza al motel, comincia a lamentarsi di dover aspettare tutto quel tempo prima di poter avere di nuovo del caffè decente. Adam è sollevato di lasciare la Lunastus a fine giornata. Rhodes aveva offerto loro una sistemazione in loco, ma avevano rifiutato entrambi, separatamente. Il motel era stata la scelta giusta, tutto sommato. Strano con quanta velocità fosse diventato una specie di porto sicuro.

"Quindi era il giorno che è morta tua zia," dice Hunter, interrompendo il flusso di pensieri di Adam.

"Era il momento in cui sarei dovuto uscire e andare con mia zia," dice lui. Ci ripensa. Precisa. "Quindi credo che, per me, fosse il momento in cui è morta." Hunter non ha mai sentito l'intera storia di Sasha prima d'ora. Adam non l'ha raccontata a nessuno a parte Rao.

Ma lei capisce. Non fa domande superflue.

"E il tuo cervello l'ha fatto comparire a causa di questo Profeta?"

"Più o meno."

"Credevo avessi detto che non lavoravi per l'Ufficio, Rubenstein."

"Infatti." Sorride.

"Stento a crederci."

Adam sta per rispondere quando entra Rao. Scosta la sedia accanto a lui, si siede, guarda furtivamente il caffè di Adam, poi esegue una serie di complicati movimenti facciali che indicano quanto vorrebbe berlo. Adam sospira e gli mette la tazza davanti.

"Niente zucchero," lo avverte.

"Va bene. Oggi mi sento *continentale*," dice Rao, soddisfatto di sé. "Grazie. Di che si parla? Ehilà, Hunter."

"Rao," risponde lei. "Piacere di vederti."

Rao si volta. "Dice sul serio, Adam."

"Congratulazioni, Rao."

"Stiamo aspettando che siano pronte le carte per dimettere Flores," spiega Hunter.

"Già," dice Rao. "Ma non è quello di cui stavate parlando. È quello che state *facendo.* Stavi raccontando a Hunter dei miracoli che faccio?"

"Intendi il Raoki?" dice Hunter. "Come il Reiki, ma in versione Rao."

"Rao-flessologia," propone Adam. Si alza e va a versarsi un altro caffè. Lo sguardo contrariato di Rao è svanito quando ritorna. "Gli Impiegati," dice.

"Eh?"

"Stavamo parlando degli Impiegati."

Rao sbuffa. "Adam, mi sa tanto che ora ti diverti a fare l'idiota, e vorrei mettere in chiaro che non mi piace per un cazzo."

"È così che chiamano quegli stronzi dell'Ufficio casi soprannaturali," spiega Hunter.

"Ah! Mulder e Scully."

"Già," annuisce Adam.

Hunter scuote la testa. "No."

"Sì," ripete Adam. "Mulder e Scully."

Rao ridacchia. "E con 'chiamano', intende..."

"Noi," dice Hunter.

"Le forze armate," aggiunge Adam.

Rao fa un mormorio da saggio. "Sarebbe rivalità interna, quindi? Un po' come dire Chair Force al posto di Air Force?"

Adam alza le sopracciglia, non dice nulla.

"Cosa?"

Hunter si schiarisce la gola. "È permaloso su queste cose, Rao."

"Tuo padre era nell'aeronautica, vero, tesoro?"

Adam dà un'alzata di spalle. "Lo è ancora, da quel che so."

"Adam?"

"Sì, Rao."

"Hai un grado superiore rispetto a tuo padre?"

Hunter ride dentro la sua tazza, borbotta qualcosa che sembra "buon caffè". Adam sorride, ma è un sorriso a denti scoperti. Un sorriso vero.

"Ora che mi ci fai pensare, forse sì," dice lentamente.

Rao è raggiante. "Che stronzetto."

"Hmm," dice Adam, inclinando la tazza e bevendo.

Rhodes compare al loro tavolo. Adam è sorpreso di non averla vista arrivare; quella donna ha un talento naturale per le intercettazioni silenziose. Saprebbe attraversare Camp Peary senza farsi scoprire. Forse l'ha già fatto, chissà. Indossa dei sottili braccialetti d'oro. Oggi ha i capelli leggermente ondulati. Adam capisce perché Rao ne è affascinato.

Rhodes sorride, benevolo. "Dottoressa Veronica Rhodes," dice. "E lei dev'essere Hunter. Ha una certa fama." Hunter fa per rispondere. Rhodes non glielo permette. "Il colonnello Rubenstein ha insistito perché avesse un lasciapassare. E prima di rilasciarlo, ovviamente, abbiamo avuto bisogno di informazioni dettagliate sulla sua carriera."

"Se sa così tante cose di me, allora credo sia giusto che chieda di lei."

"Tutto quello che vuole, sergente Wood."

"Vorrei sapere cosa fate esattamente qui dentro."

"Immagino che il colonnello Rubenstein le abbia..."

"Non m'importa cosa mi ha detto Rubenstein. Voglio che me lo dica lei."

Veronica si mette dietro all'unica sedia libera del tavolo. Non la scosta. Non ci si siede. Appoggia solo le mani sullo schienale con decisione.

"La Lunastus-Dainsleif è nella fortunata posizione di avere l'opportunità di studiare e capire una sostanza nuova dalle proprietà straordinarie. Abbiamo già accertato che, con la giusta applicazione e controllo, questa sostanza potrebbe essere usata sul campo. Stiamo muovendo i primi passi verso un modo di combattere completamente privo di costi."

Hunter annuisce. "Belle parole. Ma è sfortunata. Non sono così stupida da perdermi in discorsi vuoti come questo."

Rhodes sembra divertita. "Non mi sorprende che il nostro tenente colonnello Rubenstein si circondi di persone così schiette e brillanti."

"Il *vostro* colonnello Rubenstein?"

"Sì, il nostro. Credo sia già stata presa una decisione in merito. Che ne pensa del nostro progetto?"

"Penso che sia assurdo."

Veronica mormora, piega leggermente la testa di lato. "Be', si senta libera di passare nel mio ufficio o in laboratorio se le interessano le particolarità della nostra ricerca assurda. La mia porta è sempre aperta. È stato un piacere, sergente Wood."

Hunter la guarda andare via. Passano due secondi. Quattro. Dieci.

"Quella tipa non mi piace, Rubenstein," dice.

"No. Neanche a me."

"È solo una psicopatica," spiega Rao gentilmente. "È tutto quello che avete bisogno di sapere di Veronica."

"Quindi?" sibila Hunter, rivolta a Adam.

"Cosa?"

"Ti vuole reclutare."

"Non credo abbia detto questo, Hunter."

"È così?" Socchiude gli occhi. "A me sembra molto chiaro. Perché non l'ammetti?"

Adam prende un sorso di caffè. "Ne parliamo dopo. Ora come ora non è importante."

Lei alza un dito accusatorio. "Non provare a rifilarmi queste balle e aspettarti che ci creda."

Rao interviene. "Scusate… qual è il problema?"

"Rubenstein sta nascondendo qualcosa," dice Hunter.

"A chi?"

"Hunter," l'avverte Adam.

Lei lo ignora. "Credo che lo stia nascondendo a te, Rao."

"Be'," dice Rao. "Non lo facciamo più da tempo. Mi sbaglio, Adam?"

"No."

Rao incrocia le braccia. "Quindi che cazzo sta succedendo?"

"Un cazzo di… okay," dice Adam. "Sto solo mettendo alla prova Rhodes. Ho una sola carta da giocare, e la sto giocando."

"Tu ci capisci qualcosa, Rao?"

"Sì, eccome," dice Rao. "Stai mettendo all'asta i tuoi, cosa, Adam? I tuoi *campioni medici*? Per *cosa*?"

"Il lasciapassare di Hunter, tanto per cominciare."

Rao alza le sopracciglia. "Tanto per *cominciare*? E quant'è costato questo lasciapassare?"

"Rhodes vorrebbe fare una biopsia."

Hunter scuote la testa. Rao manda un gemito. "Porca troia, Adam. È incredibilmente stupido da parte tua."

"So quel che faccio. Potete rilassarvi, tutti e due."

"Rilassarci?" Rao alza la voce. "Non sei il mio cazzo di comandante, Adam, e non è il momento per queste stronzate da capitano Oates."

"Oates?" dice Hunter.

"*La tragedia del capitano Scott,*" dice Rao girandosi verso di lei. "Hai presente? Tutta la spedizione stava morendo di fame. Oates era il tipo con lo scorbuto e un principio di assideramento che continuava a dire agli altri di lasciarlo là, ma quelli non volevano. Così si è trascinato fuori dalla tenda durante una tormenta, di proposito, e si è sacrificato per il resto della squadra. Ha detto: 'Sto solo uscendo e magari ci metto un po'.'" Rao si appoggia allo schienale della sedia, lascia aleggiare il silenzio, poi gira volutamente la testa verso Adam. "E alla fine sono morti tutti comunque."

"Rubenstein non è Oates," dice Hunter con fermezza.

"Hunter, era solo un paragone così, su due piedi, non volevo..."

"Sta' zitto. Capisco il paragone, ma Rubenstein è la migliore mente operativa in circolazione. È una leggenda alla Dia. Ti consiglio di fidarti di lui e di qualsiasi linea d'azione reputi più opportuna." Guarda Adam. "Anche se si sta comportando come un idiota di prim'ordine."

"Hunter," dice Adam.

"Dimmi se sbaglio."

Adam non risponde, si limita a grattarsi l'angolo dell'occhio sinistro. Sa che è un segno. Stanchezza. Forse stress. Comunque, non ha importanza.

"Rao," dice Hunter. "Ti pagano per questo?"

"Per passare il tempo con Adam?"

"Per cacciarti in questo progetto del cazzo."

"Sì, mi pagano. Per la Lunastus valgo cinquecento dollari al giorno."

Hunter sbarra gli occhi. "Cristo. Bene. Se non starete guardando le promozioni in tv, mi offrirete la cena più tardi. Da qualche parte che non sia qui. Un tipo alla base dice che c'è un ristorante indiano, è..."

"Non se ne parla," l'interrompe Rao.

Adam manda una risatina nasale. "Troviamo un vietnamita."

Capitolo 50

La scrivania di Tahoe è piena di fogli e bevande energetiche. De Witte ha le labbra scorticate a forza di mordicchiarsele. Sta tamburellando le dita. Non sono segni incoraggianti. Veronica si fa forza.

"Dobbiamo capire la biomeccanica di quello che fa," sussurra De Witte.

"È ciò a cui punto anch'io, Steven," dice lei.

"Così da poterlo riprodurre."

Veronica annuisce. Lui scuote la testa. "I tuoi metodi sono stati, uhm, caotici, Veronica. Abbiamo bisogno di lui alla nostra sede di Pensacola. Portalo là e mettilo in una delle tue unità di contenimento. Immobilizzalo. Non dargli analgesici. Non lo voglio sedato. Somministragli il Profeta finché avremo un modello per il suo metodo di estrazione."

Veronica sa che era inevitabile. Ma tutto questo può aspettare. Ci sono un sacco di cose che può imparare usando Rao così com'è. Mentre è ancora disposto a collaborare. Ancora in grado di parlare.

"Ci è utile qui," mormora. "Io..."

"Ma io non lo voglio lì," la interrompe De Witte, guardando dritto nella videocamera. I suoi occhi sono chiari, particolarmente limpidi. Veronica fa qualche rapido calcolo.

"Capisco," risponde con un tono come se non capisse affatto. Aspetta di avere una sua reazione.

"Spero che le questioni relative alla sua, uhm, estradizione non siano un problema. Ha già tentato il suicidio ed era un peso per i suoi committenti precedenti. Elisabeth Miller è, uhm, fuori dai giochi. A parte noi, non lo vuole nessuno. Nemmeno lui stesso."

"E Rubenstein?"

"Un ingranaggio della macchina bellica," dice De Witte senza quasi più traccia della sua solita diffidenza. "Praticamente inesisten-

te. Facile da rimuovere. Per il resto del mondo, nessuno dei due conta nulla."

"Sono certa che hai ragione," risponde Veronica. "E di sicuro la collega di Rubenstein dell'aeronautica potrebbe essere rispedita in Afghanistan."

Lui annuisce. "Sarà dislocata là comunque. Non c'è bisogno che ritorni. Ricordati la posta in gioco, Veronica."

"Non me la sono dimenticata."

De Witte alza per un attimo gli occhi dallo schermo, fissa la parete di fronte. Poi, inaspettatamente, sorride. "Trovare un deposito per le scorte in eccesso di Profeta è stato... complicato. Ma ora possiamo eliminare quella spesa dai nostri registri."

"Vuoi usarlo come unità di smaltimento vivente."

"Esattamente," dice lui. Il suo sorriso si fa più ampio. "La nostra personalissima Yucca Mountain umana."

Capitolo 51

"Dov'è Hunter?" chiede Rao mentre fa colazione in mensa.

"È con Flores."

Sospira, sollevato. "Devo ringraziarti per avermela fatta conoscere, Adam. Una donna incredibilmente castrante. Fantastico."

"Davvero," dice Adam storcendo la bocca. Poi si fa pensieroso. "Anche Miller fa quell'effetto ad alcuni. Dovresti vederla sul campo. Le sue adunanze sono delle cose da matti."

C'è un attimo di silenzio. Rao si affretta a colmarlo. "Veronica ha detto che mi porterà da Miller," assicura a Adam. "Sistemerò le cose. Sai che lo farò. Tornerà a strizzare le palle a tutti in men che non si dica."

"Già," dice Adam dopo un po', come se non ci credesse. "Hai finito? Dovremmo raggiungere Hunter."

Quando entrano, Hunter è seduta sul letto a gambe incrociate e Flores è curvo su una poltrona con una vestaglia color crema sulle spalle. Il suo viso ha riacquistato un certo colore, ma è ancora inquieto. Emaciato.

"Ehi Danny," dice Hunter. "Questo è Rao, il tipo che ti ha svegliato."

"Grazie," dice lui. "Davvero."

"Figurati. Sono contento di esser stato d'aiuto. Come stai?"

"Bene. Bene," dice Flores. Gli trema la mano mentre appoggia la tazza sul tavolo accanto. "Rubenstein. Quanto tempo. Ancora alla Dia?"

"Già. Si stanno prendendo cura di te?"

"Mai mangiato così bene come in questo posto."

Rao annuisce con entusiasmo. "Hai già provato le tagliatelle?"

"Buone," dice Flores, poi i suoi occhi si spostano lentamente sulla tv a schermo piatto sulla parete, sintonizzata sulla Cnn, muta e con i sottotitoli. Immagini di jet da combattimento. Elicotteri. Un traffico d'armi da sessanta miliardi di dollari con l'Arabia Saudita.

"Vogliono fottere l'Iran," osserva Flores. "Tenendo i sauditi dalla loro parte. Ci provano da anni."

"Roba forte per uno in convalescenza," dice Rao. "Vuoi che cambi canale?"

"No grazie. I vecchi programmi mi danno il mal di testa," risponde Flores. "Il notiziario va bene. Ehi, sedetevi." Fa un cenno verso il pulsante sul tavolo. "Posso chiedere del caffè se volete."

"No, siamo a posto," dice Adam.

Si siedono a guardare la Cnn per un po'.

"Flores," dice Adam. "Puoi raccontarci cosa ti è successo?"

Flores fa una smorfia disgustata. "Ho avuto una brutta reazione a quella composizione. Mi ha mandato in coma. Per fortuna hanno trovato un dottore che sa il fatto suo." Sposta gli occhi rapidamente su Rao.

Rao fa per dire qualcosa, ma Adam lo precede. "E adesso?"

"Mi sento confuso, come se mi avessero dato una botta in testa. Faccio ancora fatica a dormire, ma se ne stanno occupando. Ho i brividi. È un po' come avere l'influenza."

"L'ho assunta anch'io," dice Adam. "Non ha avuto lo stesso effetto, ma mi sentivo così."

"Male?"

"Male. Passerà."

"Il regime terapeutico di Adam prevedeva riposo e massacrare di botte un paio di scagnozzi," spiega Rao.

"Ha funzionato," dice Adam impassibile.

Flores manda una risata ansimante, forzata. "June si prende cura di me. La mia infermiera. Mi dà un sacco di vitamine, devo bere litri d'acqua. Ma riferirò i vostri consigli."

"Ho parlato con lei," dice Hunter. "Forse potrai uscire presto di qui."

Flores s'irrigidisce. "Mi faranno andare a casa?" Deglutisce. "Sembra assurdo, lo so. Devo vedere mia mamma. Non sta molto bene. E mi mancano i miei cani. Ma..."

"Hai dei problemi a Boulder?"

"No. No." Si strofina il volto, imbarazzato. "È solo che mi sento più al sicuro qui. Ma sto bene. Davvero."

Non sembra, pensa Rao. Può darsi che quest'uomo stia meglio di prima, ma sembra così poco sincero che si fa fatica a sentirlo parlare. Ogni parola è come il sobbalzo di quando ti aspetti un gradino su una scala ma non lo trovi. "Danny," azzarda. "Puoi dirmi com'era, quand'eri privo di sensi?"

Il suo volto si contorce. Come se Rao gli avesse infilato una scheggia sotto un'unghia.

"Me l'ha già chiesto la dottoressa Rhodes," dice, lanciando un'occhiata veloce verso la porta.

"Oggi non è qui," dice Rao. "È in vacanza. Torna domani. E non sa che stiamo parlando." Hunter lo fulmina con lo sguardo. Può darsi che non lo sappia, ma lo scoprirà. C'è una telecamera di sicurezza proprio sopra la porta.

Flores si morde il labbro. Batte nervosamente un piede sulla moquette. "Una volta mi ero ammalato da piccolo," dice. "I miei genitori mi hanno messo sul divano con delle coperte perché potessi guardare la tv." Si strofina la pelle irritata sotto la mandibola. "Trasmettevano *Sesamo apriti*. Avevo la febbre. Dolori forti. Odiavo tutto. Le coperte erano troppo pesanti ma non avevo la forza di spostarle. Non riuscivo nemmeno a muovere la testa. Mi sentivo in trappola, come se stessi sprofondando dentro il divano, ma sapete, era comodo, solo non comodo nel senso normale. Era comodo perché non potevo muovermi e sapevo che non c'era nessun altro posto dove sarei stato meglio. C'era sempre *Sesamo apriti*. Bibo. Il Conte von Conte. Il pittore matto e il numero cinque. Quella cazzo di macchina da scrivere. Il flipper." Un brivido gli scuote il corpo. "Sia che tenessi gli occhi aperti o chiusi, nella mia testa c'era *Sesamo apriti*, come se non sapessi se era alla tv o dentro di me, e quell'episodio è andato avanti per giorni. Ehi Wood, posso avere dell'acqua?"

Hunter si alza, riempie una brocca, gli versa un bicchiere. Flores beve alcuni sorsi.

"Quindi il coma era così?" dice Hunter.

"Più o meno." Flores sospira. "Ma..." gli si spezza la voce. "Mi piaceva. Mi odiavo, da tanto mi piaceva. Anche se mi stava uccidendo. Come un'overdose." Rao si sta grattando la testa con forza. Rumore bianco di unghie sul cuoio capelluto. S'impone di smettere.

"Quello che ricordo meglio," continua Flores, "era la sensazione di non aver fatto la cosa giusta."

"Quale cosa?" chiede Hunter.

Un'alzata di spalle. "Ero bloccato in un posto. Era dove volevo essere, ma era il posto peggiore del mondo e sapevo che non avevo fatto la cosa giusta. Come quando sbagli un passaggio sul campo da calcio e tutti stanno guardando. Così. Quella sensazione non se n'è andata, sapete? Mi sento ancora così. Qualunque cosa sia successa, non ho fatto la cosa giusta."

"L'astinenza è una merda," osserva Rao.

Sul viso di Flores compare una specie di sorriso. "Mi sa di sì."

Alle dieci e otto minuti di quella sera, Adam sta guardando la tv del motel. "Cos'è la torre pendente di Pisa," intona.

Jeopardy! Rao grugnisce, alza lo sguardo dal romanzo di Jackie Collins che ha preso nella lobby. Non ha mai capito questo programma. Risposte che sono domande. Lo manda fuori di testa.

"Cos'è il Servizio postale americano?" chiede Adam allo schermo, serissimo in volto come se stesse testimoniando a un'udienza del Congresso. Rao sposta lo sguardo sulle tende, sulla stampa fotografica delle montagne alla parete, poi sulle scarpe di Adam accanto alla porta, ciascuna con un calzino infilato dentro con cura. *Com'è possibile che sembri così familiare?* pensa. Decide, alla fine, che è per via dei loro spostamenti giornalieri. Andare al lavoro in auto di mattina come le persone normali. Tornare ogni sera. Per forza ha finito col sentirsi a casa in questa merdosa stanza al pianterreno.

"Era strano," annuncia quando il programma è finito. Adam sta tornando dal frigorifero con due lattine di Sprite. Ne passa una a Rao, apre la sua e si siede.

"Cosa, *Jeopardy!*?"

"No, ma è strano anche quello. Intendevo Flores. Quanto è spaventato di tornare a casa."

"Succede. Risposta al trauma."

"Già. Be'," riflette Rao, mettendo giù la sua lattina ancora chiusa. "Forse c'è dell'altro. Hai assunto il Profeta. Come ti senti se pensi a casa?"

Adam gli rivolge uno sguardo dubbioso.

"Non è una domanda trabocchetto, tesoro."

"Sì, lo so." Adam fissa la tv. La pubblicità di un'assicurazione auto della Geico in cui, per qualche motivo, compare un dentista. "Casa per me era zia Sasha," dice a bassa voce dopo diverso tempo, come se gli fosse appena venuto in mente. Come se fosse una rivelazione di cui non sa bene che farsene. Tamburella con forza le nocche sul tavolo, prende le sigarette di Rao. "Fumi?"

La mattina dopo, Veronica lo ferma mentre sta andando in bagno. "Buongiorno Rao," comincia. "Oggi pomeriggio..."

"Possiamo parlarne dopo che ho svuotato la vescica?" sospira. "Non vorrei dovermi afferrare il pacco per tenerla dentro. È uno spazio pubblico."

"Aspetterò qui," dice lei, togliendosi un pelucco invisibile dalla spalla del camice da laboratorio.

"Il soggetto testato con una prima versione del Profeta, come mi ha chiesto, arriverà oggi pomeriggio," lo informa al suo ritorno. "Credo che potrebbe sorprenderla."

"Ne dubito. Sto perdendo la capacità di sorprendermi."

"Intendevo solo che le sembrerà normalissima. È una donna, una civile. Parte di un campione preso da un segmento di popolazione diverso dal nostro programma manifestazioni. Venga in laboratorio alle due e mezzo e la porterò da lei."

Le brillano gli occhi. Non accenna ad andarsene.

"C'è dell'altro," dice Rao.

"Già. Voglio mostrarle qualcosa."

"Foto delle vacanze?"

"Non sono stata in vacanza."

"Monty ha detto che era nel Vermont."

"Sì. Non ci sono solo bed & breakfast nel Vermont."

"Le mele."

"Fuochino," dice lei con un sorriso enigmatico. Mentre vanno in laboratorio, gli dice che ha approfondito la teoria secondo cui la dimensione di un Ogp dipende dallo spazio in cui si trova un soggetto al momento dell'esposizione. Gli dice di aver condotto un esperimento all'aperto con un singolo volontario. Quando Rao chiede chi sia il poveraccio, Veronica parla di un vecchio amico degli ambienti dei servizi segreti. Qualcuno che aveva servito il paese in maniera ammirevole e soffriva di una malattia terminale.

"Mi dispiace, Veronica."

"È molto triste," risponde lei. In un improbabile momento di sintonia, sorridono entrambi.

"Quindi che ha fatto? L'ha messo in un campo?"

"Sì. Ha creato un fienile."

Rao fa una smorfia. "Non è così interessante."

Veronica lo accompagna oltre le porte. "Invece sì."

Rao si siede, la guarda aprire un file video a un terminale. "L'ha lasciato chiuso là dentro?"

"No. Non ne era attratto."

"Perché no?"

"Non lo vedeva. Gli abbiamo detto di chiudere gli occhi durante l'iniezione."

Rao manda un suono nasale. "Allora dov'è adesso? Sedato?"

"No. È all'obitorio del Northeastern Vermont Regional Hospital. Era un po' troppo per lui. Era davvero molto fragile."

"Il numero delle sue vittime sta diventando impressionante, Veronica."

"È una benedizione, in realtà, sia per lui che per la sua famiglia. Poteva succedere da un momento all'altro."

Rao scuote la testa, guarda lo schermo.

È un fienile rosso del Vermont in mezzo a un prato in una giornata nuvolosa. Tetto olandese, assicelle di legno consumate dal tempo, infissi bianchi. Colline che si alzano alle sue spalle. L'immagine è così suggestiva che Rao comincia a salivare. Un vago sapore di sciroppo d'acero, sidro di mele americano.

"Bello," dice. "Un ricordo d'infanzia?"

"L'originale era alla sua fattoria di famiglia. C'è ancora, una cinquantina di chilometri a ovest, ma è stato convertito in abitazione. Questo, credo, è come sembrava esattamente la costruzione all'inizio degli anni sessanta."

"Poteva mostrarmi delle foto. Perché un video?"

"Perché non ha creato solo un fienile. Continui a guardare."

La videocamera si avvicina al fienile a passo d'uomo. La mano di Veronica si ferma sulla porta, spinge. La porta si apre verso l'interno. Mucchi di paglia, sacchi di mangime. Fasci di luce polverosa che entrano dalle finestre superiori, dipingendo chiazze allungate sul pavimento di legno. L'inquadratura si abbassa. Pezzi di corda abbandonata, un brandello di juta. Ricordi dettagliati. La videocamera ruota e Rao sobbalza sulla sedia.

"Cazzo," dice.

È un cavallo. Rao ama i cavalli. Non è male come fantino. Ma quando vede questo, pensa che non vorrà mai più cavalcare. Non è un cavallo. È un abominio. Sembra un baio Morgan – senza bardature, il manto screziato di luce – ma appena la videocamera si avvicina i suoi occhi sono spenti come le pareti di legno alle sue spalle e i fremiti dei fianchi, le scrollate del collo, il frustare ripetuto della coda si ripetono a ciclo continuo.

"Cazzo, è come la radio," sussurra. "È orribile."

"Se lo dice lei," risponde Veronica. "A me sembra solo un cavallo."

"Non è un cavallo."

"Ovviamente no."

Mentre la videocamera si sposta attorno a quella cosa che non è un cavallo, Rao avverte come una lenta vertigine. La rabbia gli sale in gola. Veronica si ferma, allunga una mano, la passa sul fianco dell'animale. Preme le dita. La sua mano scompare dall'inquadratura, l'immagine si sfoca, scivola e si capovolge, e quando la videocamera si raddrizza, la mano impugna un coltellino. La lama entra in profondità. Il cavallo non batte ciglio, ma il sangue sgorga abbondantemente dalla ferita. Veronica indietreggia. I movimenti a ciclo continuo non cessano. Il sangue non cessa.

Il filmato s'interrompe.

Rao è seduto a testa bassa con gli avambracci sulle cosce e respira affannosamente cercando di soffocare un senso di nausea. "Adam l'ha visto?" dice guardando il pavimento.

"Ci ha chiesto di lasciarlo in pace."

"Ma non l'avete fatto. Lo chiami."

La testa di Adam ha un leggero sussulto non appena vede il cavallo. Stringe la mandibola. Poi si china verso lo schermo, incuriosito. Mentre la videocamera si sposta, dice solo: "Perché?".

"Perché ha creato un animale?" chiede Veronica.

Lui annuisce.

Rao si stringe nelle spalle. "Pensava dovesse stare nel fienile."

"Non credo sia quello che vuole sapere il suo collega." Veronica inclina la testa verso Adam. "Credo che il Profeta abbia subito un altro cambiamento."

"Come il passaggio dalla nostalgia alla creazione di oggetti fisici?"

"Forse."

Quando il video finisce, Adam si appoggia allo schienale, assorto. "Il sangue si coagulava?"

"No."

"La cosa è ancora là?"

Quella di Veronica non è esattamente una risposta. "Abbiamo eseguito una necroscopia sul posto."

"Non può essere una necroscopia," dice Rao, "se il cavallo non è mai stato vivo."

"Secondo lei non era vivo?" È divertita. "Molto bene. Non una necroscopia. L'abbiamo disteso in una giacitura laterale sinistra sul pavimento del fienile."

"Veronica," la rimprovera Rao.

La sua bocca ha un fremito. "L'abbiamo sdraiato su un fianco. L'abbiamo aperto. No, non credo vada bene nemmeno il termine dissezione. L'abbiamo… smembrato."

"Cos'avete trovato?" chiede Adam.

"Quello che il soggetto immaginava ci fosse dentro un cavallo. Una specie di struttura ossea. Un cranio. Colonna vertebrale. Alcune costole, perlopiù non saldate. I polmoni erano ben definiti ma sembravano più polmoni umani che equini. Sistema digestivo rudimentale. Una sacca che poteva essere uno stomaco, un canale anale scollegato. Più che altro, il cavallo era tessuto muscolare indifferenziato."

Rao annuisce. "Logico."

"Davvero, signor Rao? Perché il cavallo era un controsenso. Un affascinante controsenso. Ecco cosa volevo mostrarvi." Li porta dall'altra parte del laboratorio e prende da sotto una panca un contenitore di plastica bianca con stampato sopra un diamante e la sigla UN3373. Si china, lo apre. Dentro c'è una scatola più piccola. La estrae e l'appoggia sulla panca. "Ha forma e dimensioni sbagliate, ovviamente," dice.

"La scatola?"

"Quello che c'è dentro." S'infila un paio di guanti chirurgici, apre il coperchio.

Tira fuori un cuore.

È un cuore.

Sembra un cuore umano. Pallido, muscolare, bulboso, lucido di sangue, con vene e arterie tagliate e aperte. È la cosa peggiore che Rao abbia mai visto.

Sta battendo.

Sta ancora battendo.

"Il cuore sotto le assi del pavimento," sussurra Adam.

"Cos'era?" dice Veronica.

"Il tipo che ha scritto *Il corvo*. Rao?"

"Poe. *Il cuore rivelatore*. Porca puttana."

Capitolo 52

Rao arriva sempre in ritardo agli appuntamenti. Ma stavolta è talmente in anticipo che Adam non c'è ancora. La sua assenza lo fa sentire improvvisamente, segretamente responsabile: s'intrufola oltre le porte del laboratorio il più silenziosamente possibile. Il laboratorio è tranquillo: alcuni camici bianchi sono seduti davanti ai monitor e una donna con un mocio sofisticato sta pulendo il pavimento senza fare rumore. Sente di sfuggita Veronica parlare dall'altra parte della sala.

"Sì. Come ci siamo detti. Tutto quello che hai proposto. Dopo la tomografia di lunedì."

Sta annuendo, tiene un telefono vicino all'orecchio. Alza gli occhi, incontra lo sguardo di Rao. "Devo andare, Steven."

"Parlava di me, Veronica?" dice Rao con un sorriso.

"Sì. Di lei."

Rao annuisce. Veronica sta dicendo la verità, una volta tanto. Mette via il telefono e si toglie il camice, rivelando vestiti di una semplicità sorprendente: un cardigan grigio pallido, una camicetta a fiori. Con l'aggiunta di un paio di occhiali spessi, pensa Rao distrattamente, sembrerebbe proprio una bibliotecaria comunale. Le porte dietro di lui si spalancano. Come entra Adam, Veronica gli rivolge il suo sorriso più dolce. "Lieta di vederla, colonnello. Andiamo tutti nella sala colloqui?"

*

Luci soffuse. Poltrone, lampade sui tavolini, un tappeto a motivi delicati. Specchi semiriflettenti alle pareti. Adam tira su col naso. L'aria dolciastra, medicinale che c'è in questo spazio pulitissimo e sottoutilizzato è penetrante, sgradevole.

“Dunque, vi lascerò entrambi nello spazio di osservazione adiacente,” spiega Rhodes.

“Voglio conoscerla,” dice Rao. “Non posso conoscerla se resto qui a scaccolarmi nella stanza accanto, no?”

Rhodes alza gli occhi al cielo, ma non per la frustrazione. Se Adam non la conoscesse bene, penserebbe che quella psicopatica stia cominciando ad affezionarsi a Rao. Fa spesso quell’effetto alla gente. Non sarebbe la prima volta che prende qualcuno per sfinimento.

“Rao, con tutto il rispetto. Lei non è bianco. È straniero. Ha la barba,” elenca. “Questa donna non si sentirà libera di parlare se è la prima persona che vede.”

“Me l’ha portata perché è una simpatica razzista o è solo una fortunata coincidenza?”

“Fortunata coincidenza.”

“Fantastico,” sospira Rao stropicciandosi gli occhi. “Qual è il suo piano?”

“Le farò alcune domande. Non parlerò del Profeta, né lo farete voi. L’abbiamo invitata per un colloquio qualitativo su come ha guidato la sua città verso un’epoca di rinnovamento sociale…”

“Che significa?” chiede Adam.

Rhodes storce il naso, compiaciuta. “Valori tradizionali della famiglia americana. Gruppi di comunità. Manifestazioni a sostegno del presidente e dell’esercito. Patriottismo.”

“Nazionalismo,” la corregge.

“Stessa zuppa.” Rhodes dà un’alzata di spalle. “Sono conseguenze. La signora Crossland e le persone che la seguono nella sua comunità sono storie di successo dal punto di vista della Lunastus-Dainsleif.”

Attraverso la vetrata oscurata della sala di osservazione, Adam guarda la donna seduta in attesa. Sembra calma e paziente. Bianca, capelli biondi leggermente ingrigiti, corporatura esile. Indossa un maglione lavorato a maglia con delle appliqué di violette e anatre sul collo e le maniche, e gli ricorda ogni sua singola insegnante delle scuole medie. Rao gli passa il dossier che gli aveva dato Rhodes. Lo apre e legge. Dinah Crossland. Quarantadue anni appena compiuti. Città natale, Pahrump.

“Bene,” dice Rhodes a Rao una volta tornata nella sala di osservazione. “La signorina Crossland è contentissima di essere qui.”

“Viene dal Nevada,” dice Adam.

Rhodes annuisce. “Sì, da Pahrump. Un centinaio di chilometri a nordovest di Las Vegas.”

“Lo so. È una cittadina non incorporata della contea di Nye. Il più grande luogo designato per il censimento tra stati confinanti.”

“Straordinario,” dice lei.

“Straordinario?”

“Non sapevo avesse una conoscenza così approfondita del posto.”

“Perché no?”

Rhodes si stringe nelle spalle. “È americano. La dedizione americana è un’arma potente, certo.” Fa un vago cenno verso la donna nella stanza accanto. “Ma tende a concentrarsi su cose urgenti.”

“Ti sta dando dell’egocentrico, Adam,” suggerisce Rao.

“Grazie, Rao.”

“Cerco solo di rendermi utile, tesoro.”

Rhodes esce. Adam e Rao si voltano verso la vetrata e la guardano sedersi insieme alla signorina Crossland nella sala colloqui. La trasformazione dalla dottoressa Rhodes con cui hanno lavorato negli ultimi giorni all’incantevole e affabile dottoressa Rhodes che vuol far sentire a suo agio Dinah Crossland è impressionante. Rhodes sorride calorosamente, si piega in avanti, sembra affascinata dalle risposte della sua ospite. In questo momento stanno parlando dell’Ordinanza di riaffermazione patriottica di Pahrump. Sventolare bandiere americane, rendere l’inglese la lingua ufficiale della città: tutte cose terribilmente importanti.

“È molto brava,” sussurra Rao. È affascinato. Anche Adam lo è, ma ha il buon gusto di non gradirlo.

“Non mi fido di lei.”

Rao manda un rumore nasale. “Ne abbiamo parlato. Lo so. Per questo non la chiami mai per nome.”

“Il suo nome è Rhodes.”

“E lo usi per tenere le distanze.”

Adam borbotta. Non ha tutti i torti.

“Fai così anche con me?” chiede Rao. “Tieni le distanze? Per questo usi solo il mio cognome?”

“Tu preferisci usare il cognome.”

“Ho cominciato a scuola. È la strada più facile per la maggior parte delle persone.”

“Vuoi che ti chiami col tuo nome proprio, Sunil?”

Rao rabbrividisce. “Terribile,” dice. Sembra sconvolto. “Non farlo mai più.”

"Fare cosa, Sunil?" Adam accenna un sorriso. È troppo facile. Da qualche parte, vagamente, Adam sa che dovrebbe scherzare di meno e prestare più attenzione a quello che sta facendo Rhodes. Sta parlando di famiglia. Comunità. La signora Crossland s'illumina, gesticola. Stanno lavorando. Lui sta lavorando. Lui e Rao devono sapere di più su questa donna, sulla sua reazione al contagio. Sul perché è così com'è. Ma in quest'istante non gliene frega un tubo.

Rao lo guarda. "Coglione. Andiamo, Veronica ci ha lanciato uno Sguardo, ci vuole lì dentro."

"Dinah," dice Rhodes quando entrano, "le presento il tenente colonnello Rubenstein e il signor Rao. Vorrebbero sapere di più dei suoi successi in città."

Adam capisce subito che tipo di donna è Dinah Crossland da come raddrizza la schiena quando lo vede. Ecco qua.

"La ringrazio per il lavoro che svolge," gli dice, alzandosi goffamente e tendendo una mano entusiasta.

"Grazie, signora," risponde lui.

"È un vero piacere conoscere un giovane patriota come lei di questi tempi. Che ha a cuore la Piccola America così come..." lancia un'occhiata diffidente a Rao, "così come su una scala globale."

Forse crede che Rao non parli inglese, pensa Adam. La vede sedersi senza porgergli la mano.

"Ho avuto la fortuna di poter lavorare con delle persone eccezionali," dice Adam con gentilezza. "Il qui presente signor Rao è in cima alla lista. Gli piacerebbe molto parlare con lei della sua attività a Pahrump."

Lei si acciglia, abbassa la voce in un sussurro. "Agli arabi non importa che l'America sia un paese sicuro. Chissà cosa vuole sapere."

"Sono di Islington, per la cronaca," dice Rao. Accosta una sedia al tavolo facendola sfregare sul pavimento prima di sedersi.

"Londra," precisa Adam.

"Inghilterra," completa Rao. La guarda con attenzione. "Signorina Crossland..."

"Signora."

Rao sospira lievemente. "Signora Crossland," ricomincia. "Mi sta bene se noi due non andremo mai d'accordo. Benissimo, in realtà. Non sono qui per convincerla a essere gentile con me. Dobbiamo solo farle alcune domande e poi non dovrà vedermi mai più. Che ne dice?"

"Non mi piace quello che sta insinuando," dice lei, glaciale.

Rao sorride. "Non stavo *insinuando* nulla, Dinah."

La signora Crossland guarda prima Adam, poi Rhodes. La sua espressione passa da fredda sfiducia a lacrimoso disagio. Rao sospira di nuovo, più forte, mentre lei supplica Adam e Rhodes. "Non sono venuta qui per farmi insultare. Non posso credere che mi stia trattando così..."

"Sono..." comincia Rhodes, ma Rao l'interrompe.

"No, Veronica. È tutto a posto. Nessun rancore, signora Crossland?" dice alzandosi in piedi e porgendole una mano. Adam sa cosa sta facendo. Sta offrendo una scelta alla signora Dinah Crossland, a questa razzista di comunità con un maglione fatto da lei. Può impuntarsi, oppure può prendere la mano di Rao. Essere educata.

Ha la meglio il condizionamento sociale. La donna prende la mano di Rao con fare rabbioso.

Ma la rabbia non dura a lungo. Nell'istante in cui le loro mani si toccano, il volto della donna si spegne. Sulle prime Adam pensa che sia un'espressione di disgusto, ma poi vede che Rao ha un'espressione simile. Restano là in piedi con le mani strette, la bocca aperta, immobili come due statue. Rao le starà estraendo il Profeta come ha fatto con Flores, pensa, anche se stavolta sembra diverso. Ma è ovvio che sia diverso. Dinah Crossland non è come gli altri soggetti testati: non è immune e se ne va in giro come Adam. È speciale.

Rhodes si avvicina. Prima che possa intervenire, sia Crossland che Rao prendono fiato affannosamente, simultaneamente. Crossland vacilla ma si ricompone e, a parte un filo di sangue che le esce dalla narice destra, sembra a posto. Li guarda sbattendo le palpebre. Prende un minuscolo fazzoletto ricamato dalla tasca del cardigan e si picchietta il naso. Impallidisce quando l'allontana e vede il cotone macchiato di rosso.

"Io, ehm," dice sottovoce, fissando Rao. Poi chiude forte gli occhi come se stesse esprimendo un desiderio. "Io voglio tornare a casa."

"Ci terrei che parlasse col nostro personale medico prima di andarsene, signora Crossland," le dice Rhodes.

"No. Non voglio problemi. Voglio andare a casa."

"La lasci andare, Veronica," dice Rao risedendosi. Sembra esausto. Intontito. Adam s'inginocchia e gli controlla le pupille. Sono dilatate, ma Rao è lucido. "La lasci andare a casa."

"Prima l'aiuteremo un attimo a rilassarsi," mormora Rhodes. La sua voce è dolce, ma le brillano gli occhi e ha le mani strette in pugni. Vedendola, Adam ha la sensazione che Crossland non tornerà a casa molto presto.

Capitolo 53

Riportare Adam e Hunter al ristorante vietnamita, decide Rao, è stato un colpo di genio. Dopo l'incontro con Crossland, dopo *quella cosa*, tutto – le pieghe sui suoi jeans, l'ombra sotto la sedia di lei, l'angolo tra la mano alzata di Veronica e il pavimento, la cucitura sulle maniche di Crossland, il sangue sul suo fazzoletto – aveva assunto un improvviso, terribile significato. Riusciva a malapena a respirare da tanto si sentiva a un passo da una rivelazione. Rao sa che queste stronzate apofeniche gli procurerebbero un internamento coatto secondo il Mental Health Act, o il suo equivalente in Colorado. Ma ora? Ora va tutto bene. Sembra tutto normale. Profondamente, meravigliosamente normale. E cazzo, ha una fame *da lupo*.

Guarda le piastrelle sul soffitto, i dipinti dei fiori di loto, le esili piante d'appartamento sotto le lanterne soffuse vicino al bancone e s'infila in bocca un'ultima forchettata di cibo. Poi spinge la scodella vuota sulla tovaglia e sospira con soddisfazione. "Così va meglio," annuncia. "L'universo è tornato in equilibrio."

Hunter gli lancia un'occhiata incuriosita. "Stai parlando del dharma?"

Lui sorride. "Non in senso stretto, no. Ma forse un pochino sì. Ho appena rimediato a una grave ingiustizia."

"Che ingiustizia?"

"Adam ha ordinato questo piatto l'ultima volta ed era buonissimo. Molto più buono di quello che avevo preso io. Quindi dovevo tornare e rimediare al torto. Vendicarlo."

"Vendicarlo? Credi l'avesse ordinato apposta per darti fastidio?"

"Assolutamente."

"Rubenstein, perché hai ordinato vermicelli con pollo l'ultima volta?"

"Per dar fastidio a Rao."

"Sta mentendo, Rao?"

"Dimmelo tu, Hunter."

L'aria della sera, di fuori, è mite e profuma di fiori e naftalina. S'incamminano verso la Lunastus in un silenzio cordiale.

"Cos'è quel rumore là sopra?" chiede Rao dopo un po'.

"Sembra un succiacapre," dice Adam.

"È un uccello."

"Già."

Rao si volta verso Hunter. "Visto? Non l'avresti mai sentito se prendevamo l'auto."

"Ho già sentito dei succiacapre," dice lei. "E non mi dispiace camminare. L'ho già detto."

"Te l'ha detto due volte," dice Adam. "Hunter cammina un sacco per il suo lavoro."

"Controllore di volo."

"Controllore di volo," ripete Hunter, "con rischio aggiunto."

Le battute fra loro. Le battute, la cena, la camminata nella tenue oscurità e quello strano rumore sopra di loro, uno scampanellio metallico, frizzante. Il mondo è pieno di cose belle. Rao è talmente di buonumore che comincia a canticchiare a bocca chiusa *Spice Up Your Life* mentre avanza sull'ampio marciapiede prima di girare nel parcheggio della Lunastus. Sta riproiettando nella sua mente il video delle Spice Girls che se la spassano nella penombra di una navicella spaziale, quando Adam lo blocca mettendogli un braccio davanti.

"Adam, ma che cazzo..."

"Rao." La sua voce è tesa.

Rao guarda Hunter. "Che gli è preso?"

"Io non..." comincia lei, poi si ferma. S'irrigidisce. "Merda. Laggiù."

Sta indicando un punto lungo la strada di accesso, e quello che sta indicando è così terribilmente strano che Rao soffoca una risata. Una decina di metri più avanti c'è una chiazza di un colore vivo, scioccante. Una pozza luminosa e soleggiata, che corre lungo il bordo del marciapiede. Una pozza azzurra come un pomeriggio d'estate. E tutt'attorno, buio.

"Ah," dice Rao strofinandosi la nuca. "Ciao."

"È assurdo, cazzo," sussurra Hunter. "Aspettate qui. Vado a dare un'occhiata."

"È audace," osserva Rao mentre lei si allontana a grandi passi.

"È coraggiosa. È sempre stata così," dice Adam.

Hunter si ferma davanti alla pozza di luce, la studia per un po', poi fa un cenno con la testa e li chiama. Il volto di Adam è cupo mentre abbassa lo sguardo. Illuminata dal chiarore ai suoi piedi, la faccia di Hunter è fissa in un'espressione di timore e sconcerto.

"È acqua?" chiede.

"Sì," dice Rao. "È una pozzanghera."

"Profeta," annuncia Adam.

Rao si china. "Questo è un ricordo preciso. Riflette il cielo in una giornata di sole, giusto? E..." Si accovaccia per cambiare angolazione. Da lì intravede la cima di uno scivolo acquatico, una fila riflessa di palme capellute. Si mette carponi, avvicina la testa alla superficie soleggiata. Lo scivolo diventa più visibile, e accanto a esso una pila di massi disposti ad arte con una cascata e, dietro la cascata, teste che ondeggiano e braccia alzate. "È un parco acquatico," sussurra.

"Com'è finito qui?" dice Adam.

"Non so. Forse il sistema di aerazione della Lunastus non trattiene più il Profeta."

"Non riesci a capire all'istante se è vero?" dice Hunter.

Rao si stringe nelle spalle. "Il Profeta è astuto."

"La nostra destinazione si trova a est," osserva Adam. "Il vento da queste parti soffia verso ovest. La teoria di Rao ha senso."

"Questa cosa è pericolosa?" chiede Hunter.

"Solo per la persona che l'ha creata. Potrebbe essere chiunque. Un passante, uno del personale medico che stava tornando a casa in auto, chiunque."

"Non io?"

"No. Saresti a faccia in giù nella pozza se fosse tua. E poi... che significano per te i parchi acquatici?"

Hunter dà un'alzata di spalle, fissa la pozza. "Marco Polo."

"Cosa?"

"Il gioco acquatico, Rao," dice Adam. "Non il personaggio."

Hunter inclina la testa verso Adam. "Che facciamo ora con 'sta roba?"

"Ce la godiamo," dice Rao. "È assurdamente bella. Ne parlerò con Veronica domattina. Può mandare qualcuno a pulire. Sono sicuro che sarà contentissima di sapere di un'altra cazzata della Lunastus."

Adam scuote la testa. "Dovresti chiamarla ora."

"Con quale telefono? In più sono fuori servizio."

"Usa il mio cellulare."

"Non risponderà mai al tuo numero, tesoro."

"Rao."

"Cazzo. Va bene. Ma me ne devi una."

Capitolo 54

Si sveglia di scatto con una scarica di adrenalina, il cuore che martella sotto le costole, gli occhi spalancati. Le tende della camera del motel sono tirate. Rao è seduto sul bordo dell'altro letto, di schiena. Sta scuotendo la testa e ridendo sommessamente. Adam si tira su. Non ci sono minacce evidenti, ma il senso di allarme che l'ha svegliato non l'abbandona. "Buongiorno," dice, la voce rauca dal sonno. Rao si volta. Ha una faccia divertita e colpevole. Un'espressione molto simile a quella che gli ha visto Adam l'ultima volta che l'ha sorpreso a masturbarsi, che pensa sia quello che sta facendo anche ora. La risata è strana, ma lo è anche Rao. Adam ha smesso di sorprendersi da tempo per le cose che eccitano Rao.

"Buongiorno, tesoro." Rao si volta, piega una gamba sul letto, guarda le coperte. Non si sta masturbando. Ma continua a ridacchiare.

"Che c'è da ridere, Rao?"

"C'è una lucertola."

"Cosa?"

Rao indica sul copriletto e Adam la vede. La lucertola scappa via sul cotone decorato e si ferma in fondo al letto, dove alza la testa e si immobilizza. C'è troppo buio nella stanza per capire di che colore sia, marrone o grigio, e sembra provvista di aculei, con una testa tondeggiante e una coda lunga simile a una frusta. Adam conosce bene le lucertole. Ce n'erano ovunque quand'era piccolo. Ma non ne ha mai vista una simile.

"Non dovrebbe essere qui," dice. Questo provoca un altro scroscio di risatine in Rao. Cazzo. È in aria?

"Già, non dovrebbe."

Adam si alza dal letto, si avvicina, piega il collo per studiarla. Dita sottili. Artigli. Non è facile catturare le lucertole, ma lui sa come fare. Approccio da cecchino. Devi solo convincerti che sei parte dell'ambiente, qualcosa come una roccia o un albero. Poi colpisci con sicurezza, prefigurando il pieno successo. Adam si mette nella giusta condizione mentale, aspetta alcuni secondi, poi l'afferra di scatto, premendo il rettile guizzante sul cotone e tenendolo fermo prima di raccoglierlo, la colonna vertebrale accoccolata sul palmo, le squame calde e ruvide contro la sua pelle, le dita chiuse sulla collottola. Ha la bocca leggermente aperta: una linea di denti sottili e minuscoli e l'occhio tondo, le pupille dilatate nell'oscurità della stanza. Adam abbassa la mano sul fianco, va verso la porta, l'apre, poi si accovaccia e lascia andare la lucertola nel parcheggio del motel. Quella scompare sull'asfalto nell'ombra sotto un furgoncino Crysler.

"Non l'hai uccisa," dice Rao quando Adam chiude la porta.

"Perché avrei dovuto?"

Rao si stringe nelle spalle. "Perché sei tu?"

"Ti ringrazio, Rao. Volevi che lo facessi?"

"No. Grazie che non l'hai fatto."

"Non c'è di che."

Rao ride di nuovo. "Andiamo? So che è presto, tesoro, ma sto morendo di fame. Ho pensato perfino di chiedere alla reception una porzione di Cheerios in una vaschetta di cartone, che te lo dico, è un'esperienza gastronomica molto peggiore della roba che mi davano a Pentonville."

Adam lo guarda e nota, di nuovo, che Rao è dimagrito parecchio dalla settimana scorsa. Clavicole più pronunciate, zigomi sporgenti. Ed è inquietante, visto quanto mangia ogni giorno alla mensa aziendale. Rao non si è mai tirato indietro sul cibo, ma ieri sera a cena c'era qualcosa di disperato nel modo in cui trangugiava i vermicelli. Ha ripetuto due volte a Adam che erano deliziosi, ma quasi non masticava, mangiava così veloce che probabilmente non sentiva nemmeno il sapore.

"Rao," dice Adam dopo un secondo o due di riflessione. "Ti senti bene?" Come se gli stesse provando la febbre. Rao lo detesta, ma non alza gli occhi al cielo. Sorride.

"Mai stato meglio, tesoro. Todo bien."

"Todo bien."

"Un modo di dire spagnolo."

"Okay."

"Significa che sto bene," precisa Rao.

"Sì, ho capito." Adam sospira fra sé. Avendo già lavorato insieme, si è abituato a vedere Rao sballato. Quand'è su di giri ride, manda dei gridolini, mugugna. L'ha visto anche in down. Problemi di equilibrio, iperfocalizzazione, parole a raffica, silenzi inquietanti: Adam ha visto tutto quanto. Ma Rao non gliel'ha mai nascosto. Se Adam chiedeva, lui ammetteva. A volte solo per farlo incazzare. Sempre per avere una reazione.

Ora però c'è qualcosa di strano. Adam ne è certo. Quel genere di certezza che Rao chiamerebbe assoluta, immutabile, pura verità. C'è qualcosa di strano, ma Adam non pensa che Rao stia mentendo quando dice che sta bene. Il bisogno di sapere cosa sta succedendo è come un prurito fastidioso, ma Adam lo caccia via, l'allontana dalla sua mente.

"Colazione, Adam? Devi aver fame. Anche i loro Froot Loops sono eccellenti, come cereali."

"Sì, Rao. Dammi il tempo di vestirmi."

"Tic-toc, tesoro."

Adam lo guarda. Lo vede rivivere gli ultimi secondi. Lo vede fare una smorfia.

"Non intendevo in quel senso."

"Va bene."

"Scusami, Adam."

"Rao. Va... todo bien."

Non sa cosa si aspettasse da Rao, ma di sicuro non un grido trionfante. Sorridente e a torso nudo, Rao comincia a rovistare la stanza in cerca di vestiti. I chili in meno gli donano. Adam non dovrebbe pensarlo, date le circostanze, ma lo pensa. Prende nota mentalmente, istintivamente, di procurargli una cintura nuova. Rao sta perdendo peso così in fretta che di lì a poco gli cadranno i pantaloni. Sembrano già sul punto di farlo.

"Oggi sarà una bella giornata, tesoro. Credimi."

"Ti credo, Rao."

Capitolo 55

De Witte è nella cabina oscurata di uno dei suoi Learjet: nella penombra alle sue spalle Veronica intravede del legno tigrato, sedili in pelle color crema.

"Steven. È presto. Dove sei?"

"In questo momento sono sopra, uhm, Lincoln, Nebraska. Sto andando all'evento. A Pensacola sono pronti ad accogliere il nostro soggetto?"

"Evento?"

"Non sai dell'evento?" De Witte chiude gli occhi, parla tenendoli chiusi. "Ho detto a Lane di chiamarti subito e informarti della situazione."

"Non l'ha fatto, Steven. Non vuole. Mi vede come una minaccia al vostro rapporto speciale."

Lui apre gli occhi. "Non... Farò in modo che non si ripeta."

"Dimmi dell'evento."

"Lane ha ricevuto una chiamata dal servizio di sicurezza del Sad-M alle, uhm, tre e sedici di ieri. C'è stata una manifestazione in massa di Ogp attorno agli edifici. Sta mandando un aereo per avere una panoramica dall'alto."

"Quanti oggetti?"

"Decine di migliaia. Giocattoli di peluche, pianoforti, furgoncini Ford, le solite cose. Alcuni sono, uhm, davvero enormi."

"Enormi quanto?"

"Un Boeing 747. Colori della Pan Am."

Veronica fa un respiro profondo, trattiene l'aria, espira. "Hai una vaga idea della causa?"

"Vista la quantità, credo siano stati creati dal nostro gruppo sul campo."

"Sono passati cinque mesi."

"Centotrentaquattro giorni dall'esposizione," precisa lui. "Può darsi che sia un altro caso di evoluzione saltuaria? Questo rafforzerebbe la nostra tesi della correlazione."

"Cosa dicono i nostri teorici?"

De Witte scuote la testa. "Ne abbiamo perso un altro. Si è impiccato. Ha, uhm, lasciato un biglietto. Era come l'ultimo. Su come, sai, non abbia più senso niente."

Veronica ignora quel dettaglio. Le è appena venuta in mente una cosa.

"Hai detto che la chiamata è arrivata alle tre e sedici minuti, Steven?"

"Sì, alle tre e sedici."

Lei sorride. Ha capito. È Rao. Rao e la signora Crossland. La loro stretta di mano, il contatto cutaneo. Veronica è sicura che Rao abbia provocato in qualche modo la manifestazione. Ora le si presenta una serie di domande a cui è impaziente di rispondere. E al momento, decide, non c'è bisogno che Steven complichi le cose.

Lui sta aspettando una spiegazione. "Quell'orario significa qualcosa per te, Veronica?"

"No, Steven. Niente affatto."

Capitolo 56

Montgomery si schiarisce la gola. Stamattina stringe fra le mani un portablocco e ha lo sguardo un po' assente. Probabile, pensa Rao, che lo sguardo sia dovuto alla vodka e il portablocco sia in parte uno strumento di difesa. *Vere*, entrambe le cose.

"Ricapitolando. Ha accettato di estrarre il Profeta da un altro soggetto testato."

"Sì, Kent."

"E le abbiamo fissato una tomografia domattina alle undici, per integrare i risultati della risonanza e andare un po' più a fondo nel suo processo metabolico."

"Sì. Perché non basta il Profeta. Mi volete anche radioattivo."

"Solo lievemente," puntualizza Veronica.

"Le somministreremo un radionuclide chiamato fluorodesossiglucosio," continua Montgomery, impappinandosi un po' sulla parola. "Lo smaltirà entro pochi giorni. Meglio se nel frattempo sta lontano dalle donne incinte."

"Ci proverò."

"Rao, con quale soggetto lavorerà oggi?"

"Con? Su? O per?" chiede lui a raffica. "L'uomo con la coperta arancione."

"Può dirci perché?"

"Perché sono inorridito. Veronica ha tenuto sedata la sua fidanzata per quanto, una settimana?"

"Otto giorni," dice lei. "I suoi parametri vitali sono perfetti."

"Cazzo, 'sta roba non può farle bene. Che ne farà di loro quando lui si sveglia?"

Veronica si rabbuia. "Hanno firmato i moduli. Non ci sono le premesse legali per..."

"La Lunaston non li farà fuori?"

"Rao," lo rimprovera Montgomery.
"Ok, ok. Procediamo."
Il soggetto scelto da Rao è in fondo al reparto, la coperta arancione di pile avvoltolata tra le braccia e il nastro cucito a un'estremità premuto contro le labbra. Ha delle rughe di tensione attorno agli occhi e la bocca. Sembra già grigio. Quattro infermiere sono raggruppate a pochi metri di distanza. Monty si fa da parte e va a sedersi su una sedia lungo la parete opposta. *Giusto*, pensa Rao. Non ha motivo di stare qui. Veronica sta montando una videocamera su un treppiede accanto al letto. Rao è tentato di avvicinarsi e cominciare il processo prima che sia pronta, ma gli piace pensare che il suo prossimo miracolo verrà registrato a memoria futura. Non è un pensiero di cui va troppo orgoglioso.
Dov'è Adam? si chiede girando la testa. In piedi dietro di lui, come sempre. Forse ha paura che l'uomo della coperta lo aggredirà quando si sveglia. *Forse*, pensa Rao, *lo farà*.
"Siamo pronti," dice Veronica. "Ha bisogno che..."
"No. Veda solo di riprendermi dal mio lato migliore," dice Rao avvicinandosi. Allunga le braccia, prende delicatamente il volto dell'uomo tra le mani. Questo gli provoca una cascata di emozioni, la maggior parte non identificabili. Una grande tristezza che è simile al ricordo. E questa volta il formicolio sui suoi palmi tarda un po', ma poi comincia, insiste, e il Profeta scivola fuori. Rao sta aspettando il terrore, ma il terrore non arriva. La stessa intuizione di immensi oceani senz'acqua, ora illuminati da un debolissimo bagliore di stelle, quasi familiare, e lui ci sprofonda dentro e riemerge come se respirasse, come se...
Fatto. Come l'accendersi di una luce, Rao è di nuovo nella stanza e sta guardando l'uomo contorcere le dita, afferrare la coperta, gli occhi sbarrati. Sono occhi azzurri e iniettati di sangue, completamente smarriti.
"Ciao," dice Rao.
"Dottore?"
Le infermiere accorrono. Rao viene fatto scostare.
"Davvero impressionante, Rao," sussurra Veronica. È troppo vicina. Adam è sull'altro lato. "Come si sente?"
Non risponde. Va verso il letto accanto. Su di esso, una donnina dai capelli corti sta stringendo fra le braccia quella che inizialmente sembrava un'enorme zucca, ma con un beccuccio, finestre di plastica rosse e rabbiose sopracciglia blu. Adam l'aveva informato che era la Grande Teiera Gialla, e Rao l'aveva preso in giro

per essere troppo letterale. "No, Rao," aveva detto Adam. "È il suo nome."

"Designazione."

"Nome."

Sorride al ricordo, scosta leggermente il braccialetto ospedaliero lungo il braccio della donna e le prende i polsi.

Stavolta l'oceano senz'acqua è un posto quasi accogliente, sebbene non sia affatto un posto, e il modo in cui il Profeta gli scivola dentro gli ricorda qualcosa che non riesce bene ad afferrare. La donna si sveglia di soprassalto. La teiera le rotola giù dal petto, cade sul pavimento, si spacca. Si apre in alcuni punti e delle cose si rovesciano sul pavimento. Giocattoli, pensa Rao, ma si sta già spostando verso il letto successivo quando si accorge che la donna che ha appena guarito sta avendo un attacco. Le infermiere la circondano e con la coda dell'occhio Rao vede i suoi piedi che scalciano. Non può far nulla per aiutarla, in ogni caso, ci penseranno loro, ci sono altri...

Studia l'uomo che occupa il letto successivo. Sulla quarantina, capelli neri. Stringe fra le mani un soldatino G.I. Joe.

"Rao." Adam, ai piedi del letto, lo guarda con diffidenza. "Sai quello che fai?"

"Per la prima volta nella mia cazzo di vita, tesoro," dice con enfasi senza togliere gli occhi da Adam. Preme le mani sul petto dell'uomo. Continua a fissarlo mentre il Profeta gli si riversa dentro. Ma si distrae quando all'improvviso capisce cosa gli ricorda questa sensazione. Una fredda giornata di gennaio a Jaipur, e lui che beve un tè da Sahu, in Chaura Rasta Road. Dolce. Caldo. Profumato. *Familiare.*

Prosegue.

Non si risvegliano tutti allo stesso modo. Alcuni non aprono gli occhi, il loro respiro si fa agitato, le dita si contorcono mentre gli oggetti cadono da mani e braccia. Altri si svegliano con un rantolo. Uno ha lanciato un urlo. Ogni volta che Rao estrae il Profeta dai loro corpi ha la sensazione di affondare e riemergere, e arrivato all'ottavo soggetto comincia a sentirsi talmente a suo agio in quel non-oceano che fa più fatica a lasciarlo che a immergersi. *Tè*, pensa, mentre l'ultimo soggetto si sveglia. *Tè in una giornata fredda.*

Guarisce tutti.

Veronica lo fissa. Le mani giunte, premute sulle labbra come se stesse pregando. Come se non sapesse cosa dire.

"Tutto okay, Veronica?"

"Dovremmo fare delle analisi."

"Certo, certo. Ma prima ho bisogno di una tazza di tè."

*

Adam alza lo sguardo e vede Montgomery entrare nella stanza a lato del reparto principale. Anche se non dovrebbe, non vede l'ora che Rao insulti un po' quell'uomo.

"Oh, *fanculo*," ringhia Rao mettendo giù la tazza. È strano. Sotto queste luci al neon, Monty sembra un cadavere, mentre Rao sembra scoppiare di salute. "Ho appena guarito tutte le vostre vittime. Non so che cazzo voglia ora, ma si levi dai coglioni, okay? Torni da Veronica e le dica che può baciarmi il culo. O meglio, le dica di baciarlo a lei. Saranno tutti scioccati. Potrebbe davvero prendere il comando per una volta, Monty. Mi scusi. *Kent.*"

Montgomery apre la bocca, la richiude. Adam dovrebbe essere dispiaciuto per lui.

"Rao," dice. "Voglio fare una pausa."

"Oh! Pranzo?"

Ovvio. "Se vuoi."

"Potrei mangiare un bue."

Mentre camminano per i corridoi, Rao si calma un po' e comincia a declamare versi di un'ode improvvisata alla mensa della Lunastus. Adam ne ha sentite a ripetizione dal primo giorno, ma le rime stanno peggiorando, il tono si fa sempre più evangelico. Bisognerebbe dire qualcosa sull'amore di Rao per il lusso e su come sia stato bravo finora a ignorarlo. A parte alzare il gomito quella sera con Hunter, non si è mai concesso nessun vizio in presenza di Adam – eccetto la mensa.

"È osceno," dice Rao interrompendo la sua declamazione. "Non so quanti chef stellati abbiano rapito e incatenato in quelle cucine, ma mangiare qui mi fa sentire come se stessi facendo qualcosa di altamente illegale senza che in realtà lo stia facendo."

"Stavo proprio pensando la stessa cosa."

Rao ride. "Vai a farti fottere, tesoro. Solo io posso parlare delle mie inclinazioni con tanta leggerezza."

"È vero?"

"No." Rao sorride. "Mi sa che puoi farlo anche tu, tutto sommato."

Adam scuote la testa, segretamente imbarazzato di quanto ciò sia importante per lui. "Molto gentile, Rao," dice. È sincero. Rao non lo saprà mai.

Il sorriso di Rao si spegne. "Adam, non hai freddo?"

"Cosa?"

"Io ho freddo," dice. Alza gli occhi lentamente e in modo innaturale. Come se un filo metallico collegato al mento gli stesse sollevando la testa nella posizione corretta. *Pupazzo*, pensa Adam. "Marionetta," è la parola che userebbe Rao.

"Che succede?" chiede. La domanda gli è appena uscita di bocca quando vede qualcosa gocciolare fuori dalle narici di Rao come alza lo sguardo. Sangue. Quasi nero.

Adam lo prende prima che crolli. Scivolano entrambi sul pavimento. Rao è un peso morto fra le sue braccia. Sta ancora guardando in alto. Ha gli occhi aperti ma non vede niente.

"Che t'è preso?" sussurra Adam nell'aria. Nessuna risposta. Non se ne aspetta una. Né deve sembrare un allarme: ci sono telecamere ovunque. Meno di un minuto dopo essere finiti per terra, arriva una squadra del personale medico di Rhodes con una barella. Adam non oppone resistenza e Rao non reagisce quando lo spostano. Sta facendo dei respiri brevi ma regolari. I suoi occhi sono ancora aperti, impassibili. Mentre lo portano nei corridoi verso un ambulatorio, uno dei camici bianchi gli versa alcune gocce di soluzione salina sulle cornee. Adam va con loro, tenendo una mano sul lato della barella.

Adagiano Rao su un letto e lo stanno collegando a dei monitor quando arriva Rhodes. "Che è successo?" gli chiede. Bruscamente.

"Non si sa," dice Adam. "Stavamo camminando e poi ha smesso di camminare."

Rhodes tende una mano e chiude gli occhi a Rao. È un gesto di una tenerezza stucchevole e Adam deve sforzarsi con tutto se stesso di non mandarla affanculo. Finora si è divertita a punzecchiare Rao per capire cosa gli stava succedendo, e Adam non ha detto nulla. Non direttamente. Ma questo gesto di apparente gentilezza lo fa quasi sbroccare. Rhodes non si accorge di quant'è alterato.

"Ha avuto un'epistassi prima di perdere i sensi."

"Può dire sangue dal naso, dottoressa Rhodes."

Lei gli lancia un'occhiata. "Perché? Ha capito cosa intendevo dire. Lei è proprio..."

"Il mio ego può reggere se si concentra su Rao, dottoressa Rhodes, ma non se lei si stupisce ancora che sappia afferrare il concetto di sinonimi."

"Lo tratterremo per una notte," dice lei, scostandosi quanto basta per far credere che stia lasciando a Rao un po' di spazio per respirare.

"Niente analisi," dice Adam. Acconsente. Contratta. È sempre una contrattazione con Rhodes.

"Colonnello Rubenstein..."

"Rhodes, non insista," l'avverte lui. "Quando si sveglierà gli chiederà il consenso che le serve. Ma ora le sto dicendo che l'unica cosa che farà è occuparsi di lui finché riprenderà i sensi. Sono stato chiaro?"

Rhodes storce le labbra. È la prima volta che Adam usa un tono di comando con lei. Non lo usa da un po'. Di questi tempi non ha abbastanza soldati attorno per farlo. Ma ha la sua utilità.

"Sì, colonnello. Credo di comprendere la sua posizione in merito."

"Mi fa piacere che ci siamo capiti, dottoressa Rhodes."

"Adam?"

La voce di Rao strappa Adam da un sonno leggero. Le luci mediche soffuse e i deboli bip dei monitor l'hanno fatto assopire alcune ore fa, dopo che gli infermieri di Rhodes se n'erano andati. Uno di loro aveva perfino cercato di convincerlo a venire via. Si stropiccia gli occhi e si tira su a sedere. Prende il bicchiere e la caraffa sul comodino. "Rao," dice.

"Cos'è successo?"

"Bella domanda." Adam versa dell'acqua e gli porge un bicchiere, studiandolo in cerca di tremori o segni di debolezza. Niente. Rao sembra a posto. Confuso, ma a posto. "Come ti senti?"

"Sto morendo di fame."

"Non siamo mai andati a pranzo. Sei crollato strada facendo."

"Che ore sono adesso?"

Adam guarda l'orologio. "Le due di notte."

"Cazzo," dice Rao con enfasi. Si tira su, si gratta la barba. Guarda con una smorfia il tubo endovenoso nel braccio, i piedi che sbucano fuori in fondo al letto. Sospira. "Cosa dice Veronica?"

"L'ultima cosa che mi ha detto la dottoressa Rhodes è stata: 'Avvertimi quand'è sveglio'. Vuole fare altre analisi."

"Non le ha già fatte?"

"No."

"Non è da lei."

"Non è contenta. Ha dovuto posticipare la tomografia."

Rao manda una risatina nasale, si rimette giù. Guarda il soffitto. La squadra di Rhodes gli aveva pulito il sangue dal naso quando l'aveva portato qui e l'aveva collegato ai monitor, ma Adam glielo vede ancora gocciolare sopra le labbra. Sbatte le palpebre per scacciare il ricordo e prova a riconcentrarsi.

"Stai difendendo ancora il mio onore, tesoro?"

"Qualcuno deve pur farlo."

Questo fa ridere Rao. Una risata che riecheggia piattamente. "Credi che mi porterebbero qualcosa da mangiare se gli diciamo che sono sveglio?"

Adam guarda Rao con serietà. La debole luce bianca gli dà una tonalità grigia, ma sembra che stia bene. Forse un po' a disagio. Distante. Non guarda in faccia Adam. Ogni volta che sorride o ride, scarica un po' di tensione. Potrebbe starsene là sdraiato senza sapere cos'è successo. Peggio ancora, potrebbe dire la verità.

"Credi che riusciresti a capire cos'è accaduto prima che arrivino?" chiede. "Fare un test?"

Rao geme. "Non ne ho nessuna voglia."

"Ma potresti farlo?"

"Potrei fare un fottio di cose, Adam. Potrei staccarmi 'sto tubo e usarlo come corda per saltare ma non lo farò, giusto?"

"Però fa' il test."

Rao geme di nuovo, lancia uno sguardo di pura cattiveria in direzione di Adam, ma a Adam non importa. Hanno bisogno di sapere cos'è successo. *Lui* ha bisogno di sapere. Guarda Rao arrendersi e borbottare tra sé.

"Allora?" lo incalza alla fine.

"D'accordo Adam, vaffanculo," dice Rao, stropicciandosi gli occhi. I secondi passano lentamente. Per qualche motivo, Adam ha ancora nella testa il forte ticchettio di quell'orologio da cucina, riesce quasi a sentirlo mentre aspetta. Preferirebbe che Rao lo guardasse, ma continua a tenere alzata la mano, schermando la luce medica e lo sguardo di Adam. "È stata un'overdose. Una semplice overdose. Non dirmi un cazzo."

Capitolo 57

Hunter entra nella sala risveglio di Rao con l'energia tipica di chi deve svolgere una missione altamente sgradevole. Butta qualcosa sul letto. Lui lo guarda descrivere un arco e cadere sulla coperta tra le sue ginocchia. Una barretta energetica. Scaglie di cioccolato e burro d'arachidi. Sull'involucro, la vignetta di un orso con in mano una granata.

"Grazie. Anche quella birra che hai in mano è per me?"

"No." Hunter si siede a lato del letto.

"Perché no?"

"Perché non sono un'idiota." Si appoggia una caviglia su un ginocchio. "Come va? Rubenstein mi ha detto che sei svenuto."

"Sì, l'ha già visto altre volte, niente di strano. Come va? Odio questo pigiama che mi hanno dato. So che è una cosa banale, ma io sono banale e 'stò coso è orribile. A parte questo, mi annoio e basta. Ti ha detto lui di venirmi a trovare?"

"Chi?"

Rao ridacchia. "Ti va di uscire a fumare?"

Un'alzata di spalle. "Certo."

"Mi passeresti quella vestaglia sulla porta?"

Trovano un'uscita che dà su un terrazzo in fondo a un corridoio ed escono in una mite mattina del Colorado. Le cupole radar della base aerea dall'altro lato della strada sembrano bolle di sapone inesplose, il cielo soprastante è punteggiato di nuvole a forma di pugno. Rao accende due sigarette, ne passa una a Hunter, e guardano chilometri di prati color nicotina allungarsi fino all'orizzonte.

"Rao, come cazzo sei finito a fare questa vita?" dice Hunter.

"Strano che Adam non te l'abbia detto."

"Probabilmente l'ha fatto," ammette lei. "Ma sento un sacco di storie e ricordo solo quelle interessanti."

"Hunter..."

Lei ride. "Non me l'ha detto. *Cristo*, Rao. Sei così *ingenuo*."

Rao resta zitto un attimo prima di rendersi conto che glielo dirà. Vuole dirglielo.

"Dopo l'università," comincia, "sono finito un po' fuori strada. Ho passato alcuni anni a cazzeggiare. A perdere tempo con certi coglioni bianchi snob con ville, piscine e spacciatori affidabili. Ne ho presi a pugni alcuni. Una volta ho rubato una macchina a uno."

"Il clou della tua carriera criminale?"

"È stato allora," dice lui seccamente. "Comunque, gli ultimi due anni ero a Berlino e le cose si sono messe proprio male. Ho perso la bussola, tipo. Non ero..." Scuote la testa. Non le racconterà tutti i dettagli orribili. "Poi mio padre mi ha dato un ultimatum. Dopo un compleanno in famiglia che preferisco non ricordare. *Tirati insieme o basta soldi.*"

Hunter sbatte le palpebre.

"Non fare quella faccia."

"Non la sto facendo." Scuote la testa. "Solo, non capisco perché avessi bisogno dei suoi soldi. Non hai mai giocato a poker?"

"Non sarebbe giusto."

"Assurdo." Hunter si acciglia. Rao fa per protestare, ma lei alza una mano e lo ferma. "Comunque. Ti sei trovato un lavoro."

"Già. Da Sotheby's, la casa d'aste. Ci sono entrato solo perché mia madre è una specialista da Christie's. È una donna molto convincente e conosce tutti. *Tutti.* Il mio compito era scoprire se le opere d'arte erano originali."

Hunter alza un sopracciglio, scrolla la cenere.

"Sì, lo so. Per me era facile, certo, ma dovevo comunque portare delle prove concrete per dimostrare una cosa o l'altra, e quella era una gran rottura di palle. Quindi, un giorno sono nel mio ufficio ed è un nebbioso martedì pomeriggio di gennaio, fuori è quasi buio, quando arriva una chiamata. Chiedono di me alla reception, fanno il mio nome. Ho pensato che fosse qualcuno che conoscevo dai tempi del college, sai, o qualcuno che conosceva qualcuno che conoscevo. Ma non era così."

"Fammi indovinare," dice lei. "Un tizio che voleva farti vedere un dipinto?"

"Non era un dipinto. Era un bellissimo gesso rosso di Sebastiano del Piombo. Assolutamente vero, tra l'altro. Ne abbiamo parlato per un po', il tizio s'è allargato, ha fatto dei commenti positivi sul mio profumo. Ho pensato che volesse divertirsi un po'. Ha detto che lavorava al British Museum e due sere dopo mi ha dato appuntamento alle Gallerie Egizie." Fa una pausa eloquente. "Dopo l'orario di chiusura."

"Non so cosa significhi quello sguardo, Rao."

"I musei di notte, be'... sai."

"Ti eccitano?" prova a indovinare.

"Sono *romantici.*"

Hunter ride. "È la più grande balla che ti ho mai sentito uscire di bocca."

"Fanculo. Ma sì, okay. Ho pensato, perché 'sto tipo mi vuol portare in un posto pieno di oggetti funebri se non ha una perversione particolare?"

Lei lo guarda incuriosita.

"Sono di vedute molto ampie," dice Rao con grande serietà.

Hunter ridacchia. "Sì, lo so. Quindi? Ti ha fatto un discorso, ti ha mostrato una mummia impacchettata, ti ha fatto dire che era un falso e poi ti ha invitato a un incontro con certe persone?"

"Già," dice Rao, lievemente mortificato. Perché è esattamente quello che era successo.

Morten Edwards aveva grandi occhi color nocciola, un ciuffo biondo scuro, un fazzoletto da taschino che era pura affettazione e un vocione gallese che non lo era.

"Uh, Morten," aveva detto Rao mentre fissavano entrambi la teca del museo. "Ti spiace dirmi che sta succedendo? Credevo ci stessi provando."

"In realtà lo sto facendo. In un certo senso. Accontentaci."

"Chi dovrei accontentare?"

"Un dipartimento governativo."

"Quale dipartimento governativo?"

"Non Beni culturali e sport," aveva detto Edwards, divertito.

È una spia, aveva pensato Rao, e aveva *capito.* Un fremito di eccitazione sotto la cassa toracica. Aveva guardato di nuovo il gatto mummificato. "Questo non è quello che dice di essere. Ma non è un falso. Più una truffa molto datata. Dipende. In questo caso, non credo abbia importanza, no?"

"No, non credo. Ma visto quello che sai fare, alcune persone che conosco vorrebbero scambiare due chiacchiere con te," aveva mormorato lui dopo un po'.

"Sei dell'MI5," aveva detto Rao.

"No, loro no."

Hunter piega la testa, lo guarda con curiosità. "Quindi non sapevano della tua storia delle menzogne?"

Rao sorride. "Sono un coglione. Gliel'ho detto. Cioè, non tutto," aggiunge. "Solo che capisco quando la gente non sta dicendo la verità."

"Quando gliel'hai detto?"

"Al primo incontro."

"Sei *proprio* un coglione."

Rao sospira. Si è venduto all'autorità contro cui si batteva da una vita. Ecco cos'ha fatto. Nient'altro. "Credevo davvero di poter essere utile, sai? Salvare le persone. Fare la differenza."

Si aspetta che Hunter si metta a ridere. Non lo fa. Invece, prende un sorso della sua birra. "È per quello che lo facciamo," dice. "Non sono cinica come Rubenstein. Nessuno lo è." La sua voce è calda ma seria.

"Voi due vi conoscete da tempo, ho saputo."

"Sì, abbiamo fatto l'addestramento insieme. Il ragazzino ebreo silenzioso e la stronzetta meticcia che voleva insegnare tutto a tutti."

"Com'era a quei tempi?'"

Il volto di Hunter si addolcisce. "Era avanti. Come ora." Fa un altro sorso, ci ripensa. "No, oggi è diverso."

"Più vecchio e più saggio?"

"È più vecchio," dice lei guardandolo negli occhi.

Rao si sta chiedendo se avrà il coraggio di chiedere altro, quando la porta dietro di loro si spalanca. Veronica sbircia fuori, la bocca una linea retta.

"Rao. Non dovrebbe essere qui fuori. E non dovrebbe *assolutamente* fumare."

"Fanculo, Veronica," dice Rao allegramente.

"Dobbiamo parlare dei suoi ultimi esami del sangue."

"Non ora. Sono in convalescenza."

"Se riesce a fumare scalzo su un terrazzo, riesce anche a parlare di risultati medici."

Questo è difficilissimo contestarglielo. "Cattive notizie?"

"Notizie inspiegabili."

"Cazzo, sa come farmi abboccare," borbotta. "Hunter, dov'è Adam?"

Un'alzata di spalle. "Non sono la sua guardia del corpo."

"Non sai dov'è?"

"Ha detto che andava a pranzo. Non so dove e non gliel'ho chiesto."

Rao si curva per spegnere la sigaretta, la butta in una grondaia. "Scommetto che sta mangiando un hamburger in mensa. Ne va matto. O forse... Veronica, sa per caso quali sono i piatti del giorno?"

"No," dice Veronica. "Ma non ci metteremo molto. Può raggiungerlo in mensa quando avremo finito."

Veronica è in piedi accanto alla poltrona, le mani sui fianchi. Guarda Rao tornare a letto, appoggiare la schiena alla testata. "Bene, dottoressa," dice stringendosi la vestaglia al corpo. "Mi dia le notizie inspiegabili. Sono pronto."

"I suoi risultati sono bizzarri. Ieri ha estratto il Profeta da quindici persone."

"Lo so. Come stanno?"

"Bene. Tranne uno."

Rao stringe le lenzuola. Non aveva pensato di controllare. "La donna che ha avuto l'attacco. Quella con la teiera."

"Già."

Sta per vomitare. Lo fa. No. Potrebbe farlo.

"Cosa ho fatto? È stata sindrome del cuore infranto?"

"Non ha *fatto* nulla a parte estrarle il Profeta," dice Veronica a denti stretti. "Quella donna ha avuto una crisi tonico-clonica generalizzata, seguita da un ictus. La neurobiologia dell'astinenza da Profeta sarà un'area estremamente fertile per ulteriori ricerche."

Rao fissa la parete con aria triste, pensando allo schianto sordo della teiera sul pavimento. Era stato così impaziente di fare *di più* che non si era voltato. Non aveva guardato quella donna. Non l'aveva nemmeno vista in faccia.

"Come si chiamava?"

"Simmonds. Tecnico di laboratorio."

"Nome?"

"Nancy."

"Volevo solo aiutarla," dice lui debolmente. "Perché succede sempre così? Sempre."

"Rao, questo non è mai successo, da nessuna parte."

Rao si stringe le ginocchia al petto. Il cotone sembra unto. È improvvisamente consapevole dei suoi stinchi. Sottili. Come sono fragili. Come tutto lo è.

"Ma non è questo il motivo per cui volevo parlarle. Ci sono altre due cose."

Lui le fa cenno di continuare.

"Come lei, anche il colonnello Rubenstein ha avuto una reazione anomala al Profeta. Sia con la prima dose che con quella successiva." Storce le labbra. "Sa della seconda dose."

"Sì."

Veronica si sistema un capello invisibile dietro un orecchio. "L'ha chiesta lui. C'era il pieno consenso."

"Cosa gli avete fatto adesso?"

"Niente. Ma il suo caso ha sollevato la possibilità che il Profeta... si rifiuti, diciamo così, di entrare in soggetti che sono stati esposti in precedenza, anche se lei lo ha estratto completamente dai loro corpi."

Rao la guarda, sbatte le palpebre. Veronica crede che stia seguendo i suoi ragionamenti, ma in realtà è ancora sprofondato nell'orrore dell'aver ucciso un'altra persona. Il numero delle sue vittime si sta facendo impressionante. Lui...

"Così ho dato un'altra dose a uno dei suoi miracolati, mezz'ora fa."

Rao si tira su a sedere. "*Porca puttana*," sibila. "Non può lasciarli in pace?"

"Non vuole sapere cos'è successo?"

Chiude gli occhi.

"Murray. Jackson Murray. Corpi speciali della marina. Congedato per problemi alla schiena. Non so se si ricorda di lui. Il suo Ogp era un G.I. Joe."

Rao annuisce, gli occhi ancora chiusi.

"Se può aiutare, Rao, era a malapena cosciente. Probabile che non abbia nemmeno sentito l'ago. Ma il Profeta era ansioso di rifare conoscenza. Murray ha creato un altro G.I. Joe, tenendolo esattamente nella stessa posizione di prima, ed è risprofondato subito in uno stato di trance. I suoi parametri vitali sono buoni, comunque. Può passare in reparto quando starà meglio, se vuole."

Rao lascia cadere il discorso.

"Qual è l'altra cosa?"

"Non c'è ancora traccia del Profeta nel suo corpo."

Lui alza la testa, la fissa. C'è qualcosa che non va. Si sente pieno di quella sostanza. Ogni sua cellula trabocca di Profeta. Eppure...

"Cosa ne ha fatto?" chiede lei.

"Crede che lo stia nascondendo?"

Qualcosa di simile a un sorriso. "A questo punto, Rao, non mi sorprenderebbe."

"Non ne ho idea. L'ho estratto da tutti. Non so dove sia finito.

Forse svanisce nel nulla. Viene assorbito. Non m'importa. Ho ucciso qualcuno."

"Non li ha uccisi lei. Li ha uccisi il Profeta."

Rao ha un attimo di confusione feroce. Sa che non ci sono certezze, ma la struttura causale dell'affermazione di Veronica è sconcertante, cazzo. Tutto è vero e falso e in qualche modo *in movimento.* Si strofina la nuca. Veronica sta parlando al telefono.

"Potrebbe dirmi quali sono i piatti del giorno? Vichyssoise, pesce fritto con aioli di asparagi, filetto di bufalo con salsa di midollo. Grazie." Interrompe la chiamata, sorride, guarda Rao, e aspetta.

Capitolo 58

Adam cammina su e giù in silenzio per la camera del motel. Sta pensando. Rao non manderà tutto all'aria prima del tempo. Normalmente lo farebbe – e con grande piacere – ma sa di essere nella merda fino al collo. Sapeva che sarebbe andato tutto a rotoli se avesse continuato con questa cosa, ma per qualche motivo credeva che sarebbe finita diversamente. Il che era da idioti. Rao è un idiota.

Le carte. *Merda.*

Non vedeva l'ora di uscire da quell'orribile sala risveglio e tornare al motel, ma una volta oltrepassata la soglia non voleva più essere là. Era stufo della televisione, annoiato dalla radio, aveva letto tutti i romanzi spiegazzati che aveva trovato nella lobby, voleva solamente qualcosa da *fare.* Aveva messo il mazzo sul tavolo di fronte a Adam e gli aveva chiesto di insegnargli a fare i finti tagli. Adam aveva annuito, abbassato gli occhi e il suo viso si era irrigidito. Anche le spalle.

Rao aveva guardato il mazzo, perplesso.

Le carte dell'appartamento di Tashkent. Esattamente gli stessi dorsi russi coi tratteggi incrociati blu e rossi, lo stesso cartoncino, gli angoli consumati. Sa che avrebbero lo stesso odore se le avvicinasse al naso e annusasse. Trementina e candeggina.

Adam le aveva guardate a lungo, poi gli aveva rivolto un'espressione che andava ben oltre una richiesta di spiegazioni e Rao, col cuore in gola, aveva capito di essere nei guai. Stavolta non poteva tirarsene fuori con le solite stronzate.

E ora Adam sta camminando su e giù per la stanza e Rao, rassegnato, è sdraiato a letto, fissa il soffitto, aspetta l'inevitabile.

"Cos'hai creato?" dice Adam alla fine, fermandosi. "A parte le carte, Rao. Cos'hai fatto apparire?"

"Vuoi una lista?"

"Sinceramente, sì. Ma so che non la farai. Mi accontenterò di quello che ricordi di aver creato, quando e perché."

"In che senso perché?"

Adam espira una volta sola, con decisione. "Rispondi."

"Okay." Rao si tira su a sedere, prende una posizione un po' più salda – anche se sarebbe più facile parlare al soffitto che guardare in faccia Adam. "Ho creato delle sigarette. Le ho fumate. Ne hai presa una anche tu..."

"Cristo."

"Sicure al cento percento. Me ne restano ancora tre, se vuoi dare un'occhiata," dice, indicando la giacca appesa sulla porta. "Sono nel taschino. Poi dei fiammiferi. Un accendino. Una barretta di cioccolato, una volta, ma non ho finito di mangiarla."

"Non era buona?"

"No, era ottima." Rao scuote la testa. "Ho solo calcolato male la mia voglia di cioccolato. Sai come faccio a volte coi dolci."

"Non divaghiamo, per piacere," sospira Adam.

"Le carte."

"So delle carte, Rao. Le sto guardando. Nient'altro?"

Sì. C'è un'altra cosa. Altre due cose. È difficile parlarne perché sono state le prime e perché è stato allora che Rao ha capito che non c'era speranza. Sa che tutto questo non porterà a nulla di buono, non importa se è entusiasmante. Anzi, forse proprio perché lo è.

"Rao," lo incalza Adam.

Rao annuisce. "Sì. Okay. Le lucertole."

Adam si pietrifica. Rao lo vede sbarrare gli occhi, guardarsi attorno agitato mentre assimila l'informazione, le assegna un posto importante. "La lucertola nella nostra stanza," dice sottovoce. Si avvicina a Rao. Rao preferirebbe che non lo facesse. Si accovaccia, mettendosi faccia a faccia. "La lucertola sul letto."

"Sì."

"E tu ridevi e mi dicevi di guardarla." Sì. Rao se lo ricorda. Su di giri per la creazione improvvisa, il senso di vittoria, di caos controllato. Un essere vivente mai esistito prima, che correva sulle lenzuola. "L'ho portata fuori."

Rao annuisce.

"Quando stavamo andando, ti sei fermato un attimo nel parcheggio. Credevo ti stessi allacciando le scarpe, ma..." Si ferma, guarda Rao con attenzione. Resta immobile mentre va in cerca di una verità, poi si ricompone. È un processo affascinante da vedere così da vicino. "C'erano delle lucertole nel parcheggio."

"Ce n'erano due," dice Rao. Adam alza un sopracciglio. "Cosa? Non potevo lasciare là fuori la prima da sola. Contrariamente a quanto si pensa, non sono uno stronzo totale."

Le labbra di Adam hanno un fremito. È praticamente un sorriso. "Credevo fossi in aria."

Ops. "Perfettamente plausibile, mi sa."

"Invece stavi creando la vita."

Rao scoppia a ridere dalla sorpresa. "Porca puttana, Adam. Lo fai sembrare così drammatico. 'Creare la vita', come se fosse chissà che."

"Non lo è?"

"Non sembra," ammette Rao, poi scuote la testa per la menzogna. "No. Lo è, solo non nel senso che t'immagini tu."

"Spiegati meglio."

Rao si acciglia. "Non so se ci riesco."

"Prova."

Non è così facile. Rao sa cosa comporta e sa cosa gli ricorda. È come l'eroina, ma senza la lentezza dell'eroina. Non mette una distanza tra lui e il mondo, ma ha la stessa quiete infinita. Non si sente disconnesso. Non gli dà quella sensazione di biblioteca polverosa, come se fosse tutto vecchio e rinsecchito e odorasse di sostanze chimiche dolciastre. Creare nuove cose lo rinvigorisce. Come il freddo, come uno shock. Un bagno ghiacciato. Come respirare in un mattino innevato. È luminoso, intenso, invitante come ogni altro sballo.

Ma non può dire queste cose a Adam. La cosa più forte che Adam ha provato nella sua vita è l'alcol etilico. Tenta un approccio diverso, si attiene più che può alla verità.

"È intenso," comincia, e vede Adam concentrarsi. "Come tagliare un tessuto o tirar fuori un proiettile da una ferita. Solo che, anziché sforzarsi di trovare il proiettile all'interno, la ferita vuole espellerlo. Quando lo faccio, Adam, è… è come se infilassi un coltello nel mondo. Faccio un taglio. La ferita si apre."

Adam sospira, si alza in piedi. "Credevo ci fossimo chiariti sul pregiudizio che sono uno psicopatico violento, Rao." Sembra stanco. Prima non lo era. "Non devi metterla in termini che credi potrei capire."

Rao scuote la testa. "No, non è…" Si ferma, nota lo scetticismo sul volto di Adam. Alza le mani in segno di resa. "Okay. Forse sono partito con quell'intenzione."

"Non c'è bisogno che…"

Rao l'interrompe. "Ma quello che ho detto è corretto. E, cosa più importante, è *vero*."

Adam si zittisce di nuovo. Va dall'altra parte del letto, si siede. Rao sente il materasso cedere sotto il suo peso. *Una concessione*, pensa, anche se il volto di Adam è illeggibile come non mai.

"Guarda," dice Rao. Sente l'urgenza nella sua voce. *Show, don't tell.*

Apre un palmo in mezzo a loro e inspira. Evoca mentalmente tutta l'apprensione per quel che sarà e poi espira, facendo quella cosa che non sa spiegare: apre il mondo per lasciarla uscire. Sente l'attrazione, proprio alla sua sinistra, e i suoi occhi si spostano su pochi centimetri quadrati di copriletto. Anche l'attenzione di Adam è richiamata in quel punto; si china in avanti, assorto. L'aria tutt'attorno si contrae in se stessa, tremola. Come foschia da calore, ma non è qualcosa che si può vedere. Lo si percepisce. Come un'implosione accelerata, aria che irrompe per colmare un vuoto, e poi…

Rao sbatte le palpebre. Ecco.

Un robusto posacenere di vetro sul copriletto, il cotone sottostante deformato dal peso. Rao si abbandona alla sensazione, ma questa è seguita dal familiare senso di delusione. Tutto quello che ha creato finora è apparso solo quando i suoi occhi erano chiusi, mentre batteva le palpebre, si è manifestato in quel fugace attimo di cecità. Non l'ha mai visto succedere.

Guarda Adam, speranzoso.

"Fallo ancora," dice Adam. "Ho sbattuto le palpebre."

"Adam…"

"Solo… Non so. Un altro posacenere. Fallo ancora."

"D'accordo, ma…"

"Avanti."

Prega che Adam stavolta lo veda. Ha bisogno di sapere.

Niente da fare: Adam sbatte le palpebre proprio in quell'istante, e sul letto è comparso un secondo posacenere.

"Non credo lo vedremo mai succedere," dice Rao. "Come le interferenze delle telecamere a Polheath. Non vuole che lo vediamo."

"O noi non vogliamo vederlo," dice Adam. "Riprova."

Ci sono un sacco di posacenere di vetro sparsi sulla moquette e ammucchiati sul letto. Uno è sul davanzale, un altro su una pala del ventilatore a soffitto. Rao ha appena capito come far comparire le cose esattamente dove vuole; richiede una forma di concentrazione fiduciosa che è in qualche modo ortogonale al processo di creazione, ed è entusiasta di aver afferrato il trucco, di essere riuscito a metterne uno proprio là sul ventilatore. Si avvicina, tende le braccia per prenderlo, lo deposita accanto agli altri sul letto. Il posacenere tintinna quando colpisce uno dei suoi simili.

"Quelli delle pulizie si spaventeranno un po'," ridacchia, sedendosi nuovamente sul letto.

Adam non risponde. Non ha più quell'espressione affascinata sul volto. È estremamente serio. Ha preso il posacenere più vicino e se lo sta rigirando in una mano, guardando la luce rifrangersi attraverso il vetro. "Sono tutti identici. Perché li hai fatti?"

"Ho bisogno di fumare, probabilmente."

"No. Voglio dire, è un posacenere della tua infanzia?"

Rao dà un'alzata di spalle. "Forse. L'avrò visto da qualche parte, un giorno, sì." Chiude gli occhi per alcuni secondi. "Il bar di un albergo di Istanbul. Vacanze estive, il secondo anno di college. Avevo esagerato con l'assenzio."

Adam adagia il posacenere sul palmo, lo alza alcune volte per soppesarlo. Vedendolo, a Rao viene in mente la dea egizia della verità. Maat. Come una delle sue piume veniva messa sul piatto di una bilancia per confrontare il peso con un cuore umano dopo la morte del suo proprietario. Il carattere definitivo di quella pesatura, la decisione che comportava: se l'aldilà sarebbe stato un luogo adatto all'anima di un individuo. Guarda Adam soppesare il posacenere e sente il vuoto al suo centro, la minuscola apertura che è premonizione di morte, e sa che sta parlando al Profeta dentro di lui. Non sa cosa stia dicendo, ma sa che il Profeta sta rispondendo. Rabbrividisce. *Ecco cosa fa questa roba*, pensa. Lo fa diventare religioso. Ehilà. Gli è capitato di peggio.

"Quella lucertola," dice Adam, pensieroso, "non era come il cavallo. Era perfetta."

Rao è raggiante. "Già. Lo era. Lo erano. Lo sono ancora."

Adam rimette il posacenere sul letto, lo muove con un dito. "Scommetto che, se l'avessi aperta, non avrei capito che era un rivelatore."

"Si chiamano rivelatori adesso?"

"Rhodes ha cominciato a usare quel termine per gli Ogp che si muovono. Non ti piace?"

"No, è un bel nome," ammette Rao controvoglia, perché lo è, cazzo. Osserva per un po' il modo in cui le luci dell'albergo si rifrangono sugli oggetti di vetro sagomato, poi si schiarisce la gola e assume la sua migliore voce didattica. “Allora,” dice, “sai perché la lucertola era perfetta?”

“Perché conosci la verità sulle cose.”

Rao è sorpreso. “Già. Proprio così.”

“Quindi quando crei un rivelatore...”

“Non è affatto un rivelatore. Io non creo Ogp. Non creo rivelatori. Quello che creo è realmente, totalmente vivo.” Aspetta che le sue parole abbiano effetto. Dal volto di Adam non traspare nulla. “Sai che sono l’unica persona al mondo che può farlo?” aggiunge.

“Hai creato la vita, Rao,” dice Adam in tono basso, urgente. “Non dovremmo farlo.”

Rao sorride compiaciuto. “Nah, la gente lo fa in continuazione. Tu sei stato creato, e pure io.”

Adam prende quella stronzata per quel che è, la ignora. “Non so perché mi è venuto in mente,” continua lentamente, “ma c’è una parola. È nella prima frase della Genesi. *Bara*. Significa creare cose dal nulla. Solo Dio può creare così, Rao. È...” aggrotta la fronte, “è una cosa seria. Troppo seria perché ci immischiamo.”

Rao alza gli occhi al cielo. “Allora ecco un’altra parola per te, tesoro. *Lila*. Sanscrito. Significa gioco. Creatività magica. Le divinità indù giocano in questo modo ed è così che è stato creato il mondo. Un gioco serio, ma pur sempre un gioco.” Storce la bocca. “In più, il monoteismo è una noia. Senza offesa.”

Adam annuisce, pensieroso. L’ha presa bene, pensa Rao sorpreso, prima di rendersi conto che la sua risposta non era approvazione ma l’indulgenza paziente che ha sempre ricevuto da Adam quand’è in aria.

“Okay,” dice Adam. Lancia un’occhiata verso l’angolo cottura dall’altra parte della stanza. “Ho sete. Vado a prendere dell’acqua e poi...”

“Sei serio, cazzo? Che acqua vuoi? Avanti, apri un palmo. Ti creo un bicchiere d’acqua.”

Adam non sembra contento della cosa. Ma porge la mano sinistra. E pochi secondi dopo, Rao la vede abbassarsi leggermente per il peso di un bicchiere comparso dal nulla.

Adam fissa il bicchiere. Deglutisce. Sta tremando: la superficie dell’acqua oscilla. Un fremito gli attraversa il volto.

“Non è veleno. Puoi berla.”

“Rao,” sussurra Adam. “Questo bicchiere.”

“Sì, non so perché è venuto così. Volevo solo creare un bicchiere d’acqua.” Si china in avanti. È plastica, non vetro. È un bicchiere di plastica. Con stampata sopra una firma di Walt Disney in rosso, e sotto un'immagine di Cenerentola su una sedia dorata. Capelli biondi, grembiule arancione e bianco. Sta porgendo il piede al suo principe inginocchiato. Dietro di lei, un castello. Topi ai suoi piedi. Stelle ovunque.

"L'ho già visto. Uno identico. Quand'ero bambino."

"Uh," dice Rao. "Uh."

Capitolo 59

Fuori, sirene in lontananza. Rao non è pronto ad aprire gli occhi, così fa un test della verità sull'orario. Sono le 8.12 di mattina, domenica ventiquattro ottobre. Cos'è successo in questa data? Estrae una raccolta di fatti dalla memoria. Morte di Rosa Park. Fondazione delle Nazioni Unite. Compleanno di Antonie van Leeuwenhoek. Compleanno di Ronnie e Reggie Kray. Uscita nelle sale di *The Manchurian Candidate.* Il primo, non il remake. Adora quel film.

Non sente odore di caffè. Apre leggermente un occhio. Il letto di Adam è fatto e le sue scarpe da corsa non ci sono. Che egoista. Poteva mettere su una caffettiera prima di uscire. Rao si trascina fuori dal letto e così facendo rovescia il bicchiere della Disney ai suoi piedi. *Cazzo.* L'aveva piazzato sul pavimento perché non gli andava che Adam lo vedesse. Aveva spostato anche i posacenere sulla moquette dall'altra parte del letto. Si vergogna delle cose che ha creato? No, non è vergogna. È qualcos'altro. Non sa bene cosa, ma non è dell'umore per pensarci.

Dopo che Rao si è vestito e ha preparato il caffè, Adam rientra. Sparisce in doccia, ricompare con la sua solita camicia bianca, cravatta nera e pantaloni d'ordinanza, si versa una tazza dalla caffettiera e la sorseggia in piedi vicino alla finestra.

"Visto nulla di entusiasmante mentre correvi, tesoro?"

"No."

"Nulla di entusiasmante là fuori?"

"No."

"Meglio così, mi sa. Oggi andiamo là dentro, vero?"

"È domenica."

"Esatto, ma voglio andarci."

"Okay, Rao."

*

Di domenica la sede della Lunastus è silenziosa come un albergo in un quartiere finanziario alle tre di notte. Nel reparto ci sarà una squadra infermieristica ridotta all'osso, ma i piani più alti sono deserti. Mentre percorre il corridoio principale insieme a Adam, Rao prova ad aprire le porte. Sono tutte chiuse a chiave tranne due: la porta di una piccola sala riunioni e quella di uno sgabuzzino pieno di materiale da ufficio.

"Aha. Ti servono delle penne?"

Adam scuote la testa. Ha un'espressione tesa.

"Che c'è?"

"Stai cercando qualcosa."

È un'osservazione, non una domanda. Ed è vero. Rao sta cercando *qualcosa*. Solo che non sa cosa. È come il primo, doloroso bisogno di farsi un'altra dose. Come se avesse appoggiato qualcosa da qualche parte e si fosse dimenticato cosa. Come se sapesse che l'unico modo per ricordarselo è trovarla. "Veronica non c'è oggi," annuncia, chiudendo la porta dello sgabuzzino. "Però c'è Monty." La seconda affermazione non sembra del tutto vera. Mormora alcune frasi sottovoce. "È nell'anticamera della sala analisi a fare qualcosa col Profeta. Chissà cosa. Probabilmente gli sta raccontando tutti i suoi problemi."

Adam non sorride. "C'è qualcosa che non va, Rao," dice.

È vero. Rao l'ha capito non appena ha messo piede lì dentro. "È solo il silenzio, tesoro," dice d'impulso. "Gli uffici sono sempre strani di domenica. Da piccolo io e alcuni amici siamo entrati di nascosto nello studio di un avvocato, un weekend, per farci due risate. Ci siamo cagati sotto. Sembrava la *Mary Celeste*, la nave fantasma, con degli schedari traballanti. Abbiamo rubato dei biscotti."

Questo stupido ricordo non aiuta affatto. Stanno camminando più velocemente, prendono l'ascensore per il piano inferiore in silenzio. Quando arrivano alla prima delle doppie porte dell'anticamera della sala analisi, Rao formicola per l'agitazione e Adam tiene la mano sinistra pronta sopra la pistola sul fianco. Non c'è nessun motivo concreto per questa piccola *folie à deux*, si dice Rao, per questa paranoia contagiosa. Scopre che non è vero.

Nella camera d'equilibrio, si guardano.

"Non ce lo stiamo immaginando, Adam," dice Rao.

Le labbra di Adam hanno un fremito. "Non importa. Non fa differenza se c'è di mezzo il Profeta."

"Ugh," dice Rao. "Perché sembra il finale di *Butch Cassidy*?"

"Questo non è un film, Rao. Io entro."

Fa ritorno pochi secondi dopo con un resoconto stringato. "Montgomery è fuori uso. La sua dose di Profeta ha creato un cane. Lo sta abbracciando. Non reagisce. Il frigorifero è aperto, sembra che le siringhe siano state manomesse. Te la senti di entrare?"

"Certo, cazzo."

*

Adam non è nuovo ai presentimenti. Ne ha avuti più volte. I militari ne parlano un sacco nelle zone di combattimento attive. Potrebbe essere la convinzione improvvisa di un attacco imminente, una sensazione che ti avvisa di un ordigno sospetto. "Sesto senso," è il termine che usano tutti. Il dipartimento della Difesa preferisce: "premonizione che implica facoltà percettive avanzate." Adam sa che non è nulla di soprannaturale. È esperienza. Riconoscimento di schemi ricorrenti. Analisi gestaltica. Non è altro che conoscenza inconscia, ed è così che sta cercando di spiegarsi quello che continua a succedere a Rao.

Ma dev'esserci di mezzo il Profeta. Nessuno potrebbe aver assorbito così tanto Profeta come Rao senza riscontrare effetti sul cervello. Nessuno può respingere il Profeta come Adam e non avere conseguenze. È sicuro che la minaccia che avverte in questo momento non ha nulla a che fare con qualcosa che ha visto, e tutto a che fare con quello che sta facendo Rao.

Il bicchiere della Disney di ieri sera l'ha sconvolto. Ma, per qualche motivo, che Rao possa fare una cosa del genere ha un senso. Estrarre ricordi da Adam e farli materializzare. Probabilmente è colpa sua. Non è così prudente come dovrebbe. Si sta affezionando troppo, di nuovo, perché ultimamente gli succede come quando lavoravano insieme in Asia Centrale, facile come respirare. È solo ossessionato. Non dovrebbe. Ma sta cercando di non preoccuparsi per quello che sta facendo Rao e se gli manda in pappa il cervello. I risultati si vedono. Stanno avendo delle risposte – e delle nuove domande – ogni giorno che passa.

Rao gli picchia dentro, borbotta che non sopporta quando diventa così assente, e va verso il frigorifero dov'è custodito il Profeta. Montgomery è raggomitolato sul pavimento là davanti, le dita affondate nella pelliccia di quello che sembra un beagle bianco, nero e ruggine stretto al petto. Entrambe le figure sono illuminate dalla luce fredda che esce dalla porta aperta del frigorifero.

"Porca puttana, Monty," mormora Rao inginocchiandosi accanto a lui. Montgomery ha la testa china, il volto nascosto, la fonte premuta sul cane. Quando Rao fa per mettergli un palmo sulla pelle della nuca, il cane ringhia, si dimena, cerca di balzargli addosso. Rao ritira la mano di scatto, sorpreso. Adam si abbassa, preme un ginocchio sulla gamba di Montgomery a mo' di ancora e tiene giù il cane, che ora tenta di azzannare Rao. Si rende conto che l'animale è in parte infilato dentro il petto di Montgomery. Sono visibili solo tre zampe e sotto il braccio che lo stringe s'intravedono alcuni denti e un occhio. Il modo in cui Montgomery ha curvato la schiena per abbracciare l'animale dentro di lui ricorda a Adam il modo in cui la gente si avviluppa per proteggere una ferita.

Sente un bisogno schiacciante di scappare dal beagle, da Montgomery, da questa manifestazione. Di allontanarsi il più possibile da quello che sono diventati. Preme sul collo del cane, sulla spalla di Montgomery. "Fallo, Rao," dice. Rao annuisce in silenzio. Allunga di nuovo la mano verso la pelle scoperta. Il beagle scalcia e ringhia sul petto di Montgomery, lottando contro la stretta di Adam, ma Rao fa quello che deve fare.

Adam non crede che si abituerà mai a questa scena. A vedere Rao che guarisce le persone. Le cura dal Profeta. Non solo perché dovrebbe essere un atto impossibile. È l'aspetto di Rao quando lo fa. Non è mai uguale. A volte ha la bocca aperta, gli occhi spalancati, non vede nulla di quello che ha davanti. Le pupille dilatate e distanti. È impossibile per Adam sapere cosa stia provando, vedendo o facendo, né sa da che parte cominciare a chiederglielo. Altre volte Rao ha gli occhi chiusi come se fosse concentrato. La fronte tesa e seria. L'unico movimento che fa sono dei respiri profondi, l'aria che gli attraversa il corpo. Questa volta è chino su Montgomery con gli occhi socchiusi, batte le ciglia un po' troppo velocemente. Adam guarda e, come ogni altra volta, vede delle perline di Profeta uscire dalla pelle di Montgomery e scomparire in quella di Rao.

Quando Rao toglie la mano dal collo di Montgomery, il braccio attorno al corpo del cane ricade sul pavimento piastrellato. L'altro braccio lo cinge ancora con forza, le dita affondate nella pelliccia.

"È assurdo," dice Rao. Sembra distante. La voce roca come se si fosse appena svegliato o come se fosse sopraffatto dall'emozione. "Monty? Puoi lasciare il cane?"

Montgomery non risponde verbalmente, muove appena la bocca contro la testa del cane. Adam è preoccupato. Tutti quelli che Rao ha curato finora hanno lasciato andare o si sono allontanati dai loro Ogp non appena erano in grado di farlo. Ora ovviamente è impossibile.

"Non può, Rao," gli dice Adam, guardando la mano sul beagle. Montgomery non sta solo passando le dita sulla pelliccia. C'è della pelliccia color ruggine che gli sta crescendo sulla pelle. Sulle unghie. Rao non ha ancora visto che il cane è dentro il petto di Montgomery. Non ha ancora visto la pelliccia sulla pelle. Sembra che non si renda conto di cos'è realmente questa cosa. Adam si chiede affannosamente se riuscirà a portarlo fuori di qui prima che lo faccia – ma è troppo tardi. Rao sta cercando di rovesciare Montgomery sulla schiena, e vede tutto quanto – e anche di più. Il bianco acceso dell'occhio visibile del cane mentre ringhia, guaisce, si contorce nel petto di Montgomery. La pelliccia che sta crescendo sul collo, nella bocca, sulla lingua di Montgomery mentre cerca di parlare. "Andate," sussurra debolmente. "Chiamate..."

"Chiamo Rhodes," esclama Adam alzandosi. Ha bisogno di tirare fuori Rao di qui e ha bisogno che quella donna si occupi di questo disastro. Montgomery sembra terrorizzato, ha gli occhi sbarrati, si sforza di respirare senza riuscirci. Comincia a tossire. Poi a soffocare.

"Adam," l'implora Rao, tenendo giù Montgomery mentre si contorce. Adam è già al telefono.

"Rhodes," dice non appena lei risponde. "Siamo nel suo laboratorio analisi. C'è stato un incidente. Contaminazione. Il dottor Montgomery sta male." *Non ce la farà*, pensa, guardandolo in preda alle convulsioni. I polmoni non sono fatti per contenere dei beagle. Non lo dice a voce alta. "Venga qui."

*

Rao ha visto un sacco di cose. Ma nulla in confronto al corpo di Monty sconquassato dai movimenti convulsi di un beagle mezzo incastrato dentro di lui. L'animale non riuscirà mai a liberarsi. È intrappolato e sembra terrorizzato. Rao non può sapere se il cane sia cosciente o se stia solo fingendo di esserlo. La risposta è offuscata dal Profeta. Ma può vedere. Di sicuro può vedere.

Ora si è calmato. Sembra sconfitto. Ha la testa abbandonata sul freddo petto di Monty. Di tanto in tanto si lecca le labbra. Monty ha la bocca aperta. C'è una sottile striscia di sangue e saliva che esce dall'angolo. La lingua è rivestita di pelliccia. Stanno aspettando che arrivi Veronica. Rao è sul pavimento, le ginocchia strette al petto, e Adam è davanti al frigorifero, il volto austero alla luce che si riversa fuori dalla porta aperta. *Sarà abituato a queste cose*, pensa Rao. Non al dettaglio del cane. A persone conosciute ferite a morte che gli crepano davanti perché non può aiutarle. Forse lui le aiuta. Forse mette fine alle loro sofferenze, che è un crimine – l'eutanasia è un crimine –, ma forse avrebbe dovuto chiedere a Adam di sparare a Monty. Di sparare a lui e poi al cane. Poi di puntare la pistola su Rao.

Adam si volta dal frigo, perplesso. "Ci sono un sacco di siringhe vuote, ma coi sigilli intatti."

"Non mi sorprende," dice Rao debolmente. "Ho perso la capacità di sorprendermi."

"Credo che dovresti dare un'occhiata."

"Non riesco ad alzarmi in questo momento, Adam. Ho appena ucciso Monty."

"Non sei stato tu. Non è omicidio. L'ha ucciso il Profeta."

"Era vivo finché non gliel'ho estratto."

Adam prende uno dei contenitori sottovuoto. Si avvicina a Rao, glielo mette davanti agli occhi. È perfettamente intatto, ma non c'è nessun liquido luccicante all'interno. Sulla superficie del vetro, un intreccio di linee simili a brina. Cesellatura delicata. Rao pensa al tarakasi. Filigrana d'argento. Si strofina un orecchio con forza. Non può fare a meno di toccare il vetro con i polpastrelli dell'altra mano. Le linee svaniscono come gli entrano nella pelle. Dentro di lui c'è solo un leggerissimo fremito. Un ago che ticchetta su un sismografo.

"Quindi stiamo lavorando mentre aspettiamo Veronica, giusto?" dice con voce rauca quando il vetro è pulito.

"Sto solo cercando di capire cos'è successo."

Rao si stringe ancora di più le ginocchia al petto. "Sentiti libero, cazzo."

"Quand'è entrato in contatto con la sostanza?"

Adam non coglie sempre il sarcasmo. Rao sospira e mormora tra sé. "Sabato sera," conclude. "Ieri. Verso le dieci."

"Credo che abbia aperto il frigo quando il Profeta era già uscito dai contenitori di vetro. Che l'abbia inalato," dice Adam.

Rao fa una smorfia. "Non può averlo inalato tutto. Non ne aveva dentro così tanto, da quel che ho sentito."

C'è un debole tintinnio quando Adam rimette il contenitore sul ripiano. Poi torna e si lascia cadere su un divano accanto a Rao. Resta seduto in silenzio per un po', guardando il pavimento. "Rao," comincia. "Hai detto che quando il Profeta cambia, cambia ovunque, contemporaneamente."

"Sì."

"Mi è venuta in mente una cosa."

"E vuoi illuminarmi."

Adam annuisce. "Se mi togliessi la cravatta e l'appoggiassi su quella sedia, le sue estremità sarebbero in posti diversi, giusto? Se versassi dell'acqua al centro della cravatta, impregnerebbe il tessuto alla stessa velocità. Quindi le due estremità si bagnerebbero contemporaneamente. O lo farebbero se la cravatta fosse tutta della stessa larghezza."

"Di che cazzo stai parlando?"

"È solo un modo per visualizzarlo, Rao. Credo che il Profeta sia tutto collegato, come la cravatta. Da qualche altra parte. Noi vediamo solo le estremità."

Il volto di Adam è speranzoso. Entusiasta. Rao non ci sta capendo un cazzo. È assolutamente... no. *Aspetta.* "Tipo, intendi collegato in un'altra dimensione?"

"Forse."

Qui e altrove.

"È solo una teoria," dice Adam. "Potresti testarla?"

Forse. Ci prova. Scuote la testa.

"Perché riguarda il Profeta?"

"O perché ne sono pieno," dice lui cupamente.

"A proposito, Rao. Se il Profeta è collegato in un'altra dimensione, forse è così che i contenitori nel frigo si sono svuotati. Forse può spostarsi facilmente da un luogo all'altro. E forse..."

Guarda Rao con esitazione. Con cautela.

"Cosa?"

"Forse è per questo che sei ancora vivo, Rao," dice con insistenza. "Forse è per questo che stai bene."

"Non sto bene, coglione," sibila Rao. "In caso te lo fossi dimenticato, Monty è morto. L'ho ucciso. È lì disteso sul pavimento e c'è un cane nel suo petto che probabilmente non morirà mai."

Il volto di Adam si fa inespressivo. Si alza in piedi velocemente, gli occhi fissi sulla porta.

"È arrivata."

Veronica entra a grandi passi in scarpe da ginnastica e abbigliamento felpato da casa, il volto pallido e senza rossetto, i capelli raccolti, uno zaino nero in una mano. S'inginocchia silenziosamente a esaminare Montgomery appoggiando lo zaino di fianco. Con esitazione, mette due dita sull'ampio cranio del cane. L'animale non ringhia, corruga solo la fronte, muove di scatto l'occhio nella sua direzione. Lei allontana la mano, cerca nello zaino ed estrae il coltellino che aveva usato per tagliare il cavallo. Rao sussulta.

"Non possiamo aspettare per l'autopsia?" protesta.

"Non è un'autopsia," dice lei, facendo scorrere la lama sulla camicia a quadri di Montgomery e aprendo il tessuto. Passa un dito sulla pelliccia che si spande sul petto partendo dal manto del cane. "Perfetta," sussurra, prima di mettere una mano sul collo del beagle e chiudere le dita. "È un cane senza pulsazioni. Com'è morto Montgomery?"

"Sono stato io," dice Rao.

"Asfissia," dice Adam. "Appena gli è stato estratto il Profeta."

"Già. Succede." Veronica si accovaccia sui talloni, prende il suo BlackBerry dalla tasca davanti dello zaino, digita sul tastierino. Sta chiamando qualcuno del suo staff. Chiede loro di venire. Di occuparsi della situazione. Terminata la chiamata, si alza e va a esaminare l'interno del frigorifero. "Sistemeremo ogni cosa," dice. "Non c'è motivo di annullare l'esame che abbiamo in programma, Rao. Colonnello Rubenstein, le sarei grata se lo riportasse in albergo e mi chiamasse se ci sono peggioramenti nelle sue condizioni. Lo aspetto domani all'una."

Terza parte

Capitolo 60

Mette a fuoco lentamente i Led rossi sulla radiosveglia del motel: 10.36. *Ugh*, brontola Rao. *Perché c'è chiaro?*

È mattina, si rende conto, imprecando contro la sveglia. Ieri s'era infilato a letto non appena erano tornati, nascondendo la testa sotto le coperte e raggomitolandosi in posizione fetale. Era resistito due secondi in quella posizione, troppo simile al letale abbraccio canino di Monty. Si era messo a pancia sotto, affondando la faccia nel cuscino. Poi, come molte altre volte, aveva preso fiato, buttato fuori l'aria e accolto la tristezza e il senso di fallimento. Si era lasciato andare a fondo come in miglia d'acqua bollente, lasciando che bruciasse. Lasciando che bruciasse, sapendo che sarebbe sopravvissuto. Perché è quella la beffa, eh? Sono sempre gli altri a morire.

Per alcune ore non c'era stato altro che quella discesa cocente. Adam non aveva cercato di farlo star meglio. Rao aveva apprezzato. Ma gli aveva portato dell'acqua. Aveva chiesto se voleva qualcosa da mangiare. Rao aveva scosso la testa contro il cuscino. Non lo voleva, non se lo meritava.

Si aspettava di non dormire, una lunga notte bianca sfavillante dei ricordi degli ultimi terribili momenti di Monty. Ma era crollato e aveva dormito per ore. E ora ricorda l'accaduto solo a sprazzi. Le unghie di Monty rivestite di pelliccia folta. Il canino bianco e curvo sotto il labbro alzato del cane mentre ringhiava. L'angolo della bocca di Monty mentre implorava aiuto, annaspava in cerca d'aria. E nessuno di questi ricordi è come dovrebbe. Sono nitidi, ma distanti. Sepolti. In profondità dietro il vetro. Forse è opera del Profeta, pensa. Lo sta proteggendo dallo stress post-traumatico. Non può sapere se è vero. Non potrebbe importargli di meno anche se lo fosse. Gli fanno male gli occhi. Motivi spettrali si ramificano sotto le sue palpebre. E soprattutto ha sete. Gola riarsa. Arida come polvere. La Death Valley in giugno. Quando si ricorda che non potrà mangiare nulla fino alla tomografia all'una, manda un forte gemito. È assurdo che Veronica non l'abbia annullata. Osceno.

Si solleva sui gomiti. Non ha capogiri. Niente nausea. È a posto. Sta bene. E prova un'ondata travolgente di gratitudine quando vede Adam sulla soglia della loro camera, che firma per una consegna come una persona normale.

"C'è posta per te," annuncia.

"Passa qua," gracchia Rao.

Il suo nome è scritto correttamente sull'involucro di plastica. Lo apre. All'interno c'è una busta di cartoncino color crema. Dentro a questa, una lettera sulla carta intestata della Lunastus-Dainsleif. Il logo familiare di un aereo da combattimento stilizzato sopra le bande concentriche di un segnale wi-fi. Quel logo l'ha sempre colpito. Così banale, così diretto.

Strizza gli occhi per decifrare i caratteri. Non ci vede bene. Vorrebbe chiedere a Adam di leggere al posto suo. Non lo fa.

"Cazzo," dice, vagamente scioccato. "Vogliono assumermi."

"Chi?"

"La Lunastus."

"Congratulazioni." Adam è impassibile. Un attimo di silenzio. Poi, con cautela, aggiunge: "Che ti chiedono di fare?".

"Una volta completato questo progetto, dovrei assisterli nelle trattative aziendali. Fanculo."

"È uno stipendio, Rao."

"È un mega-stipendio del cazzo. Fanculo pure quello." Rao scuote la testa. "Chiudermi in uffici e sale riunioni per tutto il giorno? A Sunnyvale? Ci morirei, cazzo."

"Certo, ma sempre meglio del carcere."

"Che ragionamento di merda, Adam."

"Non ti piace quando ho ragione."

"Non lo sopporto." Fa un sospiro lungo, teatrale. "Ti avverto, sono di umore nero, nerissimo stamattina."

"Sopravviverò."

Rao si è appena vestito quando bussano di nuovo alla porta. Dei colpetti leggeri, quasi timidi. Adam va alla finestra e sbircia attraverso il voile di poliestere.

"Gli scagnozzi sono tornati. Non gli stessi di prima. Sono armati ma sembrano cortesi," mormora. Spalanca gli occhi, divertito. "Mi hanno appena visto e hanno alzato le mani."

"Davvero? Abbiamo una reputazione, tesoro."

Rao si avvicina silenziosamente alla porta, mette la bocca sul compensato e grida: "Posso aiutarvi?".

"Siamo venuti a prendervi come previsto dalla Lunastus-Dainsleif Srl. Non vogliamo problemi." Una voce rauca, dispiaciuta.

"Per me non era previsto. Dove andiamo?"

"All'aeroporto, signore."

L'elicottero li sta aspettando all'aeroporto di Centennial coi rotori accesi. È un Bell 427, osserva Rao. Non si è mai interessato di aviazione, ma alcuni anni fa aveva sfogliato un opuscolo della Bell in una sala riunioni del Gchq e aveva imparato tutti i modelli per gioco.

Dentro l'abitacolo, Adam inclina la testa per trovare il sole, guarda l'orologio al polso. Ancora prima che il pilota dia gas, ha incrociato le braccia, s'è messo comodo sul sedile e ha chiuso gli occhi. Rao invidia la sua calma, sa che lo stato d'animo in cui si trova lui non gli permetterà nemmeno una parvenza di sonno. Guarda il suolo inclinarsi, strade e campi da golf scivolare via, trasformarsi in colline pedemontane chiazzate, boschi, pigre vallate.

Dopo quaranta minuti il viaggio si fa più turbolento, la luce più intensa, più viva, invade l'abitacolo. Ora stanno sorvolando montagne vere e proprie, nevai, ogni sbalzo di gravità negativa artiglia lo stomaco vuoto di Rao. Quando il Bell comincia a rallentare, Adam apre gli occhi, guarda di nuovo l'orologio, dice con il solo movimento delle labbra: *Aspen*.

Atterrano su una piattaforma vicino alla cima di un crinale innevato. Le porte si aprono nell'aria gelida e i loro accompagnatori fanno segno di scendere. Come sguscia fuori sull'asfalto, Rao scoppia a ridere, divertito da quell'assurdità avventurosa in stile James Bond dopo gli orrori della sera prima. Ma quando l'elicottero riparte sollevando nuvole di polvere, si alza e punta dritto verso nordest, il suo passaggio riempie la valle di una cascata proliferante di eco che ricorda a Rao gli ultimi secondi prima di quell'orologio impossibile, tanto che guarda Adam con inquietudine.

Adam sta osservando l'elicottero che si alza. Non sembra minimamente preoccupato. Al contrario, sembra... *Merda.* Il riverbero della neve fa delle cose bellissime al suo volto. Dopo che l'elicottero è scomparso oltre una serie di cime frastagliate, Adam si gira verso Rao, la mascella serrata, neve sulle ciglia e tra i capelli. Indica con la testa lo chalet sopra di loro, le finestre bianche e azzurre per il riflesso del cielo.

La porta non è chiusa a chiave. Rao segue Adam all'interno. I suoi scarponi lasciano esagoni di neve compatta sullo zerbino e su diversi metri di legno di pino ben lucidato. Sbatte le palpebre, si abitua lentamente all'oscurità e dopo un po' vede uno spazio arredato in stile cowboy di montagna. Un fuoco perfetto crepita nel camino. Nell'aria c'è un odore intenso di legno di cedro e cannella.

"Da questa parte!"

L'uomo sul divano grigio pallido indossa un cardigan Pendleton grigio scuro e sta aprendo il sigillo di un catalogo di attrezzature sportive Cabela's con un coltello dall'impugnatura a zampa di cervo. Ma, per qualche motivo, dà anche l'impressione di essere spaparanzato con le braccia lungo lo schienale del divano. Sembra assolutamente a suo agio qui, in uno dei molti spazi commutabili che i ricchi e i potenti chiamano casa. Rao ha visto uomini come lui in un sacco di posti simili a questo, ma si rende conto di non aver mai avuto così tanta voglia come ora di prenderne uno a cazzotti. Quest'uomo è assurdamente bello. Mandibola squadrata, un ciuffo biondo-argento su occhi blu profondo. Sembra un modello di Ralph Lauren. Il figlio illegittimo di Paul Newman se si fosse scopato John Fitzgerald Kennedy.

"Ehi," dice l'uomo. "Grazie per essere venuti. Lo apprezzo molto."

"Molto gentile. Chi cazzo è lei?" dice Rao.

"Lane. Solo Lane. Avete fame?"

Insalata verde e patate alla dauphinoise. Costata di manzo, molto al sangue. A servirli è una donna silenziosa in grembiule di cotone nero, con una stretta coda di cavallo mora e un solitario d'oro bianco all'anulare. Evita i loro sguardi con quella che, sospetta Rao, è più che semplice cortesia professionale. Dopo che ha finito al tavolo, Lane la chiama e le bisbiglia qualcosa all'orecchio. Lei annuisce con aria triste e torna in cucina.

Lane si avvicina una ciotola e rovescia un cucchiaio di quelli che sembrano grani di pepe verde sulla chiazza di sangue acquoso nel suo piatto. "Li coltivo io," dice a Rao, prendendone uno tra pollice e indice e schiacciandolo. "Al ranch. Peperoncini thailandesi. Dev'essere un amante dei cibi speziati. Ne vuole un po'?"

"No, grazie."

A seguire, caffè francese con panna liquida. Torta al cioccolato. Adam ignora la fetta che gli viene messa davanti. Rao divora la sua; forse non ha mai avuto così tanto bisogno di zuccheri. Lane lo guarda mangiare con approvazione. "Mai provata una torta così buona?" chiede alzando una forchettata. "La chiamiamo Morte al cioccolato."

"In realtà sì, l'ho provata," dice Rao con voce stridula. La torta è pazzesca e guardare la messinscena di Lane che si prepara a dire quel cazzo che deve dire sta diventando un supplizio. Alla fine Lane raccoglie una chiazza di glassa dal piatto con un dito, se lo lecca e sorride. "Allora, abbiamo un problema urgente e un uccellino mi ha detto che lui è una macchina della verità umana, quindi metterò le carte in tavola. Letteralmente. Ana?"

Lane si allontana in silenzio una volta che il tavolo è stato sparecchiato e fa ritorno da dietro una porta con un grosso rotolo di carta. "Spionaggio fotografico," dice quasi maliziosamente. Apre il rotolo. Lo fissa ai due angoli opposti con *Una celebrazione di Aspen attraverso i secoli* e un libro di cucina di montagna.

Rao ha un moto di rigetto quando nota i colori familiari dal punto in cui è seduto. Aridi pendii collinari, ombre delle nuvole: una fotografia aerea di un paesaggio brullo. Ha visto uomini devastati sopra a tavoli di tortura per via di immagini come questa. Non vuole dare a Lane la soddisfazione di vederlo esaminare con più attenzione, ma Adam non si fa di questi scrupoli. Si alza e si china sul tavolo, subito divorato dalla curiosità. "Dieci centimetri," dice. "161?"

Lane annuisce, il suo sorriso è autentico, radioso. "Amici in posti molto alti."

Rao immagina che il 161 sia un satellite spia. *Sì.* "Che posto è?" chiede.

"Nevada. Area 25."

Adam annuisce. "Già, bacino di Jackass Flats. Ma cos'è questo?" Mette un dito sul foglio, dà dei colpetti.

"Quello è il problema," dice Lane.

Bene, pensa Rao, scostando indietro la sedia.

Al centro del foglio ci sono delle sagome color latte simili ai tetti di uno stabilimento industriale. Il dito di Adam è fermo sull'area circostante, più scura. Addossata agli edifici, l'oscurità si assottiglia a mano a mano che si allontana dal sito, tanto da far pensare a del materiale prodotto da un cratere meteoritico. Solo che gli edifici sembrano intatti e non c'è nessun cratere. Rao si china in avanti. Non sono rocce. Pare più una discarica nel deserto. È indistinguibile là dove i detriti sono più fitti, ma come ci si discosta, s'intravedono angoli che ricordano tetti inclinati, chiazze di prato, la giostra di un luna park, un tratto di sabbia dorata divisa da quello che sembrerebbe un tendone e dall'altra parte dell'edificio, vicino al dito di Adam, il muso di...

"È un 747?"

Adam annuisce. "Pan Am."

"Merda," dice Rao. "Okay, questo è un problema."

"Ogp," dice Lane. "Sapete di cosa sto parlando."

"Lo sappiamo," conferma Adam.

"Questa è la nostra struttura principale per il programma PROFETA EOS. Tutto ciò è comparso attorno al sito quattro giorni fa."

"Di punto in bianco?"

"Di punto in bianco."

Rao sbatte le palpebre. "Quando esattamente?"

"Poco dopo le tre di pomeriggio."

Rao avverte un prurito alla testa. Quattro giorni fa lui... cosa stava facendo poco dopo le tre? Si gratta la barba, riflette. "Cazzo," dice inspirando con forza. Ecco cos'era. La valanga nella sua testa quando aveva preso la mano di Dinah Crossland. Aveva capito subito che era successo qualcosa. Qualcosa di impercettibilmente enorme. Un'onda d'urto, una porta sbattuta. In qualche modo, quel contatto aveva scatenato la comparsa di migliaia di oggetti attorno all'epicentro. Gli viene in mente la *Creazione di Adamo* di Michelangelo, ma detesta di aver pensato subito a quell'affresco. Una scintilla nell'aria vuota. È terribilmente egocentrico darsi un ruolo così fondamentale, ma il problema è che lo è. È un mostro del cazzo. *Sunil, il caso speciale.* Prova un'ondata corrosiva di autodisprezzo ripensando al volto cinereo di Crossland. Al sangue che le gocciolava dal naso mentre Veronica la portava fuori dalla stanza.

"Dicevo, l'alcol interferisce con i suoi poteri, Sunil?"

Adam gli lancia un'occhiata d'avvertimento, ed è così buffa da strapparlo da quell'attimo di caustica introspezione. "No."

Lane annuisce, soddisfatto. Tira fuori una bottiglia di Johnnie Walker Blue Label. Segretamente divertito, Rao appoggia il bicchiere vicino al gomito destro, sorpreso di non avere questa gran voglia di bere. Lane prende un sorso lentamente, lo assapora. "Sono stato io a lasciarvi entrare nella nostra sede di Aurora, è ovvio. Non ce l'avreste fatta altrimenti. Sapevo già quant'era speciale, Sunil. Ho pensato che il nostro progetto poteva sfruttare la sua capacità di riconoscere i falsi. Ma la storia della macchina della verità? Per sapere di quella ho avuto bisogno di favori importanti."

"Ci credo."

"Nessun problema. Mi spettavano."

"Non ho dubbi," dice Rao. Ormai ha capito di che pasta è fatto Lane. È una specie molto particolare di affascinante bastardo, e con un'abilità che Rao ha riscontrato in poche persone nel corso degli anni. Entra in confidenza, parlagli troppo e comincerai a credere che sia dalla tua parte, non importa quante stronzate ti propina. Rao sa per esperienza che questa capacità di infondere una fiducia totalmente ingiustificata è il segno distintivo di un mostro, ma ciò non la rende meno efficace e, nonostante la sua immediata avversione per quest'uomo, gli sta dando del filo da torcere. "Come stanno Heather e Bill?"

Il sorriso di Lane si pietrifica leggermente. "Mi scusi...?"

"Sono amici suoi, se non sbaglio. Hanno volato con noi da Mildenhall. Li hanno raggiunti altri amici su un furgone in panne."

"Sunil, non era nostra intenzione offendervi. Volevamo solo sapere dov'eravate. Tenervi d'occhio. Proteggervi," dice Lane con serietà. "Credevo poteste essere delle risorse per il nostro progetto. E non mi sbagliavo. A proposito, Montgomery era molto preoccupato per quel che vi siete fatti il primo giorno ad Aurora. È un tipo ansioso e queste cose lo scombussolano, sapete? Pensava che fosse un esperimento. Non lo era, ovviamente. Lo sapete. Era quella che gli scienziati chiamano serendipità. Un vero caso di serendipità." Lane si impappina un po' sulla parola la seconda volta. L'ha appena imparata, decide Rao, soffocando suo malgrado un moto di simpatia. Lane non ha ancora saputo di Montgomery.

"Ho visto cosa sa fare, Sunil. Ho guardato il filmato. È davvero meraviglioso. Straordinario. Ed è per questo che ho deciso di prendervi e portarvi qui." Fa un cenno verso la fotografia satellitare. "Lasciamo stare questa. Ci torneremo tra un attimo. Vorrei presentarvi qualcuno." Scosta la sedia. Come la sente sfregare sul pavimento di legno, Adam si alza in piedi. Vedendolo fare così, Rao avverte un brivido d'inquietudine lungo la spina dorsale. Solo di recente ha imparato le sottili differenze tra l'atteggiamento quotidiano di Adam e il suo atteggiamento da "ti spezzo l'osso del collo". Questo è il secondo caso, senza ombra di dubbio. Ha le sopracciglia lievemente alzate, gli occhi un po' più minacciosi, la mandibola più serrata ed è pervaso da un'improvvisa calma, come se avesse appena trovato la risposta a una domanda difficile. Si mette in mezzo tra Rao e Lane mentre quest'ultimo li accompagna sul retro dello chalet. Bussa a una porta di legno di pino. Passano alcuni secondi. Rivolge a entrambi uno sguardo di scuse e la apre.

Capitolo 61

Un'ampia camera da letto rivestita di pannelli di legno, nella penombra. Un rustico letto matrimoniale con lenzuola a motivi geometrici. Un lampadario di corna d'alce, spento. Un teschio di bue appeso vicino alla finestra, una lama di luce accecante che filtra tra le tende tirate e pugnala gli occhi di Rao – e un uomo biondo inginocchiato su un tappeto Navajo tra il letto e la parete. È circondato da fogli di carta e sta scrivendo qualcosa su uno di essi, curvo a tal punto che Rao non riesce a vedergli il volto, solo le braccia e le mani. Felpa blu, maniche arrotolate sui gomiti. Un orologio Garmin allentato su un polso ossuto. La sua pelle…

"Josh?" prova a chiamarlo Lane.

Il silenzio è opprimente. C'è il richiamo stridulo di un corvo di fuori e il tenue grattare della matita su carta. "Il figlio di un amico di famiglia," li informa Lane sottovoce. "È un navigatore del Ventiduesimo stormo di Polheath. Potete immaginare cosa pensiamo sia successo. Lui… non parla né mangia. Non se la passa bene." Indica tristemente il piatto con la bistecca intatta sulla scrivania vicino alla finestra.

Una porta si apre dall'altra parte della stanza ed entra una persona in camice e pantaloni da infermiera. "Questa è Jo Seul-ki," dice Lane. "Si occupa di Josh."

"Salve," dice Rao. "Io sono Rao. Questo è Adam. Lane le ha detto della nostra visita?"

Lei annuisce. "Sì, me l'ha detto."

"Bene. A noi no," dice Rao. Fa qualche passo avanti, tra i fogli che gli si attaccano alle suole e si alzano dal pavimento, finché riesce a vedere meglio il volto di Josh. L'uomo ha le guance incavate ed è concentrato sulla pagina a cui sta lavorando, lo sguardo fisso come su qualcosa di molto, molto lontano. La pelle del suo viso, collo e braccia è ricoperta da un palinsesto di linee incrociate, alcune tracciate con l'inchiostro, altre no: quelle più scure, sottili e intricate sono imperlate di sangue secco.

"Se l'è fatto lui, vero?" osserva Rao.

Lane abbassa la voce. "Purtroppo sì. Ha smesso quando gli abbiamo dato la carta."

Rao guarda i fogli attorno a lui. Alcuni sono pieni di lettere, ognuna racchiusa in una casella. Altri contengono delle griglie tracciate con cura. Ci sono asterischi, simboli e...

"Scarabeo," dice Adam.

"Scarabeo," ripete Rao, strofinandosi la nuca e voltandosi verso Lane.

"Stava facendo la sua corsetta mattutina quando c'è stato l'incidente del rogo a Polheath," spiega Lane. "Ma stava bene. Non abbiamo mai visto l'Ogp che crediamo abbia creato. Ha perso l'appetito, aveva mal di testa e sembrava un po' sottotono, ma nient'altro. Poi è tornato negli Stati Uniti in licenza a trovare la sua ragazza, a Pismo. Stavano facendo surf quand'è successa questa cosa. E per fortuna che non era in acqua in quel momento. Si è seduto sulla sabbia e ha cominciato a disegnarci sopra con le dita per ore. La sua ragazza ha chiamato i suoi genitori, che l'hanno portato a casa. Tutti i dottori pensavano che si trattasse di una crisi psicotica. Noi ovviamente sappiamo che non è così. I familiari di Josh sanno che ho le conoscenze giuste e mi hanno chiesto se potevo aiutarli."

"Avete provato a dargli una scatola dello Scarabeo?" chiede Adam. Rao è quasi certo che sia una battuta. No. È sicuro al 50 percento che non lo è.

"I suoi genitori gliene hanno data una. Era entusiasta finché l'ha presa in mano, ma poi ha perso interesse e ha ricominciato a fare questo."

"Non era quella giusta," dice Adam strofinandosi la bocca. Sembra disgustato, come lo era a Polheath dopo aver tagliato la scatola di Scarabeo. Forse, si rende conto Rao, era l'Ogp di Josh. No. La sua era l'altra scatola, quella con le tessere di legno.

"Quand'è cominciato questo declino improvviso?" chiede Rao.

"Alcuni giorni fa."

"Quanti giorni?"

Lane si acciglia. "Cinque?"

Adam guarda Rao.

“Poco dopo le tre di pomeriggio?” dice Rao. Non è sorpreso di scoprire che è così.

“Può darsi,” ammette Lane, poi il suo volto s’illumina. “Crede che ci sia un legame?”

“Sì. Volete che lo guarisca, immagino?”

“La sua famiglia e l’Air Force le sarebbero grati, Sunil. Vorrei che ci provasse.”

“Non provo,” ribatte Rao, poi mormora, “non è un tentativo.”

Si accovaccia vicino a Josh, lo guarda con attenzione. Sembra semplice. Non ci sono oggetti. Nessuna scatola di Scarabeo che gli spunta fuori dal petto. Ma il vuoto che scaturisce da quest’uomo è come aria fredda attraverso una finestra aperta. E dopo aver ucciso Nancy, la signora della teiera, e aver guardato Montgomery mandare l’ultimo respiro, dopo aver visto il vuoto in quegli occhi, non è convinto che Josh potrà mai tornare a volare sul suo caccia. Si volta verso Adam con una certa esitazione. E Adam si fa avanti. Bene. Adam sarà la sua rete di protezione nel caso in cui Josh si svegli assetato di vendetta.

“Signor Rao?” È Seul-ki. “Le serve aiuto?”

“Per ora no,” dice Rao. “Forse più avanti, grazie. Potrebbe farci un po’ di spazio?” Prende fiato, alza una mano e la mette sulla spalla sinistra di Josh. Nulla. Lancia un’occhiata a Adam.

“Okay?”

“Todo bien,” sorride Rao, spostando la mano sulla nuca di Josh. Non è caldo, non è freddo, non è niente. Forse c’è stato un sussulto. Sì. Una lieve contrazione muscolare, e poi il Profeta gli gocciola sulla pelle e Rao lo assorbe. Maree che si alzano e si abbassano in quello spazio umido-polveroso fra le cose e attraverso tutte le cose. C’è la familiare moltitudine di luci che si affollano da una distanza ineffabile, ma stavolta c’è dell’altro, è come se il Profeta fosse impaziente, come se stesse lasciando qualcosa di irreparabilmente deformato sotto il suo peso, e poi Rao torna in sé, aspetta che passi la stanchezza, si chiede non per la prima volta quanto tempo duri questo processo di guarigione. Perché non è lì quando succede, vero? Non esattamente.

“È sveglio!” esclama Lane. “Guardate, è di nuovo tra noi!”

Adam sta guardando. Rao sta guardando. Seul-ki sta guardando. E anche Josh. Ha messo giù la matita, ha alzato la mano che la stringeva e si sta fissando le dita. Qualcosa di simile a un singhiozzo gli scuote il corpo e in un attimo Seul-ki è al suo fianco, veloce e sicura, per aiutarlo a mettersi in posizione seduta sul tappeto. Ora Josh si sta guardando attorno come per studiare l'ambiente circostante, ma Rao non è sicuro che ci riesca. Non ci sono molti cambiamenti nei suoi occhi. È come se vedessero ancora altro.

"Josh?" dice Lane. "Sono Zachary. Ci siamo conosciuti alcuni anni fa a Ketchum, a casa dei tuoi genitori."

Josh non alza lo sguardo verso Lane. "Be'," dice. La sua voce è piatta, il vuoto continua a sgorgare da lui.

"Era Natale e Capodanno. Come ti senti?"

"Okay," dice Josh.

"Fantastico, Sunil," esclama Lane mentre Rao si alza dal pavimento. "Non c'è..."

"Non c'è più Profeta dentro di lui."

"E lei non... non ne risente?"

"Non sono ancora morto."

"Straordinario. Assolutamente straordinario."

Josh si sposta, si stringe le ginocchia al petto, ci appoggia sopra la testa, chiude gli occhi. La sua bocca si muove. Rao è abbastanza vicino per sentirlo. "Okay," sta sussurrando. "Cinque punti."

Lane si schiarisce la gola. "Allora, so che ci vuole del tempo perché un paziente si rimetta completamente dopo... quello che fa. Lo lasceremo alle mani esperte della nostra infermiera, e lei ha tutta la nostra gratitudine." Porge una mano a Rao.

"Io non lo farei," dice Adam.

"No. No, certo. Ah. Tornate al tavolo, vi raggiungo tra un attimo. Ho bisogno di fare due parole con Seul-ki, d'accordo?"

"Josh è completamente andato," mormora Rao dopo che sono usciti.

"Già."

"L'hai visto anche tu?"

"Sì. Non so come abbia fatto a non vederlo Lane."

"Autoillusione?"

"Può darsi."

Rao scuote la testa. "Lo sapevo che sarebbe andato tutto a rotoli."

"Come facevi a saperlo?"

Rao sospira gravemente. "Non lo so. C'era qualcosa in lui. Appena l'ho visto."

"Hai estratto il Profeta," dice Adam. "È tutto quello che serviva a Lane per il suo piccolo demo."

"C'era un demo?"

Adam lo guarda di traverso. "C'era un demo. Dubito che a Lane importi qualcosa di Josh. Dipende."

"Da cosa?"

"Da quant'è importante la famiglia di Josh. E dal perché siamo qui."

Lane torna un attimo dopo, li riaccompagna al tavolo, si schiocca le dita. "Allora," dice. "Veniamo al punto."

"Non era Josh il punto?" chiede Rao.

"Josh è stato un miracolo. E molto pertinente. Il motivo per cui vi ho portati qui," continua, dando dei colpetti alla fotografia, "è che c'è un problema in aggiunta al problema. La nostra struttura è rimasta al buio."

Adam alza gli occhi dal tavolo. "Nello stesso istante in cui sono comparsi gli Ogp?"

"No. Dopo."

"Quanto tempo dopo?"

"Un giorno dopo. Tre giorni fa."

"Nemici?"

Lane fa una smorfia. "Sì. Ci è arrivata una chiamata prima che andasse via la linea. Uno dei nostri ingegneri parlava di certe persone che stavano tentando di entrare. Sembrava una cosa molto convulsa."

"Quanto personale c'è in loco?"

"Quarantotto."

"Una persona, un oggetto. Quindi da dove arrivavano tutti gli altri?" chiede Adam, come se avesse perso interesse nella questione dei nemici.

Lane non risponde.

"Lane," lo incalza Rao. "Sa perché ci sono così tanti oggetti attorno alla struttura?"

"Non ci è chiaro."

"Perché non parliamo di cose che vi sono chiare?" sbotta Rao. "Potrebbe dirci esattamente perché siamo qui?"

"Ci serve un rapporto sulla situazione."

"Oh, la situazione è un gran casino," annuncia Rao. Adam sorride e Rao si gode uno di quei momenti nei quali spunta quel sorriso meraviglioso. Ha la certezza assoluta che andrà in questo posto. Comincia con un brivido in tutto il corpo simile al timido infiammarsi del sodio, ma poi lo afferra in pieno; per alcuni secondi è quasi travolgente. Quando si attenua, la corrente di ritorno continua a scuoterlo con forza. È fluido, intenso, freddo, profondo e spaventosamente bello. Capisce all'istante che non lo lascerà.

Si sforza di mettere a fuoco oltre le immagini residue del cerchio di Ogp, oltre il tenue bagliore delle ali del 747.

Quando torna in sé, Adam lo sta guardando con apprensione. "Sto bene," mormora. Adam non sembra convinto.

"Tutto a posto?" chiede Lane.

"A postissimo. Continui."

"Sicuro? Ha appena fatto la sua… cosa con Josh. Ho pensato che le farebbe bene bere qualcosa. Ma se ha bisogno di…"

"Sto bene," dice Rao stringendosi il setto nasale.

"Ottimo. Siete entrambi immuni e vogliamo che entriate là dentro," dice Lane prontamente. "Ho riunito una piccola squadra. Gente molto esperta. Vi accompagnerà la dottoressa Rhodes." Guarda fuori dalla finestra. "Non sappiamo cosa troverete all'interno."

"Un sacco di cadaveri che stringono cubi di Rubik."

Lane sembra avvilito. "Speriamo di no, Sunil. Abbiamo bisogno di un'estrazione."

"Chi?"

In quell'istante succede una cosa molto curiosa: Lane arrossisce, gli si inumidiscono gli occhi. La sua gola si muove su e giù. Alla fine parla. "Steven De Witte."

"Il direttore generale della Lunastus? Il vostro miliardario? Il pazzo recluso? Oh!" mormora Rao. "È opera sua, vero, questo dannato progetto?"

Lane sembra sulla difensiva, incrocia le braccia.

"Ci dica," ordina Adam. "Inutile nascondere le cose a Rao."

La difficoltà negli occhi di Lane si fa più viva, poi si placa. Alza una mano in segno di resa. "Okay, ragazzi. È solo che questa roba è molto, molto segreta. Forza dell'abitudine, sapete? Allora, quando le guardie della struttura mi hanno detto che erano comparsi questi Ogp, ho chiamato Steven."

Lane prende fiato, poi: un vago lampo di dolore. "Lui, ehm, ha deciso di dare un'occhiata di persona. È volato a Desert Rock la mattina dopo, di buonora, e poco dopo l'una c'è stato il blackout."

Rao rabbrividisce. Poco dopo l'una. Se lo ricorda. Il freddo improvviso in corridoio, la sensazione di essere teso e sfilacciato in mille pezzi, il ghiaccio dentro di lui così feroce, così pungente che non riusciva a muoversi – e poi più nulla. Nulla finché si era svegliato affamato come un lupo, nel cuore della notte, con Adam al suo fianco.

Adam lo sta guardando. Rao storce la bocca e annuisce. *Proprio così, Adam. È successo allora.*

"Certo, potrebbero esserci altre vittime," sta dicendo Lane.

"Ma De Witte è la nostra priorità. È una mente brillante. Una mente di valore. Abbiamo bisogno di lui."

Rao alza un sopracciglio. "*Abbiamo* bisogno? Chi ne ha bisogno?"

"L'America."

Rao scoppia a ridere. Lane è risentito. "Non può capire," dice. "Il suo collega sì." Si volta verso Adam. "Tenente colonnello, lei crede nell'America."

"Sissignore," dice lui impassibile, un assenso che è una via di mezzo tra un rimprovero e un saluto militare smozzicato.

Lane è soddisfatto. "Allora siete dei nostri?"

Adam storce le labbra. "Dovremmo discutere delle condizioni."

"Certo. Il compenso."

"Garanzie."

"Garanzie, sì, certamente..."

"E la logistica. Saremo calati da un elicottero?"

"Trasporto via terra e a piedi. L'aria è off limits. Abbiamo avuto uno spiacevole incidente."

"Adam, intende un disastro aereo?" interviene Rao.

Lane annuisce con aria triste. "L'atmosfera attorno alla struttura è contaminata. Fino ad altitudini elevate."

"Cos'avete perso?" chiede Adam.

"Uomini validi," dice Lane.

C'è un attimo di silenzio.

"Che *velivolo* avete perso?"

"Un Dash 7."

"Arl-M?"

"Già."

"Chi c'è nella vostra squadra?"

"Sei uomini, più lei, Sunil e la dottoressa Rhodes. Un tipo in gamba al comando. Molto esperto. Il capitano Marcus Roberts. Ex Delta."

"Dove si trova la vostra base operativa avanzata?"

"Mercury."

"La città nucleare nel deserto?" l'interrompe Rao. "Merda. Fantastico. Ho sempre voluto andarci."

Adam si acciglia. "Ormai non è rimasto molto."

"Ci sei stato, tesoro?"

"Conosco gente che ci è stata."

"Ci sono gli alieni?"

"Sì, Rao."

Rao sorride vedendo l'espressione perplessa di Lane. Adam ha preso in pugno la situazione e Rao sta assistendo divertito. Vede Adam farsi pensieroso, poi spostare gli occhi verso la finestra. Rao segue il suo sguardo. Di fuori la luce è cambiata. Nubi scure si ammassano sulle cime, le ombre sono passate da blu a viola. Rao prova un'inquietudine improvvisa al pensiero di tutta quella neve, sente un retrogusto di ghiaccio in bocca che si trasforma in quarzo e granito, sale che gli formicola sulla lingua. Guarda di nuovo Adam. È triste, pensa all'improvviso. *Adam è triste.*

"Ci serviranno altri dettagli," annuncia Adam. "Ma ora porto fuori Rao per consultarmi con lui. Al nostro ritorno gradiremmo dell'altro caffè, signor Lane. Potremmo metterci un po'."

*

Ha cominciato a nevicare. Fuori dallo chalet, Rao prende un pacchetto pieno di Lucky Strike e uno Zippo color argento dal taschino della giacca. Guarda corrucciato il pacchetto, poi tira fuori due sigarette e ne passa una a Adam.

"Lo facciamo," dice Rao.

"Lo so."

"Probabilmente finirà male."

"So anche quello."

Rao guarda Adam fare un tiro e buttare fuori il fumo, gli occhi chiusi.

"Credi nell'America?"

"Rao..."

"Sul serio."

"Ho prestato servizio per molto tempo," dice Adam aggrottando la fronte. "È complicato."

"Ma?"

A questo punto Adam guarda Rao. Ha un'espressione così sincera, così limpida, che Rao ha quasi paura di lui. "Come si può credere nell'America," dice dopo un po', "e tenere gli occhi aperti allo stesso tempo?"

"Porca troia, Adam. Chi sei?"

"Lo sai chi sono, Rao," dice lui, facendo un altro tiro e guardando il fumo alzarsi tra i fiocchi di neve. "Non sono nessuno."

"Abbiamo un charter alle diciannove e trenta da Centennial per Desert Rock," lo informa Adam sul volo di ritorno, alzando la voce contro il sibilo dell'elicottero. "Gli altri arrivano stasera. L'ideale sarebbe che tu restassi a Mercury e ti portassimo De Witte, ma Lane vuole che entri, in caso ci fossero delle vittime." Rao annuisce. Ha passato il resto del tempo ad Aspen sdraiato sul divano oscenamente comodo di Lane a fissare le fiamme nel camino, a pensare a quell'aviere devastato nella camera da letto e a lottare contro un'indigestione. Guarda il volto di Adam, rigato dal sole e dall'ombra tremolante, e annuisce di nuovo. Non sa bene come comportarsi con questa versione del colonnello Rubenstein. Forse Adam è sempre così prima delle missioni operative. Rao non può saperlo. Ma stargli accanto è come stare ai piedi della diga di Hoover e guardare il muro di cemento in alto, con milioni di tonnellate d'acqua ammassati dall'altra parte. Solo che non c'è acqua dietro a Adam; c'è qualcosa di simile al dolore.

"Chi ci sarà a bordo?" chiede.

"Io, te, Rhodes. Forse Hunter."

"Lei non può entrare. Non è immune."

"Ci serve un buon operatore radiotelefonico di fuori."

"È un grosso favore quello che le chiedi."

"Lo farà."

"Per te?"

Adam scuote la testa. "No. Hunter parla sempre delle missioni come se andasse a salvare il mondo. La prenderà così anche ora."

È serissimo. E quando Rao guarda il suo volto accigliato, succede di nuovo. È successo alcune volte e sta succedendo sempre più spesso. Non dura molto – forse un secondo, un secondo e mezzo – e Rao si sente come se avesse appena ricevuto un cazzotto. È come se Adam fosse disegnato su della carta da lucido e sotto a essa ci fosse un altro Adam disegnato su un foglio diverso, e sotto a questo un altro ancora e poi altri mille, e ognuno si muovesse in modo diverso, tutti visibili contemporaneamente. Rao l'ha sempre chiamata diplopia, ma sa che non c'entrano nulla i suoi occhi.

Un altro tuffo allo stomaco. Ora non è colpa di Adam. Il viaggio è molto più turbolento rispetto all'andata. Rao guarda di sotto. Fitte foreste di pini, verderame smaltato di blu oltremare. Sfumato di biacca per tutta la neve nell'aria. Fa freddo qui dentro. Sempre più freddo. Rao pensa a Hunter e sorride. "La vuoi qui, tesoro. Ho capito. Puoi anche dirlo. Com'è Mercury?"

"Città fantasma. Ma fanno ancora ricerca al Nnss. Il nostro arsenale nucleare comincia a invecchiare, così compiono esperimenti per controllare che funzioni ancora. Test con esplosivi convenzionali. È più che altro un centro di addestramento. Operazioni speciali, antiterrorismo, sicurezza nazionale. Come gestire le bombe sporche."

“Come si gestisce una bomba sporca, Adam?”
“Cercando di non farlo, Rao.”
“Porca puttana.”
“Dovrebbe esserci una bisteccheria niente male.”
“Evviva. Quanto dista questo posto del Profeta?”
“Quaranta minuti in direzione nord-nordest. È un edificio vecchio. Era abbandonato. La Lunastus l’ha ristrutturato.” Lancia a Rao un’occhiata eloquente. “Lane ci teneva molto a parlarmi della ristrutturazione.”
“Cristo, non sarà un’altra di quelle sale riunioni?”
“Ne dubito. A Mercury ci saranno delle cianografie e un plastico per il modello di simulazione.”
“Modello di simulazione?”
“Prima di andare là dentro dovremo familiarizzarci con quello che c’è all’interno e attorno all’edificio.”
“Un milione di Mr Potato.”
Adam scuote la testa con decisione. “Non ci sono così tanti oggetti. Trenta, quarantamila.”
“Come sei preciso, tesoro.”
“Devo esserlo.”

Capitolo 62

Sono passati trentasei anni da quando Rao ha fatto il suo primo respiro nel mondo. Quattro mesi e sei giorni da quando ha cercato di fare l'ultimo e ha fallito. Tutti i respiri da allora. Potrebbe calcolare quanti sono, volendo. Non vuole. Non lo fa. Sono passati ventidue giorni dalla tavola calda. Tredici dall'orologio impossibile di Adam. Dalla prima volta che ha incontrato il Profeta e il Profeta ha incontrato lui. Un'ora e cinque minuti da quando sono partiti da Centennial a bordo di un jet Gulfstream. Dodici minuti da quando ha guardato nel buio fuori dal finestrino e ha visto all'orizzonte dei lampi di luce che forse erano fulmini, forse erano sotto le sue palpebre. Undici minuti e cinquanta secondi da quando ha deciso che non importava cosa fossero.

Quando aveva cinque anni, Rao si era allontanato da sua madre mentre facevano compere da Selfridge un piovoso martedì pomeriggio ed era saltato su una scala mobile per il piano di sopra. Da allora era stato ossessionato dalle scale mobili. Più che altro gli facevano paura. La paura aumentava a mano a mano che si avvicinava alla fine della rampa. Si voltava verso i suoi genitori e tendeva le braccia perché lo prendessero su e gli impedissero di finire intrappolato e trascinato di sotto dagli ingranaggi dentati e inesorabili.

Quel giorno lontano, nel momento in cui aveva cominciato a salire aveva capito che non voleva essere sulla scala mobile. Aveva capito di aver fatto una cosa terribilmente stupida. Preso dal panico, aveva cercato di tornare indietro da sua madre, ma i gradini erano alti e non riusciva a scendere abbastanza in fretta. Continuava a essere portato in alto. Con gli occhi annebbiati dalle lacrime, l'aveva vista girarsi e accorgersi di lui. Correre verso la scala mobile. Ma sapeva che non l'avrebbe raggiunto in tempo e che alla fine sarebbe stato divorato.

Non era successo. In qualche modo era saltato oltre l'ultimo gradino ed era rimasto là, paralizzato dallo shock, per essere preso tra le braccia di sua madre alcuni secondi dopo.

Quella scala mobile è esattamente come questo volo.

Ma non verrà a salvarlo nessuno. Ora è lui quello che deve salvare gli altri e la vita gli ha insegnato che non è un ruolo che gli porterà nulla di buono. Mai. Vorrebbe sua madre. La sua assenza è terribile. Gli vengono le lacrime agli occhi, scendono lungo le guance. Se le asciuga con una mano. Guarda i polpastrelli. Luccicano di Profeta nell'oscurità. Un istante solo, prima che la sua pelle lo riassorba. *Sono pieno di Profeta*, pensa, e l'autocommiserazione lascia il posto a un oscuro divertimento. *Veronica si sbaglia e se sopravviverò a questa cosa, potrò andarmene in giro come Terminator ad Halloween. Far cagare sotto tutti dalla paura alle feste.*

Le feste. Dubita che ci saranno altre feste. Non importa. Il volo è una scala mobile. Ci sono sopra tutti. Lancia un'occhiata verso Hunter e Adam. Il tavolino in noce in mezzo a loro è illuminato da un debole cono di luce bianca proiettato dal soffitto curvo. Hunter è girata di schiena rispetto a Rao. Sta mangiando una mela e annuendo. Adam la guarda contrariato e parla velocemente. Animatamente. Rao non riesce a sentire cosa sta dicendo sopra il sibilo dei motori. La sua cravatta è scomparsa, i due bottoni più alti della camicia sono aperti. È così da quando si sono chiuse le porte dell'aereo. Sembra quasi mezzo nudo. Rao non ha idea di cosa significhi.

Dietro di lui, Veronica esce dalla cabina, avanza per il corridoio lisciandosi le pieghe della gonna e li informa che stanno iniziando la discesa. Il tono dei motori è cambiato e Rao sente già la trazione al petto mentre precipita velocemente nell'aria. Si allaccia la cintura di sicurezza e capisce anche senza saperlo che non è qui per salvare il miliardario della Lunastus.

Una guardia imbronciata con l'acne, un portablocco e una pistola sul fianco sale a bordo non appena viene abbassata la scaletta. Controlla le carte d'identità, distribuisce dei lasciapassare, se ne va senza dire una parola. Rao si ferma sul gradino più alto, prende una profonda boccata di gasolio e aria notturna, e vede due furgoni in attesa sull'asfalto di sotto, con le quattro frecce accese. Un uomo in camicia a quadri e gilet nero è appoggiato al cofano di quello più vicino. È Lane. "Sunil! Adam!" grida agitando le braccia. "Da questa parte!"

Come si avvicinano, Lane fa un cenno a Veronica. "Dottoressa Rhodes."

"Zachary."

"Cena con noi? Abbiamo un tavolo alla bisteccheria."

"Non stasera, grazie."

"Peccato. Si mangia bene." Fa un gran sorriso a Hunter. "Sergente capo Wood? È un vero piacere. Grazie per il suo aiuto. Venga a mangiare con noi."

"Grazie. Ho già mangiato, signor Lane. Potrei andare agli alloggi?"

"Certo, certo. L'accompagnerà l'autista." Indica il secondo furgone. "Roberts arriverà col resto della squadra a mezzanotte. L'incontro è domani alle otto nella Sala George Washington, edificio didattico. La mensa serve la colazione dalle sei."

"D'accordo." Hunter sale sul furgone, si sporge fuori dal finestrino e fa un cenno col mento a Adam e Rao. "Comportatevi bene, ragazze."

Guardano le luci posteriori allontanarsi. Lane si strofina le mani. "Mettiamo i vostri bagagli sul retro e andiamo a mangiare."

Quando il loro autista apre la portiera posteriore, Adam sale. Rao ha un attimo di esitazione. Guarda in alto. Le stelle sono luminose qui. Nitide. Il cielo sembra bassissimo. Come se potesse cadere da un momento all'altro. Dentro il furgone c'è un odore di optional costosi e profumo Creed Tabarome.

Appena sono partiti, Lane si volta sul sedile e attacca a parlare del Nevada National Security Site. Rao lo ignora e tiene gli occhi sulla strada desertica. Granelli di quarzo luccicano sulla superficie, su cui aleggia un auratico velo di polvere. Dopo un paio di minuti nota il corpo di un piccolo animale lungo il ciglio. Pelliccia chiara illuminata dai fari. Come si avvicinano, vede che è stato schiacciato. Ha lasciato una scia di sangue. Una zampa freme ancora.

L'autista sterza per evitarlo; lo sbalzo riporta l'attenzione di Lane sulla strada.

"Investito. Ci è finito sotto le ruote all'andata," dice l'autista.

Cazzo, pensa Rao. Si sposta contro il fianco di Adam. Si china, gli bisbiglia all'orecchio. "L'hai visto?"

"La lepre?"

"Non era una lepre. Andiamo, Adam."

Adam fa un respiro profondo. "Stai dicendo che era un rivelatore? Là fuori?" dice. "Sei sicuro?"

"*Adam*. Era un orsacchiotto."
"Sanguinava," sospira lui.
Rao annuisce. Non sa se Adam lo stia guardando; per qualche motivo preferirebbe di no. Tiene gli occhi fissi davanti. Vede cumuli di ghiaia illuminati dai fari agli incroci, rimorchi arrugginiti, cartelli di pericolo radiazioni, tratti di recinzioni metalliche scintillanti, e poi all'improvviso sono a Mercury. Lampadine giallo ambra splendono debolmente sugli edifici; superano mucchi di macerie illuminati da radi lampioni a collo di cigno. La città è inquietante da morire e la bistecheria, quando arrivano, non è da meno. Dentro il locale, sembra di stare intrappolati in un Ogp. Un tabellone con i piatti del giorno in lettere di plastica all'ingresso, tovaglie a quadretti rossi, un cameriere dall'aria stanca, e Lane raggiante come se li avesse portati a Le Gavroche.

Un attimo dopo, Lane sta versando del Primitivo e scrollando la testa. "La dottoressa Rhodes? Credetemi, è una ragazza molto, molto intelligente. Laurea con lode a Oxford. Prima del PROFETA EOS ha diretto per la Lunastus-Dainsleif una ricerca innovativa sulla deradicalizzazione farmacologica."
Rao sbarra gli occhi. "Lavaggio del cervello farmaco-indotto?"
"Deradicalizzazione," risponde Lane con fermezza. "Rhodes è una grande risorsa per questo progetto. Ma, che resti tra noi, non ha le conoscenze. Non può entrare nelle stanze giuste quaggiù."
"Veronica non va a caccia di quaglie insieme ai ragazzi?" dice Rao.
"Non credo," risponde Lane.
"Ma lei ci è andato."
"Molte volte."
"E può entrare nelle stanze giuste."
"Mi piace la gente." Lane dà un'alzata di spalle.
E sei ricco, pensa Rao.
"Gente come De Witte," dice Adam.
Lane mette giù le posate, si china in avanti, incrocia le braccia sulla tovaglia. "È un onore conoscere quell'uomo. Intelligenze come la sua capitano una volta al secolo. Edison. Einstein. Anche quando non parla, capisci che sta pensando. L'energia, sapete? La sua mente..." Lane scuote la testa. "Non è come la nostra."
"La nostra," dice Rao.
Adam gli lancia uno sguardo divertito con la coda dell'occhio. È fantastico. Rao sorride. "Ancora bistecca, Lane? Mi sa che sta diventando una specie di tradizione con noi."

Lane prende le posate, comincia a tagliare la sua T-Bone. "Siamo in America, Sunil. Sapete, una volta mi trovavo nel Montana e uno dei tipi con cui ero ha ordinato del pollo. *Pollo.* S'è alzato un putiferio. La carne americana non regge confronti."

"Servite carne giapponese alla mensa di Aurora," osserva Adam.

"Ed è ottima. Ottima. Ma la wagyu è come il foie gras. Dopo un po' ti nausea, non puoi mangiarla sempre. Non come questa." Mastica con gusto. "Lo sapete che Steven ha un ranch? Mille ettari nel Wyoming. Lo sta riconvertendo in prateria. Bisonti e tutto quanto. È incredibile. Incredibile."

"Sembra un miliardario con molti interessi," dice Rao lentamente.

"Per questo è così straordinario. È il più grande visionario dei nostri tempi. In tutto quello che facciamo, lui c'è. Big data, statistiche, difesa, information security, settore aerospaziale, energia, scienze biologiche. Il suo raggio di..."

"Sì, capisco perché ci tenete così tanto," lo interrompe Rao. "La Lunastus andrebbe a rotoli senza di lui."

"L'America. Ne abbiamo già parlato, Sunil. La Lunastus-Dainsleif non è l'unica a fare affidamento su di lei domani."

"L'America ha bisogno di me. Lo so. Allora, qual è il piano?"

Lane mastica, prende un altro sorso dal suo bicchiere. "La mission analysis è domattina, Sunil. Sicuro che non vuole del vino?"

*

Dopo cena vengono portati in un dormitorio basso, poco illuminato e dalle pareti marrone chiaro, con arbusti desertici e ghiaia appena fuori dalle porte. Adam resta accanto al furgone mentre Rao viene accompagnato in una stanza. A lui spetta quella accanto. Quando entra, vede il suo borsone ai piedi di un letto di legno verniciato. Coperte verdi di lana, un cuscino singolo, armadio, scrivania con una lampada Anglepoise e una sedia. Una lampadina da sessanta watt in un paralume di metallo appeso al soffitto. Una sistemazione lussuosa, forse, nel suo periodo d'oro. Rao studia la fotografia sbiadita di un test nucleare incorniciata su una parete. Un fungo atomico color ruggine, l'onda d'urto che sbianca il deserto sottostante. Una didascalia inchiostrata con cura: BUSTER CHARLIE, 14KT, 30 OTTOBRE 1951.

Si sta slacciando gli stivali quando sente dei colpi alla porta.
"Adam?"
"È aperto," grida.
Un altro colpo. "Adam?" Si alza. Di fuori, sotto la luce, Rao si sta dondolando sulle piante dei piedi e gli porge un pacchetto di sigarette. "Ti va di fumare?"
"Che c'è?"
Rao guarda le sigarette sbattendo le palpebre, se le rigira nella mano. "Senti, non so se dovrei stare da solo in questo momento. E se succede qualcosa?"
"Qualcosa tipo?"
"Non lo so," dice Rao con impeto. "Alieni. Orsacchiotti animati con tanto di organi interni. Questo posto è inquietante, cazzo. E se perdo la testa? Se ho un crollo emotivo? È... smettila di fare come se niente fosse, Adam. Mi sto cagando sotto. Non tutti sono cresciuti in una base militare, questa non è..."
"Di cosa hai bisogno?"
Silenzio.
Ancora silenzio.
"Posso portare qui il mio materasso?"
"Okay," dice Adam con leggerezza. "Posso avere quella sigaretta?"
Escono a fumare. Rao lascia consumare una sigaretta, se ne accende un'altra con la prima. A metà della seconda, il suo sguardo è catturato da una falena marrone che ha la forma e le dimensioni di una punta di freccia, attaccata alla parete sotto la luce. Si china in avanti, la studia con attenzione.
"Cos'ha quella falena?" dice Adam. "È reale?"
"Sì, Adam. Stavo solo pensando a quando da piccolo avevo trovato una falena. Una sfingide. Era appena uscita dal bozzolo. Bellissima. L'avevo fatta vedere a mia madre."
"Stai pensando a tua mamma," mormora Adam.
"Già."
"Dovresti chiamarla."
"Tu chiami la tua?"
"Ci pensa Hunter," dice Adam.
Rao evidentemente non capisce cosa intende. Fa una smorfia. "Non chiamerò mia mamma. È complicato, tesoro. Non posso parlare con lei senza che parta una litigata con mio padre e non è piacevole." Lascia perdere la falena, si gira e si appoggia contro la parete. Butta fuori una boccata di fumo, la guarda offuscare l'aria

notturna. "Lui non ha mai accettato davvero le mie scelte di vita," dice fissando l'oscurità, studiandola intensamente.

"Le tue scelte di vita," ripete Adam dopo un po'.

"Già. Mi ha avvertito una volta. Ha detto che se continuavo ad andare a letto con gli uomini mi sarei rovinato la vita. Sarei diventato tossicodipendente, finito in carcere."

"Uhm."

"Proprio così," sussurra Rao. "Proprio così. Non posso mica dirgli che è stata la Cia, cazzo."

"Mi dispiace."

"Fanculo, non è... Non importa. Lo sai anche tu. E non cerco compassione. Non ora che so che hai seguito la regola del 'non chiedo, non dico' per tutta la tua cazzo di carriera. Sto solo spiegando, okay? Mia madre è..." Deglutisce. "È una donna meravigliosa, Adam. Un'anima bellissima. L'adoro. E ha questa cosa, sai? È impossibile mentirle."

Adam batte le palpebre, soffoca lo stupore. "Vuoi dire che è come te?"

"È mia madre."

"No, intendo se ha la tua stessa capacità."

"È solo impossibile mentirle. Non sa nulla di Kabul. Non sa che ero là, cosa ho fatto, l'eroina, non sa che ho cercato di farmi fuori, che sono stato arrestato, niente di niente. E non voglio che lo sappia. Rimarrebbe delusa e mio padre penserebbe di avere ragione. È meglio che nessuno dei due lo scopra."

Adam si china e spegne la sigaretta. "Vado a prendere il materasso."

"Perché non ti ho mai sentito parlare di tua madre, Adam?"

"Meglio che tu non sappia di mia madre, Rao."

"Invece vorrei."

"Vuoi un'altra storia triste su un'alcolizzata funzionale?" Adam si stringe nelle spalle. Non ha voglia di parlarne. "Ha fatto del suo meglio. Il suo meglio era troppo per lei. Non so cos'altro dire."

"Ah. È ancora viva?"

"Troppo ben conservata per morire di cause naturali."

"Porca troia, Adam."

"Te l'ho detto che era meglio non sapere. Vado a prendere il materasso."

"Dammi un secondo. Vengo con te."

Tornati nel dormitorio, Adam mette giù il materasso, lo spinge contro la parete. Alza lo sguardo su Rao. Sta stringendo il suo fagotto di lenzuola, coperte e cuscino e fissa con gli occhi sbarrati la fotografia incorniciata del fungo atomico.

"Invitante, eh?" dice Adam.

"Cazzo. Almeno non mente sulla natura di questo posto."

"Già," concorda Adam, sentendo una stretta al petto. "Tu tieni il letto. Io starò sul pavimento."

Capitolo 63

Sono le sei e tre minuti. Rao non chiude occhio dalle tre meno un quarto e non sopporta più il peso del buio, la sua forma. Gli afferra la gola. Gli fa venir voglia di tossire. Di gridare. Scosta le coperte. Cerca di vestirsi senza far rumore ma non ci riesce. Adam è già in piedi prima ancora che Rao si accorga che è sveglio.

"Passeggiata prima di colazione?" chiede Adam facendosi scivolare una giacca sulle spalle.

"Sì," gracchia Rao con gratitudine.

Il cielo a est sta rischiarando sull'orizzonte frastagliato, ma a ovest splende una luna quasi piena. Seguono la recinzione perimetrale. Una fila di alberi di yucca si staglia contro il cielo. Qualche giardiniere ha messo delle pietre bianche in cerchi ordinati attorno ai tronchi. Rao si innervosisce per l'assurdità dello sforzo in una città costruita per la distruzione. Prova ad ascoltare i passi di Adam accanto ai suoi. Come fa a camminare così silenziosamente? Ha gli stivali. Rao è in scarpe da ginnastica e riesce a malapena a sentirlo.

"Adam," comincia. "Senti. Sai che hanno bisogno solo di me là dentro. Non c'è bisogno che lo fai."

"Se entri tu, entro io."

"Io vado."

Adam annuisce, come se fosse deciso.

Non capisce.

"Ci vado, tesoro, perché è inevitabile."

Le labbra di Adam hanno un fremito nella semioscurità. "Credevo di essere io quello fatalista."

"Non è fatalismo. È un dato di fatto. So che ci andrò perché è vero."

Adam non smette di camminare, ma rallenta. Guarda il deserto. Quando parla, la sua voce è esitante. Come qualcuno che provi a camminare sul ghiaccio non sapendo se reggerà il suo peso. "Non puoi leggere la verità nel futuro, Rao. Me l'hai detto un sacco di volte."

"Be', è diventato un po' complicato ultimamente."

"Cioè?"

Rao guarda la sottile cicatrice sul proprio polso destro, sotto il bracciale indiano d'argento. Una specie di punto fermo, di verità biografica, di parola. La guarda nella penombra ed è come se non gli appartenesse affatto. La strofina con un dito. "Non so nemmeno se riuscirei a fare un test della verità in questo momento. A dirla tutta, il mondo intero sta diventando più difficile da leggere. Come se la luce si stesse attenuando e non riuscissi a vedere bene. Ma in più ci sono altre cose, cose a cui non dovrei saper applicare criteri di verità, mentre adesso ci riesco." Fa una smorfia. "O almeno credo." Fa un respiro profondo, lascia uscire piano l'aria, parla quando non ne ha quasi più. "Adam, mi sa che non sto molto bene."

"Credevo che..."

"Sì, anch'io."

"Ne hai parlato con Rhodes?"

Rao scuote la testa. Certo che no, cazzo. L'unica persona al mondo che lo saprà è qui in piedi accanto a lui.

"Che sintomi hai?"

"Sdoppiamento della vista. A volte."

"A volte. Ora?"

"No. Senti, Adam. Non ti sei chiesto perché, anche se ora posso creare tutto quello che voglio, non ho fatto apparire un mucchio di droga e alcol?"

"Sei pulito."

"No, non lo sono. Mai stato meno pulito."

"Ma non sei sballato."

"No. Ma..." Cerca le parole. "È come se il Profeta avesse riempito tutti gli spazi dove prima andava quella roba. Come se quegli spazi fossero fatti apposta. E sta diventando un po' insistente."

"Ne vuoi ancora."

Rao si gratta la barba, pensieroso. "Non in quel senso. È come se non potessi sottrarmi a quello che vuole. Alla struttura. Mi vuole là. Per questo è inevitabile. Come se fosse un pozzo gravitazionale."

"Un pozzo gravitazionale."

"È un..."

"Lo so cos'è un pozzo gravitazionale."

"Merda, certo che lo sai," dice Rao. "Il tuo telescopio. Da piccolo eri un nerd dell'astronomia, vero? Adorabile."

C'è ancora abbastanza buio perché il volto di Adam sia per la maggior parte in ombra, ma Rao intuisce dalla sua espressione che ha fatto una gaffe. Anche se, visto il loro passato, visto tutto quello che Rao gli ha propinato nel corso degli anni, dev'essere qualcosa di parecchio grave. Qualcosa di peggio che chiamarlo adorabile. "Che c'è?"

La risposta ci mette un po' ad arrivare.

"Non te ne ho parlato io."

"Di cosa?"

"Del telescopio."

"Sì invece."

Adam continua a fissarlo, scuote la testa. E vedendolo negare, Rao quasi... quasi la sente. Una sensazione di vitrea esattezza che sembra verità ma è lontanissima e profondamente inquietante, come cercare di prendere un granello di polvere tra il pollice e l'indice.

Rientrati al dormitorio, Adam scompare per un po'. Fa ritorno in pantaloni mimetici, un asciugamano buttato su una spalla. Rao gli lancia un'occhiata dal letto.

"Come sono le docce?"

"Bagnate."

Gli sono cresciuti i capelli. Ha dei piccoli riccioli dietro le orecchie. Rao spalanca gli occhi, sorpreso.

"Cazzo, Adam," dice. "Neanche tu hai i capelli lisci?"

Adam manda una risatina nasale. "Mai avuti."

"Hai delle medagliette al collo."

"Targhette identificative. Non sono un marine."

Rao ricorda quando Adam si era strozzato con una birra al Racks 'n' Butts, spruzzandola tutt'attorno dopo che Hunter aveva descritto i marines come delle "puttanelle". Si alza, si avvicina, tende una mano verso le targhette sul petto di Adam. *Ci tiene moltissimo*, pensa Rao, sentendolo prendere fiato ed espirare tremando. Probabilmente si sarebbe beccato una ferita mortale se avesse provato a farlo in passato. Si rigira le targhette tra le dita, strizza gli occhi, le allontana un po'. Non c'è molta luce qui dentro e il testo impresso è minuscolo.

"Hai bisogno di occhiali."

"Ci vedo benissimo."

Adam manda un'altra risatina, stavolta più delicata. "Okay."

Rao prende una targhetta fra il pollice e l'indice. "Che cazzo vuol dire Protestante B, Adam? Credevo fossi ebreo."

"Lo sono. Ho prestato servizio in Arabia Saudita e là non fanno entrare gli ebrei."

"Ah, è una frase in codice? Terribile. Ma è pure ridicolo, cazzo. I servizi segreti stavano in bunker di cemento senza finestre?"

Adam lo guarda perplesso. "Come fai a sapere..."

"Sono andato a letto con uno che ci è stato."

Adam alza gli occhi al cielo. Poi, inaspettatamente, sorride. "Girava voce che il rabbino avesse portato il Siddur nascosto dentro una scatola di proiettili all'uranio impoverito. Ma non ci credo."

Rao guarda il sorriso sbieco di Adam, sente la tensione della catenella sulla sua nuca, pensa a quante volte ha baciato qualcuno tirandolo a sé in questo modo. Rimette giù le targhette con cautela sul petto di Adam.

"Non le porti sempre."

"Non aiutano se vuoi stare in incognito, Rao."

"E ora le porti perché..."

Adam lo guarda. "Perché hanno una loro funzione. Sai anche tu quale."

Rao tira su col naso. "Ne abbiamo già parlato, tesoro."

"No, invece." Adam sospira. Si allontana da Rao, continua a tamponarsi i capelli con l'asciugamano e si siede. Piega la testa; è un invito perché Rao lo ascolti. "Dovremmo."

"D'accordo allora." Rao si siede. Adam non dice nulla. "Non lo stiamo facendo?"

"No, certo. Io lo sto facendo."

"Non me n'ero accorto."

"Sta' zitto, Rao. Lascia che ti spieghi." Adam si mette l'asciugamano sulle spalle. La sua fronte è aggrottata. Stressata. Sta mostrando delle reali espressioni umane, si rende conto Rao, ma solo a porte chiuse. Quando sono con Veronica o Lane, è ancora Mister Robot Rubenstein. Ha lo sguardo spento. Rao aveva sempre pensato che fosse semplicemente fatto così. Acciaio fino al midollo. Insensibile. Perché era così quando Rao l'ha conosciuto. Era così quando Miller ha tirato fuori Adam dal mazzo come un jolly. Ma ora Adam è espressivo. Espressivo come lo è con Hunter, anche se lei non c'è. Espressivo come quella sera con la vodka e le occasioni perdute. Espressivo come la penombra in una stanza di motel dopo un crollo mentale.

Rao è stato una testa di cazzo, vero?

Adam fa un sospiro. Un sospiro profondo. Non sta più guardando Rao. Gli occhi di Rao si fermano sulla cicatrice sulle sue clavicole, si spostano verso l'angolo della mandibola. Pensa a tutte le volte che ha afferrato il mento di una persona per costringerla a guardarlo. Vorrebbe farlo anche ora.

"Non sarà una missione come le altre," dice Adam a bassa voce.

"Ma non mi dire."

Lui sospira di nuovo. "Rao. Puoi ascoltarmi? Non sarà come le altre. Non sarà una questione di punto A, punto B, nemici e obiettivi. Queste sono le parole che usiamo, ma non sarà così semplice con il Profeta. Giusto?"

Rao rilassa la mandibola per smettere di digrignare. "Non sarà come le altre, tesoro," concorda.

Adam annuisce. Si porta una mano dietro al collo. Alza le targhette sopra la testa. "Ho detto a Hunter di contattare i miei genitori. Saprà come trovarli, quando sarà il momento."

"Adam..."

Adam muove di nuovo la testa e Rao apre la mano come in risposta a un ordine esplicito. Forse lo è. Forse Rao ha imparato a conoscere Adam. Forse ora Adam è abbastanza espressivo da fargliela capire.

Le targhette e la catenina sono sul palmo di Rao. Acciaio inossidabile. Negli ultimi tempi si è talmente abituato a vedere il metallo lucente bucargli la pelle che è sorpreso che le targhette siano semplicemente adagiate nella sua mano. Sono calde.

"Non devi preoccuparti di contattare nessuno. Volevo solo che avessi queste," dice Adam.

"Non essere sciocco."

"Non so cosa significhi."

"Significa che... Oh, fanculo, Adam. Mi stai prendendo in giro, vero?"

Adam mormora sottovoce. "Non del tutto."

C'è la tentazione di chiuderla lì. Come se si fossero chiariti. Come se il grosso fosse stato discusso, affrontato. E forse è così. Ma Rao non ci riesce. Non può lasciare che Adam la prenda così male. Sembra troppo una violenza.

Ha bisogno che sappia che...

Adam parla prima che Rao riesca a mettere insieme le parole.

"Non ti perderò di vista quando entriamo," dice, e ora sta guardando Rao. Sta guardando, sta vedendo, e Rao sa che è una promessa da cui non si può tornare indietro.

Capitolo 64

Rao si ferma davanti alla porta della sala riunioni, indica la scritta in alto.

"Era un grande bugiardo, Adam."

"George Washington? Che novità."

"No, sul serio," dice Rao. "Tipo, fanculo i vostri miti americani."

"Sì. Lo so."

"Non stai ascoltando."

"Sta ascoltando," dice Hunter oltrepassandoli.

Sedie, luci al neon, una lavagna bianca, schermo da proiezione, piastrelle di linoleum, veneziane squallide. Tutto qui dentro è malconcio a eccezione dei soldati seduti sulle sedie scolastiche. Chissà dove cazzo li ha recuperati Lane, ma sembrano così sani che Rao è vagamente irritato. È talmente abituato a vedere uomini delle operazioni speciali in coma che è sorpreso quando non lo sono. Agili, più simili a dei corridori che a dei culturisti. Senza tenuta mimetica, quello in piedi vicino alla lavagna potrebbe essere un paparino dei sobborghi, anziché uno che si rade con la fiamma ossidrica.

"Tenente colonnello Adam Rubenstein," dice Adam facendosi avanti. "Questo è il sergente capo Hunter Wood. E questo è il signor Sunil Rao. La nostra risorsa primaria."

"Capitano Marcus Roberts," risponde l'uomo accanto alla lavagna. Il resto della squadra si presenta: Estrada, Baker, Garcia, Carlton, Stewart.

"Abbiamo sei minuti, colonnello," dice Roberts. "Il signor Lane mi ha incaricato di farvi ascoltare l'ultima comunicazione dalla struttura prima del suo arrivo. Dobbiamo aspettare la dottoressa Rhodes?"

"No. Procediamo."

Roberts preme un tasto su un grosso computer portatile. Un sibilo, poi una voce di donna, sommessa, nel panico.

"Sono Sandra Evans, ingegnere responsabile." C'è qualcosa che non va nella linea. Un leggero crepitio inframmezzato da sacche di silenzio, anche se le sue parole sono perfettamente chiare. "Mi trovo nell'ufficio contabilità radio-protetto. Non c'è corrente, ma non è buio ovunque, ci sono... ci sono delle luci, ma non sono le nostre. Devo riferire un guasto al sistema di contenimento. È brutto, molto brutto." Deglutisce, e il suono è più forte della sua voce. Quando ricomincia a parlare c'è un altro rumore – qualcosa di meccanico e in movimento, come un treno che passi su degli scambi ferroviari, ma incredibilmente lento e profondo, troppo profondo per una linea telefonica. Troppo profondo per venire dagli altoparlanti del portatile di Roberts. È come Sinatra nella tavola calda. Nel centro esatto della testa di Rao. Non sa se gli altri lo sentono. Non ha intenzione di chiedere.

"Siamo sotto attacco," sta sussurrando la donna. "Non so se mi troveranno qui. Non so se riescano a vedere attraverso il rame e la schermatura. Sono dappertutto. Vi prego, mandate aiuti. Non possiamo..."

La comunicazione s'interrompe.

Rao ascolta svogliatamente la squadra fare ipotesi su come siano arrivati i nemici, visto che non c'erano state intercettazioni aeree a nessuna altitudine né violazioni del perimetro del Nnss. Stanno parlando di un'operazione notturna. Deve dire qualcosa. Ma non sa bene come dirlo. Non a questa gente. Guarda Adam. Adam sa di che si tratta. Perché non dice niente, cazzo?

Con la coda dell'occhio, Rao vede Hunter incrociare le braccia e rivolgergli uno sguardo carico di aspettativa.

Oh. Adam vuole che Rao parli.

Bene.

"Non c'è bisogno che entriamo col buio," dice un po' sbrigativamente. Si sforzerebbe di più di non sembrare uno stronzo, ma tutti qui sanno già che lo è, o lo scopriranno. "Sarebbe inutile. Non importa quando lo facciamo."

Ora tutti stanno guardando Adam.

"Ascoltatelo," dice Adam. Sei paia di occhi si spostano nuovamente su Rao.

"Cosa vi hanno detto che è successo nella struttura?"

"Fuoriuscita di sostanze chimiche," dice Roberts. "Una sostanza con effetti psicotropi. Allucinazioni, convulsioni, coma. A volte fatali."

"Alcune persone sono immuni," aggiunge Baker.

Per quella che non è la prima volta, Rao si chiede quanti soldati siano psicopatici. Questo qui sembra sorprendentemente giovane. Appena uscito da scuola. Forse Rao sta invecchiando. "Anche le persone che sono immuni," dice grattandosi la barba, "vedranno un sacco di roba qui dentro. La sostanza si chiama Profeta. Ha effetti sulla mente. Ma non dà allucinazioni. Crea delle cose."

"Crea delle cose," ripete Roberts.

"Già. Crea oggetti. Edifici. Cose che si muovono, sembrano vive ma non lo sono. Quei nemici... non sono affatto umani." È la verità.

"Confermo," dice Adam. "Il loro nome ufficiale è Ogp. Li chiamiamo rivelatori quando si muovono, come in questo caso. E da quello che abbiamo sentito dalla telefonata costituiscono una chiara minaccia. Per fermarli, probabilmente non servirà spararglі al petto o alla testa. Bisogna mirare a caviglie e ginocchia, o a qualunque struttura permetta loro di muoversi."

La porta si spalanca ed entra Veronica, avvolta da un profumo floreale. Indossa una giacchetta col cappuccio di pelliccia. *Non è coyote*, pensa Rao. È lupo. Ha gli zigomi arrossati. Sembra che abbia fretta.

"Ah, Veronica," la saluta Rao. "Ai ragazzi stavamo giusto dicendo dei rilevatori."

"Bene," dice lei. "Lane sta arrivando."

Entra quaranta secondi dopo accompagnato da due aiutanti con dei rotoli di carta che procedono ad appuntare alle pareti. Le fotografie aeree che Rao aveva visto ad Aspen: cianografie, carte geografiche, un prospetto meteo con isobare e nubi previste. Strano che Lane non abbia scelto di mostrare tutto questo digitalmente con le sofisticate tecnologie della Lunastus, riflette Rao. Che Dio li aiuti se Lane spera in tempi migliori e più semplici.

Non appena Lane comincia a parlare, Rao si rilassa sulla sedia. Non presta attenzione alla sua voce. Lascia scivolare tutto quel che sente nella memoria. Potrà recuperarlo dopo, se necessario. Perché quello che lo incuriosisce adesso è la palese avversione che c'è tra Veronica e Lane. Lui non la sta guardando di proposito mentre tiene la sua lezioncina. Lei lo fissa con un'espressione irremovibile. Rao sorride compiaciuto. Non vede l'ora di chiedere a Veronica cosa ne pensa di Lane.

Ma Rao si alza dopo che Lane si avvicina a un tavolo e toglie un telo bianco da una sagoma voluminosa, scoprendo un modellino dettagliato della struttura. È una costruzione tutt'altro che elegante: un ammasso brutalista di blocchi color acciaio simile all'incrocio tra un hangar aereo e un cementificio, con una torre idrica sorretta da un reticolo di sottili fili metallici. Questa versione ridotta è ipnotica. Echi della tavola calda nel buio. *Dimensioni*, pensa. Rao ha sempre avuto un debole per le cose in miniatura. Ama il fascino degli umani per il piccolo. Come ci piace ricreare il mondo, rimpicciolirlo magicamente perché stia nelle nostre tasche e sui nostri palmi, trasformandoci in giganti. Ricorda che da Sotheby's aveva messo le mani su un ritratto di Nicholas Hilliard grande quanto una scatola di fiammiferi. Era una di quelle cose così perfette che fa quasi male guardarle. Un uomo dagli occhi neri e il volto pallido sullo sfondo di un blu notte senza profondità. Granelli d'oro, pulviscolo nel buio. Era una menzogna quanto più possibile simile alla verità, ed è per questo che Rao è sempre stato attratto dall'arte.

Il Profeta funziona così. Crea in continuazione menzogne che cercano di essere vere. *Tranne che con me*, riflette Rao. *Con me crea verità.* E c'è un motivo per questo, e non sa quale sia ma forse un tempo lo sapeva. Come se l'avesse dimenticato. È una strana sensazione. Fa un respiro profondo, lascia uscire l'aria, guarda Lane togliere il tetto del modellino e indicare dentro.

"Il compartimento caldo," dice. "Così chiamato perché era progettato per trattare materiali radioattivi. Lo scopo di questo sito era di testare gruppi motore nucleari. È da qui che la costruzione ha preso il suo nome: Struttura di assemblaggio e disassemblaggio motori. Sad-M."

Sad-M, pensa Rao. *Che razza di nome.*

Ora sullo schermo c'è un'immagine diversa, una fotografia in bianco e nero della sala nei suoi primi anni. Uomini in tute da lavoro bianche, grossi bracci meccanici di metallo, barili, binari, tutto sgranato e argenteo come istantanee della superficie lunare della missione Apollo. Molto suggestivo, ma chiaramente irrilevante per l'argomento in questione. Rao ha il sospetto che Lane stia tenendo questa lezione di storia perché si vede come un nuovo Oppenheimer, come se il suo progetto assurdo fosse un degno erede della più temibile Big Science della Guerra fredda.

Lancia un'occhiata a Veronica. Ha un'aria truce. Ora sullo schermo c'è una fotografia diversa della sala: pozze d'acqua sul pavimento di cemento macchiato, strutture di sostegno arrugginite, mucchi di detriti marcescenti.

"Ecco com'era prima della ristrutturazione," declama Lane. "Ed ecco com'è adesso." Clicca trionfalmente sull'immagine successiva. "Abbiamo mantenuto il verde originale per rispettare la palette dell'epoca."

Rao nota le espressioni assenti sui volti dei ragazzi-soldato. Soffoca l'impulso di chiedere a Lane se distribuirà speciali tenute da combattimento che si accordino alla sua vernice d'epoca.

Il compartimento caldo restaurato è pulitissimo. Lungo la parete di destra, gli enormi bracci meccanici sono di un giallo canarino brillante e sotto di essi ci sono una serie di strutture che sembrano un misto fra teche da museo e macchinari industriali. Tubi luccicanti, rivetti, trafori delicati di vetro e rame. Luce rifratta. Lastre d'acciaio. Spesse linee rosse tracciate sul pavimento di cemento. Una selva di segnali di pericolo.

"Il nostro sistema di contenimento del Profeta," dice Lane. "All'avanguardia. Molteplici sistemi di sicurezza. Se c'è stata una falla, possiamo solo presumere un sabotaggio."

Non appena Rao sente la parola "sabotaggio" sa che non è stato affatto un sabotaggio. Mormora alcune frasi, scopre che il sistema di contenimento è andato catastroficamente in tilt all'improvviso. E non solo qui: ogni singolo recipiente del Profeta, comprese le siringhe nella struttura medica, si era guastato esattamente nello stesso momento. Non ha bisogno di fare un test per sapere quand'era successo. Lo sa già. L'aveva sentito. L'aveva sentito ed era crollato a terra. Stava camminando per un corridoio insieme a Adam, recitando una poesia e ridacchiando per la sua rima azzardata fra entrecote e Truman Capote.

Qui e altrove.

Lane sta mostrando una serie di fotografie di De Witte. Nella maggior parte compare anche Lane. Lane al volante di una vecchia jeep militare, De Witte curvo accanto a lui sul sedile del passeggero. Una giornata di neve fuori dallo chalet di Aspen, Lane che alza trionfante un'ascia sopra un mucchio di legna da ardere, De Witte avvolto in un parka arancione che fissa la neve sotto i suoi piedi. De Witte illuminato dai riflettori su un palco, estremamente a disagio in giacca e cravatta. Ha un volto teso e poco attraente, i radi capelli biondi di un surfista datato, e più foto mostrano Lane sullo schermo, più è evidente che qualunque cosa provi per lui è tutt'altro che reciproca.

"Non conosciamo la sua posizione," dice Lane. "È probabile che lo troverete nel compartimento caldo o in uno dei laboratori.

L'ultima volta che è stato visto indossava dei jeans neri e una camicia grigia. Quando l'avrete trovato, fatelo esaminare dal vostro medico. Poi..." – fa un cenno verso Rao – "se ne occuperà il signor Rao. Sunil, lei è la nostra arma segreta. Spieghi all'unità cosa farà."

"Non proprio un'arma, ma sì, so estrarre questa sostanza dalla gente. Se non è troppo alterato, De Witte dovrebbe poter uscire con le sue gambe. Oppure potrete portarlo fuori con una barella."

Lane apre di nuovo la bocca, ma Rao non ha finito.

"Quindi, non farò altro che prendere il toro per le corna," dice. "In realtà potrebbe esserci davvero un toro là dentro. Diversi tori. Magari pure Toro Seduto. O quell'altro. Come si chiama quell'altro, Adam?"

"Fernando," dice Adam.

"Ecco. Il toro Fernando. Comunque. Andare là dentro sarà come entrare a Disneyland in acido. Un brutto, *bruttissimo* viaggio acido. Vorrei potervi dire che quello che vedrete non è reale e non vi farà del male, ma è reale, e purtroppo sembra in grado e intenzionato a farvene."

"Non abbiamo avuto casi di Ogp aggressivi," protesta Lane.

"Avete sentito la registrazione," dice Rao con semplicità. "Veronica, vuoi spiegarlo tu?"

Veronica annuisce. "Allora, questa sostanza manifesta cose dall'immaginazione della gente. E sì, anche oggetti animati, in grado di muoversi. E ora abbiamo la prova che questi oggetti possono diventare... ostili."

Rao si guarda attorno. Lane è in piedi accanto alla sua foto gigantesca di De Witte, le braccia incrociate minacciosamente. Veronica sembra incantata al pensiero degli orrori prodotti dal Profeta. Adam è impassibile. Hunter e i ragazzi-soldato sembrano pronti a tutto.

No. Ora può parlare qualcun altro. Lui ha finito. "Esco a fumare una sigaretta," informa tutti.

Capitolo 65

Dai gradini di cemento crepato dell'edificio didattico, guarda i rimorchi scrostati dal sole, i mucchi di cemento da cui fuoriescono armature corrose. Si accende una sigaretta, inspira con gratitudine il fumo nei polmoni, studia il giardino desertico sull'altro lato della strada. Cactus, ghiaia, ciuffi di erba gialla. Sembra esattamente come tutt'attorno, tranne che per la ghiaia di un marrone vagamente diverso e una bassa staccionata che lo circonda.

La porta si spalanca.

"Veronica," dice vedendola uscire. "S'è stufata anche lei?"

"C'è gente con grandi competenze militari in quella stanza. Stanno parlando."

"Che sta facendo Lane?"

"Mettendosi d'intralcio, mi sa."

Rao sorride. "Già. Mi dica, cosa c'è tra Lane e De Witte?"

Le sue labbra hanno un fremito. "Se n'è accorto."

"Per forza. È una cotta molto imbarazzante."

"Non è una cotta. È una fissazione paterna. Lane ha perso suo padre da giovane, in circostanze tragiche. Steven ha colmato questo suo bisogno."

"Steven, eh? Capisco."

"Posso garantirle che non capisce."

Rao fa una smorfia. "Ha ragione. Sto sparando cazzate." Fa un altro tiro di sigaretta. "Quindi stiamo salvando De Witte perché Lane pensa che sia suo padre?"

"No. Lo stiamo salvando perché è dotato di un cervello."

Un altro sorriso. "E Lane no?"

"Lane è un buon intrallazzatore nei traffici d'armi. La sua specialità sono le armi non dichiarate. Ha amicizie *molto* importanti."

Rao alza gli occhi al cielo. Lei annuisce. "Inspiegabilmente, lo considerano una buona compagnia. Steven è un po' meno..."

"Cosa?"

"Cordiale."

"Difficile andare d'accordo con lui, eh?"

"Vedrà lei stesso."

"Mi sa di sì." Esamina la punta della sigaretta, scrolla la cenere sul cemento sotto i suoi piedi. "Veronica?"

"Sì?"

"Qual è il piano?"

"Sono sicura che il colonnello Rubenstein glielo dirà quando avranno finito."

"Non il piano di mister Action Man. Il suo piano. La prego, mi faccia la cortesia."

Veronica è irritata. "Il mio ruolo in questa missione? Assistenza medica."

"Non ho chiesto questo. Non sto parlando dei suoi piani nell'immediato. Sto parlando del progetto. Perché qualunque cazzo di cosa sia, il punto non è mai stato permettere a ex soldati dalle gambe spezzate di crearsi pistole costose."

Veronica scuote la testa con decisione.

"Senta," continua Rao. "Io sono rovinato. Sono pieno di questa roba. Mi spiace dirglielo, ma le sue analisi non servono a nulla. Ieri ho pianto Profeta. Mi è uscito dai dotti lacrimali, è stato riassorbito subito dalla pelle. So che non andrà a finire bene per me. Tutti quelli che stanno per entrare sono sacrificabili eccetto lei. Quindi è a lei che chiedo. Non sto cercando di fermarla e salvare la situazione. Che devo fare, bombardarla di test della verità fino alla morte? Fanculo salvare la situazione e fanculo salvare qualcosa in generale. Non m'interessa più. Ho... *chiuso*. L'ho capito da tempo. Non me ne frega un cazzo di De Witte. Sto facendo questo solo perché sono uno stronzo curioso. È questa la mia motivazione e ci terrei a sapere qualcosa prima che 'sta merda mi uccida."

Fa un lungo sospiro. Parte di quello che ha detto sembrava vero.

"Lei non è sacrificabile."

"Non mi prenda per il culo. I prossimi campioni che chiederà saranno postmortem."

Veronica lo guarda con attenzione. Rao aspetta. Poi lei fa un cenno verso il pacchetto di Lucky Strike.

"Posso?"

"Non sapevo che fumasse."

"Non fumo."
Le fa accendere. Veronica lascia scivolare il fumo fuori dalla bocca, lo aspira di nuovo.
"Okay," dice alla fine. "Gli Ogp attorno alla struttura non sono stati fatti dalla gente che lavorava là."
Rao sbatte le palpebre. È vero.
"Vediamo se ci arriva," dice lei.
"Non può dirmelo e basta?"
"Non voglio dirglielo. Voglio che ci arrivi."
"Bene. Quanta roba c'è ammucchiata attorno agli edifici?"
"Secondo una stima approssimativa, poco meno di quarantamila oggetti."
"Una persona, un oggetto."
"Esatto."
Rao guarda il deserto, le nuvole ammassate sui pendii in lontananza. Rabbrividisce, all'improvviso ha capito. "È una città," sussurra.
"È una città. Pahrump."
"Com'è possibile?"
"Acqua potabile."
"Porca puttana, Veronica. Questo è altamente, altamente illegale."
Lei storce il naso. "Ci ha fornito dati interessanti e incoraggianti."
"Ah sì? Quand'è stato?"
"Poco più di cinque mesi fa."
"Quindi avete avvelenato un'intera città quando ancora il Profeta rendeva solo nostalgiche le persone. E ora all'improvviso i bravi cittadini di Pahrump hanno creato tutto questo? Veronica, me la racconti giusta. Mi ha detto che, una volta che è entrato in una persona, i suoi effetti non cambiano."
Veronica aggrotta la fronte. "Fino a ora. Di fatto, credo sia lei il responsabile. La causa scatenante è stata la sua stretta di mano con la signora Crossland. L'ha toccata e il Profeta ha stabilito una connessione. Allora sono comparsi quarantamila Ogp attorno alla struttura."
È vero. Rao dovrebbe sentirsi in colpa. Si *sente* in colpa. Non si sente in colpa.
"Ma perché qui?" chiede. Mentre Veronica scuote la testa, Rao ha un flash di un'immagine che potrebbe essere una risposta. Qualcosa che ha visto su una rivista. Fotografie di fiori scattate con una pellicola sensibile ai raggi UV. Chiazze chiare e linee sui petali,

invisibili all'occhio umano. Ma non alle api. Pensa alle appliqué di violette sulle maniche di Dinah Crossland. Pensa a Pahrump. Si chiede che aspetto abbia. Come Mercury, forse, ma con meno cartelli di pericolo radiazioni e più bandiere americane. Già, molte, molte più bandiere americane.

"Riqualificazione sociale?" dice. "È a questo che serve. Bene. Sì. E il Profeta nell'acqua di Pahrump era, cosa, una prova?"

Veronica alza le sopracciglia. "Ben fatto."

"Di che genere di riqualificazione sociale stiamo parlando, Veronica?" dice Rao lentamente.

"Be', Lane va matto per gli slogan. Dice che, come il fluoruro nell'acqua protegge i denti di una nazione, il Profeta nell'acqua protegge l'idea che una nazione ha di se stessa."

"Mi sorprende che Lane sia un fan del fluoruro. È un po' fissato sui fluidi corporei, vero?"

"Non capisco cosa intende dire."

"Non ha visto *Il dottor Stranamore*, Veronica? Cosa significa 'proteggere l'idea che una nazione ha di se stessa'?"

"Nostos," dice lei.

"Ora sta *cercando* di essere enigmatica. Sembra mia zia Manju. Non sa spiegare nulla senza..."

"In breve, Rao, la nostalgia è un'arma emotiva. E siamo molto interessati a usarla."

"Siamo?"

"Non farò nomi."

"Non intendevo chiederli. Solo, non pensavo fosse una donna di partito, Veronica."

Lei alza le sopracciglia. "Le alleanze non significano appartenenza. La gente spesso confonde le due cose. Diciamo solo che lavoriamo con" – la sua voce assume una credibile cadenza texana – "gente importante dietro le quinte."

"Ah sì, la brigata nessun-controllo. 'Nostos,' ha detto. 'Casa.' La sua piccola cabala vuole drogare la popolazione e farglielo venire duro per l'America immaginaria, giusto?"

"Può essere un modo di vederla."

"C'è un altro modo?"

"Salvare l'America."

Rao manda una risatina nasale. "Suicidarsi con dei peluche dovrebbe salvare l'America?"

"Lo scopo della nostra struttura, qui, non è immagazzinare il Profeta," dice lei. "Ma produrlo. Stiamo cercando di invertire questi cambiamenti graduali nel suo funzionamento. Di attenuare i suoi effetti."

"Attenuare? L'avete punzecchiato per indebolirlo? Be', per lei ha funzionato benissimo, vero?"

Veronica è impassibile. "Ci arriveremo."

"Quindi state usando la nostalgia come arma per creare le condizioni adatte all'insediamento di un grande governo populista."

"Oh no, Rao." Lo guarda con qualcosa di simile a compassione. "No. Non è affatto così. Ormai i governi sono entità superflue. Hanno la loro utilità, ma non sono loro che detengono il potere."

"Le multinazionali."

Lei scuote la testa. "La gente."

"La gente? Stiamo parlando di socialismo, Veronica? Perché sono un po' sorpreso, a dire il vero..."

Lei ride. "No. Non *la gente*. Certe persone."

"Come De Witte."

"Steven fa parte del network, sì."

"Ah, c'è un network. Non sarà una roba tipo Savi di Sion, eh? Perché in quel caso..."

"Ovviamente no. Questa non è una frottola antisemitica. È reale."

Proprio così. Cazzo.

"Quindi qual è il vostro manifesto?"

"Un mondo nuovo, Rao."

"Andiamo, Veronica, sa fare di meglio."

Lei alza gli occhi al cielo. "In realtà no. Ma per darle un'idea: pensi al crollo finanziario come al primo e necessario passo di una grande riorganizzazione globale. Ci stiamo liberando dalle catene della regolamentazione per inaugurare un mondo in cui le risorse limitate saranno gestite con eccezionale efficienza da quei pochi individui straordinari che possiedono la visione, il coraggio e la dedizione per portare a termine le cose. E il Profeta è il nostro ingegnere sociale, lo squisito filo d'argento che plasmerà il mondo secondo il nostro volere."

Che razza di monologo, pensa Rao. Fumoso, insensato, indubbiamente genocida. Profeta a parte, è quasi identico a quello nel finale di un thriller di Robert Ludlum che aveva letto con fatica anni fa. Due settimane prima avrebbe ascoltato, le avrebbe riso in faccia e avrebbe cercato disperatamente di salvare la situazione. Ora? Chi cazzo lo sa.

"Quindi quando dice 'salvare l'America' non intende l'America. Intende la Lunastus."

"La Lunastus-Dainsleif è l'America."

Rao scuote la testa, si accende un'altra sigaretta. "Che roba distopica, Veronica."

"Mi stupisce. Credevo avesse ormai superato l'idea romantica che il mondo si divide in buoni e cattivi. Ma se ci tiene a quella fantasia, forse dovrei ricordarle che noi non l'abbiamo fatta diventare dipendente dall'eroina per portarla dove volevamo."

"No, avete fatto di peggio."

Veronica lo guarda dritto negli occhi.

"Rao, la prego, mi dica la verità. Vorrebbe *davvero* liberarsi dal Profeta in questo momento? Vorrebbe essere altrove?"

Rao rabbrividisce di nuovo. La sua risposta è così assolutamente vera che quasi ha un conato di vomito nel pronunciarla. "No."

Capitolo 66

Rao infilza un'altra crocchetta di patate, la mastica stoicamente. Il caffè della mensa è imbevibile. Non importa. Quella mattina s'era creato due tazze del migliore caffè che avesse mai bevuto in vita sua: un caffelatte di un bar vicino alla stazione di Brighton che in cambio di tanta qualità puniva i clienti facendoli sedere su delle scomodissime casse coperte di tela di juta. Guarda con incredula ammirazione Adam mangiare un piatto di spaghetti mollicci con del luccicante sugo alla marinara. Hunter ha finito il suo.

Fa un piccolo cenno con la testa verso i ragazzi-soldato seduti agli altri tavoli. "Chi sono 'sti qua?"

"Agenti di sicurezza privati," spiega Hunter. "Scappati da qualche incarico dalle parti di Dulles, come tutti."

"Già, mercenari. Ma non della Blackwater o Triple Canopy."

Hunter scuote la testa. "Un'altra divisa. Eagle Aspect. Un paio li conosco di fama. Estrada è uno in gamba. Anche Roberts. Solo, non farlo parlare di Dio."

"Non è una sfida, Rao," dice Adam. "Non c'è bisogno che ti scorni con nessuno in questo momento."

"Non ho nessuna voglia di scornarmi, tesoro. A dire il vero vorrei solo dormire. Che si fa ora?"

"Simulazioni belliche," risponde Adam.

"Giocheranno a Dungeons and Dragons?" sussurra Rao sbarrando gli occhi. Nessuna risposta. *Leggi la situazione, Sunil.* "Bene. Quand'è la missione? Stasera?"

"No. Lane ha combinato un casino," dice Hunter. "Di questo passo, Estrada lo ucciderà prima che lo faccia io."

"Estrada."

"Alejandro. Sergente d'armi," spiega Adams. "Lane non voleva armi sull'aereo che ha mandato. Diceva che le avrebbe fatte arrivare separatamente. Non sono arrivate. Ora Lane sta incolpando chiunque nei quarantotto stati continentali. Non avremo quel che ci serve prima di questa sera tardi. L'ora X è stata spostata a domattina."

"Okay. Devo partecipare a queste simulazioni belliche?"

"Sì."

Considerata l'assurdità di tutto questo, Rao potrebbe anche non essere così cauto. Deformazione professionale. Si fa scivolare un bicchiere di plastica nella tasca della giacca prima di uscire dalla mensa, s'infila in un ufficio vuoto accanto alla Sala George Washington e fa apparire una tazza di caffè con cui riempirlo. Poi mette la tazza di ceramica che ha creato dietro la tenda di una finestra e torna con calma nella sala riunioni, sorseggiando il caffè strada facendo. *Nettare*, cazzo. Fa un cenno a Veronica, appollaiata su una scrivania con una bottiglietta di acqua Fiji. Lei risponde con un sorriso raggiante. Non è un sorriso possessivo. È sollevato. Lane non c'è. E la riunione… be'. Rao ha sempre avuto un debole per la competenza e ora guardare Adam, Hunter e sei tipi delle Forze speciali studiare un piano d'azione gli fa un certo effetto. Saranno lasciati da un veicolo controvento rispetto all'edificio, al margine dell'anello di Ogp. Ci sarà un'ambulanza da campo e una squadra di paramedici di uno degli ospedali privati della Lunastus sull'altro lato del crinale, mentre Hunter e Carlton col suo fucile di precisione si piazzeranno sul lato vicino. Carlton terrà d'occhio l'edificio, e così Hunter, che gestirà la radio e trasmetterà aggiornamenti a Lane.

Tenendo conto degli ostacoli posti dagli Ogp, calcolano che ci vorranno otto minuti per raggiungere a piedi l'edificio.

Il nastro dell'ultima telefonata dell'ingegnere viene riascoltato due volte.

Si fanno alcune ipotesi sul movente dei nemici.

"Potrebbe non essere ostilità in senso stretto," propone Veronica. "Almeno, non come la intendiamo di solito. Gli individui esposti al Profeta sono attratti dagli oggetti che creano, vogliono stabilire un contatto fisico con essi. Ottenuto questo, diventano apatici. È possibile che ciò funzioni in entrambi i sensi. Può darsi che i rivelatori stiano solo cercando le persone che li hanno creati. Che vogliano, se si può usare questo termine per un'entità di tale natura, stabilire un contatto fisico con i loro creatori."

"Un contatto con chi li ha creati immaginandoli," dice Roberts con esitazione. Si sta sforzando di interiorizzare la realtà che ha di fronte, nota Rao. Non ci è ancora riuscito.

"Già," continua Rao. "Individuarli. Afferrarli. E poi..." Fa una smorfia.

"Il contatto fisico uccide i loro bersagli," conclude Roberts.

"Esattamente."

"Mirano alla persona che li ha creati o a chiunque?"

"Non abbiamo dati sufficienti per saperlo," dice Veronica, e sorride.

"Quindi questi rivelatori sono come zombie?" chiede Stewart.

"Più o meno," risponde Adam.

"Zombie veloci." Questo è Estrada. Non ha parlato molto finora.

"Probabile." Teste che annuiscono.

"Ma disarmati."

"Chissà," dice Rao. "Mettiamo che qualcuno lì dentro abbia immaginato Clint Eastwood in *Il buono, il brutto, il cattivo...*"

"Quel colpo alla fune era una stronzata," esclama subito Estrada. "Uno Sharps 1874 da quella distanza?"

"Non è impossibile che dato il contesto," osserva Veronica, "qualche licenza cinematografica si inserisca in un ambiente reale."

"Be', è un bel casino," risponde Estrada.

Altri cenni con la testa. Questa volta più seri.

Quando Estrada elenca alla squadra le armi a loro disposizione – MP5 silenziate, Beretta M9 e un sofisticato fucile di precisione per Carlton – Rao capisce che saranno tutti armati tranne lui. Il che sembra terribilmente ingiusto, visto che in teoria è la loro *risorsa primaria.*

"Perché non avrò una pistola?" sussurra a Adam e Hunter durante una pausa.

Hunter lo guarda come per dire *mi prendi per il culo?*

"Perché hai me," spiega Adam.

Hunter alza gli occhi al cielo, manda un gemito. "Non c'è solo Rubenstein. Rao, hai una squadra di sei uomini il cui primo scopo è proteggerti così che potrai fare quello per cui sei qui. Non ti servirà 'una pistola'."

"Ma..."

"Rao, hai mai usato un'arma?"

"Dipende da cosa intendi per..."

"Niente armi, Rao," dice Adam. "Ma avrai un'uniforme da combattimento."

"Cosa?"

"Equipaggiamento da battaglia," dice Adam storcendo le labbra. "Non entrerai in pantaloni di velluto."

"Porca troia. Tanta roba. Non mi faranno fare il saluto alla bandiera?"

"Ti faranno spazzolare i capelli." La voce di Hunter è seria.

"Vaffanculo."

Quando si riuniscono attorno al modellino per discutere del loro ingresso, perlustrazione e ricerca, Rao resta indietro. Non dovrà far altro che seguirli e ha già memorizzato l'intero modellino – tutte le sue stanze, piani, scale e corridoi. Così, quando una donna di nome Linda arriva con un carrello e dice che è qui con la sua uniforme, Rao se la svigna con lei nell'ufficio accanto per provarla.

È un po' irritante che il primo paio di pantaloni che riceve gli vadano meglio di quelli che ha indosso. Idem la camicia, quella che Linda chiama giubba. Strofina le mani sulla stampa frattale a quadretti grigi, marroni e sabbia. Ci sono tasche ovunque. Gli stivali sono fantastici. Il giubbotto antiproiettile ancora di più. L'elmetto balistico è... be'. Si detesta per quanto gli piace.

Linda lo sta guardando. Piccola, bionda, grintosa. Per lei Rao non è nulla, ed è così grato per la sua mancanza di interesse, per la sua non conoscenza della strana congiunzione planetaria che l'ha reso così dannatamente *speciale*, da ritrovarsi pericolosamente a un passo dal disastro. Prova un desiderio disperato di andarsene con lei, di tornare alla vita normale. Farsi una birra, un piatto di tacos. Lamentarsi delle condizioni del tempo. Linda gli dice di piegarsi così che possa controllargli l'elmetto e la mentoniera. Il momento passa. Rao alza le sopracciglia allusivamente quando gli tira la cintura. Forza dell'abitudine. Grazie al cielo non se n'è accorta. "Come fai a sapere che taglia porto, Linda?"

Un'alzata di spalle. "Non lo so. Ho una cassa piena di questi cosi. Devo solo trovare quelli che vanno bene."

"Questi vanno bene."

La ringrazia. Le ha dato i suoi vestiti e le sue scarpe in un sacchetto di plastica. È come se fosse morto. Come se fosse morto e avesse raccolto i vestiti in cui è morto. Quando torna di là, Adam lo guarda. Non dice nulla.

Hunter sorride. "Porca puttana, Rao," dice. "Sei entrato nei marines."

"Sono una puttanella adesso, Hunter?"

"Assolutamente sì."

Capitolo 67

Mangiano quasi in silenzio. C'è una risata rauca da un tavolo vicino alla porta. Tutti uomini, osserva Rao, nessuno con un fisico da soldato. Una prevalenza di occhiali. Uno indossa una maglietta della Stark Industries. Scienziati nucleari, probabilmente. *Già.* Chiamati a prendersi cura dell'arsenale americano, ad assicurarsi che la fine del mondo avverrà comunque se gli idioti al comando lo desiderano.

Dopo cena, nella stanza doppia in cui si sono trasferiti, Rao si fa una doccia calda cercando di levarsi di dosso il torpore che prova da quando ha consegnato i vestiti e le scarpe dentro un sacchetto di plastica. Un po' funziona. Si mette la sua maglietta con la bandiera inglese, inspiegabilmente sbiadita, e un paio di pantaloni del pigiama grigi, poi torna in camera, grattando sotto le suole la sabbia che ha lasciato prima sul pavimento di linoleum.

Adam è seduto alla scrivania a esaminare una dettagliata carta topografica. Accanto al suo gomito c'è una vecchia lampada Anglepoise, una tazza d'acciaio e una scatola aperta di praline al cioccolato. Come Rao si avvicina non toglie gli occhi dalla carta, mormora solamente: "Entriamo fra undici ore e cinquantadue minuti".

"Grazie, ma non era quello che volevo chiederti," dice Rao. Adam alza lo sguardo, il volto incavato alla luce della lampada. "In realtà non volevo chiederti nulla, tesoro. Mi spiace deluderti. Ma ora che siamo soli, volevo dirti che ho scoperto cosa sta succedendo. Ho fatto due chiacchiere con Veronica stamattina. L'ho beccata in un attimo di distrazione."

"Rhodes non ha attimi di distrazione."

Be', no, pensa Rao. *Non ne ha.* Crede solamente che Rao morirà. Ma non c'è bisogno di parlare di questo, ora. Rischia di portare fuori strada la conversazione. "Diciamo solo che mi ha preso in confidenza," dice con una punta di orgoglio. "Comunque, senti. Questo progetto è assurdo. Totalmente folle."

"Lo so, Rao."

"No. Più folle di quello che pensi. Molto, molto più folle."

Un mezzo sorriso. "Che novità ci sono, Rao?"

Rao sospira. Va alla finestra della loro stanza. Guarda fuori. I lampioni mandano una luce fioca. Vede delle nubi alte e giallognole illuminate dalla luna sopra il deserto. Non deve piovere quasi mai qui. Gli manca la pioggia. Pioggia forte. La fredda pioggia londinese. La pioggia monsonica a Jaipur. Quella vera pioggia settembrina, la sensazione sulla pelle, il modo in cui rende i colori prorompenti, brillanti. Non crede che la rivedrà.

"Rao?"

"Scusa." Si volta, si appoggia al telaio della finestra. "Hanno intenzione di usare il Profeta su tutti gli americani. Per fargli immaginare un paese perduto, perfetto e poi promettere che glielo daranno. Usano la nostalgia come arma per conquistare il mondo. Kitty andrebbe fuori di testa."

"Chi sono?"

"Non l'esercito. Sono un gruppo di stronzi miliardari e ideologi che si fanno succhiare il cazzo dall'esercito. De Witte è il loro piccolo imperatore. Re di stocazzo. Veronica è la sua voce in terra. L'intero programma manifestazioni era una copertura. Rumore bianco. Hanno già fatto una prova sul campo, hanno messo il Profeta nell'acqua potabile. Quella discarica di ricordi attorno alla struttura è stata creata da civili."

Adam allunga una mano e liscia la cartina sulla scrivania, l'appiattisce con un palmo. Ha la fronte aggrottata. "A distanza?"

"A distanza. Il Profeta tiene tutti sulle spine, eh? 'Sto figlio di puttana."

"Dov'è stata fatta la prova?"

"Pahrump."

"La signora Crossland."

"La signora Crossland."

Un secondo dopo, l'espressione accigliata di Adam svanisce. "Imbecilli," mormora.

"Già."

"No, Rao. Intendo, usare Pahrump per delle prove sul campo."

"Forse è comoda?"

Adam scuote la testa. "Sai cos'è successo qui."

"Qui?"

"Il sito di sperimentazione del Nevada. Una bomba ogni tre settimane per dodici anni. A quei tempi chiamavano Las Vegas 'la città atomica'. Potevi guardare i funghi atomici dall'albergo del tuo casinò. Veniva gente da ogni parte per vederli. Il motivo per cui è un'idiozia, Rao, è che i test sono cessati nel 1963. Ci sarà gente a Pahrump che ricorda quei test dall'infanzia. Sai cosa significa."

"Cazzo," sussurra Rao.

"Già."

"Una bomba atomica Ogp? Non *può essere*."

"Hai fatto un test della verità?"

Rao rabbrividisce. "Porca puttana. Porca di una puttana."

Un lungo silenzio. Adam ha smesso di guardare le cianografie. Sta fissando nel vuoto. Se lo sta immaginando, vero? Il doppio lampo nell'oscurità, così luminoso che potresti schermarti gli occhi con le mani e vedere ognuna delle tue ossa attraverso i muscoli e la pelle. Il silenzio prima del boato. La quiete prima dell'onda d'urto. La lenta, terribile nube che si alza dal deserto. Il calore cocente. La polvere, la morte. Pioggia forte.

"Adam," mormora.

"Be', è l'altro modo in cui potrebbe andare."

Rao si acciglia. "Cosa?"

"La fine del mondo." Adam prende la sua tazza.

"Vediamo di non essere troppo drammatici, tesoro."

Adam spalanca visibilmente gli occhi mentre beve. Rimette giù la tazza, la fissa. "Rao," dice con un filo di voce. "Il Profeta è la fine del mondo. Lo sai anche tu. Non possono arginarlo e continua a espandersi. Nessuno può distruggerlo. Potrebbero farlo evaporare, certo. Ma allora sarebbe solo nell'aria. Continuerà ad aumentare e arriverà ovunque."

Rao lo guarda, sbatte le palpebre.

"Non l'hai testato, questo," dice Adam incuriosito. E Rao scuote la testa, una volta sola. Non gli è mai venuto in mente. Il che, si rende conto, è straordinario. E poi si rende conto di qualcos'altro. Ora sa cos'è la tristezza di Adam. L'ha già provata. Non aveva capito cosa significava.

"Ho sempre pensato che la fine del mondo sarebbe stata… sai," dice dopo un lungo silenzio, "davvero apocalittica. Incendi. Maremoti. Inondazioni."

"No, Rao," dice Adam. La stanchezza e la rassegnazione nella sua voce sono pesanti e ovvie quanto le sue conclusioni. "La fine del mondo è solo gente incollata a dei giocattoli."

Capitolo 68

Quando Rao si sveglia è già chiaro. Si stringe l'orribile coperta verde attorno alle spalle, nasconde il viso in un cuscino che sa di candeggina. Tiene gli occhi chiusi più a lungo che può, ma ormai è desto e la pressione dei motivi incolori che si agitano dietro le sue palpebre gli sta facendo venire la nausea. Si alza, rabbrividisce, va alla porta e la apre.

La prima cosa che pensa è *sale*. Infiniti granelli di sale soffiati dal vento sulla distesa ghiaiosa di fuori, che si accumulano a ridosso delle rocce e dei ciuffi d'erba vicino alla porta. Il cielo è per il novanta percento nubi plumbee, quasi viola, la luce dell'alba è giallastra e l'aria è piena di granelli cadenti di sale che non è sale, ovviamente non lo è. È...

"Neve," dice la familiare voce baritonale. Adam è in piedi accanto a lui, già vestito.

"È normale?"

"No."

"Porca puttana, ora il Profeta sta cambiando il meteo?" dice Rao. "Prima di tutto ho bisogno di un caffè. No. Di pisciare. No. Prima il caffè. Priorità."

"Non abbiamo caffè..." comincia Adam, poi annuisce. Rao fa apparire sulla scrivania due tazze del migliore caffè di Brighton, una dopo l'altra. Ne passa una a Adam, che l'accetta con gratitudine, chiudendo perfino gli occhi per quello che dev'essere puro piacere dopo il primo sorso.

"Ultima sigaretta, Adam?" dice Rao quando torna dal bagno, guardando l'uniforme da combattimento sulla sedia.

"Certo. Crei anche quelle?"

"Già, e anche l'accendino. Ormai sono autosufficiente, Adamski."

"È da un po' che non mi chiami così."

"Davvero?"

Rao s'infila l'uniforme da combattimento e gli stivali, lascia il giubbotto e l'elmetto sulla sedia, poi escono a fumare e a guardare la neve. C'è un grande silenzio e, per una volta, Rao non prova il bisogno di colmarlo.

Sente il basso fragore dei motori al minimo prima di vederli. Rao non vede delle jeep Humvee dai tempi dell'Afghanistan. Ce ne sono quattro, color sabbia, parcheggiate là dove la strada principale è più larga. La neve impolvera le loro sagome tozze e familiari, luccica sulle griglie dentate e scontrose dei fari. Una è un'ambulanza, ha una croce rossa in alto sui lati. Rao ricorda anche quelle. A Kabul. *Merda*, pensa. Quello che è successo laggiù è l'opposto di questo. Ma non sa bene in che senso. Per qualche motivo, ha l'impressione che tutto debba ancora succedere. Garcia fa un cenno di saluto con la testa e apre la portiera sul retro. Rao sale, imprecando sottovoce. Adam lo segue.

Come il convoglio parte, Rao fissa le mani guantate di Garcia appoggiate delicatamente sul volante, poi i tergicristalli e i fiocchi di neve che turbinano contro il parabrezza. È straziante lasciare il loro alloggio. È assurdo che si senta così legato a una stanza dove ha dormito una sola notte. Si volta a guardare fuori dal finestrino. Una distesa di erbe basse e arbusti dalle foglie minuscole, argentate dalla neve. Scuri bitorzoli piumati che sono alberi di yucca. A circa un miglio dalla città gli sembra di vedere qualcosa correre nella media distanza, suggestioni spettrali di movimento dietro ai mutevoli veli di neve, nulla di solido. Cervi, forse. O antilopi. Sì, quelle. Si chiede da cosa stiano scappando. Dove stiano andando.

La squadra sta comunicando attraverso le radio. Non sono i brevi rapporti alfabetizzati della Nato che si sarebbe aspettato. Finora, è perlopiù Estrada che viene preso in giro per quella volta che ha detto di preferire Peet's Coffee a Starbucks. Perfino Adam si era pronunciato su quell'eresia. Rao li ascolta scherzare in silenzio mentre il convoglio procede verso nordovest. Tiene le mani sulle cosce e le dita aperte, proprio come quand'era andato alla tavola calda, ma ora a governare la sua mente non c'è un vago senso di dissimulazione. C'è l'orientamento di una bussola. Sa esattamente dove stanno andando. Lo sente come se le sue ossa, il suo sangue fossero stati magnetizzati. È un richiamo subacqueo talmente forte che, ogni volta che la strada devia dalla direzione del Sad-M, Rao ha la netta sensazione di essere tirato da un lato. Come un'auto su due ruote. Fa dei respiri brevi e agitati che tornano profondi non appena riprendono la direzione giusta.

Lasciano l'ambulanza parcheggiata dall'altra parte dell'ultimo crinale e salgono. Non nevica più così forte. Il deserto si rivela attorno a loro. *Il Profeta vuole alzare il sipario*, pensa Rao. *Vuole farmi vedere.*

E vede. Arrivati in cima a una salita, Rao scorge per la prima volta gli edifici del Sad-M fuori dal parabrezza. Sono appena sopra le mani di Garcia. Sono là fuori. Sono dentro il vetro temperato. Sono dentro la sua testa. *Dimensioni.* Manda un suono basso, allontana lo sguardo, si concentra sulle sue mani. Le grinze sulle nocche, la pipita sul pollice. Vorrebbe guardare la loro meta più di quanto voglia respirare, ma sta lottando contro quel bisogno come non ha mai fatto in vita sua. È uno sforzo inutile. Non appena sarà vicino, sarà tutto finito. Qualunque cosa significhi "finito". Ma ci sta provando. Resisterà il più a lungo possibile.

Scendono per alcune centinaia di metri, parcheggiano. Rao apre la portiera, vede il suo piede sinistro toccare il suolo a pochi centimetri da un pupazzo di Mr Potato. Scivola fuori e si guarda attorno, tenendo gli occhi bassi. Ci sono una manciata di oggetti attorno ai veicoli. Uno ogni cinque metri circa. Nulla di più grande di un televisore portatile. Brandelli di zucchero filato impigliati tra i rami degli arbusti, mossi dal vento freddo. Sangue che pulsa nelle orecchie. Rumori di portiere che si chiudono, di armi che vengono approntate. Non ride più nessuno. Le voci sono basse. Roberts sta studiando gli edifici con un binocolo. Veronica è in piedi accanto a lui, le mani sui fianchi. È vestita come un reporter della Cnn in una zona di guerra. Elmetto balistico marrone chiaro, pantaloni e stivali neri, un piumino dello stesso colore dei veicoli con cui sono arrivati. Sopra, un giubbotto antitaglio e uno shemagh nero. Rossetto pallido come una sciatrice anni sessanta. Luccica quando sorride a Roberts. *Matta come un cavallo*, pensa Rao. *Più matta che mai.* C'è un altro giro di controllo alle radio. Tutte le cuffie funzionano bene.

Dopo la prova radio, Hunter fa un cenno verso un affioramento a una cinquantina di metri di distanza. Dice che andrà là sopra con Carlton. "Ce la fai?" le chiede Rao d'impulso, provando subito una vergogna cocente.

"Eccome," risponde lei con calma. "Dietro a quel masso avremo una visuale chiara e protetta e il nostro uomo con l'M110 dice che era il primo della classe al corso tiratori. E se fa cilecca," mormora. "Posso sempre chiamare un Hellfire dalla base di Creech."

"Non farlo." Rao è inorridito. "Diffonderà solamente..."

"Rao." Hunter si addolcisce in volto. "Sei un idiota. Mi devi una birra, dopo."

"Okay." Hunter prende su il fucile e lo zaino, e a Rao fa male la schiena per lei se pensa a quel peso. Si porterà sempre in spalla uno zaino così per questo genere di operazioni, considera. È proprio una tosta. Porca puttana. Sta quasi per chiederle di sposarlo quando lei si volta e lo guarda dritto negli occhi. Rao sussulta un po' colpevolmente.

"Rubenstein ne esce vivo, Rao," dice. "Mi hai sentito? Devi fare due cose. Apri quei cazzo di occhi e fa' in modo che ne esca vivo."

"Uh, ricevuto."

Lei annuisce. "Allora potrei pure offrirtela *io* una birra."

La guarda allontanarsi col cuore stranamente ferito. Adam gli si mette davanti, fa un mezzo sorriso. "Capita di scazzare prima di queste cose," lo avverte. "Cerca di non prendertela. Guarda sempre avanti. Andrà tutto bene."

"Bene secondo gli standard di Rubenstein?"

"Bene per la missione. Sguardo dritto, Rao."

Il vento soffia da dietro ed è gelido e pungente. Il cielo è un ammasso di nubi fino all'orizzonte. In piedi accanto ai veicoli, Rao prende una boccata d'aria graffiante. Non vuole guardare avanti. Non vuole guardare indietro. Non vuole voltarsi e alzare gli occhi sugli edifici alle sue spalle. Sembra tutto irreale quaggiù a parte Adam. E Adam, per qualche motivo, è quasi inguardabile. Sono questi i suoi veri vestiti, si rende conto Rao, il motivo per cui sembra sempre fuori luogo in abiti normali. Elmetto, giubbotto antiproiettile, zaino, pantaloni da combattimento, stivali. Ma in tenuta da battaglia sembra terribilmente esile rispetto agli altri, come un bambino che si sia travestito per gioco. Quando s'inginocchia per riallacciarsi gli stivali, Rao capisce che quella che sta guardando è una vecchia scaramanzia, un gesto che ha fatto molte altre volte prima di una missione. Lo guarda legare stretti i lacci e prova un dolore al petto.

"Adam…" dice quando Adam si rialza, lo guarda con aspettativa. Ma è inutile. Non sa cosa stesse cercando di dire.

"Ti proteggerò," dice Adam in tono basso e urgente. "Fosse anche l'ultima cazzo di cosa che faccio."

Rao trattiene una risatina. "Sei così drammatico, Rubenstein. Te l'ho mai detto?"

Adam sorride, si asciuga la bocca col dorso di una mano. "Sì, Rao."

Capitolo 69

Quando Roberts dà l'ordine di muoversi, Veronica sorride benevolmente alla truppa come una maestra prima di una gita scolastica. Gli occhi di Rao si soffermano un po' troppo a lungo sul suo sorriso. Lei se ne accorge. Storce le labbra luccicanti, lo affianca.

"Come stiamo, Rao? Agitati?"

"Non vedo l'ora," dice lui. Sta cercando di stare dietro a Adam perché lo schermi dagli edifici davanti, e tiene gli occhi a terra.

"Niente nervosismo dell'ultimo minuto?"

"Sono *un fascio* di nervi, Veronica."

"Oh, Rao. Non faccia il Leone Codardo."

Una risata tra i denti. "*Il mago di Oz*, vero?"

"Non è così?"

"Non ne so nulla."

"Ha cominciato lei, Rao. Ricorda?" Si ricorda. Scuote la testa. "Mi ha detto che Rubenstein era l'Uomo di latta. Senza cuore."

Adam deve aver sentito senz'altro.

"Fanculo."

Veronica fa un sorriso raggiante. "Quindi chi è lei? Dorothy?"

"Toto," dice con voce rauca.

Questo riceve una risata scrosciante. Veronica continua a sembrare divertita per un po', poi si accorge di quello che hanno davanti e sbarra gli occhi, affascinata. Gli oggetti ora sono più fitti e sulla sinistra s'intravede il primo degli Ogp più grossi. È una piccola sezione di un parco municipale dai colori strani, come una pellicola Kodachrome falsata e sbiadita. Un prato di una decina di metri, un'aiuola ordinata di gerani rosso fuoco. Qualcosa di simile al sedere di un cane si sta muovendo qua e là tra i fiori. Più in là c'è una casa galleggiante che oscilla piano sulla sabbia. Rao osserva la fila davanti. I ragazzi-soldato proseguono nella loro marcia valorosa. Lo sguardo dritto.

Una melodia. Nelle vicinanze. Portata dal vento insieme alla neve. È una canzoncina per bambini: lamentosa, sinistra. Rao capisce subito da dove provengono quei suoni minuti, tintinnanti: è un giradischi a molla Fisher-Price e sta suonando *Jack and Jill*. Piedi che frantumano bottoni scintillanti sulla ghiaia, stivali che spaccano un cavallo di plastica: la musica aleggia sopra e sotto ogni cosa. Impossibile da localizzare, impossibile da ignorare.

Un membro dell'unità si ferma. Ha le mani strette in pugni. "Ora trovo cosa fa 'sto rumore," mormora. Si guarda attorno, gli occhi socchiusi e torvi sotto l'elmetto. Baker.

"No, non farlo," gli grida Roberts. "Sguardo dritto. Abbiamo un obiettivo."

"E non ci arriverò, signore, se vado fuori di testa. Ora trovo quell'affare e l'ammazzo."

"È un carillon."

"Lo sento nei denti, cazzo."

"Continuare la missione," dice Roberts in tono deciso. Dopo un attimo di tesa esitazione, Baker riprende a camminare.

Di lì a poco gli oggetti sono talmente ammassati che l'unità deve inerpicarsi in fila indiana. Rao scivola sul tetto ghiacciato di una Toyota Corolla viola; Adam lo afferra per mano e lo tira su. Avanzano di lato tra le pareti di una piccola casa in stile coloniale spagnolo e un tratto di rete metallica rivestita di vite kudzu. E poi, all'improvviso, si ritrovano fra i tronchi di alberi alti, calpestano uno spesso strato di foglie morte, e l'aria è mite e calda e piena di cinguettii, e la luce che filtra attraverso la vegetazione è così dorata, sembra così innocua che a Rao viene quasi da piangere. Sente il suo passo successivo pestare ghiaia, non foglie, e quando escono di nuovo nella neve, uno dopo l'altro, un colibrì del colore di una bottiglia di vino in pieno sole li accompagna per alcuni metri, poi si arresta nell'aria e ritorna verso il caldo.

Adam si ferma di colpo.

"Che c'è?"

"L'aereo di ricognizione," sussurra.

O quello che era. Adesso è qualcos'altro. Il rottame è a poco più di dieci metri di distanza, ritorto, rovesciato su un fianco, ma Rao riesce a distinguere le ali di alluminio lucente di un velivolo più piccolo che spuntano dai lati della fusoliera, vicino al muso.

"Ha fatto apparire un Mustang," dice Adam. Sembra triste.

"I piloti," dice Rao. "Sicuramente non immuni. Romantici."

"Vado a controllare." Adam alza una mano; il gruppo si ferma e aspetta. Rao lo segue verso il luogo dello schianto. Una volta là, passa le dita sulla giunzione tra il composto plastico del velivolo moderno e il metallo non verniciato del residuato bellico. Perfetta. C'è un forte odore di cherosene, la neve si è sciolta sul terreno impregnato di carburante. E anche se non ci sono segni di incendi, quando Rao fa scorrere un pollice sul metallo luccicante toglie uno spesso strato di cenere nera dalla superficie. Se lo pulisce su una manica, guarda il muso dell'aeroplano. C'è del sangue dentro la calotta, spruzzi rosso vivo sulla complicata geometria bisecata dei finestrini frutto di un amalgama di entrambi i velivoli. Adam salta su una delle ali argentate, sbircia dentro. "Tagliati a metà," grida. "L'abitacolo del Mustang è molto più piccolo di quello di un Dash 7. Do un'occhiata ai sistemi di controllo nella cabina."

Si sposta lungo l'ala, si accovaccia per guardare dentro uno dei finestrini più piccoli, poi si lascia scivolare a terra e torna verso Rao.

"Sopravvissuti?"

"Negativo. È un macello lì dentro."

Veronica, avvicinandosi, alza le sopracciglia con trepidazione. Adam scuote la testa. Lei si volta e mormora qualcosa a Roberts, poi proseguono verso l'edificio.

L'edificio. Ormai è vicino. È ora. Rao non può più resistere al bisogno di vederlo. Fa un respiro profondo, alza gli occhi e il mondo prende improvvisamente una forma diversa.

Tutte le fotografie che ha visto erano state scattate alla luce del giorno, le lastre di acciaio ondulato erano di un bianco accecante sotto il sole del Nevada. Ma ora l'edificio è grigio, le nubi così basse che brandelli di vapore si aggrappano alle strutture di sostegno, si spostano verso i piani più alti. È immenso. Un ammasso irregolare di blocchi simile a un insieme di hangar, brutalista, implacabilmente industriale, glaciale. Vista da vicino, la struttura è opprimente. Rao ha la sensazione che gli stia cadendo addosso. Ha una tale voglia di entrare che può sentirne il sapore in bocca, sente prudere i polpastrelli. Cerca di scacciare il bisogno, ma quello ritorna con così tanta forza da farlo barcollare.

Veronica se ne accorge. Gli prende il viso con una mano guantata, lo gira, lo guarda negli occhi. Rao guarda nei suoi. Grigi. Freddi. Pensierosi. Stanno facendo una valutazione professionale, e questo lo irrita da morire. Le prende il polso e le scosta la mano. "Sto bene, Veronica. Non si agiti."

"Ma lei è così importante, Rao. Voglio solo proteggere la nostra risorsa primaria," dice. Sta sorridendo. Freme con quella che sembra euforia. È sgradevole starle accanto. Rao sta per rispondere con una manciata di parole ben mirate quando vede che Adam lo sta guardando. I loro occhi s'incontrano. E di scatto, con un lampo d'intuizione, di sollievo, Rao si rende conto che Adam capisce.

Capisce la profondità del suo desiderio per ciò che c'è dentro quegli edifici. La conosce. La condivide. La prova anche lui. No. Un attimo.

Rao ha una stretta al petto. Una consapevolezza improvvisa, bruciante. Ora sa cos'è quel desiderio in Adam.

Non c'entra l'edificio.

E ora reggere lo sguardo di Adam è come cercare di nuotare a riva nella risacca. Sembra l'unica salvezza che sia mai esistita al mondo. Ma Rao non è abbastanza forte. Quello che lo tira dall'altra parte è troppo potente. Il pozzo gravitazionale lo sta trascinando dentro. Non aveva capito cosa provava Adam per lui. Come poteva capire? O forse l'aveva capito ma non ne era certo. Non poteva esserlo. È Adam. Adam è assurdo. Questa cosa è assurda.

Assurda.

Poi Adam sbatte le palpebre, come se avesse ricevuto una risposta. Alza il mento, parla.

"Ci penso io, Rhodes."

Rao si era dimenticato di Veronica. La sente dargli dei colpetti leggeri e possessivi su una guancia, vede Adam stringere gli occhi mentre lo fa. Rao indietreggia. Che idiota di merda. Tutto questo tempo. Perché non aveva…

E poi quello che lo sta aspettando negli edifici davanti lo afferra con forza, divampa come un fuoco animato da una folata di vento. Troppo vivo, troppo forte, e Rao viene trascinato verso di esso.

Ma ora Adam è al suo fianco.

Gli oggetti qui attorno sono più piccoli, meno ammassati. L'ultima cinquantina di metri è irregolare ma facile da percorrere: giochi in scatola, piumini, paralumi, peluche, sezioni di piste Scalextric. Si fermano su un fazzoletto di prato ben tagliato e infarinato di neve davanti all'ingresso per il personale dell'annesso di cemento che porta al compartimento freddo, sul lato ovest. Due piccoli cuscini sono appoggiati delicatamente contro la porta.

Rao conosce la procedura. Dovrà aspettare finché i ragazzi-soldato avranno, per usare un eufemismo, "ripulito la stanza". Ma fa per seguirli quando entrano in fila indiana. Adam lo blocca mettendogli un braccio sul petto. Rao si impunta. Si sente come un cavallo al box di partenza.

"Lascia stare, Rao."

Quando le cuffie trasmettono il via libera, Rao s'incammina dietro a Adam, seguito subito dopo da Veronica e da Baker, che copre la retroguardia. Lo spazio in cui entrano ha le dimensioni di una palestra, con ammassi angolari di tubature che corrono sulle pareti verdi chiazzate di bianco. Le incrostazioni sembrano vecchie, come se i mattoni avessero rilasciato dei minerali nel corso degli anni, ma Rao dubita che sia quello che vede; i motivi spettrali somigliano a rami invernali.

Sposta gli occhi al centro della sala, dove due dei soldati sono rannicchiati sopra dei cadaveri sul pavimento di cemento.

"Non siamo la prima squadra che entra qui dentro," dice Rao lentamente.

"Di sicuro no," risponde Veronica vicino al suo orecchio. "Ce ne sono state altre due."

"Sempre bello sapere di essere l'ultimo ripiego, cazzo. Adam, lo sapevi che siamo la crociata dei bambini?" Si avvicina, sbircia il cadavere più da vicino. Sta stringendo una seggiolina a pozzetto rivestita di velluto arancione. Ma il velluto non copre solo la sedia, si estende lungo un braccio arricciandosi e arrivando fino alla spalla, dove si fonde con la tuta protettiva mimetica. Il corpo accanto è raggomitolato attorno a un cane. Non è un beagle come quello di Monty. Una coda bianca e pelosa spunta da sotto un braccio, muovendosi delicatamente, ma il resto della pelliccia è maculata come una mimetica. C'è della condensa sulla visiera. Rao è sollevato. Non vuole vedere il muso.

Il terzo cadavere è sdraiato a faccia in giù. Dalla schiena gli escono quelli che sembrano tubi di vetro semifuso.

"Vivi?" sta chiedendo Adam ai medici.

"Improbabile. Non importa," risponde Veronica. "Non siamo qui per loro."

"Le tute protettive non dovrebbero..."

"No, le tute chimiche non funzionano. Non servono."

La luce dentro la sala è intermittente, come sole che filtri tra nuvole in movimento. Rao alza gli occhi. Non ci sono lucernari né finestre. La luce non dipende dalle condizioni atmosferiche.

"La radio è fuori uso," dice Roberts bruscamente.

"Interferenze?"

"Rumori di fondo."

"Io sento un aperitivo," dice Garcia. "Voci. Musica."

“Idem,” dice Stewart. Poi, più turbato. “È un… coro?” Inclina la testa, poi la scuote. “No, credo sia una pubblicità della Pan Am.”

“Assurdo.”

Armeggiano coi loro dispositivi, stabiliscono velocemente che le radio sono inutilizzabili. Dopo una breve consultazione, decidono di proseguire.

“Vecchia maniera?” chiede Rao. “Segni con le mani e cose così?”

“Già,” dice Adam. “Stammi vicino.”

Con le MP5 puntate, Roberts e Stewart scivolano oltre le porte nella vecchia officina meccanica trasformata, come ha sentito Rao, in sala riunioni. Dieci secondi dopo, Stewart riappare. “Via libera. È buio. Visori notturni fuori uso. Torce.”

“Cosa…” comincia Rao.

“Torce,” dice Adam tirandone fuori una.

Capitolo 70

"Perché non possiamo almeno provare ad accendere le luci, ora che quei cosi per la visione notturna hanno deciso di rompersi?" si lamenta Rao mentre entrano in fila indiana nella sala. La mentoniera di Adam si tende; non è abituato a sorridere, per quanto cupamente, quand'è in tenuta da combattimento. "Stiamo girando con delle cazzo di pile."

"Sono facili da spegnere," dice Adam. Sorride di nuovo per il sospiro drammatico di Rao.

"Che c'entra?"

Roberts risponde al posto suo. "Se abbiamo bisogno di stare al buio, possiamo farlo senza problemi," dice. Si ferma. Si volta e punta la torcia in faccia a Rao. "Senza troppi problemi."

"Fanculo," mormora Rao strizzando gli occhi.

Roberts tira su col naso. Si gira. Continua a camminare.

"Coglione," dice Rao sottovoce.

"Mm," risponde Adam. Rao non ha tutti i torti.

Proseguono in silenzio. Gli ampi movimenti delle torce illuminano schermi, piante in vaso, manifesti illustrativi, il logo argentato della Lunastus in rilievo su una parete. Normali scenari aziendali, inframmezzati qua e là da Ogp. Una bicicletta azzurro vivo, con dei nastri bianchi e rossi che escono dalle manopole simili a felci di plastica, è inclinata al centro della sala come se fosse appoggiata a un muro. La torcia di Adam illumina il viso di una bambola American Girl che viene verso di loro, si ferma, si allontana zoppicando. Facendo segno a Rao di restargli vicino, Adam rompe le righe per andare a vedere.

La bambola ha i codini e un paio di occhiali rossi, e si muove per metà come un umano. La metà sinistra, per la precisione. Quella metà si muove come se respirasse, come se ci fossero dei nervi sotto la pelle, come se il suo occhio di vetro potesse vedere. La gamba sinistra cammina sicura, trascina la destra zoppicando. L'occhio che vede guarda Adam. La bambola si ferma. Indietreggia.

"Che strano," dice lui.

Rao sbircia da dietro, dà un'alzata di spalle. "Dici? L'ha fatta il Profeta," osserva. Annoiato. Deve spiegare l'ovvio. Adam non vuole perdere di vista la bambola, ma lancia un'occhiata a Rao. "Il Profeta non vuole avere a che fare con te, tesoro," aggiunge Rao.

"Ragazze, vi annoiamo?" grida Roberts.

Rao scambia uno sguardo feroce con Adam. "Abbiamo trovato una bambola, Roberts. Sai com'è."

"Non lo so."

"Non è vero," mormora Rao.

Adam li riporta dal gruppo. "Bambola American Doll. Stava gironzolando," riferisce. Guarda il volto di Roberts irrigidirsi per la confusione, forse la frustrazione, mentre cerca di mantenere un contegno. È una missione, non importa se folle. Non importa se è difficile tenere i nervi saldi.

"Ostile?"

"È complicato," dice Adam. "Gli oggetti mobili sembrano attratti dal gruppo ma si scostano da me."

"Solo da lei, colonnello?"

"Così pare."

L'espressione di Roberts si irrigidisce ancora di più, facendo comparire altre cicatrici sul suo volto, materializzandole allo stesso modo in cui Rao può far apparire una sigaretta. "Questa squadra è immune," dice. Tasta il terreno. Una supposizione. Adam non lo interrompe, ma sente Rao accanto a lui fremere dall'impulso di dire qualcosa. Non è un buon segno. "Quindi continueremo come previsto e affronteremo qualunque oggetto cinetico quando e se sarà necessario."

"Sissignore."

Avanzano in fila indiana per un corridoio ampio e buio, dove l'aria è dolce come zucchero filato. Ricorda a Adam la calura estiva, nonostante il freddo. "Bazooka," dice Baker. "La gomma da masticare rosa. Ve la ricordate? Lo stesso odore."

"Meno chiacchiere," grida Roberts da davanti. Fa un respiro, pronto a lanciare un altro ordine spaccaossa, ma non ha modo di farlo. Il rumore che manda è tagliente. Improvviso. Dolore. Come se avesse calpestato qualcosa di aguzzo.

Una lotta fatta di luce. La torcia di Roberts squarcia il buio, squarcia il silenzio. Silenzio, a eccezione del cigolio rugginoso di quelle che sembrerebbero tubature alla sinistra del gruppo. La squadra si mette in ginocchio. Luci alzate, armi alla mano, puntate. Adam tira Rao per una manica e, chinandosi, avanza lungo la fila per cercare Roberts. Non c'è.

Fa segno agli uomini dietro di lui di stare vicino, li guida lentamente. Il cigolio si fa più forte. Ravvicinato. Adam non lo sente più solo alla loro sinistra. È nell'aria. Acuto, metallico, si mescola all'odore dolciastro attorno a loro. La sua torcia illumina un movimento, qualcosa di scintillante, lucidato alla perfezione. Si avvicina. Le tubature cigolano più forte e ora Adam riesce a distinguere un altro suono sottostante.

Strozzato. Ansimante.

Le luci solcano porzioni limitate di corridoio e Adam ci mette troppo tempo a capire cosa sta guardando: Roberts incastrato tra le sbarre e i raggi della bicicletta azzurro vivo, scintillante sotto le torce. Gli si attorciglia attorno come un serpente, una cosa vivente, ma non appena Adam allunga un braccio verso la massa contorta degli arti di Roberts e i raggi di bicicletta, quella comincia a lasciare la presa. Ad allontanarsi da lui.

Ma è troppo tardi. Lo capisce da come gli occhi di Roberts saettavano tutt'attorno, dai suoi rantoli convulsi prima di spegnersi. È morto quando si accascia sul pavimento, pochi istanti dopo che la bicicletta si è districata dal suo corpo e l'ha lasciato andare.

"Porca puttana," sussurra Rao, gli occhi sbarrati.

"L'asfissia non è la morte peggiore," mormora Adam. Grida al resto della squadra: "Attenti a dove mettete i piedi".

Una pausa. Luci che avanzano per il corridoio verso la sua voce, verso il suo viso.

Luci che avanzano e trovano il corpo di Roberts.

"Sissignore." Estrada è il primo a parlare. Gli altri gli fanno eco.

Baker si avvicina di buon passo. Esegue gli ordini, guarda dove mette i piedi. Svelto ma cauto. "Ripuliamo a missione conclusa?" chiede.

Adam prende fiato. "Non è il mio campo. Continuiamo come previsto. Proteggere la risorsa, proseguire verso l'obiettivo. Estrada, prendi tu il comando. Vai avanti."

*

La squadra si muove a rilento, con prudenza, dopo la perdita iniziale. Perfino Rhodes sembra un po' scossa quando Adam controlla la formazione. Sta parlando con Rao, in fila davanti a lui. Può sentire ogni parola.

"Roberts non era in trance come gli altri," dice Rao.

"Non sembrava," concorda Rhodes. "È un peccato non poter sapere se fosse attratto da quell'Ogp."

"Non lo era."

"Rao..."

"Un giorno si fiderà del mio intuito," sospira lui. "Se sopravvivrà a questa cosa."

"Sono immune."

"Anche Roberts credeva di esserlo."

"Sì, è vero," dice Rhodes, calma. "Ma non lo era."

Rao sospira. Un sibilo acuto. "Lo sapevo. Maledizione, Veronica."

"I soldati muoiono in continuazione," risponde lei. Sembra annoiata. Adam non è nuovo a quella mentalità. È quello che pensa la gente dei soldati. Carne da macello. Scudi umani. Robot senzienti armati di fucile. "Nessuno si arruola pensando di essere immune ai proiettili."

"Lui si credeva immune quando ha accettato questa missione."

Di sicuro lo pensano anche gli altri. È allora che Adam parla, con voce bassa e calma. "Abbassa il volume, Rao," l'avverte.

"Merda," sussurra Rao. "Tutti quanti, Veronica?"

"Lei non ha nulla da temere, Rao. Come il colonnello Rubenstein. Come me."

"Ne è convinta? Perché quella bicicletta assassina non era un Ogp di Roberts."

"No. *Interessante*, vero? L'ha ucciso, e velocemente. Si potrebbe anche dire volutamente."

Due passi in silenzio. Un cigolio metallico alle loro spalle. Luci che guizzano davanti.

"Apertamente ostile." Alla fine Adam dice quello che crede stiano pensando tutti.

"Questo significa che l'immunità non conta più un tubo, Veronica," aggiunge Rao. "Non se 'sti cazzo di Fisher Price o quello che è sono assetati di sangue."

Rhodes manda un suono riflessivo, quasi melodico. "Quell'Ogp era notevole, già..."

"Non era quello che intendevo," mormora Rao.

"Perché era in giro libero. Senza un creatore. Ed era un oggetto generico, non trova? Quasi tutti hanno avuto una bicicletta da piccoli. Nostalgia manifestata attraverso un'esperienza culturale comune anziché per i ricordi personali di un singolo."

"Come la radio," dice Rao, "nel suo reparto."

"Ottima osservazione."

"Fanculo, Veronica."

"Pensi a cosa potrebbe significare," continua lei. Adam sente la smania nella sua voce. "Sappiamo già che il Profeta cambia periodicamente in base ai suoi scopi. Forse vuole ampliare il suo raggio."

I suoi scopi. Rao si volta verso Adam, gli occhi sbarrati. Adam incontra il suo sguardo. Ha sentito tutto.

Più avanti, lungo il corridoio, delle luci lente e intermittenti escono da sotto una porta, riversandosi sul pavimento. "Perlustrazione?" grida Estrada voltandosi.

Adam lo guarda. Fa un cenno con la testa. "Vai."

Un rapido rimescolamento, con solo Rao e Rhodes momentaneamente confusi sulla posizione da prendere. Adam tiene Rao vicino a sé. Non gl'importa un cazzo di dove si metterà Veronica.

"L'hai sentito?" mormora Rao alcuni secondi prima che lo senta anche lui. Un tintinnio di note elettroniche.

Adam gli lancia un'occhiata. "Cos'è?"

Estrada li interrompe. "È Pac-Man," dice. "Inconfondibile."

Rao tira Adam per il braccio. "Guarda," dice, e allo stesso tempo: "Estrada...".

È troppo tardi. Estrada ha aperto la porta quanto basta per lasciar fuoriuscire una luce azzurra e intensa, sempre più intensa a mano a mano che la musica si fa più forte.

"Rao," dice Adam, scostandosi per farlo entrare. Per far sì che imponga le mani. Che faccia quella cosa che fa.

"Come hai detto che si chiama?" chiede Rao. Adam non se lo ricorda ma non importa. Rao sa come si chiama Estrada. Non sta chiedendo per sapere, ma per riempire l'aria con del rumore, per coprire quei bip distorti e insistenti. "Alejandro, tesoro..."

"Quadri," lo interrompe Estrada lasciando cadere la sua arma sul pavimento, "è così che si chiamavano i livelli. Ora è tutto diverso."

Rao lo segue, con Adam alle sue spalle, ma non sono abbastanza veloci da impedire a Estrada di avvicinarsi alla fonte luminosa. È un videogioco arcade. Pac-Man, come ha detto prima. Nella stanza c'è un odore di pizza unta e cotone vecchio. Istintivamente, Rao si guarda i piedi. Si aspettava della moquette, ma non di vederla crescere da sotto il cabinato come edera. Scuri viticci intrecciati, con sagome geometriche rosso bruno punteggiate qua e là, studiate per dare un effetto speciale sotto le lampadine ultraviolette. I suoi piedi, i piedi di Rao, quelli di Estrada – i loro stivali premono sul tessuto, bagnato fradicio. Troppo denso per essere acqua.

È già morto qualcuno qui dentro.

Adam si guarda attorno, cerca un cadavere, quando Estrada tocca i pulsanti di fronte a sé. Sospira fisicamente per il sollievo. Compaiono fantasmi pixelati, sequenze di suoni elettronici.

"Rao," dice Adam mentre Estrada si curva sul vetro. Il gioco si svolge in diagonale, non dritto, ed Estrada ha cambiato posizione per adeguarsi. Si piega insieme al cabinato, una sagoma che si staglia contro la luce sfarfallante. Non è improvvisamente apatico, come tutti quelli che vengono in contatto con i loro Ogp, ma passivo. Le sue dita si muovono, una mano è sui pulsanti e l'altra manovra un piccolo joystick. Movimenti sicuri. Sembra calmo. Concentrato. Ogni volta che Adam sente un'altra raffica di suoni festosi, Estrada espira come se si stesse apprestando a sparare.

Rao non dice nulla. Fa alcuni passi avanti, mette una mano sulla nuca di Estrada e chiude gli occhi. Adam si aspetta il solito: la mandibola di Rao che si rilassa, le palpebre che tremolano. Si aspetta di veder indietreggiare Estrada dal videogioco. Non si aspetta che Rao si accigli. Non si aspetta che Rao tiri il colletto di Estrada per scoprire più pelle, che metta una seconda mano accanto alla prima.

Adam apre la bocca per chiedere, ma Rao sta già rispondendo. "Ci sto provando, Adam," dice con voce tesa. Toglie la mano. Adam intravede una leggerissima traccia d'argento su un palmo prima che scompaia dentro di lui come ogni volta. Estrada non si allontana dal cabinato. Gira la testa. Solo la testa. La bocca aperta, gli occhi stravolti da una paura silenziosa e una sofferenza evidente. Adam fa un passo avanti per aiutarlo, vede che le dita di Estrada sono fuse alla plastica colorata dei pulsanti. Stanno ancora premendo. Ancora giocando. E quando Adam fa quel passo avanti, i suoni e le luci sussultano insieme all'improvviso grido di dolore di Estrada. Il cabinato sta cercando di fuggire da Adam. Non ci riesce.

Estrada non resta lucido a lungo. Non appena Adam indietreggia qualche centimetro, il gioco riprende. Perfino la mano fusa si muove come se niente fosse, gli occhi di Estrada tornano sullo schermo.

Rao non prova a toccarlo di nuovo. Non tende una mano, non cerca di spezzare l'incantesimo in cui è caduto. Guarda il gioco e basta. C'è un movimento dietro a Adam. È Rhodes, venuta nella stanza per tirar fuori Rao. Rao esce con calma. Non oppone resistenza.

Ora lo sfarfallio si fa più intenso, le luci più vive, i rumori più forti. Una cascata di fuochi di artificio uditivi. Adam dovrebbe seguire Rao, uscire di qui. Non lo fa. Non perché debba salvare la vita a qualcuno qui dentro. Ormai è troppo tardi. Era troppo tardi quando avevano sentito la musichetta in corridoio. Adam arriva troppo tardi. Troppo tardi per vedere Estrada togliere l'altra mano dal joystick e premerla sullo schermo. Troppo tardi per vedere il vetro macchiarsi di sangue. Troppo tardi per accorgersi che il tettuccio si sta curvando su Estrada mentre si piega per avvicinarsi al gioco. Adam vede lo spicchio giallo del Pac-Man riflesso negli occhi di Estrada. Capisce cosa sta succedendo solo mentre succede. Ormai è troppo tardi per aiutarlo, anche se potrebbe avvicinarsi per fare qualcosa.

La curvatura del tettuccio è innaturale e l'intero cabinato comincia ad accartocciarsi su se stesso. S'increspa come una lattina di birra, portando con sé l'intero corpo di Estrada. Non c'è nessuna lotta. Lo *uacca-uacca-uacca* del gioco si fa assordante. Gli rivolta lo stomaco come un basso profondo da una cassa. È l'unico rumore che riesce a sentire.

Nessun grido. Niente di niente.

Quando il cabinato si raddrizza di nuovo, Adam si guarda gli stivali. Sono ancora più bagnati. Capisce perché non aveva visto un cadavere prima. Lo schermo lampeggia, dei numeri luccicano a intermittenza nel buio.

3.333.360.

"Adam."

È Rao. Sulla soglia, col braccio di Rhodes che gli cinge il petto. Ma non sta cercando di liberarsi. Sta facendo segno a Adam di allontanarsi dai resti liquefatti di Estrada. Quando Adam si avvicina, vede la tensione sul volto di Rao. "Vorrei esserci riuscito, a Kabul," mormora Rao. "Perché, se fossi morto, non avrei dovuto vedere questa cosa."

"Non lo pensi davvero," risponde Adam.

"*Un po'* lo penso, Adam."

"Non lo pensi davvero."

Capitolo 71

"Colonnello, c'è... Merda, cos'è successo qui?" È Stewart. Le sue dita si stringono attorno all'MP5. Garcia compare dietro di lui, gli occhi sbarrati sotto l'elmetto.

"Abbiamo perso Estrada," dice Adam. "Ci sono novità?"

"Baker."

"Dettagli."

"Morto."

"Come?"

"Qualcosa. Ho visto delle mani."

"Non hai verificato?"

"Con tutto il rispetto, signore, col cazzo. No che non l'ho fatto."

"Io ho visto," dice Garcia. "Era una vecchina."

"Una vecchina."

"Una specie di nonna, signore."

"Qualunque cosa fosse, era velocissimo," aggiunge Stewart. "Poi è sparito."

Solo cinque ne restar, pensa Rao.

Di fuori in corridoio c'è sempre più chiaro. Una luce rosa e perlacea, del colore dell'alba. Sa di lontananza, di aria di mare. Rao guarda le pareti schiarirsi e si chiede se quello che prova è normale in attimi di tregua come questi, tra orrori mortali. Tutto all'interno è fluido e scorre velocemente; tutto all'esterno è nitido, spigoloso, scolpito alla perfezione. E la cosa più inspiegabile di tutte è che si sente completamente se stesso. È un'esperienza che non ha mai provato prima, pensa con un brivido di sorpresa. Non così. Gli sono capitate un sacco di cose nel corso degli anni, ma non c'è confronto, non c'è paragone. È come se la sua anima, il suo corpo e la sua mente si fossero improvvisamente allineati. Guarda Adam e Garcia fare ritorno dal cadavere di Baker. L'hanno lasciato là dove è caduto o è stato trascinato. Visto da qui è una macchia indistinta, una mimetica rosa slavato contro la parete in fondo al corridoio. Adam passa accanto a Rao e va dritto da Veronica.

"Non ha potuto chiudere gli occhi," le dice impassibile. "Glieli hanno strappati."

Adam non è d'aiuto, pensa Rao. O forse, solo forse, lo sta facendo apposta.

Poi Garcia sussulta. Sobbalza. Borbotta. Butta la sua MP5 per terra. L'allontana da sé. Quella cade senza far rumore come se fosse finita sulla moquette e non sul cemento. Sembra tutto a posto a eccezione del suo gesto, ma Garcia è pietrificato sul posto, fissa la sua arma.

Adam alza una mano, è al suo fianco in un attimo. Lo studia con attenzione. "Rapporto," dice.

Garcia scuote la testa. "Io non..." comincia.

"Che cazzo," grida Stewart. "Raccoglila."

Garcia scuote la testa con forza. Respira affannosamente.

"Qual è il problema," chiede Adam in tono di comando.

Garcia sbatte le palpebre, chiude gli occhi. "Non toccatela."

Rao guarda la pistola. C'è qualcosa che non va. Non è...

"S'è mossa," dice Garcia. "Giuro su Dio. Si *contorceva*."

Adam lancia un'occhiata a Rao, alza le sopracciglia e Rao si avvicina, si accovaccia per esaminare l'arma. Sembra normale. È strana, strana, strana. Tende una mano...

"Rao?" l'avverte Adam.

"Già, dovresti farlo tu, non io," dice Rao. Passa i polpastrelli lungo la canna e l'arma sussulta come il fianco di un cavallo.

"Non è più una pistola," dice. "Ognuno controlli le proprie armi."

Veronica l'ha già fatto. La sua pistola si è vetrificata. La tiene alzata alla luce dell'alba, rapita. La infila di nuovo nella fondina. Vuole tenerla.

"La mia è a posto, credo," dice Stewart. La inclina, la scuote, sgancia il caricatore. Ma come lo riaggancia, l'arma gli si sgretola tra le mani, va in pezzi come se fosse fatta di carbone. Un sottile pulviscolo riempie l'aria. I guanti di Stewart sono neri. Garcia manda un grido strozzato, c'è un tonfo accanto al piede di Rao e quando Rao abbassa la testa per poco non grida anche lui. Sul carrello della Beretta ci sono una serie di occhi minuscoli, che lo guardano. Si alza in piedi di scatto.

Adam sta controllando le sue armi e munizioni. La canna della sua MP5 è leggermente traslucida. Scuote la testa e l'appoggia a terra. Ma le due 9 millimetri e i caricatori che si porta indosso sembrano a posto.

"Non sei *normale*," dice Rao sorridendo. "Grazie al cielo."

Adam lo ignora. Sta osservando Garcia e Stewart. Stanno indietreggiando dalle armi sul pavimento e Rao capisce anche senza testarlo che quel che sta succedendo è vero.

"'Sta roba è assurda," sibila Stewart. "Ritirata strategica."

"Ce ne andiamo," si lascia uscire di bocca Garcia.

Adam sbatte le palpebre, si volta verso Rao. "Rao?"

"Cosa?"

"Che vuoi fare?"

"Oh," dice lui con noncuranza. "Io non vado da nessuna parte."

"Rhodes?"

"Io voglio andare fino in fondo." Non sembra sicura, ma Adam prende per buone le sue parole e si volta di nuovo verso Garcia e Stewart.

"Abbiamo un obiettivo," dice seccamente.

"Non accettiamo ordini in questo momento, signore," risponde Stewart tra i denti.

Passano alcuni secondi. Adam sospira. "Non lo dirò a nessuno. Siete liberi di andarvene."

Sollevati, quelli si voltano e si allontanano. Rao li sta guardando quando c'è un grido d'orrore. Veronica. Ha qualcosa sotto lo stivale, lo sta schiacciando per terra. Rao non riesce a capire cos'è. Verde e arrotondato, sembrerebbe tessuto, e ci sono delle braccia che si agitano e quelle che potrebbero essere delle gambe – due gambe –, ma per qualche motivo è sicuro che ce ne siano altre. Guarda Veronica pestare il piede con forza, come se stesse schiacciando uno scarafaggio, vede la cosa girarsi mentre lo stivale si abbassa. È una rana Kermit, con gli occhi sporgenti e iniettati di sangue, una bocca simile a una voragine, le mani alzate verso di lei.

Rhodes continua a pestare finché la rana si rompe. Va in pezzi come una scodella. Poi si volta e vomita, si allontana velocemente e si mette dietro a Adam, asciugandosi la bocca. Garcia e Stewart stavano guardando, hanno visto tutto anche loro, e ora fissano i brandelli del Muppet, gli arti che si contorcono ancora, quando il rivelatore attacca.

È veloce. Veloce e assordante. Forte come una campana. Una campana insistente, una campanella scolastica. L'aria è soffocante, satura di gesso e di un odore di ketchup e latte cagliato. Scarpe ballerine. Una gonna. È bassa ma in qualche modo allungata, con una crocchia di capelli grigio topo e un volto che irradia una gentilezza infinita anche se è privo di lineamenti a parte una bocca. Rao la vede solo per una vertiginosa frazione di secondo perché è veloce, spaventosamente veloce, sfreccia verso di loro mandando schegge metalliche che cadono sul pavimento e per qualche motivo, anche se sta andando dritta verso Garcia e Stewart, Rao è sicuro che si stia muovendo lateralmente, allontanandosi da loro.

Non è così. La campanella scolastica trilla, polvere di gesso tremola nell'aria. La cosa ha braccia lunghe e sottili ma in qualche modo grassocce, anelli e dita sulla mano che protende in avanti mentre scivola veloce sul pavimento. Una mano enorme afferra Stewart da dietro, sale sull'elmetto, gli copre il cranio e Stewart sobbalza quando le dita gli affondano negli occhi, entrando ben oltre quelle che dovrebbero essere le nocche, e come un lanciatore del peso che prende lo slancio, l'altro braccio scatta ad afferrare Garcia per la mandibola e la gola. Le dita penetrano in profondità dentro il collo di Garcia, fiumi di sangue gli scorrono sul petto e Rao guarda i ragazzi-soldato mandare gli ultimi spasmi accompagnati dai rumori di scuola. Ora c'è un pestare di piedi nei corridoi, acute risate infantili e poi una serie decisa di repliche alla sua sinistra, spari, e il volto della cosa va in brandelli. *Automatico*, pensa Rao. *Ha sparato in automatico.* Perché i colpi alla testa non la rallentano nemmeno, la cosa sta venendo verso Rao trascinando Garcia e Stewart come se fossero parte di sé, muovendosi come una foca su una banchina, ondulando, ma ora Adam gli si è messo davanti, lo sta proteggendo, Rao sa che è quello che sta facendo perché Rubenstein migliora le cose, non è vero?

Tintinnio di bossoli. Polvere di gesso. Zolfo. Adam sta andando dritto verso la cosa, che ha interrotto la sua avanzata, sta indietreggiando velocemente da lui e se ne andrà affanculo nelle viscere dell'edificio insieme ai suoi soldati morti, ma... forse no. Forse non se ne andrà perché ora Adam le sta sparando alle ginocchia e ogni colpo va a segno, e quella rallenta, perché Adam.

Che è tutto. È concentrazione in mezzo al caos, buonsenso in azione, il fidatissimo puntino sulla *i* nell'oceano. Tutta la sicurezza che c'è al mondo, proprio qui, e una stupida frase si rincorre nella testa di Rao: *Adam è fantastico in questo.* Perché è così, non è vero? Ogni colpo strappa via un po' di più di quella cosa e Adam non è affatto come quando ha affrontato gli scagnozzi nel motel o quando ha fatto a pugni in quella stanza sul retro, ora è come se cantasse, come se questa fosse un'aria e ogni nota fosse intonata alla perfezione per spaccare il vetro. Come se l'intero edificio risuonasse a ogni passo, a ogni sparo.

Cazzo, pensa Rao. *Adam.*

Adam le è addosso. Ha tirato fuori un coltello. La cosa non è più in grado di sfuggirgli, anche se ci sta provando. Rao lo guarda affondarle la punta della lama nel polso, appena sopra l'elmetto di Stewart. Sembra titubante, come se si aspettasse di incontrare resistenza mentre cerca la via giusta per recidere tendini e articolazioni. Ma non c'è nessuna resistenza. La punta scivola dentro. Adam estrae la lama, cambia angolatura e con un colpo solo mozza l'arto, liberando Stewart dalla cosa che l'ha ucciso. Appoggia il corpo di Stewart contro la parete, raddrizzando quel che rimane della sua testa, poi si volta e libera Garcia, la cui pelle visibile è flaccida e bianco carta e la divisa una devastazione di sangue.

Ora Adam è in piedi e guarda la cosa sul pavimento, accigliato. È distrutta ma non è morta, sta indietreggiando trascinandosi progressivamente lungo il corridoio.

"Rao," dice Adam.

"Sì, tesoro?"

"Puoi creare qualcosa di pesante per fermarla?"

"Tipo cosa?"

"Quello che vuoi. Usa l'immaginazione."

"Io non... okay."

E Rao lo fa apparire magicamente, poi ridacchia per la sua opera. Senza alcun motivo aveva pensato a un fermacarte trasparente di Lucite, uno di quei souvenir per turisti con dentro felci, fiori e conchiglie, ma l'ha fatto di vetro e ha distorto le dimensioni. È enorme. La cosa è bloccata all'interno, incastonata, immobile.

"Bello," dice Adam.

"Merda," esclama Rao.

"Cosa?"

"Avrei potuto... Potevo pensarci prima, sai?"

Adam lo guarda. "Facciamo una pausa, Rao."

Si siedono per un po' con la schiena appoggiata alla parete come i cadaveri alla loro destra. Rao non li guarda. Invece, fissa le schegge metalliche e i bossoli sparsi sul pavimento, la scia di sangue con le impronte degli stivali di Adam. E si chiede perché diavolo si senta bene.

"Dovrei essere più terrorizzato," dice all'improvviso. "Ma guardare quella cosa, è stato come..."

"Guardare un film."

"Già. Esattamente. *La cosa*, per la precisione. L'ho visto quando avevo tredici anni e non ho dormito per due settimane. La testa sul tavolo, il ragno con le gambe."

Adam sorride. "Era così, già."

"Ma un'insegnante..."

"Una *supplente*."

Rao manda una risatina nasale. "Porca puttana, tesoro. Sei sempre così divertente quando guardi la morte in faccia?"

Uno sguardo di sbieco, divertito. Poi Adam socchiude impercettibilmente gli occhi. "Come ti senti, Rao?"

"Meno spaventato di quanto dovrei. È l'adrenalina? È per questo che sembri sempre così rassegnato? Ti senti sempre così?"

"Come ti senti *tu*, Rao?"

"Perché me lo chiedi?"

"Hai le pupille dilatate."

"C'è buio qui dentro."

"No, non è buio. Ma... sembri tranquillo. Stai bene?"

"Sì, sto bene. Dov'è Rhodes?"

"Non ne ho idea."

"Dovremmo cercarla."

"No, non dovremmo."

"Non si abbandonano i compagni."

"Non m'importa di lei."

"Adam..."

"Rhodes sa badare a se stessa."

"Quindi che si fa adesso?"

"Troviamo De Witte."

Capitolo 72

Più all'interno, i corridoi sono cupi. La luce sembra bruciacchiata, tremola aritmicamente. Per un po' le pareti e i soffitti sono di velluto marrone, il pavimento sotto i loro piedi trapuntato come un'imbottitura in pelle. Per alcuni metri il tanfo di rose è così forte che Rao deve trattenere il fiato; anche Adam ha il respiro strozzato. Un piccolo ornitorinco viola di peluche si trascina verso di loro su pinne di feltro giallo, viene inchiodato a terra da uno dei coltelli di Adam e resta là a squittire in segno di protesta.

Poi segue una pannellatura di legno punteggiata da trofei sportivi argentei e deformi che, alcuni metri più in là, si trasforma in un caos di scocche beige di computer incastonate nella muratura di mattoni, frammenti di schermi nero lucido su cui lampeggiano comandi Dos verdi.

La prima porta che provano ad aprire dà su una spaziosa area di stoccaggio. Pareti spoglie, un ammasso di contenitori e mensole. Al centro del pavimento in vinile, un mucchio di Tamagochi dai colori vivaci si contorce contro le proprie catene. Il rumore nella stanza è atroce, un caos assordante di voci, motivetti pubblicitari, risate, frammenti della canzone *Sugar, Sugar*, il tono Quindar della Nasa, grida dalle giostre. Si interrompe non appena la porta viene chiusa.

La porta accanto è schermata da una lastra di rame lucido.

"Ufficio contabilità radio-protetto," annuncia Rao.

"Già. L'ingegnere."

La donna è distesa in mezzo al pavimento, un cadavere esile e devastato in camice bianco, con una maschera protettiva accanto e il telefono ancora stretto in una mano. Attorno a lei, equidistante, un reticolo, uno schieramento perfetto di vermi di peluche con berretti da notte e facce di plastica brillante.

"Lucine notturne," dice Rao. "Ne avevo una anch'io. Cazzo. *Cazzo*," aggiunge. Ci sono delle luci sotto la pelle dell'ingegnere. Dentro le sue braccia, il torso, il volto. Il reticolo di lucciole si è manifestato proprio dentro di lei. Rao guarda, deglutisce qualcosa di simile a delle scuse. Questa morte, per qualche motivo, è peggio di quella di Monty. Peggio di quelle provocate dagli altri orrori. C'è un grande silenzio. La donna sembra terribilmente sola.

La stanza successiva è buia e nebbiosa. Acqua che gocciola. Odori autunnali. File di schermi piatti sfarfallano di neve catodica. Adam accende la torcia. Il fascio di luce illumina una colonna di corteccia semisepolta nella parete in fondo, e sopra e attorno a essa un groviglio di rami con foglie grigie seghettate e frutti splendenti.

Rao parla tra il sibilo di rumore bianco che sembra pioggia battente.

"Cazzo, è De Witte."

È inginocchiato sotto uno dei rami, la testa china, i capelli umidi e arruffati. Ha entrambe le mani alzate sopra la testa, strette attorno a una mela che ha agguantato da un ramo piegato dal peso. Le sue dita sono dorate, fuse alla mela, punteggiate di pori e cicatrici, e i dorsi delle mani sono orribilmente rigonfi. Adam si accovaccia, mette due dita sulla gola di De Witte. Rao pensa a Ed che moriva nel fango. Pensa agli uomini nelle celle di Kabul che tenevano così, più a lungo di così.

"Fortuna che il contatto non è stato con tutto il corpo," sta dicendo Adam. "Le mani sono andate ma il battito è regolare. Mi tolgo di mezzo, così puoi..."

"Adam."

Adam alza gli occhi.

"Non è per questo che sono venuto."

"Non vuoi guarirlo?"

"Nah. Mai voluto. Quest'uomo è uno stronzo. Un criminale di guerra. Vorrebbe conquistare il mondo. Ma non è questo che intendo. Non è per aiutarlo che sono qui." Adam fa per dire qualcosa e Rao alza una mano per zittirlo. "Non alzare le dita e chiedermi di contarle, tesoro. È il ventisette novembre 2010 e so chi sei, so chi è il presidente e continuo a sapere cos'è vero e cosa no. Con la solita eccezione. È solo che," indica De Witte, "non è per lui che sono qui."

"Okay," dice Adam alzandosi in piedi. "Qual è il tuo obiettivo personale?"

Rao cerca una risposta. Non riesce a trovarla. Continua a rimbalzare mentalmente tra i significati dei termini "immanente" e "imminente" e non riesce ad arrivare a una certezza. "Non si può spiegare," taglia corto. "So che suona strano, ma fidati di me. Tutto quello che so è che era là fuori. Cioè, è là fuori." Fa un gesto con la mano dietro di sé. "In più se ora sistemo De Witte avrai solo un'altra gatta da pelare, perché da quel che ho sentito è uno stronzo difficilissimo da accontentare, e questo prima di passare tre giorni appeso a un albero."

Adam stringe le labbra. "Okay. Ci occuperemo di lui quando avrai raggiunto il tuo obiettivo. Fammi gentilmente sapere quando sai cos'è, quest'obiettivo."

"Non rompere, tesoro. Ti farò sapere."

Adam sorride, lancia un'occhiata all'albero. Si fa serio. Guarda più da vicino. "Uhm," dice. "Queste mele non sono mele."

"Non mi dire."

"Sono d'oro. Credo che siano d'oro."

"Già," dice Rao. "Esperidi. Non mi sorprende affatto. Non starai pensando di soffiarne qualcuna?"

Adam ridacchia. "Vai a farti fottere."

"Volentieri." Rao adora quando Adam impreca così. "Cose da fare, posti da vedere."

"Okay. Ma non sai cosa sono."

"Mi stai rompendo."

"No, sto solo dicendo le cose come stanno." Sorridono entrambi. Il disastro che è diventata questa missione, loro che voltano le spalle a De Witte, lo shock, l'adrenalina, il Profeta nell'aria: quest'ondata improvvisa di euforia potrebbe venire da una di queste cose e da tutte quante. Rao si sente stranamente poroso, permeabile. Chissà se ha contagiato Adam col suo stato d'animo. L'euforia è un totale sballo pirotecnico da bollicine di champagne la mattina del tuo compleanno, e sta rendendo qualunque cosa debba fare Rao così squisitamente invitante che è difficile non schizzare fuori dalla stanza e correre a cercarlo.

Ma lo avverte prima di sentirlo.

Lo avverte nella testa, come la tavola calda.

Ed se n'è andato. Se n'è andato e questo gli brucia, e Nancy se n'è andata, Roberts se n'è andato e anche gli altri, e Polheath è finita. Anche se sa che, da qualche parte, Polheath sta ancora accadendo.

Ma non è Sinatra quello che sente ora.

Adam sta già guardando la fonte della musica. Ha la pistola

in pugno, ma puntata in basso. È un canto. Un semplice canto, eseguito da qualcuno che non sa cantare. In fondo al corridoio c'è un arco abbastanza profondo da essere un tunnel, da cui sta uscendo un uomo sulla quarantina coi capelli brizzolati. Non sembra che sia stato toccato dai rivelatori. Sulle prime Rao pensa che quest'uomo che avanzava verso di loro sorridendo, cantando e scrollandosi di dosso la giacca sia immune.

Ma non è così. Sa che non è così.

E le parole del canto che sente sono…

Rao scuote la testa. Capisce perfettamente le parole, sa cosa sta cantando l'uomo, ma le parole che sta usando non sono inglesi.

No, lo sono. Sono sicuramente inglesi ma allo stesso tempo sono anche in ogni altra lingua che Rao abbia mai parlato, mai sentito, di cui abbia mai sentito parlare. Ogni parola sembra… Mentre l'uomo avanza disinvolto verso di loro, Rao pensa a come le scritture hanno descritto le voci soprannaturali degli angeli. Il canto è rivolto a Rao. È *per* Rao. L'uomo sta cantando del tempo magnifico che c'è fuori. Sta chiedendo se Rao vuole stare con lui… Se Rao può stare con lui. Sembra che le parole vogliano sedurlo, ma non nel solito modo. È come se fossero rivolte a un bambino.

L'uomo piega la testa. Si scrolla di dosso la giacca, la lascia cadere per terra. Rao la vede afflosciarsi sul cemento e, quando rialza lo sguardo, l'uomo-cantante ha un cardigan così rosso che a Rao fanno male gli occhi. Technicolor.

Lancia un'occhiata a Adam. È pietrificato dall'orrore. Ma è impossibile. Adam non inorridisce mai. Pochi minuti fa hanno visto un uomo divorato da una bicicletta. *Quello* era orribile. La bocca di Adam si muove, forma silenziosamente le parole del canto come se lo conoscesse a memoria.

"Adam," dice Rao.

Adam abbassa l'arma mentre l'uomo-cantante si avvicina. Capelli argentati, pettinati su un lato. Sopracciglia brizzolate. È la persona più affascinante che Rao abbia mai visto. Ma non è fascino. Rao non è affascinato. Il sorriso dell'uomo è caloroso in un modo che trasmette un assoluto senso di sicurezza. Vedendolo, Rao può rilassarsi. Come se fosse appena rincasato dopo una giornata fredda, come se sua mamma fosse in cucina a preparare la cena e suo padre stesse guardando la tv col volume troppo alto. Sicuro, familiare, accogliente. Caloroso. Tutto in un sorriso.

L'uomo sta ancora cantando. Canta del giorno, di quant'è bello, di come dovrebbero sfruttarlo al massimo. Si allaccia il cardigan allegramente. Quando Adam manda un sospiro, Rao deve sforzarsi con tutto se stesso di distogliere gli occhi da questa serenata e guardarlo. Ora l'orrore è scomparso dal volto di Adam. Sembra...

Adam sembra...

È come quando dorme. Come dopo una risata. Sprazzi di quella che potrebbe essere felicità sul suo volto.

Il canto continua. L'uomo sta ancora chiedendo a Rao di stare con lui, ora che si sono ritrovati.

L'espressione di Adam cambia. Lo sente anche Rao. È attratto da quest'uomo. Un desiderio disperato della sicurezza accogliente che offre la sua presenza. *Profeta*, pensa Rao. Capisce. Nessuna minaccia, solo il Profeta.

Ora l'uomo si ferma. È in piedi di fronte a Rao, gli brillano gli occhi. Il cardigan rosso è innestato sulla pelle del collo. Non è umano. Ma non è un rivelatore. Quest'uomo è diverso. E non è perfetto. Stupidamente, confusamente, Rao sa che avrebbe potuto fare di meglio. Avrebbe potuto fare quest'uomo *alla perfezione*.

Il sorriso sul volto dell'uomo si addolcisce mentre, canticchiando, implora di nuovo Rao di stargli vicino. Porge una mano. Adam inspira profondamente. Rao non ha più aria nei polmoni.

Poi l'uomo parla. Una voce normale. Amichevole. Americana. Calorosa, accogliente, familiare. Sicura.

È contento, dice a Rao, che siano di nuovo insieme.

Rao prende la sua mano.

C'è il Profeta dentro quest'uomo, e Rao lo attrae dentro di sé. E questa volta è più grande, più intenso. Argento dietro le sue palpebre per un breve istante, per sempre, per un secondo. Rao resta in piedi, frastornato e immobile, e sente un piccolo tonfo.

Ci mette un sacco di tempo, stavolta, a tornare in sé.

Mercurio, rammenta a se stesso.

Adam, ricorda.

Adam è inginocchiato accanto al corpo dell'uomo creato dal Profeta. "Rao," sta dicendo in lontananza. Distante. Smorzato come un acufene. Subacqueo. Nel passato. Nel futuro lontano. *In questo momento*, si ripete. Sono entrambi qui, ed è adesso. "Hai appena ucciso il signor Rogers?"

"Lo conoscevi, tesoro?"

Adam alza gli occhi verso di lui, la bocca aperta.

"Adam. Veniva da là. È là dentro. Mi stava *accogliendo*."

La vernice verde della porta si è scrostata in motivi esagonali che lasciano intravedere l'acciaio sottostante. Con molta cautela, Adam si avvicina, passa una mano sulla superficie.

"È qui," dice Rao.
"È questo che vuoi?"
"Sì. È lì che devo andare."

Il volto di Adam ha un leggero spasmo. Si porta una mano su una guancia, la copre fino all'orecchio. Le punte dei suoi polpastrelli sbiancano per la pressione contro l'elmetto. "Io entro," dice. "Tu resta qui." Fa scorrere la porta, la oltrepassa. Ma Rao non può aspettare. L'attrazione verso lo spazio al di là è inesorabile ed è un tormento non vedere più Adam. Rao fa un passo ed entra nel compartimento caldo.

Capitolo 73

È cavernoso. Enorme. Un hangar aereo. Ha qualcosa di sacro. Come un tempio. Una cattedrale. C'è un silenzio opprimente, ma percorso da un rumore troppo profondo per udirlo, una cacofonia così forte e orribile che Rao prova un dolore al petto. Adam è una sagoma nella luce invernale. Ha la bocca aperta. Gli occhi spalancati. Ha messo via la pistola. Sa che un'arma da fuoco non servirebbe a nulla. Non si muove, non si sposta di un centimetro nemmeno quando Rao gli è accanto, spalla contro spalla.

"Tutto questo è..." la voce di Adam è ovattata come se stesse parlando sotto la neve.

"Sì, tesoro."

Ogni centimetro della sala è coperto di Profeta. Sembra brina metallica, merletto floccato. Venature. Rami. La mappa filettata di un fungo vorace. Per un istante, Rao è di nuovo a Ranthambore che cammina nei boschetti dell'albero di baniano alla luce obliqua del sole. I suoi occhi scivolano sulle sagome sepolte del sistema di stoccaggio della Lunastus lungo la parete sinistra. Il Profeta è accumulato su di esse, copre le porte più lontane, oscura le finestre di osservazione, fodera le tubature, il piano ammezzato, ammanta i numerosi cadaveri sparsi sul pavimento. Rao sbatte le palpebre per scacciare quella che sembra cecità, sente la voce di Adam.

"Cos'hai detto?" dice.

"Qual è il piano," ripete Adam.

"Il piano."

"Sì. C'è un piano?"

È buffo. È proprio buffo, e Rao non riesce a trattenere una risata. Sembra un rantolo dopo un fiume di lacrime.

"Credo che ci sia un piano, tesoro," dice. "Ma non è mio."

"Rao, dovremmo andarcene."
Rao lo guarda. Non sta più ridendo.
"Non posso."
"Puoi. Andiamo."
È in piedi in una posizione strana, con un piede rivolto leggermente all'interno, le mani curve e tremanti sui fianchi.
"Non posso," ripete.

È quel punto dentro di lui. Il puntino minuscolo sepolto in profondità. Il freddo. Ha aperto le braccia e sta invitando dentro ogni cosa. Rao prova un moto disperato di rifiuto che è respinto sommariamente, inspira ed espira una sola volta, e capisce esattamente cos'è. A cosa serve. *Buffo*, pensa. *L'ho sempre saputo.* Un ricordo assurdo della faccia baffuta del suo orientatore scolastico, quello che gli aveva detto che il suo questionario mostrava un desiderio di aiutare la gente e che forse doveva prendere in considerazione la facoltà di medicina o entrare in polizia, per far prima. E Rao aveva scrollato la testa, divertito da matti, e la sta scrollando anche ora, ma non c'è nulla di divertente. Si ritrae da ciò che gli sta succedendo, ma non può fermarlo. Il freddo ha aperto le braccia e sta invitando dentro ogni cosa.

*

Adam deve battere gli occhi. Lo fa e poi non riesce a riaprirli. Ma lo vede comunque. Come l'immagine residua dopo aver fissato il sole, una scena accecante, vicina e terribile sotto le sue palpebre. Tutto il Profeta nel compartimento caldo cambia stato all'istante. Diventa liquido come vetro fuso, morbido come gelo su una bottiglia ghiacciata di vodka. Scorre lungo il pavimento, cola dal soffitto, scivola dalle pareti, fluisce verso Rao come se fosse attratto dalla forza di gravità.
Sta precipitando dentro di lui. Adam spalanca gli occhi e non può richiuderli. Vorrebbe farlo. Rao ha le mani allungate sui fianchi. Filamenti sinuosi di Profeta scorrono verso di esse dal pavimento. La testa è rovesciata all'indietro, la bocca aperta e anche se non c'è nessun suono Adam lo sente gridare, e quando il Profeta raggiunge il petto e la gola, gli si riversa nella bocca e, con un ultimo guizzo disgustoso come una coda di pesce argentata che scivoli sott'acqua, scompare all'interno.
È tutto dentro di lui.
È ancora in piedi. Ha la testa china come in preghiera, il pet-

to ansimante, e non c'è più Profeta da nessuna parte. La stanza è vuota e Rao è...

Come può esser tutto dentro di lui? *Come?*

Rao alza la testa e guarda verso Adam, ma è come se non lo vedesse. I suoi occhi sono distanti. C'è del sangue attorno alla sua bocca. È terribile vedere il volto di Rao così immobile, così inespressivo.

"Rao..." comincia Adam.

"Andrà tutto bene. Aspetta qui."

"Non sto andando da nessuna parte."

Rao chiude gli occhi. Il suo volto ha ripreso vita. "Non posso saperlo, no?" La risata è bassa, divertita, complice, come la risata nel motel quand'era apparsa la lucertola. Ma ha qualcosa di terribilmente distorto. "Allora è per questo," dice. "Cazzo."

Una pausa. "Cazzo," ripete. A bassa voce, sbalordito. Non sta parlando con Adam.

"Rao?"

Rao alza una mano. "Aspetta, tesoro. Torno tra un attimo." La sua voce è accurata, a un passo da una risata. La voce di quand'è ubriaco e ha voglia di tirare cazzotti. Sorride. Un sorriso smagliante. Ma i suoi occhi aperti sono metallo opaco e le lacrime che fuoriescono sono perline di mercurio che scompaiono nella pelle mentre scendono lungo le guance.

È cieco adesso? Adam si chiede come questo impatterà sulla sua esfiltrazione nel ventaglio sempre più ridotto delle loro possibilità di sopravvivenza, quando vede chiaramente gli occhi di Rao. Sono neri adesso, fissi, e lo stanno guardando, ma quello che vede è quasi peggio. Adam ripensa a quella volta durante il corso di addestramento in cui un imbecille si era puntato per scherzo una M9 scarica alla testa, tra le risate di tutti. Avevano riso tutti tranne Adam, che aveva visto qualcosa di troppo vero in quegli occhi.

Rabbrividisce. La temperatura sta precipitando. Lo sente sul viso. Ogni respiro è nebbia. Guarda in basso. Il gelo sta strisciando sul caos del pavimento, gli copre le punte degli stivali, striscia sui lacci. È ipnotico, ma i suoi occhi non riescono a stare fermi.

Sono attratti verso lo spazio dietro a Rao, dove l'aria sta crepitando, increspandosi come un lenzuolo steso al vento. Dei motivi si stanno intessendo nella sua trama. È doloroso guardarli; gli premono sulle tempie come un'emicrania.

Poi lentamente, sgradevolmente, lo spazio tra Rao e la parete in fondo comincia ad aprirsi verso l'interno. No. Verso il basso, Adam indietreggia con un sussulto di panico viscerale, convinto che stiano per precipitarci dentro entrambi. No. Non è in basso. Non è in nessuna direzione. Quello che c'è dietro a Rao è luce. Di un colore mai visto prima. Non è chiara ma è tagliente, gli pizzica la retina come il sole su uno specchietto retrovisore mentre si guida verso est in un pomeriggio d'inverno.

La luce tremola, si affievolisce, e ora Adam sta guardando in un corridoio infinito pieno di fumo. Fumo nero come una fossa di combustione, come le conseguenze di una carica altamente esplosiva. All'interno ci sono lampi simili a piccolissime tempeste elettriche che guizzano, si spostano e si trasformano in punti di feroce luce bianca. Le luci persistono. Si stanno anche muovendo. Lente costellazioni. Impossibile dire quante. Come il cielo nel deserto. In qualche modo troppo vicine, incombenti, e così lontane da fargli accapponare la pelle.

Adam è inutile qui. Peggio che inutile. Non sta facendo nulla.

No. Sta facendo quello che ha chiesto Rao. Sta aspettando. Facilita le cose.

Ma il freddo ora è una lama che gratta contro le ossa. È difficile stare in piedi. Si sente stanchissimo. Vorrebbe dormire. Che cosa buffa. Non ha mai pensato che sarebbe stata l'ipotermia. Ha sempre pensato che sarebbe morto dissanguato. Oscilla leggermente, sa che è a un passo dal crollare a terra e lasciare che succeda. Non sembra ci siano buoni motivi per non farlo.

Aspetta.

Rao gli ha chiesto di aspettare.

Rao. Batte gli occhi, scrolla via il ghiaccio. Rao è in piedi là accanto. Non c'è gelo sulla sua pelle, ghiaccio sulla sua barba né orrore sul suo volto.

"Merda, merda, mi dispiace tantissimo, tesoro," sussurra, e Adam si sente avvolgere da un calore istantaneo e totale, rivoli d'acqua gli scendono lungo il cranio mentre il ghiaccio si scioglie, gli scorrono sulle guance e dentro la bocca. Un vago sapore di anice e acqua piovana. Il calore porta con sé un'ondata di terrore. Non si muove nulla eccetto le luci dietro a Rao, ma ogni cosa sta precipitando verso di lui e ogni cosa si sta allontanando da lui, perché Rao è il centro di tutto questo e Adam non sa cosa sia tutto questo. Prende fiato, comincia a contare le luci dietro alla testa di Rao per non impazzire, quando tutto si capovolge. Quello che era oscurità è ora l'arancione tenue dello smog di Los Angeles al tramonto, e gli scialbi punti di luce si sono trasformati in una serie di sagome nere, minuscoli poligoni piatti che sobbalzano leggermente, guizzano e fluttuano come se fossero…

"Sono aquiloni," dice Adam – improvvisamente, stupidamente sicuro.

Rao annuisce. "Possono essere qualsiasi cosa."

Gli aquiloni si bloccano. Cadono da quello che non è il cielo. Cadono come uccelli abbattuti, proiettili andati a vuoto, cadono su… Adam non riesce a capire cosa siano: cose che emergono da un caos di luce e disordine. Contenitori. Sono cose per tenere in fila gli aquiloni e le stelle. Scaffali di vassoi di legno con tenui rivestimenti in raso. Tantissimi. Un'infinità di vassoi. Quelli accanto alle mani di Rao hanno dimensioni ordinarie. Quelli in lontananza sono poco più che polvere. Ma sono tutti qui. Tutti sullo stesso piano. È come… Adam ricorda quando da piccolo si metteva tra due specchi e appoggiava le dita sul vetro dello specchio che teneva in mano, fissando con quello lo specchio sulla parete, la sua stanza, i poster, le camicie piegate sulla sua scrivania, i modellini di aeroplani sul davanzale – e oltre quella stanza un'altra stanza aldilà, e un'altra ancora, una serie interminabile di stanze che si allontanavano all'infinito. Ma piatte. Tutte nello stesso posto.

Ora è in mezzo tra due specchi. Tutto qua.

È quello che si sta ripetendo, anche se sa che non è vero, mentre guarda Rao tendere le braccia verso i vassoi e cominciare a smistarli. Sta cercando qualcosa con la stessa noncuranza che se cercasse un paio di occhiali da sole su un espositore al duty free dell'aeroporto, e lo fa con una tale velocità e sicurezza che Adam sente contrarsi involontariamente le dita al ricordo delle carte da gioco. Vede Rao bloccarsi, fermarsi, prendere un vassoio. Il vassoio è piccolo, non più grande di una cartuccia calibro 22, ma Rao lo fa diventare più grande, o quello diventa più grande, o lo fa il Profeta, e poi Rao sorride e prende qualcosa da esso. Se lo lascia cadere sul palmo sinistro. È scuro, piccolo e rotondo, grande quanto un'oliva. A Adam si chiude la gola mentre lo guarda. È *terrificante.*

"Lo vuoi?" dice Rao.

Adam non riesce a parlarne. Ci prova. La sua gola non glielo permette.

Rao sbatte le palpebre, sembra perplesso. "Quant'è passato?"

"Da cosa?"

"Da quando ho detto qualcosa."

"Circa due secondi, Rao."

Stupore. "Davvero?" La sua voce è molto più incerta. "Sono

in un sacco di posti contemporaneamente, Adam. Non posso restare a lungo." Porge di nuovo il palmo. "Lo vuoi?"

"Rao, non so cos'è."

"No, scusami. Certo che non lo sai." Si lecca le labbra. Deglutisce. "Bene. Credo si possa chiamare seconda occasione." Prende la cosa dal suo palmo. La tiene tra le dita. Adam vede che c'è una stella dentro. No, non dentro. È attorno a essa, appena sotto la superficie.

"Asterismo," dice Rao. "Un tempo amavo queste pietre. Questo qui non è uno zaffiro nero però, amico, è solo ciò che lo fa sembrare tale. Devono essere delle cose familiari per me, capisci cosa intendo?"

"Sì," mente Adam. "Allora cos'è?"

"È il mondo dove sei andato insieme a tua zia."

Adam non trova le parole giuste da dire. "Vuoi che lo indossi?" prova.

"No. Voglio che tu lo viva."

Un rumore basso e stridulo, placche tettoniche che si spostano l'una contro l'altra: Adam lo sente nel petto. La polvere soffia su di lui; ora non è ghiaccio. È cenere. Non sa bene cosa ci sia sotto i suoi piedi e non vuole guardare.

"Rao," dice lentamente. "Non capisco cosa intendi."

"Questo. Sai," spiega Rao, "non è solo qui. Adesso."

"Intendi il Profeta?"

"Già. L'abbiamo portato qui, lasciato entrare, in un certo senso. Ma non è solo qui. Avevi ragione su questo. Attraversa ogni..." Rao stringe gli occhi, fa una faccia come quando è ubriaco e sta cercando le parole. "Ogni tempo. Luogo. Legame? Ogni dimensione." Fa una smorfia. Non gli piacciono le parole che sta usando. "Ogni universo. Ma non può creare cose nuove. Per questo ha bisogno di noi." Un sorriso raggiante. "In realtà ha bisogno di me, amico. Nello specifico."

Adam non lo sopporta. Rao parla come se stesse cercando il miglior ristorante di ramen in città mentre il Profeta gli scivola sugli occhi come inchiostro sull'acqua e gli riempie a tal punto la bocca che a volte non si riconoscono le parole. Quando ridacchia, sembra che abbia la bocca piena di sangue. "Vahana. Sono un vahana. Davvero." Scuote la testa. La sua voce si schiarisce improvvisamente. "Ora cambiato allora," dice con serietà. "No, creato allora. Cazzo. Le parole. Abbi pazienza, per piacere. Per piacere, Adam. È importante. Il fatto è questo. Sono sempre stato qui. Proprio qui, perché il fatto è che non può creare nulla di sua iniziativa. Ha bisogno di una mente per farlo. E ci sono un sacco di posti, di universi dove le cose non sono complicate, e a lui piacciono le cose complicate. La vita è complicata, giusto? Ecco cosa fa. Porta la vita in posti dove non c'è. Quindi..." Rao si zittisce. No. Non si zittisce. Smette di muoversi.

Tutto smette di muoversi. Si offusca, si blocca. È esattamente come guardare attraverso un mirino sfocato, tanto che Adam vorrebbe tendere le braccia e sistemarlo. Ma non può muoversi. Vorrebbe gridare. Non può farlo. Il tempo l'ha compresso in vetro. Poi, con uno schiocco basso e tenue come il rumore rallentato del ghiaccio che cade nello scotch caldo, tutto riprende a muoversi. Altra cenere sul suo volto, sulla sua pelle, un sapore grezzo e agrumato nella sua bocca.

"Quindi ora posso creare qualsiasi cosa. Posso creare un mondo intero. Ricreare questo," dice Rao come se non si fosse mai interrotto. "Quindi questo" – alza lo zaffiro – "questo e tutti gli altri, quello che sono, sono mondi alternativi. Molto simili al nostro. Come nella fantascienza."

"Tu non leggi libri di fantascienza, Rao."

Disperato. Ha un disperato bisogno che tutto...

"Per questo non riesco a parlarne. Non ci sono mai riuscito. Per questo..." la sua voce si affievolisce a poco a poco, come se le parole che sta usando si fossero trasformate in qualcos'altro. Adam non sopporta che faccia tutta questa fatica a parlare. Prova un dolore puro, profondo, indicibile. Poi Rao si rilassa, parla velocemente, la bocca libera dal metallo, la voce bassa e seria. "Come con te. È da quando ti conosco che cerco di leggerti." Si acciglia. "Per come funziona il Profeta, ti ho sempre conosciuto. E ho visto tutto di te, tutti gli Adam Rubenstein in tutti gli universi più vicini a questo, tutte le scelte che hanno fatto, tutte le cose che sono diventati, tutte le conseguenze e le ramificazioni di ogni decisione che hanno preso, tutto ciò che hanno fatto e detto, tutto quello che hanno vissuto." Fa una pausa. "E tutte le loro verità offuscano la tua. Come... hai detto che sei cresciuto a Las Vegas? L'ho sentito e non mi è mai sembrato vero perché moltissimi altri te non sono cresciuti là. Alcuni non sono cresciuti affatto. Alcuni sono morti dopo. Alcuni... non parliamo di quelli," dice frettolosamente, il volto illuminato come se fosse notte. Gli occhi brillano. Tutto il resto è in ombra. "Sei un numero incalcolabile di persone, Adam. Non so dire cosa sia vero di nessuno di voi."

In qualche modo, Adam accenna un sorriso. "Personaggi," dice.

"Cosa?"

"Ho capito."

"Davvero?"

"Te lo assicuro, Rao. Non sto mentendo."

Rao guarda la sfera nera, scintillante. "Neanch'io sto mentendo, amico. Questa cosa che ti offro. Il mondo dove sei andato insieme a tua zia. Dove viveva. Posso mostrartelo."

Buio. Adam capisce all'istante che si tratta di persuasione. Ma non del genere pistola alla tempia. È come quando hanno un programma serrato e Rao insiste per fermarsi a pranzo. O quando si rifiuta di alzarsi dal letto, tirandosi le coperte sopra la testa, ripetendo che sta ancora dormendo e che Adam dovrebbe andarsene affanculo. La persuasione di Rao. Gentile. Gentile e così familiare che Adam quasi sorride.

E c'è qualcos'altro.

È incredibilmente poco familiare. No. Non è vero. Lo avverte da tempo. Sa cos'è. Non è solo un posto dove dorme. E sa anche che è buio solo perché ha gli occhi chiusi. Ma non ha bisogno di aprirli, perché sa dove si trova. È a casa. È sdraiato sul letto. Una brezza fresca sulla pelle del viso, del petto e delle braccia dalla finestra aperta. Polvere, cespugli di creosoto e aria del deserto appena prima dell'alba. È in licenza e non deve andare da nessuna parte nell'immediato, e c'è un profumo di caffè, un cane acciambellato ai suoi piedi e sente fischiettare dalla cucina, e Sasha è a Sacramento, verrà a trovarlo il prossimo fine settimana, e Rao è...

Rao non c'è.

Si tira su a sedere, apre gli occhi, fissa un paio di tende che sa di aver scelto in un negozio di Summerlin ma che non ha mai visto prima.

Rao non è *da nessuna parte.*

E questo basta a riportarlo nella sala degli orrori. Il dolore è atroce. Ora riesce ad avvertire la presenza di quegli altri universi. Vicinissimi. Come qualcuno che sbircia sopra la tua spalla e legge quello che stai leggendo. Esattamente lo stesso disagio, spinto oltre i limiti del sopportabile. È follia, ed è qui. Non sa quanto ancora riuscirà a reggere. Ma Rao sembra così orgoglioso di sé. Così contento di aiutare. Così fiducioso.

"Non era reale. Era il Profeta," sussurra Adam.

"*No* che non era il Profeta. Ero solo io che ti mostravo cosa ti viene offerto. Posso farlo diventare realtà. In questo momento. Sasha è viva, tu sei felice. Sei *felice*, amico. Avanti."

"No, andiamo via di qui."

Un'espressione si rincorre sul volto di Rao. Sconcerto o dolore. Entrambi.

"Adam," dice con voce serissima, ed è terribile quanta intensità riesce a mettere nel suo nome. Alza di nuovo l'oliva nera e, così facendo, la stella scivola verso il basso.

"Non lo voglio."

"Perché no?"

Adam non può rispondere se Rao non lo sa già. E ora non c'è tempo. Trova il calcio della sua pistola sul fianco, ci preme sopra il palmo. Le mani scivolano attraverso.

"Rao, dobbiamo tirarti fuori di qui," dice con voce rauca.

Rao annuisce con tristezza, chiude il palmo e la cosa scompare. Tutto svanisce. Tutti i vassoi, tutti i mondi, i gioielli, le stelle, gli aquiloni, tutte quelle possibilità scivolano dentro se stesse, mandando una vampata di calore rovente che colpisce il volto di Adam come sole su una scottatura aperta. Tutto quello che rimane è la luce increspata e incolore. È più chiara adesso, e lo è anche Rao, come se la luce fosse sotto la sua pelle e lo illuminasse dall'interno, e poi si affievolisce, si spegne gradualmente finché Rao sembra di nuovo lui, come se si trovasse in un bar o nella loro stanza di Aurora, anche se è molto più magro, molto più fragile, molto più instabile sulle gambe.

"Dobbiamo tirarti fuori di qui," ripete Adam.

Rao guarda il pavimento. "Non posso fare quello che hai appena detto," risponde lentamente. "Mi dispiace tanto, amico."

Alza di nuovo il volto, fissa Adam negli occhi. Nei suoi c'è una muta richiesta, e dietro a essa...

Adam si avvicina. L'aria attorno a Rao è irreale. Il pensiero scalza tutti gli altri, sorprendendo Adam a tal punto che è quasi divertente. *Irreale*, pensa. Senza realtà. Come la rifrazione di un calore distante, fredda e vicina tutt'attorno. Pensare all'aria è un meccanismo di difesa, lo sa, perché ora è difficile pensare a Rao. Guardarlo è ancora più difficile. È più facile guardare altro.

Ma la sua attenzione è catturata, come sempre quando Rao la chiede. Due giorni fa, Rao avrebbe fatto pigramente il nome di Adam e mandato un piccolo suono con la gola per avere la sua attenzione. Magari se ne sarebbe uscito con qualcosa di ridicolo. Tipo che aveva rubato le mutande di Adam e le aveva indosso in quello stesso momento. Qualsiasi cosa per attirare la sua attenzione. Come se fosse mai stato difficile. Ma ora le cose sono diverse. Sono sempre state diverse.

Rao alza il braccio destro. Tocca il mento di Adam. Tutto qua. *Concentrati*, si dice Adam mentalmente, ma resta zitto. Rao fa un respiro affannoso. Aria squarciata. Cosa dovrebbe dire Adam, sentendo dei suoni così nell'aria irreale?

Mentre si sforza di respirare, Rao riesce ad abbozzare un mezzo sorriso. Quasi un sorrisetto. A Adam fanno male le mani da tanto non sopporta di vederlo sorridere anche ora. Un rivolo di Profeta scende serpeggiando dall'attaccatura dei capelli di Rao, gli scivola dentro l'angolo dell'occhio sinistro. Rabbrividisce. Tossisce. Cerca di prendere un altro respiro.

"Rao," mormora Adam, perché deve dire qualcosa sopra il suono del nulla assordante che li circonda, sopra il rumore bianco come se stesse aspettando qualcuno all'altro capo di un canale di comunicazione morto. Sopra il suono dei polmoni di Rao che si fermano e ripartono. Mette affannosamente una mano sul petto di Rao come se potesse aiutarlo. Riesce a sentirla, ora. La fatica dietro ai rantoli.

Le dita sul suo mento si spostano. Ora entrambe le mani gli tengono il volto. I movimenti di Rao sono convulsi come il suo respiro e dovrebbe essere più difficile vivere il momento di quanto lo sia in realtà. Dovrebbe essere più difficile voler coprire i suoni con parole che Adam non ha. Ma Rao gli tiene il volto con uno scopo inequivocabile e il suo quasi sorriso si trasforma in quel totale autocompiacimento che conoscono bene entrambi.

Adam stringe una mano in pugno e afferra il giubbotto antiproiettile di Rao per tirarlo giù, perché non lascerà fare tutto il lavoro a lui se dovranno baciarsi. *Coglione*, pensa senza nessuna malizia. Guarda gli occhi di Rao, il suo viso, e vede l'autocompiacimento sciogliersi in qualcosa di più delicato e molto più sincero. Il desidero che c'è tra loro è così violento che Adam ne è attratto come se stesse nuotando verso la superficie in cerca d'aria, e per un istante diventa squisitamente tagliente, come una lama glaciale che gli attraversi l'anima. Trattiene il respiro, mentre quello di Rao si calma. L'aria cambia di nuovo, si fa calda e pesante. La luce sfarfalla, si affievolisce, diventa fioca come una candela. Come luce al tramonto. Ma Rao non si muove. Le loro labbra non si toccano. Il bacio non avviene. All'inizio è disorientante. Frustrante, dopo tutto questo tempo. Poi Rao oscilla, perde l'equilibrio. Toglie le mani dal volto di Adam per reggersi in piedi.

Non si regge.

Adam riesce ad afferrarlo prima che cada, ma non appena sente quel peso contro il proprio capisce che non dovrà mai più preoccuparsi che Rao si faccia di nuovo del male. Scivola a terra portando Rao con sé. L'aria attorno a loro è tornata normale. Sa che il Profeta se n'è andato. L'illuminazione è un blando bianco istituzionale. Macerie ovunque. Ai loro piedi, i resti sbrindellati di quello che prima doveva essere un orsacchiotto Teddy Ruxpin, un barattolo di biscotti Howdy Doody, un flacone che promette *Niente più lacrime!* E Adam resta seduto in silenzio nell'aria normale, cullando il peso morto di Rao, sentendo il calore dentro di sé, volendo conservarlo. Si avvicina al petto la testa di Rao, nasconde il viso tra i suoi capelli. E poi quello che resta di Rao scivola dalla sua stretta come sabbia di una clessidra, precipita verso l'interno, fluisce in punti di assenza perforante che per un secondo sono come spine negli occhi di Adam. Sente di nuovo una vampata di calore sul volto e poi Rao è scomparso. Rao è morto, Rao è scomparso e le sue braccia cullano aria vuota.

E Adam *piange.*

*

Il tempo passa. Il tempo passa e si sente qualcuno che cammina. Alza gli occhi, sbatte le palpebre, mette a fuoco. Tra la confusione sul pavimento del compartimento caldo, un uomo dal volto pallido e rigato di cenere sta venendo verso di lui con passo malfermo. Per un breve istante, Adam pensa che impugni una pistola; ha le mani unite, tese all'altezza della vita, e c'è del metallo che luccica. Quando la sagoma parla, la sua voce è debole e rauca.

"L'ha portato? L'indiano?"

Adam lo vede avvicinarsi. Ora l'uomo sta guardando in basso verso di lui. Ha un'espressione impaziente. Ansiosa. Vuole quel che gli spetta. Lo pretende.

"Dov'è?" chiede De Witte. "Ho bisogno di lui."

Adam tira fuori la sua M9, gli spara due colpi al petto.

L'eco delle repliche si spegne nella sala. Adam l'osserva cadere a terra.

È finita. Ha finito.

La voce di Hunter nel suo orecchio, chiara e calma.

– *Delta 5, qui Delta 1, passo.*

Tocca Invio, parla in automatico. Sembra una registrazione di se stesso.

– *Ricevuto, Delta 1.*

– *Delta 5, fare rapporto, passo.*

– *Qui è un macello. Passo.*

– *Delta 5, hai richiesto evacuazione medica?*

– *Non necessaria. Passo.*

– *Ricevuto, niente evacuazione medica, passo.*

– *Mi muovo. Ci vediamo tra dieci minuti, passo.*

– *Passo e chiudo.*

Quando esce dalle porte e all'aria aperta, la luce lo colpisce come un'ustione. I cieli si sono schiariti e il sole ha reso dorato il deserto. È tutto troppo vicino e troppo lontano, come se stesse guardando dall'estremità opposta di un telescopio. Tenendo gli occhi fissi sull'orizzonte, si fa strada tra le macerie, la spazzatura affettiva. Si accorge di avere il viso bagnato. Quando si passa i polpastrelli lungo una guancia e li toglie, vede che sono macchiati di sangue. Non batte ciglio quando una lepre si alza ai suoi piedi e scappa via tra gli oggetti ammucchiati, scalciando per aria neve e banconote del Monopoli coi cuscinetti delle zampe. Si chiede solo, distrattamente, se riacquisterà mai la capacità di sorprendersi.

Adam è abituato allo sfinimento. Ci ha convissuto per mesi di fila, come chiunque abbia prestato servizio nell'esercito. Non è nulla di speciale. Conosce bene la sensazione: cenere nel tuo sangue, sabbia nelle vene, il mondo che si assottiglia come tessuto. È stanco, ma questo non è sfinimento. Si sente vecchio, con le ossa a pezzi, ma allo stesso tempo così nuovo e terribile che è come se fosse stato scuoiato. Scorticato e passato nel sale. Ogni passo che fa, allontanandosi dal punto dov'è morto Rao, è uno sforzo. Come guardare controcorrente un fiume d'inverno. Non ha più la cognizione del tempo. Il tragitto richiede quel che richiede, e poi è finita.

Una delle jeep non c'è più. *Rhodes*, pensa. Si ferma accanto ai veicoli, si sente barcollare, si rifiuta di tendere una mano per sorreggersi. Punta le gambe e guarda Hunter venire verso di lui.

"Eccomi, Rubenstein," dice quand'è vicina. È cupa in volto. "Rhodes se n'è andata in preda al panico, ha spiegato la situazione. Più o meno."

"Più o meno."

"Ha preso un veicolo. Ha detto che tornava alla base. Non so se crederle."

"Se l'è svignata."

"Glielo si leggeva negli occhi."

"Non importa."

Sente lo strillo acuto di un falco sopra di loro. Piega la testa verso il cielo, lo vede volteggiare nel blu. Si perde a osservarlo per un po' prima di riabbassare gli occhi. Hunter lo sta guardando.

La guarda anche lui, e parla. "Non ce l'ha fatta."

Silenzio. "Merda, Adam."

"Devo muovermi. Ce ne andiamo di qui."

Quarta parte

Una sagoma contro il cielo. Il cielo è nero. La sagoma è blu.

No.

No, è il contrario. Il cielo è blu, la sagoma è nera e alle estremità ha delle ali piumate che sembrano dita.

L'uccello è molto familiare. Non l'ha mai visto prima.

Anche il cielo dove sta volando è familiare. Conosce quel blu. È un cielo alto, soffuso e tendente al lilla, e… non l'ha mai visto prima. *Cazzo. Non ha mai visto il cielo.*

È per terra, c'è della polvere sotto di lui e l'aria sa di legna bruciata, e l'uccello è un aquilone e c'è qualcosa nella sua bocca che sa di sangue e rimpianto. *Cosa ho fatto stavolta?*

E guarda in basso e si accorge che è nudo, e

Cazzo.

Quinta parte

Capitolo 74

È un mattino freddo a Mayfair e Adam sta attraversando Grosvenor Square. Cieli grigi. Alberi spogli ed erba fangosa. L'aquila dorata sul tetto dell'ambasciata americana, le ali spiegate. Guarda in alto verso l'edificio. *Casa lontano da casa*, pensa senza provare nulla.

La trova seduta su una sedia imbottita in una piccola stanza rivestita di moquette al terzo piano, con un maglione smeraldo, blue jeans e una collana d'argento. Sembra che stia bene, nonostante tutto.

"Signora."

Nota la preoccupazione sul suo volto prima che sorrida. "Rubenstein. Piacere di vederla."

Adam prende l'altra sedia. Lei gli versa una tazza dalla caffettiera che c'è sul tavolino e gli chiede del funerale. Le dice che a Rao sarebbe piaciuto. Restano seduti per un po' in silenzio. Poi lei gli spiega che era stata svegliata dal rumore della Smith & Wesson che cadeva sul pavimento. Che l'infermiere si era infilato dei guanti prima di raccogliere la rivoltella e infilarla in una busta di plastica. Che era rimasto là a fissarla in silenzio finché Miller aveva detto che aveva fame. Avrebbe mangiato volentieri qualcosa.

"Mi hanno dato una fetta di pasticcio di maiale freddo," dice Miller seccamente. "Memorabile."

"Dove l'hanno tenuta?"

"Una villetta vicino a Banbury. Oxfordshire." Adam annuisce. C'è un centro di comunicazioni della Nsa a Croughton.

Lei appoggia la tazza sul tavolino. "Cominciamo a stilare un rapporto? Informale, come richiesto."

Adam le dà un resoconto ridotto, ma la cosa richiede comunque un po' di tempo. Miller ascolta con calma, come previsto. Quando le dice che Rao è stato annientato dal Profeta, lei stringe la mandibola. Non chiede dettagli. E quando gli chiede di De Witte, Adam le dice quello che ha detto a Lane. "Era contaminato. Il Profeta l'aveva cambiato. Era una minaccia."

"Capisco," dice lei lentamente. "Ma quello che non... Dopo che Rao è morto, la sostanza è scomparsa *ovunque*?"

"Ovunque. Senza lasciare traccia. Andata e venuta."

"Come una cometa, eh?" C'è qualcosa di simile a sgomento sul suo viso. Poi abbassa lo sguardo, si pulisce il quadrante dell'orologio con un pollice. "Clemson. Il mio capo. Non ne avevo idea. E questa gente, questa rete di persone, è ancora tutta al suo posto."

"È così e basta."

Questo riceve in cambio un sorriso triste e un lungo silenzio.

"Io lascio," dice lei.

"*Lascia?*"

Miller annuisce. "Il mondo aziendale," chiarisce lei. "Mio fratello ha un maneggio dalle parti di Bozeman. Starò un po' là. Insegnerò alle peggiori élite di entrambe le coste a cavalcare, sparare e pescare."

"Trote?"

"Iridie, fario, golarossa."

"Molto spirituale," risponde Adam sorridendo e il dolore che ha dentro si acuisce. Una stilettata al cuore. Per un attimo si sente perso. Miller lo vede riprendersi a fatica. Lui non sopporta che lo veda.

"Adam," dice lei dolcemente.

La fissa. Non l'ha mai chiamato per nome.

"Ha fatto tutto il possibile."

Ci ha pensato. Ci ha pensato un sacco. Forse è vero.

"Rao era una risorsa insostituibile," dice.

"Da quel che mi ha detto, ha salvato il mondo. Credo che questo lo renda più che una risorsa. Credo che questo faccia di lui un eroe." Piega la testa. "Anche lei."

Adam manda un suono nasale. "Signora."

"Elisabeth."

"Elisabeth."

"Non Betty, per l'amor del cielo."

Lui sorride. Un sorriso vero. "Non ho mai visto un maneggio."

"È un bel posto. Quando vuole. È tornato a Washington ora?"

Adam scuote la testa. "Starò a Las Vegas per un po' a ripulire."

"Le cose ammucchiate attorno al sito?"

"No. Per quelle usano gli escavatori. Io mi occupo di oggetti animati."

"Sono fuggiti dalla struttura?"

"Alcuni non sono mai entrati," dice lui. "Fatto questo," aggiunge, "me ne andrò. Ho ottenuto un trasferimento."

"Dove?"

"Culver City."

Miller alza le sopracciglia. Sembra contenta per lui. Più che altro sembra divertita.

"L'ufficio casi soprannaturali," dice.

"Già. Quei coglioni mi vogliono."

Capitolo 75

Poteva metterlo in una busta, inviarlo per posta. Era tornato in Inghilterra per il funerale, a ogni modo. Poteva spedirlo comunque. Non l'ha fatto.

Ha un attimo di esitazione davanti alla porta, poi bussa con forza.

"Dottoressa Caldwell," dice quando si apre, sentendo un fremito nella propria voce. Sono passate solo poche settimane dall'ultima volta che è stato qui. Innumerevoli anni. Lei lo guarda con attenzione. "Sapevo che l'avrei rivista," dice. "Ha risolto il suo caso?"

"Sì, signora. Grazie per il suo libro." Glielo porge. Lei lo prende, l'osserva. Alza un sopracciglio. È rovinato. Rao ci ha rovesciato sopra del caffè due volte e la copertina è quasi strappata in due. "Non è in buone condizioni," aggiunge.

"No. Ferite di guerra, eh?"

Adam sorride suo malgrado.

"Come sta Rao?"

Tiene gli occhi sul libro, scuote la testa.

"Oh," dice lei. "Oh. Mi dispiace."

"Succede."

Questo suscita uno sguardo incuriosito, che le piega e contrae gli angoli della bocca. "Mi dispiace molto," aggiunge più delicatamente. "Il bollitore è pronto. Una tazza di tè?"

Il tè ha un sapore agrumato. Un inquietante ricordo d'infanzia; alberi di limone e aranciata. È bollente. Adam tiene la tazza tra le mani, vorrebbe che scottasse ancora di più. Non ricorda come si fa. In realtà non l'ha mai saputo.

"I colloqui di ammissione cominciano domani," dice lei. "Ha

fatto bene a venire oggi. Domani non mi avrebbe trovata. Grazie per il libro. È stato utile?"

Adam non ne ha idea.

"Sì, signora."

"Kitty, per piacere. E lei è...?

"Adam."

Lo studia con serietà. Così seriamente che lui beve un altro sorso di tè – è sorpreso da quanto gli piaccia – poi si fa coraggio e la guarda negli occhi.

"Dunque, Adam, non so se sia permesso. Ma vuole parlarmene?"

"Di cosa?"

"Di quel che è successo."

Adam deglutisce. Sa che non dovrebbe aver voglia di parlargliene, ma ce l'ha. Vuole dirle tutto. La dottoressa Caldwell è come Rao. Ispira un'immediata fiducia. Per un attimo, si chiede se questa donna potrebbe essere utile. Se potrebbe rivestire un ruolo operativo. Magari ce l'ha già. È possibile.

Ma ascoltare questi pensieri è come ascoltare un fantasma. Guarda l'ufficio dietro di lei. I davanzali di pietra, le inferriate sui vetri, le librerie di legno, gli oggetti-ricordo su mensole e tavoli che gli danno un leggero senso di nausea. Si chiede come possa dirle la verità: che senza Rao, tutto questo mondo tranquillo sarebbe scomparso.

Quando parla, è sorpreso dalle sue parole.

"Mi manca," dice.

"Si vede."

"Le cose si sono fatte poco professionali."

Capitolo 76

Non c'è bisogno di nascondersi: è come un'esca. Resta là fuori, aspetta e loro vengono da lui. Non fino in fondo. Arrivati a una trentina di metri, rallentano. Esitano. È allora che spara.

Lasciano segnali dappertutto. Tre giorni fa aveva notato una sottile striscia sulla sabbia che non era di un serpente. Un'impronta a forma di V che curvava bruscamente ogni pochi passi, zigzagando per poco meno di trenta metri. L'aveva seguita fino a trovare un cubo di Rubik animato, nascosto sotto un cespuglio di creosoto, che ruotava in senso orario, antiorario e poi di nuovo orario. Avrebbe quasi voluto tenerlo. A Rao sarebbe piaciuto un mondo.

È stato buttato in un sacco, come tutti quelli più piccoli.

I sacchi vengono buttati nei contenitori sul retro del furgone.

Comincia a far buio ed è fuori dall'alba. Vuole una sigaretta. Se ne accenderà una quando avrà finito.

Osserva il deserto che ha davanti. Ha visto il suo obiettivo in lontananza, ha camminato per un po' in quella direzione. Non ha capito subito cosa fosse. Doveva averlo fatto qualcuno con poca immaginazione. Alcuni sono così. Alcuni sono piccoli, come il personaggio dei California Raisins che aveva calpestato sulla sabbia. Altri sono troppo grossi per caricarli sul furgone. Quelli, li etichetta e lascia che li recuperino le squadre speciali. Ma a parte il Piccolo bruco Maisazio grande quanto un camion, che richiedeva armamenti ben più pesanti di quelli che aveva con sé, la maggior parte ha dimensioni umane, come questo. O più piccole. Ci sono stati alcuni cani. Occuparsi dei cani è stato particolarmente difficile. Gli hanno dato da pensare, e non può permettersi di pensare.

Laggiù.

È sul pianoro, davanti ai pendii e le cime violacee della Yucca Mountain. Lo guarda avvicinarsi. Manda una risatina nasale, priva di umorismo, quando capisce cos'è. Una specie di pupazzo Alf. Occhi spenti. Andatura dinoccolata. Aspetta che si avvicini. Espira, spara. C'è uno sbuffo bianco. Questo qui è imbottito di ovatta. Come tanti altri. È un vantaggio: quelli fatti di carne sintetica sono più pesanti, riempiono di sangue i sacchi per lo smaltimento. Ma è anche uno svantaggio: tagliarli a pezzi smussa la lama.

Ci vogliono quattro minuti per abbatterlo. Altri venti minuti per tornare al furgone, guidare fino al luogo dell'uccisione, metterlo nei sacchi e caricarlo. Adam si accende una sigaretta, si appoggia al portellone posteriore e lancia un'occhiata al lavoro svolto. C'è un basso *vuuuuuu* metallico proveniente dal sacco col primo recupero del giorno. L'aveva sentito ancora prima di vederlo, un Furby sghignazzante che chiamava *prendi, prendi, prendi* da dietro un mucchio di pietre.

Un giaguaro huichol imperlato. Una federa impigliata su uno spuntone di yucca che era chiaramente un obiettivo perché sventolava dalla parte opposta del vento. E un gatto arancione che gli era venuto incontro con andatura incerta tra la vegetazione del deserto, lanciando saluti nel nulla. Era là fuori da così tanto tempo che aveva più spine di cactus che pelliccia.

Quando avrà finito la sigaretta, andrà al sito di smaltimento rifiuti del Nnss. Ci sarà il solito scambio di battute col tipo al cancello, l'unica persona con cui ha parlato da settimane. Gli chiederà se ha fatto una buona caccia e Adam dirà di sì. Lo guarderà depennare gli obiettivi su un blocco, poi fare un cenno a un subalterno perché scarichi il furgone e porti via i sacchi. Chiusi nei cassoni, andranno a unirsi alle scorie nucleari a bassa attività e ad altro materiale riservato nella discarica del Nnss, interrati sotto una decina di metri di sabbia.

Poi tornerà in auto a Las Vegas. È meglio che rimanere sul posto. Gli hanno dato un appartamento sull'East Desert Inn Road. Aveva sorriso cupamente la prima volta che l'aveva visto; quel posto è un ricordo sbiadito del 1962. Mattoni rosa slavato, schermi in ferro battuto su porte e finestre, palme incurvate nel cortile centrale, una piscina vuota da tempo. Ora non ci fa nemmeno più caso. Si farà una doccia. Guarderà la tv. Troverà qualcosa da mangiare. Forse, se sarà fortunato, riuscirà pure a dormire.

È venerdì. Il sole è tramontato da un pezzo. Si siede sul divano, tira fuori l'accendino. È un brutto affare di plastica che ha preso al 7-Eleven in fondo all'isolato. Giallo. Lo tiene in mano a lungo, accendendolo e guardando scomparire la fiamma più e più volte. Buio. Luce. Sa già che stanotte non dormirà.

Capitolo 77

Adam è alla finestra in fondo all'appartamento. Lascia che tutto quello che c'è fuori dal vetro gli riempia gli occhi. Un 737 in arrivo all'aeroporto McCarran a seicento metri di altitudine. Palme e pini. Il Wynn. L'Encore. Pali del telefono e cavi della corrente.

È la vigilia di Natale. C'è il fragore sordo del traffico e *Grandma Got Run Over by a Reindeer* che risuona debolmente attraverso le pareti per quella che sarà la quindicesima volta in un giorno. Fili di lucine colorate lungo il muro di cemento del parcheggio di sotto, dove una Toyota Corolla color argento avanza lentamente sull'asfalto crepato. La guarda girare, passare rasente un palo di sostegno della tettoia parasole e sparire sotto i tendoni. Con quell'angolo, occuperà due posti. Aspetta che faccia retromarcia e ci riprovi. Non lo fa.

Nove secondi dopo, smette di respirare. Guarda di nuovo. Riattraversa l'appartamento. La luce è debole, le tende tirate. Sposta una sedia sul pavimento, la mette al posto giusto. Va alla porta, gira la chiave, toglie la catenella, la lascia socchiusa di qualche centimetro. Sta respirando di nuovo, ma l'aria sembra tesa, piena di polvere. Gli fa male la gola mentre torna verso la sedia, estrae la pistola e si siede.

Dopo due minuti c'è un fischiettio di fuori, sempre più vicino: *Driving Home for Christmas.* Prova un senso di nausea. Lo soffoca.

Cinque secondi, quattro.

Tre, due, e la porta si apre delicatamente.

"Adam?"

*

Ha una pistola. Ha una pistola ed è puntata dritta verso di lui. Guarda sopra la canna e osserva Adam. Il colletto della camicia aperto, le maniche arrotolate. Non si è rasato, ci sono dei capelli che gli si arricciano sopra le orecchie ed è troppo, troppo magro.

"Adam..." Il nome aleggia nell'aria. "Hai un aspetto di merda."

Attende una risposta. Non sentendola arrivare, immagina che non sia stata la cosa giusta da dire. Ci riprova.

"Sono io."

"Sei morto."

"Ah." Un sorriso raggiante. "No. È complicato. Senti, mi offri una tazza di tè? Il viaggio in macchina è stato orribile, sono quasi morto. Questo camionista è venuto dritto nella mia corsia." Si acciglia. "No. Non è vero. Sono entrato io nella sua. Cazzo." Si guarda attorno. L'appartamento è buio e diverso da come si aspettava. Ci sono confezioni di ramen istantaneo sul tavolo, cartoni della pizza e bottiglie vuote sul pavimento. Un piccolo candelabro di ottone accanto a un mucchio di vestiti sopra un mobiletto, scarpe ovunque. "È quella lì la cucina? Metto su il bollitore."

"Non muoverti."

"Vuoi che alzi le mani, tesoro?"

Adam non risponde, ma Rao le alza comunque. "Senti, ti spiego tutto, ma forse ci vorrà un po'. Devo proprio tenere le... Okay, d'accordo. Bene. Prima la cosa più importante: sono io. Sono davvero io. *Davvero.* Mi ricordo tutto quello che è successo, tutto quanto. Ricordo che hai preso per il culo Estrada per Peet's, ricordo quel cazzo di Pac-Man che l'ha ucciso, ricordo il tipo che cantava, il signor Rogers, e ricordo tutto il resto, le... robe più grandi. Ero là con te, e poi non ci sono più stato. Ero col culo per terra in un campo nel Rajasthan. Che è stata un po' una sorpresa. Ed ero nudo." Fa una smorfia. "Okay, no, quella non è una grande sorpresa. È già capitato. Circostanze diverse, ovviamente. Comunque. Ero nel Nevada con te e sapevo che non sarei durato a lungo, e poi ero in un campo... Sai, non posso fare a meno di pensare che il Profeta sia stato un po' un razzista di merda a mettermi appena fuori Brahmpuri, visto che sono cresciuto nel nord di Londra, ma vabbè. Sono rimasto là sdraiato per un po' a guardare il cielo e a cercare di capire cos'era successo, e..."

"Sei morto."

"Adam, smettila di dire così. Capisco che è un po' uno shock e a dire il vero è difficile cercare di spiegarsi con una cazzo di pistola puntata contro, ma ti assicuro che sono davvero io e so che ho detto che è complicato ma non è *così* complicato, se mi lasci spiegare.

Sono stato creato di nuovo, okay? È stato il Profeta. Ma creato alla perfezione. Fino all'ultimo atomo. Ogni ricordo, ogni parte della mia personalità eccessiva, tutto quello che ho mai pensato, che ho sentito, tutto quanto. È tutto qui ed è tutto quello che sono." Fa una smorfia. "I vestiti sono nuovi, però."

C'è un lungo silenzio. Parla con attenzione. "In realtà non ero completamente nudo. Adam, ora muovo le braccia. Ti sarei grato se non mi sparassi."

Infila una mano sotto la camicia, si alza la catenina sul collo e sopra la testa, si lascia cadere le targhette in un palmo, vede Adam spalancare leggermente gli occhi e non crede di fare una cosa stupida quando le lancia verso il punto dov'è seduto, ma poi c'è una scarica di adrenalina appena si rende conto che sarebbe potuto morire di nuovo.

Adam le afferra al volo senza smettere di guardare Rao. Le chiude in una mano.

*

Tiene le sue targhette in una mano. La pistola nell'altra. Tutto in lui sta gridando di non togliere gli occhi dalla chiara minaccia che ha davanti e che parla perfettamente e senza sosta con la voce di Rao. Schiocca le dita di Rao. Imita alla perfezione le occhiate terrorizzate che Rao lancia per la stanza. Tutto in lui sta gridando di non allontanare lo sguardo. C'è una minaccia.

C'è sempre una minaccia. Che importa se questa ha le sembianze di Rao? Probabilmente va bene così. Se deve andarsene, se deve impazzire o se l'ultimo residuo di Profeta è venuto a ucciderlo, allora meglio che lo faccia Rao piuttosto che uno stronzo qualunque.

Mette via la Beretta. Guarda le targhette nella sua mano. Sono sue – o più o meno sue. Non lo capirà mai senza Rao attorno. Sembrano perfette.

"Ora mi siedo, Adam," dice quella cosa. "Ho apprezzato molto che tu non mi abbia sparato. Continua così, per piacere."

Adam tiene gli occhi sulle targhette mentre la cosa prende una delle sue sedie, facendola stridere forte sul pavimento, e si siede vicino a lui. Alla sua sinistra, di fronte. Vicino alla porta. È ancora aperta.

Sa che è una cattiva idea mettersi in tasca le targhette perché, non appena lo fa, non riesce a smettere di guardarlo. Di guardare quella cosa. Lui. Questo Rao che insiste di essere Rao.

Il nuovo Rao aggrotta leggermente la fronte. "C'è un fracco di cenere su 'sta sedia, amico," mormora, dando dei colpetti al tessuto del bracciolo. Ha ragione, il bastardo. Adam ci ha rovesciato sopra un posacenere due giorni fa e non s'è preso la briga di pulire. "Non ti starai lasciando un po' andare, eh?"

"Non credo che stia a te commentare le mie abitudini."

"No?"

Adam non riesce a smettere di guardarlo. Sembra pericoloso sbattere le palpebre. Ma deve coprirsi il volto per un istante. "Non puoi tornare così dalla morte e aspettarti che io..."

"Che tu cosa, amico? L'hai aperta tu la porta."

"Certo."

"Mi aspettavi. Mi hai visto arrivare?"

"Sì."

"E non mi hai sparato."

"Non ancora."

"Capisco se ci stai ancora riflettendo," dice Rao, evidentemente divertito. Adam potrebbe ucciderlo. Alza lo sguardo tra le dita. Potrebbe uccidere Rao, dopo tutto quello che è successo? L'avrebbe ucciso prima, se gliel'avessero chiesto? No. I limiti di Adam cominciano e finiscono con Rao. "Eppure sono ancora qui. Stai parlando con me."

"Mi sembra d'impazzire."

"Sono vivo e vegeto."

"Sei morto e sepolto."

Rao si gratta il mento, incuriosito. "Sepolto?"

Adam non sa cosa rispondere, così ricorre alla verità. "La tua famiglia ha bruciato qualcosa di simbolico, ma non ho chiesto cosa. Io ho portato una foto..."

"Hai conosciuto mia mamma?" lo interrompe Rao.

Adam si acciglia. Non può credere che gli sia mancato il modo in cui Rao se ne fregava, se n'è sempre fregato che Adam finisse di dire quel che pensava. "Sì, Rao. Ho conosciuto tua madre."

"Che agonia," dice Rao scalciando coi piedi. Che gesto infantile. Adam ha una stretta al petto. "In teoria ero là per appianare le cose."

Adam ricorda come la madre di Rao l'aveva invitato a sedersi insieme al resto della famiglia. Come gli aveva preso una mano. Si strofina velocemente il polso. "Credo che ci siamo riusciti," mormora. Si alza. Va in cucina. Trova un'ultima birra nel frigo, la prende. "Dividiamo?" dice tornando.

"Bevi anche di giorno?"

"Se non ti va, basta dirlo."

*

Il dolore si manifesta in modi diversi a seconda delle persone. Rao ha visto di tutto: l'alcolismo, l'iperproduttività, gli occhi vuoti, i sorrisi finti, i pianti a dirotto, il silenzio stoico. Kabul gli aveva mostrato un sacco di dolore. Non si era mai aspettato di vederlo in Adam. O, se aveva provato a immaginarselo, non gli sarebbe mai venuta in mente questa versione arruffata, strapazzata, nervosa e semialcolizzata dell'uomo che una volta conosceva.

All'improvviso, è sul punto di andare fuori di testa. Per tutto questo tempo aveva creduto di poterglielo dire e basta. Così. Dire a Adam cos'aveva capito mentre era là sdraiato tra la polvere.

Dirgli che c'era stato un miracolo.

Che in quei pochi centimetri tra le loro labbra era balenata una scintilla di creazione. Che tutto il Profeta aveva sentito il desiderio di Adam e capito cosa voleva, e aveva voluto darglielo. Attraverso Rao, gliel'aveva dato. Un regalo d'addio, materializzatosi dal nulla.

Dal tutto.

Sono fatto d'amore, avrebbe voluto dire. E Adam l'avrebbe guardato con aria cinica, e Rao gli avrebbe detto che non era una stronzata da telenovela strappalacrime. Era *vero*.

"Vivi solo, qui?" chiede invece, sperando di sentire che Hunter si sta prendendo cura di lui.

Purtroppo non è così.

"Mi stai davvero chiedendo della mia vita sentimentale?"

"No, non volevo, ma be', già che è saltato fuori l'argomento..."

Adam lo guarda battendo le ciglia. Il solito sguardo forse-arrabbiato, forse-deluso. Il battito di ciglia più lento del mondo. "Ci sta."

"Cosa ci sta?"

"Che alla fine sia così quando crollo."

Rao si acciglia. "No, scusa. Fammi capire, Adam. Pensi di avere un crollo mentale perché ti sto chiedendo se sei single?"

"Hunter ha sempre pensato che sarei impazzito."

"Anch'io a dire il vero," mormora Rao. Adam crede che sia un'allucinazione, e come biasimarlo? Se non fosse stato Rao a tornare da quello che *sembrava* senz'altro il mondo dei morti, dubiterebbe anche lui della propria salute mentale.

"E sono un tale idiota," continua Adam. Sembra cupamente

divertito mentre si piega in avanti sulla sedia, lascia ciondolare la birra in una mano, studia Rao sfacciatamente. I suoi occhi si muovono sul suo volto come se fosse l'ultima occasione che ha di vederlo. "Sono così marcio dentro che non riesco nemmeno a immaginare che tu possa essere diverso da quello che eri."

"Porca puttana, Adam, questo fa un po' male," ammette Rao.

Adam trattiene una risatina, fa un gesto sprezzante con la mano. "Sta' zitto. Hai sempre saputo benissimo quando chiedermi della mia solitudine. Ne abbiamo già parlato."

"Davvero?"

"In quell'albergo, dopo che ho visto l'orologio."

"Dopo che hai creato l'orologio, amico." Rao deve fare quella distinzione.

"Dopo che ho creato l'orologio e prima che tu diventassi un dio," corregge Adam, modifica, sorride con tristezza. Rao non sopporta quel sorriso.

"Non proprio un dio, a dire il vero," mormora Rao abbassando lo sguardo sulla moquette. Qualsiasi cosa pur di sfuggire a quel sorriso sconfitto. "Piuttosto un vahana. Sono gli esseri che trasportano gli dei, Adam. Quello di Vishnu è un uccello, Garuda. Quello di Shiva è Nandi, il toro. Quello di Lakshmi è un gufo. Sono dei... veicoli. Portano gli dei da un posto all'altro. Li aiutano a estendere i loro poteri."

"Credi che il Profeta sia un dio?"

"Perché no?" Vede l'espressione sul volto di Adam e ci riprova. "Okay. Ero più come un acquedotto divino."

"Rao."

"Cosa?"

"Un acquedotto divino?"

"Avresti mai immaginato una roba così assurda?" chiede Rao fiducioso. "Questo dimostra senz'altro che sei in possesso delle tue facoltà mentali."

Adam si stringe nelle spalle. "O che le ho perse del tutto."

È la peggiore conversazione che Rao abbia mai avuto, il che la dice lunga. Gli fa male il petto. Non ha più fiato. Questo dialogo sembra una morte di per sé. "Vuoi dire che a un certo punto mi hai considerato un dio?"

Adam resta zitto così a lungo che Rao deve alzare lo sguardo per vedere che succede. Adam lo sta guardando, prende di tanto in tanto dei cauti sorsi di birra. Dopo una riflessione infinita, dopo due false partenze in cui Adam prende fiato solo per vedersi morire le parole in bocca – assistere alla propria agonia – parla di nuovo.

"Dipende cosa intendi per dio, mi sa."

"Tu cosa intendevi, amico?" chiede Rao. Spera che Adam l'abbia considerato un dio? No. Ma non può smettere di fare domande. Domande che ottengono risposte che non sono mai vere, né false. Sono solo le risposte di Adam.

"Be'," dice Adam con semplicità. Prende un altro di quei cauti sorsi. Non è mai stato un gran bevitore. Ma a giudicare dai vuoti sparsi per l'appartamento, ci sta provando. "Non ha più importanza. Ora è tutto diverso."

"In che senso?"

"Chiede l'uomo morto."

"Giusta osservazione," sospira Rao. Tutto questo è molto più difficile di quel che si aspettava. "Non sei felice di vedermi, Adam?"

Quel lento battito di ciglia. "Hai proprio bisogno di chiedermelo?"

"Ne ho proprio bisogno."

"Rao..." Adam sospira, ride, scuote la testa. Guarda Rao. Di nuovo quel sorriso triste, che strappa l'aria dai polmoni di Rao. "Darei *qualsiasi cosa* per riaverti sul serio. Ogni volta che torno là..."

"Torni *dove*?"

Adam si acciglia per l'interruzione. "Lavoro ancora. C'è ancora un casino da sistemare all'Nnss. Sono ancora uno dei due di quella squadra a esserne uscito vivo. Sono tutto quello che hanno."

Il lavoro è tutto quello che ha.

"Non dovrai più tornarci da solo," decide Rao, come se avesse l'autorità per farlo. "Sono qui."

Adam ride di nuovo, un rumore strozzato. Forse è troppo, pensa Rao, ma Adam deve capire. Deve credere a quello che sta succedendo. "Dimostramelo, Rao."

Se Rao non sapesse come stanno le cose...

Se Adam fosse un'altra persona...

Ma lo è ora, non è vero? Lo sono entrambi. Rao letteralmente.

Quell'altro Rao non c'è più. È col Profeta, dentro il Profeta per sempre, eternamente, dilatato in innumerevoli dimensioni, infiniti universi, ad aiutarlo a portare la vita in luoghi dove non c'è.

Ma Rao è qui. Adam l'ha ricreato. L'hanno ricreato entrambi, *insieme*. "Cosa vuoi che faccia, tesoro?" chiede chinandosi in avanti. Adam non indietreggia ma inspira forte, silenziosamente. Imperturbabile anche quand'è turbato.

"Voglio che la smetti di chiamarmi così," dice Adam. Lo sussurra. Chiude gli occhi e sono di nuovo in quell'albergo, dopo che Adam ha fatto apparire l'orologio. Rao adesso sa come si manifesta il dolore in Adam. O, per essere più precisi, lo riconosce. L'ha sempre visto. C'è sempre stato.

"Davvero?"

"No. Sì. No," decide Adam. Il successivo sorso di birra non è così cauto come i precedenti. "Credo che sarebbe strano se smettessi. L'hai sempre usato contro di me."

"Cosa? Non è vero."

"Invece sì." Adam fa un sorriso cupo. "E ha sempre funzionato."

"Non ti ho mai voluto manipolare," comincia Rao, poi esita. Adam gli sta lanciando uno sguardo che scrosterebbe i muri. "*D'accordo*, testa di cazzo, ho cercato di manipolarti una o due volte, ma non in quel senso. Ho cominciato a chiamarti così solo per starti un po' addosso!"

Adam lo guarda battendo le palpebre. "Rao..."

"È un *modo di dire*, cazzo." Rao si strofina il viso. "Ho cominciato a chiamarti così per darti noia. Eri talmente rigido e serio..."

"Uno su due non è male," mormora Adam.

"Sta' zitto. Come facevo a sapere *qualcosa* di te, Adam? Per non parlare della tua sessualità." Rao si china in avanti e prende la birra semivuota dalla mano di Adam. Lui lo lascia fare. Dopotutto la stanno dividendo. "Non posso nemmeno sapere se dici la verità su cos'hai mangiato a colazione..."

"Uova."

"Quindi l'*idea* che ti capisca abbastanza da usare un cazzo di vezzeggiativo per manipolarti è assurda, Adam. È ridicola. È *folle*, ecco cos'è."

"Non hai mai avuto bisogno di farmi un test per capire che sta succedendo e lo sappiamo entrambi," dice Adam con calma.

"Lo sappiamo entrambi, eh?" dice Rao. Doveva essere un incontro gioioso. *Sei fottuto, Sunil. È andato tutto a puttane ed è colpa tua.*

"Nessuno direbbe le cose che mi hai detto senza sapere come mi sentivo," dice Adam, poi prende fiato. "Come mi sento."

Si guardano in silenzio. È troppo ma, per assurdo, Rao lo adora tanto quanto vorrebbe sfuggirgli. L'elettricità. Il senso di quasi disastro, di quasi trionfo. La vittoria, non insignificante, dell'aver strappato a Adam *quelle cazzo di parole.*

"Adam," dice Rao. "Non hai mai pensato che forse sono solo un coglione?"

"Regolarmente."

"Grazie."

Adam dà una scrollata di spalle e alza le sopracciglia. "Me l'hai chiesto tu."

"Già," sospira Rao. Adam e le sue crude, illeggibili, plausibili verità. Adam e la sua cazzutissima ruota di roulette. Adam. "Ma mi sa che è così, eh? Forse sono stato un coglione per un sacco di tempo."

Nessuna risposta per un po'. "Comincio a riconoscerti," dice Adam alla fine.

"Perché, tesoro?"

Rao lo vede, stavolta. Ci fa caso. Il fulmineo disagio per l'appellativo affettuoso. Ha fatto un bel danno, eh? E non ne aveva idea.

"Per quanto mi detesto, credo che mi sarei almeno aspettato delle scuse come si deve," dice Adam. "Non che non apprezzi queste."

"Strano modo di dimostrarlo," sbuffa Rao prima di finire la birra ormai tiepida di Adam. Si pente di aver bevuto così fretta. La birra è disgustosa. Sgasata, a temperatura ambiente, leggermente annacquata. "Non era così che doveva andare, sai."

Adam sospira. "Illuminami."

"Dovevi scegliere la felicità," gli dice Rao. È così semplice. Non poteva essere più semplice. "Dovevi riprovarci da zero. Perché non l'hai fatto? Comunque, ne so qualcosa del tornare a cercare quello che non ci ha mai fatto bene. Sono sicuro che non c'è bisogno che te lo dica, ma forse sei solo assuefatto all'infelicità."

Proprio come la birra. Pentimento istantaneo. Non avrebbe dovuto dirlo.

Ma Adam non è arrabbiato. Non è niente. Quella faccia inespressiva, al di là del dolore, al di là della tristezza, al di là della pena o della rabbia. Niente. Lineamenti distesi. Si alza dondolandosi e prende le chiavi dal tavolino da caffè. "Andiamo, Rao."

"Cosa? Dove stiamo andando?"

"A prendere delle birre."

*

Arrivano alla macchina, ma Adam non regge oltre. Avrebbe dovuto capirlo. Aspettarselo. Non l'ha fatto. Non appena si chiudono le portiere, il profumo di Rao riempie l'auto. Terre d'Hermès. Costoso, ricco, nauseante e in qualche modo unico su di lui. Adam ha visto la boccetta negli aeroporti. Una volta, in un attimo di debolezza che non ama ricordare, ne ha comprata una. Non aveva la stessa fragranza. C'era bisogno di Rao. Anche quando Rao era al suo meglio, a volte quel profumo era troppo per lui. Ora non è al suo meglio.

Impreca sottovoce, tamburella le dita sul volante e ignora lo sguardo interrogativo che gli rivolge Rao. Rao, l'uomo morto.

"Non è niente," mente. Aspetta un secondo per vedere se tornerà in sé. Un altro secondo. Un altro ancora. No. Gli fa ancora male la pelle e ha ancora la sensazione che finirà tutto se allungherà una mano e toccherà il braccio di Rao. Non riesce a pensare ad altro. Solo di allungare una mano e…

"Potresti respirare almeno un po'?" gli chiede Rao delicatamente.

Adam scuote la testa. Il profumo gli resterà nella gola e nel naso per giorni, lo sa. Resterà impresso come una ferita. Ma non vuole aprire la portiera. Non può abbassare il finestrino. Non può andarsene. E se questa fosse la sua ultima occasione? Gli pulsano le mani da tanto si sforza di tenerle ferme. Prende fiato.

"Grazie, tesoro," dice Rao sommessamente.

Adam fa una smorfia. La vecchia tiritera: *Non intende sul serio, non sa, non è colpa sua, è tutta colpa tua, è solo una parola, è solo una parola che non hai mai capito, non è nulla, non ha mai significato nulla, tu non hai mai significato nulla.* È fuori allenamento. Di solito è molto più bravo a gestire la cosa, a stare con Rao. Come poteva sapere che doveva stare all'erta anche dopo la morte di Rao?

"Non è giusto," dice Adam ad alta voce, senza volerlo.

"Cosa non è giusto?"

"Sono quasi riuscito a dimenticarti," risponde. Non si aspettava di dire quella verità. Sembra arrogante anche a lui stesso. Chissà cos'ha sentito Rao quando l'ha detto. Nulla, probabilmente. Nessuna verità. Nessuna menzogna. Nulla. Ecco cosa prova Rao per Adam. "Non ci sto nemmeno riuscendo così bene, sai? Mando tutto in vacca ogni giorno. E tu ti presenti alla mia porta, e sei…"

Guarda Rao. Si volta sul sedile e *guarda*. Sunil Rao, sventura della carriera di Adam, salvatore del mondo, grandissimo rompicoglioni e vero amore della vita di Adam. Sano come Adam non l'ha mai visto. Vivo e vegeto. Che gli riempie l'auto col suo stupido profumo.

"Complicato?" dice Rao con un sorriso che, Adam lo sa, vorrebbe essere affascinante. Sembra solo nervoso. Adam potrebbe ucciderlo.

"Tu… Capisci perché non ho accettato quella proposta assurda?" chiede Adam. La struttura nel Nevada, la neve sulla sabbia, le luci tutt'attorno a loro, quasi morire di freddo mentre Rao gli mostrava i gioielli. Non ha abbastanza fantasia da essersi inventato tutto ed è questo l'unico pensiero che lo fa rimanere sano di mente quasi tutte le notti. Dev'essere successo, perché Adam è ottuso. Troppo ottuso perché non sia successo.

"Mi spiace aver detto…" comincia Rao, ma Adam non ha tempo per le sue scuse.

"Capisci perché non ho accettato la tua proposta, Rao?" La voce di Adam si fa più dura nel tentativo di richiamarlo al dovere. Funziona. Forse, anche se è fuori allenamento, sa ancora quello che fa.

"La perdita ci rende quelli che siamo," intona Rao. Ci ha pensato e non gli piace la conclusione a cui è arrivato. "Se avessi vissuto una vita senza la perdita che hai avuto, non saresti tu. Capisco, tesoro, vorrei solo poter…"

"Ho scelto te," l'interrompe Adam di nuovo. Rao lo guarda in silenzio. Adam continua. Deve farlo, adesso. Adam ha scelto Rao, e Rao doveva sopravvivere. "Ti avrei scelto sempre. Lo sai. L'hai sempre saputo, vero?"

"So cosa provi per me, sì," sussurra Rao, come se fosse ancora un segreto. Adam si aspettava che mentisse, ma sentirlo ammettere la verità è molto… peggio, e meglio, del profumo. Sa che sentirglielo dire gli resterà addosso, in un modo o nell'altro, per il resto della sua vita. "Posso chiederti una cosa?"

"Lo stai già facendo."

"Lo sto facendo, sì." Rao sorride, un breve fremito gli attraversa le labbra. "Perché non vuoi mai sentire cosa provo per te?"

Dovrebbe essere ovvio. "So che secondo te non provo sentimenti…"

"Adam…"

"Ma sinceramente credo che non reggerei molto bene la verità a voce alta," conclude.

"La verità," ripete Rao.

"Il tuo argomento preferito."

Un altro piccolo fremito. “A proposito, non so se te l’ho mai detto, ma sai che non so riconoscerla con te?”

Adam chiude gli occhi. *Ci siamo.* Ora lo aspetta una bella, devastante poesia su come Adam è un buco nero nell’universo di Rao. “Sì, lo so.”

“Riguarda anche le cose dette su di te,” continua Rao. Ma Adam lo sa. Quando Rao chiedeva qualcosa a qualcuno sul suo conto, sulla sua vita o sui suoi dettagli professionali, non coglieva nessuna verità, indipendentemente da quanto si concentrava. Torchiava la gente, la prima volta che avevano lavorato insieme. Adam ricorda che alcuni credevano che volesse trovare del torbido in lui, che stesse eseguendo un audit interno di qualche tipo. “Quindi potevo dire qualsiasi cosa di te e non essere in grado di testarla.”

“Lo sapevo, Rao.”

“La cosa buffa è questa,” continua Rao come se non l’avesse sentito. La sua voce sembra quasi nostalgica. “Da quando mi sono svegliato in quel campo, sono riuscito a testare due affermazioni. Ci sono riuscito davvero.”

Il bastardo fa una pausa a effetto. Adam potrebbe ucciderlo, d’accordo.

“Da quella volta ti sento ancora nella mia testa.” La voce di Rao si abbassa. Non di registro, ma diventa più calma. Seria. “Ti sento dire che mi odi. E riesco a percepirlo, Adam. Era una menzogna. Tu non mi odi.”

“Non ti odio, Rao. Non ti ho mai odiato.”

Rao annuisce. Dopo un po’ si acciglia. “Non mi chiedi dell’altra affermazione?”

“Me lo dirai se non te lo chiedo?”

Rao allontana lo sguardo. Si gira e guarda fuori dal finestrino. È una bella giornata. Non troppo calda, ma c’è il sole. Cielo azzurro, niente foschia. Una leggera brezza. Anche nel parcheggio è una bella giornata. Adam non se n’era accorto finché Rao non ha allontanato lo sguardo.

“Possiamo tornare dentro? Non voglio altre birre.”

“Neanch’io,” mente Adam. “Torniamo dentro.”

*

Segue Adam dopo che scendono dall’auto. Non è con lui da nemmeno un’ora e le cose tra loro sono già cambiate almeno tre volte. Sembra tutto familiare. Ma i cambiamenti di Adam stanno ammazzando Rao. Ci sono nuove rughe e borse sotto i suoi occhi. A volte gli tremano le mani. Rao si appoggia alla parete accanto alla porta mentre Adam fa tintinnare le chiavi cercando velocemente quella dell'appartamento, e gli studia le mani. Sono buffe. Delle armi. Ma in questo momento, il modo in cui quelle armi trafficano con un mazzo di chiavi gli ricorda un adolescente al primo appuntamento. Il nervosismo gli impiccia i movimenti.

Oh.

Guarda Adam proprio mentre si arrende, sospirando. "Rao, non potresti... spostarti un po'? Per un attimo, tipo. Lasciami pensare, cazzo."

Rao risponde prontamente. Corre il rischio. "E se non lo facessi?"

Adam si blocca. Il nervosismo, se di quello si trattava, è scomparso. Si lecca le labbra, riflette.

Rao lo fissa, spiazzato di vedere improvvisamente chi è Adam. Come si comporta. Cosa prova.

"Se non ti sposti non riuscirò a pensare," dice Adam chiaro e tondo. Sembra che intenda qualcos'altro. Rao riesce quasi a sentire le parole che non dice. Trattiene un brivido. È più alto di Adam di diversi centimetri, ma non sembra. Lentamente, come se cercasse di togliere una pistola a un pazzo, prende le chiavi dalle mani di Adam. Non appena sono libere da quella distrazione, come se fossero l'ultima barriera che Adam poteva ergere tra loro, una mano afferra il polso di Rao.

Fa male, per un istante, come una scossa elettrica. Corrente pelle contro pelle. Fa male, e poi passa. Un pizzicotto, una scintilla, e poi il circuito si chiude. Adam fa un respiro profondo. Basta quello. Non dice niente e a Rao sembra ancora di poter sentire le parole nell'aria.

**

Dal giorno che è morto Rao, ha fatto dei sogni. Fantasie nostalgiche. Incubi. Torture. Tutti i dettagli di un bacio mai dato. Ha rivissuto il momento più e più volte. Pensa che se ci fosse del Profeta rimasto al mondo e se lui facesse la stessa cosa che ha fatto nel laboratorio di Rhodes, apparirebbe la stanza dov'è morto Rao.

Rimpianto. Questo vecchio amico di Adam. E mentre è sul pianerottolo di un appartamento che non ha scelto, con le dita strette attorno al polso di Rao nel tentativo disperato di tenerlo fermo dov'è, sa che non si darà mai pace se sprecherà un'altra occasione nella sua vita.

Non questa volta.

Tira, dicendosi che poi gli dispiacerà di non essere stato delicato, tira finché Rao si piega, si curva, è così vicino che Adam può colmare la distanza fra loro. Credeva di essersela immaginata, quella strana corrente nelle dita e nel braccio quando ha stretto il polso di Rao, ma poi le loro labbra si toccano…

**

…è una trasmissione Sstv. Suoni in cerca di un'immagine. Il suo cervello s'inceppa, poi insegue la sensazione. Quella smania disperata, conosciuta, ma mai per un altro essere umano. Non come questo. Perché questo è amore, vero? Il *pensiero* dell'amore. Il puro, fottutissimo *impeto* dell'assurdità di quel fatto mentre gira, solido e vero, nella testa di Rao. È scombussolato, ma non si lamenta minimamente. Per quanto si è sbagliato un sacco di volte sul conto di Adam, aveva ragione sul fatto che avrebbe preso in mano la situazione. È perfetto. Rao non desidera altro che aprire quel bacio, e lo fa. Adam glielo permette, e c'è un altro impeto incontrollabile finché…

**

…morde il labbro inferiore di Rao. Non sta pensando. Non riesce a pensare. Sta solamente rincorrendo la prossima sensazione. L'unica cosa che Adam sa per certo è che vuole sentire il respiro di Adam nella sua bocca.

Il pianerottolo è troppo in vista. Rao è ancora chino a baciare, ma s'inarca, l'ansimare rasenta qualcosa di più...

**

…ed è allora che Adam riprende le chiavi e si stacca dal bacio.

"Che cazzo succede?" chiede Rao quasi senza fiato. "Non puoi fermarti qui, tesoro, stavo per…"

"Sta' zitto, Rao," dice Adam. Rao non l'ha sentito così deciso da quando si è presentato alla sua porta. "Vieni dentro. Nessuno ferma niente."

"È una promessa, eh?"

"Stai ancora parlando."

Rao ride e lascia che Adam lo spinga dentro l'appartamento. Una volta chiusa la porta, Adam gli si avvicina. Non fa pressioni. Non forza nulla. È improvviso. Un solo passo, ed è nel respiro con Rao. Si ferma. I suoi occhi lo guardano, taglienti come lame. Rao rabbrividisce. Poi il volto di Adam si addolcisce. "Sei sicuro, Rao?" chiede sottovoce.

Rao alza le sopracciglia. "Sono sinceramente offeso da questo controllo di temperatura, tesoro."

"Te lo chiedo perché..." Adam fa una pausa. Pensa alle sue parole. "Non sono una persona gentile. Potrebbe non essere quello che vuoi."

Rao non riesce a frenare uno scoppio di risa. "Porca puttana," dice alla fine. "Mi conosci o no?"

Adam aggrotta la fronte. Studia con attenzione il volto di Rao. Poi annuisce lentamente, con una serietà infinita.

"Credo di sì. Già. Mi sa che ti conosco."

Glossario

Arl-M: Airborne Reconnaissance Low-Multifunction, un sistema di ricognizione e sorveglianza montato su un De Havilland Canada Dhc-7.

C4: Composizione 4, esplosivo plastico utilizzato in ambito militare.

C-17: O Globemaster III, grosso velivolo da trasporto strategico utilizzato dall'US Air Force.

Creech: Base dell'Air Force situata nel Nevada, specializzata in operazioni con velivoli senza pilota o pilotati a distanza.

Darpa: Defense Advanced Research Projects Agency, Agenzia per i progetti avanzati di difesa Usa.

Dash 7: De Havilland Canada Dhc7 con quattro motori turboelica.

Delta: Delta Force, corpo per operazioni speciali dell'esercito statunitense.

Dia: Defence Intelligence Agency, agenzia militare di intelligence della difesa Usa.

Fingerspitzengefühl: Termine tedesco che indica una grande sensibilità e intuito istintivi.

Five Eyes: Alleanza dei sistemi di intelligence di Australia, Canada, Nuova Zelanda, Regno Unito e Stati Uniti.

Fort Meade: Forte intitolato al generale George G. Meade, base dell'esercito americano nel Maryland e sede della National Security Agency, dell'US Cyber Command e di più di altri cento organismi specializzati in operazioni, spionaggio e raccolta di informazioni in campo informatico.

Gchq: Government Communications Headquarters, il quartier generale dei servizi segreti britannici per le comunicazioni, con sede a Cheltenham, Regno Unito.

Langley: Cittadina della contea di Fairfax, Virginia, sede del George Bush Center for Intelligence, il quartiere generale della Cia.

Linea T1: Linea di trasmissione digitale veloce utilizzata a partire dagli anni ottanta.

MI5: Military Intelligence 5, sezione dei servizi segreti britannici riservata a operazioni di sicurezza e controspionaggio sul territorio nazionale.

MI6: Military Intelligence 6, sezione dei servizi segreti britannici riservata a operazioni di spionaggio fuori dai confini nazionali.

Moskvich 2140: Automobile prodotta dalla sovietica Azlk tra il 1976 e il 1988.

MP5: Pistola mitragliatrice prodotta dalla casa tedesca Heckler & Koch.

M9: Pistola semiautomatica Beretta 92FS, nonché arma di servizio dell'esercito statunitense dal 1985.

Nellis: Base dell'Air Force situata nel Nevada.

Nnss: Nevada National Security Site, località del Nevada adibita dal Dipartimento statunitense dell'energia alle sperimentazioni di ordigni nucleari.

Nsa: National Security Agency, Agenzia per la Sicurezza Nazionale del dipartimento della Difesa degli Stati Uniti.

Pentonville: Carcere maschile di categoria B situato a Islington, Regno Unito.

Peary: Camp Peary, struttura militare della Virginia che ospita il centro di addestramento della Cia conosciuto come "la fattoria".

Qvc: Quality Value Convenience, emittente televisiva statunitense e internazionale specializzata in shopping e intrattenimento.

Raf: Royal Air Force, aeronautica militare del Regno Unito.

Sas: Special Air Service, corpo speciale dell'esercito britannico.

Sstv: Slow Scan Tv, sistema analogico per trasmettere un'immagine statica via radio.

Toni Quindar: Segnali di comando a distanza utilizzati dalla Nasa per le missioni del programma Apollo.

Uaz: Casa automobilistica russa produttrice del celebre modello fuoristrada utilizzato dall'esercito sovietico.

UN3373: Codice di imballaggio per campioni biologici di tipo B (tessuti umani o animali, sangue, escrementi ecc.).

Yucca Mountain: Deposito sotterraneo di scorie nucleari, situato all'interno dell'omonima montagna del Nevada.

Zhen Xian Bao: Ingegnoso libro di origami cinese utilizzato perlopiù per contenere materiale da cucito nella tradizione Miao, Dong e Yao.

Zona Rossa: Aree pericolose in Iraq dopo l'invasione del 2003.

Ringraziamenti

Ringraziamo di cuore Bill Clegg per il suo incoraggiamento, l'abilità critica, l'esperienza e la saggezza, Simon Toop per la sua conoscenza del genere e l'entusiasmo contagioso, e tutto lo staff della Clegg Agency di New York. Una profonda gratitudine a Elisabeth Schmitz, che si è presa a cuore questo libro, e a Morgan Entrekin, Deb Seager, John Mark Boling, Judy Hottenson, Lilly Sandberg e a tutta la Grove Atlantic. È un privilegio essere pubblicati da loro. Un sentito grazie a Paula Cooper-Hughes e Alicia Burns per il loro occhio esperto.

Ed è un privilegio essere pubblicati da Jonathan Cape nel Regno Unito. Ringraziamo in paticolar modo Michal Shavit per il suo sostegno ed entusiasmo, oltre ad Alex Russell, Alison Davies, Suzanne Dean e tutto lo staff della Cape.

Qusto libro è frutto dell'ispirazione, sostegno e assistenza di molte persone, molte delle quali hanno letto e commentato le prime bozze. Helen vorrebbe ringraziare Tom Adès, Ray Barry, Nick Blackburn, Casey Cep, Sarah Dollard, Paraic O'Donnell, Emma Gilby, James Macdonald, Debbie Patterson, Cornelius Prior, Kathryn Schultz, Anindita Sempere, Andrew Sempere, Grant Shaffer, Murray Shanahan, Denis Villeneuve e Lydia Wilson. Sin vorrebbe ringraziare Peter Breen, Francine Blaché-Breen, Áilbhe Hines, Eben Bernard, Adam McGhee, Ruth McCartney, Moira Purvis, Brodie Smith, Bebhinn Hare, Lauren Mehl e Frank Hicks per il loro appoggio e la disponibilità ad ascoltare gli alti e i bassi. Un ringraziamento speciale a Rachel Purvis, che avrebbe voluto intraprendere questo viaggio insieme a noi.

Un sentito grazie da parte di entrambe a Christina McLeish, Toby Mayhew, Phil Klay, Dan Franklin, Bharat Tandon, Sarah Phelps e Abigail Elek Schor. E anche agli scrittori di AO3 e a internet.

Indice